全国计算机技术与软件专业技术资格(水平)考试用书

郭春柱 编著
飞思教育产品研发中心 监制

飞思考试中心
Fecit Examination Center

# 系统集成项目管理工程师考试

FECIT EXAMINATION CENTER

# 考前冲刺预测卷及考点解析

最新版

電子工業出版社
Publishing House of Electronics Industry
北京·BEIJING

# 内容简介

本书紧扣最新版《系统集成项目管理工程师考试大纲》的考核要求，深入研究了历次系统集成项目管理工程师考试试题的命题风格和题型结构，基于《系统集成项目管理工程师教程》，对考查的知识点进行了提炼，并对案例分析试题进行了分类。全书分为 8 章，包括 6 份考前冲刺预测卷和 2009 年上半年和下半年系统集成项目管理工程师考试试卷及考点解析。全书共给出了 600 道综合知识选择题、40 道案例分析试题，为应试人员提供了考前演练的考试试题及其解答。试题力求接近真实考试水平，解析力求扼要翔实，侧重于解题思路及步骤的讲解，而且对其考点及难点进行了扩展剖析。相信本书对于准备参加考试的读者，复习有关内容、了解试题形式、提高应试能力等均有益处。

本书语言通俗易懂，案例内容丰富翔实，可以帮助读者用最少的时间，掌握较多知识及经验技巧。本书难度适中且非常实用，可作为广大有志于通过系统集成项目管理工程师考试的考生（尤其是起点低、基础薄弱的考生）的考前复习用书；也可作为各类高等院校（或培训班）的老师作为案例教学参考用书；对于各类信息管理、计算机软件、网络工程等专业的学生或从事信息化工作的项目实施人员和管理人员，也可从本书中获取系统集成项目管理的案例经验。



**图书在版编目（CIP）数据**

系统集成项目管理工程师考试考前冲刺预测卷及考点解析：最新版 / 郭春柱编著.

北京：电子工业出版社，2010.2

（飞思考试中心）

ISBN 978-7-121-10215-8

I. 系… Ⅱ. 郭… Ⅲ.电子计算机－系统综合－项目管理－工程技术人员－资格考核－自学参考资料 Ⅳ.TP3

中国版本图书馆 CIP 数据核字（2010）第 005927 号

责任编辑：王树伟
特约编辑：李新承
印　　刷：北京天宇星印刷厂
装　　订：涿州市桃园装订有限公司
出版发行：电子工业出版社
　　　　　北京市海淀区万寿路 173 信箱　邮编：100036
开　　本：850×1168　1/16　印张：21.75　字数：696 千字
印　　次：2010 年 2 月第 1 次印刷
印　　数：5000 册　　定价：39.80 元

凡所购买电子工业出版社图书有缺损问题，请向购买书店调换。若书店售缺，请与本社发行部联系，联系及邮购电话：（010）88254888。

质量投诉请发邮件至 zlts@phei.com.cn，盗版侵权举报请发邮件至 dbqq@phei.com.cn。

服务热线：（010）88258888。

# 前言

由于系统集成项目管理是横跨人文与理工的综合性、实践性学科，多学科渗透与交叉的特点决定了本级别资格考试所涉及的内容较广，牵涉到项目管理、计算机技术等专业的各门课程，因此是一门难度较大的考试。其命题风格、知识点的考核形式比较灵活，不但注重考核内容的广度，而且还注重其考查的深度。本书紧扣最新版《系统集成项目管理工程师考试大纲》的考核要求，深入研究了历次系统集成项目管理工程师考试试题的命题风格、题型结构和各知识模块分布比例等情况，基于《系统集成项目管理工程师教程》，对考查的关键知识点进行了提炼，并对案例分析试题进行了透解与扩展。全书分为8章，第1章～第6章给出了6份考前冲刺预测卷，第7章和第8章分别给出了2009年上半年、下半年系统集成项目管理工程师考试的两份真题试卷，附录中还节选了与系统集成项目管理工程师考试相关的《合同法》、《招标投标法》和《政府采购法》等内容。全书包含了600道综合知识选择题、40道案例分析试题。这些试题中，包含了一些富有创意的、与实践结合得很好的启发性试题，旨在为读者提供考前演练的考试试题，为读者点亮备考路程中的导航灯，使读者更加明确努力的方向，在短时间内把握考试要领，从而减轻读者备考负担，增强应试能力，从容应对考试。这种针对性强、忠实于读者的写作思想使得本书的特点非常明显。

## ✦ 本书特色

本书在组织结构和内容写作上，倾注了作者们许多的精力和时间，将自己的所有心得和体会融入其中，相信能够为考生提高考试通过率，有效地完成考前冲刺提供良好的帮助。本书在写作风格和组织形式上与其他辅导书相比有如下鲜明的特点。

在目标定位上，以读者需求为指导，以提高系统集成项目管理工程师综合知识的应试能力，提升案例分析实践技能为目标，讲求"一书在手，过关无忧"。

在内容选取上，源于IT项目管理的实践经验、遵循中级资格考试的命题风格和试题结构，基于最新版考试大纲和官方教程进行书稿的创作，对考查的知识点进行精心的归类和总结，凝结成一个个考试知识点，并尽可能覆盖系统集成项目管理实践中最新、最实用的技术，从而为考生的复习指明了方向。

在内容结构上，遵循由浅入深的原则，分层、分步骤地讲解项目管理的九大知识领域中的各个知识点，并融入作者多年IT项目管理的实践经验。书中每一道试题均给出了详细的要点解析，并尽可能地采用图表、横向对比等直观的形式对相关知识点进行启发性讲解，能够有效地帮助记忆。

在内容表现形式上，以亲切、细腻、创新的撰写角度，力求在试题练习、讲解等过程中理解、巩固和深化系统集成项目管理的各个知识点，轻松、直观、通俗易懂，最后达到学习基础知识、提升实践技能的目的。采用生动活泼的语言，深入浅出地化解难点，并总结出许多实用、简单的应对方法，能够帮助考生更好地应试，这些内容也在实际培训中获得了良好的效果。

## ✦ 读者对象

本书适用于广大有志于通过系统集成项目管理工程师考试的读者，尤其起点低、基础薄弱的读者。作为一本考试辅导用书，本书无不是尽献家珍、精心编著，力求做到"授之以鱼"，又完成"授之以渔"。

本书适用于广大计算机信息管理、计算机软件和网络工程等相关专业的高校师生。本书中的综合知识选择题、案例分析试题中所涉及的知识点较丰富，所介绍的技术也较实用，力求通过本书能够锻炼读者灵活应用理论知识解决实际问题的能力。读者通过学习本书案例实践经验，能使自己的学习思路从庞杂的知识点中得到升华。

本书适用于广大具有计算机基础知识，并乐于学习、不断提升自身知识的读者。本书通过试题的形式详细介绍了系统集成项目管理工程师所必备的九大知识领域的各个知识点，每一道试题均给出解答问题的详细逻辑推理过程。因此读者在梳理知识结构的同时，还可以通过众多案例开拓理论学习、实践操作的视野。

## ✦ 交流

第一次阅读此书时，读者可能对书中的某些概念、应用不能完全理解，但不必着急。请记住，这不是一本读完一遍就可以束之高阁的书。我们希望读者在系统集成项目管理工程师考试复习过程中反复参阅此书，以期感悟其中奥妙，获取考试灵感。

本书主要由郭春柱高级工程师策划、编写，参与本书编写工作的其他作者有谢秋玲、王虹、何唯嘉、叶绿、苏燕娟、许少霞、李小芬、杨尊、蔡雅静、许书妹、周逸群、林晓丽等。为了更加有效地帮助读者冲刺系统集成项目管理工程师考试，本书还在主编博客(http://296525818.blog.51cto.com)、QQ群(48659004)上实时提供相关章节的辅导资料、勘误表等内容。同时，为了进一步鼓励读者积极参与本书的勘误，将对首个发现错误或积极提供建设性意见的读者，酌情赠送纪念品（如最新的考前冲刺试题等）。

没有最好，只有更好。虽然作者们为本书的完成倾入了大量心血，但系统集成项目管理领域博大精深，书中涉及的知识点较多，且作者们研究能力有限。因此，本书在结构组织、技术阐述和文字表述等诸多方面难免会存在一些疏漏和不足之处，敬请各位专家和读者在使用过程中予以指正。本书有些问题还有待进一步深入探讨，也请同行们多提批评性意见及建议，以利于本书质量的进一步改进和提高。主编的 E-mail 是 guochunzhu@126.com。

## ✦ 致谢

本书在编写过程中，诸多师长和学术界的朋友给予了热情的鼓励和帮助，开拓了我们的研究思路。特别是易飞思公司各位领导在出版上的指导，以及各位编辑部老师支持加快了本书的面世。在此对每一位对本书给予关心、帮助与支持的朋友表示衷心的感谢。大学期间各位恩师的谆谆教诲使我们受益匪浅、感念不尽；感谢众多热心的读者们和网友们，他们的想法和意见是编写本书的源动力，并使本书能更加贴近读者；感谢父母亲的养育之恩及生活上的照顾，使我们能够在学术的道路上不断进取，孜孜以求。在本书出版之际，还要特别感谢全国计算机专业技术资格考试办公室的命题专家们，我们在本书中引用了系统集成项目管理工程师历次考试真题，使得本书能够尽量方便读者的阅读。同时，在本书的编写过程中，参考了前辈和同行的一些相关观点、资料和书籍，在此对相关的作者表示诚挚的感谢。

或许《系统集成项目管理工程师考试考前冲刺预测卷及考点解析》将成为读者朋友们成长历程中的一块垫脚石。山能高，缘于对大地的热爱，水再长，终不断对源头的情怀，读者对《系统集成项目管理工程师考试考前冲刺预测卷及考点解析》的爱，就像儿女对母亲的爱，山高水长，永驻心灵。

衷心祝愿各位读者早日通过此项考试，成为一名合格的系统集成项目管理工程师！也祝福祖国的计算机技术与软件事业蒸蒸日上。

编 著 者

于福建·福州

**联系方式**

咨询电话：（010）88254160　88254161-67

电子邮件：support@fecit.com.cn

主编邮件：guochunzhu@126.com

服务网址：http://www.fecit.com.cn　　http://www.fecit.net

通用网址：计算机图书、飞思、飞思教育、飞思科技、FECIT

# 目 录

CONTENTS

CONTENTS

# 第 1 章 考前冲刺预测卷 1

## 1.1 上午试卷

**（考试时间 9：00—11：30，共 150 分钟）**

**请按下述要求正确填写答题卡**

1．在答题卡的指定位置上正确写入你的姓名和准考证号，并用正规 2B 铅笔在你写入的准考证号下填涂准考证号。

2．本试卷的试题中共有 75 个空格，需要全部解答，每个空格 1 分，满分 75 分。

3．每个空格对应一个序号，有 A、B、C、D 4 个选项，请选择一个最恰当的选项作为解答，在答题卡相应序号下填涂该选项。

4．解答前务必阅读例题和答题卡上的例题填涂样式及填涂注意事项。解答时用正规 2B 铅笔正确填涂选项，如需修改，请用橡皮擦干净，否则会导致不能正确评分。

**【例题】**

2010 年上半年全国计算机技术与软件专业技术资格（水平）考试日期是＿（88）＿月＿（89）＿日。

（88） A．3　　B．4　　C．5　　D．6

（89） A．22　　B．23　　C．24　　D．25

因为考试日期是“5 月 22 日”，故（88）选 C，（89）选 A，应该在答题卡序号 88 下对 C 填涂，在序号 89 下对 A 填涂。

### 1.1.1 试题描述

**试题 1**

国家信息化体系包括 6 个要素，其中＿（1）＿是国家信息化的核心任务，是国家信息化建设取得实效的关键。

（1） A．信息技术应用　　B．信息资源的开发利用
　　C．信息网络　　D．信息化人才

**试题 2**

以下不属于对供应链管理进行分类的是＿（2）＿。

（2） A．根据供应链管理的对象　　B．根据产品类别
　　C．根据数据分布情况　　D．根据网状结构特点

**试题 3**

以下不属于 ERP 系统特点的是___（3）___。

（3） A．是统一的集成系统　　B．是开放的系统
C．是面向业务流程的系统　　D．是可移植的系统

**试题 4**

以下不属于商业智能（BI）的实现层次是___（4）___。

（4） A．数据报表　　B．数据仓库
C．数据挖掘　　D．多维数据分析

**试题 5**

以下关于计算机信息系统集成企业资质的说法中，错误的是___（5）___。

（5） A．计算机信息系统集成企业资质共分 4 个级别，其中第一级为最高级
B．该资质由授权的认证机构统一进行评审和批准
C．目前，计算机信息系统集成企业资质证书的有效期为 3 年
D．申报一级资质的企业，其具有项目经理资质的人员数目应不少于 25 名

**试题 6**

信息系统工程监理活动的___（6）___是控制工程建设的投资、进度、工程质量、变更处理，进行工程建设的合同管理、信息管理和安全管理，协调有关单位间的工作关系，被概括为“四控、三管、一协调”。

（6） A．中心任务　　B．主要内容　　C．主要目的　　D．基本方法

**试题 7**

应用数据保密性机制可以防止___（7）___。

（7） A．抵赖做过信息的递交行为　　B．数据在途中被攻击者篡改或破坏
C．数据中途被攻击者窃听获取　　D．假冒源地址或用户地址的欺骗攻击

**试题 8**

在分布式环境中实现身份认证可以有多种方案。以下选项中，最不安全的身份认证方案是___（8）___。

（8） A．用户发送口令，由智能卡产生解密密钥
B．用户发送口令，由通信对方指定共享密钥
C．用户从 KDC 获取会话密钥
D．用户从 CA 获取数字证书

**试题 9**

在网络工程系统集成项目中，通常在机房采取门禁系统等措施，这属于 ISO/IEC27000 系列标准中信息安全管理的___（9）___范畴。

（9） A．组织信息安全　　B．物理和环境安全
C．人力资源安全　　D．通信和操作安全

**试题 10**

下列关于数字签名的描述中，错误的是___（10）___。

（10） A．签名必须能被第三方证实　　B．签名时必须能对内容进行鉴别
C．必须能证实收发双方的签名　　D．必须能证实签名的日期和时间

**试题 11**

通常，我国在国家标准管理办法中规定国家标准实施＿（11）＿内要进行复审。

（11） A．3 年 B．5 年 C．8 年 D．10 年

**试题 12**

根据《软件文档管理指南 GB/T16680—1996》，＿（12）＿不属于基本的开发文档。

（12） A．可行性研究和项目任务书 B．软件集成和测试计划
C．需求规格说明 D．参考手册和用户指南

**试题 13**

信息系统的生命周期可以分为多个阶段，其中，＿（13）＿阶段是以立项阶段所做的需求分析为基础，明确信息系统的作用和地位，指导信息系统的开发，优化配置并利用各种资源。

（13） A．系统分析 B．系统设计 C．系统实施 D．总体规划

**试题 14**

以下关于面向对象方法的描述中，错误的是＿（14）＿。

（14） A．对象是由属性和操作组成的，其属性反映了对象的数据信息特征
B．对象可以按其属性来归类，子类可以通过泛化机制获得其父类的特性
C．一个对象就构成一个严格模块化的实体，在系统开发中可被共享和重复引用
D．对象之间的联系是通过消息传递机制来实现的

**试题 15**

某大型软件公司早期开发的字处理应用软件已被广泛使用。该公司为了获得更多的利益，已对外公布近期将有新版本上市。面对这紧迫的开发期限，适合选择开放式团队结构和＿（15）＿模型。

（15） A．瀑布 B．原型化 C．螺旋 D．迭代

**试题 16**

需求分析的任务是借助于当前系统的物理模型导出目标系统的逻辑模型，解决目标系统“做什么”的问题。＿（16）＿并不是需求分析的实现步骤之一。

（16） A．获得当前系统的物理模型 B．抽象出当前系统的逻辑模型
C．建立目标系统的逻辑模型 D．建立目标系统的物理模型

**试题 17**

UML 提供了 4 种动态行为图，用于对系统的动态方面进行可视化、详述、构造和文档化。当需要说明系统的交互视图时，应该选择＿（17）＿。

（17） A．状态机图 B．活动图 C．顺序图 D．部署图

**试题 18**

为使构件系统更切合实际、更有效地被复用，构件应当具备＿（18）＿，以提高其通用性。

（18） A．可封装性 B．可继承性 C．可伸缩性 D．可变性

**试题 19**

以下不属于 J2EE 关键技术的是＿（19）＿。

（19） A．JCA B．JDBC C．ASP D．EJB

### 试题 20

以下关于数据仓库的描述中，正确的是＿（20）＿。

（20） A．从结构的角度看，数据仓库主要有数据挖掘、数据集市和企业仓库 3 种模型
B．数据挖掘就是要智能化和自动化地把数据转换为有用的信息和知识
C．联系分析处理（OLAP）技术绕过 DBMS 直接对物理数据进行读写以提高处理效率
D．数据仓库是从数据库中导入大量的数据，并对结构和存储进行组织以提高查询效率

### 试题 21

事件驱动模式的优点不包括＿（21）＿。

（21） A．支持软件重用，容易实现并发处理
B．有助于把复杂的问题按功能分解，使整体设计更为清晰
C．具有良好的可扩展性，通过注册可引入新的构件，而不影响现有构件
D．可以简化客户代码

### 试题 22

Web Service 体系结构中包括服务提供者、＿（22）＿和服务请求者 3 种角色。

（22） A．服务认证中心 B．服务支持中心 C．服务协作中心 D．服务注册中心

### 试题 23

在某系统集成公司的一间办公室内，将 7 台计算机通过一台具有 8 个以太网端口的交换机进行相互连接。该网络的物理拓扑结构为＿（23）＿。

（23） A．环形 B．树形 C．星形 D．总线型

### 试题 24

在对机房关键设备采用硬件备份、双机冗余等技术的基础上，采用相关的软件技术提供较强的管理机制、控制手段。这属于机房工程设计的＿（24）＿原则。

（24） A．实用性和先进性 B．灵活性和可扩展性
C．安全可靠性 D．可管理性

### 试题 25

开放系统的数据存储有多种方式，属于网络化存储的是＿（25）＿。

（25） A．DAS 和 SAN B．NAS 和 SAN
C．内置式存储和 DAS D．DAS 和 NAS

### 试题 26

在＿（26）＿中，项目经理可利用的资源最多。

（26） A．平衡矩阵型组织 B．弱矩阵型组织
C．强矩阵型组织 D．项目型组织

### 试题 27

关于项目生命周期和产品生命周期的叙述，错误的是＿（27）＿。

（27） A．产品生命周期开始于商业计划，经过产品构思、产品研发和产品的日常运营，直到产品不再被使用
B．为了将项目与项目实施组织的日常运营联系起来，项目生命周期也会确定项目结束时的移交安排

C．通常，产品生命周期包含在项目生命周期内

D．每个项目阶段都以一个或一个以上的可交付物的完成和正式批准为标志，这种可交付物是一种可度量、可验证的工作产物

## 试题 28

以下关于项目管理办公室（PMO）的叙述中，错误的是＿（28）＿。

（28） A．PMO 应该位于组织的中心区域

B．PMO 可以负责项目的行政管理

C．PMO 可以为项目管理提供支持服务

D．PMO 可以为项目管理提供培训、标准化方针及程序

## 试题 29

某单位要对一个信息系统管理软件进行采购招标，相关负责人在制定价格因素评分细则时规定：投标人投标报价高于基准报价的，每高 1％扣 0.2 分；同时在售后服务因素评分细则中规定：投标人响应招标文件要求的得 7 分，投标人提出其他服务措施的，由评委酌情给 1～3 分。这些规定反映了制定招标评分标准的＿（29）＿原则。

（29） A．以客观事实为依据　　B．执行国家规定、体现国家政策

C．严格控制自由裁量权　　D．细则横向比较

## 试题 30

从政策导向、市场需求和技术发展等方面寻找项目机会、鉴别投资方向属于立项管理的＿（30）＿工作。

（30） A．项目评估　　B．项目识别

C．项目论证　　D．项目可行性分析

## 试题 31

项目可行性研究主要从＿（31）＿等方面进行研究。

（31） A．经济可行性、系统可行性和操作可行性

B．技术可行性、经济可行性和系统可行性

C．技术可行性、经济可行性和社会可行性

D．经济可行性、系统可行性和时间可行性

## 试题 32

项目整体管理的主要过程是＿（32）＿。

（32） A．制订项目管理计划、执行项目管理计划、项目范围变更控制

B．制订项目管理计划、指导和管理项目执行、项目整体变更控制

C．项目日常管理、项目知识管理、项目管理信息系统

D．制订项目管理计划、确定项目组织、项目整体变更控制

## 试题 33

以下不属于组织过程资产的是＿（33）＿。

（33） A．财务数据库　　B．组织的经验学习系统

C．组织的沟通要求、汇报制度　　D．招聘、培养、使用和解聘的指导方针

### 试题 34

以下不属于项目章程的组成内容的是__(34)__。

（34） A．项目需求　　B．指定项目经理并授权
　　　C．项目概算　　D．工作说明书

### 试题 35

在滚动式计划中，__(35)__。

（35） A．为了保证项目里程碑，在战略计划阶段应做好一系列详细的活动计划
　　　B．远期要完成的工作在工作分解结构最上层详细规划
　　　C．近期要完成的工作在工作分解结构最下层详细规划
　　　D．关注长期目标，允许短期目标作为持续活动的一部分进行滚动

### 试题 36

以下不是 WBS 的正确分解方法（结构）的是__(36)__。

（36） A．把主要的项目可交付物和子项目作为第一层
　　　B．在同一 WBS 层上采用不同的分解方法
　　　C．在不同 WBS 层上采用不同的分解方法
　　　D．把项目生命期作为第一层，项目交付物作为第二层

### 试题 37

由于政府的一项新规定，某系统集成项目的项目经理必须变更该项目的范围。若项目目标已经做了若干变更，对项目的技术和管理文件已经做了必要的修改，则项目经理的下一步工作是__(37)__。

（37） A．获取客户的正式认可　　B．修改公司的知识管理系统
　　　C．获得政府审批与认可　　D．及时通知项目干系人

### 试题 38

某项目中有两个活动单元：活动一和活动二，其中活动一结束后活动二才能结束。能正确表示这两个活动之间依赖关系的前导图是__(38)__。

（38） A．　C．

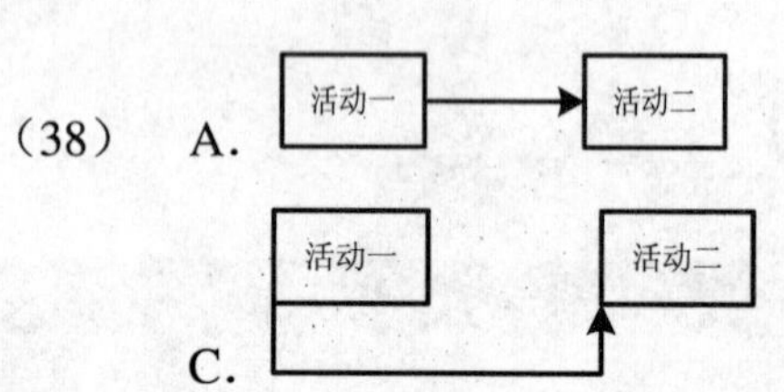


B．　D．

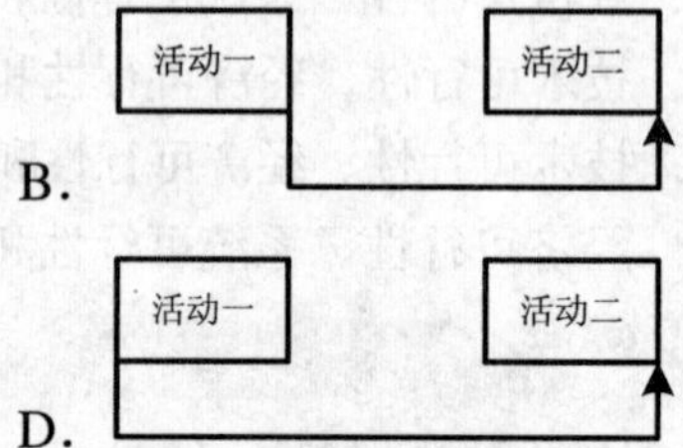


### 试题 39

系统集成商 RT 公司承担了某企业的业务管理系统的开发建设工作。在项目施工过程中，只有在完成需求分析工作之后，才能开始业务管理系统的系统设计工作。这种需求分析工作与系统设计工作之间的依赖关系属于__(39)__。

（39） A．强制性依赖关系　　B．直接依赖关系
　　　C．外部依赖关系　　D．内部依赖关系

### 试题 40

某系统集成项目由 9 个主要任务构成，其网络计划图（见图 1-1）展示了任务之间的前后关系，以及每个任务所需天数。该项目的关键路径是__(40)__。

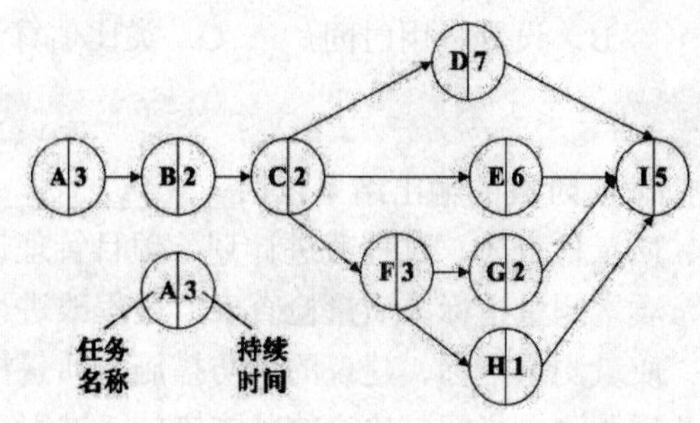


图 1-1　某项目计划图

（40）　A．A→B→C→E→I　　B．A→B→C→D→I
　　　　C．A→B→C→F→G→I　　D．A→B→C→F→H→I

## 试题 41、试题 42

系统集成商 Y 公司承担了某企业的业务管理系统的开发建设工作，Y 公司任命陈工为项目经理。陈工估计该项目 24 天即可完成，如果出现问题耽搁了也不会超过 35 天完成，最快 19 天即可完成。根据项目历时估计中的三点估算法，该项目的历时为＿（41）＿，该项目历时的估算方差约为＿（42）＿。

（41）　A．23 天　　B．24 天　　C．25 天　　D．26 天

（42）　A．2.0 天　　B．2.3 天　　C．2.7 天　　D．2.9 天

## 试题 43

系统集成 PH 公司承担了某企业的业务管理系统的开发建设工作，PH 公司任命张工为项目经理。张工在进行该项目的成本估算时，将工作的计划数量与单位数量的历史成本相乘得到估算成本。张工所使用的估算技术是＿（43）＿。

（43）　A．类比估算　　B．自下而上估算　　C．参数估算　　D．准备金估算

## 试题 44

以下关于成本预算的描述，错误的是＿（44）＿。

（44）　A．当项目的具体工作无法确定时，无法进行成本预算
　　　　B．成本基准计划可以作为度量项目绩效的依据
　　　　C．管理储备金是为范围和成本的潜在变化而预留的预算，因此需要体现在项目成本基线里
　　　　D．成本预算过程完成后，可能会引起项目管理计划的更新

## 试题 45

对于系统集成项目而言，项目团队差旅费属于＿（45）＿。

（45）　A．直接成本　　B．固定成本　　C．间接成本　　D．可变成本

## 试题 46

在某项目进行的第 4 个月，累计计划费用是 30 万元人民币，而实际支出为 36 万元。以下关于这个项目进展的叙述，正确的是＿（46）＿。

（46）　A．由于成本超支，项目面临困难　　B．项目进度滞后，需要赶工
　　　　C．项目进度超前，但成本超支　　D．提供的信息不全，无法评估

## 试题 47

某项目的主要约束是质量，为了不让该项目的项目团队感觉时间过于紧张，项目经理在估算项目活动历时的时候应采用＿（47）＿，以避免进度风险。

（47） A．专家判断 B．设置备用时间 C．类比估算 D．定量历时估算

**试题 48**

在项目质量管理中，质量计划编制阶段的输出结果包括＿（48）＿。

（48） A．质量测量指标、质量检查表、过程改进计划、项目管理计划、变更请求
B．质量管理计划、质量测量指标、质量检查表、过程改进计划、更新的项目管理计划
C．质量管理计划、质量测量指标、建议的预防措施、质量检查表、过程改进计划
D．质量管理计划、质量测量指标、建议的预防措施、过程改进计划、更新的项目管理计划

**试题 49**

在质量成本分析中，＿（49）＿是指为使工作符合要求的目标而进行检查和检验所付出的成本。

（49） A．预防成本 B．内部缺陷成本 C．评估成本 D．外部缺陷成本

**试题 50**

在项目质量管理中，通过绘制＿（50）＿，以按等级排序来指导如何采取主要纠正措施。

（50） A．因果图 B．散点图 C．帕累托图 D．过程决策程序图

**试题 51**

系统集成商 PH 公司的某位项目经理认为，在领导工作中必须对员工采取强制、惩罚和解雇等手段，强迫员工努力工作，对员工应当严格监督、控制和管理，在领导行为上应当实行高度控制和集中管理。这种理论属于＿（51）＿。

（51） A．赫茨伯格的双因素理论 B．马斯洛需要层次理论
C．弗罗姆的期望理论 D．麦格雷戈的 X 理论

**试题 52**

在项目人力资源管理的主要过程中，＿（52）＿的主要目标是：提高团队成员的个人技能，改进团队协作，提高团队的整体水平以提升项目绩效等。

（52） A．项目团队管理 B．项目团队建设
C．组建项目团队 D．人力资源计划编制

**试题 53**

以下不属于项目团队管理的依据（输入）的是＿（53）＿。

（53） A．团队绩效评估 B．项目人力资源管理计划
C．组织文化和组织过程资产 D．活动资源估计

**试题 54**

通常，项目文档应发送给＿（54）＿。

（54） A．沟通管理计划中规定的人员 B．执行机构所有的干系人
C．项目管理小组成员和项目主办单位 D．所有项目干系人

**试题 55**

沟通是项目管理的一项重要工作，如图 1-2 所示为人与人之间的沟通模型。该模型说明了沟通的发送者收集信息、对信息进行加工处理、通过通道传送、接收者接收并理解和接收者反馈等若干环节。由于人们的修养和表达能力的差别，在沟通时会产生各种各样的障碍。语义障碍最常出现在＿（55）＿。

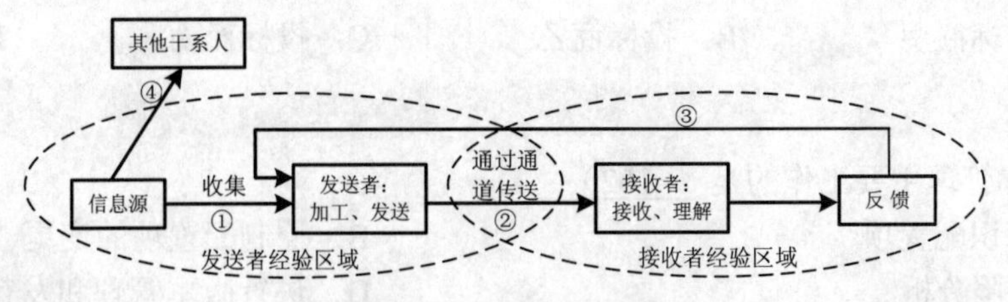


图 1-2 沟通模型示意图

（55） A．①和② B．①和③ C．②和③ D．①和④

## 试题 56

通常，沟通管理计划编制依据不包括 （56） 。

（56） A．沟通需求分析 B．沟通技术 C．沟通渠道 D．项目范围说明书

## 试题 57

以下不属于合同管理范畴的是 （57） 。

（57） A．买方主持的绩效评审会议 B．确认已经进行了合同变更
C．回答潜在买方的问题 D．索赔管理

## 试题 58

合同生效后，当事人就质量、价款或者报酬、履行地点等内容没有约定或者约定不明确的，可以以协议补充；不能达成补充协议的，按照 （58） 或者交易习惯确定。

（58） A．公平原则 B．项目变更流程
C．第三方调解的结果 D．合同有关条款

## 试题 59

在对某项目采购供应商的评价中，评价项有：对需求的理解、技术能力、管理水平和企业资质等。假定每个评价项满分为 10 分，其中“对需求的理解”权重为 15%。若 4 个评定人在“对需求的理解”项的打分分别为 8 分、7 分、9 分、8 分，那么该供应商的“对需求的理解”的单项综合分为 （59） 。

（59） A．32 B．8 C．4.8 D．1.2

## 试题 60

在组织准备进行采购时，应准备的采购文件中不包括 （60） 。

（60） A．方案邀请书（RFP） B．采购管理计划
C．方案建议书 D．工作说明书（SOW）

## 试题 61

某项目在评标时，根据招标文件的要求，承建单位在类似项目中的经验、技术方案、进度计划和项目成本因素的权重分别为 20%、40%、10%、30%。假定每个评价项满分为 100 分，甲、乙、丙、丁 4 家投标商的得分情况见表 1-1。该项目应选择 （61） 。

**表 1-1 某项目各投标商的得分情况**

| 投 标 商 | 类似项目中的经验 | 技术方案 | 进度计划 | 项目成本 |
|---|---|---|---|---|
| 甲 | 90 | 80 | 70 | 80 |
| 乙 | 80 | 80 | 75 | 90 |
| 丙 | 80 | 85 | 75 | 80 |
| 丁 | 85 | 85 | 70 | 90 |

（61） A．投标商甲 B．投标商乙 C．投标商丙 D．投标商丁

## 试题 62

以下不属于配置管理主要工作的是＿（62）＿。

（62） A．标识配置项 B．控制配置项的变更
C．缺陷分析 D．进行版本管理和发行管理

## 试题 63

通常，配置管理系统由＿（63）＿组成。

（63） A．动态库、受控库和知识库 B．开发库、备份库和产品库
C．动态库、静态库、主库和备份库 D．主库、受控库、知识库和产品库

## 试题 64

在项目中实施变更应以＿（64）＿为依据。

（64） A．项目干系人的要求 B．项目管理团队的要求
C．批准的变更请求 D．项目章程

## 试题 65

在某电子政务系统项目实施过程中，一名开发人员接收到某位用户的电话，用户表明在系统中存在一个问题并要求更改，该开发人员应该＿（65）＿。

（65） A．马上改正问题 B．记录问题并提交项目经理
C．不予理睬 D．通知测试部经理，要求确认问题是否存在

## 试题 66

系统集成公司 RT 为多个行业编写客户账目管理软件，张某是 RT 公司的项目经理。现在有一个客户要求进行范围变更，＿（66）＿不是此变更所关注的。

（66） A．确定变更已经发生 B．变更筛选
C．影响导致变更的原因 D．管理变更

## 试题 67

在项目风险管理的基本流程中，不包括＿（67）＿活动。

（67） A．风险追踪 B．风险分析
C．风险规避措施 D．风险管理计划编制

## 试题 68

＿（68）＿是指确定哪些风险会影响项目并以书面形式记录其特点的管理过程。

（68） A．风险识别 B．风险处理 C．经验教训学习 D．风险分析

## 试题 69

权变措施是在风险管理的＿（69）＿过程中确定的。

（69） A．定性风险分析 B．定量风险分析 C．风险应对规划 D．风险监控

## 试题 70

以下关于项目收尾与合同收尾关系的叙述，正确的是＿（70）＿。

（70） A．项目收尾与合同收尾无关 B．项目收尾与合同收尾等同
C．合同收尾包括项目收尾和管理收尾 D．项目收尾包括合同收尾和管理收尾

试题 71

Most system development methodologies also provide ___（71）___, whose purpose is to contain the various pieces of relevant information - feasibility assessments, schedules, needs analysis, and so forth - in a single place so that they can be presented to project clients and other related parties.

（71） A．statement of work B．project planning
C．baseline plan D．information system planning

试题 72

___（72）___ is the process of obtaining the stakeholdrs'formal acceptance of the completed project scope .Verifying the scope includes reviewing deliverables and work results to ensure that all were completed satisfactorily.

（72） A．WBS Creation B．Scope definition
C．Project acceptance D．Scope verification

试题 73

During the risk analysis process, it is determined that one identified risk event cannot be avoided, mitigated, or insured. This risk event is a critical item that could cause the project to fail if it occurs. The best option for the project manager is to: ___（73）___.

（73） A．Continue to search for an insurance company that would assume the risk
B．Place special emphasis on the risk event to intensely manage that item and all interfacing items
C．Play down the risk and the team will find a means of overcoming any failure
D．Ignore the risk assessment because any assigned value is a point estimate which is never precisely the expected state of nature

试题 74

Estimating activity durations uses information on activity scope of ___（74）___, required resource types, estimated resource quantities, and resource calendars.

（74） A．milestone B．work C．quality D．baseline

试题 75

___（75）___ is the budgeted amount for the work actually completed on the schedule activity or WBS component during a given time period.

（75） A．Planned value B．Actual cost
C．Earned value D．Cost variance

## 1.1.2 要点解析

（1）B。**要点解析**：国家信息化体系包括信息资源、国家信息网络、信息技术应用、信息技术和产业、信息化人才、信息化政策法规和标准规范 6 个要素。其中，信息资源的开发利用是国家信息化的核心任务，是国家信息化建设取得实效的关键，也是我国信息化的薄弱环节。

（2）C。**要点解析**：供应链管理是一种集成的管理思想和方法，是在满足服务水平要求的同时，为了使系统成本达到最低而采用的将供应商、制造商、仓库和商店有效地结合成一体来生产商品，有效地控制和管理各种信息流、资金流和物流，并把正确数量的商品在正确的时间配送到正确的地点的一套管理方法。可以从供应链管理的对象、网状结构和产品类别 3 个角度对供应链管理进行分类。根据供应链管理的对象可将供应链分为企业供应链、产品供应链和基于供应链契约的供应链等类型；根据网状结构特点可将供应链分为发散型供应链网（V 型供应链）、会聚型供应链网（A 型供应链）和介于这两种模式之间的供应链网（T 型供应链）；根据产品类别可将供应链分为功能型供应链和创新型供应链。

（3）D。**要点解析**：企业资源计划（ERP）是一个以财务会计为核心的信息系统，用于识别和规划企业资源，对采购、生产、成本、库存、销售、运输、财务和人力资源等进行规划和优化，从而达到最佳资源组合，使企业利润最大化。ERP 系统具有的特点包括：①是统一的集成系统；②是面向业务流程的系统；③是模块化可配置的；④是开放的系统。

通常，ERP 系统与企业的业务流程紧密相关。ERP 项目不仅仅是一个软件工程项目，也不仅仅是技术革新项目。从根本意义上说，ERP 项目的实施是一个管理变革项目。对于同行业的不同企业，其业务流程不一定完全相同，因此不能简单地将一个企业的 ERP 系统移植到另一个企业中。

（4）B。**要点解析**：商业智能（BI）的实现有 3 个层次：数据报表、多维数据分析和数据挖掘。其中，数据报表是 BI 的低端实现。数据挖掘是指源数据经过清洗和转换等成为适合于挖掘的数据集。广义上说，任何从数据库中挖掘信息的过程都称为数据挖掘。

数据仓库是 BI 系统应具有的主要功能，而不是 BI 的实现层次。

（5）B。**要点解析**：计算机信息系统集成企业资质共分 4 个级别，其中第四级为最低级、第一级为最高级。

计算机信息系统集成资质认证工作根据认证和审批分离的原则，按照先由认证机构认证，再由信息产业主管部门审批的工作程序进行，因此选项 B 的说法有误。

工业和信息化部（原信息产业部）于 1999 年 11 月发布了《计算机信息系统集成资质管理办法（试行）》（信部规［1999］1047 号文）。该文件中规定，计算机信息系统集成企业资质证书有效期为 3 年，届满 3 年应及时更换新证，换证时需由评审机构对申请单位进行评审，评审结果达到原有等级条件时，其资质等级保持不变。

工业和信息化部（原信息产业部）于 2003 年 10 月颁发了《关于发布计算机信息系统集成资质等级评定条件（修订版）的通知》（信部规［2003］440 号文）。该文件中规定，申报二级资质的企业，其具有计算机信息系统集成项目经理人数不少于 15 名，其中高级项目经理人数不少于 3 名。而申报一级资质的企业，其具有计算机信息系统集成项目经理人数不少于 25 名，其中高级项目经理人数不少于 8 名。

（6）B。**要点解析**：信息系统工程监理是指依法设立且具备相应资质的信息系统工程监理单位，受业主单位委托，依据国家有关法律法规、技术标准和信息系统工程监理合同，为确保信息系统工程的安全和质量，对信息系统工程项目实施的监督管理。信息系统工程监理活动的任务由监理合同，以及监理公司基于该合同由总监理工程师下达的《监理任务书》所确定。

根据监理范围及内容的不同，信息系统工程的监理模式可分为咨询式监理、里程碑式监理及全过程监理，建设单位可根据自己的需要在委托监理合同中约定监理模式。信息系统工程监理活动的主要内容是“四控、三管、一协调”。其中，“四控”是指信息系统工程的质量控制、进度控制、投资控制和变更控制；“三管”是指信息系统工程的合同管理、信息管理和安全管理；“一协调”是指在信息系统工程实施过程中协调有关单位间的工作关系。

（7）C。**要点解析**：保密性是指信息不被泄漏给未授权的个人、实体和过程，或不被其使用的特性。换而言之，就是确保所传输的数据只被其预定的接收者读取。应用数据保密性机制可以防止数据中途被攻击者窃听获取。

数据完整性是指信息未经授权不能进行改变的特性，即应用系统的信息在存储或传输过程中保持不被偶然（或蓄意地）删除、篡改、伪造、乱序、重放和插入等破坏和丢失的特性。应用数据完整性机制可以防止数据在途中被攻击者篡改或破坏。

（8）B。**要点解析**：用户发送口令，由通信对方指定共享密钥的认证方案不安全，因为密钥在传送过程中可能泄漏，被别人窃取。其他 3 个选项的方法是相对安全的。

(9) B。**要点解析**：在 ISO/IEC27000 系列标准中的信息安全管理中，物理和环境安全的内容之一是，应防止对组织办公场所和信息的非授权物理访问、破坏和干扰。关键或敏感的信息处理设施要放置在安全的区域内，并受到确定的安全边界的保护，包括采用适当的安全屏障和入口控制。这些设施要在物理上避免未授权的访问、损坏和干扰，所提供的保护要与所识别的风险相匹配。

在网络工程系统集成项目中，通常在机房采取门禁系统等防护措施，任何进出机房的人员应经过门禁设施的监控和记录。这属于 ISO/IEC27000 系列标准中信息安全管理的物理和环境安全范畴。

(10) C。**要点解析**：数字签名是笔迹签名的模拟，它必须具有的性质是：①必须能证实作者签名及签名的日期和时间；②在签名时必须能对内容进行鉴别；③签名必须能被第三方证实以解决争端。数字签名并不具有证实接收方信息是否真实的功能。

(11) B。**要点解析**：国家标准的制定有一套正常程序，每一个过程都要按部就班地完成，这个过程分为前期准备、立项、起草、征求意见、审查、批准、出版、复审和废止 9 个阶段。

自标准实施之日起，至标准复审重新确认、修订或废止的时间，称为标准的有效期，又称为标龄。我国在国家标准管理办法中规定国家标准实施 5 年内要进行复审，即国家标准的有效期一般为 5 年。

(12) D。**要点解析**：在《软件文档管理指南 GB/T16680—1996》中将软件文档归入如下 3 种类别：①开发文档，描述开发过程本身；②产品文档，描述开发过程的产物；③管理文档，记录项目管理的信息。

开发文档是描述软件开发过程，包括软件需求、软件设计、软件测试及保证软件质量的一类文档，开发文档也包括软件的详细技术描述（程序逻辑、程序间相互关系、数据格式和存储等）。基本的开发文档包括可行性研究和项目任务书、需求规格说明、功能规格说明、设计规格说明（包括程序和数据规格说明）、开发计划、软件集成和测试计划、质量保证计划、标准、进度、安全和测试信息。

产品文档规定关于软件产品的使用、维护、增强、转换和传输的信息。基本的产品文档包括培训手册、参考手册和用户指南、软件支持手册、产品手册和信息广告。

(13) D。**要点解析**：信息系统的生命周期可以分为 4 个阶段：立项、开发、运维、消亡。其中，开发阶段又可分为总体规划、系统分析、系统设计、系统实施和系统验收等阶段，详见表 1-2。

表 1-2　信息系统开发阶段说明

| 阶　段 | 说　明 |
|---|---|
| 总体规划 | 是系统开发的起始阶段，以立项阶段所做的需求分析为基础，明确信息系统在企业经营战略中的作用和地位，指导信息系统的开发，优化配置并利用各种资源（包括内部资源和外部资源），通过规划过程规范（或完善）用户单位的业务流程。通常，一个比较完整的总体规划应当包括信息系统的开发目标、总体结构、组织结构、管理流程、实施计划和技术规范 |
| 系统分析 | 目标是为系统设计阶段提供系统的逻辑模型，内容包括组织结构及功能分析、业务流程分析、数据和数据流程分析及系统初步方案 |
| 系统设计 | 根据系统分析的结果设计出信息系统的实施方案，主要内容包括系统架构设计、数据库设计、处理流程设计、功能模块设计、安全控制方案设计、系统组织和队伍设计及系统管理流程设计 |
| 系统实施 | 是将设计阶段的成果在计算机和网络上具体实现，即将设计文本变成能在计算机上运行的软件系统 |
| 系统验收 | 通过试运行，系统性能的优劣及其他各种问题都会暴露在用户面前，即进入了系统验收阶段 |

(14) B。**要点解析**：面向对象方法的基本思想如下。

①客观事物是由对象组成的，对象是在原事物的基础上抽象的结果。

②对象是由属性和操作组成的，其属性反映了对象的数据信息特征，而操作则用来定义改变对象属性状态的各种操作方式。

③对象之间的联系是通过消息传递机制来实现，而消息传递的方式是通过消息传递模式和方法所定义的操作过程来完成的。

④对象可以按其属性来归类，借助类的层次结构，子类可以通过继承机制获得其父类的特性。

⑤对象具有封装的特性，一个对象就构成一个严格模块化的实体，在系统开发中可被共享和重复引用，达到软件（程序和模块）复用的目的。

（15）D。**要点解析：** 瀑布模型是一种将软件生命周期划分为制定计划、需求分析、软件设计、程序编写、软件测试和运行维护等6个基本活动，并且规定了它们自上而下、相互衔接的固定次序的系统开发方法。瀑布模型强调文档的作用，并要求每个阶段都要仔细验证，它适用于需求明确或很少变更的项目。

原型化模型的第一步是建造一个快速原型，实现客户或未来的用户与系统的交互，用户或客户对原型进行评价，进一步细化待开发软件的需求。通过逐步调整原型使其满足客户的要求，开发人员可以确定客户的真正需求是什么；第二步则在第一步的基础上开发客户满意的软件产品。显然，原型化模型可以克服瀑布模型的缺点，减少由于软件需求不明确带来的开发风险，具有显著的效果。

螺旋模型是指将瀑布模型和原型化模型结合起来，强调风险分析的一种开发模型。

迭代模型主要针对事先不能完整定义需求的软件开发项目。根据用户的需求，首先开发核心系统。当该核心系统投入运行后，用户试用并有效地提出反馈。开发人员根据用户的反馈，实施开发的迭代过程。每一次迭代过程均由需求、设计、编码、测试和集成等阶段组成，为整个系统增加一个可定义的、可管理的子集。也可将该模型看做是重复执行的多个瀑布模型。

本试题中，该字处理应用软件（老版本）已被广泛使用，新版本将在“近期”上市。项目开发团队面临着“紧迫的开发期限”等问题。该新版本字处理应用软件是基于老版本的基础上改进开发的，而非“全面推倒重来”，建议该项目开发团队选择开放式团队结构和迭代开发模型。

（16）D。**要点解析：** 软件需求分析工作是软件生存周期中重要的一步，也是决定性的一步。只有通过软件需求分析，才能把软件功能和性能的总体概念描述为具体的软件需求规格说明，从而奠定软件开发的基础。软件需求决定的是目标系统“做什么”，而不是“怎么做”的问题（例如，确定目标实现的具体技术路线、建立目标系统的物理模型等）。

（17）C。**要点解析：** 在UML中，动态行为描述了系统随时间变化的行为。其中，状态机图用于说明系统的状态机视图；活动图用于说明系统的动态活动视图；顺序图和协作图用于说明系统的交互视图。

（18）D。**要点解析：** 软件复用是指将已有的软件及其有效成分用于构造新的软件或系统。

构件技术是软件复用实现的关键。构件是软件系统可替换的、物理的组成部分，它封装了实现体（实现某个职能），并提供了一组接口的实现方法。可以认为构件是一个封装的代码模块或大粒度运行时的模块，也可以将构件理解为具有一定功能、能够独立工作或同其他构件组合起来协调工作的对象。

对于构件，应当按可复用的要求进行设计、实现、打包和编写文档。构件应当是内聚的，并具有相当稳定的公开接口。

为了使构件更切合实际、更有效地被复用，构件应当具备“可变性（Variability）”，以提高其通用性，并减少构件系统中构件的数目。构件应向复用者提供一些公共“特性”，另一方面还要提供可变的“特性”。针对不同的应用系统，只需对其可变部分进行适当的调节，复用者要根据复用的具体需要，改造构件的可变“特性”，即进行“客户化”工作。

（19）C。**要点解析：** J2EE规范所包含的一系列构件及服务技术规范有：①JNDI：Java命名和目录服务，提供了统一、无缝的标准化名字服务；②Servlet：Java Servlet是运行在服务器上的一个小程序，用于提供以构件为基础、独立于平台的Web应用；③JSP：Java Servlet的一种扩展，使创建静态模板和动态内容相结合的HTML和XML页面更加容易；④EJB：实现应用中关键的业务逻辑，创建基于构件的企业级应用程序，EJB在应用服务器的EJB容器内运行，由容器提供所有基本的中间层服务（如事务管理、安全、远程客户连接、生命周期管理和数据库连接缓冲等）；⑤JCA：J2EE连接器架构，提供一种连接不同企业信息平台的标准接口；⑥JDBC：Java数据库连接技术，提供访问数据库的标准接口；⑦JMS：Java消息服务，提供企业级消息服务的标准接口；⑧JTA：Java事务编程接口，提供分布事务的高级管理规范；⑨JavaMail：提供与邮件系统的接口；⑩RMI-IIOP：提供应用程序的通信接口。

ASP是“Active Server Page”的缩写。它是实现动态网页的一种技术，不是J2EE的关键技术。

（20）B。**要点解析：** 从结构的角度看，数据仓库主要有企业仓库、数据集市和虚拟仓库3种模型。

其中，企业仓库用于收集跨越整个企业的各个主题的所有信息，它是整个企业范围的数据集成。而数据集市是包含对特定的用户有用的、企业范围数据的一个子集，其范围限于所选定的主题。虚拟仓库是操作型数据库上视图的集合。因此选项A的描述是错误的。

数据挖掘就是要智能化和自动化地把数据转换为有用的信息和知识。目前，常用的数据挖掘方法有关联分析、序列模式分析、分类分析和聚类分析等。由此可见，选项B的描述是正确的。

联系分析处理（On-Line analytical Processing，OLAP），它仍使用DBMS存取数据，即选项C的描述是错误的。

数据仓库不是用做日常查询，也不是用于汇总和统计，它主要用于提取数据中的潜在信息和知识。因此选项D的描述是错误的。

（21）B。**要点解析**：事件驱动模式的基本原理是构件并不直接调用过程，而是触发一个或多个事件。系统中的其他构件可以注册相关的事件，触发一个事件时，系统会自动调用注册了该事件的构件过程，即触发事件会导致另一构件中过程的调用。其主要特点是事件的触发者并不知道哪些构件会受到事件的影响，且不能假定构件的处理顺序，甚至不知道会调用哪些过程。使用事件驱动模式的典型系统包括各种图形界面工具。事件驱动模式的优点表现在：①支持软件重用，容易实现并发处理；②具有良好的可扩展性，通过注册可引入新的构件，而不影响现有构件；③可以简化客户代码。

选项B的“有助于把复杂的问题按功能分解，使整体设计更为清晰”是分层模式的优点之一。

（22）D。**要点解析**：Web Service是一种可以接收从Internet或Intranet上传送的请求的轻量级的独立通信技术，它允许网络上的所有系统相互间进行交互。Web服务可以理解为请求中上下文的关系，并且在每一个特定的情况下产生动态的结果。这些服务会根据用户的身份、地点及产生请求的原因来改变不同的处理，用以产生一个唯一的、定制的方案。这种协作机制对那些只对最终结果感兴趣的用户来说，是完全透明的。Web Service体系结构由服务请求者、服务提供者和服务注册中心之间的交互和操作构成，如图1-3所示。

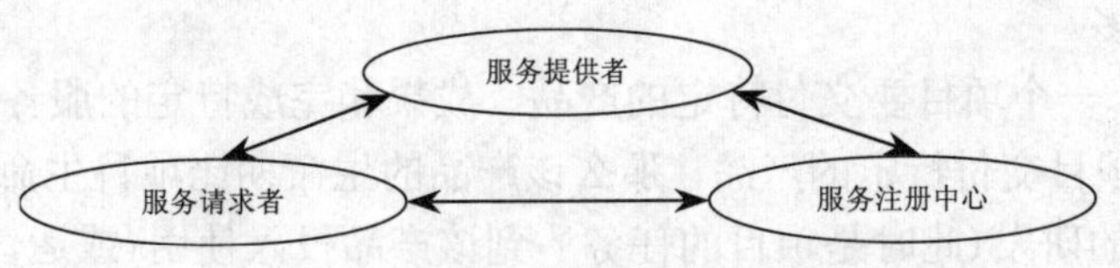


图1-3 Web Service体系结构图

在Web Service模型的解决方案中，服务提供者定义并实现Web Service，使用服务描述语言（WSDL）描述Web Service，然后将服务描述发布到服务请求者或服务注册中心；服务请求者使用查找操作从本地或服务注册中心检索服务描述，然后使用服务描述与服务提供者进行绑定并调用Web Service。服务注册中心是整个模型中的可选角色，它是连接服务提供者和服务请求者的纽带。

（23）C。**要点解析**：网络拓扑结构是指网络中通信线路和节点的几何排序，用于表示整个网络的结构外貌，反映各节点之间的结构关系。它影响着整个网络的设计、功能、可靠性和通信费用等各个方面，是计算机网络十分重要的要素。常用的网络拓扑结构有总线型、星形、环形、树形和分布式结构等。

在某系统集成公司的一间办公室内，将7台计算机连接成网络，该网络的物理拓扑结构为星形结构。在该拓扑结构中，使用中央交换单元以放射状连接网中的各个节点，通常用双绞线将各节点与中央单元进行连接。该拓扑结构的特点表现在：①维护管理容易，重新配置灵活；②故障检测和隔离容易；③网络延迟时间短；④各节点与中央交换单元直接连通，各节点之间的通信必须经过中央单元转换；⑤网络共享能力差；⑥线路利用率低，中央单元负荷重。

（24）C。**要点解析**：在进行机房设计时，应遵循的设计原则有：实用性和先进性原则、安全可靠性原则、灵活性和可扩展性原则、标准化原则、经济性/投资保护原则及可管理性原则等。

为保证各项业务的应用，网络必须具有高可靠性，尽量避免出现单点故障。要对机房布局、结构设计、设备选型和日常维护等各个方面进行高可靠性的设计和建设。在关键设备采用硬件备份、冗余等可靠性技术的基础上，采用相关的软件技术提供较强的管理机制、控制手段和事故监控，以及安全保密等技术措施以提高电脑机房的安全可靠性。

（25）B。**要点解析**：直接连接存储（DAS）将磁盘阵列、磁带库等数据存储设备通过扩展接口（通常是 SCSI 接口）直接连接到服务器或客户端。

网络连接存储（NAS）与 DAS 不同，它的存储设备不是直接连接到服务器，而是直接连接到网络，通过标准的网络拓扑结构连接到服务器。

存储区域网络（SAN）是一种特殊的高速专用网络，它用于连接网络服务器和大存储设备（如磁盘阵列或备份磁带库等）。

由以上分析可知，NAS 和 SAN 属于网络化数据存储方式。

（26）D。**要点解析**：职能型组织、矩阵型组织和项目型组织是与项目有关的主要组织结构类型，其关键特征见表 1-3。

**表 1-3 组织结构类型及其关键特征**

| 组织类型 / 项目特征 | 职能型组织 | 矩阵型组织 | | | 项目型组织 |
|---|---|---|---|---|---|
| | | 弱矩阵型 | 平衡矩阵型 | 强矩阵型 | |
| 项目经理权限 | 很少或没有 | 有限 | 少到中等 | 中等到大 | 很高到全权 |
| 可利用的资源 | 很少或没有 | 有限 | 少到中等 | 中等到大 | 很多到全部 |
| 控制项目预算者 | 职能经理 | 职能经理 | 职能经理与项目经理 | 项目经理 | 项目经理 |
| 项目经理的角色 | 半职 | 半职 | 全职 | 全职 | 全职 |
| 项目经理的一般头衔 | 项目协调员/项目主管 | 项目协调员/项目主管 | 项目经理/项目主任 | 项目经理/计划经理 | 项目经理/计划经理 |
| 项目管理行政人员 | 半职 | 半职 | 半职 | 全职 | 全职 |
| 全职参与的职员比例 | 没有 | 0%～25% | 15%～60% | 50%～95% | 85%～100% |

在本试题所给的 4 个选项中，弱矩阵型组织结构中，项目经理可利用的资源最少；项目型组织结构中，项目经理可利用的资源最多。

（27）C。**要点解析**：一个项目要交付特定的产品、成果和完成特定的服务。项目生命周期定义项目的开始与结束。假如一个项目交付特定的产品，那么该产品的生命期比项目生命周期更长，产品生命期开始于经营计划，从该产品的研发(此时是项目的任务）到该产品投入使用(或运营)，直到该产品的消亡就构成了该产品的生命周期。项目生命周期是产品生命周期的一部分，因此选项 C 的说法有误。

（28）A。**要点解析**：项目管理办公室（PMO）是在管辖范围内集中、协调地管理项目的组织单元。PMO 在组织内部承担起了将组织战略目标通过一个个的项目执行加以实现的功能。其主要的功能和作用可以分为日常性职能和战略性职能两大类。日常性职能包括建立组织内项目管理的支撑环境、培养项目管理人员、提供项目管理的咨询、组织内的多项目的管理和监控等。战略性职能包括项目组合管理和提高组织项目管理能力等。PMO 在组织中的位置没有明确的要求和规定。

（29）D。**要点解析**：制定招标评分标准，通常应遵循的原则有：①以客观事实为依据；②严格控制自由裁量权；③得分应能明显分出高低；④执行国家规定，体现国家政策；⑤评分标准应便于评审；⑥细则横向比较等。

对不同评分因素的评分细则进行横向比较，其目的在于保证各因素的单位分值含金量大体相当。例如，某单位要对一个信息系统管理软件进行采购招标，由于现场答辩环节没有一个定量的标准，相关负责人在制定价格因素评分细则时规定：投标人投标报价高于基准报价的，每高 1 %扣 0.2 分；同时在售后服务因素评分细则中规定：投标人响应招标文件要求的得 7 分，投标人提出其他服务措施的，由评委酌情给 1～3 分。从中可以看出，投标人提高报价 10%才扣 2 分，而多提出几条其他服务承诺就可能得 3 分，这服务分的含金量显然比价格分的含金量小得多。

（30）B。**要点解析**：项目识别是承建方项目立项的第一步，其目的在于选择投资机会、鉴别投资方向。通常，可从政策导向、市场需求和技术发展等方面寻找项目机会。

项目评估是项目投资前期进行决策管理的重要环节，其目的是审查项目可行性研究的可靠性、真实性和客观性，为银行的贷款决策或行政主管部门的审批决策提供科学依据。

项目论证是指对拟实施项目技术上的先进性、适用性，经济上的合理性、盈利性，以及实施上的可能性、风险可控性进行全面科学的综合分析，为项目决策提供客观依据的一种技术经济研究活动。

（31）C。**要点解析**：信息系统项目的可行性研究就是从技术、经济、社会和人员等方面的条件和情况进行调查研究，对可能的技术方案进行论证，以最终确定整个项目是否可行。通常，可行性评价准则包含运行可行性（或管理上的可行性，即度量问题的紧急程度，或者一个方案的可接受性或可用性）、技术可行性（主要考虑技术是否实际和合理）、经济可行性（度量一个项目或方案的成本效益）、进度可行性（即度量项目时间表的合理性）和开发环境的可行性（企业领导意见是否一致，人员、资金和场地是否到位等）。开发出来的信息系统是否具有可操作性，这也是技术可行性要考虑的内容之一。另一方面，开发出来的信息系统对使用者也有一定的要求（如文化水平、反应速度，甚至是打字速度等），这属于可行性研究的人员可行性范畴。信息系统是项目的成果，只有实现信息系统的技术是否可行，没有“系统可行性”这个说法。

（32）B。**要点解析**：项目整体管理是项目管理中的一项综合性和全局性的管理工作。项目整体管理知识域包括保证项目各要素相互协调所需要的各个过程。具体地，项目整体管理知识域包括标识、定义、结合、统一和协调项目管理过程中不同过程和活动所需要的过程和活动。

项目整体管理确保项目所有的组成要素在正确的时间结合在一起，以成功完成项目。

项目管理中整体管理的过程包括：①制定项目章程；②制定项目范围说明书（初步）；③制订项目管理计划；④指导和管理项目执行；⑤监督和控制项目工作；⑥整体变更控制；⑦项目收尾。

（33）D。**要点解析**：组织过程资产包含项目实施组织的企业计划、政策方针、规程、指南和管理系统，实施项目组织的知识和经验教训。它是制定项目章程的输入之一。组织过程资产可分为组织中指导工作的过程和程序，以及组织级数据库两大类。

组织中指导工作的过程和程序包括以下内容：①组织的标准过程；②标准指导方针、模板、工作指南、建议评估标准、风险模板和性能测量准则；③用于满足项目特定需要的标准过程的修正指南；④为满足项目的特定需求，对组织标准过程集进行剪裁的准则和指南；⑤组织的沟通要求、汇报制度；⑥项目收尾指南或要求；⑦财务控制程序；⑧问题和缺陷管理程序、问题和缺陷的识别和解决、问题追踪；⑨变更控制流程，包括修改公司正式的标准、方针、计划、程序及任何项目文件，以及批准和确认变更的步骤；⑩风险控制程序，包括风险的分类、概率和影响定义、概率和影响矩阵；⑪批准与发布工作授权的程序等。

组织级数据库包括以下内容：①项目档案；②过程测量数据库；③经验学习系统；④问题和缺陷管理数据库；⑤配置管理知识库；⑥财务数据库等。其中，财务数据库包括劳动时间、产生的费用、预算和项目超支费用等信息。

（34）D。**要点解析**：项目章程是正式批准一个项目的文档。它可以直接描述（或引用其他文档来描述）以下的信息：①项目需求，它反应了客户、项目发起人或其他项目干系人的要求和期望；②项目必须实现的商业需求、项目概述或产品需求；③项目的目的或论证结果；④项目干系人的需求和期望；⑤指定项目经理及制授权级别；⑥概要的里程碑计划；⑦项目干系人的影响；⑧职能组织；⑨组织的、环境的和外部的假设；⑩组织的、环境的和外部的约束；⑪论证项目的业务方案，包括投资回报率；⑫概要预算。

工作说明书、企业环境因素、组织过程资产和合同（当有合同时）是制定项目章程的输入。

（35）C。**要点解析**：工作分解结构（WBS）与工作分解词汇表反映了随着项目范围从初步的范围说明书一直明细具体到工作包，而变得越来越详细的演变过程。滚动式计划是项目渐进明细的一种表现形式，近期要完成的工作在工作分解结构的最下层详细计划，而计划在远期完成的工作在工作分解结构的较高层计划。最近一两个报告期要进行的工作应在本期接近完成前更为详细地计划；所以，项目计划在项目生命期内可以处于不同的详细水平。在信息不够确定的早期战略计划期间，活动的详细程度可能粗到里程碑的层次。

(36) B。**要点解析**：WBS 分解是将主要的项目可交付物分成更小的、更易管理的单元，直到交付物细分到足以用来支持未来的项目活动中定义的工作包。

对 WBS 的结构进行组织是指把项目的可交付物和相关工作按照 WBS 的结构进行组织，以满足项目管理团队对项目进行控制和管理的需要。通常采用 WBS 模板来制作 WBS 结构。常见的 WBS 结构有以下几种。

①把主要的项目可交付物和子项目作为第一层。

②把项目的生命期作为一层，项目交付物作为第二层。

③外包的子项目结构。

④在每个 WBS 分支采用不同的分解方法。据此，可判断选项 B 的说法有误。

工作结构分解应把握的原则有：①在各层次上保持项目的完整性，避免遗漏必要的组成部分；②一个工作单元只能属于某个上层单元，避免交叉从属；③相同层次的工作单元应用相同的性质；④工作单元应能分开不同责任者和不同工作内容；⑤便于项目管理计划、控制的管理需要；⑥最低层工作应该具有可比性，是可管理的、可定量检查的；⑦应包括项目管理工作和分包出去的工作。

(37) D。**要点解析**：项目范围变更的原因之一是项目外部环境发生变化，如政府政策的变化。一般情况下，项目范围变更由“项目范围控制”过程来处理。通常项目管理者在进行范围变更时，关心的问题是：①对造成范围变更的因素施加影响，以确保这些变更得到一致认可；②确定范围变更已经发生；③当范围变更发生时，对实际变更情况进行管理。

由于政府的新规定对项目来说是一项强制变更，应按变更控制流程及时通知项目干系人。

(38) B。**要点解析**：前导图法（PDM）用于关键路径法，是用于编制项目进度网络图的一种方法，它使用方框或者长方形（被称做节点）代表活动，它们之间用箭头连接，显示它们彼此之间存在的逻辑关系。前导图法包括活动之间存在的 4 种类型的依赖关系。本试题选项 A 图示了结束-开始的关系（F-S 型），即前序活动结束后，后续活动才能开始；选项 B 图示了结束-结束的关系（F-F 型），即前序活动结束后，后续活动才能结束；选项 C 图示了开始-开始的关系（S-S 型），即前序活动开始后，后续活动才能开始；选项 D 图示了开始-结束的关系（S-F 型），即前序活动开始后，后续活动才能结束。

某项目中有两个活动单元：活动一和活动二。其中，活动一结束后活动二才能结束，这说明这两个活动存在 F-F 型的关系，因此应使用选项 B 的前导图来表达这两个活动之间的依赖关系。

(39) A。**要点解析**：在确定活动之间的先后顺序时有 3 种依赖关系：强制性依赖关系、可斟酌处理的依赖关系和外部依赖关系，详见表 1-4。

**表 1-4 活动排序的各种依赖关系**

| 类 别 | 定 义 | 说 明 |
|---|---|---|
| 强制性依赖关系 | 也称为硬逻辑关系，是指工作性质所固有的依赖关系 | 往往涉及一些实际的限制。例如，在施工项目中，只有在基础完成之后，才能开始上部结构的施工 |
| 可斟酌处理的依赖关系 | 也称为优先选用逻辑关系、优先逻辑关系或者软逻辑关系，通常根据对具体应用领域内部最好做法，或者项目某些非寻常方面的了解而确定 | 要有完整的文字记载，因为它们会造成总时差不确定、失去控制并限制今后进度安排方案的选择。根据某些可斟酌处理的依赖关系，包括根据以前完成同类型工作的成功项目所取得的经验，选定计划活动顺序 |
| 外部依赖关系 | 是指涉及项目活动和非项目活动之间关系的依赖关系 | 可能要依靠以前性质类似的项目历史信息，或者合同和建议来确定 |

通常在信息系统项目施工过程中，只有在完成需求分析工作之后，才能开始业务管理系统的系统设计工作。这两种工作之间存在强制性依赖关系。

(40) B。**要点解析**：解答本试题时，可根据图 1-1 给出的每个任务所需的天数，分别计算出 4 个选项所给出的路径的总天数。

对于选项 A，路径 A→B→C→E→I 所需总天数为：3+2+2+6+5=18。

对于选项 B，路径 A→B→C→D→I 所需总天数为：3+2+2+7+5=19。

对于选项 C，路径 A→B→C→F→G→I 所需总天数为：3+2+2+3+2+5=17。

对于选项 D，路径 A→B→C→F→H→I 所需总天数为：3+2+2+3+1+5=16。

关键路径是一个相关任务序列，该序列具有最大总和的最可能工期，它决定了项目最早可能完成的时间。换言之，它是工程项目从开始节点到结束节点中作业总天数最多的路径。对比 4 个选项的计算结果可知，选项 B 的路径 A→B→C→D→I 是时间总和最长的路径，是图 1-1 所示项目的关键路径，它决定了整个项目所需的时间，即该项目计划至少需要 19 天才能完成。

（41）C；（42）C。**要点解析**：考虑原有估算中风险的大小，可以提高活动历时估算的准确性。三点估算就是在确定三种估算的基础上做出的，它来自于计划评审技术（PERT）。

活动历时（AD）的均值=（最乐观时间+4×最可能时间+最悲观时间）/6

例如，某项目初步估计 24 天即可完成，即最可能时间为 24 天；如果出现问题耽搁了也不会超过 35 天完成，即最悲观时间为 35 天；最快 19 天即可完成，即最乐观时间为 19 天。那么，这个估计的 PERT 值为：（19+4×24+35）/ 6 = 150 / 6 ≈ 25 天，即该项目的历时为 25 天。

因为估算，所以难免有误差。三点估算法估算出的历时符合正态分布曲线，其方差为 $\sigma$ =（最悲观时间 - 最乐观时间）/6 =（35-19）/6 ≈ 2.667 天。

（43）C。**要点解析**：参数估算法是一种运用历史数据和其他变量（如软件编程中的编码行数、要求的人工小时数，以及软件项目估算中的功能点方法等）之间的统计关系，来计算活动资源成本的估算技术。这种技术估算的准确度取决于模型的复杂性及其涉及的资源数量和成本数据。与成本估算相关的例子是，将工作的计划数量与单位数量的历史成本相乘得到估算成本。

（44）C。**要点解析**：通常将成本管理划分为成本估算、成本预算和成本控制等过程。管理储备金是为范围和成本的潜在变化而预留的预算，它们是“未知的”，项目经理在使用之前必须得到批准。管理储备金不是项目成本基线的一部分。

（45）A。**要点解析**：对于项目而言，主要有固定成本、可变成本、直接成本和间接成本等成本类型，详见表 1-5。

**表 1-5　项目成本说明表**

| 类　型 | 定　义 | 举　例 |
| --- | --- | --- |
| 固定成本 | 不随生产量、工作量或时间的变化而变化的非重复成本 | 员工的基本工资、设备的折旧、保险费和不动产税等 |
| 可变成本 | 也称变动成本，随着生产量、工作量或时间而变的成本 | 外购半成品、与销售量呈正比例变动的销售费用等 |
| 直接成本 | 直接可以归属于项目工作的成本 | 项目团队差旅费、工资、项目使用的物料及设备使用费等 |
| 间接成本 | 来自一般管理费用科目或几个项目共同担负的项目成本所分摊给本项目的费用 | 税金、额外福利和保卫费用等 |

（46）D。**要点解析**：依题意，在某项目进行的第 4 个月，PV=30 万元，AC=36 万元。由于缺少在既定的时间段内实际完工工作的预算成本 EV 值，因此无法评估该项目的成本偏差和进度偏差等情况。

（47）B。**要点解析**：活动历时估算的工具和技术有：专家判断、历时的三点估算法、类比估算法、参数式估算和预留时间。由于该项目的主要约束不是进度，意味着进度比较有弹性，可适当按估计出的时间的一定百分比预留一些时间来作为应急情况发生时的一种补充。设置备用时间能够让项目团队得知项目还有预留时间可用，不致感觉时间过于紧张。

（48）B。**要点解析**：质量计划编制包括识别与该项目相关的质量标准，以及确定如何满足这些标准。质量计划编制的输出包括：

①质量管理计划是整个项目管理计划的一部分，它描述了项目的质量策略，并为项目提出质量控制、质量保证、质量提高和项目持续过程改进方面的措施。它还提供质量保证行为，包括：设计评审、质量核查和代码检查。

②质量测量指标应用于质量保证和质量控制过程中。为了进行质量度量，必须事先进行操作定义，操作定义是用非常专业化的术语来描述各项操作规程的含义，以及如何通过质量控制程序对它们进行检测。

③质量检查表是一种组织管理手段，通常是工业或者专门活动中的管理手段，用于证明需要执行的一系列步骤已经得到贯彻实施，在系统集成行业就是常用的测试手册。

④过程改进计划是项目管理计划的补充。过程改进计划详细描述了分析过程，可以很容易辨别浪费时间和无价值的活动，可以增加对客户的价值。

⑤项目管理计划（更新）包括辅助的质量管理计划和过程改进计划。项目管理计划和其辅助计划的变更请求（增加，修改，修订）要通过综合变更控制进行处理。

（49）C。**要点解析**：质量成本指为了达到产品（或服务）的质量要求所付出的全部努力的总成本，既包括为确保符合质量要求所做的全部工作（如质量培训、研究和调查等），也包括因不符合质量要求所引起的全部工作（如返工、废物、过度库存和担保费用等）。质量成本分为预防成本、评估成本和缺陷成本，详见表 1-6。项目成功的标准就是增加预防成本要比设法降低、弥补成本更值得。

**表 1-6 质量成本类型及说明**

| 类 型 | 定 义 | 举 例 |
|---|---|---|
| 预防成本 | 是指那些为保证产品符合需求条件，无产品缺陷而付出的成本 | 项目质量计划、质量规划、质量控制计划、质量审计、设计审核、过程控制工程、质量度量、测试系统建立、质量培训及供应商评估等都是预防成本 |
| 评估成本 | 是指为使工作符合要求目标而进行检查和检验评估所付出的成本 | 设计评估、收货检验、采购检验、测试及测试结果的分析汇报等都是评估成本 |
| 内部缺陷成本 | 是指交货前弥补产品故障和失效而发生在公司内的费用 | 产品替换、返工或修理、废料和废品、复测、缺陷诊断及内部故障的纠正等都是内部缺陷成本 |
| 外部缺陷成本 | 是指发生在公司外部的费用，通常是由顾客提出的要求 | 产品投诉评估、产品保修期投诉、退货、增加营销费用来弥补丢失的客户、废品召回、产品责任及客户回访解决问题等都是外部缺陷成本 |

（50）C。**要点解析**：通常，在质量管理中广泛应用的直方图、控制图、因果图、排列图、散点图、过程决策程序图（PDPC）、核对表和趋势分析等，都可以用于项目的质量控制，此外在项目质量管理中，还用到检查和统计分析等方法。

排列图也被称为帕累托图，是按照发生频率大小顺序绘制的直方图，表示有多少结果是由已确认类型或范畴的原因所造成的。按等级排序的目的是指导如何采取主要纠正措施。

帕累托图来自于帕累托定律，该定律认为：相对来说数量较小的原因往往造成绝大多数的问题或者缺陷。就是常说的 80/20 定律，即 20%的原因造成 80%的问题。

（51）D。**要点解析**：道格拉斯·麦格雷戈的 X 理论认为，员工是懒散的、消极的、不愿意为公司付出劳动，因此在领导工作中必须对员工采取强制、惩罚和解雇等手段，强迫员工努力工作，对员工应当严格监督、控制和管理；在领导行为上应当实行高度控制和集中管理；在领导风格上采用独裁式的领导方式。

（52）B。**要点解析**：项目团队建设的主要目标是：提高团队成员的个人技能，改进团队协作，提高团队的整体水平以提升项目绩效等。

项目人力资源计划编制确定与识别项目中的角色、分配项目职责和汇报关系，并记录下来形成书面文件，其中也包括项目人员配备管理计划。

项目团队组建的主要目标是：通过调配、招聘等方式得到需要的项目人力资源。

项目团队管理的主要目标是：跟踪团队成员个人的绩效和团队的绩效，提供反馈，解决问题并协调变更以提高项目绩效。

（53）D。**要点解析**：项目团队管理的依据（输入）：项目人员分配、项目人力资源管理计划、绩效报告、团队绩效评估、组织文化和组织过程资产等。活动资源估计是人力资源计划编制的输入之一。

（54）A。**要点解析**：项目沟通管理中的“沟通管理计划编制”过程确定了项目干系人的信息和沟通需求：哪些人是项目干系人，他们对于该项目的收益水平和影响程度如何，谁需要什么样的信息，何时需要，以及应怎样分发给他们。详细来说，应包括沟通内容及结果的处理、收集、分发、保存的程序和方式，以及报告、数据和技术资料等信息的流向。也就是说，沟通的结果应当通过什么形式、向谁汇报、由谁执行、由谁监督，以及使用什么方法来发布等。由此可知，选项 A“沟通管理计划中规定的人员”是最准确的选项。

（55）C。**要点解析**：沟通是人们分享信息、思想和情感的过程，其主旨在于互动双方建立彼此相互了解的关系，相互回应，并且期待能经由沟通的行为与过程相互接纳及达成共识。

沟通使用一套项目干系人认可的语言系统来加工、发送、接收、理解和反馈信息，沟通为项目团队提供了相互联系的精神纽带。在项目经理管理项目时，沟通不总是一帆风顺的，经常存在着障碍。沟通的障碍产生于个人的认知、语义的表述、个性、态度、情感和偏见、组织结构的影响，以及过大的信息量等方面。

例如，由于人们的修养和表达能力的差别，对于同一思想、事物的表达有清楚和模糊之分，或者使用的词语有歧义，这样的沟通障碍属于语义障碍。语义障碍最常出现在图 1-2 的②、③过程中。

（56）C。**要点解析**：项目沟通管理计划编制的标准输入包括：①企业环境因素；②组织过程资产；③沟通需求分析；④沟通技术；⑤项目范围说明书；⑥项目管理计划等，但不包括沟通渠道。

（57）C。**要点解析**：合同管理的主要内容包括：合同的订立、合同的履行、合同的变更、合同的终止、违约管理及合同档案管理等。而回答潜在买方的问题是招投标过程中的一项活动，通常发生在合同订立之前，因此不属于合同管理的范畴。

（58）D。**要点解析**：依据《中华人民共和国合同法》第六十一条的规定：合同生效后，当事人就质量、价款或者报酬、履行地点等内容没有约定或者约定不明确的，可以协议补充；不能达成补充协议的，按照合同有关条款或者交易习惯确定。

据此，本题的正确选项是 D。

（59）D。**要点解析**：在对某项目采购供应商的评价中，评价项有：对需求的理解、技术能力、管理水平和企业资质等。假定每个评价项满分为 10 分，其中“对需求的理解”权重为 15%，若 4 个评定人在“对需求的理解”项的打分分别为 8 分、7 分、9 分、8 分，则平均分为 8 分。该平均分乘以相应的权重比例即为该供应商的“对需求的理解”的单项综合分：8×0.15=1.2。

（60）C。**要点解析**：在项目中准备进行采购时，应组织制定的采购文件包括采购管理计划、工作说明书、标书（RFP）和评估标准等内容。而建议书是卖方准备的文件，用来说明卖方提供所需产品或服务的能力和意愿。建议书应该与相关的采购文件的要求相一致，并能反映合同中所定义的原则。卖方的建议书应该应买方的要求提供正式的合法的报价。某些情况下，卖方可以会应买方的要求对建议书中涉及到的人员、技术等进行口头说明，以便买方进行进一步评估。

（61）D。**要点解析**：投标商甲的综合得分=90×0.2+80×0.4+70×0.1+80×0.3=81 分。

投标商乙的综合得分=80×0.2+80×0.4+75×0.1+90×0.3=82.5 分。

投标商丙的综合得分=80×0.2+85×0.4+75×0.1+80×0.3=81.5 分。

投标商丁的综合得分=85×0.2+85×0.4+70×0.1+90×0.3=85 分。

由于 85>82.5>81.5>81，即投标商丁的综合得分最高，因此该项目应选择投标商丁。

（62）C。**要点解析**：通常，实施项目配置管理应完成以下几方面的任务：①制订项目配置管理计划；②确定配置标识规则；③实施变更控制；④报告配置状态；⑤进行配置审核；⑥进行版本管理和发行管理。

缺陷分析是指当发现产品或生产过程中存在缺陷后对其进行原因分析，一般认为属于质量管理范畴。

（63）C。**要点解析**：通常，配置管理系统的配置库可以分为动态库、受控库（主库）、静态库和备份库 4 种类型，详见表 1-7。知识库一般建立在组织层级，内容涵盖范围很广，属于组织知识管理的范畴。

**表 1-7 配置库类型及其说明**

| 类　型 | 说　明 |
|---|---|
| 动态库 | 也称为开发库、程序员库或工作库，用于保存开发人员当前正在开发的配置实体。动态库通常包括新模块、文档、数据元素或进行修改的已有元素。动态库是软件工程师的工作区，由开发者控制。动态库中的配置项处于版本控制之下 |

续表

| 类　型 | 说　明 |
| --- | --- |
| 受控库 | 也称为主库或系统库，是用于管理当前基线和控制对基线的变更。受控库包括配置单元和被提升并集成到配置项中的组件。软件工程师和其他人员可以自由地复制受控库中的单元或组件，但必须有适当的权限授权变更。受控库中的单元或组件是用于创建集成、系统和验收测试或对用户发布的构件。主库中的配置项被置于完全的配置管理之下 |
| 静态库 | 也称为软件仓库或软件产品库，用于存档各种广泛使用的已发布的基线。静态库用于控制、保存和检索主媒介，被置于完全的配置管理之下 |
| 备份库 | 包括制作软件和相关构架、数据和文档的不同版本的复制品。在各点的及时备份，可以每天、每周或每月执行备份 |

（64）C。**要点解析**：变更请求是实施变更控制的起始一步，也是必不可少的一步。在项目中实施变更应以批准的变更请求为依据。

（65）B。**要点解析**：在变更管理流程中，在接收到问题后应先形成记录并进行判断后决定如何更改配置项。因此选项A和选项C应首先排除。而选项D通常在分析阶段发生，而且一般不应由开发人员直接沟通。

（66）B。**要点解析**：在项目的执行过程中，发生变更在所难免，重要的是要有一套处理变更的流程和接收或拒绝变更的变更控制委员会。在管理项目时，项目的范围、进度、预算和质量都可能发生变更，项目管理的其他方面如团队管理、干系人管理、风险应对、风险监控和合同管理等控制过程的结果也可能引起变更。

现实中，变更申请首先是从项目的范围、进度、成本和质量等方面提出的，或由这些方面的控制过程的结果触发的。变更管理的工作流程包括：①提出与接受变更申请；②对变更的初审；③变更方案论证；④项目变更控制委员会审查；⑤发出变更通知并开始实施；⑥变更实施的监控；⑦变更效果的评估；⑧判断发生变更后的项目是否已纳入正常轨道。

项目的整体变更控制过程处理某一方面的变更对其他方面的影响，从项目的全局考虑和处理变更，负责变更的全过程管理，负责变更过程的全局、综合和平衡，负责变更的审核和收尾。

由于项目管理是一个渐进明细的过程，在前后过程之间、在整体和部分之间是反复迭代、逐步求精的。因此在项目的范围、进度、成本和质量等方面的知识域中的计划过程也有可能触发项目整体变更控制过程。例如，制订WBS过程，如果在此过程中，如果发现遗漏了一些项目工作，则可能引起工期、人力资源和质量等方面的变更，此时需要项目整体变更控制过程进行处理，从而更新项目管理计划。

再例如，如果有人要求项目进度提前，此时应先依据进度变更控制流程进行处理，包括提交书面的进度变更申请单、变更的影响分析、对该变更的接受或拒绝。如果接受变更，变更后新的进度基准可能要求增加成本、可能带来质量风险、也可能要求增加人力资源……所有这些连带的变更，均需要由项目整体变更控制过程进行全面的整体变更管理。

综上所述，“变更筛选”不是范围变更过程所关注的。

（67）C。**要点解析**：在风险管理的基本流程中，包括6项主要活动：风险管理计划编制、风险识别、定性风险分析、定量风险分析、制订风险应对计划、风险监控。风险规避措施是制订风险应对计划的一项输出，而不属于风险管理基本流程中的活动。

（68）A。**要点解析**：风险识别是确定何种风险可能会对项目产生影响，并将这些风险的特征形成文档。风险处理是执行风险应对计划和权变措施。经验教训学习是借鉴发生过的经验。风险分析是对已识别的风险进行优先级排序及对重要的风险影响进行量化。

（69）D。**要点解析**：风险监控跟踪已识别的危险，监测残余风险和识别新的风险，保证风险管理计划的执行，并评价这些计划对减轻风险的效果，从而保证风险管理能达到预期的目标。风险监控应用了一些新的工具，如变化趋势分析方法，通过分析在项目实施中的绩效参数以实现风险监控。风险监控是项目整个生命期的一个持续进行的过程。

风险监控的成果之一是“建议的纠正措施”。该措施包括应急计划和权变措施，后者是应对先前未曾出现的风险的。在项目的执行过程中，权变措施一定要被记录下来。纠正措施可以指导并管理项目的执行过程。

（70）D。**要点解析**：项目收尾过程是对项目管理计划中收尾部分的执行。该过程包括完成所有项目过程中的所有活动以正式关闭整个项目或某个阶段；恰当地移交已完成或已取消的项目和阶段。要完成项目的整体收尾，有两个规程是必需的，即管理收尾规程和合同收尾规程。

管理收尾规程覆盖整个项目，同时在每个阶段完成时规划和准备阶段性收尾。该规程详细描述了在项目和任何阶段执行管理收尾涉及到的所有的活动及其交互、项目团队成员和其他项目干系人的相关角色和职责。

合同收尾规程涉及结算和中止任何项目所建立的合同、采购或买进协议，也定义了为支持项目的正式管理收尾所需的与合同相关的活动。

（71）C。**参考译文**：大多数系统开发方法都提供了基线计划（baseline plan），其目的是将一系列相关信息，如可行性评估、进度安排和需求分析等包含在一起，便于向项目的客户及相关团体展示。

（72）D。**参考译文**：范围验证（Scope verification）是指获取项目干系人对已完成的项目范围的正式认可的过程。验证范围包括了评审可交付物和工作成果，以确定它们均已令人满意地完成。

（73）A。**参考译文**：在项目风险分析过程中，可以确定一个已被识别的风险事件是不可能避免、减轻或转移的。该风险事件是项目的一个关键因素，如果它发生了，则可能导致项目失败。对于项目经理而言，最好的选择是不断地寻找保险公司以规避风险。

（74）B。**参考译文**：估算活动历时使用的信息包括：活动的工作（Work）范围、所需资源类型、估算的资源数量，以及资源日历。

（75）C。**参考译文**：挣值（Earned value）是在给定时期内按进度活动或WBS部件所完成工作的预算值。

### 1.1.3 参考答案

表1-8给出了本份上午试卷问题1～问题75的参考答案，供读者练习时参考，以便查缺补漏。读者可按每空1分的评分标准得出测试分数，从而大致评估自己对这些知识点的掌握程度。

**表1-8 参考答案表**

| 题　号 | 参考答案 | 题　号 | 参考答案 |
|---|---|---|---|
| （1）～（5） | B、C、D、B、B | （41）～（45） | C、C、C、C、A |
| （6）～（10） | B、C、B、B、C | （46）～（50） | D、B、B、C、C |
| （11）～（15） | B、D、D、B、D | （51）～（55） | D、B、D、A、C |
| （16）～（20） | D、C、D、C、B | （56）～（60） | C、C、D、D、C |
| （21）～（25） | B、D、C、C、B | （61）～（65） | D、C、C、C、B |
| （26）～（30） | D、C、A、D、B | （66）～（70） | B、C、A、D、D |
| （31）～（35） | C、B、D、D、C | （71）～（75） | C、D、A、B、C |
| （36）～（40） | B、D、B、A、B | | |

## 1.2 下午试卷

**（考试时间14：00—16：30，共150分钟）**

**请按下述要求正确填写答题纸**

1．本试卷共5道题，全部是必答题，满分75分。

2．在答题纸的指定位置填写你所在的省、自治区、直辖市和计划单列市的名称。

3．在答题纸的指定位置填写准考证号、出生年月日和姓名。
4．答题纸上除填写上述内容外，只能填写解答。
5．解答时字迹务必清楚，字迹不清，将不评分。
6．仿照下面例题，将解答写在答题纸的对应栏内。

**【例题】**

2010年上半年全国计算机技术与软件专业技术资格（水平）考试日期是__（1）__月__（2）__日。

因为正确的解答是“5月22日”，故在答题纸的对应栏内写上“5”和“22”（参见下表）。

| 例　题 | 解 答 栏 |
|---|---|
| （1） | 5 |
| （2） | 22 |

## 1.2.1 试题描述

**试题1**

阅读以下说明，根据要求回答问题1～问题3。（15分）

**【说明】**

系统集成商Y公司承担了某企业的业务管理系统的开发建设工作，Y公司任命阮工为项目经理。该业务管理系统建设工程可分解为15个工作(箭头线表示)，根据工作的逻辑关系绘出的双代号网络图如图1-4所示。项目经理阮工在第12天末进行检查时，A、B、C 3项工作已完成，D和G工作分别实际完成5天的工作量，E工作完成了4天的工作量。

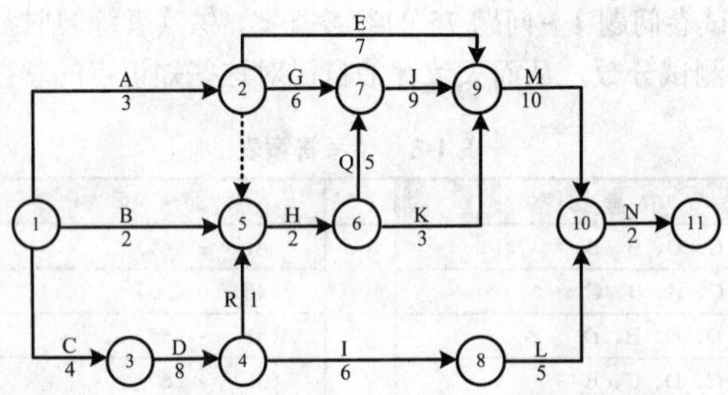


图1-4　某业务管理系统建设工程双代号网络图

**【问题1】**（3分）

按工作最早完成时间计，D、E、G 3项工作各推迟了多少天？

**【问题2】**（7分）

（1）根据图1-4给出的参数，指出该业务管理系统建设工程的关键路径，并计算出原来计划的总工期。

（2）D、E、G 3项工作中，哪些工作对工程如期完成会构成威胁？这些威胁使得该项目工程的工期推迟多少天？

【问题 3】（5 分）

结合你的项目管理经验，分析项目经理阮工为了减少干扰因素对进度的影响，确保项目实施阶段的进度，对项目实施期间的进度控制应注意哪些要点？

---

---

### 试题 2

阅读以下说明，根据要求回答问题 1～问题 3。（15 分）

【说明】

林明是一家计算机软件公司产品开发部经理。为集中力量开发一种新软件，他从其他项目组选出了 5 名聪明能干的开发人员组成了一个新的产品开发小组，林明亲自担任小组负责人。5 名成员都是大学本科毕业，在各自的工作中都取得了良好的成绩。林明相信他的新项目团队一定能成功地完成开发任务。

但是，一个月过去了，小组的工作进展远远落后于开发计划，而且每周的小组成员会议使得每一位与会者都备受折磨，已快变成了两个相对阵营间的紧张对抗了。林明主张参与性管理，要求每一位小组成员在做出决定时意见要一致。问题是小王和小刘很快就能打定主意，就要求进行下一个议题；而小赵则要求进一步讨论，要求更多的资料，更多的时间进行思考；小李和小孙话虽不多，但他们支持小赵。

林明尽力在双方之间进行平衡。小王和小刘做事有时有点儿鲁莽，不能仔细考虑所做决定的细节；小赵确实也有点儿慢吞吞的，又会使全组陷入没完没了分析的倾向。林明很难决定支持哪一方，因为双方都做出过许多高质量的决定，都取得过良好的开发成绩。

为什么 5 位聪明能干的开发人员到一起工作却带来了这么多问题？林明陷入了沉思……

【问题 1】（5 分）

结合你的项目管理经验，分析上述问题产生的可能原因。

---

---

【问题 2】（5 分）

当在一个团队的环境下处理冲突时，项目经理林明应该认识到冲突具有哪些特点？

---

---

【问题 3】（5 分）

请简要说明项目经理林明应采取哪些措施，以避免类似情况的发生。

---

---

### 试题 3

阅读以下关于项目整体管理的说明，根据要求回答问题 1～问题 3。（15 分）

【说明】

老陈是系统集成商 PQ 公司（以下简称为 PQ 公司）软件开发部的项目经理。5 个月前，他被公司派往一览贸易集团有限公司（以下简称为一览公司）现场组织开发办公自动化管理信息系统（以下简称为 OA 系统），并担任项目经理。老陈已经领导开发过好几家公司的 OA 系统，并已形成较为成熟的 OA 管理软件产品，所以他认为此次应该只要适当地做一些二次开发，并根据用户需求进行少量的新功能开发即可大功告成。

老陈满怀信心地带领他的项目团队进驻了一览公司，老陈和项目团队在技术上已经历过多次考验，他们在 3 个月的时间就将该 OA 系统开发完毕，项目很快进入了验收阶段。可是一览公司分管办公事务的吴总认为，一个这么复杂的OA系统在短短的3个月时间里就完成了，这在一览公司的IT项目中还是首次，似乎不太可能。他拒绝在验收书上签字，并要求办公室的叶主任和业务人员认真审核集团公司及其各个子公司的OA管理上的业务需求，严格测试相关系统的功能。

办公室的叶主任与相关人员经过认真审核和测试，发现系统开发基本准确，但实施起来比较困难，因为业务流程变更较大。又1个月过去了，一览公司的吴总认为系统还没有考虑集团公司领导对办公管理的需求，并针对实施较困难的现状，要求项目组从集团公司总部开始，一家一家子公司地逐步推动系统的使用。

老陈答应了一览公司吴总的要求，开始先在集团公司总部实施OA系统。可是1个月过去了，系统却没有安装成功。集团公司信息中心的人员无法顺利地购买服务器，因为这个项目没有列入信息部门的规划。办公室的部分人员也建议：该项目在集团中都推不动，何必再上。老陈一筹莫展，眼看半年过去了，项目似乎没有了终结之日。

【问题1】(4分)

结合你的项目管理经验，简要分析产生以上问题的主要原因。

【问题2】(6分)

针对目前项目情况，请简要说明老陈可采取哪些补救措施。

【问题3】(5分)

在本案例中，老陈在监督和控制项目过程应关注哪些主要问题（即概要说明监督和控制项目过程的主要关注点）？

## 试题4

阅读以下关于项目质量管理的案例说明，根据要求回答问题1～问题3。(15分)

【说明】

某系统集成公司中标了某大型餐饮连锁企业集团的信息系统项目，该项目包含单店管理、物流系统和集团ERP等若干子项目。由该系统集成公司的项目经理老林全面负责项目实施。老林认为此项目质量管理的关键在于系统地进行测试。

老林制订了详细的测试计划用来管理项目的质量。在项目实施过程中，他通过定期发给客户测试报告来证明项目质量是有保证的。可是客户总觉得有什么地方不对劲，对项目的质量还是没有信心。

【问题1】(6分)

结合你的项目管理经验，简要分析客户对项目的质量没有信心的可能原因。

【问题2】(3分)

对于该信息系统项目，项目经理老林应该如何实施项目的质量保证？

【问题 3】（6 分）

请简要说明项目的质量控制与质量保证的区别与联系。

## 试题 5

阅读以下说明，根据要求回答问题 1 和问题 2。（15 分）

【说明】

某集团的一个大型电子商务项目正处于建设方案征集、论证阶段。系统集成商 PH 公司为了赢得客户的信任，需要提供一份建议方案文档，对客户的需求进行响应。高质量的建议方案能够显示出集成商在处理客户 RFP（Request For Proposal）方面的能力、实力和专业性，而创建一个高质量的建议方案，需要调配众多的资源，按照计划执行。

【问题 1】（10 分）

作为 PH 公司承担该任务的一名项目经理张工，他应如何创建一份高质量的建议方案文档？请用 300 字以内的文字简要叙述。

【问题 2】（5 分）

对于该大型电子商务项目，项目经理张工在创建及提交投标文件的过程中需要注意哪些要点？

## 1.2.2 要点解析

### 试题 1 要点解析

【问题 1】（3 分）

双代号网络图的基本计算要点见表 1-9。

表 1-9 双代号网络图的基本计算要点

| 序 号 | 参数名称 | 知识要点 |
|---|---|---|
| 1 | 持续时间 | 指一项工作从开始到完成的时间 |
| 2 | 计算工期 | 根据网络计划时间参数计算而得到的工期 |
| 3 | 要求工期 | 是任务委托人所提出的指令性工期 |
| 4 | 计划工期 | 指根据要求工期和计算工期所确定的作为实施目标的工期 |
| 5 | 最早开始时间 | 指在其所有紧前工作全部开始后，本工作有可能开始的最早时刻 |
| 6 | 最早完成时间 | 指在其所有紧前工作全部完成后，本工作有可能完成的最早时刻 |
| 7 | 最迟完成时间 | 在不影响整个任务按期完成的前提下，本工作必须完成的最迟时刻 |
| 8 | 最迟开始时间 | 在不影响整个任务按期完成的前提下，本工作必须开始的最迟时刻 |
| 9 | 总时差 | 在不影响总工期的前提下，本工作可以利用的机动时间 |
| 10 | 自由时差 | 在不影响其紧后工作最早开始时间的前提下，本工作可以利用的机动时间 |
| 11 | 节点的最早时间 | 在双代号网络计划中，以该节点为开始节点的各项工作的最早开始时间 |
| 12 | 节点的最迟时间 | 在双代号网络计划中，以该节点为完成节点的各项工作的最迟完成时间 |
| 13 | 时间间隔 | 指本工作的最早完成时间与其紧后工作最早开始时间之间可能存在的差值 |

本试题的计算求解思路是，先求出 D、E、G 的最早完成时间，进而可以求出这 3 项工作各推迟了多少天。工作 D 的最早完成时间（$T_{EF}$）为图 1-4 中工作 C（即紧前工作）和工作 D（即当前工作）的时间之和，即 $T_{EF}$=4+8=12 天。同理，E 的 $T_{EF}$=3+7=10 天，G 的 $T_{EF}$=3+6=9 天。因此，工作 D 推迟的时间为当前时间减去工作 C（即紧前工作）时间，再减去工作 D（即当前工作）实际完成的工作量，即 12−4−5=3 天。同理，工作 E 推迟的时间为 12−3−4=5 天，工作 G 推迟的时间为 12−3−5=4 天。

【问题 2】(7 分)

要求计算出总工期，必须先根据所给出的双代号网络图找出关键路径，再对关键路径上各个工作（关键工作）的持续时间进行求和即得出总工期。关键路径是指为使项目按时完成而必须按时完成的系列任务。关键路径上的每项任务都是关键任务（或工作）。由于关键路径是一系列（或者仅仅是一个）确定项目完成日期计算值的任务。其中，完成日期是指任务的计划完成日期。该日期基于任务的开始日期、工期、日历、前置任务日期、任务相关性和限制等因素。可见，当关键路径上的最后一个任务完成时，整个项目也就随之完成了。

在图 1-4 所示的双代号网络图中共有 7 条路径。其中，路径 1→3→4→5→6→7→9→10→11 的总工期为 4+8+1+2+5+9+10+2=41 天，为最长的工期时间。因此该路径为图 1-4 的关键路径。

由于工作 D 在关键路径上，且 D 工作已经推迟了 3 天，因此 D 对工程如期完成构成威胁，工期推迟 3 天。

【问题 3】(5 分)

项目进度计划实施过程中，由于外部环境、人为因素或其他技术因素等原因的影响，项目的实际进度经常会与计划进度发生偏差。若不及时纠正这些偏差，就可能导致项目延期，影响项目目标的实现。对于进度控制工作，应明确一个基本思想：计划的不变是相对的，变化是绝对的。为了减少（或排除）干扰因素对进度的影响，确保项目实施阶段的进度，对项目实施期间的进度控制应注意以下要点。

①及时、准确地分析各种干扰因素，确定排除干扰的对策并及时修改项目的进度计划，按新的进度计划继续对项目进行下一轮的控制。只要项目没有结束，项目的干扰因素就会时时存在，进度的调整就会发生。因此必须认识到，进度控制是一个循环的过程。

②进行资源（如人力资源、项目关键技术资源等）的适当储备，掌握特殊资源的获取方式或途径。

③识别风险并制定相应的技术措施。

④制定并严格执行项目管理的规章制度。

⑤以适当的方式对项目团队成员进行团队协作精神、项目业务等内容的培训。

## 试题 2 要点解析

【问题 1】(5 分)

项目团队组织建设过程包括两个子过程：①获取合适的人员以组成团队；②建设团队以发挥个人和团队整体的积极性。项目团队建设工作包括提高项目相关人员的技能、改进团队协作和全面改进项目环境，其目标是提高项目的绩效。项目经理应该去招募、建设、维护、激励、领导和启发项目团队以获得团队的高绩效，并达到项目的目标。

在项目的整个生命周期，项目团队建设过程需要项目团队之间建立清晰的、及时的和有效的沟通。项目团队建设的主要目标包括但不限于以下目标。

①提高项目团队成员的个人技能，以提高他们完成项目活动的能力，与此同时降低成本、缩短工期、改进质量并提高绩效。

②提高项目团队成员之间的信任感和凝聚力，以提高士气，降低冲突，促进团队合作。

③创建动态的、团结合作的团队文化，以促进个人与团队的生产率、团队精神和团队协作，鼓励团队成员之间交叉培训和切磋以共享经验和知识。

成功的团队具有的共同特点：①团队的目标明确，成员清楚自己的工作对目标的贡献；②团队的组织结构清晰，岗位明确；③有成文或习惯的工作流程和方法，而且流程简明有效；④对团队成员有明确的考核和评价标准，工作结果公正公开，赏罚分明；⑤有共同制定并遵守的组织纪律；⑥协同工作，善于总结和学习等。

在项目管理环境里，冲突是不可避免的。冲突的根源包括：对稀缺资源的争抢、进度的优先级的不同、每个人不同的工作方式与风格、项目的高压环境、责任模糊、存在多个上级，以及新科技的使用等。对于本案例，可以从沟通管理和人力资源管理两方面分析产生问题的可能原因。

①项目经理林明作为一名团队管理者（或领导）没有凝聚力和向心力，项目团队成员之间缺乏信任感和凝聚力。

②项目经理林明在沟通、协调等方面的软技能不足，与团队成员之间的缺少个别沟通。

③项目团队的组织结构模糊、团队成员各自的责任不明确，即成员不清楚自己的工作对目标的贡献。

④没有成文（或习惯）的工作流程和方法，没有进行团结合作、协同工作的团队文化建设。

⑤项目经理对团队成员没有明确的考核和评价标准，未建立激励机制等。

【问题 2】（5 分）

在管理项目过程中，最主要的冲突有进度、项目优先级、资源、技术、管理过程、成本和个人冲突 7 种。团队的基本规则、组织原则、基本标准，以及可行的项目管理经验，如制订项目沟通计划、明确定义角色与岗位，都有助于减少冲突。当在一个团队的环境下处理冲突时，项目经理应该认识到冲突的下列特点。

①冲突是自然的，而且要找出一个解决办法。

②冲突是一个团队问题，而不是某人的个人问题。

③应公开地处理冲突。

④冲突的解决应聚焦在问题，而不是人身攻击。

⑤冲突的解决应聚焦在现在，而不是过去。

成功的冲突管理可以大大地提高生产力并促进积极的工作关系。如果冲突得以适当的管理，意见的分歧是有益的，可以增加创造力和做出更好的决策。当分歧变成负面因素时，项目团队成员应负责解决他们相互间的冲突。如果冲突升级，项目经理应帮助团队找出一个满意的解决方案。项目冲突应该被尽早发现，利用私下但直接的、合作的方式来处理冲突。如果冲突持续分裂，那么需要使用正式的处理过程，包括采取惩戒措施。

【问题 3】（5 分）

由于 IT 行业的高技术、人员年轻和流动性大等特点，因此团队建设非常重要。本来一个公司想得到所需的优秀人才就很不容易，然而要将这些优秀人才组成一个团队协同工作就更难了。在项目的失败原因中，团队建设不善甚至分裂占相当的比例，所以项目团队的建设在整个项目管理过程中相当重要。在本案例中，建议项目经理林明采取以下措施以避免类似情况的发生。

①首先给项目成员宣传组建团队的重要性，建立团结合作、协同工作的团队文化，然后再进行艰苦的团队建设活动。

②分别与每名团队成员进行沟通，了解每个人的想法，找出没有凝聚力的症结所在，然后再对症下药。

③将任务分解到每位成员，使每个人都知道自己所要完成的事情，并建立定期检查的机制。

④建立合理的激励机制，以激发每位团队成员的工作热情。

⑤共同制定并遵守简明有效的工作流程、方法和组织纪律。

## 试题 3 要点解析

【问题 1】（4 分）

项目管理必须着眼于整体及系统各部分之间的相互作用。项目整体管理包括确保项目各要素相互协调所需要的过程。它牵涉到在竞争目标和方案选择中做出平衡，以满足或超出项目干系人的需求和期望。项目整体管理要做的工作包括：①制定项目章程；②制定项目范围说明书（初步）；③制订项目管理计划；④指导和管理项目执行；⑤监督和控制项目工作；⑥整体变更控制；⑦项目收尾等。

项目整体管理是在整个组织的环境中进行，而不是只在一个具体项目的内部进行。项目工作必须与实施组织的日常持续运作紧密结合，必须有人负责协调完成一个项目所需要的所有人员、计划及其他与项目有关的工作。可以把项目的各要素都看成是各种资源，整合项目资源就是项目整体管理的过程，但尚需明确以下几点：①整合项目资源在项目管理中的地位和作用；②项目的资源有哪些；③项目干系人指的是哪些人。

认真分析老陈在本案例项目整体管理中所做的工作，可以发现该项目中存在以下几个主要问题。

（1）没有仔细分析项目的干系人。一览公司分管办公事务的吴总是项目的中间力量，他一方面考虑到 OA 管理的方便性，另一方面还总是想到自己作为集团领导在 OA 管理方面的特权。此外，他还有 OA 管理信息系统项目的否决权，有可能从项目的中间力量演变为项目的反对者。

（2）项目缺乏一览公司信息技术部门的支持。这种情况在项目合同的甲方比较常见，信息技术部门往往地位不高，办公室是管理部门，在公开招投标时不一定知会了信息部门。但 IT 项目在开发过程中，特别是技术方案把关、项目验收、上线及后期的运行、维护管理工作都需要甲方信息技术部门的大力支持。

（3）项目计划沟通不够。老陈的团队技术力量雄厚，但在与项目干系人的沟通上做得不够，连一览公司分管 OA 管理的吴总都认为提前完工是不可能的，说明没有及早地与吴总在项目的大方向和约束上商量，也没有将项目计划告知于吴总。

（4）项目组承担的责任过重。在项目的实施阶段主要还是得靠甲方的工作人员。在开发完工后的系统实施阶段，推广工作应当以一览公司办公室与信息技术部门为主导，老陈的团队作为辅助，因为老陈的团队对一览公司的工作人员不具备号召力，更不用说变更 OA 管理的业务流程了。

**【问题 2】（6 分）**

通过对问题 1“查摆问题”的分析，建议老陈考虑采取以下几点补救措施。

（1）与 PQ 公司销售部门负责此项目的营销人员进行细致的沟通，全面分析并识别项目干系人，确定一览公司分管办公事务的吴总、办公室的叶主任和信息中心的负责人为目前项目干系人的重点沟通人物，尽可能地与他们进行协商，争取得到其对项目的认同与支持。

（2）争取得到 PQ 公司领导的支持。通过 PQ 公司领导与一览公司吴总的接触，使吴总大力支持和推动项目的实施，并为此召集各个部门、子公司负责人召开协调会。然后，老陈可以在协调会上做项目进度报告，并就项目的实施提出自己的看法和意见。通过项目协调会，争取由一览公司成立项目协调领导小组，吴总任组长；成立项目实施小组，办公室叶主任任组长，信息中心的负责人与老陈任副组长，各部门相关责任人为组员；成立技术支持小组，以信息中心相关技术人员和老陈的团队成员为组员。

（3）鉴于项目实施的复杂性，争取通过谈判，使双方同意将项目按实施的难度划分为两个（或多个）子项目。当第一个子项目开发成功，并相继在一览公司总公司及其子公司上线运行、验收之后，一览公司向 PQ 公司支付 70%～80%的费用；第二个子项目由一览公司主导，老陈的团队全力配合，主要是完成系统的培训和完善工作。

**【问题 3】（5 分）**

监督和控制项目过程（以下简称为监控过程）是全面跟踪、评审和调节项目的进展，以满足在项目管理计划中确定的绩效目标的过程。在本案例中，老陈在监督和控制项目过程的主要关注点如下：

（1）以项目管理计划为基准，比较实际的项目绩效（包括完成了哪些交付物、实际的进度、实际的成本、实际的质量等项目绩效。

（2）评估当前绩效，以决定是否采取某些纠正或预防性措施（如进度控制中“建议的纠正措施”）。

（3）在执行单项的改正或者预防性措施之前，应评估其对其他方面（如成本、质量等）的影响。项目的监控过程协调这些纠正措施对其他方面的影响，也协调一方干系人的改正或预防性措施对其他干系人的影响。

（4）分析、追踪和监控项目风险，以确保风险被识别，它们的状态被汇报，且有效地执行风险应对计划。

（5）维持一个项目产品和它们的相关文档的准确、及时的信息库，并保持到项目完成。

（6）提供支持性信息，以支持状态报告和绩效报告。

（7）提供预测以更新当前的成本和当前的进度信息。

（8）当变更发生时，监控已批准的变更的执行。

## 试题 4 要点解析

**【问题 1】（6 分）**

客户对项目质量的信心来自于系统集成商以往管理项目时良好的质量表现，以及当前项目具体的可实施的质量管理计划和到位的质量保证，这是因为“质量出自计划，而非仅仅来自检查”。另一方面，沟通是内外有别的，因项目干系人关注点的不同，提交给他们的文档也是有区别的。通常，管理项目质量管理的基本原则是：①质量就是满足客户需求；②项目全员参与，质量责任明确到人；③不许镀金；④预防胜过检查，质量出自计划、设计和建造，而不仅仅出自检查；⑤质量应持续改进。

在本案例中，客户对项目的质量没有信心的可能原因是：①老林没有为项目制订一个可行的质量管理计划并积极地实施；②仅向用户提交测试报告而没有提交全面的质量管理进展情况的报告（或实施报告）；③沟通方式单一（或不全面），容易误导用户，或导致客户（或用户）不必要的担心。

**【问题 2】（3 分）**

质量保证过程实施质量计划中确定的、系统的质量活动，如审计或同行审查，评价项目的整体绩效，以确保项目能够满足相关的质量标准．同时确保项目为了满足项目干系人的期望实施了所有必需的过程。

质量管理计划制定之后，要通过执行质量保证和质量控制，确保项目质量管理计划的实施。执行质量保证的依据是质量管理计划、质量度量标准、过程改进计划、被批准的变更请求（如果有的话）、工作绩效信息，以及质量控制的测量结果。质量保证过程主要采用质量审计、过程分析、质量控制工具和成本效益分析 4 类方法和工具来进行。而质量控制过程监控项目的具体结果，以判断它们是否符合相关质量标准，制定有效的方案，以消除产生质量问题的原因。

在本案例中，老林应该首先执行项目的质量管理计划；采用相应的质量保证的工具和技术（如编制质量计划时所采用的工具和技术、质量审计、质量控制、过程分析与基准分析）等；提出相应的质量整改措施，如建议的纠正措施、对项目计划可能的更新、对组织资产可能的更新及变更请求。

**【问题 3】（6 分）**

质量保证通过定期评价整个项目的执行情况，提供项目满足相关质量标准的信心。通过实施计划中的系统质量活动，确保项目实施满足要求的有关过程。质量保证也为过程改进活动提供支持。过程改进是实现过程质量改进的持续不断的过程。质量控制过程监控具体项目交付物是否符合质量标准，项目交付物产生后就对其进行检查，通常由 QC 人员来进行质量检查，QC 人员一般是项目团队的成员。质量保证一般由 QA 人员来实施，从理论上讲项目经理和 QC 人员没有领导和被领导的关系，质量保证是在项目阶段末用质量审计的方法对本阶段所有的项目成果和工作进行检查，看是否符合质量计划中的质量要求，并将审计结果反馈给项目团队敦促其改进。

综上所述，项目的质量控制与质量保证存在以下几点区别与联系：

（1）质量计划是质量控制与质量保证的共同依据。

（2）达到质量要求是质量控制与质量保证的共同目的（目标）。

（3）质量保证的输出是下一阶段质量控制的输入。

（4）一定时间内质量控制的结果也是质量保证的质量审计对象，质量保证的成果又可以指导下一阶段的质量工作，包括质量控制和质量改进。

（5）质量保证一般是每隔一定的时间（如各个子阶段末）进行的，主要通过系统的质量审计来保证项目的质量（或质量保证是按质量管理计划正确地实施）。

（6）质量控制是实时监控项目的具体结果，以判断它们是否符合相关质量标准，制定有效方案，以消除产生质量问题的原因（或质量控制检查是否做得正确并纠错）。

## 试题 5 要点解析

【问题 1】（10 分）

系统集成公司应该像重视系统开发一样重视在电子商务系统项目的方案论证阶段的建议方案的编制。通过建议方案对项目的需求进行响应，对项目进行充分规划，才能将业务机会转换为公司的经营活动。如果能确定自己的公司是力图满足同一客户需求的几家公司之一，就必须整理出一个提案，以帮助公司的业务参与者清晰地理解 IT 项目的各个方面，或说服客户与你的公司而不是其他服务或技术提供商合作。高质量的方案建议书需要遵循类似于软件开发的管理方法，系统集成公司要把编制方案建议书当成一个项目，运用项目管理的方法进行管理。通常，创建一份高质量的建议方案文档应遵循以下步骤：

（1）要有一套严密的建议方案编制计划，将方案编制工作分解为一些活动或任务，在重要的执行点上设立里程碑，并将此计划与全体参与者共享。

（2）对项目的收入和支出进行简单的测算，然后估计完成建议方案的成本（包括销售成本），制定编制建议方案的预算。

（3）组建方案编制团队，根据项目涉及到的技术领域，团队中应该包括有关的技术人员，其他一些关键角色，包括项目经理、质量主管、财务主管和技术主管等。

（4）文档管理，包括文档风格统一约定、版本控制和标准化等。

（5）开发技术解决方案，这部分活动是建议方案书编制项目中最关键的部分，其内容也是建议书中的主要内容，在技术主管的主持下，对方案的架构进行充分的论证，团队成员要分工合作完成方案的有关内容，同时要尽量复用公司的技术资产。

（6）确定项目的资源管理计划和进度计划，即项目本身的项目管理计划，制作时间-角色矩阵等。

（7）方案质量审核，根据公司的风险管理策略，评估项目的风险，根据公司的现有资源，审核项目的可行性。

（8）方案报价，价格是用户是否能够接受的关键因素之一，需要项目团队慎重确定。

（9）条款、条件和假设叙述，让用户清晰地了解方案的约束条件和限制。

（10）方案创建活动结束确认，通过活动检查表，逐项核对，在获得全体项目团队成员的确认后，签发并提交给用户（可能会通过投标的形式）。

【问题 2】（5 分）

投标人是响应招标、参加投标竞争的法人或者其他组织。投标人应当具备承担招标项目的能力；国家有关规定对投标人资格条件或者招标文件对投标人资格条件有规定的，投标人应当具备规定的资格条件。

根据我国《招标投标法》相关条文规定，对于该大型电子商务项目，项目经理张工在创建投标文件，以及提交投标文件的过程中需要注意以下要点。

（1）应当按照招标文件的要求编制投标文件。投标文件应当对招标文件提出的实质性要求和条件做出响应。

（2）应当在招标文件要求提交投标文件的截止时间前，将投标文件送达投标地点。

（3）在招标文件要求提交投标文件的截止时间前，可以补充、修改或者撤回已提交的投标文件，并书面通知招标人。补充、修改的内容为投标文件的组成部分。

（4）根据招标文件载明的项目实际情况，拟在中标后将中标项目的部分非主体、非关键性工作进行分包的，应当在投标文件中载明。

（5）不得与其他投标人相互串通投标报价，不得排挤其他投标人的公平竞争，损害招标人或者其他投标人的合法权益。不得与招标人串通投标，损害国家利益、社会公共利益或者他人的合法权益。

（6）不得以低于成本的报价竞标，也不得以他人名义投标或者以其他方式弄虚作假，骗取中标。

## 1.2.3 参考答案

表 1-10 给出了本份下午试卷试题 1～试题 5 的参考答案，供读者练习时参考，以便查缺补漏。读者也可依照所给出的评分标准得出测试分数，从而大致评估自己对这些知识点的掌握程度。

表 1-10 参考答案及评分标准表

| 试　题 | 问题与分值 | 参考答案及评分标准 | 自 评 分 |
|---|---|---|---|
| 1 | 【问题 1】（3 分） | 工作 D 推迟了 3 天 （1 分）<br>工作 E 推迟了 5 天（1 分）<br>工作 G 推迟了 4 天（1 分） | |
| | 【问题 2】（7 分） | 关键路径：1→3→4→5→6→7→9→10→11 （2 分）<br>总工期为 41 天 （2 分）<br>D 对工程如期完成构成威胁（1 分），工期将被推迟 3 天（2 分） | |
| | 【问题 3】（5 分） | ①及时、准确地分析各种干扰因素，确定排除干扰的对策并及时修改项目的进度计划，按新的进度计划继续对项目进行新一轮的控制；<br>②进行资源的适当储备，掌握特殊资源的获取方式或途径；<br>③识别风险并制订相应的技术措施；<br>④制定并严格执行项目管理的规章制度；<br>⑤以适当的方式对项目团队成员进行团队协作精神、项目业务等内容的培训<br>（答案类似即可，每小点 1 分） | |
| 2 | 【问题 1】（5 分） | ①项目经理没有凝聚力和向心力，项目团队成员之间缺乏信任感；<br>②项目经理的沟通、协调等方面的软技能不足；<br>③项目团队成员各自的责任不明确；<br>④没有成文（或习惯）的工作流程和方法，没有进行团结合作、协同工作的团队文化建设；<br>⑤项目经理对团队成员没有明确的考核和评价标准，未建立激励机制等<br>（答案类似即可，每小点 1 分） | |
| | 【问题 2】（5 分） | ①冲突是自然的，而且要找出一个解决办法；<br>②冲突是一个团队问题，而不是某人的个人问题；<br>③应公开地处理冲突；<br>④冲突的解决应聚焦在问题，而不是人身攻击；<br>⑤冲突的解决应聚焦在现在，而不是过去（答案类似即可，每小点 1 分） | |
| | 【问题 3】（5 分） | ①给项目成员宣传组建团队的重要性，建立团结合作、协同工作的团队文化；<br>②分别与每名团队成员进行沟通，了解每个人的想法，找出没有凝聚力的症结所在，再对症下药；<br>③将任务分解到每位成员，使每个人都知道自己要做的事情，并建立定期检查的机制；<br>④建立合理的激励机制，以激发每位团队成员的工作热情；<br>⑤共同制定并遵守简明有效的工作流程、方法和组织纪律 （答案类似即可，每小点 1 分） | |
| 3 | 【问题 1】（4 分） | ①没有仔细分析项目的干系人；<br>②缺乏甲方信息技术部门的支持；<br>③项目计划沟通不够，也没有将项目计划提交吴总审批；<br>④项目组承担的责任过重，老陈的团队对一览公司的工作人员不具备号召力，没有变更 OA 管理业务流程的特权（答案类似即可，每小点 1 分） | |
| | 【问题 2】（6 分） | ①与 PQ 公司销售部门负责此项目的营销人员进行细致的沟通，全面分析并识别项目干系人，确定吴总、叶主任和信息中心负责人为目前项目干系人的重点沟通人物，尽可能地与他们进行协商，争取得到其对项目的认同与支持；<br>②争取得到 PQ 公司领导的支持。通过 PQ 公司领导与一览公司吴总的接触，使吴总大力支持和推动项目的实施，并为此召集各个部门、子公司负责人召开协调会，成立一览公司项目协 | |

续表

| 试　题 | 问题与分值 | 参考答案及评分标准 | 自　评　分 |
| --- | --- | --- | --- |
| 3 |  | 调领导小组、项目实施小组和技术支持小组等；<br>③鉴于项目实施的复杂性，争取通过谈判，使双方同意将项目按实施的难度划分为两个（或多个）子项目（答案类似即可，每小点2分） |  |
|  | 【问题3】<br>（5分） | ①以项目管理计划为基准，比较实际的项目绩效（如完成了哪些交付物、实际的进度等项目绩效）；<br>②评估当前绩效，以决定是否采取某些纠正或预防性的措施；<br>③在执行单项的改正或者预防性措施之前，应评估其对其他方面（如成本、质量等）的影响；<br>④分析、追踪和监控项目风险，以确保风险被识别，它们的状态被汇报，且有效地执行风险应对计划；<br>⑤维持一个项目产品和它们的相关文档的准确、及时的信息库，并保持到项目完成；<br>⑥提供支持性信息，以支持状态报告和绩效报告；<br>⑦提供预测以更新当前的成本和当前的进度信息；<br>⑧当变更发生时，监控已批准的变更的执行　（答案类似即可，缺少1小点扣1分，最多扣5分，最多得5分） |  |
| 4 | 【问题1】<br>（6分） | ①老林没有为项目制订一个可行的质量管理计划并积极地实施；<br>②仅向用户提交测试报告而没有提交全面质量管理进展情况的报告（或实施报告）；<br>③沟通方式不全面，容易误导用户，或导致客户（或用户）不必要的担心<br>（答案类似即可，每小点2分） |  |
|  | 【问题2】<br>（3分） | ①首先执行项目的质量管理计划；<br>②采用质量保证的工具和技术（如编制质量计划时所采用的工具和技术、质量审计、质量控制、过程分析与基准分析）等；<br>③提出相应的质量整改措施如建议的纠正措施，对项目计划可能的更新、对组织资产可能的更新和变更请求（答案类似即可，每小点1分） |  |
|  | 【问题3】<br>（6分） | ①质量计划是质量控制与质量保证的共同依据；<br>②达到质量要求是质量控制与质量保证的共同目的（目标）；<br>③质量保证的输出是下一阶段质量控制的输入；<br>④一定时间内质量控制的结果也是质量保证的质量审计对象，质量保证的成果又可以指导下一阶段的质量工作，包括质量控制和质量改进；<br>⑤质量保证一般是每隔一定的时间如阶段末进行的，主要通过系统的质量审计来保证项目的质量（或质量保证是按质量管理计划正确地实施）；<br>⑥质量控制是实时监控项目的具体结果，以判断它们是否符合相关质量标准，制定有效方案，以消除产生质量问题的原因（或质量控制检查是否做得正确并纠错）<br>（答案类似即可，每小点1分） |  |
| 5 | 【问题1】<br>（10分） | ①要有一个方案编写（创建）计划；<br>②制订方案编写的财务预算；<br>③组建方案编写团队；<br>④制定和实施有效的文档管理；<br>⑤进行技术解决方案开发，详细规划出实际的IT解决方案；<br>⑥确定项目的人力资源安排和时间进度；<br>⑦进行方案的质量保证审核；<br>⑧给出合理的方案报价；<br>⑨清晰描述方案的条款（如支付、交货等）、条件和方案前提、假设；<br>⑩方案创建活动结束确认，并交付给客户　（答案类似即可，每小点1分） |  |
|  | 【问题2】<br>（5分） | ①应当按照招标文件的要求编制投标文件。投标文件应当对招标文件提出的实质性要求和条件做出响应；<br>②应当在招标文件要求提交投标文件的截止时间前，将投标文件送达投标地点；<br>③在招标文件要求提交投标文件的截止时间前，可以补充、修改或者撤回已提交的投标文件，并书面通知招标人；<br>④根据招标文件载明的项目实际情况，拟在中标后将中标项目的部分非主体、非关键性工作进行分包的，应当在投标文件中载明；<br>⑤不得以低于成本的报价竞标，不得与其他投标人相互串通投标报价，不得以他人名义投标或者以其他方式弄虚作假，骗取中标　（答案类似即可，每小点1分） |  |

# 第 2 章 考前冲刺预测卷 2

## 2.1 上午试卷

**（考试时间 9：00—11：30，共 150 分钟）**
**请按下述要求正确填写答题卡**

1．在答题卡的指定位置上正确写入你的姓名和准考证号，并用正规 2B 铅笔在你写入的准考证号下填涂准考证号。

2．本试卷的试题中共有 75 个空格，需要全部解答，每个空格 1 分，满分 75 分。

3．每个空格对应一个序号，有 A、B、C、D 4 个选项，请选择一个最恰当的选项作为解答，在答题卡相应序号下填涂该选项。

4．解答前务必阅读例题和答题卡上的例题填涂样式及填涂注意事项。解答时用正规 2B 铅笔正确填涂选项，如需修改，请用橡皮擦干净，否则会导致不能正确评分。

**【例题】**

2010 年下半年全国计算机技术与软件专业技术资格（水平）考试日期是＿＿（88）＿＿月＿＿（89）＿＿日。

（88） A．9　　B．10　　C．11　　D．12

（89） A．11　　B．12　　C．13　　D．14

因为考试日期是“11 月 13 日”，故（88）选 C，（89）选 C，应在答题卡序号 88 下对 C 选项进行填涂，在序号 89 下对 C 选项进行填涂（参见答题卡）。

### 2.1.1 试题描述

**试题 1**

信息化的目的是＿＿（1）＿＿。

（1） A．大力推广信息技术　　B．改进数据处理业务
　　C．建立信息网络管理系统　　D．广泛利用信息资源

**试题 2**

以下不属于供应链设计中需要注意的要点是＿＿（2）＿＿。

（2） A．具有相关性和整体性　　B．安全性和动态性
　　C．结构性和有序性　　D．具有一定的环境适应性

**试题 3**

以下不属于 CRM 系统需要包含的功能模块的是＿＿（3）＿＿。

（3） A．自动化的客户服务 B．自动化的库存管理
C．自动化的销售 D．自动化的市场营销

**试题 4**

商业智能（BI）的核心技术是逐渐成熟的＿（4）＿。

（4） A．Web Services 技术和数据整理（ODS）技术 B．XML 技术和联机事务处理（OLTP）技术
C．数据仓库（DW）和数据挖掘（DM）技术 D．联机呼叫技术和数据挖掘（DM）技术

**试题 5**

以下关于信息系统集成资质等级条件的描述中，错误的是＿（5）＿。

（5） A．管理能力主要从质量管理、客户服务、企业的信息管理系统、企业负责人，以及技术、财务负责人等方面来衡量
B．技术实力主要从企业在某些业务领域的实力、软件研发能力、开发环境及研发投入等方面来衡量
C．业绩主要从企业近 3 年已完成及正在建设中的系统集成项目额、项目规模、项目的技术含量、项目的软件费用比例，以及项目的实施质量等方面来衡量
D．综合条件从企业的从业年限、获取低一级资质年数、主业是否为系统集成、注册资金、近 3 年系统集成年均收入、经济财务状况，及企业信誉度等基本情况来衡量

**试题 6**

信息系统工程监理活动的主要内容被概括为“四控、三管、一协调”，其中的“四控”是指＿（6）＿。

（6） A．整体控制、质量控制、范围控制和变更控制
B．进度控制、投资控制、质量控制和变更控制
C．质量控制、范围控制、进度控制和投资控制
D．范围控制、进度控制、投资控制和风险控制

**试题 7**

我国《著作权法》中，＿（7）＿系指同一概念。

（7） A．著作权与版权 B．发行权与版权 C．出版权与版权 D．作者权与专有权

**试题 8**

以下关于《软件文档管理指南 GB/T16680—1996》的描述，错误的是＿（8）＿。

（8） A．该标准为那些基于软件的产品的开发负有职责的管理者提供软件文档的管理指南
B．该标准是针对文档编制管理而提出的，不涉及软件文档的内容和编排
C．该标准给出了软件完整生存周期中所涉及的各个过程的一个完整集合
D．该标准并没有给出在制定软件质量保证计划时，应遵循的统一的基本要求

**试题 9**

新软件项目与过去成功开发过的一个项目类似，但规模更大，此时比较适合使用＿（9）＿进行项目开发设计。

（9） A．瀑布模型 B．迭代模型 C．原型化模型 D．螺旋模型

**试题 10**

软件需求说明书是需求分析阶段的最后成果，＿（10）＿不是其应包含的内容。

（10） A．数据描述 B．功能描述 C．系统结构描述 D．非性能描述

**试题 11**

某个系统集成项目为了修正一个错误而进行了变更。这个错误被修正后，却引起以前可以正确运行的代码出错。___(11)___最可能发现这一问题。

（11）　A．单元测试　　B．接收测试　　C．系统测试　　D．回归测试

**试题 12**

在面向对象技术中，___(12)___是指作用于不同对象的同一个操作可以有不同的解释，从而产生不同的执行结果。

（12）　A．继承　　B．委托　　C．多态　　D．分类

**试题 13**

RUP 是信息系统项目的生命周期模型之一，“确保软件结构、需求、计划足够稳定；确保项目风险已经降低到能够预计完成整个项目的成本和日程的程度”是该模型___(13)___阶段的主要任务。

（13）　A．初始　　B．细化
　　　　C．构建　　D．交付

**试题 14**

UML 提供了 4 种结构图用于对系统的静态方面进行可视化、详述、构造和文档化。其中___(14)___是面向对象系统建模中最常用的图，用于说明系统的静态设计视图。

（14）　A．类图　　B．构件图　　C．对象图　　D．部署图

**试题 15**

以下关于模式与系统架构的描述中，错误的是___(15)___。

（15）　A．两者都是处理一些抽象概念间的关系
　　　　B．模式针对所要解决的实际问题，是与领域相关的
　　　　C．在创建架构过程中，需要考虑重用性、通用性等问题，可以使用适当的模式作为指导原则来设计相应的解决方案
　　　　D．可以通过对问题领域的分析、分解，找到与需要解的决问题相匹配的模式，把各种模式结合在一起构建整个系统架构

**试题 16**

从数据库管理系统的角度看，数据库系统通常采用如图 2-1 所示的三级模式结构。图 2-1 中①、②两个空缺处应填写___(16)___。

（16）　A．概念模式/内模式映像、概念模式/内模式映像
　　　　B．概念模式/内模式、外模式/概念模式
　　　　C．外模式/概念模式映像、外模式/概念模式映像
　　　　D．外模式/概念模式映像、概念模式/内模式映像

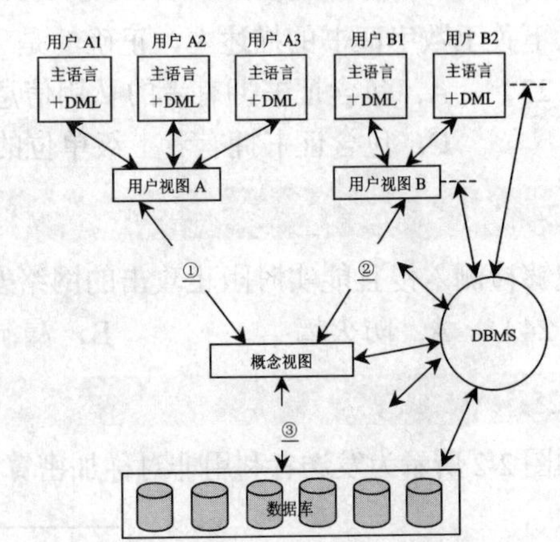


图 2-1　数据库系统的三级模式结构

**试题 17**

如果某 IT 项目客户的业务部署在其 Internet 网站上，客户的供应商、经销商等合作伙伴的业务也部署在各自的 Internet 网站上。客户要求自己的 IT 系统能通过 Internet 和其合作伙伴集成起来，开发者首先要

考虑的技术是___(17)___。

(17) A. C/S　　B. B/S
C. COM 和 Cache　　D. Web Service 和 XML

## 试题 18

微软公司、OMG 组织、SUN 公司所提出的软件构件的标准分别是___(18)___。

(18) A. ①CORBA、②EJB、③COM　　B. ①UML、②.NET、③J2EE
C. ①COM、②CORBA、③EJB　　D. ①CORBA、②JTA、③COM+

## 试题 19

在 Internet 中，可提供匿名登录及文件下载服务的是___(19)___。

(19) A. DNS 服务器　　B. DHCP 服务器
C. FTP 服务器　　D. Telnet 服务器

## 试题 20

在进行金融业务系统的网络设计时，应该优先考虑___(20)___原则。

(20) A. 先进性　　B. 开放性　　C. 可扩展性　　D. 高可用性

## 试题 21

在 OSI 网络管理标准中定义了网络管理的五大功能：___(21)___。

(21) A. 桌面管理、用户管理、计费管理、安全管理和故障管理
B. 配置管理、性能管理、故障管理、安全管理和计费管理
C. 网络设备管理、服务器管理、用户管理、故障管理和安全管理
D. 资源管理、用户管理、网络设备管理、服务器管理和故障管理

## 试题 22

在某系统集成项目中，对各台应用服务器安装 ARP 防火墙。这属于对信息安全___(22)___的保护措施。

(22) A. 保密性　　B. 数据完整性　　C. 不可抵赖性　　D. 可用性

## 试题 23

以下关于数字证书的描述中，正确的是___(23)___。

(23) A. 包含证书拥有者的私钥信息　　B. 包含证书拥有者的公钥信息
C. 包含证书拥有者上级单位的公钥信息　　D. 包含 CA 中心的私钥信息

## 试题 24

能够检测入侵且能实时阻止攻击的网络安全产品是___(24)___。

(24) A. 防火墙　　B. 漏洞扫描系统　　C. IDS　　D. IPS

## 试题 25

如图 2-2 所示为发送者利用非对称加密算法向接收者传送消息的过程，图中 a 和 b 处分别是___(25)___。

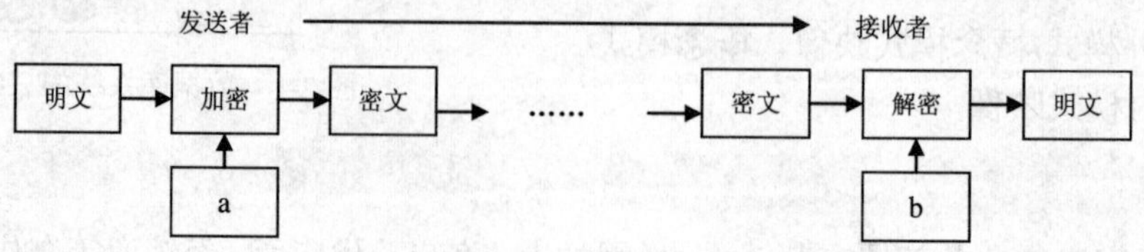


图 2-2　消息加密传送过程示意图

（25） A．发送者的私钥，发送者的公钥　　B．发送者的公钥，接收者的私钥
C．接收者的公钥，发送者的私钥　　D．接收者的私钥，接收者的公钥

**试题 26**

在__（26）__中，项目经理可利用的资源最少。

（26） A．平衡矩阵型组织　B．弱矩阵型组织　C．强矩阵型组织　D．项目型组织

**试题 27**

以下不是项目目标特性的是__（27）__。

（27） A．多目标性　B．不同的优先级　C．层次性　D．渐进明细

**试题 28**

正式批准项目进入下一阶段，这个决定的过程属于项目管理__（28）__过程组的一部分。

（28） A．执行　B．计划编制　C．启动　D．监控

**试题 29**

某单位要对一个网络集成项目进行招标，相关负责人在制定承建单位业绩因素评分细则时规定：满分为 5 分，如果承建单位的年销售额低于 100 万元（含），则不得分；年销售额在 100 万元～250 万元（含），则得 2 分；年销售额在 250 万元～450 万元（含），则得 4 分；年销售额超过 450 万元，则得 5 分。这一规定反映了制定招标评分标准时__（29）__原则。

（29） A．细则横向比较　　B．严格控制自由裁量权
C．得分应能明显分出高低　　D．执行国家规定、体现国家政策

**试题 30**

某单位有很多项目机会，但没有足够的资源来完成所有的项目，这就需要项目经理领导团队来建立一个筛选和确定项目优先级的方法。在建立项目筛选模型的众多准则中，此时最重要的准则是待开发的系统__（30）__。

（30） A．成本低廉　B．功能强大　C．容易使用　D．容易实现

**试题 31**

某市准备投入一笔资金将高耗能的夜景照明设备更换为低能耗的夜景照明设备。系统集成公司 PH 在帮助该市相关职能部门进行项目立项时，最适合采用__（31）__计算出该项目的节能经济效果。

（31） A．增量评估法　B．总量评估法　C．局部评估法　D．全局评估法

**试题 32**

编制项目计划所遵循的基本原则不包括__（32）__。

（32） A．人员与资源的统一组织与管理原则　　B．计划的分散管理原则
C．技术工作与管理工作统一协调原则　　D．各干系人的参与原则

**试题 33**

以下不属于项目启动的依据是__（33）__。

（33） A．项目章程　　B．环境的和组织的因素
C．项目工作说明书　　D．组织过程资产

**试题 34**

项目范围管理包括的过程，依先后顺序排列是__（34）__。

(34) A. 范围定义→范围计划制定→范围确认→创建工作分解结构→范围变更控制
B. 范围计划制定→范围定义→范围确认→创建工作分解结构→范围变更控制
C. 范围定义→范围计划制定→创建工作分解结构→范围变更控制→范围确认
D. 范围计划制定→范围定义→创建工作分解结构→范围确认→范围变更控制

## 试题 35

项目范围是否完成和产品范围是否完成分别以___(35)___作为衡量标准。

(35) A. 范围基线，范围定义　　B. 范围说明书，WBS
C. 项目管理计划，产品需求　　D. 合同，工作说明书

## 试题 36

创建 WBS 的依据（输入）包括___(36)___。

(36) A. 项目管理计划　　B. 成本估算
C. WBS 模板　　D. 项目范围管理计划

## 试题 37、试题 38

PH 公司的某项目由 3 个活动 A、B、C 依次串接组成。活动 A、B、C 在正常情况下的工作时间分别为 11 天、20 天、10 天，在最有利的情况下的工作时间分别为 10 天、18 天、7 天，在最不利的情况下的工作时间分别为 24 天、28 天、19 天，那么该项目最可能完成时间是___(37)___天，活动 C 历时的估算方差约为___(38)___。

(37) A. 41 天　　B. 45 天　　C. 47 天　　D. 51 天

(38) A. 1.67 天　　B. 2.00 天　　C. 2.33 天　　D. 2.67 天

## 试题 39

某项目经理正在负责管理一个产品开发项目。开始时产品被定义为“最先进的儿童益智产品”，后来被描述为“先进的儿童益智产品”。在市场人员的努力下该产品与某软件公司签订了采购意向书，随后与用户、市场人员和研发工程师进行了充分的讨论后，被描述为“成本在 2000 元以下，能播放动画、能预存 250 首歌曲，支持触摸屏互动操作的儿童益智产品”。这表明产品的特征正在不断改进，不断地调整，但是应注意将其与___(39)___协调一致。

(39) A. 项目干系人利益　　B. 用户的战略计划
C. 范围变更控制系统　　D. 项目范围定义

## 试题 40

___(40)___也称为优先选用逻辑关系，通常根据对具体应用领域内部的最好做法，或者项目某些非寻常方面的了解而确定活动之间的关系。

(40) A. 强制性依赖关系　　B. 可斟酌处理的依赖关系
C. 外部依赖关系　　D. 内部依赖关系

## 试题 41

某工程计划如图 2-3 所示，图中标注了完成任务 A～H 所需的天数，其中虚线表示虚任务。经评审后发现，任务 D 还可以缩短 4 天（即只需 6 天就能完成），则总工程可以缩短___(41)___天。

(41) A. 1　　B. 2
C. 3　　D. 4

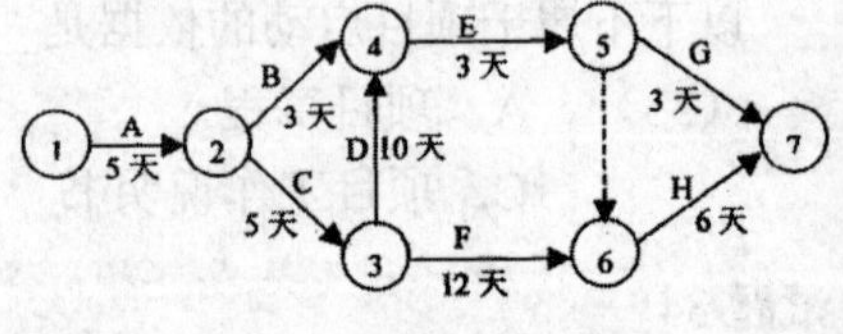


图 2-3 某工程计划图

## 试题 42

活动排序的工具和技术有多种，工具和技术的选取由若干因素决定。如果项目经理决定在进度计划编制中使用子网络模板，这个决策意味着___(42)___。

（42） A．该工作非常独特，在不同的阶段需要专门的网络图
B．在现有的网络上具有可以获取的资源管理软件
C．在项目中包含几个相同或几乎相同的内容
D．项目中存在多条关键路径

## 试题 43

在某项目进行的第三个月，累计计划费用是 30 万元人民币，已完成 85%的工作量。以下关于这个项目进展的叙述，正确的是___(43)___。

（43） A．由于成本超支，项目面临困难 B．项目进度滞后，需要赶工
C．项目进度超前，但成本超支 D．提供的信息不全，无法评估

## 试题 44

以下不属于项目成本预算的依据（输入）的是___(44)___。

（44） A．成本基准 B．活动成本估算支持性细节
C．项目范围说明书 D．工作分解结构（WBS）

## 试题 45

对于系统集成项目而言，___(45)___来自一般管理费用科目或几个项目共同担负的项目成本所分摊给本项目的费用。

（45） A．固定成本 B．可变成本 C．间接成本 D．直接成本

## 试题 46

系统集成商 Y 公司承担了某企业的业务管理系统的开发建设工作，Y 公司任命陈工为项目经理。陈工在进行项目成本管理时，分析认为到目前为止的费用在某种程度上是项目将发生的剩余工作所需成本的指示器，则 EAC 的公式为___(46)___。

（46） A．EAC= AC+BAC−EV B．EAC=AC+ETC
C．EAC= AC+（BAC−EV）/CPI D．EAC=AC+PV−EV

## 试题 47

质量控制非常重要，但是进行质量控制也需要一定的成本，___(47)___可以降低质量控制的成本。

（47） A．进行过程分析 B．使用抽样统计
C．对全程进行监督 D．进行质量审计

## 试题 48

以下关于常用质量术语的理解中，错误的是___(48)___。

（48） A．预防是把错误排除在过程之前
B．检查是把错误排除在产品交付之前
C．特殊原因引起正常过程偏差
D．如果过程状态超出了控制限度，则应调整过程

## 试题 49

某 ERP 系统投入使用后，经过一段时间，发现系统变慢。进行了初步检测之后，要找出造成该问题

的原因，最好采用＿（49）＿。

（49） A．质量审计 B．散点图 C．因果分析图 D．统计抽样

**试题 50**

＿（50）＿是质量计划编制过程常用的工具和技术。

（50） A．因果分析 B．基准分析 C．质量检查单 D．蒙特卡罗分析

**试题 51**

＿（51）＿用于表示出一个人、部门或者团队在每周或者每月需要工作的小时数。

（51） A．资源分解结构（RBS） B．责任分配矩阵（RAM）
C．组织分解结构（OBS） D．人力资源柱状图

**试题 52**

系统集成商 PH 公司的某位项目经理认为，在领导行为上遵循以人为中心的、宽容的及放权的领导原则，使下属目标和组织目标很好地结合起来，为员工的智慧和能力的发挥创造有利的条件。这种理论属于＿（52）＿。

（52） A．麦格雷戈的 X 理论 B．麦格雷戈的 Y 理论
C．弗罗姆的期望理论 D．马斯洛需要层次理论

**试题 53**

以下能正确表达在项目的各阶段冲突排列顺序的是＿（53）＿。

（53） A．概念阶段：项目优先级冲突、资源冲突、成本冲突
B．计划阶段：项目优先级冲突、进度冲突、管理过程冲突
C．执行阶段：进度冲突、技术冲突、个人冲突
D．收尾阶段：成本冲突、资源冲突、管理过程冲突

**试题 54**

以下不属于沟通管理范畴的是＿（54）＿。

（54） A．编制沟通计划 B．记录工作日志 C．编写绩效报告 D．发布项目信息

**试题 55**

项目经理老王负责组织内部的一个系统集成项目。因为组织内部的很多人对该系统及其进展感兴趣，他决定准备一份项目沟通管理计划。准备这一计划的第一步是＿（55）＿。

（55） A．建立所有项目文件的信息库以便于快速查找
B．描述计划分配的信息
C．进行项目干系人分析以评价对信息的需求
D．确定一个生产进度来显示什么时间进行什么类型的沟通

**试题 56**

乙方的系统集成项目经理与其单位高层领导沟通时，使用频率最小的沟通工具是＿（56）＿。

（56） A．趋势报告 B．状态报告
C．需求分析报告 D．界面设计报告

**试题 57**

就招标投标的性质而言，中标通知书与《中华人民共和国合同法》中的＿（57）＿相对应。

（57） A．承诺 B．还约 C．要约 D．要约邀请

**试题58**

某系统集成公司的一名项目经理遵照合同实施某项目，为156台服务器的操作系统进行升级。项目经理在执行合同的收尾过程中，应该__(58)__。

（58） A．正式验收 B．进行产品验证 C．合同付款 D．进行绩效测量

**试题59**

在对某项目采购供应商的评价中，评价项有：对需求的理解、技术能力、管理水平和企业资质等。假定每个评价项满分为10分，其中“管理水平”权重为20%。若4个评定人在“管理水平”项的打分分别为7分、6分、8分、7分，那么该供应商的“管理水平”的单项综合分为__(59)__。

（59） A．1.4 B．6.4 C．7 D．28

**试题60**

若某电子政务信息系统工程招标文件于2010年5月15日发出，则提交投标文件的最早截止时间是__(60)__。

（60） A．2010年5月21日 B．2010年5月28日
C．2010年6月4日 D．2010年6月14日

**试题61**

系统集成商PH公司承担了某事业单位二期网络工程建设项目。该项目在实施过程中需要使用某产品，若自制，单位产品变动成本为12元，并且需要另外增加一台价值为4000元的专用设备；若外购，购买量小于3000件时，购买价为14元/件；购买量大于等于3000件时，购买价为13元/件。以下关于该产品取得方式的决策中，错误的是__(61)__。

（61） A．当产品用量小于2000件时，外购为宜
B．当产品用量小于4000件时，外购为宜
C．当产品用量在2000～3000件时，自制为宜
D．当产品用量大于4000件时，自制为宜

**试题62**

以下关于《中华人民共和国政府采购法》的描述，错误的是__(62)__。

（62） A．必须保证原有采购项目一致性或者服务配套的要求，需要继续从原供应商处添购，且添购资金总额不超过原合同采购金额的百分之十的，可采用单一来源方式采购
B．政府采购实行集中采购和分散采购相结合，集中采购的范围由省级以上人民政府公布的集中采购目录确定
C．中标、成交通知书发出后，中标、成交供应商自愿放弃中标、成交项目的，无须承担法律责任
D．采购人可以要求参加政府采购的供应商提供有关资质证明文件和业绩情况，对有资质的供应商仍需进行资格审查

**试题63**

项目配置管理的主要任务中，不包括__(63)__。

（63） A．版本管理 B．发行管理 C．检测配置 D．变更控制

**试题64**

某电子政务信息化建设项目的项目经理得知一项新的政府管理方面的要求将会引起该项目范围的变更。为此，项目经理应该首先__(64)__。

（64） A．召集一次变更控制委员会会议

B．改变工作分解包、项目时间表和项目计划以反映该管理要求

C．准备变更请求

D．制订新的项目计划并通知项目干系人

**试题 65**

在某个信息系统项目中，存在新老系统切换问题，在设置项目计划网络图时，新系统上线和老系统下线之间应设置成＿（65）＿的关系。

（65） A．开始-开始（S-S 型） B．结束-结束（F-F 型）

C．结束-开始（F-S 型） D．开始-结束（S-F 型）

**试题 66**

某项目的项目范围已经发生变更，因此成本基线也将发生变更，项目经理需要尽快＿（66）＿。

（66） A．进行范围变更决策 B．执行得到批准的范围变更

C．记录获得的经验 D．更新预算

**试题 67**

以下对风险的认识中，错误的是＿（67）＿。

（67） A．所有项目都存在风险 B．对风险可以进行分析和管理

C．风险可以转化成机会 D．风险可以完全回避或消除

**试题 68**

以下工程项目风险事件中，属于技术性风险因素的是＿（68）＿。

（68） A．新材料供货不足 B．合同条款表达有歧义

C．设计时未考虑施工要求 D．索赔管理不力

**试题 69**

在某系统集成项目风险管理中，项目经理老阮采用因果图和德尔菲技术对风险进行分析，这表明其正在进行＿（69）＿。

（69） A．风险识别 B．定量的风险分析

C．定性的风险分析 D．风险监控

**试题 70**

以下关于项目总结的描述中，错误的是＿（70）＿。

（70） A．项目总结用于检查项目团队成员及相关干系人是否按规定履行了所有责任

B．项目总结属于项目收尾的技术收尾，必须进行文档化管理

C．项目总结会需要全体参与项目的成员都参加，并由全体讨论形成文件

D．项目总结会应对项目进行自我评价，以利于项目评估和审计工作的开展

**试题 71**

＿（71）＿are individuals and organizations that are actively involved in the project, or whose interests may be affected as aresult of project execution or project completion.They may also exert influence over the project and its results.

（71） A．Controls B．Baselines

C．Project managers D．Project stakeholders

**试题 72**

In fixed price contract which of the following holds true? （72） .

（72） A．More risk is placed on the buyer

B．If the amount of the contract is exceeded the seller is not obligated to perform further unless the buyer increases the funds

C．The seller agrees to perform a service or furnish supplies at the established contract price

D．The seller agrees to use his best effort to fulfill the contract within the estimated contract amount

**试题 73**

A project management technique that is currently in widespread use is the （73） . The purpose of this technique is to detail, in hierarchical fashion, all of the activities that are required to meet project objectives.

（73） A．Structure Chart　B．Organizational Structure

C．Work Breakdown Structure　D．Functional decomposition diagram

**试题 74**

The process of （74） schedule activity durations uses information on schedule activity scope of work, required resource types, estimated resource quantities, and resource calendars with resource availabilities.

（74） A．defining　B．estimating　C．planning　D．sequencing

**试题 75**

Project Quality Management processes include all the activities of the （75） that determine quality policies,objectives and responsibilities so that the project will satisfy the needs for which it was undertaken.

（75） A．performing organization　B．project management team

C．project　D．customer

## 2.1.2 要点解析

（1）D。**要点解析**：随着以计算机技术、通信技术和网络技术为代表的现代信息技术的飞速发展，人类社会正从工业时代阔步迈向信息时代，人们越来越重视信息技术对传统产业的改造及对信息资源的开发和利用，“信息化”已成为一个国家经济和社会发展的关键环节，信息化水平的高低已经成为衡量一个国家、一个地区现代化水平和综合国力的重要标志。

信息化表面看起来是信息技术的推广应用，但实质是使信息——这一信息社会的主导资源充分发挥作用。换而言之，推广信息技术是手段，真正利用信息资源是目的，信息化则是实现目的的过程。

（2）B。**要点解析**：供应链设计中需要注意以下要点：

①整体性。供应链系统的整体功能取决于供应链中各节点企业或企业部门间的协调关系；只有各个企业或者部门系统一致，结构良好，作为一个整体的供应链系统才会具有良好的功能。供应链系统追求供应链中节点企业整体利益最大化。这应成为包括中心企业在内的各节点企业的奋斗目标和行动准则。

②相关性。供应链内部的各个企业或者部门之间相互影响、相互依赖，形成了特定的关系。供应链的性质和功能更多地受到组成供应链各个企业之间关系的影响。这种战略联盟关系的强弱决定了供应链的特性，表现出供应链的相关性。

③结构性和有序性。供应链是按照供需关系组成的核心企业与供应商之间、供应商与供应商之间等组成的层次分布的网络结构。供应链的结构不是杂乱无章的，它呈现出有序的特性。

④动态性。供应链内部的信息流、资金流和物流都具有动态性，供应链的节点企业自身在动态地壮大或者缩小，供应链上的节点企业数目及其相互关联也在不断地变化。

⑤环境适应性。供应链在设计中也许会考虑得十分周全，但是在应用中，环境因素时时在变化，因此并不一定按照预想那样起作用。要用发展的、变化的眼光来设计和构建一个供应链，供应链在运行中也应能自我调整，以适应外部条件的变化。

（3）B。**要点解析**：客户关系管理（CRM）系统是基于方法学、软件和因特网的，以有组织的方式帮助企业管理客户关系的信息系统。从目前的市场状况来看，CRM 应用系统的实现还没有一个统一的标准；但是，合格的 CRM 系统至少需要包括自动化的销售、自动化的市场营销及自动化的客户服务等比较基本的功能模块。

（4）C。**要点解析**：商业智能（Business Intelligence，BI）通常被理解为将企业中现有的数据转化为知识，帮助企业做出明智的业务经营决策的工具。这里所谈的数据包括来自企业业务系统的订单、库存、交易账目、客户和供应商等，来自企业所处行业和竞争对手的数据，以及来自企业所处的其他外部环境中的各种数据。而商业智能能够辅助的业务经营决策，既可以是操作层的，也可以是战术层和战略层的决策。为了将数据转化为知识，需要利用数据仓库、联机分析处理（OLAP）工具和数据挖掘等技术。

（5）C。**要点解析**：系统集成资质等级评定条件主要由综合条件、业绩、管理能力、技术实力和人才实力 5 个方面描述。其中，业绩主要从企业近 3 年完成的系统集成项目额、项目规模、项目的技术含量、项目的软件费用比例、项目的实施质量，以及企业所完成项目在主要业务领域的水平等方面来衡量。不同级别的主要差别，不仅体现在其项目的数量上，而且也体现在项目的规模、技术含量、完成的质量上。请注意，此处要求一定是“完成”了的项目才能计入业绩，不包括正在进行中的项目。也就是说，经过建设单位签字、验收了的项目才算完成，这也表明建设单位对项目质量的认可。

综合条件从企业的从业年限、获取低一级资质年数、主业是否为系统集成、注册资金、近 3 年系统集成年均收入、经济财务状况、企业信誉度等基本情况来衡量。

管理能力主要从质量管理、客户服务、企业的信息管理系统、企业负责人，以及技术、财务负责人等方面来衡量。

技术实力主要从企业在某些业务领域的实力、软件研发能力、开发环境和研发投入等方面来衡量。

人才实力主要从工程技术人员、本科以上人员比例、项目经理数目、培训体系和人力资源管理水平等方面来衡量。

（6）B。**要点解析**：信息系统工程监理活动的主要内容被概括为“四控、三管、一协调”。其中，“四控”是指质量控制、进度控制、投资控制和变更控制；“三管”是指合同管理、信息管理和安全管理；“一协调”是指在信息系统工程实施过程中协调有关单位及人员间的工作关系。

（7）A。**要点解析**：我国《著作权法》第五十六条指出“本法所称的著作权即版权”，即著作权与版权系指同一概念。

（8）C。**要点解析**：《软件文档管理指南 GB/T16680—1996》标准为那些对软件或基于软件的产品的开发负有职责的管理者提供软件文档的管理指南。该标准的目的在于协助管理者在他们的机构中产生有效的文档。该标准规定了软件文档归入以下 3 种类别：①开发文档，描述开发过程本身；②产品文档，描述开发过程的产物；③管理文档，记录项目管理的信息。

该标准是针对文档编制管理而提出的，不涉及软件文档的内容和编排。

该标准并没有规定，在制定软件质量保证计划时应遵循的统一的基本要求。

该标准期望应用于各种类型的软件，从简单的程序到复杂的软件系统。并期望覆盖各种类型的软件文档，作用于软件生存期的各个阶段。对于小项目，可以不采用该标准中规定的有关细节。管理者可剪裁这些内容以满足他们的特殊需要。换而言之，该标准并没有给出软件完整生存周期中所涉及的各个过程的一个完整集合。

（9）A。**要点解析**：由于新项目与过去成功开发过的一个项目类似，已经有了成功的项目开发经验和积累的软件模块。因此，应尽可能将这些经验和软件模块应用到新项目中，即对于这个规模更大的软件项目应该使用瀑布模型进行开发。

（10）C。**要点解析**：软件需求说明书（SRS）是需求分析阶段最终的交付成果。一份软件需求说明书应包括：功能描述（系统应提供的功能和服务）、非功能描述（包括系统的特征、特点、性能等）、限制系统开发或者系统运行必须遵守的约束条件，以及数据描述等。

（11）D。**要点解析**：回归测试是为了验证修改的正确性及其影响而进行的，是项目调试、系统维护中常用的方法。它以确定修改是否达到了预期的目的，检查修改是否损害了原有的正常功能。回归测试作为项目生存周期的一个组成部分，在整个项目测试过程中占有很大的比重，即项目进展的各个阶段都会进行多次回归测试。若一个项目为了修正一个错误而进行了变更，这个错误被修正后，却引起以前可以正确运行的代码出错，通过回归测试最可能发现这一问题。

（12）C。**要点解析**：在面向对象技术中，对已有实例的特征稍做改变就可以生成其他的实例的方式称为继承。多态是指作用于不同对象的同一个操作可以有不同的解释，从而产生不同的执行结果。

继承的基本功能是将一些功能相关的对象进行归类表示，使得子对象具有其父对象属性的能力。

分类（Classification）是指对象及其类型之间的关系。

委托是一种既可静态定义也可动态定义的复杂关系，其基本功能是将一个对象的工作分配到与之相关的更为特殊的对象上。可见，委托使一个对象可以依赖其他对象为其完成某些操作。

（13）B。**要点解析**：基于构件的开发模型是利用预先包装好的软件构件来构造应用的。统一软件开发（Rational Unified Process，RUP）过程是在产业界提出的一系列基于构件的开发模型的代表。其初始阶段的目标是为系统建立商业案例并确定项目的边界。为了达到该目的，必须识别所有与系统交互的外部实体，在较高层次上定义交互的特性。在这个阶段中所关注的是整个项目进行中的业务和需求方面的主要风险。对于建立在原有系统基础上的开发项目来讲，初始阶段可能很短。初始阶段结束时是第一个重要的里程碑：生命周期目标（Lifecycle Objective）里程碑。生命周期目标里程碑评价项目基本的生存能力。

RUP 细化阶段的目标是分析问题领域，建立健全的体系结构基础，编制项目计划，淘汰项目中最高风险的元素。为了达到该目的，必须在理解整个系统的基础上，对体系结构做出决策，包括其范围、主要功能和性能等非功能需求。同时为项目建立支持环境，包括创建开发案例，创建模板、准则并准备工具。细化阶段结束时，产生了第二个重要的里程碑——生命周期结构（Lifecycle Architecture）里程碑。生命周期结构里程碑为系统的结构建立了管理基准并使项目小组能够在构建阶段中进行衡量。此刻，要检验详细的系统目标和范围、结构的选择，以及主要风险的解决方案。细化阶段的具体任务如下：

①确保软件结构、需求、计划足够稳定；确保项目风险已经降低到能够预计完成整个项目的成本和日程的程度。

②针对项目的软件结构上的主要风险已经解决或处理完成。

③通过完成软件结构上的主要场景建立软件体系结构的基线。

④建立一个包含高质量组件的可演化的产品原型。

⑤说明基线化的软件体系结构可以保障系统需求可以控制在合理的成本和时间范围内。

⑥建立好产品的支持环境。

构建阶段的主要意图是增量式地开发一个可以交付用户的软件产品。

交付阶段的主要意图是将软件产品提交用户。

（14）A。**要点解析**：在 UML 中，结构描述了系统中的结构成员及其相互关系。其中，类图用于说明系统的静态设计视图；构件图用于说明系统的静态实现视图；用例图用于说明系统的用例视图；部署图用于说明系统的静态实施视图（即部署视图）。

（15）B。**要点解析**：软件架构是软件系统中的核心元素，是系统中不易改变、比较稳定的部分，也是构建软件系统中其他部分的基础。因此，系统架构的好坏从根本上决定了基于该架构所构建的软件系统的质量。系统架构的构建一直是软件开发过程中的一项重要工作，也是一项很困难的工作。模式的应用则给出了一条构建系统架构的有效途径。在创建架构的过程中，需要考虑重用性和通用性等问题，可以使用适当的模式作为指导原则来设计相应的解决方案。

模式与系统架构有很大的相似性，都是处理一些抽象概念间的关系，但是二者有很大的不同。模式是与领域无关的，用于解决某些抽象问题：而系统架构则是针对所要解决的实际问题，是与领域相关的。可以通过对问题领域的分析、分解，找到与需要解决的问题相匹配的模式，把各种模式结合在一起构建整个系统架构。

（16）C。**要点解析**：从数据库管理系统的角度看，数据库系统通常采用如图 2-1 所示的三级模式结构。数据库系统在三级模式之间提供了两级映像：模式/内模式映像、外模式/模式映像。

模式/内模式映像：该映像存在于概念级和内部级之间，实现了概念模式到内模式之间的相互转换。

外模式/模式映像：该映像存在于外部级和概念级之间，实现了外模式到概念模式之间的相互转换。

正因为这两级映像保证了数据库中的数据具有较高的逻辑独立性和物理独立性。数据的独立性是指数据与程序独立，将数据的定义从程序中分离出去，由 DBMS 负责数据的存储，从而简化应用程序，大大减少应用程序编制的工作量。

综上所述，在图 2-1 中①、②处都应填写“外模式/概念模式映像”，③处应填写“概念模式/内模式映像”。

（17）D。**要点解析**：Web Service 是一种利用 SOAP 协议可在 Internet 中互相访问的组件技术，XML 是 Web Services 平台中的一种数据格式。若客户要求自己的 IT 系统能通过 Internet 和其合作伙伴集成起来，开发者首先要考虑的技术是 Web Service 和 XML。

COM 是微软提出的组件标准，Cache 是高速缓冲存储器。C/S、B/S 都是主要应用在计算机网络中的系统架构。

（18）C。**要点解析**：常用的软件构件的标准有 OMG 组织提出的 CORBA，微软公司推出的 COM /DCOM /COM+和 SUN 公司推出的 EJB。

CORBA（公共对象请求代理架构）是由对象管理组织（OMG）制定的一种标准的面向对象的应用程序体系规范。或者说 CORBA 架构是 OMG 为解决分布式处理环境（DCE）中硬件和软件系统的互连而提出的一种解决方案。

COM 是一个开放的组件标准，它有很强的扩充和扩展能力。COM 把组件的概念融入到 Windows 应用中。DCOM 在 COM 的基础上添加了许多功能和特性，包括事务特性、安全模型、管理和配置等，使 COM 成为一个完整的组件架构。COM+将 COM、DCOM 和 MTS 形成一个全新的、功能强大的组件架构。

EJB 用于封装业务，而业务可分为业务实体和业务过程。在 J2EE 模型当中，中间层的业务功能通过 EJB 构件来实现，使用 JSP 实现业务逻辑处理结果的动态发布，构成动态的 HTML 页面，中间层也可以使用 Servlet 来实现更为灵活的动态页面。

（19）C。**要点解析**：在 Internet 中用于文件传输的是 FTP 服务器。FTP 服务是使用端口 21 来建立与服务器的 TCP 控制连接的，该服务使用 TCP 20 建立与服务器的数据连接。

通常，一个用户需要在 FTP 服务器中进行注册，即建立用户账号，在拥有合法的登录用户名和密码后，才有可能进行有效的 FTP 连接和登录。另外，Internet 的 FTP 服务还提供一种供公众使用的匿名（Anonymous）服务，任何用户都可以使用 Anonymous 用户名与提供匿名 FTP 服务的主机建立连接，并共享该主机对公众开放的资源。

（20）D。**要点解析**：网络设计一般要遵循如下一些原则。

①先进性：建设一个现代化的网络系统，应尽可能采用先进而成熟的技术，应在一段时间内保证其主流地位。但是太新的技术也有不足之处，一是有可能不成熟；二是标准可能还不完备、不统一；三是价格高；四是可能技术支持力量不够。

②开放性：采用国际通用的标准和技术获得良好的开放性，是网络互联互通的基础。

③高可用性：系统要有很高的平均无故障时间和尽可能低的平均故障率，一般需要采取热备份、冗余等技术。

④可扩展性：能够在规模和性能两个方向上进行扩展。

⑤经济性：在满足需求的基础上，应该尽量节省费用。

金融系统涉及银行、众多储户的资产信息，数据重要、敏感，数据量庞大，必须要保证数据的绝对安全，同时要保证系统小的响应时间、很高的服务成功率，而且服务要完整、不间断，故障恢复能力强，整个系统要具有非常高的可用性和可靠性，并不追求采用先进的技术。另外，一般金融系统都是封闭运行的，不需要优先考虑开放性。因此在进行有关金融系统的网络设计时，高可用性是首要考虑的原则。

（21）B。**要点解析**：在OSI网络管理标准中定义了网络管理的五大功能：配置管理、性能管理、故障管理、安全管理和计费管理。其中，配置管理是最基本的网络管理功能，负责网络的建立、业务的展开，以及配置数据的维护。配置管理功能包括资源清单管理、资源开通及业务开通。

性能管理的目的是，维护网络服务质量和网络运营效率。性能管理包括性能监测、性能分析，以及性能管理控制功能。

故障管理的主要任务是发现和排除网络故障。故障管理用于保证网络资源无障碍、无错误地运营，包括障碍管理、故障恢复和预防保障。网络故障管理包括检测故障、隔离故障和纠正故障3个方面。

安全管理的目的是提供信息的隐私、认证和完整性保护机制，使网络中的服务、数据及系统免受侵扰和破坏。

计费管理记录网络资源的使用量，目的是控制和监测网络操作的费用和代价。

（22）D。**要点解析**：可用性是指需要时，授权实体可以访问和使用的特性，即确保数据在需要时可以使用。ARP欺骗攻击是指利用ARP的协议漏洞，通过伪造IP地址和MAC地址实现ARP欺骗攻击的行为，它是一种常见的协议欺骗攻击，属于破坏信息安全可用性的攻击方式。

（23）B。**要点解析**：数字证书是一条数字签名的消息，它通常用于证明某个实体的公钥的有效性。其主体公钥信息是证书拥有者的公钥。

（24）D。**要点解析**：防火墙不能阻止内部网络的攻击，对于网络上流行的各种病毒也没有很好的防御措施。

入侵检测系统（IDS）只能检测入侵而不能实时地阻止攻击，且IDS具有较高的漏报率和误报率。

入侵防护系统（IPS）提供主动、实时的防护，能对网络流量中的恶意数据包进行检测，对攻击性的数据进行自动拦截。

（25）A。**要点解析**：在公钥加密系统中，如果要实现所发送的消息供公众阅读，则需发送者使用自身的私钥对所传送的消息进行加密，接收者从安全证书中心获取发送者的公钥对密文进行解密。另外，在公钥加密系统中，发送者还可以使用从安全证书中心安全证书获取接收者的公钥对所传送的消息进行加密，接收者使用其本身的私钥对该密文进行解密，从而实现所发送的消息只提供给指定接收者阅读的功能。

因此本试题的4个选项中只有选项A是正确答案。

（26）B。**要点解析**：在与项目有关的主要组织结构类型中，项目经理可利用的资源由没有（或很少）到全权排序依次为：职能型组织、弱矩阵型组织、平衡矩阵型组织、强矩阵型组织、项目型组织。

（27）D。**要点解析**：项目目标就是实施项目所要达到的期望结果，即项目所能交付的成果或服务。项目目标特性是多目标性、优先性和层次性。临时性、独特性、渐进明细是项目的特点，不是项目目标的特性。

（28）C。**要点解析**：项目的启动过程组是由正式批准开始一个新项目或一个新的项目阶段所必需的一些过程组成的。许多大型或复杂的项目被划分成阶段，在每个阶段的开始，要重新评估项目的范围和目标，这也是项目启动过程组的一部分。对下一阶段的进入条件、所需资源和要完成的工作进行检查，然后决定项目是已经准备好可以进入该阶段，还是应该延期或废止。在每个阶段开始时重复进行这样的检查，有助于将项目的关注焦点集中在项目所要达到的业务要求上。重复进行这样的检查同样有助于当业务要求已不复存在或项目已无法满足业务要求时，能够及时停止项目。

（29）C。**要点解析：**制定招标评分标准，通常应遵循的原则有：①以客观事实为依据；②严格控制自由裁量权；③得分应能明显分出高低；④执行国家规定，体现国家政策；⑤评分标准应便于评审；⑥细则横向比较等。其中，"得分应能明显分出高低"原则是指每一个评分因素的评分细则都应当能使不同的投标人获得不同的分值，以便能分出高低，较容易得出评标结果。例如，某单位要对一个网络集成项目进行招标，相关负责人在制定承建单位业绩评分细则时规定：满分为 5 分，如果承建单位的年销售额低于 100 万元（含），则不得分；年销售额在 100 万元～250 万元（含），则得 2 分；年销售额在 250 万元～450 万元（含），则得 4 分；年销售额超过 450 万元，则得 5 分。如果通过市场调研得知一般投标人的年销售额都在 150～450 万元之间，评分细则就不能规定年销售额超过 150 万元的得 5 分，也不能规定年销售额低于 450 万元的不得分。因为这样就会导致大部分投标人全都得 5 分或都不得分，在各投标人之间分不出高低，或很容易得到相等的得分。

（30）D。**要点解析：**在项目的机会选择过程中，应根据项目实施组织的战略、现有资源和能力、风险、投入回报（或利润率）、技术可行性、与其他项目的协调，以及其他考虑等因素来选择对项目实施组织最为有利的项目或项目组合。

若某单位（项目实施组织）有很多项目机会（即该单位市场机会很多），但没有足够的资源来完成所有的项目（即受资源限制），那么依据现有资源，能否完成项目就成为项目筛选的最重要的准则。

（31）C。**要点解析：**在项目立项时，根据项目的类型不同，可以采用不同的评估方法。项目评估法（局部评估法）以具体的技术改造项目为评估对象。费用、效益的计量范围仅限于项目本身。适用于关系简单，费用、效益容易分离的技术改造项目。例如，投入一笔资金将高能耗设备更换为低能耗设备，只要比较投资和节能导致的费用节约额便能计算出节能的经济效果。

企业评估法（全局评估法）从企业全局出发，通过比较一个企业改造和不改造两个不同方案的经济效益变化来评估项目的经济效益。该法既考虑了项目自身的效益，又考虑了给企业其他部分带来的相关效益。适用于生产系统复杂，效益、费用不好分离的技术改造项目。

总量评估法的费用、效益测算采用总量数据和指标，确定原有固定资产重估值是估算总投资的难点。该法简单，易被人们接受，侧重经济效益的整体评估，但无法准确回答新增投入资金的经济效果。

增量法采用增量数据和指标并满足可比性原则。该方法实际上是把"改造"和"不改造"两个方案转化为一个方案进行比较，利用方案之间的差额数据来评价追加投资的经济效益。它虽不涉及原有固定资产重估问题，但却充分考虑了原有固定资产对项目的影响。

（32）B。**要点解析：**编制项目计划所遵循的基本原则有：全局性原则、全过程原则、目标的统一管理原则、方案的统一管理原则、过程的统一管理原则、技术工作与管理工作统一协调原则、计划的统一管理原则、人员与资源的统一组织与管理原则、各干系人的参与原则和逐步精确原则等。其中，项目计划作为整体计划，将范围、进度、预算和质量等分计划纳入项目计划统一管理，从而做到整体计划与分计划的协调与统一。

（33）A。**要点解析：**所谓的项目启动就是以书面的、正式的形式肯定项目的成立与存在，同时以书面正式的形式为项目经理进行授权。合同、项目工作说明书、环境的和组织的因素、组织过程资产等都是项目启动的依据。而项目章程是项目启动过程的成果。

（34）D。**要点解析：**项目范围管理包括的过程，依先后顺序排列如下：①范围计划制定（或称为范围规划）；②范围定义；③创建工作分解结构；④范围确认；⑤范围变更控制。

（35）C。**要点解析：**项目范围是指为了完成具有所规定特征和功能的产品必须完成的工作。项目范围是否完成由项目管理计划来衡量。

产品范围包含对产品规格、性能技术指标的描述，即产品所包含的特征和具体的功能情况等。产品范围是否完成由产品需求和技术指标来衡量。由此可知，选项 A 是正确选项。

选项 B“项目范围说明书”，详细描述了项目的可交付物和产生这些可交付物所必须做的项目工作。项目范围说明书在所有项目干系人之间建立了一个对项目范围的共识，描述了项目的主要目标，使团队能进行更详细的规划，指导团队在项目实施期间的工作，并为评估是否为客户需求进行变更或附加的工作是否在项目范围之内提供基线。

工作分解结构（WBS）是面向可交付物的项目元素的层次分解，它组织并定义了整个项目范围。

范围定义过程编制一个详细的项目范围说明书作为将来做项目决策的基础。

工作说明书是进行采购所需工作的文档化描述，工作说明书只覆盖相应的子项目的范围。

《合同法》规定“合同是平等主体的自然人、法人、其他组织之间设立、变更、终止民事权利义务关系的协议”。合同是采购过程中买卖双方形成的一个共同遵守的协议，卖方有义务提供合同指定的产品和服务，而买方则有义务支付合同规定的价款。

（36）D。**要点解析**：工作分解结构（WBS）是组织管理工作的主要依据，是项目管理工作的基础。创建 WBS 的输入、工具与技术和输出（ITO）见表 2-1。

表 2-1 创建 WBS 的 ITO

| 输　入 | 工具与技术 | 输　出 |
|---|---|---|
| 组织过程资产<br>范围说明书<br>项目范围管理计划<br>已批准的变更申请 | WBS 模板<br>分解技术 | 范围说明书（更新）<br>WBS<br>WBS 字典<br>范围基线<br>范围管理计划（更新）<br>变更申请 |

范围管理计划是项目管理计划的子计划。

（37）B；（38）B。**要点解析**：考虑原有估算中风险的大小，可以提高活动历时估算的准确性。三点估算就是在确定 3 种估算的基础上做出的，它来自于计划评审技术（PERT）。

活动历时（AD）的均值=（最乐观时间+4×最可能时间+最悲观时间）/6

因为估算，所以难免有误差。三点估算法估算出的历时符合正态分布曲线，其方差$\sigma$计算公式如下。

$\sigma$=（最悲观时间-最乐观时间）/6

依题意，活动 A 最可能完成时间$T_A=(10+4\times11+24)/6=78/6=13$天，$\sigma_A=(24-10)/6\approx2.33$天。

活动 B 最可能完成时间$T_B=(18+4\times20+28)/6=126/6=21$天，$\sigma_B=(28-18)/6\approx1.67$天。

活动 C 最可能完成时间$T_C=(7+4\times10+19)/6=66/6=11$天，$\sigma_C=(19-7)/6\approx2$天。

所以整个项目的最可能完成时间为 13+21+11=45 天。

（39）D。**要点解析**：项目范围是为了完成具有所规定特征和功能的产品、服务或结果，而必须完成的工作。产品范围描述了项目承诺交付的产品、服务或结果的特征。这种描述随着项目的开展，其产品特征会逐渐细化。但是，产品特征的细化必须在适当的范围定义下进行，特别是对于有合同约束的项目。项目范围一旦定义，且得到项目相关干系人确认之后，就应该保持稳定，不能随意改变。换而言之，即使产品的特征在不断地细化，也要在相关干系人定义、确认后的项目范围内进行。

（40）B。**要点解析**：可斟酌处理的依赖关系也称为优先选用逻辑关系、优先逻辑关系或者软逻辑关系，通常根据对具体应用领域内部的最好做法，或者项目某些非寻常方面的了解而确定活动之间的关系。

强制性依赖关系也称为硬逻辑关系，是指工作性质所固有的依赖关系。

外部依赖关系是指涉及项目活动和非项目活动之间关系的依赖关系。

（41）A。**要点解析**：在图 2-3 所示的工程网络计划图中，虚线表示虚任务。虚任务是指具有不占时间、不消耗资源的任务，该作业需要0天完成。它主要用于体现任务之间的某种衔接关系，即图2-3中任务H必须在任务E、F都完成后才能开始。

评审前，图2-3的关键路径（最费时路径）为：1→2→3→4→5→6→7，共计需要29天。经评审后，若将任务D缩短4天（即由原来的10天变为6天），此时，图2-3的关键路径改变为：1→2→3→6→7，共需要28天。因此，在任务D可以缩短4天的情况下，该工程需要28天才能完成。

可见，在任务D缩短4天的情况下，总工程只能缩短1天。

（42）C。**要点解析**：典型的活动排序工具和技术有：前导图法（PDM）、箭线图法（ADM）、条件图法和网络模板。其中，网络模板可以作为项目网络图绘制的模板。可以利用标准化的网络图加快项目网络图的编制。这些标准网络图既可以包括整个项目，也可以是其中的一部分子网络。当一个项目包含几个相同或几乎相同的内容时，子网络模板特别有用，特别方便于制订进度计划。

（43）B。**要点解析**：依题意，在某项目进行的第3个月，PV=30万元，已完成85%的工作量，则该项目目前的挣值EV=30×85%=25.5万元，进度偏差SV=EV−PV=25.5−30=−4.5万元。由于SV<0（即EV<PV）时，因此该项目实施进度滞后，需要采取赶工等措施以满足原进度计划要求。

对于本试题，由于未提供“实际支出”等信息，因此无法评估该项目的成本偏差情况。

（44）A。**要点解析**：项目范围说明书、工作分解结构（WBS）及其词汇表、活动成本估算及其支持性细节、项目进度计划、资源日历、合同和成本管理计划等是项目成本预算的依据（输入），详见表2-2。

表2-2 项目成本预算的输入

| 输　入 | 说　明 |
|---|---|
| 项目范围说明书 | 可在项目章程或合同中正式规定项目资金开支的阶段性限制。这些资金的约束在项目范围说明书中反映，可能是由于买方组织和其他组织（如政府部门）需要对年度资金进行授权所致 |
| 工作分解结构（WBS） | WBS确定了项目的所有组成部分和项目可交付成果之间的关系 |
| WBS词汇表 | 该表和相关的详细的工作说明书，确定了可交付成果及完成每个交付成果所需WBS组件内各项工作的说明 |
| 活动成本估算 | 汇总一个工作包内每个活动的成本估算，从而获得每个工作包的成本估算 |
| 活动成本估算支持性细节 | 包括活动工作范围的描述、依据的文字记载（即如何编制估算）、所做假设的文字记载、制约条件的文字记载、和关于估算范围的记载等 |
| 项目进度计划 | 包括项目活动的计划开始和结束日期、进度里程碑、工作包、计划包和控制账目。根据这些信息，将成本按照其拟定发生的日历期限汇总 |
| 资源日历 | 用于确定在项目存续期间何时，以及多长时间内，项目资源是能用的 |
| 合同 | 依据采购的产品、服务或成果及其成本等合同信息编制预算 |
| 成本管理计划 | 在编制成本预算时将考虑项目管理计划的成本管理分计划和其他分计划 |

成本基准是按时间分段的预算，用做度量和监控项目整体成本执行（绩效）的基准。它是按时段汇总估算的成本编制而成的，通常以S曲线的形式表示。成本基准是项目成本预算的输出，是项目成本控制的输入，而不是项目成本预算的输入。

（45）C。**要点解析**：对于系统集成项目而言，间接成本来自于一般管理费用科目或几个项目共同担负的项目成本所分摊给本项目的费用。例如，税金、额外福利和保卫费用等。

直接成本是指直接可以归属于项目工作的成本。例如，项目团队差旅费和设备使用费等。

固定成本是指不随生产量、工作量或时间的变化而变化的非重复成本。例如，员工的基本工资、设备的折旧、保险费和不动产税等。

可变成本也称为变动成本，是指随着生产量、工作量或时间而变的成本。例如，外购半成品、与销售量呈正比例变动的销售费用等。

（46）C。**要点解析**：选项A假定严格按预算执行的情况下才成立，选项B没有明确ETC的估算方法，选项D的公式本身是错误的。

CPI=EV/AC 体现的是在项目实施过程中成本的绩效指数。CPI>1.0 表示同一工作的实际成本少于预算成本，资金使用效率较高；CPI=1.0 表示同一工作的实际成本等于预算成本，资金按预算使用；CPI<1.0 表示同一工作的实际成本多于预算成本，资金使用效率较低。选项 C 才是基于到目前为止的成本执行效率估算的、预期项目完成时的总成本估算值。

（47）B。**要点解析：**项目质量控制的主要工具和技术有直方图、控制图、因果图、排列图、散点图、核对表和趋势分析，以及检查、统计分析等方法。前 7 种方法都是分析方法，而后两种则是经常采用的质量控制手段。

检查包括测量、检查和测试等活动，进行这些活动的目的是确定结果与要求是否一致。

统计抽样是选取收益总体的一部分进行检查。很多时候项目中的质量控制无法进行全面的检查，通常采用统计抽样的方法，适当的采样能够降低质量控制的成本。

（48）C。**要点解析：**随机原因引起正常过程偏差，特殊原因引起异常事件。

（49）C。**要点解析：**因果图（又叫因果分析图、石川图或鱼骨图）直观地反映了造成问题的各种可能的原因。因果图法是全球广泛采用的一项技术。该技术首先确定结果（质量问题），然后分析造成这种结果的原因。每个分支都代表着可能的差错原因，用于查明质量问题可能的所在和设立相应检验点。它可以帮助项目团队事先估计可能会发生哪些质量问题，然后，帮助制定解决这些问题的途径和方法。

因此该题是要找出问题的原因，适合采用因果分析图，将各类问题列出，并找出产生问题的原因。而其他几个选项不适用于本题的情景。

（50）B。**要点解析：**在进行质量计划编制的时候，可以使用的主要方法有成本/效益分析、基准分析、实验设计和质量成本等方法。

基准分析是将实际实施过程中或计划之中的项目做法同其他类似项目的实际做法进行比较，通过比较来改善与提高目前项目的质量管理，以达到项目预期的质量或其他目标。其他项目可以是执行组织内部的项目，也可以是外部的项目；可以是同一个应用领域的项目，也可以是其他应用领域的项目。

因果分析、质量检查单是质量控制所用的工具和技术。蒙特卡罗分析技术一般用于风险的定量分析。

（51）D。**要点解析：**人员配备管理计划说明了项目团队成员（个人的或者集体）的时间安排，以及相关的招募活动何时开始。说明人力资源时间表的一种工具是人力资源柱状图。在项目进行的过程中，这种柱状图表示出一个人、部门或者团队在每周或者每月需要工作的小时数。人力资源柱状图的竖轴表示某个资源的每周工作的小时数；横轴表示该资源的日历，图中可以加入一条水平线，代表某种资源的使用上限（可以用小时数表示）。超出最大可支配时间的竖条表明需要对该资源进行平衡，如增加更多的资源等。

（52）B。**要点解析：**道格拉斯·麦格雷戈的 Y 理论认为，员工是积极的，在适当的环境上，员工会努力工作，尽力完成公司的任务，就像自己在娱乐和玩一样努力，从工作中得到满足感和成就感。因此，信奉 Y 理论的管理者对员工采取民主型和放任自由型的领导方式，在领导行为上遵循以人为中心的、宽容的及放权的领导原则，使下属目标和组织目标很好地结合起来，为员工的智慧和能力的发挥创造有利的条件。

（53）B。**要点解析：**在管理项目过程中，最主要的冲突有进度、项目优先级、资源、技术、管理过程、成本和个人冲突 7 种。在项目的各阶段，冲突的排列顺序依次为：①概念阶段：项目优先级冲突、管理过程冲突、进度冲突；②计划阶段：项目优先级冲突、进度冲突、管理过程冲突；③执行阶段：进度冲突、技术冲突、资源冲突；④收尾阶段：进度冲突、资源冲突、个人冲突。

（54）B。**要点解析：**项目沟通管理是确保及时、正确地产生、收集、分发、储存和最终处理项目信息所需的过程。项目沟通管理过程揭示了实现成功沟通所需的人员、观点和信息这 3 项要素之间的一种联络过程。项目经理花费大量无规律的时间用于与项目团队、项目干系人、客户和赞助商沟通。项目中的每一个成员都应当了解沟通是如何在整体上影响项目。项目沟通管理包括以下过程。

①沟通计划编制。确定项目干系人的信息和沟通需求：哪些人是项目干系人，他们对于该项目的影响程度如何，谁需要什么样的信息，何时需要，以及应怎样分发给他们。

②信息分发。以合适的方式及时向项目干系人提供所需信息。

③绩效报告。收集并分发有关项目绩效的信息，包括状态报告、进展报告和预测。

④项目干系人管理。对项目沟通进行管理，以满足信息需要者的需求并解决项目干系人之间的问题。

选项 B 的“记录工作日志”不属于项目沟通管理范畴。

（55）C。**要点解析**：准备项目沟通管理计划的一个关键步骤是对项目干系人进行分析。进行项目干系人分析的目的是：①这些分析确定不同的项目干系人的信息需求；②这些分析可以辨别出该项目对项目干系人的影响，以此帮助项目经理制定出对项目最佳的沟通策略。换而言之，沟通管理计划包括辨识项目干系人，确定他们的信息和沟通需求。制订沟通管理计划时要做的工作有：哪些人是项目干系人，他们对于该项目的影响程度，谁需要什么样的信息，何时需要，以及应怎样分发给他们。

（56）D。**要点解析**：界面设计作为细节性的技术工作为用户所关心。细节性的、成熟的界面设计是在项目经理与其单位高层领导沟通时较少使用的工具。

状态报告和趋势报告作为重要的项目绩效情况报告，是项目经理与其单位高层领导沟通时经常使用的工具。需求分析是整个项目的基础性工作，需求分析报告也常用于项目经理向其单位高层领导汇报工作的场合。

（57）A。**要点解析**：根据《中华人民共和国合同法》（以下简称为《合同法》）第十四条规定：要约是希望和他人订立合同的意思表示，该意思表示应当符合下列规定：①内容具体确定；②表明经受要约人承诺，要约人即受该意思表示约束。因此要约与投标文件对应。

《合同法》第十五条规定：要约邀请是希望他人向自己发出要约的意思表示。寄送的价目表、拍卖公告、招标公告、招股说明书、商业广告等均为要约邀请。招标文件的作用就是希望潜在的投标人来投标（发要约），因此要约邀请与招标文件对应。

《合同法》第二十一条规定：承诺是受要约人同意要约的意思表示。因此承诺与中标通知书对应。承诺一旦生效，合同即成立。

（58）A。**要点解析**：项目经理负责合同的正式验收以形成相应的文件，这个工作应该在合同收尾期间完成。在进行合同付款、绩效测量及产品验证等时所做的工作属于合同管理过程。

（59）A。**要点解析**：在对某项目采购供应商的评价中，评价项有：对需求的理解、技术能力、管理水平和企业资质等。假定每个评价项满分为 10 分，其中“管理水平”权重为 20%。若 4 个评定人在“管理水平”项的打分分别为 7 分、6 分、8 分、7 分，则平均分为 7 分。该平均分乘以相应的权重比例即为该供应商的“管理水平”的单项综合分：7×0.2=1.4。

（60）C。**要点解析**：《中华人民共和国招标投标法》第二十四条规定：招标人应当确定投标人编制投标文件所需要的合理时间；但是，依法必须进行招标的项目，自招标文件开始发出之日起至投标人提交投标文件截止之日止，最短不得少于二十日。

若某电子政务信息系统工程招标文件于 2010 年 5 月 15 日发出，则提交投标文件的最早截止时间是 2010 年 6 月 4 日。

（61）B。**要点解析**：本案例共有 3 条成本曲线，采用转折点分析法分析较为简便。设 $x$ 表示产品用量；$x_1$ 表示产品用量小于 3000 件时的外购产品转折点；$x_2$ 表示产品用量大于等于 3000 件时的外购产品转折点。依题意得：

产品用量小于 3000 件时，产品外购成本 $y=14x$。

产品用量大于等于 3000 件时，产品外购成本 $y=13x$。

产品自制成本 $y=12x+4000$。

根据上述成本函数，对于转折点 $x_1$：$12x_1+4000=14x_1$，解得 $x_1=2000$ 件。

对于转折点 $x_2$：$12x_2+4000=13x_2$，解得 $x_2=4000$ 件。

因此，当产品用量小于 2000 件时，外购为宜；当产品用量在 2000～3000 件时，自制为宜；当产品用量在 3000～4000 件时，外购为宜；当产品用量大于 4000 件时，自制为宜。

（62）C。**要点解析**：根据《中华人民共和国政府采购法》第四十六条规定，选项 C 的说法有误。

第七条　政府采购实行集中采购和分散采购相结合。集中采购的范围由省级以上人民政府公布的集中采购目录确定。属于中央预算的政府采购项目，其集中采购目录由国务院确定并公布；属于地方预算的政府采购项目，其集中采购目录由省、自治区、直辖市人民政府或者其授权的机构确定并公布。纳入集中采购目录的政府采购项目，应当实行集中采购。

第二十三条　采购人可以要求参加政府采购的供应商提供有关资质证明文件和业绩情况，并根据本法规定的供应商条件和采购项目对供应商的特定要求，对供应商的资格进行审查。

第三十一条　符合下列情形之一的货物或者服务，可以依照本法采用单一来源方式采购：（一）只能从唯一供应商处采购的；（二）发生了不可预见的紧急情况不能从其他供应商处采购的；（三）必须保证原有采购项目一致性或者服务配套的要求，需要继续从原供应商处添购，且添购资金总额不超过原合同采购金额百分之十的。

第四十六条　采购人与中标、成交供应商应当在中标、成交通知书发出之日起三十日内，按照采购文件确定的事项签订政府采购合同。中标、成交通知书对采购人和中标、成交供应商均具有法律效力。中标、成交通知书发出后，采购人改变中标、成交结果的，或者中标、成交供应商放弃中标、成交项目的，应当依法承担法律责任。

（63）C。**要点解析**：为达到项目配置管理的要求，通常认为实施项目配置管理应完成以下几方面的任务：①制定项目配置管理计划；②确定配置标识规则；③实施变更控制；④报告配置状态；⑤进行配置审核；⑥进行版本管理和发行管理。

而对于配置项进行检测属于开发中的测试工作，不属于配置管理范畴。但配置管理可能会通过测试结果来判断配置项是否合格。

（64）C。**要点解析**：由于所开发的电子政务信息化建设项目的特殊背景，新的政府管理方面的要求往往会引起此类项目范围的变更，因此先要识别、分析出变更的详细情况，再召开一次变更控制委员会会议。待变更批准之后，再制订新的项目计划并通知项目干系人，改变工作分解包、项目时间表和项目计划以反映该管理的要求。

（65）D。**要点解析**：项目进度管理的过程包括：活动定义、活动排序、活动的资源估算、活动历时估算、制订进度计划，以及进度控制。在活动排序过程中常常采用前导图法（Precedence Diagramming Method，PDM），这是一种利用节点表示活动，用箭线表示活动排序的一种编制项目网络图的方法。在这种方法中，每项活动有唯一的活动号，每项活动都注明了预计工期。通常，每个节点的活动会有如下几个时间：最早开始时间（ES）、最迟开始时间（LS）、最早结束时间（EF）和最迟结束时间（LF）。

前导图法包括 4 种活动依赖关系。

①结束-开始的关系（F-S 型）：某活动必须结束，然后另一活动才能开始。

②结束-结束的关系（F-F 型）：某活动结束前，另一活动必须结束。

③开始-开始的关系（S-S 型）：某活动必须在另一活动开始前开始。

④开始-结束的关系（S-F 型）：某活动结束前另一活动必须开始。

在某个信息系统项目中，存在新老系统切换问题，需要在新系统上线之后，老系统才能下线，因此在设置项目计划网络图时，新系统上线和老系统下线之间应设置成开始-结束类型（S-F 型）的关系。

（66）D。**要点解析**：范围变更控制系统是定义项目范围变更的有关流程。它包括必要的书面文件（如变更申请单）、跟踪系统和授权变更的批准等级。项目范围的变更常常引起项目成本和进度的变更，无论如何变更一定要通过变更控制系统来控制。

"某项目的范围已经发生变更"，意味着范围变更请求已被接受。因此选项 A 不是正确选项。

题干中提到"成本基线也将发生变更"，应使用"成本变更控制系统"对成本基线的变更进行控制。成本变更控制系统是一种项目成本控制的程序性方法，主要通过建立项目成本变更控制体系，对项目成本进行控制。该系统主要包括 3 个部分：即成本变更申请、批准成本变更申请和变更项目成本预算。因此 D 是正确选项。

选项 B 的"执行得到批准的范围变更"，应该在范围变更，以及由其引起的相关变更得到批准之后才能执行。选项 C 主要是总结项目取得的经验教训，包括如何提高以后项目绩效的建议。该选项不是项目经理要尽快处理的事项。

（67）D。**要点解析**：项目是在复杂的自然和社会环境中进行的，受众多因素的影响。对于这些内外因素，从事项目活动的主体往往认识不足或者没有足够的力量加以控制。项目的过程和结果常常出乎人们的意料，有时不但未达到项目主体预期的目的，反而使其蒙受各种各样的损失；而有时又会给他们带来很好的机会。在项目所处的自然、经济、社会和政治环境中，每一个项目都有风险。完全避开或消除风险，或者只享受权益而不承担风险，是不可能的。另一方面，对项目风险进行认真的分析，进行科学的管理，是能够避开不利条件、少受损失、取得预期的结果并实现项目目标的。

（68）C。**要点解析**：设计时未考虑实施工要求属于技术性风险因素；新材料供货不足属于预算风险；合同条款表达有歧义属于范围风险和法律风险；索赔管理不力属于管理风险。

（69）A。**要点解析**：德尔菲法是专家们就某一主题，如项目风险，达成一致意见的一种方法。

因果分析图（或称为鱼骨图），用于确定风险的起因。

德尔菲法、头脑风暴法、SWOT 分析法、检查表、图解技术（如因果图、系统（或过程）流程图等）都是常用的风险识别技术、工具和方法。

（70）B。**要点解析**：项目总结属于项目收尾的管理收尾。而管理收尾有时又被称为行政收尾，就是检查项目团队成员及相关干系人是否按规定履行了所有责任。实施行政结尾的过程还包括收集项目记录、分析项目成败、收集应吸取的教训，以及将项目信息存档供本组织将来使用等活动。

项目总结会需要全体参与项目的成员都参加，并由全体讨论形成文件。项目总结会议所形成的文件一定要通过所有人的确认，任何有违此项原则的文件都不能作为项目总结会议的结果。

项目总结会议还应对项目进行自我评价，有利于后面的项目评估和审计工作的开展。

（71）D。**参考译文**：项目干系人（Project stakeholders）是积极参与到项目中，或其利益可能会受项目执行或完成结果影响的个人或组织；他们可能会对项目及其结果施加影响。

（72）C。**参考译文**：以下关于固定单价合同的描述中，正确的是，卖方同意在确定的合同价格上提供服务或供应。

（73）C。**参考译文**：目前，被广泛使用的一种项目管理技术就是工作分解结构（Work Breakdown Structure），其目的是采用层次结构的方式，详细地描述为了达到项目的目标所需要进行的一些活动。

（74）B。**参考译文**：在估算（estimating）中活动历时的过程会用到活动工作范围、所需资源类型、估计的资源数量，以及建立在资源可用性上的资源日历等信息。

（75）A。**参考译文**：项目质量管理过程包括保证项目满足原先规定的各项要求所需的实施组织（performing organization）的活动，即决定质量方针、目标与责任的所有活动。

## 2.1.3 参考答案

表 2-3 给出了本份上午试卷问题 1～问题 75 的参考答案，供读者练习时参考，以便查缺补漏。读者可按每空 1 分的评分标准得出测试分数，从而大致评估自己对这些知识点的掌握程度。

表 2-3 参考答案表

| 题号 | 参考答案 | 题号 | 参考答案 |
| --- | --- | --- | --- |
| (1)～(5) | D、B、B、C、C | (41)～(45) | A、C、B、A、C |
| (6)～(10) | B、A、C、A、C | (46)～(50) | C、B、C、C、B |
| (11)～(15) | D、C、B、A、B | (51)～(55) | D、B、B、B、C |
| (16)～(20) | C、D、C、C、D | (56)～(60) | D、A、A、A、C |
| (21)～(25) | B、D、B、D、A | (61)～(65) | B、C、C、C、D |
| (26)～(30) | B、D、C、C、D | (66)～(70) | D、D、C、A、B |
| (31)～(35) | C、B、A、D、C | (71)～(75) | D、C、C、B、A |
| (36)～(40) | D、B、B、D、B | | |

## 2.2 下午试卷

**（考试时间 14:00—16:30，共 150 分钟）**

**请按下述要求正确填写答题纸**

1．本试卷共 5 道题，全部是必答题，满分 75 分。
2．在答题纸的指定位置填写你所在的省、自治区、直辖市和计划单列市的名称。
3．在答题纸的指定位置填写准考证号、出生年月日和姓名。
4．答题纸上除填写上述内容外，只能填写解答。
5．解答时字迹务必清楚，字迹不清，将不评分。
6．仿照下面例题，将解答写在答题纸的对应栏内。

**【例题】**

2010 年下半年全国计算机技术与软件专业技术资格（水平）考试日期是___(1)___月___(2)___日。因为正确的解答是“11 月 13 日”，故在答题纸的对应栏内写上“11”和“13”（参看下表）。

| 例题 | 解答栏 |
| --- | --- |
| (1) | 11 |
| (2) | 13 |

### 2.2.1 试题描述

**试题 1**

阅读以下关于项目风险管理的说明，根据要求回答问题 1～问题 3。（15 分）

**【说明】**

2007 年 6 月，系统集成商 RT 公司承担了某事业单位拟建的业务运营支撑网络二期工程（以下简称网络工程）。该网络工程是省级重点工程，合同额为 1500 万元，全部工期预计 8 个月。RT 公司领导高度重视，成立了以公司副总经理挂帅的项目领导小组，委派业务支撑部部门经理为项目总监，老张为项目经理，郭工等来自不同职能部门的主管组成项目团队。

在编制项目范围管理计划书时，老张认为满足不断变化的需求对整个项目影响不大。因此，在市场部郭工不断地提出新的要求时，老张“来者不拒”，不停地更新项目计划。

在设计系统架构时，老张的团队为了提高机房平面空间的利用率，将大部分机架式的小型机集中摆放在一片较小区域内。但是由于未充分考虑到设备散热因素，造成了该区域的机房专用空调因负荷过重而多次宕机。

保证系统稳定运行是项目团队的第一要务。该二期网络工程正式切换上线前，前期工程仍然保持运行状态。在系统切换期间，要求确保7天×24小时的业务连续平稳运行。为此老张花费大量的时间，制定了自认为是比较详细的系统切换方案和故障应急处理方案等，但在新旧系统的切换过程中还是出现了重大的技术故障，因此项目建设进度也受到了延误。

【问题1】(3分)

结合你的项目管理经验，导致以上问题的主要原因是什么？

【问题2】(8分)

请简要说明项目经理老张应采取哪些措施以避免类似情况的发生。

【问题3】(4分)

请简要说明用于风险监控的技术和方法。

## 试题2

阅读以下关于项目成本管理的说明，根据要求回答问题1和问题2。(15分)

【说明】

2008年9月，系统集成商PH公司承担了某地市电子政务网络工程建设，合同额为820万元，全部工期预计16周。目前，该项目已进展到第11周，对项目前10周的实施情况进行了总结，有关执行情况汇总见表2-4。

表2-4 各项工作成本预算及10周计划与执行情况统计

| 工 作 | 计划完成工作预算费用（万元） | 已完工作量（%） | 实际发生费用（万元） |
|---|---|---|---|
| A | 160 | 80 | 120 |
| B | 60 | 90 | 65 |
| C | 75 | 80 | 75 |
| D | 10 | 100 | 9 |
| E | 20 | 90 | 19 |
| F | 25 | 80 | 24 |
| G | 120 | 80 | 65 |
| H | 90 | 30 | 40 |
| I | 40 | 90 | 30 |
| J | 18 | 100 | 25 |

【问题 1】（8 分）

请计算截止到第 10 周末，该项目的成本偏差（CV）、进度偏差（SV）、成本绩效指数（CPI）和进度绩效指数（SPI），并判断项目当前在成本和进度方面的执行情况。

【问题 2】（7 分）

假设该项目目前的执行情况不会影响到未来，未来将按计划执行，请估计项目完成时的总成本（EAC）；为了保证项目成本目标的实现，可以采取哪些应对策略？

## 试题 3

阅读以下关于项目沟通管理的说明，根据要求回答问题 1～问题 3。（15 分）

【说明】

老赵拥有多年的软件项目开发经验，目前作为一家系统集成公司（以下简称乙方）的项目经理，正负责一个计量管理信息系统项目。该系统包含了 11 个功能模块，涉及用户单位（以下简称甲方）计量管理业务的主要过程，开发工作量较大。甲方曾自行组织过开发，后因故终止。在与乙方签订开发合同时，甲方愿意提供原有的设计文档。老赵带领自己的团队，在客户原有的需求分析和设计文档的基础上，历时两个月，通过邮件、电话等方式多次与用户进行交流与沟通，并利用原型开发方法建立了项目演化型需求模型。

为了加快项目进度，节约项目成本，老赵从某高校选用了两名有编程经验、工作能力较强的在读研究生加入开发组。在现有演化原型的基础上，这两名研究生分别负责组织机构管理和计量培训管理两个模块的代码编写工作。这两个模块与计量管理主要业务过程及专业领域知识的关系不太紧密，具有相对独立性及一定的通用性。经过 3 个多月的努力，所有的模块都完成了单元测试，并在虚拟环境下进行了功能测试。之后，老赵充满信心地带领项目组到应用单位进行现场试运行。

用户单位为老赵及其团队在项目开发中所表现的高效率而高兴，他们积极配合，并选择了业务过程中的不同部门、不同岗位代表参与，采用真实的数据进行系统试运行。在运行过程中，虽然核心业务流程与实际情况基本一致，但在组织机构管理与计量培训管理这两个模块中出现了让老赵非常尴尬的问题。

【问题 1】（4 分）

结合你的项目管理经验，分析该项目开发过程中，在项目沟通方面存在哪些主要问题？

【问题 2】（5 分）

沟通技术是项目经理老赵在沟通时需要采用的方式和需要考虑的限定条件。通常，影响项目沟通的技术因素主要有哪些？

【问题 3】（6 分）

沟通管理计划编制是确定项目干系人的信息与沟通需求的过程。通常，一份沟通管理计划应包括哪些内容？

## 试题 4

阅读下列关于项目进度管理方面的说明，根据回答问题 1～问题 3。(15 分)

**【说明】**

某系统集成公司 FT 现有员工 50 多人，业务部门分为销售部、软件开发部和系统网络部等。经过近半年的酝酿后，在今年 1 月份，公司的销售部直接与某银行签订了一个开发银行前置机软件系统的项目。合同规定，6 月 28 日之前系统必须投入试运行。在合同签订后，销售部将此合同移交给了软件开发部，进行项目的实施。

项目经理小谢做过 5 年的系统分析和设计工作，但这是他第一次担任项目经理。小谢兼任系统分析工作，此外项目还有 2 名有 1 年工作经验的程序员，1 名测试人员，2 名负责组网和布线的系统工程师。项目组的成员均全程参加项目。

在承担项目之后，小谢组织大家制定了项目的 WBS，并依照以往的经验制订了本项目的进度计划，简单描述如下:

1. 应用子系统

1）1 月 5 日 ~2 月 5 日　　需求分析

2）2 月 6 日 ~3 月 26 日　　系统设计和软件设计

3）3 月 27 日 ~5 月 10 日　　编码

4）5 月 11 日 ~5 月 30 日　　系统内部测试

2. 综合布线

2 月 20 日 ~4 月 20 日　　完成调研和布线

3. 网络子系统

4 月 21 日 ~5 月 21 日　　设备安装、联调

4. 系统内部调试、验收

1）6 月 1 日 ~6 月 20 日　　试运行

2）6 月 28 日　　系统验收

春节后，在 2 月 17 日小谢发现系统设计刚刚开始，由此推测 3 月 26 日很可能完不成系统设计。

**【问题 1】**(5 分)

结合你的项目管理经验，分析上述问题产生的可能原因。

**【问题 2】**(6 分)

结合你的项目管理经验，建议小谢应该如何做以保证项目整体进度不拖延。

**【问题 3】**(4 分)

请简要说明项目进度管理中活动历时估算可采用的方法、技术和工具。

## 试题 5

阅读以下信息系统项目开发模型的说明，根据要求回答问题 1～问题 3。(15 分)

【说明】

在实施一个信息系统项目时，不仅需要管理过程组，也需要工程技术过程组和支持过程组。V 模型是在快速应用开发模型基础上演变而来的，由于将开发过程构造成一个 V 字型而得名，V 模型强调软件开发的协作和速度，将软件的实现和验证有机结合起来，在保证较高的软件质量的情况下缩短开发周期。图 2-4 为 V 模型的示意图。

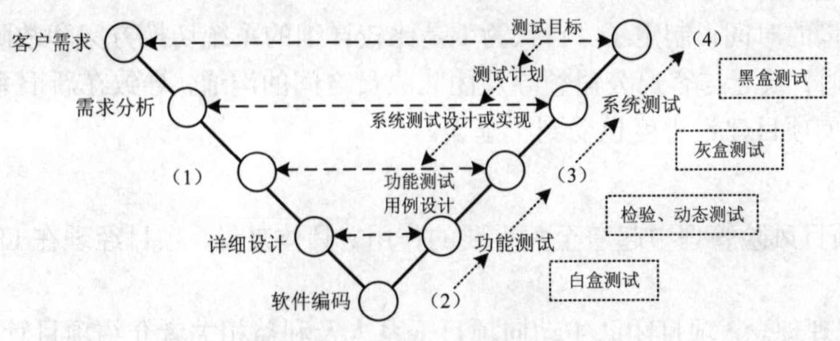


图 2-4 V 模型示意图

【问题 1】（4 分）

请将图 2-4 中（1）～（4）空缺处的内容填写完整。

【问题 2】（4 分）

从图 2-4 中水平对应关系看，左边是软件设计过程，右边是软件测试过程。在软件设计过程中，SQA 应按__（5）__进行检查活动。在软件测试过程中，系统测试是基于__（6）__的测试。

【问题 3】（7 分）

以下是关于 V 模型优点的论述，请将（7）～（13）空缺处的内容填写完整。

①客户需求分析对应验收测试。在进行需求分析、功能设计的同时，测试人员就可以阅读、审查分析结果，从而了解__（7）__，确定__（8）__，可准备用例并策划测试活动。

②系统设计人员进行系统设计时，测试人员可了解实现的过程，可__（9）__，并准备系统的测试环境。

③设计人员做详细设计时，测试人员可参与设计，对设计进行评审，找出__（10）__，同时设计__（11）__，完善测试计划，并基于用例开发测试脚本。

④编码的同时进行单元测试，可尽快找出程序中的缺陷，提高__（12）__。

⑤避免了瀑布模型所带来的误区，即软件测试是在__（13）__之后进行。

## 2.2.2 要点解析

### 试题 1 要点解析

【问题 1】（3 分）

由于 IT 项目本身具有一次性、创新性和独特性的特点，以及项目过程所涉及的内外部的许多关系与变数的影响，因此项目在实现过程中存在着各种各样的风险。项目风险管理是对项目中潜在的风险进行预测并实行有效的控制，从而可靠地实现项目的总体目标的一种管理。如果不能很好地管理项目中的风险就会给项目相关利益主体造成损失，因此在项目管理中必须积极地开展项目风险管理、主动地应对项目中可能存在的风险。

信息应用系统的变更尤其频繁，而频繁的变更必然影响到信息工程项目的最终目标。引导客户需求对项目经理来说就非常关键，项目经理引导得好，项目开发就会非常顺利，反之，就会使项目组疲于奔命。

该网络工程项目中，老张在对市场部郭工不断提出新的需求时的处理方法是“来者不拒”，老张的这种决定使得整个项目组成员疲于奔命。不断地更新项目计划，导致项目范围无法确定，工期和成本不可控制，团队成员工作目标也不明确，因此出现了非常严重的需求风险。

在设计系统架构时，关键技术不明确、系统扩展性不佳等均是影响系统正常运行的潜在隐患。在本期网络工程的机房设备平面设计中，老张团队将大部分机架式的小型机集中摆放在一片较小区域内，导致机房专用空调因负荷过重而多次宕机。

虽然老张花费大量的时间，制定了“自认为”是比较详细的系统切换方案和故障应急处理方案等，但由于在制定切换方案时，缺乏与客户公司领导及团队成员之间的沟通，导致在新旧系统的切换过程中出现了重大的技术故障，使项目建设进度也受到了延误。

【问题 2】（8 分）

项目经理在 IT 项目风险管理中起着至关重要的作用。具体来说，项目经理在 IT 项目风险管理中应当做到以下几个方面。

（1）推广项目管理理念。项目团队主动向项目干系人及利益相关者介绍项目管理的先进理念和方法，处处营造项目管理的氛围。团队成员积极参加项目管理培训，将所学用于工作和生活中，并加以总结和升华，提高自己的竞争力。

（2）有效管理项目风险。项目经理自始至终负责制定项目风险管理计划和风险应对计划，并在每次项目例会中重点讨论项目风险，对风险的发生概率和影响程度进行评估，由定性分析到定量分析，制定有效的预防、减轻（或增加）风险（或机会）的应对方案。

（3）多渠道沟通和谈判。保证多渠道沟通机制顺畅，采用横向沟通方式和纵向沟通方式。灵活使用谈判手段和技巧，收集和掌握足够的有用信息，确保具有主动的话语权。处理好与项目干系人的关系，相互配合，实现共赢。

（4）争取高层领导的支持。高层领导对项目成败有着至关重要的作用。高层领导掌握项目团队所需的任何资源。通过邀请高层领导参加项目启动会、关键里程碑发布会和项目完成总结会等，不仅可以使高层领导关注项目、了解项目和推动项目，又可以提升项目及项目团队的地位，更有利于项目成功，有利于个人职业生涯的发展。

在本案例中，老张所采取的补救措施应该包括两个方面：①老张应该与郭工积极地沟通和谈判，使他明白本期工程的重要意义，并承诺本期工程不是交钥匙项目，可为系统升级和扩容留有扩展接口，新的需求能够通过后续工程逐步开发实现，使郭工同意本期工程只实现大家最为关注的功能指标和性能指标；②老张应该申请启动项目风险储备金，通过增加资源成本、付出额外劳动使得项目回到正轨。

对于机房建设等专业性较强的子项目，老张应该采取风险转移的策略，设法将风险的后果连同应对责任转移到第三方身上，聘请具备通信设备资质的专家负责工程设计，从机房空调、电源、布线、承重及消防等各个方面进行详尽的勘察和设计。通过专家编制的工程设计，老张的团队可以细致地了解有关机房设计的技术内涵和外延，并通过工程设计评审机制，一方面确立了工程设计的权威指导作用，另一方面获得专家们的可靠技术承诺，实现了工程设计风险的良性转移。

为了避免时间损失，预防切换上线风险，老张除了组织制定详细的系统切换方案和故障应急处理方案外，还应争取集团公司高层领导的支持，做好集团公司与各分公司的沟通工作，采取各地市分批次的预切换方案，搭建模拟切换环境，体验正式切换感受。或者，由老张负责项目团队成员之间的协调工作，采用功能点分布式的切换方案，逐点切换、举一反三、各个击破，确保系统切换成功。

【问题 3】（4 分）

风险监控就是要跟踪风险，识别剩余风险和新出现的风险，修改风险管理计划，保证风险计划的实施，并评估消减风险的效果，从而保证风险管理能达到预期的目标，它是项目实施过程中的一项重要工作。从过程的角度来看，风险监控处于项目风险管理流程的末端，但这并不意味着项目风险控制的领域仅此而已，风险控制应该面向项目风险管理全过程。项目预定目标的实现，是整个项目管理流程有机作用的结果，风险监控是其中的一个重要环节。

风险监控应是一个连续的过程，它的任务是根据整个项目（风险）管理过程规定的衡量标准，全面跟踪并评价风险处理活动的执行情况。有效的风险监控工作可以指出风险处理活动有无不正常之处，哪些风险正在成为实际问题，掌握了这些情况，项目管理组就有充裕的时间采取纠正措施。建立一套项目监控指标系统，使之能以明确易懂的形式提供准确、及时而关系密切的项目风险信息，是进行风险监控的关键所在。

风险监控的技术、方法有风险再评估、风险审计、变差和趋势分析、技术绩效衡量、储备金分析和状态审查会等，详见表2-5。

**表2-5　风险监控的技术、方法**

| 方　法 | 说　明 |
| --- | --- |
| 风险再评估 | 对新风险进行识别并对风险进行重新评估。应安排定期进行项目风险再评估。项目团队状态审查会的议程中应包括项目风险管理的内容。重复的内容和详细程度取决于项目相对于目标的进展情况。例如，如果出现了风险登记单未预期的风险或“观察清单”未包括的风险，或其对目标的影响与预期的影响不同，规划的应对措施可能将无济于事，则此时需要实行额外的风险应对规划以对风险进行控制 |
| 风险审计 | 检查并记录风险应对策略处理已识别风险及其根源的效力，以及风险管理过程的效力 |
| 变差和趋势分析 | 应通过绩效信息对项目实施趋势进行审查。可通过实现价值分析和项目变差和趋势分析的其他分析方法，对项目总体绩效进行监控。分析的结果可揭示项目完成时在成本与进度目标方面的潜在偏差。与基准计划的偏差可能表明威胁或机会的潜在影响 |
| 技术绩效衡量 | 将项目执行期间的技术成果与项目计划中的技术成果进行比较。如出现偏差，例如在某里程碑处未实现计划规定的功能，有可能意味着项目范围的实现存在风险 |
| 储备金分析 | 是指在项目的任何时点将剩余的储备金金额与剩余风险量进行比较，以确定剩余的储备金是否仍旧充足。这是因为在项目实施过程中可能会发生一些对预算或进度应急储备金造成积极或消极影响的风险 |
| 状态审查会 | 项目风险管理可以是定期召开的项目状态审查会的一项议程。该议程项目所占用的会议时间可长可短，这取决于已识别的风险、风险优先度，以及应对的难易程度。风险管理开展得越频繁，“状态审查会”方法的实施就越加容易。经常就风险进行讨论，可促使有关风险（特别是威胁）的讨论更加容易、更加准确 |

## 试题2要点解析

【问题1】（8分）

挣值管理（Earned Value Management，EMV）是一种综合了项目范围、资源和进度计划，用于测量项目绩效的方法。它通过与计划工作量、实际挣得收益、实际花费成本进行比较，从而确定成本和进度绩效是否符合原定计划。要进行与本试题相关的挣值管理分析，必须熟悉与挣值管理密切相关的计划成本（PV）、实际成本（AC）和挣值（EV）之间的相互关系。

计划成本（PV）是指截止到成本挣值分析图中当前时间（当前日期），计划应该完成的工作对应的预算成本，即根据批准认可的进度计划和预算到某一日期应当完成的工作所需的投入资金。PV值是项目进度是否滞后、费用是否超支的一个衡量基准。通常，PV值在项目实施过程中应保持不变。如发生预算、计划或合同等变更，则相应的PV基准也应进行相应的更改。

实际成本（AC）是指截止到当前日期，实际已完成工作的成本总额，即在某一日期所完成工作的实际成本。该值必须符合PV值与EV值所做的预算。

挣值（EV）是指截止到当前日期，实际完成工作对应的预算成本。该值是批准认可的预算，即到某一日期已完成工作应当投入的资金。例如，对于表2-4中的工作A，其挣值EV=160×80%=128万元。

根据以上定义，可求解出表2-4中前10周每项工作的EV及10周末PV、AC和EV的合计值，见表2-6。

表 2-6 各项工作成本预算及 10 周计划与执行情况统计

| 工　作 | 计划成本 PV（万元） | 已完工作量（%） | 实际成本 AC（万元） | 挣值 EV（万元） |
|---|---|---|---|---|
| A | 160 | 80 | 120 | 128 |
| B | 60 | 90 | 65 | 54 |
| C | 75 | 80 | 75 | 60 |
| D | 10 | 100 | 9 | 10 |
| E | 20 | 90 | 19 | 18 |
| F | 25 | 80 | 24 | 20 |
| G | 120 | 80 | 65 | 96 |
| H | 90 | 30 | 40 | 27 |
| I | 40 | 90 | 30 | 36 |
| J | 18 | 100 | 25 | 18 |
| 合计 | 618 | — | 472 | 467 |

将挣值（EV）减去实际成本（AC）定义为成本偏差（CV），即 CV = EV−AC。当 CV>0（即 EV>AC），表明项目的实施成本处于节约状态；反之，当 CV<0（即 EV<AC），则表明项目实施成本超支；当 CV=0，表明项目的实施成本与预算相符。在表 2-6 中，CV = EV−AC = 467−472 = −5 万元，表示当前项目所花费用比预算超支。

将挣值（EV）减去计划成本（PV）定义为进度偏差（SV），即 SV = EV−PV。当 SV>0（即 EV>PV），表明项目的实施进度处于超前状态；反之，当 SV<0（即 EV<PV），表明项目实施进度滞后；当 SV=0，表明项目的实施进度与计划相符。在表 2-6 中，SV = EV−PV = 467−618 = −151 万元，表示当前项目进度滞后。

一个项目的成本绩效可使用成本绩效指数（CPI）来衡量。成本绩效指数（CPI）是指每开支一个货币单位所带来的价值，即 CPI = EV/AC。当 CPI=1.0，表明资金使用效率一般；当 CPI>1.0，表明资金使用效率较高，成本节余；当 CPI<1.0，表明资金使用效率较低，成本超支。在表 2-6 中，CPI = EV/AC = 467 / 472 ≈98.94%，表示当前项目所花费用比预算超支，资金使用效率较低。

EV 与 PV 之间的比率定义为进度绩效指数（SPI），即 SPI = EV/PV。当 SPI=1.0，表明进度效率与计划相符；当 SPI>1.0，表明进度效率较高，进度超前；当 SPI<1.0，表明进度效率较低，进度滞后。在表 2-6 中，SPI = EV/PV = 467/618≈75.57%，表示当前项目进度滞后，进度效率较低。

综上计算结果可知，第 10 周末项目的费用比预算超支，资金使用效率较低，并且进度滞后，进度效率较低。

根据表 2-6 的计算结果，结合题干关键关键信息“……合同额为 820 万元，全部工期预计 16 周。目前，该项目已进展到第 11 周……”，可绘制出如图 2-5 所示的该项目预算成本、实际成本和挣值示意图。

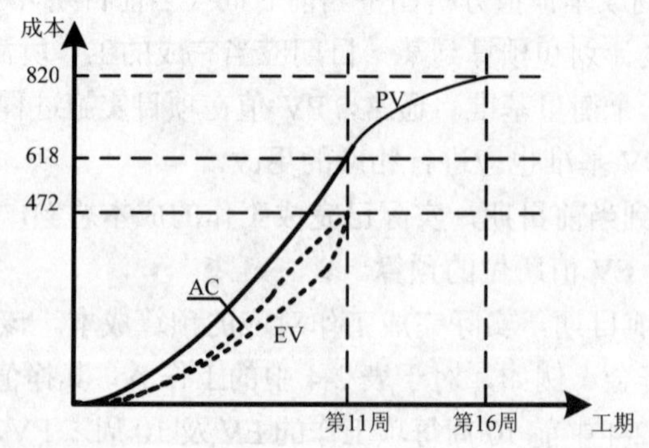


图 2-5 挣值管理示意图

【问题 2】（7 分）

项目挣值管理的预测技术包括在预测当前的时间点根据已知的信息和知识，对项目将来的状况做出估算和预测。对于本试题，假设该项目目前的执行情况不会影响到未来，未来将按计划执行，即当前的偏差被看做是非典型的，并且项目团队预期在以后将不会发生这种类似偏差，则 ETC=BAC−EVC=820−467=353 万元。其中，BAC 等于计划活动、工作包和控制账目或其他 WBS 组件在完成时的总 PV，即合同额；ETC 是完成一个计划活动、工作包和控制账目或其他 WBS 组件中的剩余工作所需的估算。

项目完成时的总成本（EAC）是根据项目绩效和定性风险分析确定的最可能的总体估算值。若当前的偏差被看做是非典型的，即由于条件发生变化使得过去的执行情况的影响不再成立，则 EAC=AC+ETC=472+353=825 万元。为了保证这一项目成本目标的实现，可以采取的应对策略有：①加大成本投入来提高进度效率；②赶工、工作并行以追赶进度；③增加高效率工作人员的投入等。

对本试题的内容进一步延伸讨论：图 2-6 给出了进行成本挣值分析可能出现的情况，对于图中所代表的进度、成本、进度效率和资金使用效率等内容见表 2-7。表 2-7 中还针对各子图所反映的问题提出了一些调整的建议措施。

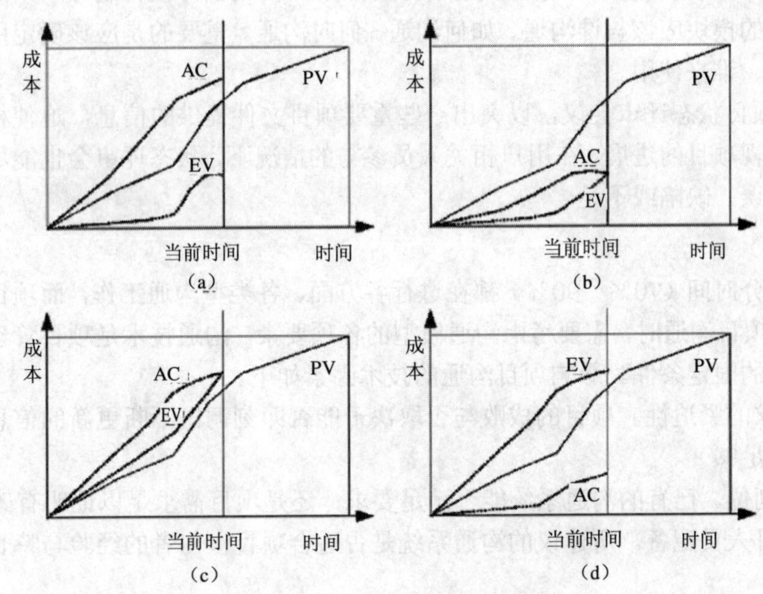


图 2-6　某信息管理系统成本挣值分析图

表 2-7　某企业信息管理系统成本收益分析表

| 图 | 参数关系 | 偏差指标 | 绩效指标 | 调整措施 |
|---|---|---|---|---|
| (1) | AC>PV>EV | CV=EV−AC<0，说明资金投入超前；<br>SV=EV−PV<0，说明进度拖延 | CPI=EV/AC<1.0，说明资金使用效率低；<br>SPI=EV/PV<1.0，说明进度效率低 | 加强成本监控；赶工、工作并行以追赶进度；提高工作效率，如使用工作效率高的人员 |
| (2) | PV>AC≥EV | CV=EV−AC≤0，说明成本支出适当；<br>SV=EV−PV<0，说明进度拖延 | CPI=EV/AC≤1.0，说明资金使用效率一般；<br>SPI=EV/PV<1.0，说明进度效率低 | 加大成本投入来提高进度效率；赶工、工作并行以追赶进度；增加高效率工作人员的投入 |
| (3) | AC≥EV>PV | CV=EV−AC≤0，说明成本支出适当；<br>SV=EV−PV>0，说明进度提前 | CPI=EV/AC≤1.0，说明资金使用效率一般 SPI=EV/PV>1.0，说明进度效率较高 | 加大成本投入来进一步提高整体效率，加强人员培训和质量控制 |
| (4) | EV>PV>AC | CV=EV − AC>0，说明资金投入延后；<br>SV=EV−PV>0，说明进度提前 | CPI=EV/AC>1.0，说明资金使用效率高；<br>SPI=EV/PV>1.0，说明进度效率高 | 加强质量控制，密切监控 |

## 试题3要点解析

**【问题1】**（4分）

认真分析该项目开发过程中所做的工作，可以发现在项目沟通方面存在以下几个主要问题。

（1）没有制订和执行沟通管理计划。老赵在接手这个项目时，没有认真分析甲方在自行组织开发系统的过程中终止项目的原因，并且错误地认为有了他们提供的原有设计文档就可以直接编写程序。因此项目组没有认真地分析和确定每一个功能模块所对应的干系人，并为每一个干系人制订详细的沟通计划。

（2）没有采用有效的沟通方法主动获取干系人的需求。

（3）在没有与甲方组织管理部门和培训部门人员进行沟通并进行需求确认的情况下，就安排两名在读研究生进行组织机构管理与计量培训管理模块的代码编写工作。

（4）没有召开项目状态评审会来确定阶段成果，以至于出现了开发人员对项目需求的理解与实际应用需求大相径庭的局面。

通过以上分析，项目经理老赵应当认识到项目沟通管理的重要性，对于类似的项目应该强调以下几点。

（1）制订切实可行的沟通管理计划。从需求分析开始，就应该为项目制订一个沟通管理计划，让项目成员知道自己负责的模块应该与谁沟通、如何沟通、何时沟通。重要的是应该确定甲方人员中这些功能由谁提出、谁来确认、谁来使用。

（2）定期召开项目状态评审会议，以突出一些重要项目文件提供的信息，迫使相应的负责人、实施人员或项目干系人正视项目的进展。在用户相关人员参与的情况下，状态评审会也能尽可能早地暴露系统在需求或设计上的错误、缺陷或不足。

**【问题2】**（5分）

项目经理的大部分时间（70%～90%）都在进行各方面、各类型沟通工作，而项目管理要求沟通是主动和受控的。在讨论项目沟通时，需要考虑沟通模型的各项要素。沟通技术是项目管理者在沟通时需要采用的方式和需要考虑的限定条件。影响项目沟通的技术因素如下。

（1）对信息需求的紧迫性。项目的成败与否取决于能否即刻调出不断更新的信息，还是只要有定期发布的书面报告就已足够。

（2）技术是否到位。已有的沟通系统能否满足要求，还是项目需求足以证明有改进的必要。

（3）预期的项目人员配备。所建议的沟通系统是否适合项目参与者的经验与特长，还是需要大量的培训与学习。

（4）项目时间的长短。现有沟通技术在项目结束前是否有变化的可能。

（5）项目环境。项目团队是以面对面的方式进行工作和交流，还是在虚拟的环境下进行工作和交流。

**【问题3】**（6分）

沟通管理计划编制是确定项目干系人的信息与沟通需求的过程，即谁需要何种信息、何时需要，以及如何向他们传递。认清项目干系人的信息需求，确定满足这些需求的恰当手段，乃是项目成功的重要因素。在多数项目中，沟通计划大都是作为项目早期阶段的一部分进行的。但在项目的整个过程中都应对其结果定期检查，并根据需要进行修改，以保证其适用性。通常，沟通计划编制的第一步就是干系人分析，得出项目中沟通的需求和方式，进而形成较为准确的沟通需求表，然后再针对需求进行计划编制。

虽然项目的沟通管理计划由具体的项目来确定，没有统一的格式与标准，但是通常都包含如下内容。

（1）项目干系人的沟通要求。

（2）对要发布信息的描述，包括格式、内容和详尽程度。

（3）信息接收的个人或组织。

（4）传达信息所需的技术或方法，如备忘录、电子邮件和（或）新闻发布等。

（5）沟通频率，如每周沟通或双周沟通等。

（6）上报过程，对下层无法解决的问题，确定问题上报的时间要求和管理链（名称）。

（7）随项目的进展对沟通管理计划进行更新与细化的方法。

（8）通用词语表。

## 试题 4 要点解析

**【问题 1】（5 分）**

这是一道要求读者分析造成关键活动拖延的原因的综合题。本试题的解答思路如下。

（1）项目进度控制是依据项目进度计划控制项目的实际进展情况，使项目能够按时完成。有效的项目进度控制的关键是控制项目的实际进度，及时、定期地将它与计划进度进行比较，并立即采取必要地措施。

（2）进度控制的基本步骤包括：①分析进度，找出哪些地方需要纠正措施；②确定应采取哪种具体纠正措施；③修改计划，将纠正措施列入计划；④重新计算进度，估计计划采取的纠正措施的效果。

（3）加速项目进度的重点应放在有负时差的路径上，时差负值越大的路径其考察的优先级越高。在分析有负时差的活动路径时，应把精力主要放在近期内的活动和工期较长的活动上。因为越早采取纠正措施就越有效，而工期越长的活动减少其活动时间的可能性越大，效果也越明显。

（4）由题干中给出的关键信息“公司的销售部直接与某银行签订了一个开发银行前置机软件系统的项目……在合同签订后，销售部将此合同移交给了软件开发部，进行项目的实施。”可知，销售部没有及时让软件开发部参与项目的早期工作，需求分析耗时过长。改进措施是：公司应该让销售部会同软件开发部一起参与项目早期的工作。采取该措施可以使软件开发部尽早熟悉项目，也可避免销售部的过度承诺。

（5）由题干中给出的关键信息“项目经理小谢做过 5 年的系统分析和设计工作，但这是他第一次担任项目经理”可知，小谢第一次担任项目经理，缺乏项目管理经验，也缺乏培训，因此在进度估算时方法可能欠妥，导致进度估算不准。

（6）由题干中给出的关键信息“小谢兼任系统分析工作，此外项目还有 2 名有 1 年工作经验的程序员，1 名测试人员，2 名负责组网和布线的系统工程师”可知，该项目资源配置不足，只有小谢一人具有系统分析和设计的经验，缺乏专门的足够的专业系统分析和设计人员。

（7）在承担项目之后，小谢组织大家依照以往的经历制订了本项目的进度计划。从该进度计划可以看出，由于小谢是第一次担任项目经理，同时兼任系统分析师，精力不够。也可能习惯于系统分析，而忘记了“管理好项目”是自己的首要任务。另外，小谢也疏于对项目进行及时的监控，人员搭配不合理，也没有合理地分配。其工作安排没有充分利用分配的项目资源，有的人力资源缺乏而自己没有及时补位，有的资源有闲置。

（8）另外，该进度安排太过理想化，缺乏严格的评审，没有考虑到法定假日，以及假日对人员绩效的影响，也没有把项目对人员的要求、人员的知识结构等考虑周全。

**【问题 2】（6 分）**

这是一道要求读者掌握制订项目进度管理计划、监控项目进度以保证项目整体进度的综合理解题。本试题的解答思路如下。

（1）进度管理一直是项目管理的难点之一，对于信息系统项目来说更是如此。当项目的实际进度滞后于计划进度时，应采取的措施有：①投入更多的资源以加速项目的进程；②指派经验丰富的人去完成或帮助完成项目工作；③减小活动范围或降低活动要求；④通过改进方法或技术提高生产效率；⑤采取外包等办法。

（2）对进度的控制，还应当重点关注项目进展和执行状况报告，它们反映了项目当前在进度、费用和质量等方面的指向情况和实施情况，是进行进度控制的重要依据。

（3）对于没有负时差的项目，重要的是不要使它出现耽误或延误而最终造成时差的减少，如果项目进展快于进度，要尽力保持这种状况。另外，经常举行项目会议也是处理进度控制问题的很好的手段。

（4）缩短项目工期以保证项目整体进度的办法有：增加优质资源、赶工（如加班）、快速（或并行）跟进、提高资源利用率、改变工艺或流程、加强沟通和监控，以及外包和缩小范围等。对于本案例根据问题1要点解析中造成关键活动拖延的原因，可以采取的具体措施有：

①根据项目的责任分配矩阵，向人力资源部经理申请增加资源，尤其是要增加专职的系统分析人员和专职的设计人员。

②通过安排临时加班、安排有经验的开发人员赶工、内部经验交流及内部培训等办法，尽可能补救耽误的时间或提升资源的利用效率。其中，加班的时间不宜过长。

③将部分阶段的工作改为并行进行。例如完成一部分系统设计后就可对其进行评审，评审通过后即可开始编码，不必等到全部设计都完成才开始编码。其他阶段工作也可以依此类推。

④对原来的进度计划进行变更，以反映项目的真实情况。例如，根据前一段的实际绩效，对后续工作的工期重新进行估算，并考虑节假日问题，修订计划，尽量留有余地。对进度计划的变更，要得到相关干系人的一致同意。

⑤加强沟通，争取客户能够对项目范围及需求、设计、验收标准进行确认，避免后期频繁出现变更。加强开发、测试和布线等人员之间的协调，保持工作的衔接，步调和内容一致，避免产生失误。

⑥加强对交付物、项目阶段工作的及时检查和控制，避免后期出现返工。

**【问题 3】**（4 分）

这是一道要求读者概述信息系统集成项目的进度管理的过程的简答题。本试题所涉及的知识点如下。

活动历时估算是估算计划活动持续时间的过程。它利用计划活动对应的工作范围、需要的资源类型和资源数量，以及相关的资源日历（用于标明资源有无与多少）信息。活动历时估算过程要求估算为完成计划活动而必须付出的工作努力数量，估算为完成计划活动而必须投入的资源数量，并确定为完成该计划活动而需要的工作时间数。对于每一活动历时估算、所有支持历时估算的数据与假设都要记载下来。

活动历时估算所采用的主要方法和技术有：专家判断、类比估算法、参数估算、三点估算和后备分析（如预留时间）等，详见表 2-8。

**表 2-8 活动历时估算所采用的主要方法和技术**

| 方法和技术 | 说　明 |
|---|---|
| 专家判断 | 由于影响活动持续时间的因素太多，如资源的水平或生产率，因此常常难以估算。只要有可能，就可以利用以历史信息为根据的专家判断。各位项目团队成员也可以提供历时估算的信息，或根据以前的类似项目提出有关最长持续时间的建议。如果无法请到这种专家，则持续时间估算中的不确定性和风险就会增加 |
| 类比估算 | 持续时间类比估算就是以从前类似计划活动的实际持续时间为根据，估算将来的计划活动的持续时间。当有关项目的详细信息数量有限时，如在项目的早期阶段就经常使用这种方法估算项目的持续时间。类比估算利用历史信息和专家判断 |
| 参数估算 | 用欲完成工作的数量乘以生产率可作为估算活动持续时间的量化依据。例如，用计划的资源数目乘以每班次需要的工时或生产能力再除以可投入的资源数目，即可确定各工作班次的持续时间 |
| 三点估算 | 是在确定最有可能的历时估算 $T_m$、最乐观的历时估算 $T_o$、最悲观的历时估算 $T_p$ 3 种估算的基础上算出的均值 |
| 后备分析 | 在总的项目进度表中以“应急时间”、“时间储备”或“缓冲时间”为名称增加一些时间，该做法是承认进度风险的表现。这样的应急时间应当连同其他有关的数据和假设一起形成文件 |

## 试题 5 要点解析

**【问题 1】**（4 分）

若某一信息系统项目采用 V 模型进行开发，则其实施过程依次是：需求分析、概要设计、详细设计、软件编码、单元测试、功能测试、集成测试、系统测试、验收测试。在 V 模型的开发阶段一侧，先从定义业务需求、需求确认或测试计划开始，然后要把这些需求转换到概要设计、概要设计的验证及测试计划，从概要设计进一步分解到详细设计、详细设计的验证及测试计划，最后进行开发，得到程序代码和代码测试计划。在不同的开发阶段，会出现不同类型的缺陷和错误，需要不同的测试技术和方法来发现这些缺陷。在测试执行阶段一侧，执行先从单元测试开始，接着是功能测试，然后是集成测试、系统测试，最后是验收测试。V 模型完整的诠释如图 2-7 所示。

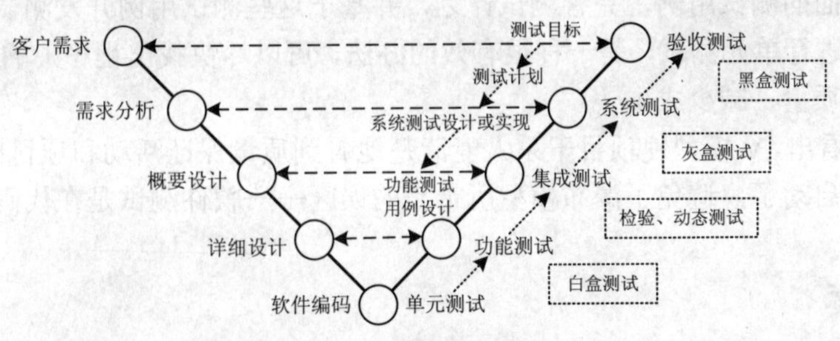


图 2-7 V 模型完整示意图

在图 2-7 中，单元测试的主要目的是针对编码过程中可能存在的各种错误，如用户输入验证过程中的边界值的错误。

功能测试是根据产品特征、操作描述和用户方案，测试一个产品的特性和可操作行为以确定它们满足设计需求。它只需考虑各个功能，无须考虑整个软件的内部结构及代码，通常从软件产品的界面、架构出发，按照需求编写出来的测试用例，输入数据在预期结果和实际结果之间进行评测，进而提出能使产品达到用户使用的要求方案。

集成测试的主要目的是针对详细设计中可能存在的问题，尤其是检查各单元与其他程序部分之间的接口上可能存在的错误。

系统测试主要针对概要设计，检查系统作为一个整体是否有效地得到运行，如在产品设置中是否能达到预期的高性能。

验收测试通常由业务专家或用户进行，以确认产品能真正符合用户业务上的需要。

V 模型的价值在于它非常明确地标明了测试过程中存在的不同级别，并且清楚地描述了这些测试阶段和开发各阶段的对应关系。

【问题 2】（4 分）

从图 2-4 中水平对应关系看，左边是软件设计过程，右边是软件测试过程。在设计和分析过程中，SQA（Supplier Quality Assurance）的主要职责是进行质量保证活动，但 SQA 进行质量保证活动的依据为项目策划阶段制定的质量保证计划。因此（5）空缺处应填写“质量保证计划”。

从图 2-4 可以看出，系统测试阶段的测试依据为软件需求规格说明，软件需求规格说明主要描述软件的功能需求、性能需求和接口需求等，它描述的每一条功能，在程序中不一定有一段相应的代码对应，而可能由多个程序单元的部分代码实现，故不能进行基于代码的测试，而应进行基于需求的测试。所以（6）空缺处应填写“需求（或软件需求，或软件需求规格说明）”。

【问题 3】（7 分）

在图 2-4 所示的 V 模型中，左边是设计和分析，是软件设计实现的过程，同时伴随着质量保证活动——审核的过程，也就是静态的测试过程；右边是对左边结果的验证，是动态测试的过程，即对设计和分析的结果进行测试，以确认是否满足用户的需求。

需求分析和功能设计对应验收测试，说明在进行需求分析和产品功能设计的同时，测试人员就可以阅读、审查需求分析的结果，从而了解产品的设计特性及用户的真正需求，确定测试目标，可以准备用例（Use Case）并策划测试活动。

当系统设计人员在进行系统设计时，测试人员可以了解系统是如何实现的，基于什么样的平台，这样可以设计系统的测试方案和测试计划，并事先准备系统的测试环境，包括硬件和第三方软件的采购。因为这些准备工作，实际上要花费很多时间。

当设计人员在进行详细设计时，测试人员可以参与设计，对设计进行评审，找出设计的缺陷，同时设计功能、新特性等方面的测试用例，完善测试计划，并基于这些测试用例开发测试脚本。

在编程的同时，进行单元测试，是一种很有效的办法，可以尽快找出程序中的错误，充分的单元测试可以大幅度提高程序质量、减少成本。

从图 2-4 中可以看出，V 模型使项目干系人能清楚地看到质量保证活动和项目同时展开，项目一启动，软件测试的工作也就启动了，避免了瀑布模型所带来的误区——软件测试是在代码完成之后进行。

## 2.2.3 参考答案

表 2-9 给出了本份下午试卷试题 1～试题 5 的参考答案，供读者练习时参考，以便查缺补漏。读者也可依照所给出的评分标准得出测试分数，从而大致评估自己对这些知识点的掌握程度。

表 2-9 参考答案及评分标准表

| 试 题 | 问题与分值 | 参考答案及评分标准 | 自 评 分 |
|---|---|---|---|
| 1 | 【问题 1】<br>（3 分） | ①老张对市场部不断提出新的需求是“来者不拒”，导致整个项目组成员疲于奔命；不断地更新项目计划导致项目范围无法确定，工期和成本不可控制，团队成员工作目标也不明确，出现了非常严重的需求风险；<br>②对于机房建设等专业性较强的子项目，老张团队存在对关键技术不明确、系统扩展性不佳等影响系统正常运行的问题；<br>③在制定切换方案时，缺乏与客户公司领导及团队成员之间的沟通，导致在新旧系统的切换过程中出现了重大的技术故障（每小点 1 分，答案类似即可） | |
| | 【问题 2】<br>（8 分） | ①老张应该与郭工积极地沟通，使他明白本期工程的重要意义，并承诺本期工程可以为系统升级和扩容留有扩展接口，新的需求能够通过后续工程逐步开发实现，使郭工同意本期工程只实现大家最为关注的功能指标和性能指标；<br>②老张应该申请启动项目风险储备金，通过增加资源成本、付出额外劳动使得项目回到正轨；<br>③对于机房建设等专业性较强的子项目，老张应该采取风险转移的策略设法将风险的后果连同应对责任转移到第三方身上，聘请具备通信设备资质的专家负责工程设计；<br>④为了避免时间损失，预防切换上线风险，老张除了组织制定详细的系统切换方案和故障应急处理方案外，还应争取客户公司高层领导的支持，做好集团公司与各分公司的沟通工作，采取各地市分批次的预切换方案（或者采用功能点分布式的切换方案），逐点切换，各个击破，确保系统切换成功（每小点 2 分，答案类似即可） | |
| | 【问题 3】<br>（4 分） | ①风险再评估 ②风险审计<br>③变差和趋势分析 ④技术绩效衡量<br>⑤储备金分析 ⑥状态审查会（列举出其中 4 个小点即可，每小点 1 分） | |
| 2 | 【问题 1】<br>（8 分） | CV=-5 万元，表示当前项目所花费用比预算超支<br>SV= -151 万元，表示当前项目进度滞后<br>CPI≈98.94%，表示当前项目所花费用比预算超支，资金使用效率较低<br>SPI≈75.57%，表示当前项目进度滞后，进度效率较低 （每个计算结果 1 分，每个说明 1 分，说明类似即可） | |

续表

| 试　题 | 问题与分值 | 参考答案及评分标准 | 自 评 分 |
|---|---|---|---|
| 2 | 【问题2】<br>（7分） | EAC= 825万元　（3分）<br>可以采取的应对策略有：①加大成本投入来提高进度效率（2分）；②赶工、工作并行以追赶进度（1分）；③增加高效率工作人员的投入等（1分，答案类似即可） | |
| 3 | 【问题1】<br>（4分） | ①没有制订和执行沟通管理计划；<br>②没有采用有效的沟通方法主动获取干系人的需求；<br>③在没有与甲方进行沟通并进行需求确认的情况下，就安排两名在读研究生进行相关模块的代码编写工作；<br>④可能缺少召开项目状态评审会（每小点1分，答案类似即可） | |
| | 【问题2】<br>（4分） | ①对信息需求的紧迫性；<br>②技术是否到位；<br>③预期的项目人员配备；<br>④项目时间的长短；<br>⑤项目环境　（每小点1分，答案类似即可） | |
| | 【问题3】<br>（7分） | ①项目干系人沟通要求；<br>②对要发布信息的描述，包括格式、内容和详尽程度；<br>③信息接收的个人或组织；<br>④传达信息所需的技术或方法，如备忘录、电子邮件和（或）新闻发布等；<br>⑤沟通频率，如每周沟通或双周沟通等；<br>⑥上报过程，对下层无法解决的问题，确定问题上报的时间要求和管理链（名称）；<br>⑦随项目的进展对沟通管理计划进行更新与细化的方法；<br>⑧通用词语表　（每小点1分，答案类似即可） | |
| 4 | 【问题1】<br>（5分） | ①销售部没有及时让软件开发部参与项目早期工作，需求分析耗时过长；<br>②项目经理经验不足，进度估算不准确；<br>③项目资源配置不足，缺乏专门的系统分析和设计人员；<br>④工作安排没有充分利用分配的项目资源，资源有闲置；<br>⑤在安排进度时可能未考虑法定节假日的因素　（每小点1分） | |
| | 【问题2】<br>（6分） | ①向职能经理申请增加特定资源，特别是要增加系统分析设计人员；<br>②临时加班/赶工，尽可能补救耽误的时间或提升资源的利用效率；<br>③将部分阶段的工作改为并行进行；<br>④对后续工作的工期重新进行估算，并考虑节假日问题，修订计划，尽量留有余地；<br>⑤加强沟通，争取客户能够对项目范围，以及需求、设计、验收标准进行确认，避免后期频繁出现变更；<br>⑥加强对阶段工作的检查和控制，避免后期出现返工　（每小点1分） | |
| | 【问题3】<br>（4分） | ①专家判断　　②类比估算<br>③参数估算　　④三点估算<br>⑤后备分析（或预留时间）等（每小点1分，最多得4分） | |
| 5 | 【问题1】<br>（4分） | （1）概要设计<br>（2）单元测试<br>（3）集成测试（或组件测试，或部件测试）<br>（4）验收测试　（每空1分） | |
| | 【问题2】<br>（4分） | （5）质量保证计划<br>（6）需求（或软件需求，或软件需求规格说明）（每空2分） | |
| | 【问题3】<br>（7分） | （7）产品设计特性及用户的真正需求<br>（8）测试目标 | |

续表

| 试　题 | 问题与分值 | 参考答案及评分标准 | 自　评　分 |
|---|---|---|---|
| 5 | 【问题 3】<br>（7 分） | （9）设计系统测试方案和计划<br>（10）设计缺陷<br>（11）测试用例<br>（12）软件质量（或程序质量）<br>（13）代码完成（每空 1 分） | |

# 第3章 考前冲刺预测卷3

## 3.1 上午试卷

**（考试时间 9：00—11：30，共 150 分钟）**
**请按下述要求正确填写答题卡**

1．在答题卡的指定位置上正确写入你的姓名和准考证号，并用正规 2B 铅笔在你写入的准考证号下填涂准考证号。

2．本试卷的试题中共有 75 个空格，需要全部解答，每个空格 1 分，满分 75 分。

3．每个空格对应一个序号，有 A、B、C、D 4 个选项，请选择一个最恰当的选项作为解答，在答题卡相应序号下填涂该选项。

4．解答前务必阅读例题和答题卡上的例题填涂样式及填涂注意事项。解答时用正规 2B 铅笔正确填涂选项，如需修改，请用橡皮擦干净，否则会导致不能正确评分。

**【例题】**

2010 年下半年全国计算机技术与软件专业技术资格（水平）考试日期是___（88）___月___（89）___日。

（88） A．9　　B．10　　C．11　　D．12

（89） A．11　　B．12　　C．13　　D．14

因为考试日期是“11 月 13 日”，故（88）选 C，（89）选 C，应在答题卡序号 88 下对 C 选项进行填涂，在序号 89 下对 C 选项进行填涂（参见答题卡）。

### 3.1.1 试题描述

**试题 1**

以下关于信息的描述中，正确的是___（1）___。

（1） A．关于客观事实的知识是可以全部得到的　　B．信息不可能转换为物质

C．信息的价值与时间无关　　D．信息是能够用来消除不确定性的东西

**试题 2**

以下关于计算机信息系统集成企业资质的说法中，正确的是___（2）___。

（2） A．计算机信息系统集成企业资质共分 4 个级别，其中第一级为最低级

B．该资质可先由认证机构认证，再由信息产业主管部门审批

C．目前，计算机信息系统集成企业资质证书有效期为 4 年

D．申报二级资质的企业，其具有项目经理资质的人员数目应不少于 8 名

## 试题 3

以下不属于敏捷供应链特点的是 (3) 。

(3) A．支持供应链中跨企业的生产方式的快速重组，实现对市场变化的快速响应
B．支持供应链中跨企业信息系统的集成、调整、重构和信息共享
C．供应链中各个企业能根据要求方便地进行组织、管理的调整和企业生产模式的转变
D．可以辅助销售人没展开推销，增加客户在产品生命周期中的价值

## 试题 4

某位参加计算机技术与软件专业技术资格（水平）考试的考生通过当当网购买相关考试图书，其登录的电子商务网站的部分交易界面如图 3-1 所示。该电子商务交易方式为 (4) 。

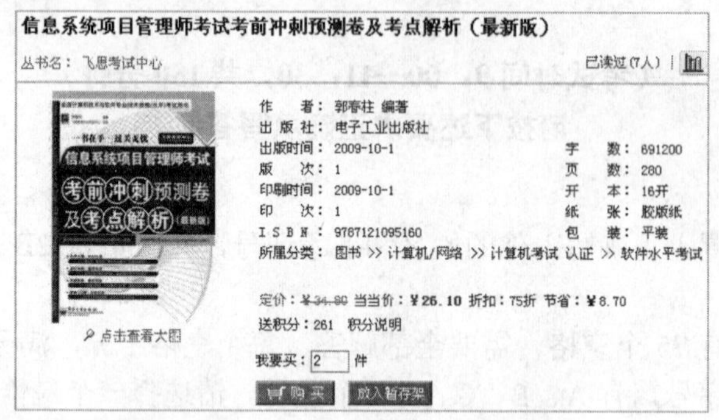


图 3-1 某电子商务网站交易界面

(4) A．B2B B．B2C C．C2C D．G2B

## 试题 5

以下关于企业资源规划（ERP）的叙述，错误的是 (5) 。

(5) A．购买使用一个商业化的 ERP 软件，转化成本高，失败的风险也很大
B．除了制造和财务，ERP 系统可以支持人力资源、销售和配送
C．ERP 为组织提供了升级和简化其所用的信息技术的机会
D．ERP 的关键是事后监控企业的各项业务功能，使得质量、有效性、客户满意度和工作成果等可控

## 试题 6

以下不能作为监理依据的是 (6) 。

(6) A．国际、国家 IT 行业质量标准
B．建设单位和承建单位的合同
C．现行国家、各省、市、自治区的有关法律、法规
D．承建单位的指令

## 试题 7

以 ISO 冠名的标准属于 (7) 。

(7) A．国际标准 B．国家标准 C．行业标准 D．企业规范

## 试题 8

王某在《电脑与编程》杂志上看到谢某发表的一组程序颇为欣赏，就复印了 80 份作为程序设计辅导材料发给了学生。王某又将这组程序逐段加以评析，写成评论文章后投到《电脑与编程》杂志上发表。王某的行为 (8) 。

（8）　A．不侵犯谢某的著作权，其行为属于合理使用
B．侵犯了谢某的著作权，因为在评论文章中全文引用了发表的程序
C．侵犯了谢某的著作权，因为其未经许可，擅自复印谢某的程序
D．侵犯了谢某的著作权，因为其擅自复印，又在其发表的文章中全文引用了谢某的程序

### 试题 9

某软件系统集成项目在开发时，用户已经定义了软件的一组一般性目标，但不能标识出详细的输入、处理及输出需求；开发者也可能暂时不能确定算法的有效性、操作系统的适应性或人机交互的形式。在这种情况下，采用＿（9）＿开发最恰当。

（9）　A．瀑布模型　B．迭代模型　C．原型化模型　D．螺旋模型

### 试题 10

当＿（10）＿时，用例是捕获系统需求最好的选择。

（10）　A．系统具有很少的用户　B．系统具有很少的接口
C．系统算法复杂，功能单一　D．系统有很多参与者

### 试题 11

软件的维护并不只是修正错误。为了改进软件未来的可维护性或可靠性，或者为了给未来的改进提供更好的基础而对软件进行修改，这类活动称为＿（11）＿。

（11）　A．完善性维护　B．适应性维护　C．预防性维护　D．改正性维护

### 试题 12

在软件质量管理过程中，＿（12）＿的目的是提供软件产品和过程对于可应用的规则、标准、指南、计划和流程的遵从性的独立评价。

（12）　A．管理评审　B．技术评审　C．走查　D．软件审计

### 试题 13

在面向对象程序设计语言中，＿（13）＿是利用可重用成分构造软件系统的最有效的特性，它有利于提高系统的可扩充性。

（13）　A．继承　B．封装　C．多态　D．抽象

### 试题 14

以下关于 RUP 特点的描述中，错误的是＿（14）＿。

（14）　A．可视化建模，在项目初期可降低风险
B．使用组件体系结构，使软件体系架构更具弹性
C．贯穿整个开发周期的测试和质量核查
D．开发复用保证了软件质量，也增加了开发人员的工作量

### 试题 15

UML 中有多种类型的图，其中协作图显示在某种情况下对象之间发送的消息，＿（15）＿与协作图类似，但其强调的是顺序而不是连接。

（15）　A．顺序图　B．用例图　C．活动图　D．类图

### 试题 16

数据仓库通过数据转移从多个数据源中提取数据，为了解决不同数据源格式不统一的问题，需要进行

___（16）___操作。

（16） A．集成　B．简单转移　C．清洗　D．聚集和概括

**试题 17**

SOA（Service Oriented Architecture）是一种设计和实现信息应用系统的架构模型，它的基本单元是___（17）___。

（17） A．接口　B．服务　C．协议　D．对象

**试题 18**

以下关于 TCP/IP 的描述中，错误的是___（18）___。

（18） A．ICMP 用于控制数据报传送中的差错情况
B．RIP 根据交换的路由信息动态生成路由表
C．FTP 在客户/服务器之间建立起两条连接
D．RARP 根据 IP 地址查询对应的 MAC 地址

**试题 19**

在 Windows 操作系统中，运行 netstat -r 命令后得到如图 3-2 所示的结果。图 3-2 中 224.0.0.0 是一个___（19）___。

```
Active Routes:
Network Destination   Netmask           Gateway           Interface         Metric
 0.0.0.0              0.0.0.0           102.217.115.254   102.217.115.132   20
 127.0.0.0            255.0.0.0         127.0.0.1         127.0.0.1         1
 102.217.115.128      255.255.255.128   102.217.115.132   102.217.115.132   20
 102.217.115.132      255.255.255.255   127.0.0.1         127.0.0.1         20
 102.217.115.255      255.255.255.255   102.217.115.132   102.217.115.132   20
 224.0.0.0            240.0.0.0         102.217.115.132   102.217.115.132   20
 255.255.255.255      255.255.255.255   102.217.115.132   102.217.115.132   1
 255.255.255.255      255.255.255.255   102.217.115.132   2                 1
Default Gateway:      102.217.115.254
```

图 3-2　某 Windows 命令系统返回结果

（19） A．本地回路地址　B．公网 IP 地址　C．组播 IP 地址　D．私网 IP 地址

**试题 20**

在进行机房设计时，采用先进的管理监控系统设备及软件，实现集中管理及实时监控，实时灯光、语音报警，并实时记录相关事件。这属于机房工程设计的___（20）___原则。

（20） A．实用性和先进性　B．标准化和开放性　C．安全可靠性　D．可管理性

**试题 21**

层次化网络设计方案中，___（21）___是核心层的主要任务。

（21） A．高速数据转发　B．边界路由和接入 Internet
C．MAC 层过滤和网段微分　D．实现网络的访问策略控制

**试题 22**

在某电子政务系统集成项目中，对单位内部各台工作机安装隔离卡。这属于对信息安全___（22）___的防护措施。

（22） A．保密性　B．数据完整性　C．不可抵赖性　D．可用性

**试题 23**

以下关于信息安全管理的描述中，错误的是___（23）___。

（23） A．安全管理贯穿于计算机网络系统规划、设计、实施和运维等各个阶段，既包括行政手段，又包括技术措施

B．一级安全管理制度的控制点有两个，二级、三级、四级安全管理制度的控制点有 3 个
C．信息安全的 3 条基本管理原则是：单独工作原则、限制使用期限原则和责任分散原则
D．在安全管理中，最活跃的因素是人，对人的管理基于完备安全管理政策和制度为前提

## 试题 24

以下关于公钥密码体制的描述中，错误的是＿（24）＿。

（24） A．加密和解密使用不同的密钥　　B．一定比对称加密机制更安全
C．可用于数字签名、认证等方案　　D．公钥不需要保密

## 试题 25

＿（25）＿指对主体访问和使用客体的情况进行记录和审查，以保证安全规则被正确执行，并帮助分析安全事故产生的原因。

（25） A．安全授权　B．安全管理　C．安全服务　D．安全审计

## 试题 26

对 IT 项目而言，“一次性”是指＿（26）＿。

（26） A．项目随时可能取消　　B．项目周期短、成本低
C．项目将在未来不能确定的时候完成　　D．每个项目都有明确的起止时间

## 试题 27

不属于项目管理办公室（PMO）日常性职能的是＿（27）＿。

（27） A．建立企业内项目管理的支撑环境，以及提供项目管理的指导
B．组织内的多项目的管理和监控
C．提供项目管理的指导和咨询，培养项目管理人员
D．项目组合管理和提高组织项目管理能力

## 试题 28

如果产品范围做了变更，下一步应该调整＿（28）＿。

（28） A．项目范围　　B．进度表
C．工作说明书（SOW）　　D．质量基准

## 试题 29

项目论证一般分为机会研究、初步可行性研究和详细可行性研究 3 个阶段。以下叙述中，正确的是＿（29）＿。

（29） A．机会研究的内容为项目是否有生命力，能否盈利
B．详细可行性研究是要寻求投资机会，鉴别投资方向
C．初步可行性研究阶段在多方案比较的基础上选择出最优方案
D．项目论证是编制计划、设计、采购、施工，以及机构设置、资源配置的依据

## 试题 30

以下对于信息系统工程项目招标过程按顺序描述，正确的是＿（30）＿。

（30） A．招标、投标、评标、开标、决标、授予合同
B．招标、投标、评标、决标、开标、授予合同
C．招标、投标、开标、评标、决标、授予合同
D．招标、投标、开标、决标、评标、授予合同

**试题 31**

以下不具有“完成-开始”关系的两个活动是＿（31）＿。

（31） A．系统设计，设计评审　　B．需求评审，周例会
C．系统分析，需求评审　　D．确定项目范围，制定 WBS

**试题 32**

项目小组建设对于项目的成功来说很重要。如果项目经理想要考查项目小组用于完成项目过程的工具和技术，则这些相关信息可以在＿（32）＿中找到。

（32） A．组织过程资产　　B．人员配备管理计划
C．项目管理计划　　D．小组章程

**试题 33**

在项目每个阶段结束时进行项目绩效评审是很重要的，评审的目标是＿（33）＿。

（33） A．根据项目的基准计划来决定完成该项目需要多少资源
B．根据上一阶段的绩效调整下一阶段的进度和成本基准
C．得到客户对项目绩效的认同
D．决定项目是否可以进入下一个阶段

**试题 34**

通常，项目整体管理的流程是：项目启动→＿（34）＿→整体变更控制→项目收尾。

（34） A．编制项目管理计划→编制项目范围说明书→监督和控制项目→指导和管理项目的执行
B．编制项目范围说明书→编制项目管理计划→监督和控制项目→指导和管理项目的执行
C．编制项目管理计划→编制项目范围说明书→指导和管理项目的执行→监督和控制项目
D．编制项目范围说明书→编制项目管理计划→指导和管理项目的执行→监督和控制项目

**试题 35**

小谢所在单位的项目管理委员会每月开一次项目评审会，负责对任何预算在 100 万元以上的项目的实施情况进行评审。小谢最近被提升为项目经理并负责管理一个大型项目，项目管理委员会要求小谢介绍项目目标、边界和配置管理等材料。为此，小谢需要准备＿（35）＿。

（35）A．总体设计方案　　B．项目范围说明书　　C．产品描述　　D. WBS 和 WBS 词典

**试题 36**

创建 WBS 的输出不包括＿（36）＿。

（36） A．范围基线　　B．组织过程资产
C．更新的范围说明书　　D．更新的范围管理计划

**试题 37**

项目范围说明书编制的主要依据是＿（37）＿。

（37） A．项目章程　　B．WBS　　C．需求说明书　　D．项目构思

**试题 38**

进度控制是避免项目工期拖延的一种方法。进度控制中的纠正行为通常加速某些活动以确保这些活动能够及时完成。为了重新编制和执行进度表，纠正行为通常要求＿（38）＿。

（38） A．做项目团队成员都不喜欢的决策　　B．资源平衡
C．及时调整基线　　D．进行原因分析

### 试题 39

某工程计划如图 3-3 所示，各个作业所需的天数见表 3-1，设该工程从第 0 天开工，则作业 I 最迟应在第___(39)___天开工。

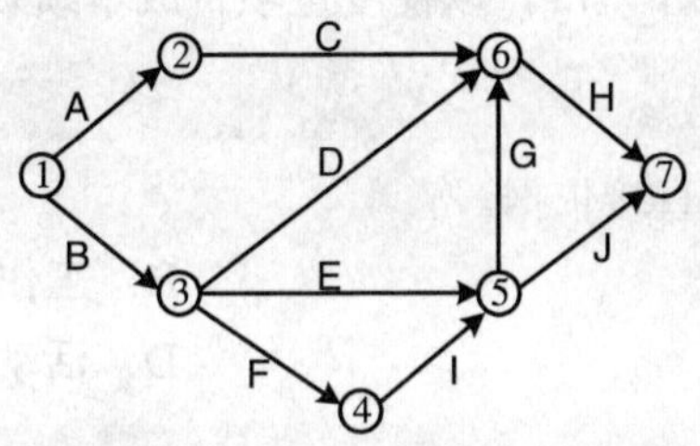


图 3-3　某工程计划图

表 3-1　各个作业所需天数表

| 作　业 | A | B | C | D | E | F | G | H | I | J |
|---|---|---|---|---|---|---|---|---|---|---|
| 所需天数 | 8 | 7 | 9 | 11 | 8 | 4 | 5 | 4 | 2 | 8 |

（39）　A．11　　B．13　　C．14　　D．16

### 试题 40

在计划编制完成后，项目团队认为所制定的进度时间太长，分析表明不能改变工作网络图，但该项目有附加的资源可利用。项目经理采用的最佳方式是___(40)___。

（40）　A．快速追踪项目　　B．引导一项 Monte Carlo 分析
C．利用参数估算　　D．赶工

### 试题 41

___(41)___能最准确地计算活动的历时（AD）。

（41）　A．AD=工作量/人员生产率
B．AD=工作量/人力资源数量
C．AD=（最乐观时间+4 最可能时间+最悲观时间）/6
D．AD=人员生产率×项目规模

### 试题 42

项目进度网络图是___(42)___。

（42）　A．活动定义的结果和活动历时估算的输入
B．活动排序的结果和进度计划编制的输入
C．活动计划编制的结果和进度计划编制的输入
D．活动排序的结果和活动历时估算的输入

### 试题 43

某项目已进展到第 9 周，对项目前 8 周的实施情况总结如下：PV=2200 万元，EV=2000 万元，AC=2300 万元，则 SV 和项目状态为___(43)___。

（43）　A．−200 万元，进度滞后　　B．100 万元，进度超前
C．−300 万元，进度滞后　　D．200 万元，进度超前

### 试题 44

以下关于成本基准计划的描述，不正确的是___(44)___。

（44）A．它是成本估算阶段的产物

B．现金流预测是度量支出的成本基准之一

C．它是用来量度与监测项目成本绩效的，按时间分段预算

D．许多项目可能有多个成本基准，以便度量项目成本绩效的各个方面

## 试题 45

__（45）__不是项目成本预算的直接依据。

（45） A．资源需求计划　　B．工作分解结构

C．项目范围说明书　　D．活动成本估算的支持性细节

## 试题 46

项目经理小郭正在负责为一家水厂开发管理信息系统，虽然他没有管理类似项目的经验，但其团队的一名成员做过类似的项目。该成员的这些经历为准确估算项目的成本做出了贡献，这一点对实现赢利很有帮助。上述情况表明__（46）__。

（46） A．参数模型应该与专家的判断一起用，作为一次性付款合同理想的成本估计方法

B．团队成员不一定要知道当地的环境因素就可能提供较准确的信息

C．要求团队成员提出专业性的成本建议是必要的

D．团队里各项目干系人都可能具有对制定项目管理计划有用的技能和知识

## 试题 47

除__（47）__外，以下各项都是项目质量管理的原则。

（47） A．考虑质量成本　　B．管理者对持续改进负责

C．注重过程质量和项目交付成果质量　　D．满足项目利益相关者的需求

## 试题 48

某网络工程项目的一名关键团队成员小谢已经出现进度延误的迹象，并且工作质量也开始出问题。项目经理老陈相信该成员非常清楚工作的最终期限和质量规范要求。老陈现在应采取的措施是__（48）__。

（48） A．立即找到小谢，强调并提醒进度和质量的重要性

B．把问题报告给人力资源经理以便采取纠正措施

C．把这种情况上报给小谢所在部门的职能经理，并请求协助

D．重新把一些工作分配给其他团队成员，直到绩效开始改进

## 试题 49

项目团队中主要负责质量控制的成员应当具有统计知识，以完成质量控制活动。其中，最重要的知识是__（49）__。

（49） A．属性抽样和变量抽样　　B．例外和控制线

C．特殊原因和随机原因　　D．抽样和概率

## 试题 50

项目质量管理的质量基准和过程改进计划等管理文件或手册，是承担该项目实施任务各方应共同遵循的管理依据，它在__（50）__过程中形成。

（50） A．执行质量保证　　B．综合变更控制

C．执行质量控制　　D．编制质量管理计划

## 试题 51

项目人力资源管理比一般人力资源管理更强调＿（51）＿。

（51） A．有效性与效率　B．团队建设与灵活性
C．协作性与沟通性　D．采用科学的方法

## 试题 52

＿（52）＿不是组建项目团队的输出。

（52） A．资源日历　B．团队绩效评估
C．项目人员分配　D．可能做出的项目管理计划更新

## 试题 53

以下关于表 3-2 的描述中，错误的是＿（53）＿。

表 3-2　某人力资源管理表

| 活　动 | 人　员 | | | | |
|---|---|---|---|---|---|
| | 小　张 | 小　王 | 小　李 | 小　赵 | 小　钱 |
| 定义 | R | I | I | A | I |
| 测试 | A | C | I | I | C |
| 开发 | R | C | I | I | C |

注：R：对任务负责任；A：负责执行任务；I：拥有既定特权、应及时得到通知；C：提供信息辅助执行任务

（53） A．该表是一个责任分配矩阵　B．该表表示了需要完成的工作和团队成员之间的关系
C．该表不应包含虚拟团队成员　D．该表可用于人力资源计划编制

## 试题 54

通常，沟通障碍主要导致＿（54）＿。

（54） A．敌对情绪增多　B．士气低落　C．冲突增多　D．效率降低

## 试题 55

某个新的网络工程项目由 5 个子系统组成。管理层希望该项目以较低的成本带来较高的效益。虽然项目经理老杨想花时间和金钱来整合一些可以为公司带来长远利益的问题，但在项目实施过程中，子系统的项目经理们聘用了一些比团队成员平均工资高得多的高级职员。通常，当与项目干系人一起工作时，项目经理老杨应该＿（55）＿。

（55） A．认识到角色和责任可能重叠
B．注意到项目干系人经常有着截然不同的目标，这就使项目干系人管理复杂化
C．将项目干系人分组以便于辨认
D．尽量预测并减少可能会对项目产生不良影响的项目干系人的活动

## 试题 56

当项目成员不在一起办公时，为了让他们关注自己的团队，此时，项目经理应＿（56）＿。

（56） A．要求每个团队成员都使用 E-mail、QQ 作为沟通工具
B．向团队成员提供沟通技术并命令对其的使用
C．要求团队成员提供统一格式的日工作情况报告
D．建立与各个小组进行密切联系的统一沟通方式和渠道

## 试题 57

以下不属于合同管理的直接依据是＿（57）＿。

（57） A．已批准的变更申请 B．索赔管理
C．绩效报告 D．选中的供方

## 试题 58

__（58）__不是解决项目合同纠纷的主要方式。

（58） A．项目终止 B．仲裁解决 C．调解解决 诉讼解决

## 试题 59

某电影公司计划使用IT系统把我国建国60周年国庆阅兵仪式做成一个有史以来最好的数字格式纪录片。项目承建方允许项目经理使用任何需要的资源，但是项目经理提出的能胜任此任务的最佳人选却正在执行另一个项目，可见该项目最主要的约束是__（59）__。

（59） A．项目资源 B．项目进度 C．项目质量 D．项目范围

## 试题 60

自制或外购的决定需要考虑__（60）__。

（60） A．战术成本和战略成本 B．管理成本和项目成本
C．拖延成本和滞留成本 D．直接成本和间接成本

## 试题 61

对承建方来说，固定单价合同适用于__（61）__的项目。

（61） A．工期长，工程量变化幅度很大 B．工期长，工程量变化幅度较小
C．工期短，工程量变化幅度较大 D．工期短，工程量变化幅度较小

## 试题 62

在招标过程中，下列中的__（62）__应在开标之前完成。

（62） A．答标 B．制定评标原则 C．确认投标人资格 D．发放中标通知书

## 试题 63

合同收尾过程涉及__（63）__。

（63） A．客户满意度分析和最终付款 B．管理收尾和档案保存
C．向承包商最终付款和整理经验 D．产品验收和管理收尾

## 试题 64

合同可以变更，但是当事人对合同变更的内容约定不明确的，推定为__（64）__。

（64） A．未变更 B．部分变更 C．已经变更 D．变更为可撤销

## 试题 65

项目经理已经对项目进度表提出了几项修改意见。在某些情况下，进度延迟变得严重时，为了确保获得精确的绩效衡量信息，项目经理应该尽快__（65）__。

（65） A．为增加项目资源做准备 B．发布变更信息
C．设计一个主进度表 D．重新修订项目进度计划

## 试题 66

风险评估的首要工作是__（66）__。

（66） A．风险影响范围大小的评估 B．风险后果严重程度的评估
C．风险发生时间的评估 D．确定风险事件的概率分布

## 试题 67

某项目为满足某种产品的市场需求，拟提出新建、扩建和改建 3 个方案。方案中销路好的概率为 0.3，销路一般的概率为 0.5，销路差的概率为 0.2。不同销路的损益值见表 3-3。假设该项目经营期为 10 年，那么该项目所做的决策是____（67）____。

表 3-3 不同销路的损益表

| 方 案 | 好 | 一 般 | 差 | 需要投资（万元） |
|---|---|---|---|---|
| 新建 | 100 | 80 | 50 | 300 |
| 扩建 | 50 | 40 | 25 | 160 |
| 改建 | 30 | 20 | 15 | 80 |

（67） A．选择新建方案　　B．选择扩建方案
C．选择改建方案　　D．条件不足，无法得出结论

## 试题 68

____（68）____是将企业内外部条件各方面内容进行综合和概括，进而分析组织的优势和劣势，以及面临的机会和威胁的一种分析方法。

（68） A．波特五力模型　　B．价值链分析法
C．竞争态势矩阵（CPM）　　D．态势分析法（SWOT）

## 试题 69

____（69）____，人们对风险的承受能力越小。

（69） A．项目的收益越大　　B．项目的投入越大
C．管理人员的地位越高　　D．项目拥有的资源越多

## 试题 70

在每次团队会议上项目经理都要求团队成员介绍其正在做的工作，然后给团队成员分配新任务。由于要分配很多不同的任务，使得这样的会议变得很长。以下不是导致这种情况发生的主要原因是____（70）____。

（70） A．WBS 制订得不完整　　B．缺少责任矩阵
C．缺少资源平衡　　D．缺少团队成员对项目计划编制的参与

## 试题 71

Project work packages are typically decomposed into smaller components called activities to provide a basis for____（71）____, scheduling, executing, and monitoring and controlling the project work.

（71） A．estimating　　B．reviewing　　C．auditing　　D．expecting

## 试题 72

Results of quality control measurement are used____（72）____.

（72） A．as an input to quality planning　　B．to prepare an operational definition
C．as an input to quality assurance　　D．to prepare a control chart

## 试题 73

____（73）____was developed to make clear the interdependence between project tasks before those tasks are scheduled.

（73） A．Network Diagram　　B．CPM
C．Gantt chart　　D．PERT

**试题 74**

Project （74） Management is the Knowledge Area that employs the processes required to ensure timely and appropriate generation,collection,distribution,storage,relrieval,and ultimate disposition ofproject information.

（74） A. Integration B. Time C. Communication D. Planning

**试题 75**

In approximating costs,the estimator considers the possible causes of variation of the cost estimates, including （75）.

（75） A. budget B. risk C. plan D. contract

## 3.1.2 要点解析

（1）D。**要点解析：**数据资料中含有信息量的多少，是由其消除人们对事物认识的“不确定程度”的大小来决定的。数据资料所消除的人们认识上的“不确定性”的大小，也就是数据资料中所含信息量的大小。

信息具有不完全性。关于客观事实的信息是不可能全部得到的，这与人们认识事物的程度有一定关系。因此数据收集或信息转换要有主观思路，要运用已有的知识进行分析和判断，只有正确地舍弃无用和次要的信息，才能正确地使用信息。

信息具有时效性。信息的时效是指从信息源发送信息，经过接收、加工、传递、利用的时间间隔及其效率。时间间隔愈短，使用信息愈及时，使用程度愈高，时效性愈强。

信息具有变换性。信息是可变换的，它可以由不同的方法和不同的载体来载荷。

信息具有等级性。管理系统是分等级的（如公司级、工厂级和车间级等），处在不同级别的管理者有不同的职责，处理的决策类型不同，需要的信息也不同，因此信息也是分级的。通常，把管理信息分为战略级、战术级和作业级 3 级。

（2）B。**要点解析：**计算机信息系统集成企业资质共分 4 个级别，其中第四级为最低级、第一级为最高级。因此选项 A 的说法有误。

计算机信息系统集成资质认证工作根据认证和审批分离的原则，按照先由认证机构认证，再由信息产业主管部门审批的工作程序进行。据此选项 B 的说法正确。

工业和信息化部（原信息产业部）于 1999 年 11 月发布了《计算机信息系统集成资质管理办法（试行）》（信部规［1999］1047 号文）。该文件中规定，计算机信息系统集成企业资质证书有效期为 3 年，届满 3 年应及时更换新证，换证时需由评审机构对申请单位进行评审，评审结果达到原有等级条件时，其资质等级保持不变。

工业和信息化部（原信息产业部）于 2003 年 10 月颁发了《关于发布计算机信息系统集成资质等级评定条件（修订版）的通知》（信部规［2003］440 号文）。该文件中规定，申报二级资质的企业，其具有计算机信息系统集成项目经理人数不少于 15 名，其中高级项目经理人数不少于 3 名。而申报一级资质的企业，其具有计算机信息系统集成项目经理人数不少于 25 名，其中高级项目经理人数不少于 8 名。

（3）D。**要点解析：**敏捷供应链区别于一般供应链系统的特点如下。

①支持供应链中跨企业的生产方式的快速重组，有助于促进企业间的合作和合作的优化，从而实现对市场变化的快速响应，对市场需求的快速理解，对新产品或服务的快速研发、生产和供应。

②不但支持企业内信息系统的调整、重构和信息共享，而且支持供应链中跨企业信息系统的集成、调整、重构和信息共享。

③敏捷供应链中各个企业能根据敏捷化要求方便地进行组织、管理的调整和企业生产模式的转变。

（4）B。**要点解析**：电子商务根据其服务的对象不同，基本上可以分为 4 种模式，即企业对企业（Business-to-Business，B2B）、政府对企业（Government-to-Business，G2B）、（Business -to-Customer）企业对消费者（B2C）、消费者对消费者（Customer-to-Customer，C2C）。

消费者个人通过当当网（或卓越网等）购买相关考试辅导书，属于 B2C 的电子商务交易方式。

（5）D。**要点解析**：企业资源规划（ERP）是一个有效组织、计划和实施企业的内外部资源的管理系统。它集信息技术和先进的管理思想于一身，是统一的集成系统、面向业务流程的系统、模块化可配置的系统、开放的系统。其功能包括财会管理、生产控制管理（如制造业等）、物流管理和人力资源管理等。

虽然企业具有一些相同或相似的基本业务，但由于企业具有不同的规模、不同的部门设置和不同的业务流程，因此简单地购买使用一个商业化的 ERP 软件，其转化成本高，且失败的风险也很大。ERP 的关键是事前规划管理。

（6）D。**要点解析**：通常，监理的依据有：①各级政府部门有关的政策、法律、法规和行业规范；②相关行业的标准；③建设单位和监理单位签订的委托监理合同；④建设单位和承包开发单位的信息系统工程开发合同。

参与项目的任意一方，对项目的设计、技术方案、人员及经费准备进行较大的调整时，都应以《计划变更表》的方式提出。“承建单位的指令”应该属于此类处理范围之列。

（7）A。**要点解析**：标准主要分为国际标准、国家标准、行业标准和企业规范等。国际标准，由国际联合机构制定和公布，提供各国参考的标准（通常冠有 ISO）；国家标准，由政府或国家级的机构制定或批准，适用于全国的标准（我国的国家标准冠有 GB）；行业标准，由行业机构、学术团体或国防机构制定，并适用于某个业务领域的标准，如 IEEE、GJB（国家军用标准）等；企业规范，一些大型企业或公司，制定的用于本企业的规范。

（8）A。**要点解析**：在《著作权法》中，合理使用是指在法律规定或作者无保留相关权利的条件下直接无偿使用已发表的享有著作权的作品，而无须经著作权人许可的行为。本题要求读者能够区分合理使用与侵权行为的界限。合理使用属合法行为受法律保护；侵权行为是非法行为，应承担相应的法律责任。区分两者的关键点在于：①是否已发表的作品；②是否以营利为目的。在本例中，王某的行为是合理使用，不侵犯谢某的著作权。理由是，根据《著作权法》第二十二条的规定：著作权人的权利受到一定的限制，即合理使用。合理使用是指可以不经著作权人许可，不向其支付报酬，但应当指明作者姓名和作品名称，并不得侵犯著作权人按照著作权法享有的其他权利的行为。合理使用需具备两个条件：一个是使用他人已经发表的作品，他人未发表的作品不得擅自使用；另一个是非以营利为目的，是为个人学习、研究或为国家社会公共利益的需要而使用。《著作权法》第二十二条列举了合理使用的 12 种情况。其中第 2 款“为介绍和评论某个作品或说明某个问题，在作品中适当引用他人已经发表的作品”；第 6 款“为学校课堂教学或科学研究，翻译或者少量复制已经发表的作品，供教学或科研人员使用，但不得出版发行”。在本例中，谢某的程序已公开发表，王某是为教学需要复印了 80 份，非以营利为目的且复印较少，应属合理使用的范围。

王某在评论文章中全文引用了谢某的程序，是否就构成侵权呢？也不是，根据《著作权法实施条例》中的规定，合理使用中的适当引用应具备 3 个条件：①引用目的仅限于介绍和评论某个作品或说明某个问题；②所引用部分不能构成引用他人作品的主要部分或实质部分；③不得损害所引用作品著作权人的利益。在本例中，王某是因评论谢某的程序而引用其作品的，只有逐段加以评论才能全面地反映出作者的创作意图和作品的主题思想，虽是全文引用但不构成引用他人作品的主要部分或实质部分，王某的行为是合法的合理使用。

（9）C。**要点解析**：原型化的主要目的是获取用户需求。当用户需求含糊不清、不完整或系统设计方案难以确定时，可以快速地构造一个系统原型，并通过运行和评价系统原型，使得用户明确自己的需求。依题意用户“不能标识出详细的输入、处理及输出需求（即需求不是很明确）”，且开发者“可能暂时不能确定算法的有效性、操作系统的适应性或人机交互的形式”，因此在这种情况下，采用原型化模型开发最恰当。

（10）D。**要点解析**：用例（Use Case）描述了一个与系统参与者进行交互、并由系统执行的动作序列。它是开发者与用户交流的工具，可用来定义系统的边界。当所开发的系统有很多参与者时，用例是捕获系统需求的最好选择。

（11）C。**要点解析**：按照每次进行维护的具体目标的不同，软件维护可分为完善性维护、适应性维护、改正性（纠错性）维护和预防性维护等 4 种类型。每种软件维护类型的定义，以及在整个维护工作量中所占的比例见表 3-4。

**表 3-4　软件维护类型表**

| 维护类型 | 定　义 | 比　例 |
|---|---|---|
| 完善性维护 | 为满足用户日益增长的需求，修改和加强现有系统的功能和性能的维护活动 | 50%～60% |
| 适应性维护 | 为应用软件适应运行环境的变化而进行的维护活动 | 20%～25% |
| 改正性维护 | 诊断和更正在软件测试期间未能发现的遗留错误的维护活动 | 20%～25% |
| 预防性维护 | 为了改进软件未来的可维护性或可靠性，或者为了给未来的改进提供更好的基础而对软件进行修改的活动 | 5%～10% |

（12）D。**要点解析**：软件质量管理过程包括质量保证过程、验证过程、确认过程、评审过程和审计过程等；评审与审计过程包括：管理评审、技术评审、检查、走查和审计等。

管理评审的目的是监控进展，决定计划和进度的状态，确认需求及其系统分配，或评价用于达到目标的适应性的管理方法的有效性。它们支持有关软件项目期间需求的变更和其他变更活动。

技术评审的目的是评价软件产品，以确定其对使用意图的适合性，目标是识别规范说明和标准的差异，并向管理提供依据，以表明产品是否满足规范说明并遵从标准，而且可以控制变更。

检查的目的是检测和识别软件产品异常。一次检查通常针对产品的一个相对小的部分。发现的任何异常都要记录到文档中，并提交。

走查的目的是评价软件产品，也可以用于培训软件产品的开发者。其主要目标是：发现异常、改进软件产品、考虑其他实现、评价是否遵从标准和规范说明。走查类似于检查，但通常不那么正式。走查通常主要由同事评审其工作，以作为一种保障技术。

软件审计的目的是提供软件产品和过程对于可应用的规则、标准、指南、计划和流程的遵从性的独立评价。审计是正式组织的活动，识别违例情况，并产生一个报告，采取更正性行动。

（13）A。**要点解析**：在面向对象程序设计语言中，继承是利用可重用成分构造软件系统的最有效的特性，它不但支持系统的可重用性，而且还有利于提高系统的可扩充性。

多态可以实现发送一个通用的消息而调用不同的方法。

封装是实现信息隐蔽的一种技术，其目的是使类的定义与实现相互分离。

抽象是通过特定的实例抽取共同特征以后形成概念的过程。它强调主要特征，忽略次要特征。一个对象是现实世界中一个实体的抽象，一个类是一组对象的抽象，抽象是一种单一化的描述，它强调给出与应用相关的特性，抛弃不相关的特性。

（14）D。**要点解析**：RUP 是严格按照行业标准 UML 开发的，其主要特点表现在：①开发复用，减少开发人员的工作量，并保证软件质量，项目初期可降低风险；②对需求进行有效管理；③可视化建模；④使用组件体系结构，使软件体系架构更具弹性；⑤贯穿整个开发周期的质量核查；⑥对软件开发的变更控制。

RUP 提出了迭代的方法，意味着在整个项目中进行测试，从而尽可能早地发现缺陷，从根本上降低了修改缺陷的成本。测试类似于三维模型，分别从可靠性、功能性和系统性能来进行。

（15）A。**要点解析**：本题考查的是 UML 建模中各种模型的作用。用例图展示了用例模型，从用户使用系统的角度对系统进行了划分；类图显示了类之间的关系；活动图则与流程图类似，用于显示人或对象的活动；顺序图与协作图类似，不同点在于其强调的是对象间发送消息的顺序。

（16）C。**要点解析**：数据仓库从大量的业务数据中提取数据，以方便进行联机分析处理（OLAP），是决策支持系统（DSS）的基础。因此，其数据已不是简单的业务数据的堆积，而是面向分析的大量数据，从业务数据到数据仓库中的数据，需要经过一系列的处理。

选项 A 的“集成”是针对不同的业务数据，构建新的实体并组织数据。

选项 B 的“简单转移”是指将字段数据进行统一处理，以达到不同数据源提取到的数据的类型、结构和域上的统一。

选项 C 的“清洗”是指对业务数据逻辑结构上的统一，进行字段间的合并，构成新的字段，并相应对数据进行处理。

选项 D 的“聚集和概括”是指对相关数据进行统计汇总等操作后作为数据仓库中的数据。

数据仓库通过数据转移从多个数据源中提取数据，为了解决不同数据源格式不统一的问题，需要进行清洗操作。

（17）B。**要点解析**：SOA（Service Oriented Architecture）是一种设计和实现信息应用系统的架构模型，在这些应用系统处理松耦合、粗粒度和可重用组件的互通问题，通过良好定义的、与平台无关的接口进行访问来实现。SOA 的基本单元是服务，它是一组可以执行相应业务流程的软件模块。

SOA 将应用程序的不同功能服务通过这些服务定义的良好的接口和契约联系起来。接口是采用中立的方式进行定义的，它应该独立于实现服务的硬件平台、操作系统和编程语言。

（18）D。**要点解析**：在 TCP/IP 协议族中，网络层主要有 IP、ICMP、ARP 和 RARP 等 4 个协议。其中，利用地址转换协议（ARP）可根据 IP 地址查询对应的 MAC 地址。而反向地址转换协议（RARP）则把 MAC 地址转换成对应的 IP 地址。

ICMP 用于传送有关通信问题的消息，例如，数据报不能到达目标站、路由器没有足够的缓存空间或路由器向发送主机提供最短路径信息等。ICMP 报文封装在 IP 数据报中传送，因而不能保证可靠的提交。

FTP 属于 TCP/IP 协议族的应用层协议，利用 FTP 进行文件传送时，在客户/服务器之间一般需要建立一条控制连接（使用 TCP 21 端口）和一条数据连接（使用 TCP 20 端口）。

（19）C。**要点解析**：在 Windows 操作系统中，命令 netstat 用于显示活动的 TCP 连接、侦听的端口、以太网统计信息、IP 路由表和 IP 统计信息。选项-r 用于显示路由表内容。图 3-2 示意了运行 netstat-r 命令后系统返回结果。由图 3-2 中“102.217.115.132　255.255.255.255　127.0.0.1　127.0.0.1　20”行信息可知，本地主机以太网网卡所配置的 IP 地址为 102.217.115.132。由图 3-2 中“102.217.115.128　255.255.255.128　102.217.115.132　102.217.115.132　20”行信息可知，本地主机网卡所配置的子网掩码为 255.255.255.128。由图 3-2 中“Default Gateway：102.217.115.254”行信息可知，本地主机网卡所配置的默认网关参数值为 102.217.115.254。

IPv4 的地址类型有 5 种，分别是 A、B、C、D、E 类型。如果将点分十进制的 IP 地址表示为 X.Y.Y.Y，则 X 值为 1～127 范围内的地址称为 A 类 IP 地址，X 值为 128～191 范围内的地址称为 B 类 IP 地址，X 值在 192～223 范围内的地址称为 C 类 IP 地址，X 值在 224～239 范围内的地址称为 D 类 IP 地址。其中，A、B、C 这 3 种类型的 IP 地址为单播地址，D 类型的 IP 地址为组播地址，E 类型的 IP 地址为供今后使用的保留地址。因此，在图 3-2 中 224.0.0.0 是一个组播地址。

（20）D。**要点解析**：在进行机房设计时，应遵循的设计原则有：实用性和先进性原则、安全可靠性原则、灵活性和可扩展性原则、标准化原则、经济性/投资保护原则，以及可管理性原则等。

随着信息化进程的不断深化、信息业务的不断发展，机房管理的任务必定会日益繁重。因此在机房设计时，必须建立一套全面、完善的机房管理和监控系统。所选用的设备应具有智能化，可管理的功能，同时采用先进的管理监控系统设备及软件，实现先进的集中管理监控，实时监控、监测整个计算机机房的运行状况，实时灯光、语音报警，实时记录相关事件。这样可以迅速确定故障，提高的运行性能和可靠性，简化机房管理人员的维护工作，从而为机房安全、可靠的运行提供了有力的保障。

（21）A。**要点解析**：层次化网络设计思想将计算机网络划分为核心层（Core Layer）、汇聚层（Distribution Layer）和接入层（Access Layer）3 个层次。

核心层为网络提供了骨干组件或高速交换组件。在纯粹的分层设计中，核心层只完成高速数据转发的特殊任务。其所有的设备对网络中的每个目的地具备充分的可达性，尽量避免使用默认路由到达内部的目的地，以便于核心层的冗余，减少次优化的路径以防止路由循环。通常，不允许在核心层内部执行网络策略，因为这样会降低核心设备的处理能力和数据包交换的延迟。

汇聚层是核心层和终端用户接入层的分界面，主要完成了网络访问策略控制、数据包处理、过滤、寻址，及其他数据处理的任务。

接入层主要完成向本地网段提供用户接入、MAC 层过滤和网段微分等功能。

（22）A。**要点解析**：保密性是指信息不被泄漏给未授权的个人、实体和过程或不被其使用的特性，即确保所传输的数据只被其预定的接收者读取。例如，在某电子政务系统集成项目中，对单位内部各台工作机安装隔离卡等措施，保护信息不被泄露。

（23）C。**要点解析**：在安全管理中，最活跃的因素是人，对人的管理包括法律、法规与政策的约束、安全指南的帮助、安全意识的提高、安全技能的培训、人力资源管理措施，以及企业文化的熏陶，这些功能的实现都是以完备的安全管理政策和制度为前提的。

信息安全的 3 条基本管理原则是：从不单独工作原则、限制使用期限原则和责任分散原则。其中，从不单独工作原则是指在人员条件许可的情况下，由最高领导人指派两个或者多个可靠而且能够胜任工作的专业人员，共同参与每项与安全相关的活动，并且通过签字、记录和注册等方式证明。限制使用期限原则是指任何人都不能在一个与安全有关的岗位上工作太长时间，工作人员应该经常轮换工作，这种轮换依赖于全体人员的诚实度。责任分散原则是指在工作人员素质和数量允许的情况下，不集中于一人实施全部与安全有关的功能，由不同的人和小组来执行。

（24）B。**要点解析**：公钥加密技术又称非对称加密，建立在数学函数的基础上，可用于数据完整性、数据保密性、发送者不可否认及发送者身份认证等方面。公钥密码体制有两个不同的密钥，其中私钥被秘密保存，另一个称为公钥，不需要保密。任何加密方案的安全性都是依赖于密钥的长度和解密所需的计算工作量，不能笼统地说公钥密码一定比常规加密更安全。

（25）D。**要点解析**：安全授权是指以向用户和应用程序提供权限管理和授权服务为目标，主要负责向业务应用系统提供授权服务管理，提供用户身份到应用授权的映射功能，实现与实际应用处理模式相对应的、与具体应用系统开发和管理无关的访问控制机制。

要实现信息的安全，仅有信息安全技术手段还不够，还需要相关法律法规的支持，以及对企业信息安全的管理。信息安全管理的活动有：确定信息安全的方针和原则，对企业信息的安全进行系统地规划、组织、实施，以及监控企业的信息安全等。

安全服务就是为信息系统中各个层次的安全需要提供安全服务支持，如数据保密服务、安全对等实体认证服务和访问控制服务等。

安全审计是指对主体访问和使用客体的情况进行记录和审查，以保证安全规则被正确执行，并帮助分析安全事故产生的原因。

安全审计是落实系统安全策略的重要机制和手段，通过安全审计识别与防止计算机网络系统内的攻击行为、追查计算机网络系统内的泄密行为，是信息安全保障系统中的一个重要组成部分。

由上述的分析可知，本题正确的选项为 D。

（26）D。**要点解析**：对 IT 项目而言，“一次性”是指每个项目都有明确的起止时间。

（27）D。**要点解析**：项目管理办公室（PMO）在组织内部承担起了将组织战略目标通过一个个的项目执行并加以实现的功能。其概念本身还在发展之中，在实践中也并不存在统一的方法，但总体来说其主要的功能和作用可以分为两大类：日常性职能和战略性职能。其中，日常性职能包括：①建立组织内项目管理的支撑环境；②培养项目管理人员；③提供项目管理的指导和咨询；④组织内的多项目的管理和监控。战略性职能包括：①项目组合管理；②提高组织项目管理能力。

（28）A。**要点解析**：本题属于整体变更控制过程要处理的问题。如果项目整体管理计划的某一部分有所变更，而这个变更会影响项目的其他方面，那么这个变更就要依次在受影响的方方面面体现出来。

项目范围说明书在所有项目干系人之间建立了一个对项目范围的共识，描述了项目的主要目标，使团队能进行更详细的规划，指导团队在项目实施期间的工作，并为评估是否为客户需求进行变更或附加的工作是否在项目范围之内提供基线。

产品范围描述是项目范围说明书的重要组成部分，因此产品范围变更后，首先受到影响的是项目的范围。在项目的范围调整之后，才能调整项目的进度表和质量基线等。

（29）D。**要点解析**：项目论证通过对实施方案的工艺技术、产品、原料、未来的市场需求与供应情况，以及项目的投资与收益情况的分析，从而得出各种方案的优劣，以及在实施技术上是否可行，经济上是否合算等信息供决策参考。项目论证的作用主要体现在：①是确定项目是否实施的依据；②是筹措资金、向银行贷款的依据；③是编制计划、设计、采购、施工，以及机构设置、资源配置的依据；④是防范风险、提高项目效率的重要保证；⑤是确定项目是否实施的前提。

机会研究的内容为寻求投资机会，鉴别投资方向。

初步可行性研究阶段要研究项目是否有生命力，能否盈利。

详细可行性研究是要在多方案比较的基础上选择出最优方案。

（30）C。**要点解析**：本题主要考查考生对招、投标法的了解，正确的排列顺序是招标、投标、开标、评标、决标、授予合同，本题的正确答案是 C，其他的都不符合逻辑。

（31）B。**要点解析**：需求评审完成不是周例会开始的条件，因此这两个活动不具有"完成-开始（F-S 型）"关系。而其他选项都满足"完成-开始"关系。

（32）C。**要点解析**：项目整体管理包括制定项目章程、制定项目范围陈述（初步）、制订项目管理计划、指导和管理项目执行、监督和控制项目工作、整体变更控制和项目收尾等过程。

制订项目管理计划的过程包括定义、准备、集成和协调所有的构成计划，形成项目管理计划所必需的行动。项目管理计划的内容将依据应用领域和项目复杂性的不同而不同。作为这个过程结果的项目管理计划，可以通过综合变更控制过程进行更新和修订。项目管理计划定义了项目如何执行、监督和控制。项目管理计划包含的内容有：①项目管理团队选择的过程；②由项目管理团队确定的每个选定过程的实施级别；③对用于完成这些过程的工具和技术的描述；④选择项目的生命周期和相关的项目阶段；⑤如何用选定的进程来管理特定的项目，包括过程之间的依赖与交互关系，以及基本的输入/输出；⑥如何执行工作来完成项目目标；⑦如何监督和控制变更；⑧如何实施配置管理；⑨如何维护项目管理基线的完整性；⑩与项目干系人进行沟通的要求和技术；⑪对于内容、范围和时间的关键管理评审，以便于确定遗留问题和未决决策。

而组织过程资产、人员配备管理计划、小组章程中均不包含"项目小组用于完成项目过程的工具和技术"的内容。

（33）D。**要点解析**：在一个阶段末的评审通常被称为阶段出口、阶段验收或终止点。这一评审的目的是决定当前阶段是否继续到下一个阶段，是发现和纠正错误并保证项目聚焦于它所支持的业务发展的需要。

（34）D。**要点解析**：整体管理主要关心为达成项目目标所需的管理过程的互相配合，这些过程是为了完成一个项目的目标所要求的。通常，项目整体管理的流程是：项目启动→编制项目范围说明书→编制项目管理计划→指导和管理项目的执行→监督和控制项目→整体变更控制→项目收尾。

（35）B。**要点解析**：项目范围说明书详细描述了项目的可交付物和产生这些可交付物所必须做的项目工作。项目范围说明书在所有项目干系人之间建立了一个对项目范围的共识，描述了项目的主要目标，使团队能进行更详细的规划，指导团队在项目实施期间的工作，并为评估是否为客户需求进行变更或附加的工作是否在项目范围之内提供基线。范围说明书直接或以引用其他文档的方式包括以下内容。

①项目和范围的目标。这些目标包括衡量项目成功的可量化标准。项目可能具有多种业务、成本、进度、技术和质量上的目标。项目目标包括成本、进度和质量方面的具体目标。

②产品范围描述。产品范围描述了项目承诺交付的产品、服务或结果的特征。这种需求在早期很少有详细的说明，在后期随着产品特征的逐渐细化会更详细。当需求的形式和实质改变的时候，它将提供充分的细节来支持后期的项目计划。

③项目边界。边界严格地定义了项目内包括什么和不包括什么。

④项目的可交付物。可交付物包括项目的产品和附属产出物（例如项目管理报告和文档）。依靠项目范围说明书，可交付物可以被描述得比较粗略，也可以很详细。

⑤产品可接受的标准。产品可接受的标准定义了接受可交付物的过程。

⑥项目的约束条件。项目的约束条件描述和列出具体的与项目范围相关的约束条件，其对项目团队的选择会造成限制。当一个项目按合同执行时，合同条款通常是约束条件。项目范围说明书的约束条件比项目章程中列出的约束条件更多、更详尽。

⑦项目的假定。项目的假定描述并且列出了特定的与范围相关的假设，以及这些假设被证明为假时对项目的潜在影响。作为计划过程的一部分，项目团队经常识别、记录和确认假设。项目范围说明书中列出的假设比项目章程中列出的假设更多、更详细。

⑧初始的项目组织。确定团队成员和项目干系人，项目组织也被记录于文档。

⑨初始被定义的风险。包含已知的风险。

⑩进度里程碑。客户或组织给项目团队强加的日期。这些日期可作为进度里程碑，在这里应该说明或作为约束处理。

⑪量级成本估算。项目成本估算包括项目的成本、资源和历时，总是在修改之前进行估算。成本估算包括一些精确性指标，如数量级和概念级。

⑫项目配置管理需求。描述了为项目实现的配置管理和变更控制的水平。

⑬已批准的请求。包括任何项目干系人委托的已批准的请求。已批准的请求应用于项目目标、可交付物和项目工作中。

综合以上分析可知，B 项目是正确选项，选项 A 和 C 属于技术文档，选项 D 是对项目的工作进行分解的结果。

（36）B。**要点解析**：工作分解结构（WBS）是组织管理工作的主要依据，是项目管理工作的基础。创建 WBS 的输入、工具与技术和输出（ITO）见表 3-5。

表 3-5　创建 WBS 的 ITO

| 输　入 | 工具与技术 | 输　出 |
|---|---|---|
| 组织过程资产<br>范围说明书<br>项目范围管理计划<br>已批准的变更申请 | WBS 模板<br>分解技术 | 范围说明书（更新）<br>WBS<br>WBS 字典<br>范围基线<br>范围管理计划（更新）<br>变更申请 |

组织过程资产是创建 WBS 的依据（输入）之一。

（37）A。**要点解析**：项目范围说明书描述了项目的可交付物和产生这些可交付物所必须做的工作。其编制的主要依据是项目章程、组织过程资产、项目范围管理计划和批准的变更申请等。

（38）D。**要点解析**：通常，项目进度控制的步骤依次是：①分析实际进度与计划进度；②如果进度落后，则找出其落后的原因；③针对进度落后原因，制订并选择纠正措施；④执行纠正措施。如果是原进度计划的原因，则需提出进度变更申请，以修改进度计划；重新计算进度，估计计划采取的纠正措施的效果。由以上进度控制步骤可知，采取“纠正行为”之前，要先“进行原因分析”。

（39）B。**要点解析**：解答本试题时，可先将表3-1中各个作业所需的天数标注在图3-3中。

该工程的关键路径应是从节点①～节点⑦各条路径中作业总天数最多的路径，即①→③→⑤→⑥→⑦。因此，该工程需要7+8+5+4=24天才能完成。

关键路径上的各作业（B、E、G、H）的松驰时间为0（即最早开工时间等于最迟开工时间），这些作业的最早或最迟开工时间必须分别确定为第0天、第7天、第15天、第20天。

如果每个作业按最迟时间开工（最坏打算），那么整个工程应按倒计数安排各个作业的开工时间。查表3-1可知，作业J需要8天，因此作业J最迟应在第24−8=16天开工。同理，作业G需要5天，而作业H的最迟开工时间是第20天，因此作业G最迟应在第15天开工。

作业I的紧后作业有作业G和J，作业G和J必须在作业I结束后才能开工。因此，作业I最迟应在第15天结束，否则将影响作业G的开工。

查表3-1可知，作业I需要2天，因此，作业I最迟开工时间应在第13天。

（40）D。**要点解析**：缩短项目进度的主要技术有：①变更项目范围：主要是指缩小项目的范围；②赶工：是一种通过分配更多的资源，达到以成本的最低增加进行最大限度的进度压缩的目的，赶工不改变活动之间的顺序；③快速追踪：也叫快速跟进，是指并行或重叠执行原来计划串行执行的活动。快速追踪会改变工作网络图原来的顺序。参数估算和Monte Carlo分析与进度压缩没有直接关联。

（41）B。**要点解析**：假设在某项目中，已估算出完成活动所需的工作量为40人天，已有的人力资源数量为4人，则根据公式：活动的历时（AD）=工作量/人力资源数量=40人天/4人=10天。在本试题4个选项中，选项B的公式能最准确地计算活动的历时（AD）。

三点估算公式AD=（最乐观时间+4×最可能时间+最悲观时间）/6所求解的结果是一个符合正态分布曲线的估算值，存在的一定误差。

（42）B。**要点解析**：项目进度管理是指确保项目准时完成所需的过程。其主要过程有：①活动定义；②活动排序；③活动资源估算；④活动历时估算；⑤制订进度计划；⑥进度计划控制。

通过对项目活动进行排序可以得到项目进度网络图，由项目进度网络图找到项目的关键路径，从而制订项目的进度计划。

（43）A。**要点解析**：将挣值（EV）减去计划成本（PV）定义为进度偏差（SV），即SV = EV−PV。依题意，PV=2200万元，EV=2000万元，AC=2300万元，则SV = EV−PV = 2000−2200= −200万元。当SV<0（即EV<PV），表明项目实施进度滞后。

（44）A。**要点解析**：成本基准计划即成本基线，是用来量度与监测项目成本绩效的按时间分段预算。将按时段估算的成本加在一起，即可得出成本基准，通常以S曲线的形式显示。S曲线也表明了项目的预期资金。项目经理在开销之前如能提供必要的信息去支持资金要求，以确保资金流可用，其意义非常重大。许多项目（特别是大项目）可能有多个成本基准，以便度量项目成本绩效的各个方面。例如，开支计划或现金流预测就是度量支出的成本基准。

成本基准计划是成本预算阶段的产物，而非成本估算阶段的产物。

（45）A。**要点解析**：项目成本预算的主要输入有项目范围说明书、工作分解结构（WBS）、WBS字典、活动成本估算、活动成本估算的支持性细节和项目进度计划等。资源需求计划不是项目成本预算的直接依据。

（46）D。**要点解析**：制订项目管理计划的过程包括定义、准备、集成和协调所有的项目子计划，以形成项目整体管理计划所必需的所有活动。制订项目管理计划的工具和技术包含项目管理方法论、项目管理信息系统和专家判断。其中，专家判断用于制订包含在项目管理计划中的技术和管理细节。项目团队里每个成员都是其所在领域里的专家，具有对制订项目管理计划有用的技能和知识，因此发挥他们的积极性，可以为项目管理计划的制订做出很大的贡献。由于他们的参与和被尊重从而也得到了他们对项目的承诺。

（47）A。**要点解析**：项目质量管理的基本宗旨是“质量出自计划，而非出自检查”。项目质量管理的原则包括：①满足项目利益相关者的需求；②注重过程质量和项目交付成果质量；③管理者对持续改进负责等。质量成本是质量规划的工具和技术之一。

（48）C。**要点解析**：由于项目经理和职能经理负责处理公司内部个人绩效问题，因此项目经理首先应采取的措施是把这种情况上报给小谢所在部门的职能经理，并请求协助。

（49）D。**要点解析**：项目团队中主要负责质量控制的成员应当具有统计知识，以完成质量控制活动。其中，最重要的知识是抽样和概率。

（50）D。**要点解析**：制订项目质量管理计划的过程包括确定项目应该满足的质量标准、确定如何满足这些标准这两个主要活动。在质量管理计划中，应当描述项目质量体系的组织结构、职责、程序和工作过程，以及建立质量管理所需要的资源。质量管理计划是整个项目管理计划的一部分，它描述了项目的质量策略，并为项目提出质量控制、质量保证、质量提高和项目持续过程改进方面的措施，且还提供设计评审和质量核查等质量保证行为。

质量管理计划、质量度量指标、质量检查单、质量基准和过程改进计划等是制订项目质量管理计划过程中提交的主要成果。

（51）B。**要点解析**：项目人力资源管理比一般人力资源管理更强调团队建设与灵活性。

（52）B。**要点解析**：项目团队组建的输出主要有：项目人员分配、资源日历，以及可能做出的项目管理计划更新等。团队绩效评估是项目团队建设的输出之一。

（53）C。**要点解析**：表3-2是一个RACI表，R表示对任务负责任；A表示负责执行任务；I表示拥有既定特权、应及时得到通知；C表示提供信息辅助执行任务。该表是责任分配矩阵（RAM）的一种形式。而责任分配矩阵被用来表示需要完成的工作和团队成员之间的联系。RAM是用于编制人力资源管理计划的技术与工具之一。

虚拟团队可以被定义为一群拥有共同目标、履行各自职责但是很少有时间或者没有时间能面对面开会的人员。责任分配矩阵也应包含虚拟团队成员。

（54）C。**要点解析**：通常，沟通障碍主要导致项目冲突源源不断。

（55）B。**要点解析**：项目干系人是指参与项目和受项目活动影响的人，包括项目发起人、项目组、协助人员、顾客、使用者、供应商，甚至是项目的反对者。项目干系人可能对项目及其结果施加影响。管理项目干系人的期望是一件比较困难的事情，因为项目干系人经常可能有相互冲突的目标。依题意，管理层希望该项目以较低的成本带来较高效益，子系统的项目经理们聘用高薪的高级职员是以超高的成本换取项目的质量和进度，因此子系统的项目经理们和管理层的目标是不同的。

（56）D。**要点解析**：当项目成员不在一起办公时，为了让他们关注自己的团队，此时，项目经理应建立与各个小组进行密切联系的统一沟通方式和渠道。

（57）B。**要点解析**：合同管理的直接依据有：合同及合同管理计划、绩效报告、已批准的变更申请、工作绩效信息及选中的供方等。索赔管理是合同管理的工具和技术之一。

（58）A。**要点解析**：解决项目合同纠纷的主要方式有协商解决、调解解决、仲裁解决和诉讼解决等。项目终止不是解决项目合同纠纷的主要方式。

（59）C。**要点解析**：项目三角形是指项目管理三角形，3条边分别是指时间、成本、范围。质量是项目三角形中的第四个关键因素，可以把它看成三角形的重心。质量会影响三角形的每条边，它是时间、成本和范围协调的结果。每一个项目都会在范围、时间、成本和质量等方面受到约束。为了取得项目的成功，必须同时考虑范围、时间、成本和质量这4个因素，这4个目标经常存在冲突。项目经理的责任就是在这四者之间进行权衡，以保证项目的成功。

由于客户方（某电影公司）计划使用IT系统把建国60周年国庆阅兵仪式做成一个有史以来“最好”的数字格式纪录片，这说明客户首先要确保的是项目的质量，况且项目承建方允许项目经理使用任何需要的资源，因此该项目最主要的约束是项目质量。

（60）D。**要点解析**：自制和外购分析方法既是制订项目采购管理计划的方法，也可用于范围定义过程，用来决定某种产品是由项目团队生产或者外购，这是一种通用的管理技术。如果决定外购，还需要进一步决定是购买还是租赁该产品。自制和外购分析应该既包括直接成本，又包括间接成本。例如，分析购买产品时既要考虑购买产品的直接支出，也要包括管理采购过程带来的间接成本。

（61）D。**要点解析**：固定单价合同俗称固定总价合同（或者总包合同），它为合同中定义明确的产品或服务规定了一个固定的总价。固定总价合同也可以包括为了实现或者超过规定的项目目标（如交货日期、成本和技术绩效，以及能被量化和测量的任何任务）时采取的激励措施。固定总价合同下的承建方依法执行合同，如果达不到合同要求，他们可能会遭受经济损失。因此对承建方来说，固定单价合同适用于工期短、工程量变化幅度不太大的项目，而工期长或者工程量变化幅度很大的项目对承建方来说风险太大。

（62）C。**要点解析**：在《中华人民共和国招标投标法》中规定的招投标主要活动有：招标、投标、开标、评标和中标。只有确认投标人资格是必须在开标之前完成的活动。

（63）D。**要点解析**：合同收尾包括项目核实（以确认所有的工作和可交付成果都正确地、令人满意地完成）和管理收尾（记录经验教训、更新记录反映最终结果并存档信息以备将来使用）。

（64）A。**要点解析**：《中华人民共和国合同法》第五章“合同的变更和转让”中的第七十八条规定：当事人对合同变更的内容约定不明确的，推定为未变更。

（65）D。**要点解析**：批准的项目进度计划，被称为项目进度基准计划。它是项目整体计划的一部分。它提供了度量和报告进度绩效的基础。项目进度控制是依据项目进度计划对项目的实际进展情况进行控制，使项目能够按时完成。进行有效的项目进度控制的关键是监控项目的实际进度，及时、定期地将它与计划进度进行比较，并立即采取必要的纠正措施。

如果对项目进度（或者说项目进度表）提出几项修改后，进度延迟变得严重的话，这说明项目进度表的制订不符合项目的实际要求，需要重新修订项目进度计划。

（66）D。**要点解析**：风险评估的首要工作是确定风险事件的概率分布。

（67）A。**要点解析**：新建方案的期望值计算方法为（100×0.3+80×0.5+50×0.2）×10-300=500 万元。

扩建方案的期望值计算方法为（50×0.3+40×0.5+25×0.2）×10-160=240 万元。

改建方案的期望值计算方法为（30×0.3+20×0.5+15×0.2）×10-80=140 万元。

由于 500>240>140，因此从货币期望值最大决策角度考虑，建议该项目选择新建方案。

（68）D。**要点解析**：SWOT 分析法又称为态势分析法，它是由旧金山大学的管理学教授于 20 世纪 80 年代初提出来的，是一种能够较客观而准确地分析和研究一个企业现实情况的方法。SWOT 中的 4 个英文字母分别代表优势（Strength）、劣势（Weakness）、机会（Opportunity）、威胁（Threat）。从整体上看，SWOT 可以分为两部分：第一部分为 SW，主要用来分析内部条件；第二部分为 OT，主要用来分析外部条件。

价值链分析法是由美国哈佛商学院教授迈克尔·波特提出来的，是一种寻求确定企业竞争优势的工具。企业有许多资源、能力和竞争优势，如果把企业作为一个整体来考虑，又无法识别这些竞争优势，这就必须把企业活动进行分解，通过考虑这些单个的活动本身及其相互之间的关系来确定企业的竞争优势。

五力模型是由波特（Porter）提出的，它认为行业中存在着决定竞争规模和程度的 5 种力量：新的竞争对手入侵、替代品的竞争、买方议价能力、卖方议价能力，以及现存竞争者之间的竞争。这 5 种力量综合起来影响着产业的吸引力。决定企业盈利能力首要的和根本的因素是产业的吸引力。

价值链分析法和波特五力分析都属于外部环境分析中的微观环境分析，主要用来分析本行业的企业竞争格局，以及本行业与其他行业之间的关系。

竞争态势矩阵（Competitive Profile Matrix，CPM）用于确认企业的主要竞争对手及相对于该企业的战略地位，以及主要竞争对手的特定优势与弱点。CPM 主要用于企业内部环境分析。

（69）B。**要点解析**：对于项目风险，人们的承受能力主要受到以下几个因素的影响。

①收益的大小。收益总是有损失的可能性相伴随。损失的可能性和数额越大，人们希望为弥补损失而得到的收益也越大。反过来，收益越大，人们愿意承担的风险也就越大。

②投入的大小。项目活动投入的越多，人们对成功所抱的希望也越大，愿意冒的风险也就越小。

③项目活动主体的地位和拥有的资源。管理人员中级别高的同级别低的相比，能够承担大的风险。同一风险，不同的个人或组织承受能力也不同。个人或组织拥有的资源越多，其风险承受能力也越大。

（70）C。**要点解析**：资源平衡指的是在一个时间段内项目保持有大致相同的资源，它与任务分配或管理会议没有关系。

而其他 3 个选项“WBS 制订得不完整”、“缺少责任矩阵”、“缺少团队成员对项目计划编制的参与”都有可能是题干中提及的现象产生的原因。

（71）A。**参考译文**：把项目工作包分解成更小的结构（称为活动的单元），为估算（estimating）、进度安排、项目执行和项目监控提供了基础。

（72）C。**参考译文**：质量控制度量是主要用做质量保证的一个输入项（as an input to quality assurance）。

（73）D。**参考译文**：对项目任务进行安排之前，可以使用 PERT 图清晰地展示这些任务之间的内在依赖关系。

（74）C。**参考译文**：项目沟通（Communication）管理是使用所需过程以确保及时、恰当地产生、收集、分发、存储、收回和最终处置项目信息的知识域。

（75）B。**参考译文**：在估算成本时，估算者会考虑成本估算偏差的潜在原因，包括风险（risk）。

### 3.1.3 参考答案

表 3-6 给出了本份上午试卷问题 1～问题 75 的参考答案，供读者练习时参考，以便查缺补漏。读者可按每空 1 分的评分标准得出测试分数，从而大致评估自己对这些知识点的掌握程度。

表 3-6 参考答案表

| 题　号 | 参考答案 | 题　号 | 参考答案 |
|---|---|---|---|
| (1)～(5) | D、B、D、B、D | (41)～(45) | B、B、A、A、A |
| (6)～(10) | D、A、A、C、D | (46)～(50) | D、A、C、D、D |
| (11)～(15) | C、D、A、D、A | (51)～(55) | B、B、C、C、B |
| (16)～(20) | C、B、D、C、D | (56)～(60) | D、B、A、C、D |
| (21)～(25) | A、A、C、B、D | (61)～(65) | D、C、D、A、D |
| (26)～(30) | D、D、A、D、C | (66)～(70) | D、A、D、B、C |
| (31)～(35) | B、C、D、D、B | (71)～(75) | A、C、D、C、B |
| (36)～(40) | B、A、D、B、D | | |

## 3.2 下午试卷

**（考试时间 14：00—16：30，共 150 分钟）**

**请按下述要求正确填写答题纸**

1. 本试卷共 5 道题，全部是必答题，满分 75 分。
2. 在答题纸的指定位置填写你所在的省、自治区、直辖市和计划单列市的名称。

3. 在答题纸的指定位置填写准考证号、出生年月日和姓名。
4. 答题纸上除填写上述内容外，只能填写解答。
5. 解答时字迹务必清楚，字迹不清，将不评分。
6. 仿照下面例题，将解答写在答题纸的对应栏内。

**【例题】**

2010 年下半年全国计算机技术与软件专业技术资格（水平）考试日期是___(1)___月___(2)___日。因为正确的解答是“11 月 13 日”，故在答题纸的对应栏内写上“11”和“13”（参看下表）。

| 例　题 | 解 答 栏 |
|---|---|
| (1) | 11 |
| (2) | 13 |

## 3.2.1 试题描述

**试题 1**

阅读以下说明，根据要求回答问题 1 和问题 2。(15 分)

**【说明】**

系统集成商 A 公司成功中标某省农业厅的办公自动化（OA）系统项目，A 公司任命老陈为项目经理。该项目是省农业厅为提高办公效率，实现无纸化办公，加快公文处理，公开招标采购的项目。该项目将由农业厅办公室负责总体业务需求，并将会集各处室和所属二级单位的需求，综合形成总体需求，由信息网络中心负责技术相关工作（如技术方案、项目实施协调等），并由办公室指派一名项目负责人。农业厅办公室的行政级别为副厅级，上有一名分管办公室与厅机关事务等工作的副厅长；农业厅信息网络中心的行政级别为正处级，上有一名分管信息网络中心、教育科技与装备等工作的副厅长。

**【问题 1】**(9 分)

项目经理老陈仔细识别并分析了相关项目干系人。其中，部分甲方项目干系人的分析情况见表 3-7。请将表中（1）～（9）空缺处的内容填写完整。

**表 3-7　部分甲方项目干系人分析表**

| 分析参考项 | 主管办公室的副厅长 | 甲方项目负责人 | 甲方办公室主任 |
|---|---|---|---|
| 组织关系 | 甲方高层领导 | 甲方项目经理 | 甲方中层领导 |
| 在项目中的角色 | (1) | (2) | (3) |
| 各自的实际情况 | 工作忙，经常在外出差，注重高效，MBA | 汉语言文学专业本科，喜欢写作、交朋友，工作踏实 | 善于交际，但审批资源时喜欢深思熟虑，注重细节 |
| 对项目的重要程度 | (4) | (5) | (6) |
| 对项目的期望 | 希望项目成功，实现高效办公 | 希望能适当学到一些项目管理的知识，想借助项目的成功来减轻工作压力 | 想通过项目的成功实施增强办公室工作的运转效率 |
| 管理该关系的建议 | (7) | (8) | (9) |

**【(1)～(6)空缺处的备选答案】**

A. 较低　　B. 中等　　C. 较高
D. 最高　　E. 审批项目的一些设备资源　　F. 项目的有力支持者
G. 项目的组织协调者　　H. 项目的反对者

【问题2】(6分)

请简要说明项目经理老陈启动该项目的依据，以及项目启动所涉及的方法、技术和工具。

## 试题2

阅读以下关于项目人力资源管理和沟通管理的说明，根据要求回答问题1～问题3。(15分)

【说明】

小曾是PH信息技术有限公司（以下简称为PH公司）的职员，一直从事网络运行部门的管理，虽是技术外行，可在部门管理方面还不错，得到公司的认可。最近，PH公司成立了项目管理部，小曾被调往项目管理部，其上司是PH公司的一名对项目管理欠缺认识的技术总工老刘。目前并行立项的项目有5个，公司责、权、利不分明，项目组固定成员只有5人，其他部门的配合都是推一步走一步，不推不动，不摇不知，信息反馈不畅，沟通难度，每次会议都是冗长，效率不高。某些部门也会在任务被摊派到时有抵触情绪，项目部下发的一些文件及要求执行起来困难重重。

老刘性格过于温和，倡导民主，结果只是一个会议接一个会议，成效不大，且消耗了不少时间。这与小曾办事果断，主张处理问题有个轻重缓急的态度形成反差，但无奈只得服从于这种安排，面对放缓节奏来处理迎面而来的时限方面竞争性很强的工作，内心充满着郁闷之感。小曾与老刘沟通多次自己的见解，对方也是一副无奈的表情，有时居然会做出“他们不做，我来做”的选择。这一切都让小曾感觉到无助与苦恼。

【问题1】(4分)

请从团队建设和人力资源管理的角度，分析出现上述问题的可能原因。

【问题2】(5分)

请结合你的项目管理经验，给出解决此类问题的建议。

【问题3】(6分)

针对上述情况，你认为可以采取哪些措施来帮助老刘提高项目例会的效率？

## 试题3

阅读以下关于合同管理和项目范围管理的说明，根据要求回答问题1和问题2。(15分)

【说明】

老赵是一家国内知名系统集成公司的项目经理，目前负责东南沿海某省的一个企业管理信息系统建设项目的管理。在该项目合同中，简单地列出了几条项目承建方应完成的工作，据此老赵自己制定了项目的范围说明书。甲方的有关工作由其信息网络中心组织和领导，信息网络中心主任兼任该项目的甲方经理。可是在项目实施过程中，有时是甲方的人事处直接向老赵提出变更要求，有时是甲方的营销部直接向老赵提出变更要求，而且有时这些要求是相互矛盾的。面对这些变更要求，老赵试图用范围说明书来说服甲方，甲方却动辄引用合同的相应条款作为依据，而这些条款要么太粗、不够明确，要么老赵跟他们有不同的理解。因此老赵因对这些变更要求不能简单地接受或拒绝而左右为难，感到很沮丧。如果不改变这种状况，项目完成看来要遥遥无期。

【问题 1】（7 分）

结合你的项目管理经验，简要分析产生上述问题的可能原因。

【问题 2】（8 分）

针对上述情况，项目经理老赵应该在合同谈判、计划和执行阶段分别进行怎样的范围管理？

## 试题 4

阅读下列说明，根据要求回答问题 1～问题 3。（15 分）

【说明】

RK 公司是一家中小型系统集成公司。在 2008 年 5 月期间正在准备对闽发证券公司数据大集中项目进行投标，RK 公司总经理李某授权销售部的老许为本次投标的负责人，来组织和管理整个投标过程。

老许接到任务后，召集了由公司商务部、销售部、客服部和质管部等相关部门参加的启动说明会，并把各自的分工和进度计划进行了部署。

随后，在投标前 3 天进行投标文件评审时，发现技术方案中所配置的设备在以前的项目使用中是存在问题的，必须更换，随后修改了技术方案。最后 RK 公司中标并和客户签订了合同。根据公司的项目管理流程，老许把项目移交到了实施部门，由他们具体负责项目的执行与验收。

实施部门接手项目后，王某被任命为实施项目经理，负责项目的实施和验收工作。王某发现由于项目前期自己没有介入，许多项目前期的事情都不是很清楚，而导致后续跟进速度较慢，影响项目的进度。同时还发现设计方案中尚存在一些问题，主要有：方案遗漏一项基本需求，有多项无效需求，没有书面的需求调研报告；在项目的工期、系统功能和售后服务等方面，存在过度承诺现象。于是项目组重新调研用户需求，编制设计方案，这就增加了实施难度和成本。可是后来又发现采购部仍是按照最初的方案采购设备，导致设备中的模块配置功能不符合要求的情况发生。

【问题 1】（5 分）

针对说明中所描述的现象，简要分析 RK 公司在项目管理方面存在的问题。

【问题 2】（5 分）

请简述项目整体管理的主要过程。

【问题 3】（5 分）

针对 RK 公司在该项目管理方面存在的问题，请提出相应的补救措施。

## 试题 5

阅读以下关于项目成本/效益分析的说明，根据要求回答问题 1～问题 3。（15 分）

【说明】

系统集成商 Y 公司承担了某建筑施工项目管理软件的研发工作，Y 公司任命阮工为项目经理。该软件具有项目管理计划的编制及项目的动态管理功能。该项目从2008年7月1日开始，周期为180天，项目总投资600万元。该软件从第2年开始销售，预计当年销售收入约为500万，各种成本约为200万；第3年销售收入约为800万，各种成本约为300万；第4年开始正常销售，正常销售期间预计每年的销售收入约为1000万元，各种成本约为500万元。

假设项目成本与收入均在年末核算，通过分析计算该公司从项目开始当年到第6年的现金流量情况，包括每年的现金流出、现金流入、净现金流量、累计净现金流量、现值和累计现值，见表3-8。

表3-8 某项目现金流量表　　单位：万元

| 序号 | 项目 | 2008年 | 2009年 | 2010年 | 2011年 | 2012年 | 2013年 |
|---|---|---|---|---|---|---|---|
| 1 | 现金流入 |  | 500 | 800 | 1000 | 1000 | 1000 |
| 2 | 现金流出 | 600 | 200 | 300 | 500 | 500 | 500 |
| 3 | 净现金流量 |  |  |  |  |  |  |
| 4 | 累计净现金流量 |  |  |  |  |  |  |
| 5 | 折现系数12% | 0.8929 | 0.7972 | 0.7118 | 0.6355 | 0.5674 | 0.5076 |
| 6 | 现值 |  |  |  |  |  |  |
| 7 | 累计现值 |  |  |  |  |  |  |

【问题1】（4分）

请将表3-8中第3、4、6、7行空格中的数据补充完整。

【问题2】（7分）

请根据表3-8现金流量表中的数据，计算该项目自投资当年起的静态投资回收期和动态投资回收期（要求列算式），并说明两者存在差异的原因。

【问题3】（4分）

如果该行业的标准动态投资收益率为20%，请分析该项目的投资是否可行，并简要说明理由。

## 3.2.2 要点解析

### 试题1要点解析

【问题1】（9分）

仔细分析题干所给出的资料，可画出一种可能与该项目相干的甲方项目干系人结构图，如图3-4所示。

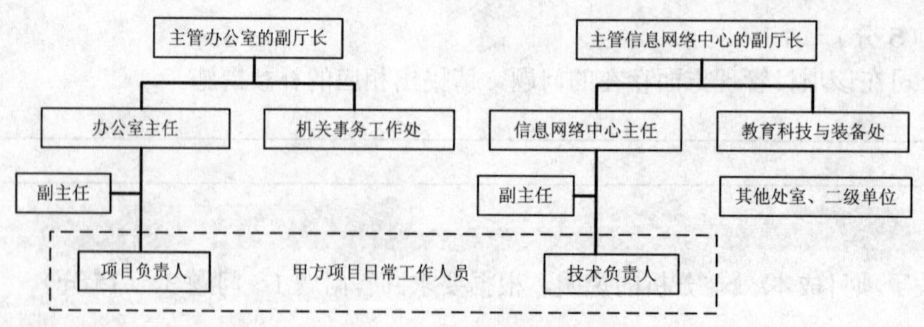


图3-4　甲方项目干系人结构图

从图3-4中可以看出，项目涉及的干系人比较多。主管办公室工作的副厅长分管办公室与机关事务科，办公室主任又有副主任作为助手，项目负责人（也称为甲方项目经理）是办公室的工作人员，并且是业务需求负责人；信息网络中心作为一个正处级部门，由一名副厅长分管，信息网络中心还设有副主任，技术负责人是信息网络中心的技术工作人员。甲方项目日常工作人员有两名：办公室的业务需求负责人和信息网络中心的技术负责人。甲方项目组工作人员主要来自于两个部门，需要协调，办公室的行政级别比信息网络中心高半级，因此在项目实施时，项目负责人的协调可能会受到行政级别的影响。

按照一般项目的干系人分类方法，项目的甲方干系人主要有：出资人、决策者、辅助决策者、采购者、业务负责人、业务人员、技术负责人、技术人员和使用者等。他们的不同身份会因甲方组织的情况不同和项目的不同，而对项目产生不同程度的影响。在本案例中，主管办公室的副厅长虽然平时很少参与项目，但对项目具有重大决策权，并在必要时需要他的支持，因此是最为重要的干系人。

项目负责人来自于办公室，提出业务需求并验证需求是否实现；技术负责人来自于信息网络中心，是技术人员；这两个人参与项目的日常运作，是与项目经理老陈交流最多的干系人，较为重要。

信息网络中心主任、副主任，办公室主任、副主任属于分管工作领导，有一定的项目决策权，但不参与日常运作，因此其重要程度中等。

其他处室、二级单位的相关工作人员平时很少参与项目，仅仅是提出少量的需求，以及参与项目上线的部分工作，因此其重要程度较低。

以上重要程度顺序并不是唯一的，项目经理老陈需要根据具体的项目和情况考虑排序情况。不同的人可能会得出不同的顺序，最后管理的重点也就不同了，这就更说明这一步分析的重要性。

通常，对比较重要的干系人，要对其全部需求进行比较详细的分析，以便能更好地获得他们的支持。例如，本案例中最重要的主管办公室的副厅长，他是项目的最初发起人，想通过新建设的办公自动化系统，优化单位的办公流程，提高办事效率，但他并没有对系统建设提出具体的需求。此时，项目经理老陈就可以引导，尽量细化，也可以在适当的时机向他汇报项目的进展，以取得其对项目工作的支持。技术负责人是一名技术人员，他可能关心更多的是技术性的细节，而不是具体的业务。项目负责人是业务需求的提出者和验证者，会积极努力地推动这个项目走向成功。但也可能因为部门之间关系，以及他并不太懂IT技术的问题，在推动项目一事上力不从心，因此项目经理应该适时地帮助他，而不是听之任之。例如，在需求的探讨上多鼓励技术负责人的参与，在技术方案上多征求一些技术负责人的意见，在项目实施时建议他与业务部门打成一片等。

需要注意的是，有些干系人虽然并不重要，对推进项目也起不到什么实质性的作用，但项目经理也不能忽略他们的一些需求。他们一旦对项目起反作用，利用在一些重要干系人身边并影响其对项目的判断，后果也会比较严重。因此，项目经理老陈在分析重要项目干系人的同时，一定也不要忽略了一些不怎么重要的干系人可能的影响。

在该办公自动化（OA）系统项目中，完全支持项目的有主管办公室的副厅长和项目负责人。技术负责人通常会比较支持工作，但由于办公室与信息网络中心的部门工作关系，他不一定会服从项目负责人的协调，但一般也不会反对项目工作。其他处室和二级单位的工作人员有可能会成为项目的反对者，在项目实施过程中有的会不适应业务流程的变更而满腹牢骚，甚至根本不使用办公自动化系统。其他一些干系人大多是中间力量，是可以争取获得支持的对象。在项目管理实战中，需要建立起项目管理的统一战线，即为了实现项目管理目标需要争取到干系人中大部分人的支持，尤其是中间力量的支持。比较现实的做法之一是，充分借助首倡者和内部支持者、积极寻求中间力量支持、让不支持者至少不要反对。例如，可以建议两位主管副厅长和两位主任授予项目负责人一定的管理权限，如绩效考核权、部分项目资金调配权等。

**【问题2】**（6分）

对于本案例，项目经理老陈启动该项目的依据可能有：合同；项目工作说明书（如邀标书、投标邀请书或者合同中的相关部分等）；环境的和组织的因素；组织过程资产等。其中，环境的和组织的因素有：

①建设单位的企业文化和组织结构；②相关的国家标准或行业标准；③现有的设施和固定资产等基础设施；④建设单位现有的人力资源、人员的专业和技能，人力资源管理政策如招聘和解聘的指导方针、员工绩效评估和培训记录等；⑤当前的市场状况；⑥项目干系人对风险的承受力；⑦行业数据库；⑧项目管理信息系统等。组织过程资产包含：项目实施组织的企业计划、政策方针、规程、指南和管理系统，实施项目组织的知识和经验教训。

项目启动的方法、技术和工具有项目管理方法、项目管理信息系统（PMIS）和专家判断等，详见表 3-9。

表 3-9 项目启动的方法、技术和工具

| 方法、技术和工具 | 说　明 |
| --- | --- |
| 项目管理方法 | 定义了一系列项目过程组、相关的过程和控制功能，所有这些合并为一个发挥作用的整体；可以正式或非正式地帮助项目管理团队有效地制定项目章程；可以是项目管理标准，也可以不是 |
| 项目管理信息系统 | 是组织内可用的系统化的自动化工具集。项目管理团队用 PMIS 来制定项目章程，细化项目章程以促进反馈，控制项目章程的变更并发布批准的项目章程 |
| 专家判断 | 通常用于评估项目启动所需要的输入或依据。在该过程中，这些判断和专家意见将用于任何技术和管理的细节。这些专家意见由任何具有专门知识或受过专门培训的团体或个人来提供，并可以来源于项目实施组织中的其他单位、咨询顾问或咨询公司、项目干系人（包括客户）、专业和技术协会、行业团队等 |

## 试题 2 要点解析

【问题 1】（8 分）

心理学家勒温在实验研究的基础上，把领导者的行为方式划分为专制式、民主式和放任式 3 种类型。专制式亦称专权式或独裁式，这类领导者是由个人独自做出决策，然后命令下属予以执行，并要求下属不容置疑地遵从其命令。专制式有一个显著的特征是：领导者预先安排一切工作内容、程序和方法，单向式沟通，下级只能服从。民主式又称为参与式，此类领导者在采取行动方案或做出决策之前会主动听取下级意见，或者吸收下级人员参与决策的制定。放任式，其领导行为的主要特点是极少运用其权利影响下属，而给下属以高度的独立性，以致达到放任自流和行为根本不受约束的程度。

技术总工老刘的管理风格显然是民主式类型，甚至趋向于放任式。不但没有提高工作效率，反而导致工作效率低下，只能达到组织成员的社会交往目标，但完不成工作目标。

项目的成功完成除了优良的设备、先进的技术之外，更重要的是人的因素。项目经理作为项目管理的基石，他的管理、组织、协调能力，他的知识素质、经验水平和领导艺术，甚至是个人的性情都对项目管理的成败有着决定性的影响。项目经理负责项目的组织、计划及实施全过程，以保证项目目标的成功实现。成功的项目无一不反映了项目管理者的卓越管理才能，而失败的项目同样也说明了项目管理者的重要性。项目管理者在项目及项目管理过程中起着关键的作用，是项目团队的“灵魂”。

项目人力资源管理包括组织和管理项目团队所需的所有过程。项目团队由为完成项目而承担了相应的角色和责任的人员组成，团队成员应该参与大多数项目计划和决策工作。项目团队成员的早期参与能在项目计划过程中，增加专家意见和加强项目的沟通。项目团队成员构成了项目的人力资源。

项目管理团队是项目团队的一个子集，负责项目的管理活动，如计划编制、控制和收尾。可以称这一群组为核心小组、执行小组或领导小组。对小项目，项目管理的责任可以由整个项目团队来承担或单独由项目经理承担。

项目人力资源管理的主要过程包括以下内容。

（1）组织计划编制。识别项目中的角色、职责、能力和汇报关系，识别项目成员所需的培训，并形成文档。制订项目人员配备管理计划。

（2）组建项目团队。招募项目所需要的人力资源。

（3）项目团队建设。提高个人和团队的技能以改善项目绩效。

（4）管理项目团队。跟踪个人和团队的绩效、提供反馈、解决问题并协调各种变更以提高项目绩效。

确保项目团队士气高昂，使团队成员能发挥他们的潜力是人力资源管理的“项目团队建设”过程的任务。团队建设是依靠成员自己（或加上外来咨询人员帮忙）的一种计划性的提高群体效能的活动。团队建设的目的是以群体成员的相互作用来协调群体的步伐，提高群体的工作效率。通常，团队建设包括：分析问题、完成工作任务、协调群体内部关系、改进群体和组织的活动过程等内容。

项目团队是团队的一种形式，具有团队的一般特征。同时，由于项目的独特性，项目团队又有着以下自身的独特性。

（1）项目团队的临时性和开放性。项目团队是为了实现某一特定的任务而组建的，任务完成，项目团队也随之解散，具有临时性特征。此外，项目团队的成员构成也不是一成不变的，而是随着项目的进展和任务的展开不断地调整，具有明显的开放性。

（2）项目团队的生命期属性。项目团队从组建到解散，是一个不断成长和变化的过程，一般可分为 5 个阶段：组建阶段、磨合（或震荡）阶段、正规（或规范）阶段、成效（或发挥）阶段和解散阶段。

（3）项目团队具有严格的目标约束。项目团队的目标是为了完成某个一次性的特定任务，它有着明确的质量要求、工期要求、成本要求等多目标约束，所有这些目标都必须实现，即必须在预定的工期内、在预计的成本范围内实现符合预期的质量要求的可交付成果。

项目经理为了有效地使用项目团队中的成员，还应注意团队成员的负荷和负荷平衡。本案例中的问题，关键在于老刘的领导风格、素质与能力要求并不适合项目团队管理，以及在项目团队建设、组织设计过程中也出现了问题，从而导致出现目前的种种问题。

（1）老刘作为一名技术出身的管理者，有思维转换和角色转换问题。技术人员在转换为管理者时，在某些情况下往往还是以技术人员的身份从技术角度看待问题、处理问题，而从管理者的角度全面全流程地看待问题、处理问题的思维方式还没有居主导地位。角色变了，但思维方式一时还没完全转变过来。如果此时的管理者还兼任原来的技术角色，会延缓这种思维方式的转换。

（2）在实际的项目中，往往存在“能者多劳”现象，也就是让一人承担多个角色、承担过重的工作，在分配角色之前没有仔细计算人员的工作负荷问题。技术出身的管理者，在一人承担多个角色的工作时，会导致工作负荷过载，其后果可能给全局带来不利影响。

（3）老刘的领导技能较弱，要胜任项目经理岗位，不仅需要技术背景、行业知识，还需要具备一定的管理知识和经验。好的项目领导有助于项目团队绩效的提高、项目资源的获得与客户的认可，有利于项目的成功。

（4）项目管理控制体系不健全。缺乏完整的项目管理体系，相关的责权不够分明，项目管理的漏洞较多，缺乏协调性。

（5）项目管理缺乏系统性。项目运作主要体现为过程行为，项目的任务细分与计划性不够，造成项目进度延迟、资源浪费、质量低下或项目失败。

【问题 2】（9 分）

典型的系统集成项目团队的角色包括：管理类，如项目经理；工程类，如系统架构师、系统分析师、网络规划与设计师、网络工程师、软件工程师、测试工程师和实施人员等；行业专家；支持类，如文档管理人员。

组建项目团队需要的前提活动有：制订组织结构图和职位描述，或借助经验模板。

组建项目团队需要的活动有：事先分派、谈判、采购（招募）或组建虚拟团队。

建设项目团队的典型活动有：一般管理技能、制定共同的行为准则、培训、团队建设活动、同地办公、认可和奖励。

管理项目团队方面所需的活动有：观察和对话、项目绩效评估、冲突管理和问题日志。

通常，团队建设包括以下 3 个过程。

（1）解冻：让团队成员发现问题，意识到改革的需要，发扬开诚布公、互相信任的精神。

（2）采取行动：基本上使用调查反馈方法，收集资料，集体分析情况，共同找出问题，采取行动计划。

（3）再冻结：贯彻执行计划后，集体总评价，将改革后的成果加以巩固、稳定。

团队建设因内容和要求的不同，可以采取以下的不同形式：

（1）分析讨论会。对团队工作绩效开展公开讨论，通过相互提供情况，倾谈意见，揭露工作绩效的障碍。在此基础上明确问题所在，然后制订解决问题的行动计划。

（2）团队建设会议。这是帮助同一工作小组的成员认清问题和解决问题的形式。问题可能属于工作性质或成员之间的矛盾。此活动通常需要一位外来咨询人员参与，他通过与成员接触、问卷调查并参加必要的小组会等方式，收集资料经过分析归纳，反馈给有关成员，同时运用其专业知识，阐明问题，引导小组开展讨论，得出解决问题的措施。

（3）角色分析和团队建设。这是明确小组成员的职责和别人对他所承当角色的期望所采取的活动形式。许多组织中由于对承担角色的职责不清，常阻碍小组工作开展，从而增加成员的精神负担。

（4）活动采取小组会形式。首先要求每一成员写明他自己心目中的主要职责、他在小组中的地位，以及他对小组所做的贡献，然后对此开展讨论。其次再讨论每人对别人所承担角色的期望，在取得一致意见的基础上，绘制每个成员所承担的职责和别人期望的图表。

怎样才是一个成功的项目团队呢？成功团队具有以下一些共同的特点。

（1）团队的目标明确，成员清楚自己工作对目标的贡献。

（2）团队的组织结构清晰，岗位明确，成员有互补的技能，即团队中各成员至少具备一技之长，具备分析问题、解决问题的能力和沟通技能。

（3）有成文或习惯的工作流程和方法，而且流程简明有效。

（4）项目经理对团队成员有明确的考核和评价标准，工作结果公正公开、赏罚分明。

（5）组织纪律性，因为违反纪律往往会牺牲多数人的利益，应“以人为本”，绝不是“以个人为本”。

（6）相互信任，善于总结和学习。

通常，可采取以下措施来建设高绩效的项目团队。

（1）PH 公司应尽早进行项目团队的建设，把项目团队建设活动计划到项目计划中去，来帮助项目团队成员和其他的干系人更好地相互了解。

（2）增强项目经理老刘的领导才能。项目经理就是项目的负责人，有时也称之为项目管理者或项目领导者，他负责项目的组织、计划及实施的全过程，在项目管理过程中起着关键的作用，要增强和充分发挥项目经理的指导作用、沟通和协调作用、激励作用等，以保证项目目标的成功实现。

（3）灵活授权，及时决策。随着项目团队的建设和发展，项目经理老刘要通过授权让团队成员（如小曾）分担责任，使团队成员更多地参与项目的决策过程，允许个人或小组以自己更灵活的方式来开展工作。

（4）充分发挥团队凝聚力，认可个人和团队的成绩。团队凝聚力是无形的精神力量，是将一个团队的成员紧密地联系在一起的看不见的纽带。团队的凝聚力来自于团队成员自觉的内心动力，来自于共识的价值观，是团队精神的最高体现。通常，团队凝聚力较高会带来高的团队绩效。

（5）采取有效措施以提高项目例会的效率，并加强项目团队成员之间的有效沟通。

**【问题 3】（8 分）**

题干中给出了“信息反馈不畅，沟通难度大，每次会议都是冗长，效率不高”等与项目会议相关的信息，可以看出该案例存在以往项目沟通管理不足、会议缺乏控制、会议与实际工作联系不紧密、忽视冲突管理等问题。通常，可采取以下措施来提高项目例会的效率。

（1）事先制定一个例会制度。在项目沟通计划里，确定例会的时间，参加人员范围及一般议程等。

（2）放弃可开可不开的会议。在决定召开一个会议之前，首先要明确会议是否必须举行，还是可以通过其他方式进行沟通。

（3）明确会议的目的和期望结果。明确要开的会议的目的，是集体讨论一些想法、彼此互通信息，还是解决一个面临的问题。并确定会议的效果是以信息同步为结束还是必须要讨论出一个确定的解决方案。

（4）发布会议通知。在会议通知中要明确：会议目的、时间、地点、参加人员、会议议程和议题。有一种被广泛采用的决策方法是：广泛征求意见，少数人讨论，核心人员决策。许多会议不需要项目全体人员参加，因此需要根据会议的目的来确定参会人员的范围。事先应明确会议议程和讨论的问题，可以让参会人员提前做准备。

（5）在会议之前将会议资料发给参会人员。对于需要有背景资料支持的会议，应事先将资料发给参会人员，以提前阅读，直接在会上讨论，可以有效地节约会议时间。

（6）可以借助视频设备。对于有异地成员参加或者需要演示的场合，可以借用一些必要的视频设备，使会议达到更好的效果。

（7）明确会议规则。指定主持人，明确主持人的职责，主持人要对会议进行有效控制，并营造一个活跃的会议气氛。

主持人要事先陈述基本规则，如明确每个人的发言时间，每次发言只有一个声音。

主持人根据会议议程的规定控制会议的节奏。保证每一个问题都得到讨论。

（8）会议要有纪要。如果将工作的结果、完成时间、责任人都记录在案，则有利于督促和检查工作的完成情况。

（9）会议后要总结，提炼结论。主持人在会后总结问题的讨论结果，重申有关决议，明确责任人和完成时间。

（10）做好会议的后勤保障。很多会议兼有联络感情的作用，因此需要选择一个合适的地点，提供餐饮、娱乐和礼品，制定一个有张有弛的会议议程。对于有客户或合作伙伴参加的会议更要如此。

除了项目例会之外，老刘还可以采取以下措施来促进项目团队的有效沟通。

（1）首先应对项目组成员进行沟通需求和沟通风格的分析。

（2）对于具有不同沟通需求和沟通风格的人员组合设置不同的沟通方式。

（3）可以通过电话、电子邮件、即时通信软件（如 QQ）项目管理软件及 OA 软件等工具进行沟通。

（4）正式沟通的结果应形成记录，对于其中的决定应有人负责落实。

（5）可以引入一些标准的沟通模板。

（6）在项目组内培养团结的氛围并注意冲突管理。

## 试题 3 要点解析

**【问题 1】（7 分）**

信息系统工程合同是指对信息系统工程策划、咨询、设计、开发、实施、服务及保障有关的各类合同，从合同条件的拟定、协商、签署，到执行情况的检查和分析等环节进行组织管理的工作，以达到通过双方签署的合同实现信息系统工程的目标和任务，同时维护建设单位和承建单位及其他关联方的正当权益。在各类合同中，作为当事人，必须充分地利用合同手段才能避免责任分歧与纠纷，以保障项目成功。合同是制定项目范围说明书的依据。

项目范围说明书详细描述了项目的可交付物和产生这些可交付物所必须做的项目工作。项目范围说明书在所有项目干系人之间建立了一个对项目范围的共识，描述了项目的主要目标，使团队能进行更详细的规划，指导团队在项目实施期间的工作，并为评估是否为客户需求进行变更或附加的工作是否在项目范围之内提供基线。

对于本案例，由题干关键信息“老赵自己制定了项目的范围说明书”等可知，乙方对项目干系人及其关系分析不到位，缺乏足够的信息来源，范围定义不全面、不准确，并且缺乏客户/用户参与。

由题干关键信息“有时是甲方的人事处直接向老赵提出变更要求，有时是甲方的营销部直接向老赵提出变更要求，而且有时这些要求是相互矛盾的"等可知，甲方没有对各部门的需求及其变更进行统一的组织和管理。

由题干关键信息"老赵试图用范围说明书来说服甲方，甲方却动辄引用合同的相应条款作为依据"等可知，该项目缺乏变更的接受/拒绝准则。

由题干关键信息"在该项目合同中，简单地列出了几条项目承建方应完成的工作"和"这些条款要么太粗、不够明确"等可知，该项目合同没订好，没有就具体完成的工作形成明确清晰的条款是导致项目目前困境的原因之一。

由题干关键信息"这些条款……老赵跟他们有不同的理解"等可知，甲乙双方对项目范围没有达成一致认可或承诺。

综上所述，该项目缺乏全生命周期的范围控制也是导致项目目前困境的原因之一。

**【问题 2】（8 分）**

在项目全生命周期的范围管理过程中，项目经理老赵应该在不同的阶段应采取相应的解决措施。

（1）合同谈判阶段：①取得明确的工作说明书或更细化的合同条款；②在合同中明确双方的权利和义务，尤其是关于变更问题；③采取措施，确保合同签约双方对合同的理解是一致的。

（2）计划阶段。①编制项目范围说明书；②创建项目的工作分解结构（WBS）；③制订项目的范围管理计划。

（3）执行阶段：①在项目执行过程中加强对已分解的各项任务的跟踪和记录；②建立与项目干系人进行沟通的统一渠道；③建立整体变更控制的规程并执行；④加强对项目阶段性成果的评审和确认。

（4）项目全生命期范围变更管理：①在项目管理体系中应该包含一套严格、实用、高效的变更程序；②规定对用户的范围变更请求，应正式提出变更申请，并经双方项目经理审核后，视不同情况，进行相应的处理。

## 试题 4 要点解析

**【问题 1】（5 分）**

本问题要求分析 RK 公司在项目管理方面存在的问题。由题干关键信息"RK 公司总经理李某授权销售部的老许为本次投标的负责人，来组织和管理整个投标过程"、"老许接到任务后，召集了由公司商务部、销售部、客服部和质管部等相关部门参加的启动说明会，并把各自的分工和进度计划进行了部署"和"RK 公司中标并和客户签订了合同。根据公司的项目管理流程，老许把项目移交到了实施部门，由他们具体负责项目的执行与验收"等信息可知，RK 公司整体上是职能型组织，分售前（投标）和售后（实施），从而导致企业是以各职能部门为中线，缺乏项目的整体协调和规划，缺乏项目各阶段项目干系人和参与角色的职责划分。销售部老许作为投标的负责人没有邀请后续的实施部门参与投标活动，仅仅在中标后进行简单的移交。在投标前项目内部启动会上，没有邀请技术部门或实施部门参与。

由题干关键信息"进行投标文件评审时，发现技术方案中所配置的设备在以前的项目使用中是存在问题的，必须更换"等可知，以前的技术方案中出现的问题设备在本次投标文件中重复出现，说明 RK 公司在项目管理的经验教训的传承和传播上是不重视的，缺乏组织方面和方法方面的有效保证。

由题干关键信息"王某还发现设计方案中尚存在一些问题……在项目的工期、系统功能和售后服务等方面，存在过度承诺现象"可以延伸提出问题，即一个有过度承诺的方案，是怎样提交出去的呢？RK 公司有相应的评审和批准程序吗？如果有，是否适当？如果适当，执行得如何？显然 RK 公司没有建立完善的内部评审机制，或虽有评审机制但未有效执行。

由题干关键信息"项目组重新调研用户需求，编制设计方案……后来又发现采购部仍是按照最初的方案采购设备，导致设备中的模块配置功能不符合要求的情况发生"可知，项目中没有实行有效的变更管理，公司级的项目管理体系不健全（或执行得不好）。

【问题 2】(5 分)

项目整体管理过程负责项目的全生命周期管理、全局性管理和综合性管理。全生命周期管理意味着项目整体管理过程负责管理项目的启动阶段直到项目收尾阶段的整个项目生命周期。全局性管理意味着项目整体管理过程负责管理项目的整体包括项目管理工作、技术工作和商务工作等。综合性管理意味着项目整体管理过程负责管理项目的需求、范围、进度、成本、质量、人力资源、沟通、风险和采购。根据每个项目的实际情况，项目整体管理的重点随项目的不同而有所变化。项目整体管理知识域包括保证项目各要素相互协调以完成项目所需要的各个过程。

整体管理主要关心为达成项目目标所需的管理过程的互相配合，这些过程是为了完成一个项目的目标所要求的。项目整体管理的过程包括如下内容。

（1）项目启动。制定项目章程，正式授权项目或项目阶段的开始。

（2）制定初步的项目范围说明书。编制一个初步的项目范围说明书，概要地描述项目的范围。

（3）制定项目管理计划。将确定、编写、集成，以及协调所有分计划进行，以形成整体项目管理计划。

（4）指导和管理项目的执行。执行在项目管理计划中所定义的工作以达到项目的目标。

（5）监督和控制项目。监督和控制项目的启动、计划、执行和收尾过程，以达到项目管理计划所定义的项目目标。

（6）整体变更控制。评审所有的变更请求，批准变更，控制可交付成果和组织的过程资产。

（7）项目收尾。完成项目过程中的所有活动，以正式结束一个项目或项目阶段。

【问题 3】(5 分)

一个企业项目管理出现的问题通常会出现在以下方面：①公司组织结构尚处于职能型组织阶段，尚不能很好的支持项目管理的开展；②由于组织结构未到位，从而导致整体项目管理流程也不可能建设好；③项目范围管理和质量评审出现问题；④项目变更管理是项目管理问题的重灾区；⑤项目团队建设和沟通问题；⑥项目质量管理和配置管理不到位。

针对问题 1 分析总结的问题原因，RK 公司在该项目管理方面可以采取以下一些相应的补救措施。

（1）改进项目的组织形式（如采用矩阵型组织结构），明确项目团队和职能部门之间的协作关系和工作程序，以支持项目管理的开展。

（2）做好项目当前的经验教训收集、归纳工作，采用项目管理系统，按照规范的流程进行项目管理。

（3）明确项目工作的交付物，建立和实施项目的质量评审机制。

（4）建立项目的变更管理机制，识别变更中的利益相关方并加强沟通。

（5）加强对项目团队成员和相关人员的项目管理培训。

另外，针对 RK 公司的项目管理现状，对该公司项目管理工作的持续改进可提出以下几条参考意见和建议。

（1）建立企业级的项目管理体系和工作规范，如实施 CMM/CMMI 等；

（2）加强对项目工作记录的管理。

（3）加强项目质量管理和相应的评审制度。

（4）加强项目经验教训的收集、归纳、积累和分享工作。

（5）引入合适的项目管理工具平台，提升项目管理工作效率。

## 试题 5 要点解析

【问题 1】(4 分)

净现金流量（NCF）是现金流量表中的一个指标，是指一定时期内，现金及现金等价物的流入（收入）减去流出（支出）的余额（净收入或净支出）。它反映了企业本期内净增加或净减少的现金及现金等价物数额，是同一时点（如 2009 年末）现金流入量与现金流出量之差。例如，在表 3-8 中，2009 年的现金流入为 500 万元，现金流出为 200 万元，则 2009 年的净现金流量为 500−200=300 万元。

在表 3-8 中，第$n$年的累计净现金流量=$\sum_{i=0}^{n}$净现金流量$_i$。例如，2009 年的累计净现金流量= −600 + 300 = −300 万元；2010 年的累计净现金流量=−600 + 300 + 500 = 200 万元。同理，可计算出 2011 年～2013 年的累计净现金流量分别为 700 万元、1200 万元、1700 万元。

现值（Present value）也称在用价值，是指对未来现金流量以恰当的折现率进行折现后的价值，即：现值=净现金流量×当年贴现系数。换而言之，是指资产按照预计从其持续使用和最终处置中所产生的未来净现金流入量折现的金额。例如，在表 3-8 中，2009 年的现值=300×0.7972=239.16 万元；2010 年的现值=500×0.7118=355.90 万元。

在表 3-8 中，第$n$年的累计现值=$\sum_{i=0}^{n}$现值$_i$。例如，2009 年的累计现值= −535.74 + 239.16 = −296.58 万元；2010 年的累计现值= −535.74 + 239.16 + 355.90 = 59.32 万元。同理，可计算出 2011 年～2013 年的累计净现金流量分别为 377.07 万元、660.77 万元、914.57 万元。

最后将以上计算结果归纳整理，可得出如表 3-10 所示完整的项目现金流量表。

**表 3-10　某项目现金流量表**　　单位：万元

| 序号 | 资金项\年 | 2008 年 | 2009 年 | 2010 年 | 2011 年 | 2012 年 | 2013 年 |
|---|---|---|---|---|---|---|---|
| 1 | 现金流入 | | 500 | 800 | 1000 | 1000 | 1000 |
| 2 | 现金流出 | 600 | 200 | 300 | 500 | 500 | 500 |
| 3 | 净现金流量 | −600 | 300 | 500 | 500 | 500 | 500 |
| 4 | 累计净现金流量 | −600 | −300 | 200 | 700 | 1200 | 1700 |
| 5 | 折现系数 12% | 0.8929 | 0.7972 | 0.7118 | 0.6355 | 0.5674 | 0.5076 |
| 6 | 现值 | −535.74 | 239.16 | 355.90 | 317.75 | 283.70 | 253.80 |
| 7 | 累计现值 | −535.74 | −296.58 | 59.32 | 377.07 | 660.77 | 914.57 |

**【问题 2】**（7 分）

投资回收期是指用投资方案所产生的净收益补偿初始投资所需要的时间，其单位通常用“年”表示。投资回收期一般从建设开始年算起，也可以从投资年开始算起，计算时应具体注明。投资回收期还可分为静态投资回收期和动态投资回收期。静态投资回收期不考虑资金占用成本（时间价值），通常使用项目建成后年现金流量衡量（NCF）。动态投资回收期则需考虑资金占用成本（时间价值），通常使用项目建成后年贴现现金流量（现值）衡量。货币时间价值是指货币在使用过程中，随着时间的变化发生的增值，也称资金的时间价值。

静态投资回收期有“包括建设期的投资回收期”和“不包括建设期的投资回收期”两种形式。确定静态投资回收期指标的一般方法是列表法。列表法是指通过列表计算“累计净现金流量”的方式，来确定包括建设期的投资回收期，进而再推算出不包括建设期的投资回收期的方法。该方法的原理是：按照回收期的定义，包括建设期的投资回收期满足关系式$\sum_{i=0}^{x}\mathrm{NCF}_i=0$。这表明在财务现金流量表的“累计净现金流量”一栏中，包括建设期的投资回收期恰好是累计净现金流量为零的年限。如果无法在“累计净现金流量”栏上找到零，则必须按下式计算包括建设期的投资回收期：

包括建设期的投资回收期=最后一项为负值的累计净现金流量对应的年数+最后一项为负值的累计净现金流量绝对值÷下年净现金流量

或

包括建设期的投资回收期=（累计净现金流量第一次出现正值的年份-1）＋该年初尚未回收的投资÷该年净现金流量

在本案例中，根据表 3-10 中的数据，该项目从 2009 年累计净现金流量的负值（-300 万元）跳变到 2010 年的正值（200 万元），因此该项目的投资回收期是 2～3 年，即在 2010 年收回投资成本。该项目自投资当年起的静态投资回收期=2+（｜-300｜/500）=2.6，或静态投资回收期=（3-1）+（300/500）=2.6。

静态投资回收期的优点是能够直观地反映原始总投资的返本期限（即可以在一定程度上反映出项目方案的资金回收能力），便于理解，计算也比较简单，可以直接利用回收期之前的净现金流量信息，有助于对技术上更新较快的项目进行评价。其缺点是没有考虑资金时间价值因素和回收期满后继续发生的现金流量，不能正确反映投资方式不同对项目的影响，也无法从中确定项目在整个寿命期的总收益和获利能力。只有静态投资回收期指标小于或等于基准投资回收期的投资项目才具有财务可行性。

动态投资回收期是考虑资金的时间价值时收回初始投资所需的时间。根据表 3-10 中的数据，该项目从 2009 年累计现值的负值（-296.58 万元）跳变到 2010 年的正值（59.32 万元），因此该项目的投资回收期是 2～3 年，即在 2010 年收回投资成本。该项目自投资当年起的动态投资回收期=2+[｜-296.58｜/（｜-296.58｜+59.32）]≈2.833，或动态投资回收期=2+[｜-296.58｜/（｜-296.58｜+59.32）]≈2.833。

动态投资回收期要比静态投资回收期长，其原因是动态投资回收期的计算考虑了资金的时间价值，使其更符合实际情况，这正是动态投资回收期的优点。但考虑时间价值后计算量比较大。

**【问题 3】**（4 分）

项目的投资收益率是指该项目投资一段时间后利润和成本相等的百分率。它是反映项目投资获利的能力的指标，其数值等于项目投资回收期的倒数。在本案例中，该项目动态投资收益率$=\frac{1}{2.833}\times 100\% \approx 35.29\%$。

由于 $35.29\% > 20\%$，即该项目的动态投资收益率大于建筑施工行业的标准动态投资收益率，因此该项目的投资是可行的。

## 3.2.3 参考答案

表 3-11 给出了本份下午试卷试题试题 1～试题 5 的参考答案，供读者练习时参考，以便查缺补漏。读者也可依照所给出的评分标准得出测试分数，从而大致评估自己对这些知识点的掌握程度。

**表 3-11 参考答案及评分标准表**

| 试题 | 问题与分值 | 参考答案及评分标准 | 自评分 |
|---|---|---|---|
| 1 | 【问题 1】（9 分） | （1）F 或项目的有力支持者 （2）G 或项目的组织协调者<br>（3）E 或审批项目的一些设备资源 （4）D 或最高<br>（5）C 或较高 （6）B 或中等<br>（7）每隔一段时间插空采取正式或非正式的时间汇报项目的进展情况，以取得支持<br>（8）让他多参与到项目中来，可以多交流一些文字方向的内容<br>（9）给他审批的表格填写要仔细权衡考虑，在项目有所进展时可以邀请他参与一些娱乐活动 （每空 1 分，（7）~（9）空答案类似即可） | |
| | 【问题 2】（6 分） | 依据：合同、项目工作说明书（或邀标书、投标邀请书等）、环境的和组织的因素、和组织过程资产等 （列举其中 3 个小点即可，每小点 1 分，最多得 3 分）<br>方法、技术和工具：项目管理方法、项目管理信息系统和专家判断（每小点 1 分） | |

续表

| 试　题 | 问题与分值 | 参考答案及评分标准 | 自 评 分 |
|---|---|---|---|
| 2 | 【问题1】（4分） | ①老刘存在有思维转换和角色转换问题，还是以技术人员的身份从技术角度看待问题、处理问题，还没建立起从管理者的角度全面全流程地看待问题、处理问题的思维方式；<br>②项目管理控制体系不健全，缺乏完整的项目管理体系，相关的责权不够分明，项目管理的漏洞较多，缺乏协调性；<br>③项目管理缺乏系统性，项目运作主要体现为过程行为，项目的任务细分与计划性不够，造成项目进度延迟、资源浪费、质量低下或项目失败；<br>④老刘的领导技能较弱，其民主式（或参与式，或放任式）管理风格类型导致工作效率低下（每小点1分，答案类似即可，下同） | |
| | 【问题2】（5分） | ①PH公司应尽早进行项目团队的建设，把项目团队建设活动计划到项目计划中去，来帮助项目团队成员和其他的干系人更好地相互了解；<br>②增强项目经理老刘的领导才能，使其负责起项目的组织、计划及实施的全过程，以保证项目目标的成功实现；<br>③灵活授权，及时决策，老刘要通过授权让团队成员（如小曾）分担责任，使团队成员更多地参与项目的决策过程，允许个人或小组以自己更灵活的方式开展工作；<br>④充分发挥项目团队凝聚力，认可个人和团队的成绩；<br>⑤采取有效措施以提高项目例会的效率，并加强项目团队成员之间的有效沟通<br>（每小点1分） | |
| | 【问题3】（6分） | ①事先制定一个例会制度，如确定例会的时间、参加人员范围及一般议程等；<br>②放弃可开可不开的会议；<br>③明确会议的目的和期望结果；<br>④发布会议通知，明确会议目的、时间、地点、参加人员、会议议程和议题等；<br>⑤在会议之前将会议资料发给参会人员，要求提前阅读，直接在会上讨论，以节约会议时间；<br>⑥对于有异地成员参加或者需要演示的场合，可以借助视频设备；<br>⑦明确会议规则，如指定主持人，明确主持人的职责，以对会议进行有效控制；<br>⑧会议要有纪要，会议后要总结，提炼结论；<br>⑨做好会议的后勤保障，如兼有联络感情的会议，可选择一个合适的地点，提供餐饮、娱乐和礼品，制定一个有张有弛的会议议程等（每小点1分，最多得6分） | |
| 3 | 【问题1】（7分） | ①由于乙方对项目干系人及其关系分析不到位，缺乏足够的信息来源，范围定义不全面、不准确；<br>②缺乏客户/用户参与；<br>③甲方没有对各部门的需求及其变更进行统一的组织和管理；<br>④缺乏变更的接受/拒绝准则；<br>⑤合同没订好，没有就具体完成的工作形成明确清晰的条款；<br>⑥甲乙双方对项目范围没有达成一致认可或承诺；<br>⑦缺乏项目全生命周期的范围控制（每小点1分，答案类似即可） | |
| | 【问题2】（8分） | （1）合同谈判阶段。①取得明确的工作说明书或更细化的合同条款；②在合同中明确双方的权利和义务，尤其是关于变更问题；③采取措施，确保合同签约双方对合同的理解是一致的。（每小点0.5分，全部回答得2分）<br>（2）计划阶段：①编制项目范围说明书；②创建项目的工作分解结构（WBS）；③制定项目的范围管理计划。（每小点0.5分，全部回答得2分）<br>（3）执行阶段：①在项目执行过程中加强对已分解的各项任务的跟踪和记录；②建立与项目干系人进行沟通的统一渠道；③建立整体变更控制的规程并执行；④加强对项目阶段性成果的评审和确认。（每小点0.5分）<br>（4）项目全生命期范围变更管理：①在项目管理体系中应该包含一套严格、实用、高效的变更程序；②规定对用户的范围变更请求，应正式提出变更申请，并经双方项目经理审核后，视不同情况，进行相应的处理（每小点1分） | |

续表

| 试　题 | 问题与分值 | 参考答案及评分标准 | 自 评 分 |
|---|---|---|---|
| 4 | 【问题 1】<br>（5 分） | ①投标前的项目内部启动会上，没有邀请技术或实施部门；<br>②没有把以往的经验教训收集、归纳和积累；<br>③没有建立完善的内部评审机制，或虽有评审机制但未有效执行；<br>④项目中没有实行有效的变更管理；<br>⑤公司级的项目管理体系不健全，或执行得不好（每小点 1 分，答案类似即可） | |
| | 【问题 2】<br>（5 分） | ①项目启动，制定项目章程，正式授权项目或项目阶段的开始；<br>②编制一个初步的项目范围说明书，概要地描述项目的范围；<br>③将确定、编写、集成，以及协调所有分计划进行，以形成整体项目管理计划；<br>④指导和管理项目的执行；<br>⑤监督和控制项目的启动、计划、执行和收尾过程，以达到项目管理计划所定义的项目目标；<br>⑥整体变更控制；<br>⑦项目收尾 （每小点 1 分，最多得 5 分） | |
| | 【问题 3】<br>（5 分） | ①改进项目的组织形式，明确项目团队和职能部门之间的协作关系和工作程序；<br>②做好项目当前的经验教训收集、归纳工作；<br>③明确项目工作的交付物，建立和实施项目的质量评审机制；<br>④建立项目的变更管理机制，识别变更中的利益相关方并加强沟通；<br>⑤加强对项目团队成员和相关人员的项目管理培训（每小点 1 分，答案类似即可） | |
| 5 | 【问题 1】<br>（4 分） | 见表 3-10（每一行 1 分） | |
| | 【问题 2】<br>（7 分） | 静态投资回收期=（3−1）+（300/500）=2.6（2 分）<br>动态投资回收期=（3−1）+（296.58/355.90）≈2.833（2 分）<br>静态投资回收期不考虑资金占用成本（时间价值），通常使用项目建成后年现金流量衡量（2 分）<br>动态投资回收期则需考虑资金的时间价值，通常使用项目建成后年贴现现金流量（现值）衡量（1 分） | |
| | 【问题 3】<br>（4 分） | 该项目的投资是可行的（2 分）<br>该项目动态投资收益率=（1/2.833）×100 %≈35.29%，大于建筑施工行业的标准动态投资收益率 20%（2 分） | |

# 第 4 章 考前冲刺预测卷 4

## 4.1 上午试卷

**（考试时间 9：00—11：30，共 150 分钟）**

**请按下述要求正确填写答题卡**

1．在答题卡的指定位置上正确写入你的姓名和准考证号，并用正规 2B 铅笔在你写入的准考证号下填涂准考证号。

2．本试卷的试题中共有 75 个空格，需要全部解答，每个空格 1 分，满分 75 分。

3．每个空格对应一个序号，有 A、B、C、D 4 个选项，请选择一个最恰当的选项作为解答，在答题卡相应序号下填涂该选项。

4．解答前务必阅读例题和答题卡上的例题填涂样式及填涂注意事项。解答时用正规 2B 铅笔正确填涂选项，如需修改，请用橡皮擦干净，否则会导致不能正确评分。

**【例题】**

2010 年下半年全国计算机技术与软件专业技术资格（水平）考试日期是__（88）__月__（89）__日。

（88） A．9　　B．10　　C．11　　D．12

（89） A．11　　B．12　　C．13　　D．14

因为考试日期是“11 月 13 日”，故（88）选 C，（89）选 C，应在答题卡序号 88 下对 C 选项进行填涂，在序号 89 下对 C 选项进行填涂（参见答题卡）。

### 4.1.1 试题描述

**试题 1**

以下关于信息的描述中，正确的是__（1）__。

（1） A．信息是一种能源，也是一种物质

B．信息可以脱离载体独立地传输

C．信息可以表示事物的特征和运动变化，也可以反映事物之间的联系

D．信息是对客观事物的性质、状态及相互关系等进行记载的符号

**试题 2**

以下关于信息系统集成的描述中，错误的是__（2）__。

（2） A．系统集成包括技术、管理和商务等各项工作，管理和商务活动是系统集成工作的核心

B．计算机网络系统集成实现的关键在于解决系统之间的互连和互操作问题

C．应用系统集成又称为行业信息化解决方案集成，独立的应用软件供应商成为其中的核心

D．系统集成的最终交付物是一个完整的系统而不是一个分立的产品

**试题 3**

CRM 是一个集成化的信息管理系统，以下不属于 CRM 系统具备的主要功能的是 (3) 。

（3） A．具有整合各种客户联系渠道的能力，并把客户数据可以分为描述性、促销性和交易性数据三大类

B．能用于识别和规划企业资源，对采购、生产、成本、库存、销售、运输、财务和人力资源等进行规划和优化

C．系统必须实现基本的数据挖掘模块，能对客户信息进行全方位的统一管理

D．能够提供销售、客户服务和营销 3 个业务的自动化工具，并具有可扩展性和可复用性

**试题 4**

用户从 CA 安全认证中心申请自己的证书，并将该证书装入浏览器的主要目的是 (4) 。

（4） A．防止第三方偷看传输的信息　　B．验证 Web 服务器的真实性

C．保护自己的计算机免受病毒的危害　　D．防止他人假冒自己

**试题 5**

在某系统集成项目中，建设单位允许其内部网络中的用户访问 Internet。由于业务发展的需要，现要求在政务网与单位内部网络之间进行数据安全交换。适合选用的隔离技术是 (5) 。

（5） A．防火墙　　B．多重安全网关

C．网闸　　D．VPN 隔离

**试题 6**

以下关于电子政务与传统政务比较的描述中，错误的是 (6) 。

（6） A．业务流程一致　　B．电子政务是政务活动一种新的表现形式

C．办公手段不同　　D．与公众沟通方式存在差异

**试题 7**

我国《计算机软件保护条例》中所称的“发表”的含义是指将软件作品 (7) 。

（7） A．在版权局登记　　B．出版发行

C．公之于众　　D．以某种物质形式固定下来

**试题 8**

以下标准代号中， (8) 不属于国家标准代号。

（8） A．GSB　　B．GB/Z　　C．GB/T　　D．GA/T

**试题 9**

信息安全管理体系是指 (9) 。

（9） A．防火墙、入侵检测系统和防病毒系统等设备、设施构建的安全体系

B．信息系统的安全设施体系

C．组织建立信息安全方针和目标，并实现这些目标的体系

D．网络维护人员的组织体系

**试题 10**

评价一个信息系统时，通常使用 (10) 来衡量系统的可靠性。

（10） A．平均响应时间 B．平均修复时间
C．数据处理速率 D．平均故障间隔时间

## 试题 11

常见的软件开发模型有瀑布模型、演化模型、螺旋模型和喷泉模型等。其中，＿（11）＿适用于需求明确或很少变更的项目。

（11） A．瀑布模型 B．迭代模型 C．螺旋模型 D．喷泉模型

## 试题 12

测试是保证软件质量的重要手段。根据国家标准 GB 8566—88《计算机软件开发规范》的规定，应该在＿（12）＿阶段制定系统测试计划。

（12） A．需求分析 B．概要设计 C．详细设计 D．系统测试

## 试题 13

在 UML 的通用机制中，＿（13）＿是系统中遵从一组接口规范且付诸实现的物理的、可替换的软件模块。

（13） A．节点 B．用例 C．构件 D．接口

## 试题 14

以下关于 UML 文档的叙述中，正确的是＿（14）＿。

（14） A．描述了面向对象分析与设计的结果 B．指导开发人员如何进行面向对象设计
C．给出了软件的开发过程和设计流程 D．指导开发人员如何进行面向对象分析

## 试题 15

在面向对象分析的过程中，通常用概念模型来详细描述系统的问题域，而用＿（15）＿来表示概念模型。

（15） A．类图 B．序列图 C．用例图 D．构件图

## 试题 16

＿（16）＿是一种能够实现过程集成的技术，通常用于用户的业务流程经常发生改变的场合。

（16） A．业务流 B．工作流 C．数据流 D．控制流

## 试题 17

SOA（Service-Oriented Architecture）是一种架构模型，它可以根据需求通过网络对＿（17）＿的应用组件进行分布式部署、组合和使用。

（17） A．紧耦合、细粒度 B．紧耦合、粗粒度
C．松耦合、细粒度 D．松耦合、粗粒度

## 试题 18

＿（18）＿不属于 Web Service 直接涉及到的协议或技术。

（18） A．UDDI B．XML C．XHTML D．SOAP

## 试题 19

以下不属于常见的软件架构模式的是＿（19）＿。

（19） A．产品库模式 B．事件驱动模式 C．C/S 模式 D．管理/过滤器模式

### 试题 20

把分布在不同地点、不同时间的数据集成起来，以支持管理人员决策的技术称为___(20)___。

（20） A．商业智能 B．数据仓库 C．供应链管理 D．数据挖掘

### 试题 21

业主单位授予监理单位的权力，应明确反映在___(21)___中，据此项目监理机构才能开展监理活动。

（21） A．监理合同 B．监理大纲 C．监理规划 D．监理计划

### 试题 22

接入 Internet 的方式有多种，下面关于各种接入方式的描述中，正确的是___(22)___。

（22） A．ADSL 接入方式的上行、下行通道采用对称型的数据传输方式

B．通过 PPP 拨号方式接入，需要有固定的 IP 地址

C．通过 HFC 方式接入，每个用户独享信道带宽

D．通过局域网接入，可以有固定的 IP 地址，也可以用动态分配的 IP 地址

### 试题 23

包过滤防火墙通过___(23)___来确定数据包是否能通过。

（23） A．路由表 B．ARP 表 C．ACL 规则 D．NAT 表

### 试题 24

在以下 RAID 技术中，磁盘容量利用率最高的是___(24)___。

（24） A．RAID0 B．RAID1 C．RAID3 D．RAID5

### 试题 25

在建筑物综合布线系统中，管理子系统是指___(25)___。

（25） A．由终端到信息插座之间的连线系统 B．楼层接线间的配线架和线缆系统

C．各楼层设备之间的互连系统 D．连接各个建筑物的通信系统

### 试题 26

某项目经理所在的公司从事高科技产品的信息集成工作。该项目经理现要为一个要求使用并集成一些不同的产品规格的新项目确定合适的组织结构，他最可能选择的类型是___(26)___。

（26） A．职能型 B．项目型 C．矩阵型 D．事业部型

### 试题 27

在通常情况下，项目利益相关者的不同意见会在___(27)___那里解决。

（27） A．项目经理 B．项目发起人 C．执行组织 D．客户

### 试题 28

通常，项目开工会议的第一个主题应该是确定___(28)___。

（28） A．资源计划和进度 B．项目范围和进度

C．资源计划和预算 D．团队任务与成员职责

### 试题 29

通常，___(29)___是导致不同管理阶层之间冲突的最主要原因。

（29） A．资金不充足 B．缺乏适合的资源

C．项目目标不明确 D．项目进度滞后

**试题 30**

项目范围确认的依据（输入）不包括＿＿（30）＿＿。

（30） A．项目管理计划　　B．项目范围说明书
C．里程碑清单　　D．工作分解结构（WBS）和 WBS 字典

**试题 31**

以下不属于立项申请书的主要内容的是＿＿（31）＿＿。

（31） A．项目建设必需的条件　　B．风险因素及对策
C．产品方案或服务的市场预测　　D．项目的市场预测

**试题 32**

制订项目管理计划的输入包含有＿＿（32）＿＿。

（32） A．风险管理计划　B．工作分解结构　C．环境和组织因素　D．质量计划

**试题 33**

某项目经理所在的公司正在启动一个新的项目，配备了虚拟项目小组。根据过去的经验，该项目经理认识到矩阵型组织环境下的小组成员有时对职能经理的配合超过了对项目经理的配合。因此，该项目经理决定请求本公司制订＿＿（33）＿＿。

（33） A．人员配备管理计划　　B．项目沟通管理计划
C．项目范围说明书　　D．项目章程

**试题 34**

项目经理老周负责管理企业的第一个数字校园网应用系统开发项目，项目进度安排十分紧张。目前项目的情况是：项目有一个高层发起人，并且项目章程和项目计划都已经获得批准和签字；通过定期会议和报告，向客户人员提供了项目进展的全面情况；项目在预算之内并且符合进度计划要求。这时老周突然得知项目有可能被取消，因为开发的产品客户完全无法接受。发生这种情况最可能的原因是＿＿（34）＿＿。

（34） A．沟通不充分，没有向有关方提供需要的信息
B．高层发起人没有向项目提供充足的资源支持
C．没有充分地向客户介绍项目章程和项目计划，或客户没有充分地审核项目章程和计划
D．一个关键项目干系人没有充分参与项目

**试题 35**

＿＿（35）＿＿描述了项目的可交付物和产生这些可交付物所必须做的项目工作，就此在所有项目干系人之间建立共识。

（35） A．工作说明书　　B．工作分解结构
C．详细的范围说明书　　D．配置管理计划

**试题 36**

项目范围变更控制，包括＿＿（36）＿＿。

（36） A．一系列正规的证明文件，用于定义正规项目文件的变更步骤
B．用于项目需求获取的一些措施，如果没有执行这些措施就不能被变更
C．审批项目范围变更的一系列过程，包括书面文件、跟踪系统和授权变更所必需的批准级别
D．一系列文档程序，用于实施技术和管理的指导和监督，以确定和记录项目条款的功能和物理特征、记录和报告变更、控制变更、审核条款和系统，由此来检验其与要求的一致性

## 试题 37

某系统集成项目的目标是使人们能在某城市各个超市方便地使用 QS 银行的信用卡，PH 公司负责开发该项目适用的软件，但需要向其他公司购买相应的银行前置终端硬件设备。PH 公司负责外包管理的项目经理首先应准备的文件被称为＿（37）＿。

（37） A．外包合同　B．项目范围说明书　C．项目章程　D．工作说明书

## 试题 38

某软件工程项目各开发阶段工作量的比例见表 4-1。

表 4-1 某软件项目各开发阶段工作量比例表

| 需求分析 | 概要设计 | 详细设计 | 编　码 | 测　试 |
|---|---|---|---|---|
| 0.32 | 0.12 | 0.16 | 0.11 | 0.29 |

假设当前已处于编码阶段，54000 行程序已完成了 13500 行，则该软件工程项目开发进度已完成的比例是＿（38）＿。

（38） A．27.5%　B．54.25%　C．62.75%　D．68.25%

## 试题 39

运用关键线路法对项目进度计划进行分析的前提是＿（39）＿。

（39） A．每项活动的进行都有足够的资源　B．网络中只能有一条关键线路
C．网络中不能存在虚任务　D．每项工作的持续时间都是明确的、肯定的

## 试题 40

某项目计划 2010 年 3 月 10 日开始进入首批交付的产品测试工作，估算工作量为 6（人）×7（天），误差为 1 天，则以下说法中，理解正确的是＿（40）＿。（天指工作日）

（40） A．表示活动至少需要 6 人天，最多不超过 7 人天
B．表示活动至少需要 36 人天，最多不超过 56 人天
C．表示活动至少需要 6 天，最多不超过 8 天
D．表示活动至少需要 36 天，最多不超过 48 天

## 试题 41

＿（41）＿不是活动资源估算的工具、方法和技术。

（41） A．专家判断法　B．出版的估算数据　C．确定替换方案　D．自上而下估算

## 试题 42

某工程包括 A、B、C、D、E、F、G 7 个作业，各个作业的紧前作业、所需时间和所需人数见表 4-2（假设每个人均能承担各个作业）。

表 4-2 某工程作业情况

| 作业 | A | B | C | D | E | F | G | H | K | I |
|---|---|---|---|---|---|---|---|---|---|---|
| 紧后作业 | B、C、D、E | I | F | G、H | H | I | K | I | I | — |
| 所需时间（天） | 60 | 45 | 10 | 20 | 40 | 18 | 30 | 15 | 25 | 35 |

该工程的计算工期为＿（42）＿月。

（42） A．123　B．150　C．170　D．183

## 试题 43

表 4-3 为同时开展的 4 个项目在某个时刻的计划值（PV）、实际成本（AV）和挣值（EV），该时刻成

本超出最多的项目和进度最为落后的项目分别是___(43)___。

表 4-3 某时刻各项目状况表

| 项　目 | PV | AC | EV |
|---|---|---|---|
| 1 | 10 000 | 7 000 | 5 000 |
| 2 | 9 000 | 7 200 | 6 000 |
| 3 | 8 000 | 8 000 | 8 000 |
| 4 | 10 000 | 11 000 | 10 000 |

（43） A．项目 1，项目 1　　B．项目 2，项目 4
C．项目 3，项目 4　　D．项目 4，项目 4

## 试题 44

___(44)___不是引起项目成本预算变更的直接原因。

（44） A．项目人员变动　　B．客户对项目需求的新变化
C．技术的不确定　　D．相关法律、法规的变化

## 试题 45

当评估项目的成本绩效数据时，根据数据与基线的偏差程度将做出不同的反应。例如，10%的偏差可能不需立即做出反应，而 100%的偏差将需要进行调查，对成本偏差的判断会使用___(45)___。

（45） A．变更管理计划　　B．偏差管理计划
C．绩效衡量计划　　D．成本基准计划

## 试题 46

以下关于成本估算的描述中，错误的是___(46)___。

（46） A．一般不考虑关于风险应对方面的信息
B．针对项目使用的所有资源来估算计划活动成本
C．成本一般用货币单位（人民币、美元、欧元、日元）来表示
D．估算完成每项计划活动所需资源的近似成本

## 试题 47

使用因果分析图有助于___(47)___。

（47） A．探究项目过去的成果　　B．确定项目过程是否失控
C．对质量问题进行排序　　D．逐步深入研究和讨论质量问题

## 试题 48

ISO 9000 中的一项要求是识别建立质量管理体系所需的全部过程，这一要求在 PDCA 循环中属于___(48)___阶段。

（48） A．计划（Plan）　B．执行（Do）　C．检查（Check）　D. 处理（Action）

## 试题 49

以下关于项目质量管理的描述中，正确的是___(49)___。

（49） A．项目质量管理过程包括质量计划编制、建立质量体系和执行质量保证
B．故障成本和评估成本属于质量成本中的一致成本，预防成本属于不一致成本
C．工作绩效信息、过程分析、变更请求分别是质量保证的输入之一
D．项目质量管理必须针对项目的管理过程和项目产品

## 试题 50

范围核实和质量控制在项目执行过程中一般需要___(50)___。

（50） A．先进行范围核实　　B．先进行质量控制

C．以质量控制为主　　D．平行进行

## 试题 51

以下关于项目的人力资源管理的描述中，错误的是___(51)___。

（51） A．责任分配矩阵（RAM）被用来表示需要完成的工作和团队成员之间的联系

B．项目经理或项目管理团队应该积极参与到人力资源的行政管理工作中去

C．组织分解结构（OBS）根据项目的交付物进行分解，因此团队成员能够了解应提供哪些交付物

D．项目经理和职能经理应协商确保项目所需的员工按时到岗，并完成所分配的项目任务

## 试题 52

___(52)___不是项目团队建设的依据（输入）。

（52） A．团队绩效评估　　B．资源日历

C．人员配备管理计划　　D．项目人员分配

## 试题 53

某激励理论的___(53)___，是指实现该目标对个人有多大价值的主观判断。

（53） A．期望值　　B．自我实现的需要　　C．激励因素　　D．目标效价

## 试题 54

在___(54)___的情况下，项目经理需要与客户进行正式的、书面的沟通。

（54） A．项目成本超支　　B．项目进度拖期

C．客户提出了超出合同要求的工作　　D．项目的产品出现了缺陷

## 试题 55

沟通管理计划编制依据不包括___(55)___。

（55） A．项目范围说明书　　B．沟通需求分析

C．沟通技术　　D．沟通渠道

## 试题 56

以下关于项目干系人管理的描述中，错误的是___(56)___。

（56） A．项目干系人管理加强了人员的协调行动能力

B．项目干系人管理提高了干系人的满意度

C．项目干系人管理帮助解决与干系人相关的事宜

D．对项目干系人的管理，由项目团队每个成员分别负责

## 试题 57

项目合同的一方向另一方提出一定的交易条件，并愿意按照所提出的交易条件达成协议、签订项目合同的意思表示被称为___(57)___。

（57） A．承诺　　B．还约　　C．要约　　D．要约邀请

## 试题 58

在合同协议书内应明确注明开工日期、竣工日期和合同工期总日历天数。其中，工期总日历天数应为 ___(58)___ 。

（58） A．招标文件要求的天数　　B．经政府主管部门认可的天数
C．工程实际需要施工的天数　　D．投标书内投标人承诺的天数

## 试题 59

采购审计的主要目的是 ___(59)___ 。

（59） A．确认合同项下收取的成本有效、正确　　B．确认项目基本竣工
C．确定可供其他采购任务借鉴的成功之处　　D．确认买方所需的产品或服务得到满足

## 试题 60

___(60)___ 时，组织通常会外购产品或服务。

（60） A．为了稳定现有人力资源　　B．需要保密
C．需要加强对产品质量的控制　　D．技术能力匮乏

## 试题 61

根据《中华人民共和国政府采购法》规定，采购人与中标、成交供应商应当在中标、成交通知书发出之日起 ___(61)___ 内签订政府采购合同。

（61） A．15 日　　B．28 日　　C．30 日　　D．40 日

## 试题 62

对于工作规模或产品界定不甚明确的外包项目，一般应采用 ___(62)___ 的形式。

（62） A．固定总价合同　　B．成本补偿合同　　C．采购单　　D．工时和材料合同

## 试题 63

软件能力成熟度模型（CMM）将软件能力成熟度自低到高依次划分为初始级、可重复级、定义级、管理级和优化级。其中， ___(63)___ 对软件过程和产品都有定量的理解与控制。

（63） A．可重复级和定义级　　B．定义级和管理级
C．管理级和优化级　　D．定义级、管理级和优化级

## 试题 64

若项目变更导致已批准的成本基准计划也发生了变更，则下一步应该 ___(64)___ 。

（64） A．估算范围变更的大小　　B．以文件的形式记录教训
C．实施批准的范围计划　　D．进行预算更新

## 试题 65

通常，变更控制系统将对 ___(65)___ 执行自动批准。

（65） A．客户提出的建议　　B．突发事件的结果
C．项目发起人提出的建议　　D．由新规则决定的命令

## 试题 66

某公司为满足某种产品的市场需求，拟提出新建、扩建、改建 3 个方案。方案中销路好的概率为 0.3，销路一般的概率为 0.5，销路差的概率为 0.2。不同销路的损益值见表 4-4。预计项目经营期为 8 年。那么该公司所做的决策是 ___(66)___ 。

表 4-4　展销会各种收益和会场租赁费用表

| 方　案 | 好（P1=0.3） | 一般（P2=0.5） | 差（P3=0.2） | 需要投资（万元） |
|---|---|---|---|---|
| 新建 | 50 | 25 | 10 | 160 |
| 扩建 | 40 | 20 | 8 | 110 |
| 改建 | 25 | 12 | 5 | 60 |

（66）　A．选择新建方案　　B．选择扩建方案
　　　　C．选择改建方案　　D．条件不足，难以选择

## 试题 67

准确和无偏差的数据是量化风险分析的基本要求。可以通过＿（67）＿来检查人们对项目风险的理解程度。

（67）　A．风险数据质量评估　　B．影响图
　　　　C．敏感性分析　　D．发生概率与影响评估

## 试题 68

进行风险监控一般会＿（68）＿。

（68）　A．制订应急响应策略　　B．进行项目可能性分析
　　　　C．制订风险管理计划　　D．进行预留管理

## 试题 69

＿（69）＿不属于项目收尾的工具与技术。

（69）　A．专家判断　　B．转移
　　　　C．项目管理信息系统　　D．项目管理方法论

## 试题 70

项目经理老许负责一个管理信息系统项目，最近在与客户共同进行的质量审查中发现一个程序模块不符合客户的需求，进行追溯时，也未发现相应的变更请求。最终老许被迫对这一模块进行再设计并重新编程。造成此项返工的原因可能是＿（70）＿。

（70）　A．未进行项目变更管理　　B．未进行项目需求管理
　　　　C．未进行项目配置管理　　D．未进行项目范围确认

## 试题 71

＿（71）＿means that every project has a definite beginning and a definite end.

（71）　A．Project phase　　B．Unique　　C．Closure　　D．Temporary

## 试题 72

＿（72）＿from one phase are usually reviewed for completeness and accuracy and approved before work starts on the next phase.

（72）　A．Deliverables　　B．Milestone　　C．Work　　D．Process

## 试题 73

PDM includes four types of dependencies or precedence relationships:

…

＿（73）＿, the initiation of the successor activity, depends upon the initiation of the predecessor activity.

（73）　A．Finish-to-Start　　B．Finish-to-Finish
　　　　C．Start-to-Start　　D．Start-to-Finish

试题 74

The project team members should also be aware of one of the fundamental tenets of modem quality management:quality is planned,designed and built in,not__（74）__.

（74） A．check-in B．inspected in C．executed in D．look-in

试题 75

Project__（75）__Management includes the processes required to ensure that the project includes all the work required,and only the work required,to complete the project successfully.

（75） A．Integration B．Configuration C．Scope D．Requirement

## 4.1.2 要点解析

（1）C。**要点解析**：信息论的奠基人维纳说过："信息不是物质，也不是能量"。信息既反映了各种事物之间的特征及运动变化，又反映了事物间的相互作用和相互联系。信息记录下来成为数据，信息是数据的含义。信息必须依靠载体存储与传输。

数据是对客观事物的性质、状态及相互关系等进行记载的符号。

（2）A。**要点解析**：信息系统集成是指将计算机软件、硬件和网络通信等技术和产品集成为能够满足用户特定需求的信息系统，包括技术、管理和商务等各项工作，是一项综合性的系统工程。技术是系统集成工作的核心，管理和商务活动是系统集成项目成功实施的保障。

系统集成主要包括设备系统集成和应用系统集成。设备系统集成又可分为智能建筑系统集成、计算机网络系统集成和安防系统集成等。其中，计算机网络系统集成是指通过结构化的综合布线系统和计算机网络技术，将各个分离的网络设备、功能和信息等集成到相互关联、统一协调的系统之中，使资源达到充分共享，实现集中、高效、便利的管理。该系统集成应采用功能集成、网络集成和软件集成等多种集成技术，其实现的关键在于解决系统之间的互连和互操作问题，通常采用多厂商、多协议和面向各种应用的架构，需要解决各类设备、子系统间的接口、协议、系统平台及应用软件等与子系统、建筑环境、施工配合、组织管理和人员配备相关的一切面向集成的问题。

应用系统集成从系统的高度提供符合客户需求的应用系统模式并实现该系统模式的具体技术解决方案和运维方案，即为用户提供一个全面的系统解决方案。应用系统集成又称为行业信息化解决方案集成，已经深入到用户具体业务和应用层面。应用系统集成可以说是系统集成的高级阶段，独立的应用软件供应商成为其中的核心。

（3）B。**要点解析**：客户关系管理（CRM）系统是基于方法学、软件和因特网的以有组织的方式帮助企业管理客户关系的信息系统。CRM 是一个集成化的信息管理系统，它存储了企业现有和潜在客户的信息，并且对这些信息进行自动的处理从而产生更人性化的市场管理策略。CRM 系统具备的主要功能如下。

①具有一个统一的以客户为中心的数据库，以方便对客户信息进行全方位的统一管理。

②具有整合各种客户联系渠道的能力。

③能够提供销售、客户服务和营销 3 个业务的自动化工具，并且在这三者之间实现通信接口，使得其中一个业务模块中的事件可以触发另外一个业务模块中的响应。

④具备从大量数据中提取有用信息的能力，即系统必须实现基本的数据挖掘模块，从而使其具有一定的商业智能。

⑤具有良好的可扩展性和可复用性，即可以实现与其他相应的企业应用系统之间的无缝整合。

企业资源计划（ERP）是一个以财务会计为核心的信息系统，用于识别和规划企业资源，对采购、生产、成本、库存、销售、运输、财务和人力资源等进行规划和优化，从而达到最佳资源组合，使企业利润最大化。据此，选项B的说法有误。

（4）D。**要点解析**：用户可以从 CA 安全认证中心申请自己的证书，并把证书装入浏览器，利用它在因特网上表明自己的身份。

（5）C。**要点解析**：网络物理隔离有以下 3 个特征：①内网与外网（或内网与专网）永不连接；②每一次数据交换，都需要经历数据写入和数据读出两个过程；③内网与外网（或内网与专网）在同一时刻最多只有一个同物理隔离设备建立非 TCP/IP 的数据连接。其中，第 3 小点强调连接于内网与外网（或内网与专网）的物理隔离设备必须是相同的，即不能使用物理隔离设备 A 连接于内网，使用物理隔离设备 B 连接于外网（或专网）。另一个强调点：是建立非 TCP/IP 的数据连接，而不是建立 TCP/IP 数据连接。

网闸是一种物理隔离技术，它使能够使访问 Internet 的单位内部网络（即非涉密网络）和政务网（即涉密网络）之间在物理上不同时连接，对攻击防护较好。

防火墙、多重安全网关及 VPN 隔离等技术均属于基于软件保护的逻辑隔离技术。这些逻辑实体易被操纵，使得涉密网络中机密数据的安全寄托在用概率来进行判断的防护上。

（6）A。**要点解析**：所谓电子政务，是指国家机关在政务活动中全面应用现代信息技术进行管理和办公，并向社会公众提供服务。

电子政务建设不是简单地将政府原有的职能和业务流程计算机化或网络化。由于在信息化的背景下，政府获取信息、处理信息和传播信息的难度大大降低，使得政府在行为方式和组织结构等方面的优化重组成为现实。

所以电子政务是一项重要的政府创新，是政务活动的一种新的表现形式，它可以导致政府结构的调整，以及业务流程的重组，实现资源的最优化配置。

传统的政务办公以纸质文件或传统媒体为信息传递、交流的媒介，而电子政务可以通过电子邮件、协同办公系统和 WWW 网站等交换、发布信息，办公手段和其与公众沟通的手段有了重大的变化，变得交互性更强，效率更高。

（7）C。**要点解析**：根据我国《计算机软件保护条例》第二章“软件著作权”第八条规定，软件著作权人享有下列各项权利：（一）发表权，即决定软件是否公之于众的权利；（二）署名权，即表明开发者身份，在软件上署名的权利；（三）修改权，即对软件进行增补、删节，或者改变指令、语句顺序的权利；（四）复制权，即将软件制作一份或者多份的权利；（五）发行权，即以出售或者赠与方式向公众提供软件的原件或者复制件的权利；（六）出租权，即有偿许可他人临时使用软件的权利，但是软件不是出租的主要标的的除外；（七）信息网络传播权，即以有线或者无线的方式向公众提供软件，使公众可以在其个人选定的时间和地点获得软件的权利；（八）翻译权，即将原软件从一种自然语言文字转换成另一种自然语言文字的权利；（九）应当由软件著作权人享有的其他权利。软件著作权人可以许可他人行使其软件著作权，并有权获得报酬。软件著作权人可以全部或者部分转让其软件著作权，并有权获得报酬。

可见，在《计算机软件保护条例》中，“发表”是指将软件作品公之于众。

（8）D。**要点解析**：我国国家标准中，强制性国家标准代号为“GB”；推荐性国家标准代号为“GB/T”；“GB/Z”是我国国家标准化指导性技术文件的代号；“GSB”是我国国家实物标准代号；“GA/T”是公共安全推荐性标准，它是我国公安部制定的行业标准。

（9）C。**要点解析**：信息安全管理体系（Information Security Management System）是组织在整体或特定范围内建立信息安全方针和目标，以及完成这些目标所用方法的体系。它由建立信息安全的方针、原则、目标、方法、过程和核查表等要素组成。建立起信息安全管理体系后，具体的信息安全管理活动以信息安全管理体系为根据来开展。

（10）D。**要点解析**：可靠性是指系统在规定的时间和给定的条件下，无故障完成规定功能的概率，即一个信息系统能正常工作的能力。通常用平均故障间隔时间（MTBF）来度量信息系统的可靠性。

（11）A。**要点解析**：瀑布模型是一种将系统按软件生命周期划分为制定计划、需求分析、软件设计、程序编写、软件测试和运行维护 6 个基本活动，并且规定了它们自上而下、相互衔接的固定次序的系统开发方法。瀑布模型强调文档的作用，并要求每个阶段都要仔细验证，它适用于需求明确或很少变更的项目。

迭代模型主要针对事先不能完整定义需求的软件开发项目。根据用户的需求，首先开发核心系统。当该核心系统投入运行后，用户试用并有效地提出反馈。开发人员根据用户的反馈，实施开发的迭代过程。每一次迭代过程由需求、设计、编码、测试和集成等阶段组成，为整个系统增加一个可定义的、可管理的子集。也可将该模型看做是重复执行的多个"瀑布模型"。

螺旋模型是指将瀑布模型和快速原型化模型结合起来，强调风险分析的一种开发模型。

喷泉模型基于对象驱动，主要用于描述面向对象的开发过程。其开发过程具有迭代性和无间隙性，"迭代"意味着模型中的开发活动常常需要多次重复，每次重复都会增加或明确一些目标系统的性质，但却不是对先前工作结果的本质性改动。"无间隙"是指在开发活动（如分析、设计和编程）之间不存在明显的边界，而是允许各开发活动交叉、迭代地进行。

（12）A。**要点解析**：根据国家标准 GB 8566—88《计算机软件开发规范》的规定，单元测试是根据详细设计阶段给出的"规格说明书"在编码阶段完成的测试工作；集成测试的计划是在概要设计阶段制订的；系统测试计划应该在需求分析阶段就开始制订，并在设计阶段细化和完善，而不是等系统编码完成后才制订测试计划；而验收测试则检测产品是否符合最终用户的需求。

软件测试的各个阶段与软件开发阶段的对应关系如图 4-1 所示。

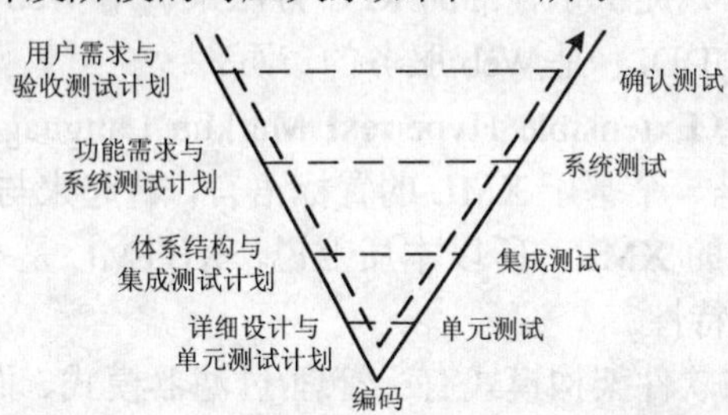


图 4-1　各软件开发阶段与软件测试阶段的对应关系图

（13）C。**要点解析**：在 UML 规范中，将包定义为用于把元素组织成组的通用机制，它包含类、接口、构件、节点、协作、用例、图及包等其他元素。这些元素的定义见表 4-5。

**表 4-5　UML 各结构事物定义表**

| 名　称 | 关 键 字 | 定　义 |
|---|---|---|
| 类 | Class | 是一组具有相同属性、操作、关系和语义的对象描述 |
| 接口 | interface | 是描述类或构件的一个服务的操作 |
| 协作 | collaboration | 描述了在一定的语境中一组对象及实现某些行为的这些对象间的相互作用 |
| 用例 | use case | 描述系统在对事件做出响应时所采取的行动，即它确定了一个与系统参与者进行交互、并由系统执行的动作序列 |
| 主动类 | active class | 具有主观能动性的类 |
| 构件 | component | 系统中遵从一组接口且提供其实现的物理的、可替换的部分 |
| 节点 | node | 运行时的物理对象，代表一个计算机的资源，通常至少有存储空间和执行能力 |

UML 中的构件是遵从一组接口并提供一组接口的实现，是组成事物的元素。它是可付诸实现物理的、可替换的软件模块。可见，包是一个构件的抽象化的概念，是把类元按照一定的规则分成组（或模块）。

（14）A。**要点解析**：UML 文档仅是设计者与开发人员采用 UML 语言进行系统分析与设计的结果，并没有给出如何进行系统开发和采用哪种开发流程，它也不指导开发人员如何进行面向对象设计。

（15）A。**要点解析**：在面向对象分析的过程中，用概念模型来详细描述系统的问题域。类图用于描述系统的结构化设计，即用来表示概念模型。它最基本的元素是类或接口，表达了类、接口及它们之间的静态结构和关系。

（16）B。**要点解析：**根据国际工作流管理联盟（Workflow Management Coalition，WfMC）的定义，工作流是一类能够完全或者部分自动执行的业务过程，它根据一系列过程规则，使文档、信息或任务能够在不同的执行者之间传递和执行。如果用户的业务流程经常发生改变，那么在为用户的待建系统制订解决方案时，首先应想到工作流技术。

业务流（或者说业务过程）是活动的集合，这些活动均关联于特定的任务，为业务流的产出增值。而工作流专指基于信息技术规划、运作和管理的业务流。控制流一般是指待建系统内部的控制流程，以决定系统组件之间执行的先后顺序。

（17）D。**要点解析：**SOA（Service-Oriented Architecture）是一种架构模型，它可以根据需求通过网络对松耦合、粗粒度的应用组件进行分布式部署、组合和使用。服务层是 SOA 的基础，可以直接被应用调用，从而有效地控制系统中与软件代理交互的人为依赖性。可见，SOA 的几个关键特性是：一种粗粒度、松耦合服务架构，服务之间通过简单、精确定义接口进行通信，不涉及底层编程接口和通信模型。

（18）C。**要点解析：**Web Service 是一个应用程序，它向外界暴露出一个能够通过 Web 进行调用的 API。开发人员可以用任何他喜欢的语言，在任何他喜欢的平台上写 Web Service，都可以通过 Web Service 标准对这些服务进行查询和访问。因而，可以通过 Web Services 在网络上建立可互操作的分布式应用程序。本题的 4 个选项中，与 Web Service 有关的协议与技术如下。

①可扩展的标记语言（XML）是 Web Service 平台中表示数据的基本格式。

②简单对象访问协议（SOAP）提供了标准的 RPC 方法来调用 Web Service。

③通用发现、说明和集成（UDDI）是 Web 服务的黄页。

而可扩展的超文本置标语言（Extensible Hypertext Markup Language，XHTML）是一种为适应 XML 而重新改造的 HTML。XHTML 是一个基于 XML 的置标语言，看起来与 HTML 有些相象，但 XHTML 就是一个扮演着类似 HTML 的角色的 XML，所以本质上说，XHTML 是一个过渡技术，结合了 XML 的强大功能以及 HTML 大多数的简单特性。

（19）A。**要点解析：**常见的软件架构模式有：管理/过滤器模式、面向对象模式、事件驱动模式、分层模式、知识库模式、客户机/服务器（C/S）模式。产品库模式不是一种软件架构模式。

（20）B。**要点解析：**数据仓库是在管理人员决策中的面向主题的、集成的、非易失的并且随时间而变化的数据集合。其中，“面向主题”是指数据是由业务主题组织的。“集成”是指可对异构数据进行一体化存储和处理。“非易失”是指数据保持不变。按计划添加新数据，但是依据规则，原始数据不会丢失。“随时间而变化”是指时间量度明确地包含在数据中，使得随时间的趋向和变化可以用于分析研究。

数据仓库还可以将不同地理位置的数据集成起来。

（21）A。**要点解析：**建设（业主）单位和监理单位签定的委托监理合同是监理依据之一。委托监理合同签后，监理公司主管领导向总监理工程师下达《监理任务书》。

对比本题的题干和选项可以看出，“据此项目监理机构才能开展监理活动”，什么才是“据此”的“此”呢？那就是“建设单位与监理方签订的委托监理合同”。

（22）D。**要点解析：**ADSL 充分利用现有电话线路提供数字接入，上行、下行数据传输速率不对等（非对称性），利用分离器实现语音和数字信号的分离。

若通过 PPP 拨号方式接入 Internet，则需要拨号用户的账号和密码，无须固定的 IP 地址。客户端的 IP 地址由 Internet 服务提供商（ISP）动态分配。

HFC 接入方式采用共享式的传输方式，所有电缆调制解调器信号的发送、接收使用同一个上行和下行信道。因此，HFC 网上的用户越多，每个用户实际可以使用的带宽就越窄。

通过局域网接入 Internet，可以使用静态分配的 IP 地址，也可以使用 DHCP 服务器动态分配的 IP 地址。通常，后一种 IP 地址分配方式用于大型网络中，以简化网络管理，减少了网络配置的差错。

（23）C。**要点解析：**通过在包过滤防火墙上设置访问控制规则（ACL）来允许某些 IP 数据包通过，或禁止某些 IP 数据包通过。包过滤方式是一种通用、廉价和有效的安全手段。其优点是不用改动客户机和主机上的应用程序，因为它工作在网络层和传输层，与应用层无关。但其弱点也是明显的，过滤判别的依据只是网络层和传输层的有限信息，因而不可能充分满足各种安全要求；在许多过滤器中，过滤规则的数目是有限制的，且随着规则数目的增加，性能会受到很大的影响；由于缺少上下文关联信息，不能有效地过滤如 UDP、RPC（远程过程调用）一类的协议。另外，大多数过滤器中缺少审计和报警机制，它只能依据包头信息，而不能对用户身份进行验证，很容易受到“地址欺骗型”攻击。因此，过滤器通常是和应用网关配合使用，共同组成防火墙系统。

根据网络系统的运行情况，自动调整的动态路由表或手工配置的静态路由表，用于决定所接收的 IP 数据包的传输路径（即从设备的哪个端口发送出去）。

地址转换协议（ARP）表用于记录网络通信环境中，近期常与之通信的网络设备的 IP 地址和 MAC 地址的映射关系，以利于数据帧的快速转发。

网络地址转换（NAT）表用于记录源 IP 地址、源端口号和目的 IP 地址、目的端口号之间的映射关系。

（24）A。**要点解析**：RAID0 也称为 Stripe（条带化），它把连续的数据分散到多个磁盘上进行存取，代表了所有 RAID 级别中最高的存储性能。其磁盘利用率为 100%，但它不提供数据冗余。

RAID1 具有磁盘镜像和磁盘双工功能，可利用并行读/写特性，将数据块同时写入主盘和镜像盘，故比传统的镜像盘速度快。但其磁盘利用率只有 50%。

RAID3 具有并行传输和校验功能，利用一台奇偶校验盘来完成容错功能。与磁盘镜像相比，它减少了所需的冗余磁盘数。如果利用 4 个盘组成 RAID3 阵列，可用 3 个磁盘作为数据盘，一个磁盘作为校验盘，则磁盘利用率为 3/4，即 75%。

RAID5 可以理解为 RAID0 和 RAID1 的折中方案，若磁盘数为 n，则其磁盘利用率为（n−1）/n。

（25）B。**要点解析**：结构化综合布线系统由工作区子系统、配线（水平）子系统、干线（垂直）子系统、设备间子系统、管理子系统和建筑群子系统 6 个子系统组成。各子系统的组成部分见表 4-6。

表 4-6　各子系统所包含的范围

| 子　系　统 | 组成部分 |
|---|---|
| 建筑群子系统 | 由两个及两个以上建筑物的电话、数据和电视系统组成一个建筑群子系统，它是室外设备与室内网络设备的接口，它终结进入建筑物的铜缆和/或光缆，提供避雷及电源超荷保护等 |
| 设备间子系统 | 由综合布线系统的建筑物进线设备，电话、数据、计算机等各种主机设备及其保安配线设备等组成，每个工作区根据用户要求，设置 1 个电话机接口和 1～2 个计算机终端接口 |
| 垂直干线子系统 | 由设备间的配线设备和跳线，以及设备间至各楼层配线间的连接电缆组成 |
| 管理子系统 | 设置在每层配线设备的房间内，是由交接间的配线设备、输入/输出设备等组成 |
| 水平布线子系统 | 由工作区用的信息插座，每层配线设备至信息插座的配线电缆、楼层配线设备和跳线等组成 |
| 工作区子系统 | 由配线（水平）布线系统的信息插座延伸至工作站终端设备处的连接电缆及适配器组成 |

（26）C。**要点解析**：矩阵型组织结构的优点主要表现在：①具有灵活性的特点，能够对客户和公司的要求做出较快的响应；②项目经理负责整个项目，可以从职能部门抽调所需的人员，充分调动项目的资源；③当有多个项目同时进行时，公司可以对各个项目所需的资源、进度和成本等方面进行总体协调和平衡，保证每个项目都能完成预定的目标；④项目团队中有来自于公司行政管理部门的人员，他们能保证项目的规章制度与公司保持一致，从而增加公司高层管理者对项目的信任；⑤当项目结束后，项目团队成员各自回到原来的职能部门，因而不必担心日后的工作。

高科技产品的信息集成工作需要创新或技术上突破，这些工作很大程度上依赖于团队成员个人的主动性。因此要为一个要求使用并集成一些不同的产品规格的新项目确定合适的组织结构，项目经理最可能选择的类型是矩阵型组织结构。

（27）D。**要点解析**：在通常情况下，项目利益相关者的不同意见会在客户那里解决。

（28）D。**要点解析**：通常，项目开工会议的第一个主题应该是确定团队任务及每个团队成员的职责。

（29）C。**要点解析**：通常，导致不同管理阶层之间冲突的最主要的原因是项目目标不明确。

（30）C。**要点解析**：范围确认是项目干系人（发起人、客户和顾客等）正式接受已完成的项目范围的过程。范围确认需要审查可交付物和工作成果，以保证项目中所有工作都能准确地、满意地完成。因此，范围确认过程的输入有：①项目范围管理计划，该计划的内容之一为详细说明已完成项目的可交付物是如何得到正式确认和认可的；②可交付物；③项目范围说明书，详细描述了将被审查的项目产品的产品范围；④工作分解结构（WBS）和 WBS 字典，用于范围的定义和确认项目进行中的工作成果是不是项目的一部分。里程碑清单是活动定义过程的主要输出成果之一。

（31）B。**要点解析**：项目建议书（又称立项申请）是项目建设单位向上级主管部门提交项目申请时所必须的文件，是项目发展周期的初始阶段，是国家或上级主管部门选择项目的依据，也是可行性研究的依据。项目建议书应该包括的核心内容有：①项目的必要性；②项目的市场预测；③产品方案或服务；④项目建设必需的条件。风险因素及对策不属于项目建议书的核心内容。

（32）C。**要点解析**：制订项目管理计划的输入包含了项目章程、项目范围说明书（初步）、项目管理过程、预测、环境和组织因素、组织过程资产和工作绩效信息等内容。

（33）D。**要点解析**：虚拟项目小组（或虚拟团队）是指一群拥有共同目标、履行各自职责但很少有时间或者没有时间面对面开会的人员。

矩阵型组织环境的缺点主要表现在：①项目团队成员可能会接受多重领导（即职能经理与项目经理等），当他们的命令发生冲突时，就会使项目团队成员无所适从；②如果项目经理与职能经理之间的力量不均衡，或者他们对各自成员的影响力不同，都会影响项目进度或职能部门的日常工作。

项目章程是正式批准一个项目的文档。项目章程应当由项目组织以外的项目发起人或投资人发布，其在组织内的级别应能批准项目，并有相应的为项目提供所需资金的权利。项目章程为项目经理使用组织资源进行项目活动提供了授权。应尽可能在项目早期确定和任命项目经理。依题意，项目经理需要明确授权，因此应该请求本公司制定相应的项目章程。

（34）D。**要点解析**：如果企业的某个高层领导对于该数字校园网应用系统项目的结果不满意，他可以终止整个项目，即使这个领导较少参与这个项目。关键的一点是确保在项目的早期识别出所有决策者，以便了解他们的关心之处。

由于题干中给出了关键信息“项目有一个高层发起人，并且项目章程和项目计划都已经获得批准和签字……项目在预算之内并且符合进度计划要求”，因此选项 B 的说法不成立。同理，由题干关键信息“通过定期会议和报告，向客户人员提供了项目进展的全面情况”可知，选项 A 和选项 C 的说法不成立。

（35）C。**要点解析**：详细的项目范围说明书描述了项目的可交付物和产生这些可交付物所必须做的项目工作。详细的项目范围说明书在所有项目干系人之间建立了一个对项目范围的共识，描述了项目的主要目标，使团队能进行更详细的规划，指导团队在项目实施期间的工作，并为评估是否为客户需求进行变更或附加的工作是否在项目范围之内提供基线。

工作说明书（SOW）是对项目所要提供的产品或服务的叙述性的描述。

工作分解结构（WBS）是面向可交付物的项目元素的层次分解，它组织并定义了整个项目范围。WBS 是一个详细的项目范围说明的表示法，详细描述了项目所要完成的工作。

配置管理计划的主要内容包括配置管理软硬件资源、配置项计划、基线计划、交付计划和备份计划等。由配置控制委员会审批该计划。制订配置管理计划，有助于配置管理人员按计划开展配置管理工作，并保持配置管理工作的一致性。

（36）C。**要点解析**：范围变更控制过程影响引起范围变更的因素，范围控制应与其他控制过程完全结合，确保所有被请求的变更按照项目整体变更控制处理，范围变更发生时管理实际的变更。未控制的变更经常被看做范围溢出。变更应当被视做不可避免的，因此要颁布一些类型的变更控制过程。

在项目范围管理计划文档中描述的范围变更控制方法是定义项目范围变更的有关流程。它包括必要的书面文件（如变更申请单）、跟踪系统和授权变更的批准等级。变更控制系统与其他系统相结合，如配置管理系统、控制项目范围。当项目受合同约束时，变更控制系统应当符合所有相关合同条款。

综上分析，可知 C 项为正确选项。

（37）D。**要点解析：** 工作说明书（SOW）是采购产品、服务或项目之前应准备好的一份文档，它由项目范围说明书、项目工作分解结构和 WBS 字典组成。工作说明书应当详细地规定采购项目，以便潜在的卖方确定他们是否有能力提供这些项目。详细的程度会因项目的性质、买方需求、预期合同的格式不同而不同。工作说明书描述了由卖方供应的产品和服务。说明书中可以包括规格说明书、期望数量、质量等级、绩效数据、有效期、工作地点和其他需求。

项目范围说明书描述了项目的可交付物和产生这些可交付物所必须做的项目工作。项目范围说明书在所有项目干系人之间建立了一个对项目范围的共识，描述了项目的主要目标。

项目章程是正式批准一个项目的文档。项目章程应当由项目组织以外的项目发起人或投资人发布，其在组织内的级别应能批准项目，并有相应的为项目提供所需资金的权力。项目章程为项目经理使用组织资源进行项目活动提供了授权。

合同是平等主体的自然人、法人和其他组织之间设立、变更、终止民事权利义务关系的协议。

（38）C。**要点解析：** 该软件工程项目开发进度已完成的比例是 $0.32+0.12+0.16+0.11\times\frac{13500}{54000}=$ $0.6+0.11\times0.25=0.6275=62.75\%$。

另一种解题思路是：该软件工程项目开发进度已完成的比例是 $1-0.29-0.11\times\frac{54000-13500}{54000}=$ $0.71-0.11\times0.75=62.75\%$。

（39）D。**要点解析：** 运用关键线路法对项目进度计划进行分析的前提是，每项工作的持续时间都是明确的、肯定的。

（40）C。**要点解析：** 活动历时是对完成计划活动所需时间的可能长短所做的定量估计。活动历时估算的结果中应当指明变化范围。若某活动估算工作量为 6（人）×7（天），误差为 1 天，表示活动至少需要 6 天，最多不超过 8 天。每天需要投入的人数为 6 人。

（41）D。**要点解析：** 活动资源估算包括决定需要什么资源（人力、设备、原料）和每一种资源应该用多少，以及何时使用资源来有效地执行项目活动。活动资源估算的工具有专家判断法、确定替换方案、出版的估算数据、估算软件和自下而上估算。

（42）C。**要点解析：** 依题意，根据该工程 9 个作业各自的紧前作业及所需时间，可绘制出如图 4-2 所示的计划图。其中，各条箭线分别表示各个作业，箭线上分别标记了作业名称和所需的时间。各作业之间由节点衔接。各节点从 1～8 编号。节点 1 为起点，节点 8 为终点。注意，每个箭线图只能有一个起点、一个终点。

在图 4-2 中，从起点①～终点⑧的路径共有 5 条。路径 ABI 所需的工期为 60+45+35=140 天，路径 ACFI 所需的工期为 60+10+18+35=123 天，路径 ADGKI 所需的工期为 60+20+30+25+35=170 天，路径 ADHI 所需的工期为 60+20+15+35=130 天，路径 AEHI 所需的工期为 60+40+15+35=150 天。由于 123<130<140<150<170，而关键路径是一个相关作业序列，该序列具有最大总和的最可能工期，因此路径 ADGKI 是该工程的关键路径。关键路径上各个作业时间之和就是整个工程的计算工期（即 170 天），它决定了项目最早可能完成的时间。

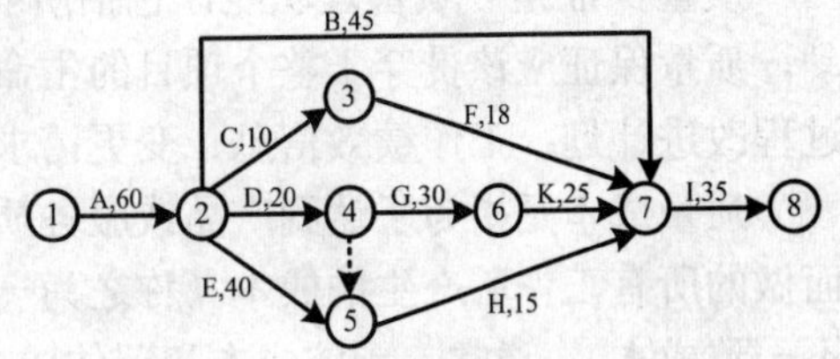

图 4-2　某工程计划图

（43）A。**要点解析：** 根据公式 CV=EV−AC，SPI=EV/PV，可以计算出 4 个项目的 CV、SPI，见表 4-7。

表 4-7 某时刻各项目状况分析表

| 项　目 | PV | AC | EV | CV | SPI |
|---|---|---|---|---|---|
| 1 | 10000 | 7000 | 5000 | −2000 | 0.5 |
| 2 | 9000 | 7200 | 6000 | −1200 | 0.67 |
| 3 | 8000 | 8000 | 8000 | 0 | 1 |
| 4 | 10000 | 11000 | 10000 | −1000 | 1 |

在 4 个项目中，具有最小 CV 值的项目为项目 1，表示项目 1 成本超出最多。4 个项目中具有最小 SPI 值的项目为项目 1，表示项目 1 进度落后最多。

（44）A。**要点解析：**项目成本预算的主要输入有项目范围说明书、工作分解结构（WBS）、WBS 字典、活动成本估算、活动成本估算的支持性细节和项目进度计划等。项目人员变动不是引起项目成本预算变更的直接原因。

（45）D。**要点解析：**在项目管理的计划阶段，需要制订成本管理计划，其中的一个重要的组成部分就是成本基准计划。成本基准计划规定了成本基线，成本基线是用来量度与监测项目成本绩效的，按时间分段预算。将按时段估算的成本加在一起，即可得出成本基准，通常以 S 曲线形式显示。S 曲线也表明了项目的预期资金。项目经理在开销之前，如能提供必要的信息去支持资金要求，以确保资金流可用，其意义非常重大。许多项目，特别是大项目，可能有多个成本基准，用以度量项目成本绩效的各个方面。例如，开支计划或现金流预测就是度量支出的成本基准。因此当进行绩效评估时，实际发生的成本需要跟成本基准计划中的成本基线进行比较，根据二者的偏差值，采取不同的应对措施。

（46）A。**要点解析：**为了完成项目，需要估算所有活动所必需的各种资源成本的总和，这就是成本估算过程的任务。项目通常会以货币单元的形式来表示出来（如人民币、美元和欧元等），这样比较方便项目的成本控制。

成本估算需要根据活动资源估算中所确定的资源需求（包括但不限于人力、设备、材料、服务、风险应对措施所需的成本、质量成本等，以及市场上各种资源的价格信息和通货膨胀因素）来进行。成本估算人员应考虑有关风险的因素，因为风险的应对措施需要成本，风险也几乎总是增加成本和延迟进度。

综上所述，选项 A 的说法有误。

（47）D。**要点解析：**因果分析图是寻找质量问题产生原因的一种有效方法，它能清晰、有效地整理和分析出产品质量和诸因素之间的关系。因果分析图又叫特性要素图、树枝图和鱼刺图等，是质量管理常用的工具之一。

（48）A。**要点解析：**ISO 9000 中的一项要求是识别建立质量管理体系所需的全部过程，这一要求在 PDCA 循环中属于计划（P）阶段。

（49）D。**要点解析：**项目质量管理针对项目的管理过程及项目的产品。项目质量管理过程包括质量计划编制、质量保证和质量控制 3 个过程。

质量保证是一项管理职能，包括所有的有计划的系统为保证项目能够满足相关质量标准而建立的活动，质量保证应该贯穿于整个项目的生命周期。质量保证过程的输入包括质量管理计划、质量度量标准、过程改进计划、工作绩效信息、变更请求和质量控制测量。过程分析是质量保证的工具和技术之一。

质量成本是指为了达到产品或服务质量而进行的全部工作所发生的所有成本，包括为确保与要求一致而做的所有工作所产生的成本（称之为一致成本），以及由于不符合要求所引起的全部工作成本（称之为不一致成本）。通常，预防成本和评估成本属于一致成本，而故障成本属于不一致成本。

（50）D。**要点解析：**范围核实和质量控制在项目执行过程中一般需要平行进行。

（51）C。**要点解析：**项目人力资源管理就是有效地发挥每一个参与项目人员作用的过程。人力资源管理包括组织和管理项目团队所需的所有过程。组织分解结构（OBS）看上去和工作分解结构（WBS）很相似，但是它不是根据项目的交付物进行分解的，而是根据组织的部门、单位或团队进行分解。项目的活动和工作包被列在每一个部门下面。

在人力资源计划编制过程中，常使用责任分配矩阵（RAM）工具，责任分配矩阵被用来表示需要完成的工作和团队成员之间的联系。

人力资源行政管理工作一般不是项目管理小组的直接责任。但是为了更好地提高项目团队的绩效，项目经理和项目管理小组也应该适当地参与到人力资源的行政管理工作中去。

在矩阵式组织结构中，项目成员受到项目经理和职能经理的双重领导。项目经理和职能经理应协商确保项目所需的员工按时到岗，并完成所分配的项目任务。

（52）A。**要点解析**：项目团队建设的依据（输入）：项目人员分配、人员配备管理计划及资源日历等。

团队绩效评估是项目团队建设的输出之一。

（53）D。**要点解析**：期望理论关注的是人们用来获取报酬的思维方式。期望理论认为，一个目标对人的激励程度受以下两个因素的影响。

①目标效价，是指实现该目标对个人有多大价值的主观判断。如果实现该目标对个人来说很有价值，个人的积极性就高；反之，积极性则低。

②期望值，是指个人对实现该目标可能性大小的主观估计。只有个人认为实现该目标的可能性很大；才会去努力争取实现，从而在较高程度上发挥目标的激励作用；如果个人认为实现该目标的可能性很小，甚至完全没有可能，目标激励作用则小，以至完全没有。

（54）C。**要点解析**：当客户提出了超出合同要求的工作时，项目经理需要与客户进行正式的、书面的沟通。

（55）D。**要点解析**：沟通管理计划编制是确定项目干系人的信息与沟通需求的过程，即谁需要何种信息、何时需要，以及如何向他们传递。通常，编制沟通管理计划的主要依据有：沟通需求分析、沟通技术、项目管理计划、项目范围说明书、企业环境因素和组织过程资产等。

（56）D。**要点解析**：项目干系人管理就是对项目沟通进行管理，以满足信息需要者的需求并解决项目干系人之间的问题。积极地管理项目干系人，提高了使项目不至于因为项目干系人之间存在未解决的问题而偏离的可能性，提高了项目团队人员和相关干系人的能力，避免他们在项目实施期间分崩离析。

项目经理通常负责项目干系人的管理。

（57）C。**要点解析**：依据《中华人民共和国合同法》第十四条的规定：要约是希望和他人订立合同的意思表示，该意思表示应当符合下列规定：①内容具体确定；②表明经受要约人承诺，要约人即受该意思表示约束。

（58）D。**要点解析**：该题考查考生对《中华人民共和国合同法》中比较特殊的招/投标文件效力问题的理解和掌握。考生首先要理解招标文件为要约邀请，投标文件为要约，投标商中标后，其投标文件为甲方乙方合同的一部分。所以该题工期总日历天数应以投标书内投标人承诺的天数为准。

（59）C。**要点解析**：合同收尾的工具和技术有采购审计和合同档案管理系统。从编制采购管理计划过程一直到合同收尾过程的整个采购过程中，采购审计都对采购的完整过程进行系统的审查。采购审计的主要目的是找出本次采购的成功与失败之处，以供项目执行组织内的其他项目借鉴。

（60）D。**要点解析**：在自制和外购分析时，对决策的影响因素很多。可以对选项逐一进行分析：

①如果决定外购产品或服务，无疑可以减少组织内的人力资源投入，但并不利于稳定现有人力资源（会增加对裁员的担忧）。

②如果决定外购产品或服务，就需要供方对项目有所了解，这对于需要保密的项目是不太合适的。

③项目对于供方的质量工作是间接管理，一般不会强于组织内部的管理水平。

④如果组织内部不具备足够的技术能力，那么通常会选择外购产品或服务。

（61）C。**要点解析**：《中华人民共和国政府采购法》第四十六条规定：采购人与中标、成交供应商应当在中标、成交通知书发出之日起三十日内，按照采购文件确定的事项签订政府采购合同。中标、成交通知书对采购人和中标、成交供应商均具有法律效力。中标、成交通知书发出后，采购人改变中标、成交结果的，或者中标、成交供应商放弃中标、成交项目的，应当依法承担法律责任。

（62）D。**要点解析**：按费用支付方式进行分类的 3 类合同有如下特征。

①固定总价合同。这类合同对一个明确定义的产品采用一个固定总价格，如果该产品界定不明确，买卖双方都会面临风险。固定价格合同也包括对达到或超过既定项目目标（例如进度目标等）的奖励。这类合同最简单的形式就是一个采购单。

②成本补偿合同。这类合同包括支付给卖方的实际成本，加上一些通常作为卖主利润的费用。成本补偿合同也常常包括对达到或超过既定的项目目标（例如进度目标或整体成本等）的奖励。

③工时和材料合同（也称单价合同）。这是一种综合了固定价格合同和成本补偿合同两者优点的合同。它类似于成本补偿合同，具有可扩展性，在签订合同时并没有确定项目的总价。这样，当项目成本上升时，它能和成本补偿合同一样增加合同总价。同样地，它也类似于固定价格合同。例如，工时或材料的单价是由买卖双方事先确定的。双方可以商定各级别工程师的费用，或者在合同中包含一个最高不超过成本限额的条款。

因此，当工作规模或产品界定不甚明确时，一般应采用工时和材料合同。

（63）C。**要点解析**：CMM 是对软件组织进化阶段的描述，随着软件组织定义、实施、测量、控制和改进其软件的过程，软件组织的能力经过这些阶段逐步提高。CMM 将软件过程的成熟度分为 5 个等级，详见表 4-8。

**表 4-8 CMM 模型概要**

| 级 别 | 描 述 | 特 点 | 关键过程域 |
|---|---|---|---|
| 第一级 | 初始级 | 软件过程是无序的，几乎没有明确定义的步骤，成功完全依赖个人努力和英雄式的核心任务；企业一般不具备稳定的软件开发与维护的环境，常在遇到问题的时候就放弃原定的计划，而只专注于编程与测试 | |
| 第二级 | 可重复级 | 在这一级别上，建立了基本的项目管理过程来跟踪成本、进度和机能，制定了必要的过程纪律，并基于以往的项目经验来计划与管理新的项目 | 需求管理、软件配置管理和软件子合同管理等 |
| 第三级 | 定义级 | 管理和工程的软件过程已经文档化、标准化，并综合成整个软件开发组织的标准软件过程。所有的项目都采用根据实际情况修改后得到的标准软件过程来发展和维护软件 | 组织过程定义、集成软件管理和软件产品工程等 |
| 第四级 | 定量管理级 | 在这一级别上，制定了软件工程和产品质量的详细度量标准，使用定量分析来不断地改进和管理软件过程。软件过程和产品的质量都被开发组织的成员所理解和控制，因此软件产品具有可预期的高质量 | 定量的过程管理<br>软件质量管理 |
| 第五级 | 优化级 | 通过来自过程质量反馈和来自新观念、新技术的反馈使过程能持续不断地改进。可见整个企业将会把重点放在对过程进行不断的优化上。企业会主动去找出过程的弱点与长处，以达到预防缺陷的目标 | 缺陷预防<br>技术变更管理<br>过程变更管理 |

由表 4-8 可知，管理级和优化级对软件过程和产品都有定量的理解与控制。

（64）D。**要点解析**：如项目变更导致已批准的成本基准计划也发生了变更，则下一步应该进行预算更新。

（65）B。**要点解析**：通常，变更控制系统包括对特殊类型变更的自动批准，突发事件的结果属于这种变更。

（66）B。**要点解析**：选择新建方案的货币期望值为（50×0.3+25×0.5+10×0.2）×8−160=29.5×8−160=236−160=76 万元

选择扩建方案的货币期望值：（40×0.3+20×0.5+8×0.2）×8−110=23.6×8−110=188.8−110=78.8（万元）

选择改建方案的货币期望值：（25×0.3+12×0.5+5×0.2）×8−60=14.5×8−60=116−60=56（万元）

由于 78.8>76>56，因此从货币期望值最大决策考虑，建议选择扩建方案。

（67）A。**要点解析**：无论对风险进行定性分析，还是定量分析，都要求数据可信、精确、无偏差。

风险数据的定量分析是评价风险管理中风险数据有用程度的一种技术，包括检查人们对风险的理解程度及风险数据的精确度、质量、可信度和完整性。

（68）D。**要点解析**：风险监控过程跟踪已识别的危险，监测残余风险和识别新的风险，保证风险计划的执行，并评价这些计划对减轻风险的有效性。风险监控可能涉及选择备用策略方案、执行某一应急计划、采取纠正措施或重新制订项目计划。风险监控经常会使用风险评估、风险审计和定期的风险评审、差异和趋势分析、技术的绩效评估，以及预留管理等技术。

预留管理是指在项目执行的过程中，总有可能会发生某些风险，这会对预算和时间的应急储备产生正面或负面的影响。通过比较剩余的预留储备和剩余的风险，可以看出预留储备是否合适。

（69）B。**要点解析**：项目收尾的输入、工具与技术和输出（ITO）见表 4-9。

表 4-9 项目收尾 ITO

| 输 入 | 工具与技术 | 输 出 |
|---|---|---|
| 项目管理计划<br>合同<br>企业环境因素<br>组织过程资产<br>工作绩效信息<br>可交付物 | 项目管理方法论<br>项目信息系统<br>专家判断 | 管理收尾规程<br>合同收尾规程<br>最终的产品、服务和结果<br>组织过程资产（更新） |

转移是风险应对计划的工具和技术之一。

（70）D。**要点解析**：项目范围确认是项目干系人（发起人、客户和顾客等）正式接受已完成的项目范围的过程。范围确认需要审查可交付物和工作成果，以保证项目中所有工作都能准确地、圆满地完成。项目范围确认应该是贯穿项目的始终的，从 WBS 的确认（或合同中具体分工界面的确认）到项目验收时范围的检验。如果没有及时对范围进行确认，则问题可能潜伏到后期，直到质量审查时才被发现。

项目需求管理要收集需求的变更和变更的理由，并且维持对原有需求和所有产品及产品构件需求的双向跟踪。从题干关键信息“进行追溯时，也未发现相应的变更请求”中可以推断，并非未进行需求管理、变更管理和配置管理。

（71）D。**参考译文**：临时性（Temporary）是指每一个项目都有一个明确的开始时间和结束时间。

（72）A。**参考译文**：一个阶段所产生的可交付物（Deliverables）通常要在开始下一阶段的工作之前对其完备性和正确性进行评审并获得批准。

（73）C。**参考译文**：前导图法包括 4 种活动依赖或前导关系：

…

开始-开始（S-S，Start-to-Start），后续活动的开始依赖于前置活动的启动。

（74）B。**参考译文**：项目团队成员应该注意到现代质量管理的一条基本准则是：质量是计划、设计出来的，不是检查（inspected in）出来的。

（75）C。**参考译文**：项目范围（Scope）管理包括为确保项目包含且仅只包含成功完成项目必需工作的所需过程。

### 4.1.3 参考答案

表 4-10 给出了本份上午试卷问题 1～问题 75 的参考答案，供读者练习时参考，以便查缺补漏。读者可按每空 1 分的评分标准得出测试分数，从而大致评估自己对这些知识点的掌握程度。

表 4-10 参考答案表

| 题 号 | 参考答案 | 题 号 | 参考答案 |
|---|---|---|---|
| （1）～（5） | C、A、B、D、C | （41）～（45） | D、C、A、A、D |
| （6）～（10） | A、C、D、C、D | （46）～（50） | A、D、A、D、D |
| （11）～（15） | A、A、C、A、A | （51）～（55） | C、A、D、C、D |

续表

| 题　号 | 参考答案 | 题　号 | 参考答案 |
|---|---|---|---|
| (16)～(20) | B、D、C、A、B | (56)～(60) | D、C、D、C、D |
| (21)～(25) | A、D、C、A、B | (61)～(65) | C、D、C、D、B |
| (26)～(30) | C、D、D、C、C | (66)～(70) | B、A、D、B、D |
| (31)～(35) | B、C、D、D、C | (71)～(75) | D、A、C、B、C |
| (36)～(40) | C、D、C、D、C | | |

## 4.2 下午试卷

**（考试时间 14：00—16：30，共 150 分钟）**

**请按下述要求正确填写答题纸**

1. 本试卷共 5 道题，全部是必答题，满分 75 分。
2. 在答题纸的指定位置填写你所在的省、自治区、直辖市和计划单列市的名称。
3. 在答题纸的指定位置填写准考证号、出生年月日和姓名。
4. 答题纸上除填写上述内容外，只能填写解答。
5. 解答时字迹务必清楚，字迹不清，将不评分。
6. 仿照下面例题，将解答写在答题纸的对应栏内。

**【例题】**

2010 年下半年全国计算机技术与软件专业技术资格（水平）考试日期是＿＿(1)＿＿月＿＿(2)＿＿日。因为正确的解答是“11 月 13 日”，故在答题纸的对应栏内写上“11”和“13”（参看下表）。

| 例　题 | 解答栏 |
|---|---|
| (1) | 11 |
| (2) | 13 |

### 4.2.1 试题描述

**试题 1**

阅读以下相关的说明，根据要求回答问题 1～问题 3。（15 分）

**【说明】**

系统集成商 Y 公司承担了某游戏软件开发项目的研发工作，Y 公司任命庞工为项目经理。该游戏软件开发项目的各项工作的名称、工作持续时间、所需人力资源类型及其相应的工作量估计见表 4-11。

表 4-11　某项目各工作的工作时间及工作量估计

| 工　作 | 工作名称 | 工作时间（天） | 人力资源类型 | 工作量估计 |
|---|---|---|---|---|
| A | 需求分析 | 60 | 分析员 | 1440 |
| B | 总体设计 | 30 | 设计员 | 1440 |
| C | 界面详细设计 | 30 | 设计员 | 720 |
| D | 动画详细设计 | 30 | 设计员 | 720 |

续表

| 工　作 | 工作名称 | 工作时间（天） | 人力资源类型 | 工作量估计 |
|---|---|---|---|---|
| E | 处理详细设计 | 30 | 设计员 | 720 |
| F | 界面编码 | 20 | 程序员 | 800 |
| G | 动画编码 | 20 | 程序员 | 800 |
| H | 处理编码 | 20 | 程序员 | 800 |
| I | 界面单元测试 | 20 | 测试员 | 640 |
| J | 动画单元测试 | 20 | 测试员 | 640 |
| K | 处理单元测试 | 20 | 测试员 | 640 |
| L | 系统测试、验收 | 50 | 设计员 | 800 |
| | | | 测试员 | 1600 |
| M | 项目管理 | 240 | 管理员 | 1920 |

【问题 1】（5 分）

若每天按照 8 小时工作制计算，根据表 4-11 计算每项工作每天的平均工作量和每天需要安排的人力资源数量，并填入表 4-12 相应的空缺处。

**表 4-12　某项目每天工作量及其人数**

| 工作名称 | 人力资源类型 | 平均每天工作量（工时） | 每天需安排人数 |
|---|---|---|---|
| 需求分析 | 分析员 | (1) | (2) |
| 总体设计 | 设计员 | (3) | (4) |
| 界面详细设计 | 设计员 | (5) | (6) |
| 界面编码 | 程序员 | (7) | (8) |
| 界面单元测试 | 测试员 | (9) | (10) |
| … | … | … | … |

【问题 2】（7 分）

若其他项目也需要表 4-11 中同样的人力资源，即假设每个人仅能承担表 4-11 中各自的工作，根据表 4-11 和表 4-12 相关数据，并进行人力资源平衡的优化之后，完成该项目至少需要多少人/天？请用▨（上斜线）将该项目优化后的人力资源负荷情况（见表 4-13）绘制完整，并将表 4-13 中“人数小计”行的数据填写完整。在表 4-13 中，第一行为时间轴，单位：天；第一列为各项工作。

**表 4-13　某项目人力资源负荷情况**

| | 0 10 | 20 | 30 | 40 | 50 | 60 | 70 | 80 | 90 | 100 | 110 | 120 | 130 | 140 | 150 | 160 | 170 | 180 | 190 | 200 | 210 | 220 | 230 | 240 | 250 |
|---|---|---|---|---|---|---|---|---|---|---|---|---|---|---|---|---|---|---|---|---|---|---|---|---|---|
| A | | | | | | | | | | | | | | | | | | | | | | | | | |
| B | | | | | | | | | | | | | | | | | | | | | | | | | |
| C | | | | | | | | | | | | | | | | | | | | | | | | | |
| D | | | | | | | | | | | | | | | | | | | | | | | | | |
| E | | | | | | | | | | | | | | | | | | | | | | | | | |
| F | | | | | | | | | | | | | | | | | | | | | | | | | |
| G | | | | | | | | | | | | | | | | | | | | | | | | | |
| H | | | | | | | | | | | | | | | | | | | | | | | | | |
| I | | | | | | | | | | | | | | | | | | | | | | | | | |
| J | | | | | | | | | | | | | | | | | | | | | | | | | |
| K | | | | | | | | | | | | | | | | | | | | | | | | | |
| L | | | | | | | | | | | | | | | | | | | | | | | | | |
| M | | | | | | | | | | | | | | | | | | | | | | | | | |
| 人数小计 | | | | | | | | | | | | | | | | | | | | | | | | | |

【问题3】(3分)

请简要叙述人员配备管理计划的作用和内容。

## 试题2

阅读以下关于项目范围管理的说明，根据要求回答问题1～问题3。(15分)

【说明】

RT公司是一家致力于为电子政务市场提供应用系统建设的系统集成公司，最近接到开发一套向公众开放的政务信息发布与查询系统的项目。由于电子政务项目有一定的保密性要求，因此该系统涉及两个相互独立的子网，即政务内网和政务外网。政务内网中储存着全部信息，包括部分机密信息；政务外网可以对公众开放，开放的信息必须得到授权。系统要求在这两个子网中的合法用户都可以访问到被授权的信息，访问的信息必须一致、可靠，政务内网的信息可以发布到政务外网，政务外网的信息经过审批后可以进入系统。

项目经理老陈在了解到该项目系统要求之后，认为保密性是系统的难点，需要进行技术攻关。为了顺利地完成该项目，老陈找到熟悉网络互连互通的技术人员设计了解决方案，在经过严格评审后实施该方案。在系统完成开发，进入试运行前，项目发包方认为系统虽然完全满足了保密性的要求，但其使用界面操作复杂，应该简化操作，因此必须在系统交付前增加操作向导的功能。除此以外，试运行需要的服务器等设备已经采购完成，但没有经过调试，发包方要求老陈委派人员在部署试运行环境时，同时对采购的设备进行调试并安装相应的系统软件。在合同条款中仅有一条“乙方负责将系统部署到试运行及正式运行环境”，并没有指出环境的状态，老陈只好向公司求助，找到了可以完成服务器系统软件安装和调试的资源，完成了这部分工作。

对于增加“操作向导”的问题，老陈安排程序员小许向项目发包方口头了解“操作向导”的需求后，直接进行开发。但在操作向导功能交付后，项目发包方根据公众用户反馈的结果认为操作向导仍没有满足需求，最终又重写了大部分代码才通过验收。由于系统的反复变更，项目组成员产生了强烈的挫折感，士气低落，成本和工期都超出了原计划的35%以上。

【问题1】(6分)

结合你的项目管理经验，从项目范围定义和范围变更角度，分析以上问题的主要原因是什么？

【问题2】(4分)

结合你的项目管理经验，说明老陈可以采用哪些方法或工具来跟踪项目范围变更？

【问题3】(5分)

结合你的项目管理经验，说明如何处理不合理的变更要求？

## 试题3

阅读下列说明，针对项目的启动、计划制订和执行过程中存在的部分问题，根据要求回答问题1～问题3。(15分)

【说明】

2009 年 3 月，系统集成商 PH 公司承担了某事业单位电子政务二期工程，合同额为 650 万元，全部工期预计 5 个月。该项目由 PH 公司总经理庞总主管，小许作为项目经理具体负责项目的管理，PH 公司总工程师老郭负责项目的技术工作，新毕业的大学生小谢负责项目的质量保证。项目团队的其他 8 名成员分别来自公司的软件产品研发部和网络工程部。来自软件产品研发部的人员负责项目的办公自动化软件平台的开发，来自网络工程部的人员负责机房、综合布线和网络集成。

总工程师老郭把原来类似项目的解决方案直接拿来交给了小许，而 WBS 则由小许自己依据以往的经验进行分解。小许依据公司的计划模版，填写了项目计划。因为项目的验收日期是合同里规定的，人员是公司配备的，所以进度里程碑计划是从验收日期倒推到启动日期分阶段制订的。在该项目计划的评审会上，大家是第一次看到该计划，在改了若干个错别字后，就匆忙通过了该计划。该项目计划交到负责质量保证的小谢那里，小谢看到计划的内容，该填的都填了，格式也符合要求，就签了字。

在需求分析时，他们制作的需求分析报告的内容比合同的技术规格要求更为具体和细致。小许把需求文档提交给了甲方联系人审阅，该联系人也没提什么意见。

在项目启动后的第 2 个月月底，甲方高层领导来到开发现场听取项目团队的汇报并观看了系统演示，看完后甲方领导很不满意，具体意见如下。

①系统演示出的功能与合同的技术规格要求不一致，最后的验收应以合同的技术规格要求为准。

②进度比要求落后两周，应加快进度，赶上计划。

【问题 1】（5 分）

结合你的项目管理经验，说明造成该项目的上面所述问题的主要原因是什么？

【问题 2】（5 分）

项目经理小许应该如何科学地制订该项目的 WBS？

【问题 3】（5 分）

项目经理小许应该如何科学地检查及控制项目的进度执行情况？

## 试题 4

阅读以下技术说明，根据要求回答问题 1～问题 4。（15 分）

【说明】

系统集成商 Y 公司承担了某企业的信息系统项目 P 的开发建设工作，Y 公司任命柳工为项目经理。该信息系统项目 P 包括 A~H 8 个应用子系统，其结构如图 4-3 所示，其中子系统 D 与 G 的业务运行依赖于公共模块 E。

现计划采用自顶向下的方法执行信息系统 P 的测试项目，该项目包括多个作业。设作业 A 的任务是对模块 A 进行测试，作业 B 的任务是对模块 B 进行测试……依此类推。作业 P 的任务是对项目 P 进行整体测试。表 4-14 列出了该项目各作业计划所需的天数、至少必需的天数（即再增大花费也不能缩短的天数），以及每缩短 1 天测试所需增加的费用。图 4-4 是尚

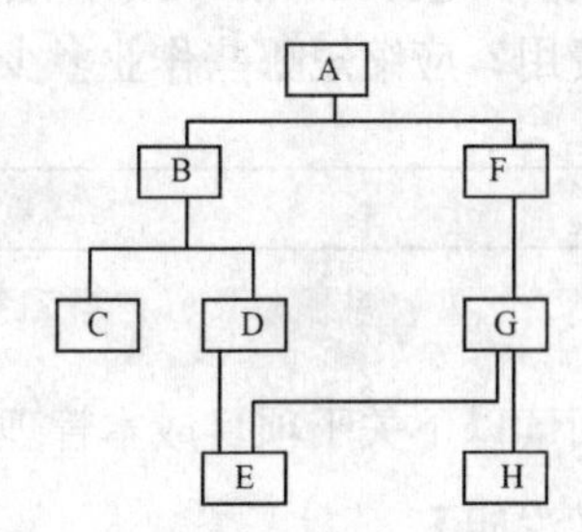

图 4-3 信息系统项目 P 模块结构图

未完成的该项目计划图，其中，每条箭线表示一个测试作业，箭线上标注的字母表示作业名，数字表示计划测试天数。

表 4-14　项目 P 测试计划表

| 作　业 | 计划所需的天数 | 至少必须天数 | 每缩短 1 天所需增加的费用（元） | 作　业 | 计划所需的天数 | 至少必须天数 | 每缩短 1 天所需增加的费用（元） |
|---|---|---|---|---|---|---|---|
| A | 2 | 1 | 500 | F | 3 | 2 | 1 500 |
| B | 5 | 3 | 1 000 | G | 5 | 4 | 2 500 |
| C | 7 | 4 | 2 500 | H | 4 | 2 | 2 000 |
| D | 4 | 3 | 2 000 | P | 5 | 5 |  |
| E | 4 | 2 | 2 000 |  |  |  |  |

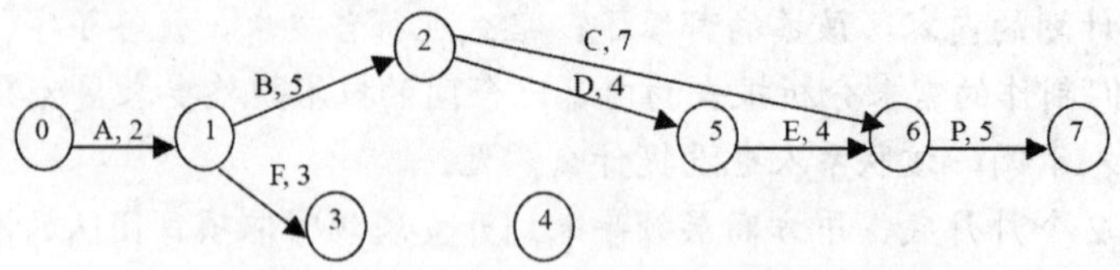


图 4-4　信息系统项目 P 计划图

**【问题 1】（6 分）**

请通过填补箭线完成图 4-4 所示的该信息系统项目计划图。若为虚作业，请画成虚箭线；若为实箭线，则请在箭线上注明作业名及计划测试天数。

**【问题 2】（3 分）**

请指出该信息系统测试项目的关键路径，以及计算完成该信息系统测试项目的总工期是多少天？

**【问题 3】（3 分）**

如果要求该信息系统测试项目比原计划提前 1 天完成，则至少应增加多少费用？应将哪些测试作业缩短 1 天？

**【问题 4】（3 分）**

假设该信息系统测试项目已按原计划部署，到了第 7 天末，发现模块 A 与模块 B 已按计划测试完成，但模块 F 却刚测试完，比原计划延迟了 2 天。为了保证该项目仍能在原计划总天数内完成，则至少应增加多少费用？应缩短哪些作业多少天？

## 试题 5

阅读以下关于项目成本管理的说明，根据要求回答问题 1～问题 3。（15 分）

**【说明】**

老林是系统集成商 PH 公司的一名出色的项目经理，不仅技术过硬，在项目管理上也具有丰富的经验。PH 公司承接了为省人事厅开发高校毕业生档案管理系统和门户网站建设的信息化项目。由于市场竞争非常激烈，PH 公司为了拿到这个项目，在价格上做了很大的让步。在没有对项目的范围进行确定，也没有对项目的成本进行估算的情况下，就与省人事厅签订了合同。在讨论项目经理人选时，PH 公司管理层已经意识到该项目由于价格太低，将严重影响项目开发质量和进度，更谈不上获得多少利润。但考虑到该项目产品的发展前景和相关的客户群，项目必须在规定的时间内保质保量地完成。为此公司将任务交给了老林。

项目经理老林接到这个项目后，立即对合同书和项目任务书进行分析，他发现省人事厅的客户对项目的需求并不明确，项目范围也非常模糊。通过进一步与各高校学生档案管理部门交流，老林强烈地感觉到他们对项目的需求在不停地变化。老林很清楚，如果按照合同的报价和进度要求，项目根本就没法按时按质完成，特别是面对用户需求的不断变化，如果不采取措施是不可能在预算范围内完成项目的，而且项目成本必将失控，最终可能导致项目的失败。

【问题 1】（4 分）

为了能在现有的条件下控制好、执行好该项目，必须加强成本的管理和控制。结合你的项目管理经验，给出项目经理老林应采取的应对措施。

【问题 2】（6 分）

结合你的项目管理经验，分析在该项目中应该吸取哪些成本管理方面的教训，以避免今后发生类似的事情。

【问题 3】（5 分）

请简要叙述项目成本估算的工具与技术。

## 4.2.2 要点解析

### 试题 1 要点解析

【问题 1】（5 分）

对于“需求分析”工作，总的工作量为 1440 个单位，总共需要 60 天，则平均每天工作量为 1440/60 = 24 个工时。若每天按照 8 小时工作制计算，则每天需要安排的人数为 24/8 = 3 人。依照该计算思路，可得出表 4-11 中各项工作的平均每天工作量和每天需要安排的人数，计算结果见表 4-15。

表 4-15 某项目每天工作量及其人数

| 序 号 | 工作名称 | 人力资源类型 | 平均每天工作量（工时） | 每天需安排人数 |
|---|---|---|---|---|
| A | 需求分析 | 分析员 | 24 | 3 |
| B | 总体设计 | 设计员 | 48 | 6 |
| C | 界面详细设计 | 设计员 | 24 | 3 |
| D | 动画详细设计 | 设计员 | 24 | 3 |
| E | 处理详细设计 | 设计员 | 24 | 3 |
| F | 界面编码 | 程序员 | 40 | 5 |
| G | 动画编码 | 程序员 | 40 | 5 |
| H | 处理编码 | 程序员 | 40 | 5 |
| I | 界面单元测试 | 测试员 | 32 | 4 |

续表

| 序　　号 | 工作名称 | 人力资源类型 | 平均每天工作量（工时） | 每天需安排人数 |
|---|---|---|---|---|
| J | 动画单元测试 | 测试员 | 32 | 4 |
| K | 处理单元测试 | 测试员 | 32 | 4 |
| L | 系统测试、验收 | 设计员 | 16 | 2 |
| | | 测试员 | 32 | 4 |
| M | 项目管理 | 管理员 | 8 | 1 |

【问题 2】(7 分)

项目的进度管理需要兼顾时间和资源这两个因素，在分析项目进度计划的时候，要考虑资源使用的有效性，而人力资源是最主要的资源（并且一般会受到约束），一旦项目成员被分配到项目中，项目经理可以应用资源负荷和资源平衡两种方法最有效地调度团队成员。

资源负荷是指在特定的时间内现有的进度计划所需要的各种资源的数量。如果在特定的时间内分配给某项工作的资源超过了项目的可用资源，称为资源超负荷。为了消除超负荷，项目经理可以修改进度表，充分利用项目活动的浮动时间，通过延迟项目任务来解决资源冲突，称为资源平衡。它是一种网络分析方法，其主要目的就是更加合理地分配使用的资源，使项目的资源达到最有效的利用。资源平衡时，资源的利用也就达到了最佳的状态。

通常，典型的软件工程生命周期模型将软件开发分为可行性分析（计划）、需求分析、软件设计（总体设计、详细设计）、编码、测试（含单元测试、功能测试、集成测试、验收测试等）和运行维护等几个阶段。结合表 4-11 中该项目的各项工作的名称、工作持续时间，可绘制出如图 4-5 所示的双代号网络计划图。其中，各条箭线分别表示各个作业，箭线上分别标记了作业名称和所需的时间。各作业之间由节点衔接。各节点从 1～11 编号。节点①为起点，节点⑪为终点。

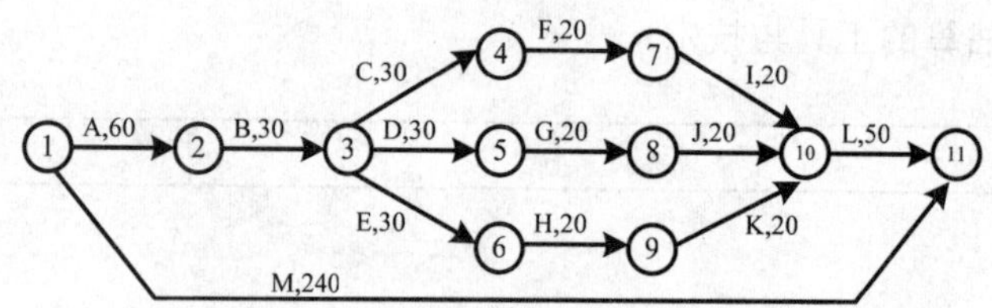


图 4-5　某游戏软件开发项目双代号网络计划图

在图 4-5 中，从起点①～终点⑪的路径共有 4 条。路径 ABCFIL、ABDGJL、ABEHKL 所需的工期均为 60+30+30+20+20+50=210 天，路径 M 所需的工期为 240 天。由于 210＜240，而关键路径是一个相关作业序列，该序列具有最大总和的最可能工期，因此路径 M 是该工程的关键路径。关键路径上各个作业时间之和就是整个工程的计算工期，它决定了项目最早可能完成的时间。

为考查该项目每天需要的人数，就需要先确定各作业的时间安排。若每个人仅能承担表 4-11 中各自的工作时，结合表 4-13 中各项工作的平均每天工作量和每天需要安排人数的情况，可进行如表 4-16 所示的人力资源负荷优化。

表 4-16　某项目人力资源平衡优化排列情况 1

| | 0 10 | 20 | 30 | 40 | 50 | 60 | 70 | 80 | 90 | 100 | 110 | 120 | 130 | 140 | 150 | 160 | 170 | 180 | 190 | 200 | 210 | 220 | 230 | 240 | 250 |
|---|---|---|---|---|---|---|---|---|---|---|---|---|---|---|---|---|---|---|---|---|---|---|---|---|---|
| A | 3 | | | | | | | | | | | | | | | | | | | | | | | | |
| B | | | | | | | 6 | | | | | | | | | | | | | | | | | | |
| C | | | | | | | | | | 3 | | | | | | | | | | | | | | | |
| D | | | | | | | | | | [illegible] | | | | | | | | | | | | | | | |
| E | | | | | | | | | | 3 | | | | | | | | | | | | | | | |
| F | | | | | | | | | | | | | 5 | | | | | | | | | | | | |
| G | | | | | | | | | | | | | | [illegible] | | | | | | | | | | | |

续表

| | 0 10 | 20 | 30 | 40 | 50 | 60 | 70 | 80 | 90 | 100 | 110 | 120 | 130 | 140 | 150 | 160 | 170 | 180 | 190 | 200 | 210 | 220 | 230 | 240 | 250 |
|---|---|---|---|---|---|---|---|---|---|---|---|---|---|---|---|---|---|---|---|---|---|---|---|---|---|
| H | | | | | | | | | | | | | | | 5 | | | | | | | | | | |
| I | | | | | | | | | | | | | | | | 4 | | | | | | | | | |
| J | | | | | | | | | | | | | | | | | 3 | | | | | | | | |
| K | | | | | | | | | | | | | | | | | | 4 | | | | | | | |
| L | | | | | | | | | | | | | | | | | | | | 6 | | | | | |
| M | 1 | | | | | | | | | | | | | | | | | | | | | | | | |
| 人数小计 | 4 | 4 | 4 | 4 | 4 | 4 | 7 | 7 | 7 | 10 | 10 | 10 | 6 | 11 | 11 | 10 | 9 | 9 | 5 | 7 | 7 | 7 | 7 | 7 | |

关键路径上工作 M 的时间及人数的安排是确定的，在保证关键路径上作业及其紧前作业按时完成的情况下，工作 C～工作 L 的灵活安排就要考虑平衡每天所需的人数。例如，如果同时安排 3 人做工作 C，则该工作可以在 30 天内完成，记为 90 天・人。由于工作 C 不是关键路径上的作业，其最早开始时间为第 91 天上午，最早完成时间为第 120 天傍晚，最迟开始时间为第 121 天上午，最迟完成时间为第 150 天傍晚，自由浮动时间（或松弛时间）达 30 天。同理可计算出工作 D～工作 L 的各时间参数。人力资源负荷的优化对很多项目来说是至关重要的一个问题，而利用网络图中非关键路径任务上的浮动时间是最常用的方法之一。

当工作 L 按最迟开始时间为第 191 天上午，最迟完成时间为第 240 天傍晚进行时，工作 C～工作 K 的调配、组合的灵活性最高。当工作 F、G、H 并行进行时，每天所需人数将达到峰值，即 16 人。因此调配的重点是：将这 3 个工作尽可能的错开进行，表 4-16 给出了一种人力资源负荷优化排列情况。在保证关键路径上作业及其紧前作业按时完成的情况下，表 4-16 还可以有多种组合排列方式。例如，表 4-17 给出了另一种人力资源负荷优化排列情况。

**表 4-17　某项目人力资源平衡优化排列情况 2**

| | 0 10 | 20 | 30 | 40 | 50 | 60 | 70 | 80 | 90 | 100 | 110 | 120 | 130 | 140 | 150 | 160 | 170 | 180 | 190 | 200 | 210 | 220 | 230 | 240 | 250 |
|---|---|---|---|---|---|---|---|---|---|---|---|---|---|---|---|---|---|---|---|---|---|---|---|---|---|
| A | 3 | | | | | | | | | | | | | | | | | | | | | | | | |
| B | | | | | | | 6 | | | | | | | | | | | | | | | | | | |
| C | | | | | | | | | | 3 | | | | | | | | | | | | | | | |
| D | | | | | | | | | | [illegible] | | | | | | | | | | | | | | | |
| E | | | | | | | | | | 3 | | | | | | | | | | | | | | | |
| F | | | | | | | | | | | | | 5 | | | | | | | | | | | | |
| G | | | | | | | | | | | | | | 5 | | | | | | | | | | | |
| H | | | | | | | | | | | | | | | | 5 | | | | | | | | | |
| I | | | | | | | | | | | | | | | 4 | | | | | | | | | | |
| J | | | | | | | | | | | | | | | | | 3 | | | | | | | | |
| K | | | | | | | | | | | | | | | | | | 4 | | | | | | | |
| L | | | | | | | | | | | | | | | | | | | | 6 | | | | | |
| M | 1 | | | | | | | | | | | | | | | | | | | | | | | | |
| 人数小计 | 4 | 4 | 4 | 4 | 4 | 4 | 7 | 7 | 7 | 10 | 10 | 10 | 6 | 11 | 10 | 10 | 10 | 9 | 5 | 7 | 7 | 7 | 7 | 7 | |

**【问题 3】（3 分）**

人员配置管理计划是根据项目的要求，为适当的职位配备适当数量和类型的工作人员，以使他们能够有效地完成促进项目总体目标实现的各项任务的过程。通过人员配置管理计划，可以将组织的目标转换为需要哪些人员来实现这些目标，可用于确定何时、如何招聘项目所需的人力资源、何时释放人力资源、确定项目成员所需的培训、奖励计划、是否必须遵循某些约定、安全问题，以及该管理计划对组织的影响等。对任何组织来说，人员配备的前提都是进行恰当的工作分析，编制此项目的人力资源计划。工作分析的目的是要明确所要完成的任务，以及完成这些任务所必需的人员的特点。而组织的人力资源计划应反映出组织为完成某项或某些特定的工作需要多少数量的员工，他们的技术能力结构和年龄结构如何，以及需要这些员工的时间等。通常，人员配置管理计划过程可以归纳为以下3个步骤。

（1）评价现有的人力资源。

（2）预估将来需要的人力资源。

（3）制定满足未来人力资源需要的行动方案。

## 试题2要点解析

【问题1】（6分）

项目范围指为了完成具有所规定特征和功能的产品必须完成的工作。项目范围是否完成由项目管理计划来衡量。项目范围管理包括范围计划制订、范围定义、创建工作分解结构、范围确认和范围变更控制等过程。其中，范围定义阶段给出了关于项目和产品的详细描述，作为将来项目决策的基础。范围变更控制阶段完成监控项目和产品的范围状态，管理范围变更。

在本案例中，项目经理老陈在项目管理中既有闪光点，也有失败的地方。项目管理中的任何差错都会影响项目的结果，而范围管理的失误对项目的影响更为明显。模糊的项目范围定义、错误的工作分解、缺失的范围确认和无力的范围控制都将严重影响项目的结果。

老陈对项目范围有一定的把握。在范围定义中，老陈捕获到电子政务行业对系统运行环境有着特殊的要求。根据国家对电子政务的要求，政务内网与政务外网是该行业一致的标准，这同企业信息化是完全不同的。老陈捕获了该需求，并对这个需求进行了清晰的定义，对设计和实现都进行了严格的控制，因此在系统交付时完全满足了用户对保密性的要求。在这一方面老陈是成功的。如果在范围定义时忽略了行业标准，项目肯定会招致更大的失败。

用户界面的风格和操作的便捷性也属于系统范围的一部分。同系统运行环境一样，通常称此类需求为隐性需求。这类需求不一定是由用户直接提出的，即使提出也是相当模糊的。对于该系统来说，系统是面向公众开放的，系统的用户来自各行各业，大多不是专业的IT人员，这些人计算机操作能力较低且没有经过正式的系统使用培训。因此，一个界面友好、操作简单的系统是非常必要的。很明显，对于这些系统的隐性需求老陈没有充分考虑，从而导致一而再、再而三地变更。

对于面向公众开放的系统，范围定义更加困难。这些系统的最终用户几乎不会参与到项目中来帮助项目组定义系统范围，他们的需求都是间接的、通过发包方传递到项目组的。项目组最终得到的信息往往是混合了用户需求和传递者个人意愿的结果。此时，不但要注意仔细分析得到的信息，去伪存真，更重要的是要把分析的结果在各项目利害关系人中达成一致，让各方面对系统范围有着同样的理解和认识，否则，会出现仅能满足部分人需求的情况。在本案例中，虽然开始阶段公众用户没有机会提出要求，但最终用户的意见对项目的结果还是会有影响的，这就对范围管理造成了更大的难度。

在本案例中，还有一处范围模糊的地方，即项目组是否需要负责服务器系统软件的安装和调试。服务器软件的安装和调试不是一件简单的事情，很多服务器需要专门人员才可以进行维护。这部分内容在合同中并没有明确地指出，在定义项目范围时，应当明确指出这部分工作是否属于项目范围，究竟应该由谁来完成。在没有明确之前，将这项工作作为项目范围和排除在范围之外都是不正确的做法。类似于服务器安装与调试的工作经常会模糊不清，发包方一般会认为项目组应该完成全面部署系统的工作；而开发者往往倾向于认为会有一个完好的环境可供系统部署使用。很多软件项目在后期都会出现这样的纠纷，解决的办法也很简单，只要在项目前期把这个问题谈清楚、明确责任者就可以了。

在本案例中，当项目发包方提出异议，要求增加操作向导的功能时，老陈直接委派了一名程序员小许去了解需求并进行开发。在这个过程中，没有进行变更控制的工作，没有对范围变更请求进行评估与控制，这种做法也是不可取的。缺少正式的变更控制将造成项目时间和成本的超出，以及变更后的范围模糊等问题。本案例中，程序员小许直接了解到的需求很难得到正式的确认，这也就是再次变更的原因之一。

综上所述，项目经理老陈在这个项目中，在范围定义和范围变更上都犯了一些差错，最终造成了项目时间和成本的超出。这些差错主要表现在以下 3 个方面。

（1）没有清晰地了解到产品的范围，即没有挖掘到系统的全部隐性需求，缺乏精确的范围定义，导致项目后期需求的延长。

（2）没有澄清模糊的项目范围，在安装服务器的问题上产生异议，最终增加了未计划到的工作。

（3）没有进行变更控制，以至于变更的结果不理想，导致反复的变更。

【问题 2】（8 分）

项目管理是一个系统工程，没有哪种单一的手段可以有效地改善项目，反之管理中的任何疏忽都可能招致严重的后果，造成项目的失败。而软件项目的复杂性又决定了项目中的工作环环相扣，问题也总是相互关联的。在发现问题后，也需要采取多种手段才能更完美地解决问题。这对信息系统的项目经理来说是重大的挑战。通常，范围变更控制的工具和技术见表 4-18。

表 4-18　范围变更控制的工具和技术

| 工具和技术 | 说　明 |
|---|---|
| 偏差分析 | 根据范围基准，测量到的项目绩效（如实际完成的项目范围）被用来评估变更的程度。项目范围控制的重要一点是，确定有关变更的原因、确定是否需要纠正措施 |
| 重新制订计划 | 已批准了的变更申请影响项目范围，因而要修改 WBS 和 WBS 词典、项目范围说明书，甚至项目干系人的需求文档。这些批准了的变更申请可以触发项目管理计划的更新 |
| 变更控制系统和变更控制委员会 | 范围变更控制的方法是定义范围变更的有关流程，它包括必要的书面文件（如变更申请单）、纠正措施、跟踪系统和授权变更的批准等级。该系统与其他系统（如配置管理系统）相结合，来控制项目范围。当项目受合同约束时，变更控制系统应当符合所有相关合同条款。由变更控制委员会负责批准或者拒绝变更申请 |
| 配置管理系统 | 范围变更将带来一系列项目交付物、文档的系统变化。这一切需要正规的配置管理系统对此加以管理 |

【问题 3】（8 分）

变更控制的目的不是控制变更的发生，而是对变更进行管理，确保变更有序进行。变更控制流程中有 4 个关键点，即授权、审核、评估和确认。在变更过程中要进行跟踪和验证，确保变更被正确执行。在变更管理的流程中，最难办的事情莫过于“拒绝客户提出的不合理变更”。客户会想当然地以为变更是他的权利，通常情况下开发方是不敢得罪客户的，但是无原则的退让将使开发团队陷入困境。因此，建议采用以下几种应对不合理的变更要求的策略。

（1）依据合同处理变更。如果客户是很有信誉、严格按照合同办事的企业，那么双方应当依据合同中的条款处理变更纠纷。这就要求双方在签订合同时，在合同中写明“变更处理协议”。

（2）待开发下个版本来满足变更。如果双方的合同中没有“变更处理协议”，或者有变更协议但是客户找出很多理由来搪塞，只要双方还没有完全闹僵，开发方的负责人就可以运用一些社交技巧来减缓矛盾，尽量争取用户的理解，使变更不影响项目的发展，让变更成为下一个版本的内容。

（3）获取回报。如果客户提出重要的变更请求，既不愿意支付变更费用，也不愿意延缓到下个版本中实现，而现实环境迫使开发方必须那样做。在这种情况下，开发方只能接受现实，但是开发方应该真诚地和客户沟通，让客户明白“开发方为了客户的利益付出了额外的代价”，那么客户会感激开发方的帮助，觉得自己欠下了“人情”，可以约定在以后恰当的时候、以恰当的方式回报开发方。

## 试题 3 要点解析

【问题 1】（5 分）

本试题的题眼已明确说明了本题主要考虑“启动、计划制订和执行过程”中的问题。那么该项目是怎么启动、计划和执行的呢？启动的依据是系统集成商 PH 公司与某市签的电子政务二期工程合同。然后 PH 公司组建了项目团队，项目团队的组织结构如图 4-6 所示，责任分配矩阵见表 4-19。该项目大致的计划过程如图 4-7 所示。

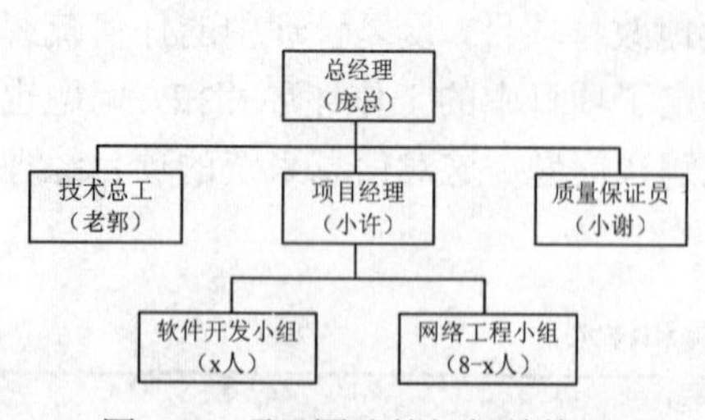


图 4-6　项目团队的组织结构图

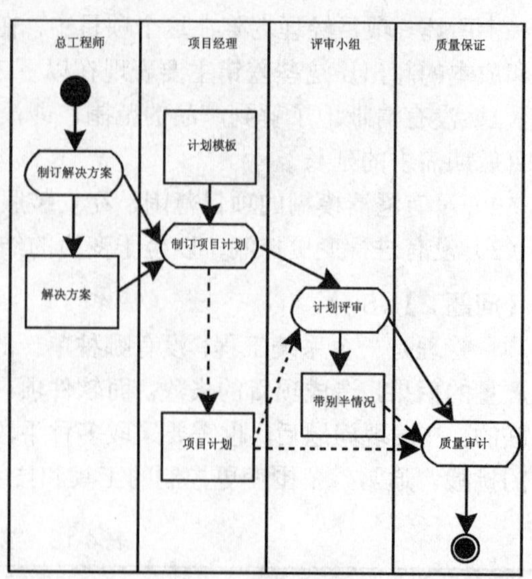


图 4-7　计划过程

表 4-19　责任分配矩阵

| 人　　员 | 角　　色 | 职　　责 |
|---|---|---|
| 庞总 | 管理层 | 主管 |
| 小许 | 项目经理 | 具体负责项目的管理 |
| 老郭 | 技术总工程师 | 负责项目的技术工作 |
| 小谢 | 质量保证 | 负责项目的质量保证 |
| 软件开发发小组 | 软件设计师、程序员 | 负责项目的办公自动化软件平台的开发 |
| 网络工程小组 | 网络工程师 | 负责机房、综合布线和网络集成 |

在题干中与执行过程相关的信息有："在需求分析时，他们制作的需求分析报告的内容比合同的技术规格要求更为具体和细致"和"小许把需求文档提交给了甲方联系人审阅，该联系人也没提什么意见"。

而本问题"你认为造成该项目的上面所述问题的原因是什么？"，其中"上面所述问题"是指甲方领导很不满意，并列举了两点具体意见：①系统演示出的功能与合同的技术规格要求不一致，最后的验收应以合同的技术规格要求为准；②进度比要求落后两周，应加快进度赶上计划。其中，意见①的问题根源在于开发方和用户对需求没有一致的理解，属于需求管理导致的问题。意见②中进度与计划不一致（本项目目前延迟（2×7）/（5×30）≈9.333 %）时，通常要考虑的可能是项目绩效引起的原因，是项目规划本身存在的问题，还是存在着特别的事件。对于本项目中，题干中没有给出特别事件，也没有对项目绩效进行说明，因此需要从项目计划中寻找原因。从整个项目计划制订过程看，每一步都存在质量问题。

由题干关键信息"该项目由 PH 公司总经理庞总主管，小许作为项目经理具体负责项目的管理，PH 公司总工程师老郭负责项目的技术工作"可知，该项目的团队管理将面临挑战。例如，小许与老郭之间的人际关系协调等。

由题干关键信息"新毕业的大学生小谢负责项目的质量保证"可知，负责项目质量保证的人员可能不符合要求，PH 公司存在用人不当的问题。

由题干关键信息"总工程师老郭把原来类似项目的解决方案直接拿来交给了小许，而 WBS 则由小许自己依据以往的经验进行分解"可知，该项目缺乏一些必要的技术评审等质量管理环节，项目经理小许存在闭门造车进行需求分析，以及项目计划一手包办等问题。制订计划时忽略了甲方高层领导作为重要项目干系人的管理。

由题干关键信息"在该项目计划的评审会上，大家是第一次看到该计划，在改了若干错别字后，就匆忙通过了该计划"可知，进度计划的评审流于形式、走过场，没有起到应有的作用。进度计划依据的方案没有经过评审，资源没有经过评估，进度没有经过合理的估计，结果制订出的计划的质量是没有保障的。

由题干关键信息“小许把需求文档提交给了甲方联系人审阅”可知，项目经理小许没有进行干系人分析，没有请对确认需求分析说明书的项目干系人，需求分析报告没有经过甲方相关责任人的正式确认同意。

由题干“该项目计划交到负责质量保证的小谢那里，小谢看到计划的内容，该填的都填了，格式也符合要求，就签了字”等关键信息可知，项目经理小许和负责质量保证的小谢无论在需求确认、对项目计划的评审还是在质量保证等环节的把关上，都存在走过场问题，没有深入地评审，欠缺项目管理的相关经验。

综合以下各种信息可知，PH 公司对该项目的管理流程形同虚设，没有深入切实的检查，管理层没有在关键地方做好把关和指导工作。

【问题 2】(5 分)

工作分解结构（WBS）是组织管理工作的主要依据，是项目管理工作的基础。WBS 分解是将主要项目可交付物分成更小的、更易管理的单元，直到交付物细分到足以用来支持未来的项目活动定义的工作包。工作包是 WBS 的最低层，可以在该层次上对其成本和进度进行可靠的估算。工作包的详细程度随着项目规模和复杂度的不同而不同。对于很久以后才可能完成的交付物或子项目，不可能分解到很详细的程度。项目管理团队通常是随着信息的逐渐丰富而对 WBS 进行细化的，即采用“滚动式”计划。

在进行项目工作分解时，一般要经过以下几个主要步骤。

(1) 识别和确认项目的阶段和主要可交付物，需求分析结果需要关键干系人认可。识别项目交付物和产生这些交付物所需的相关工作需要对范围说明书进行分析。该分析需要一定程度的“专家判断”，以便识别出所有的项目交付物和合同所描述的交付物。

(2) 对 WBS 的结构进行组织。对 WBS 的结构进行组织是指把项目的可交付物和相关工作按照 WBS 的结构进行组织，以满足项目管理团队对项目进行控制和管理的需要。通常采用 WBS 模板来制作 WBS 结构。

(3) 依据需求分析结果和《技术规格要求》对 WBS 进行分解，并确认每一组成部分是否分解得足够详细。把高层次的 WBS 工作分解为低层次的、详细的工作单元。通常至少分解到可以合理地对其进行成本和历时的估算为止。

(4) 为 WBS 的工作单元分配标识符或编号，确认项目主要交付成果的组成要素。交付成果的组成要素应当用有形的、可检验的结果来描述，以便据此进行绩效评估。

(5) 对当前的分解级别进行检验，以确保它们是必需的，而且是足够详细的，分解结果请关键干系人认可。确认工作分解的程度是必要和充分的，可以通过回答以下问题来核对：①最低层要素对项目分解来说是否必要而且充分？如果不是，则必须修改组成要素（例如，添加、删除和重新定义等）；②每个组成要素的定义是否清晰完整？如果不完整，则需要修改或扩展描述；③每个组成要素是否能够恰当地编制进度和预算？是否能够分配到接受职责并能够圆满完成这项工作的具体组织单元（例如，部门、项目队伍或个人）？如果不能，则需要做必要的修改，以保证合理的管理控制。

项目经理小刘可以通过以下过程在该项目的执行过程中监控项目的范围（即 WBS 的监理过程）：定时收集项目实际完成的工作，并且这些工作应得到关键干系人认可。接着与 WBS 进行比较，如果一致，则说明项目范围在可控范围内；如果不一致，则分析原因，然后采取相应的措施，例如变更项目的范围。

【问题 3】(10 分)

进度控制是监控项目的状态以便采取相应措施，以及管理进度变更的过程。它依据项目进度基准计划对项目的实际进度进行监控，使项目能够按时完成。有效地进行项目进度控制的关键是监控项目的实际进度，及时、定期地将它与计划进度进行比较，并立即采取必要的纠正措施。项目进度控制必须与其他变化控制过程紧密结合，并且贯穿于项目的始终。当项目的实际进度滞后于计划进度时，首先发现问题、分析问题根源并找出妥善处理的办法。对进度的控制，还应当重点关注项目进展报告和执行状况报告，它们反映了项目当前在进度、费用、质量等方面的执行情况和实施情况，是进行进度控制的重要依据。

在本案例中，项目经理小许可以从以下几个方面科学地检查及控制项目的进度执行情况。

（1）科学地制订进度计划，设置恰当的监控点。

（2）进行恰当的工作记录。例如，项目进展报告及当前进度状态需包含实际开始与完成日期，以及未完计划活动的剩余持续时间。

（3）绩效测量和报告。例如，制定统一模板的项目进度报告，检查当前的完成情况。

（4）偏差分析，将需要关注的偏差按项目绩效原因、计划估算原因和特殊事件原因分类别，并分别采取措施。

（5）制定相应的进度控制手段。例如，资源调配（或资源平衡）、赶工，对关键路径活动和非关键路径活动设置不同的阈值以决定是否采取纠正措施等。

（6）综合运用制定进度的工具、项目管理软件，以减轻管理工作量。例如，使用计划比较甘特图，节省用于分析进度的时间。而用于制定进度表的项目管理软件能够追踪、比较计划日期与实际日期，预测实际或潜在的项目进度变更所带来的后果，是进度控制的有效工具。

## 试题 4 要点解析

**【问题 1】**（6 分）

这是一道要求读者掌握项目计划图绘制及虚作业基本概念的作图题。本题的解答思路如下。

（1）阅读题干的描述信息，由试题信息“若为实箭线，则请在箭线上注明作业名及计划测试天数”可知，图 4-4 体现的是表 4-14 中第 1 列和第 2 列的信息。但在图 4-4 中还缺少对作业 G、作业 H 及它们计划测试天数的描述。

（2）在图 4-3 中模块 F 调用模块 G，而模块 G 再调用模块 H。对比图 4-3 和图 4-4 中各作业之间的连线关系，并根据自上而下的测试方法可知，在图 4-4 中对作业 F 进行测试之后应进行的是作业 G 的测试（即作业 F 的后续作业是 G），因此在图 4-4 中需要添加一条由“③”指向“④”的实箭线，在箭线上标注的作业名是 G，计划测试天数是 5。

（3）作业 H 是作业 G 的后续作业，而且是作业 P（对项目 P 进行整体测试）的前导作业，即作业 H 的测试工作必须在进行系统整体测试（作业 P）之前完成，因此在图 4-4 中需要添加一条由“④”指向“⑥”的实箭线，在箭线上的作业名及计划测试天数分别是 H、4。

（4）虚作业是指不占用时间、不消耗资源的任务，无须实际工作，主要用于体现作业之间的某种时间衔接关系。由题干关键信息“模块 D 与模块 G 需要调用公共模块 E”可知，在图 4-4 测试计划中作业 E 的测试工作必须在作业 D 与作业 G 都完成之后才能开始（即作业 E 应紧随作业 D 与作业 G 之后）。因此在图 4-4 中还需要添加一条由“④”指向“⑤”的虚箭线，在箭线上不需要标注其他信息。

（5）对以上分析进行整理可以得到一张完整的项目计划图，如图 4-8 所示。

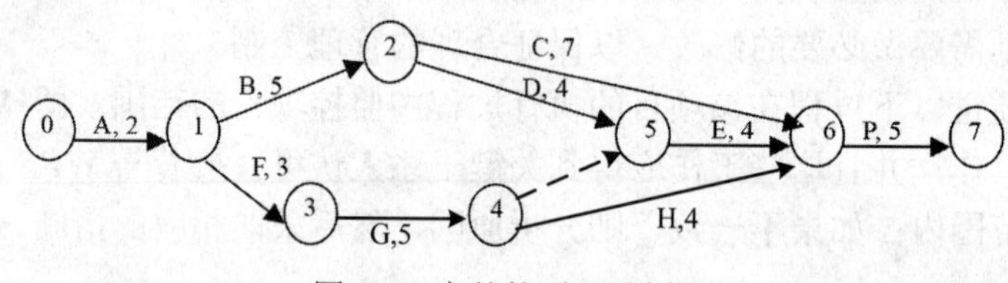


图 4-8　完整的项目计划图

**【问题 2】**（3 分）

这是一道要求读者在实现项目中应用关键路径概念的分析理解题。本题的解答思路是，关键路径是一个相关任务序列，该序列具有最大总和的最可能工期。它决定了项目最早可能完成的时间。换言之，它是工程项目从开始节点到结束节点中作业总天数最多的路径。

仔细分析图 4-8 中，从节点⓪～节点 7 的 3 条路径所花费的时间。其中，路径“⓪→①→②→⑥→⑦”所花费的时间为 19 天；路径“⓪→①→②→⑤→⑥→⑦”所花费的时间为 20 天；路径“⓪→①→③→④

→⑥→⑦”所花费的时间为 19 天。可见，时间总和最长的路径是“⓪→①→②→⑤→⑥→⑦”，这就是关键路径，它决定了整个项目所需的时间，即该测试项目计划至少需要 20 天才能完成。

**【问题 3】**（3 分）

这是一道要求读者掌握缩短项目时间与其所发生的成本之间的关系的综合分析题。本题的解答思路如下。

1）试题要求缩短作业测试天数时所增加的费用为最小，必须缩短处于关键路径上的某些作业的完成时间才可能达到这一要求。

2）由问题 2 的分析过程可知，该测试项目计划的关键路径是“⓪→①→②→⑤→⑥→⑦”，所涉及的作业有 A、B、D、E、P。通过表 4-14 的第 3 列可知，作业 A 完成测试所花费的天数允许缩短 1 天，即由原来的 2 天变为 1 天。同理，作业 B、D、E 分别允许缩短 2 天、1 天、2 天的测试时间，但作业 P 不允许缩短测试时间。

3）通过表 4-14 的第 4 列可知，在作业 A、B、D、E 中，作业 A 是缩短 1 天测试时间所需增加费用最少（500 元）的作业。如果将测试作业 A 缩短 1 天，则在图 4-8 中路径“⓪→①→②→⑥→⑦”所花费的时间变为 18 天；路径“⓪→①→②→⑤→⑥→⑦”所花费的时间变为 19 天；路径“⓪→①→③→④→⑥→⑦”所花费的时间变为 18 天，完成该测试项目计划需要 19 天。可见，将测试作业 A 缩短 1 天就能满足试题要求。

4）由以上分析可知，将测试作业 A 缩短 1 天后，该测试项目计划的关键路径仍为“⓪→①→②→⑤→⑥→⑦”。

**【问题 4】**（3 分）

这是一道要求读者掌握虚作业对压缩工期及其所发生费用影响的综合分析题。本题的解答思路如下。

（1）该测试项目已按原计划部署，到了第 7 天末，发现模块 A 与模块 B 已按计划测试完成，但模块 F 却刚测试完，比原计划延迟了 2 天。此时，路径“⓪→①→③→④→⑥→⑦”所花费的测试时间至少需要 21 天，该路径成为了该测试项目新的关键路径。由此可见，要保证该项目能在原计划总天数（20 天）内完成，就需要将某作业的测试时间缩短 1 天。

（2）只有缩短处于新关键路径上的作业的完成时间，才可能保证该项目仍能在原计划总天数内完成，且缩短作业测试天数时所增加的费用最少。路径“⓪→①→③→④→⑥→⑦”所涉及的作业有 A、F、G、H、P。其中，作业 A、F 已完成测试任务，是测试天数不可再发生变化的作业。由问题 3 的分析过程可知，作业 P 不允许缩短其测试时间。

（3）若将作业 G 的测试时间缩短 1 天，则所需增加的费用为 2500 元。此时，作业 G 这一测试任务将在项目开始的第 11 天完成，而作业 D 这一测试任务也将在项目开始的第 11 天完成，因此作业 E 可以按计划的时间进度进行。因此能满足图 4-8 中“④”与“⑤”之间的虚作业对作业 D、G、E 的衔接关系。

（4）若将作业 H 的测试时间缩短 1 天，则所需增加的费用为 2 000 元。此时，完成作业 G 测试任务是在项目开始的第 12 天，虽然作业 D 是在项目开始的第 11 天完成测试任务的，但作业 E 的最早开始时间只能等到第 13 天。这一变化将使路径“⓪→①→②→⑤→⑥→⑦”所花费的时间变为 21 天，成为了该测试项目新的关键路径，而完成该测试项目计划仍需要 21 天。如果要使该项目能在原计划总天数（20 天）内完成，则还需要将作业 E 的测试时间缩短 1 天，所需增加的总费用为 4 000 元（>2 500 元）。

显然，同时将作业 H、E 缩短 1 天测试时间的方案所需增加的总费用大于只将作业 G 缩短 1 天的方案，因此通过压缩工期来弥补前期工作的延迟，所增加费用较小的方案是将作业 G 的测试时间缩短 1 天。

## 试题 5 要点解析

**【问题 1】**（4 分）

项目的成本是项目的全过程所耗用的各种费用的总和。项目的成本管理对于组织来说非常重要，成本管理并不只是把项目的成本进行监控和记录，而是需要对成本数据进行分析，以发现项目的成本隐患和问题，在项目遭受可能的损失之前采取必要的行动。

本典型案例在 IT 行业是非常普遍的现象，尤其是一些中小型软件企业面临着巨大的市场竞争压力，为了能够争取到一些项目订单，不得不压价签约。如果企业内部在项目管理方面缺乏相应有效的管理手段，必然为项目成本管理带来风险和麻烦。从这个项目中可以看出成本管理的重要性。项目在没有做出成本估算的情况下，就在价格上做出了很大让步，这本身就是一个很大的风险。

范围是影响成本的重要因素之一。如果范围都没有确定，成本的估算就根本无法进行。在这个项目中，PH 公司在没有确定项目范围、成本估算无法进行的情况下就签订了合同，给项目成本管理的预算和控制带来了极为不利的影响。项目组在进行需求调研、需求变更等工作的过程中，经常会与客户方产生分歧和争论，因为范围不确定，项目的价格又太低，使得双方很难达成一致。老林通过"分而治之"的方法，将项目成本与范围的突出问题进行了深入的分析，实事求是地将项目组在合同规定的时间和价格内能够完成的任务进行了界定，并写成书面与客户沟通。

为了能在现有的条件下控制好、执行好此类项目，必须加强成本的管理和控制。具体措施如下：

（1）不要忙于组织实施，应该和相关人员密切配合来与客户沟通项目范围，进行需求调研和范围分析工作，评估项目成本和风险，提交分析报告给企业的主管领导进行决策。换而言之，老林应对项目成本与范围的突出问题进行深入的分析，实事求是地将项目组在合同规定的时间和价格内能够完成的任务进行界定，并写成书面报告交给客户。在此基础上，老林利用一切可能的机会跟省人事厅主管信息化的领导进行汇报和沟通，说明这些问题的利害关系和项目团队的困难，希望得到他的理解和帮助。

（2）与用户加强沟通，确定范围，减少需求的变动，对于某些需求变更要求客户追加资金。

（3）认真分析变更所带来的技术和功能影响、成本和进度影响，以及对系统资源需求的影响等。例如，如果项目开发组界定的项目范围得到了用户的认可和领导的支持，则老林对项目的成本控制就会增加信心，项目的进度也能够在控制的范围内，使他能感觉到项目有了奔头。另外，如果能得到省人事厅信息中心谢主任的理解和支持，则能在很大程度上控制软件需求的扩大，对成本的驾驭也有了保障。

（4）项目组自身要加强成本的控制，例如合理安排人员，要尽量在提高工作效率的同时降低开发成本。

**【问题 2】**（6 分）

在该信息化项目管理过程中应该吸取以下几点教训，以避免今后发生类似的事情。

（1）销售人员在提出立项意向或投标时，应认真分析招标说明书中有关技术需求的描述或对用户需求进行必要的调研，评估项目的范围，必要时可申请售前工程师或其他技术人员给予配合。

（2）建立健全合同评审流程，要求有经验的技术人员参与合同评审，以保证从技术和实施成本方面进行严格评估。

（3）在对部门及员工进行业绩考核时，要综合考虑相关项目实施成本的因素，以强化项目组的成本意识。

**【问题 3】**（5 分）

项目成本估算是指编制完成项目活动所需资源的大致成本的活动。估算活动的成本，涉及估算完成每项活动所需资源的近似成本。在估算成本时，需要考虑成本估算偏差的可能原因（包括风险）。类比估算、确定资源费率、自下而上估算、参数估算、项目管理软件、供货商投标分析、准备金分析及质量成本等是项目成本估算常用的工具与技术，详见表 4-20。

**表 4-20 项目成本估算常用的工具与技术**

| 工具与技术 | 说　明 |
|---|---|
| 成本类比估算 | 是指利用过去类似项目的实际成本作为当前项目成本估算的基础。这是一种专家判断，当对项目的详细情况了解甚少时（如在项目的初期阶段），往往采用该方法估算项目的成本。该方法在以下情况中最为可靠：与以往项目的实质相似，而不只是在表面上相似，并且进行估算的个人或集体具有所需的专业知识 |
| 确定资源费率 | 确定费率的个人或编制估算的集体必须知道每种资源的单位费率（如每小时的人工费等），从而来估算活动成本。收集报价、从商业数据库和卖方印刷的价格清单中获得数据是获得费率的常用方法 |

续表

| 工具与技术 | 说　明 |
|---|---|
| 自下而上估算 | 是指估算单个工作包或细节最详细的活动的成本，然后将这些详细成本汇总到更高层级，以便用于报告和跟踪目的。其准确性取决于单个活动或工作包的规模和复杂程度。通常，需要投入量较小的活动，其活动成本估算的准确性较高 |
| 参数估算 | 是一种运用历史数据和其他变量（如软件编程中的编码行数，要求的人工小时数等）之间的统计关系，来计算活动资源成本的估算技术。该技术估算的准确度取决于模型的复杂性及其涉及的资源数量和成本数据 |
| 项目管理软件 | 如成本估算软件、计算机工作表、模拟和统计工具等被广泛用来进行成本估算。这些工具可以简化一些成本估算技术，便于进行各种成本估算方案的快速计算 |
| 供货商投标分析 | 如果项目是通过竞价过程发包的，则项目团队要求进行额外的成本估算工作，检查每个可交付成果的价格，然后得出一个支持项目最终总成本的成本值 |
| 准备金分析 | 成本应急储备的一种管理方法是，将相关的单个活动汇集成一组，并将这些活动的成本应急储备汇总起来，赋予到一项活动。这个活动的持续时间可以为零，并贯穿这组活动的网络路径，用来储存成本应急储备 |

## 4.2.3　参考答案

表 4-21 给出了本份下午试卷试题 1～试题 5 的参考答案，供读者练习时参考，以便查缺补漏。读者也可依照所给出的评分标准得出测试分数，从而大致评估自己对这些知识点的掌握程度。

表 4-21　参考答案及评分标准表

| 试　题 | 问题与分值 | 参考答案及评分标准 | 自 评 分 |
|---|---|---|---|
| 1 | 【问题 1】（5 分） | （1）24　（2）3　（3）48　（4）6<br>（5）24　（6）3　（7）40　（8）5<br>（9）32　（10）4　（每空 0.5 分） | |
| | 【问题 2】（7 分） | 11 人/天　（2 分）<br>表 4-16 或 表 4-15 等　（5 分） | |
| | 【问题 3】（3 分） | 用于确定何时、如何招聘项目所需的人力资源、何时释放人力资源（1 分）、确定项目成员所需的培训、奖励计划、是否必须遵循某些约定、安全问题（1 分），以及该管理计划对组织的影响等（1 分） | |
| 2 | 【问题 1】（6 分） | ①没有清晰地了解到产品的范围，导致项目后期需求的延长；<br>②没有澄清模糊的项目范围，在安装服务器的问题上产生异议，最终增加了未计划到的工作；<br>③没有进行变更控制，以至于变更的结果不理想，导致反复地变更<br>（每小点 2 分，答案类似即可） | |
| | 【问题 2】（4 分） | ①偏差分析；<br>②重新制订计划；<br>③变更控制系统和变更控制委员会；<br>④配置管理系统（每小点 1 分） | |
| | 【问题 3】（5 分） | ①依据合同处理变更，要求双方在签订合同时，在合同中写明“变更处理协议”；（2 分）<br>②待开发下个版本来满足变更，即开发方的负责人就可以运用一些社交技巧来减缓矛盾，尽量争取用户的理解，使变更不影响项目的发展，让变更成为下一个版本的内容；（2 分）<br>③获取回报，即开发方真诚地和客户沟通，约定在以后恰当的时候、以恰当的方式回报开发方，以减少损失　（1 分，答案类似即可） | |
| 3 | 【问题 1】（5 分） | ①PH 公司的问题：用人不当，不应选新毕业生负责质量保证；<br>②项目经理小许的问题：需求分析闭门造车、项目计划一手包办；<br>③项目经理小许和负责质量保证的小谢的问题：无论需求确认、对项目计划的评审还是质量保证人员的把关，都存在走过场问题，没有深入地评审；<br>④项目经理小许的问题：没有进行干系人分析，没有请对确认需求分析说明书的项目干系人；<br>⑤PH 公司的问题：项目管理流程形同虚设，没有深入切实的检查<br>（每小点 1 分，答案类似即可） | |

续表

| 试　题 | 问题与分值 | 参考答案及评分标准 | 自 评 分 |
|---|---|---|---|
| 3 | 【问题2】（5分） | ①识别和确认项目的阶段和主要可交付物，需求分析结果需要关键干系人认可；<br>②对 WBS 的结构进行组织；<br>③对 WBS 进行分解，并确认每一组成部分是否分解得足够详细；<br>④为 WBS 的工作单元分配代码，并确认项目主要交付成果的组成要素；<br>⑤确认工作分解的程度是必要和充分的，分解结果请关键干系人认可<br>（每小点 1 分，答案类似即可） | |
| | 【问题3】（5分） | ①科学地制订进度计划，设置恰当的监控点；<br>②进行恰当的工作记录；<br>③绩效测量和报告；<br>④偏差分析；<br>⑤制定相应的进度控制手段。例如，资源调配、赶工等（每小点 1 分，答案类似即可） | |
| 4 | 【问题1】（6分） | 一条由“③”指向“④”的实箭线，作业名：G，计划测试天数：5（2 分）；<br>一条由“④”指向“⑥”的实箭线，作业名：H，计划测试天数：4（2 分）；<br>一条由“④”指向“⑤”的虚箭线（2 分），如图 4-8 所示 | |
| | 【问题2】（3分） | 关键路径：⓪→①→②→⑤→⑥→⑦ （2 分）<br>总工期：20 天（1 分） | |
| | 【问题3】（3分） | 将作业 A 缩短 1 天（2 分），需要增加 500 元（1 分） | |
| | 【问题4】（3分） | 将作业 G 缩短 1 天（2 分），需要增加 2500 元（1 分） | |
| 5 | 【问题1】（4分） | ①不要忙于组织实施，应该和相关人员密切配合来与客户沟通项目范围，进行需求调研和范围分析工作，评估项目成本和风险，提交分析报告给企业的主管领导进行决策；<br>②与用户加强沟通，确定范围，减少需求的变动，对于某些需求变更要求客户追加资金；<br>③认真分析变更所带来的技术和功能影响、成本和进度影响，以及对系统资源需求的影响等；<br>④项目组自身要加强成本的控制，如合理安排人员，要尽量在提高工作效率的同时降低开发成本 （每小点 1 分，答案类似即可） | |
| | 【问题2】（6分） | ①销售人员在提出立项意向或投标时，应认真分析招标说明书中有关技术需求的描述或对用户需求进行必要的调研，评估项目的范围，必要时可申请售前工程师或其他技术人员给予配合；<br>②建立健全合同评审流程，要求有经验的技术人员参与合同评审，以保证从技术和实施成本方面进行严格评估；<br>③在对部门及员工进行业绩考核时，要综合考虑相关项目实施成本的因素，以强化项目组的成本意识 （每小点 2 分，答案类似即可） | |
| | 【问题3】（5分） | ①成本类比估算　②确定资源费率<br>③自下而上估算　④参数估算<br>⑤项目管理软件　⑥供货商投标分析<br>⑦准备金分析 （列举其中 5 个小点即可，每小点 1 分） | |

# 第5章 考前冲刺预测卷5

## 5.1 上午试卷

**（考试时间 9：00—11：30，共 150 分钟）**

**请按下述要求正确填写答题卡**

1．在答题卡的指定位置上正确写入你的姓名和准考证号，并用正规 2B 铅笔在你写入的准考证号下填涂准考证号。

2．本试卷的试题中共有 75 个空格，需要全部解答，每个空格 1 分，满分 75 分。

3．每个空格对应一个序号，有 A、B、C、D 4 个选项，请选择一个最恰当的选项作为解答，在答题卡相应序号下填涂该选项。

4．解答前务必阅读例题和答题卡上的例题填涂样式及填涂注意事项。解答时用正规 2B 铅笔正确填涂选项，如需修改，请用橡皮擦干净，否则会导致不能正确评分。

**【例题】**

2010 年下半年全国计算机技术与软件专业技术资格（水平）考试日期是＿（88）＿月＿（89）＿日。

（88）　A．9　　B．10　　C．11　　D．12

（89）　A．11　　B．12　　C．13　　D．14

因为考试日期是“11 月 13 日”，故（88）选 C，（89）选 C，应在答题卡序号 88 下对 C 选项进行填涂，在序号 89 下对 C 选项进行填涂（参见答题卡）。

### 5.1.1 试题描述

**试题 1**

以下关于信息和信息化的描述中，错误的是＿（1）＿。

（1）　A．信息是用于消除随机不确定性的东西

B．信息化就是开发利用信息资源，促进信息交流和知识共享，提高经济增长质量，推动经济社会发展转型的历史进程

C．信息资源是重要的生产要素

D．信息、材料和能源共同构成经济和社会发展的 3 大战略资源。这 3 者之间不能相互转化

**试题 2**

以下关于信息系统集成的描述中，错误的是＿（2）＿。

（2）　A．信息系统集成包括设备系统集成和应用系统集成

B．信息系统集成主要是设备选择和供应，其核心是硬件

C．设备系统集成也可分为智能建筑系统集成、计算机网络系统集成和安防系统集成等

D．信息系统集成项目要以满足客户和用户的需求为根本出发点

**试题 3**

通常，实施商业智能（BI）的步骤依次是：需求分析→__（3）__→用户培训和数据模拟测试→系统改进和完善。

（3） A．建立 BI 分析报表→数据抽取→数据仓库建模

B．数据抽取→建立 BI 分析报表→数据仓库建模

C．建立 BI 分析报表→数据仓库建模→数据抽取

D．数据仓库建模→数据抽取→建立 BI 分析报表

**试题 4**

对 ERP 项目最准确的定位是__（4）__。

（4） A．信息系统集成项目 B．技术改造项目

C．管理变更项目 D．作业流实施项目

**试题 5**

电子政务根据其服务的对象不同，基本上可以分为 4 种模式。某市政府在因特网上提供的“机动车违章查询”服务，属于__（5）__模式。

（5） A．G2G B．G2B C．G2E D．G2C

**试题 6**

项目经理小郭购买了一张有注册商标的应用软件光盘，则小郭享有__（6）__。

（6） A．该应用软件的修改权 B．该应用软件的复制权

C．注册商标专用权 D．该光盘的所有权

**试题 7**

根据我国《计算机软件保护条例》的规定，计算机软件（即计算机程序及其有关文档）著作权取得的时间是__（7）__。

（7） A．自软件首次发表之日 B．自软件商业化使用之日

C．自软件开发完成之日 D．自软件进行著作权登记之日

**试题 8**

结构化分析方法（SA）的主要思想是__（8）__。

（8） A．自底向上、逐步抽象 B．自顶向下、逐步抽象

C．自底向上、逐步分解 D．自顶向下、逐步分解

**试题 9**

以下不属于软件工程需求分析阶段任务的是__（9）__。

（9） A．分析软件系统的数据要求 B．确定软件系统的功能需求

C．确定软件系统的性能要求 D．确定软件系统的运行平台

**试题 10**

根据《计算机软件质量保证计划规范》GB/T 12504—1990，__（10）__是指确定在软件开发周期中的

一个给定阶段的产品是否达到在上一阶段确立的需求的过程。

（10） A．测试 B．验证 C．确认 D．审计

### 试题 11

以下关于面向对象的分析与设计的描述中，正确的是＿（11）＿。

（11） A．面向对象分析无须考虑技术和实现层面的细节

B．面向对象分析的输入是面向对象设计的结果

C．面向对象设计描述软件要做什么

D．面向对象设计的结果是简单的分析模型

### 试题 12

UML 的设计视图包含了类、接口和协作。其中，设计视图的动态行为是由＿（12）＿表现。

（12） A．协作图和构件图 B．活动图和用例图

C．类图和对象图 D．顺序图和状态图

### 试题 13

在常见的软件架构模式中，管道和过滤器模式属于＿（13）＿。

（13） A．数据为中心的体系结构 B．数据流体系结构

C．调用和返回体系结构 D．层次式体系结构

### 试题 14

在选项＿（14）＿中，①代表的技术用于决策分析；②代表的技术用于从数据库中发现知识对决策进行支持。

（14） A．①数据挖掘、②数据集市 B．①数据仓库、②数据集市

C．①数据仓库、②数据挖掘 D．①数据挖掘、②数据仓库

### 试题 15

如果用“谁做”、“做什么”、“怎么做”和“什么时候做”来描述一个软件开发过程，那么 RUP 用＿（15）＿来表述“谁做”。

（15） A．角色 B．活动 C．用例 D．工作流

### 试题 16

以下不属于.NET 开发框架的是＿（16）＿。

（16） A．ADO.NET B．基础类库 C．EJB D．通用语言运行环境

### 试题 17

为解决监理活动中产生的争议，其依据是＿（17）＿。

（17） A．监理大纲 B．监理规划 C．监理合同 D．用户需求

### 试题 18

1000 Base-Sx 标准支持的传输介质是＿（18）＿。

（18） A．非屏蔽双绞线 B．屏蔽双绞线 C．单模光纤 D．多模光纤

### 试题 19

以下网络地址中，属于私网 IP 地址（Private IP Address）的是＿（19）＿。

（19） A．172.15.22.5 B．118.168.22.5 C．172.31.22.5 D．192.158.22.5

**试题 20**

以下不属于服务器磁盘接口总线标准的是 (20) 。

（20） A．PCI 标准 B．SCSI 标准 C．ATA 标准 D．SATA 标准

**试题 21**

有两台交换机分别安装在某幢办公楼的第 4 层和第 5 层，同属于财务部门的 6 台 PC 分别连接在这两台交换机的端口上。为了提高网络安全性和易管理性，最好的解决方案是 (21) 。

（21） A．改变物理连接，将 6 台 PC 全部移动到同一层

B．使用路由器，并用访问控制列表（ACL）控制主机之间的数据流

C．构建一个 VPN，并使用 VTP 通过交换机的 Trunk 功能传播给 6 台 PC

D．在每台交换机上建立一个相同的 VLAN，将连接 6 台 PC 的交换机端口都分配到这个 VLAN 中

**试题 22**

建立有效的责任机制，防止用户否认其行为属于信息安全的 (22) 。

（22） A．保密性 B．数据完整性 C．不可抵赖性 D．真实性

**试题 23**

某系统集成公司为便于员工在 Internet 上安全访问公司内部 FTP 服务器中的一些数据，通过调用传输层的安全协议来保障这些客户机与 FTP 服务器之间数据通信的安全。以下可选的传输层安全协议是 (23) 。

（23） A．IPSec B．L2TP C．TLS D．PPTP

**试题 24**

防火墙把网络划分为几个不同的区域，通常把对外提供网络服务的设备（如 WWW 服务器、E-mail 服务器）放置于 (24) 区域。

（24） A．信任网络 B．半信任网络 C．非军事化 D．非信任网络

**试题 25**

CA 安全认证中心可以 (25) 。

（25） A．完成数据加密，保护内部关键信息

B．用于在电子商务交易中实现身份认证

C．支持在线销售和在线谈判，实现订单认证

D．提供用户接入线路，保证线路的安全性

**试题 26**

在矩阵型组织结构中，若项目经理向一位能给项目提供支持的高级副总裁汇报工作，则 (26) 最好地描述了该项目经理的权力。

（26） A．在弱矩阵型组织中，权力向利益相关者倾斜

B．在强矩阵型组织中，权力向项目经理倾斜

C．在平衡矩阵型组织中，权力向项目经理倾斜

D．在平衡矩阵型组织中，权力向职能经理倾斜

**试题 27**

以下关于项目管理办公室（PMO）的描述中，错误的是 (27) 。

（27） A．PMO 是项目之间的沟通管理协调中心
B．通常在企业级对所有 PMO 管理的项目的时间线和预算进行中央监控
C．PMO 为所有项目进行集中的配置管理
D．PMO 和项目经理追求相同的任务目标，并受相同的需求驱动

## 试题 28

项目的管理过程用于描述、组织并完成项目工作，而以产品为导向的技术过程则创造项目的产品。因此，项目的管理过程和以产品为导向的技术过程__（28）__。

（28） A．在整个项目过程中相互重叠和相互作用 B．在项目的生命周期中是两个平行的流程
C．与描述和组织项目工作有关 D．对每个应用领域都是相似的

## 试题 29

按照《中华人民共和国招标投标法》的相关规定，除__（29）__之外均属于不符合规定的事件。

（29） A．某项信息系统项目招标文件规定：2010 年 5 月 30 日为提交投标文件和投标保证金的截止日期，2010 年 5 月 31 日举行开标会
B．某电子政务信息系统项目在招标公告中要求投标者应具有系统集成一级资质，并规定允许多个独立法人组成联合体进行投标。在开标中，PH 承建单位联合体是由 3 家单位联合组成的，其中甲公司是一级集成公司，乙是国家级的标准化研究院，丙是二级系统集成公司。该联合体被认定为不符合投标资格要求，撤销了投标书
C．某校园网信息系统项目的评标委员会委员由招标人直接指定，其中包括招标人代表 2 人，本系统技术专家 2 人，经济专家 1 人，外系统技术专家 2 人
D．按照招标文件中确定的综合评价标准，4 家投标人综合得分从高到低依次顺序为乙、丁、甲、丙，故评标委员会确定投标人乙为中标人。由于 4 家投标人的报价从低到高的依次顺序为丙、丁、乙、甲，因此作为招标人的建设单位又与中标人乙就合同价格进行了多次谈判，结果中标人乙将价格降到略高于投标人丙的报价水平，最终双方在规定要求的期限内签订了书面合同

## 试题 30

使用成本效益分析法对项目进行分析时，需要遵循除__（30）__之外的原则。

（30） A．费用效益比原则 B．最有效原则
C．费用效益比值固定原则 D．最经济原则

## 试题 31

与逐步完善的计划编制方法相对应的是__（31）__。

（31） A．进度表 B．进度基准
C．项目边界 D．滚动波计划

## 试题 32

项目计划方法是在项目计划阶段，用来指导项目团队制订计划的一种结构化方法。__（32）__是这种方法的例子。

（32） A．职能工作的授权 B．项目干系人的技能分析
C．工作指南和模板 D．上层管理介入

## 试题 33

在创建工作分解结构的过程中，项目相关人员要__（33）__。

（33） A. 进行时间估算和成本估算　　B. 执行 WBS
C. 对 WBS 给予确认并对此达成共识　　D. 编制绩效报告

## 试题 34

项目范围说明书（初步）列出了项目及其相关产品、服务的特性和＿（34）＿，以及范围控制和接受的方法。

（34） A. 章程　　B. 高层范围控制过程
C. 质量控制方法　　D. 项目边界

## 试题 35

以下关于项目范围的描述中，正确的是＿（35）＿。

（35） A. 项目范围在项目的早期被描述出来，并随着范围的蔓延而更加详细
B. 项目范围在项目章程中被定义，并且随着项目的进展进行必要的变更
C. 项目范围在项目的早期被描述出来，并随着项目的进展而更加详细
D. 在项目早期，项目范围包含某些特定的功能和其他功能，并且随着项目的进展添加更详细的特征

## 试题 36

工作分解结构对＿（36）＿最有用。

（36） A. 确定项目风险　　B. 确定潜在的进度延迟
C. 建立成本估算　　D. 计划任务的开始时间

## 试题 37

在项目执行过程中，有时需要对项目的范围进行变更，＿（37）＿属于项目范围变更。

（37） A. 对项目管理的内容进行修改
B. 需要调整成本、完工时间、质量和其他项目目标
C. 在甲乙双方同意的基础上，修改 WBS 中规定的项目范围
D. 修改所有项目基线

## 试题 38

＿（38）＿是进度控制的一个重要内容。

（38） A. 决定是否对进度的偏差采取纠正措施
B. 定义为产生项目可交付成果所需的活动
C. 评估范围定义是否足以支持进度计划
D. 确保项目团队士气高昂，使团队成员能发挥他们的潜力

## 试题 39

在关键路径上增加资源不一定会缩短项目的工期，这是因为＿（39）＿。

（39） A. 关键路径上的活动是不依赖于时间和资源的
B. 关键活动的历时是固定不变的
C. 关键活动所配置的资源数量总是充足的
D. 增加资源有可能导致产生额外的问题并且降低效率

## 试题 40

活动历时估算的直接依据（输入）不包括＿（40）＿。

（40） A．项目成本估算　　　　B．项目进度计划
C．活动清单属性　　　　D．项目范围说明书

## 试题 41

公式＿（41）＿能最准确地计算项目活动的工作量。

（41） A．工作量=（最乐观时间 ＋4×最可能时间 ＋ 最悲观时间）/6
B．工作量=历时/人力资源数量
C．工作量=历时/人员生产率
D．工作量=项目规模/人员生产率

## 试题 42

某工程包括 7 个作业（A～G），各作业所需的时间和人数及互相衔接的关系如图 5-1 所示（其中虚线表示不消耗资源的虚作业）。

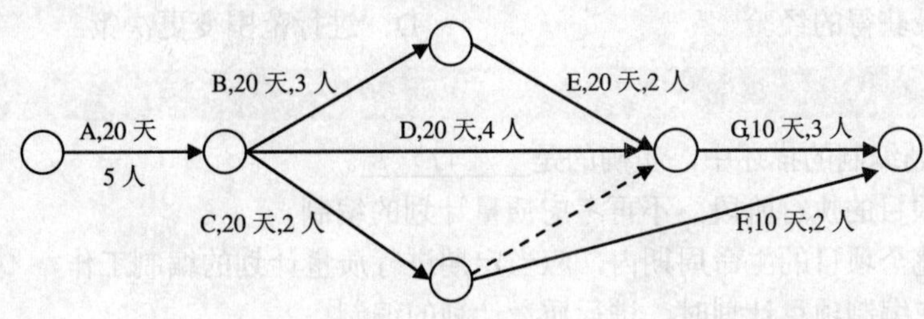


图 5-1 某工程活动图

如果各个作业都按最早可能的时间开始，那么，正确描述该工程每一天所需人数的图为＿（42）＿。

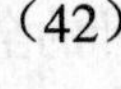
（42） A.

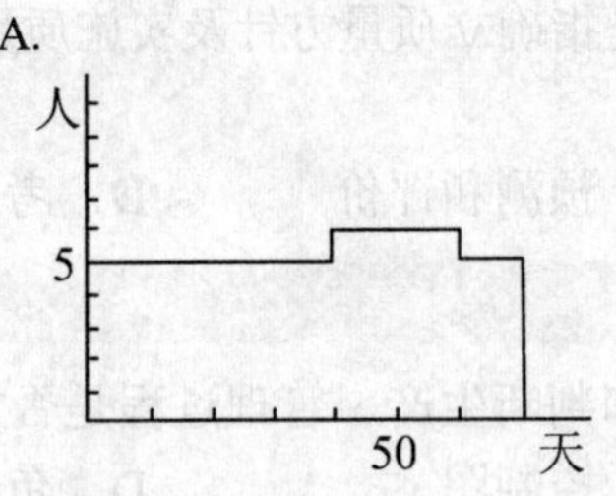


B.

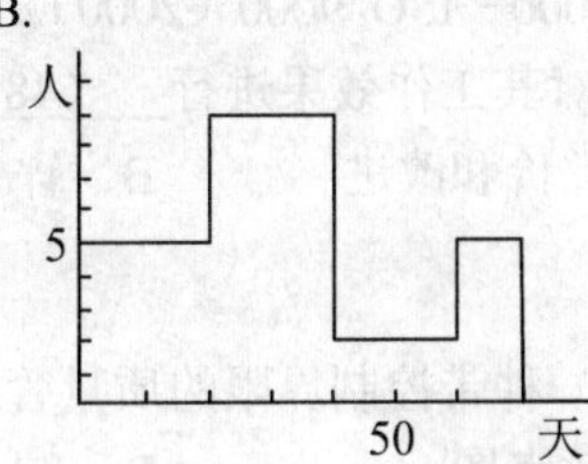

C.

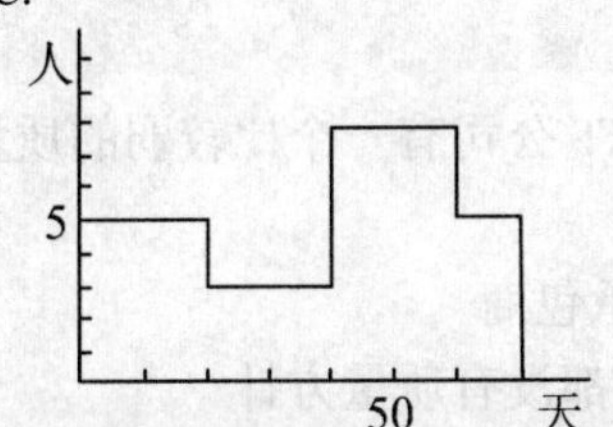


D.

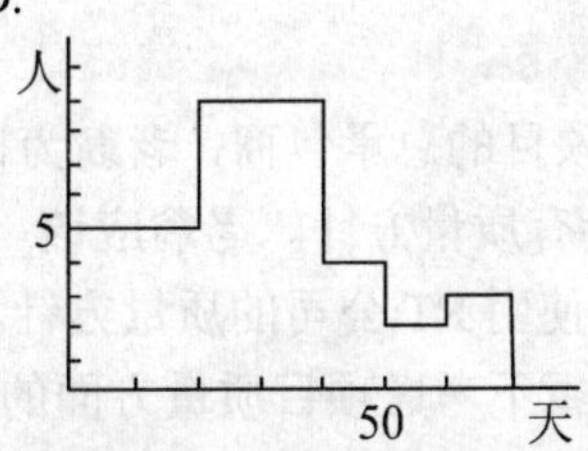


## 试题 43

成本管理计划的作用是＿（43）＿。

（43） A．确定成本基线　　　　B．确定绩效测量基线
C．描述怎样管理成本偏差　　　　D．估算并调节项目的成本状况

## 试题 44

某项目已进展到第 3 周，对项目前两周的实施情况总结如下：PV=3200 元，EV=3000 元，AC=3300 元。SPI 和项目状态为＿（44）＿。

（44） A．SPI<1，进度滞后　　B．SPI<1，资金使用效率较低
C．SPI>1，进度提前　　D．SPI>1，资金使用效率较高

**试题 45**

以下关于成本基准计划的描述，错误的是__（45）__。

（45） A．成本基准计划是项目管理计划的一个组成部分
B．成本基准计划是成本估算阶段的产物
C．许多项目可能有多个成本基准，以便度量项目成本绩效的各个方面
D．开支计划、现金流预测是度量支出的成本基准之一

**试题 46**

某项目的项目范围已经发生变更，因此成本基线也将发生变更，项目经理需要尽快__（46）__。

（46） A．执行得到批准的范围变更　　B．更新预算
C．记录获得的经验　　D．进行范围变更决策

**试题 47**

以下关于质量计划编制的描述中，正确的是__（47）__。

（47） A．在项目的执行阶段，不再考虑质量计划的编制
B．在整个项目的生命周期内，应当定期进行质量计划的编制工作
C．仅在编制项目计划时，进行质量计划的编制
D．编制质量计划是编制范围说明书的前提

**试题 48**

根据《GB/T19000—ISO 9000（2000）》的定义，质量管理是指确立质量方针及实施质量方针的全部职能及工作内容，并对其工作效果进行__（48）__的一系列工作。

（48） A．评价和改进　　B．评价和记录　　C．预测和评价　　D．考核和评价

**试题 49**

__（49）__是一种带控制界限的质量管理图表，用于分析和判断生产、管理过程是否发生了异常。

（49） A．散点图　　B．帕累托图　　C．控制图　　D．鱼骨图

**试题 50**

RT 公司为某项目的总承包商，老翁为该项目的项目经理，RT 公司有一个比较弱的质量方针，参与该项目的其他公司没有质量方针。老翁应该__（50）__。

（50） A．使用 RT 公司的质量方针，因为 RT 公司是总承包商
B．暂不考虑项目质量方面的事情，因为多数公司都没有质量方针
C．从所有参与该项目的公司中寻找支持来建立一个质量计划
D．与来自各个公司的核心成员一起制定该项目的质量方针，同时不告诉任何其他项目干系人以消除负面影响

**试题 51**

以下关于项目的人力资源管理的描述中，正确的是__（51）__。

（51） A．项目的人力资源是项目的结果会影响到的，或者他们的活动会影响到项目的人群
B．人力资源行政管理工作通常不是项目管理小组的直接责任，所以项目经理不应参与到人力资源的行政管理工作中去

C．项目人力资源管理包括人力资源编制、组建项目团队、项目团队建设和管理项目团队 4 个过程

D．好的项目经理需要有较高的冲突管理技巧，为了保证项目人力资源管理的延续性，项目成员不应变化

## 试题 52

（52）不是项目团队管理的输出。

（52） A．项目的组织结构图　　B．已更新的组织过程资产
C．变更请求　　D．已更新的项目管理计划

## 试题 53

以下关于项目团队组建的描述中，错误的是（53）。

（53） A．越是基层的项目经理，需要的领导力相对管理能力而言不高
B．领导行为理论的基本观点可用下式反映：有效领导=F（领导者，被领导者，环境）
C．项目经理的专家权力、感召权力是来自于项目经理本人
D．相对于使用权力、金钱或处罚方式，使用工作挑战和技术特长来激励员工工作更有效

## 试题 54

（54）是项目管理方法中的一种“软工具”。

（54） A．项目管理软件　　B．成本财务编码　　C．持续改进的目标　　D．便利的沟通会议

## 试题 55

沟通效果较好、比较严肃、约束力强、易于保密的沟通方式是（55）。

（55） A．双向沟通　　B．正式沟通　　C．上行沟通　　D．平行交叉沟通

## 试题 56

沟通是项目管理的一项重要工作，如图 5-2 所示为人与人之间的沟通模型。该模型说明了沟通的发送者收集信息、对信息加工处理、通过通道传送、接收者接收并理解、接收者反馈等若干环节。由于人们的修养和表达能力的差别，在沟通时会产生各种各样的障碍。认知障碍最常出现在（56）。

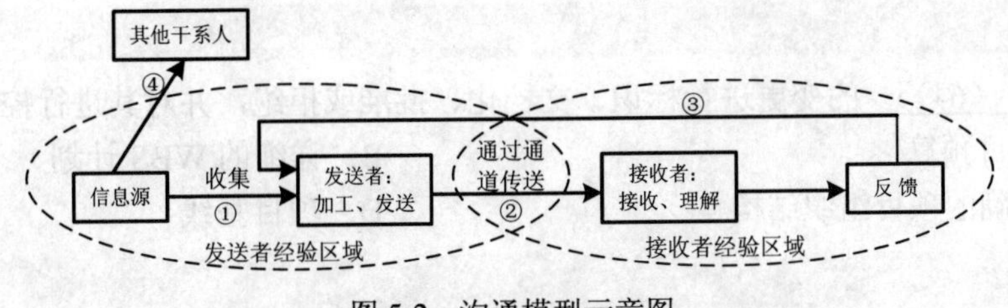


图 5-2　沟通模型示意图

（56） A．①和②　　B．①和③　　C．②和③　　D．①和④

## 试题 57

以下不属于合同管理的工具和技术是（57）。

（57） A．合同谈判　　B．买方主持的绩效评审
C．绩效报告　　D．支付系统

## 试题 58

某个负责 PH 高新企业园区网络工程建设的项目经理，正在估算该项目的成本，但尚未掌握项目的全

部细节。项目经理应该首先采用的成本估算方法是___(58)___。

（58） A．资源单价法 B．自下而上估算法 C．蒙特卡罗分析 D．类比估算法

**试题 59**

采购计划编制完成时，___(59)___也应编制完成。

（59） A．合同 B．工作说明书 C．招标文件 D．评标标准

**试题 60**

合同预期成本 800 万元，固定酬金 10 万元，酬金增减 15 万元，如果项目实际发生成本为 820 万元，按成本加浮动酬金计算，合同总价为___(60)___。

（60） A．810 万元 B．815 万元 C．820 万元 D．825 万元

**试题 61**

下列关于投标的叙述中，不正确的是___(61)___。

（61） A．两个以上法人可以组成一个联合体，以一个投标人的身份共同投标
B．在招标文件要求提交投标文件的截止时间后送达的投标文件，招标人应当拒收
C．招标人不得相互串通投标报价
D．竞标时，投标人可以自行决定报价，报价数额不受限制

**试题 62**

根据《软件文档管理指南》(GB/T 16680—1996)，软件文档包括___(62)___等。

（62） A．启动文档、计划文档、实施文档和收尾文档
B．开发文档、支持文档和管理文档
C．开发文档、技术文档和管理文档
D．开发文档、产品文档和管理文档

**试题 63**

对于某项正在进行的信息系统项目，其采购合同应存入___(63)___。

（63） A．开发库 B．知识库 C．受控库 D．产品库

**试题 64**

变更控制是对___(64)___的变更进行标识、文档化、批准或拒绝，并对其进行控制。

（64） A．项目预算 B．详细的 WBS 计划
C．明确的项目组织结构 D．项目基线

**试题 65**

___(65)___不是解决项目冲突的主要方式。

（65） A．协商 B．诉讼 C．强制 D．妥协

**试题 66**

如果项目实际进度比计划提前 20%，实际成本只用了预算成本的 60%，首先应该___(66)___。

（66） A．重新修订进度计划 B．给项目团队加薪，开表彰大会
C．重新进行成本预算 D．找出与最初计划产生差别的原因

**试题 67**

有效的项目风险管理首先要求___(67)___。

（67） A．所有项目风险已被确认 B．建立和贯彻项目风险管理方针
C．指派项目经理对确认的风险过程进行管理 D．为项目决策提供明晰的信息

**试题 68**

在进行项目风险定量分析时，可能会涉及到＿（68）＿。

（68） A．风险数据质量评估 B．建立概率及影响矩阵
C．风险紧急度评估 D．风险信息访谈

**试题 69**

人力资源风险、进度计划风险、成本风险和质量风险是管理项目时可能出现的 4 种风险。从客户的角度来看，如果没有管理好＿（69）＿，将会造成最长久的影响。

（69） A．人力资源风险 B．质量风险 C．成本风险 D．进度计划风险

**试题 70**

客户已经正式接收了项目，该项目的项目经理下一步工作将是＿（70）＿。

（70） A．将项目总结向项目档案库归档 B．进行项目审计
C．适当地将接收文件分发给其他项目干系人 D．记录与团队成员所获得的经验、教训

**试题 71**

On some projects,especially ones of smaller scope,activity sequencing,activity resource estimating.Activity duration estimating,and＿（71）＿are so tightly linked that they are viewed as a single process that can be performed by a person over a relatively short period of time.

（71） A．project planning B．time estimating
C．cost estimating D．schedule development

**试题 72**

The＿（72）＿process analyzes the effect of risk events and assigns a numerical rating to those risks.

（72） A．Quantitative Risk Analysis B．Risk Identification
C．Qualitative Risk Analysis D．Risk Monitoring and Control

**试题 73**

The＿（73）＿provides the project manager with the authority to apply organizational resources to project activities.

（73） A．project management plan B．project charter
C．project human resource plan D．project stakeholders

**试题 74**

The＿（74）＿technique involves using project characteristics in a mathematical model to predict total project cost models can be simple or complex.

（74） A．reserve analysis B．cost aggregation
C．parametric estimating D．funding limit reconciliarion

**试题 75**

The＿（75）＿describes, in detail, the project's deliverables and the work required to create those deliverables.

（75） A．product specification B．project requirement
C．project charter D．project scope statement

## 5.1.2 要点解析

（1）D。**要点解析**：信息是关于客观事实可通信的知识，它是人们“用于消除随机不确定性的东西”。在有效的通信中，信源将要发送的信号是不确定的（对于接收者而言），接收者在接收到信号后不确定性减小或消失，那么接收者从不知到知，从而获得信息。

信息化是当今世界发展的大趋势，是推动经济社会变革的重要力量。信息化是充分利用信息技术，开发利用信息资源，促进信息交流和知识共享，提高经济增长质量，推动经济社会发展转型的历史进程。21世纪，广泛应用、高度渗透的信息技术正孕育着新的重大突破。信息资源日益成为重要生产要素、无形资产和社会财富。

信息和材料、能源共同构成经济和社会发展的3大战略资源，对这些资源的有效合理的开发利用，可以促进生产力的发展，并实现资源的相互转化。

（2）B。**要点解析**：信息系统集成是指将计算机软件、硬件和网络通信等技术和产品集成为能够满足用户特定需求的信息系统，包括技术、管理和商务等各项工作，是一项综合性的系统工程。信息系统集成项目要以满足客户和用户的需求为根本出发点，其最终交付物是一个完整的系统，而不是一个分立的产品。换而言之，信息系统集成不只是设备选择和供应，更重要的，它是具有高技术含量的工程过程，要面向用户需求提供全面的解决方案，其核心是软件。

信息系统集成包括设备系统集成和应用系统集成。其中，设备系统集成也可分为智能建筑系统集成、计算机网络系统集成、安防系统集成等；应用系统集成从系统的高度提供符合客户需求的应用系统模式，并实现该系统模式的具体技术解决方案和运维方案，即为用户提供一个全面的系统解决方案。

（3）D。**要点解析**：实施商业智能系统是一项复杂的系统工程，整个项目涉及企业管理、运作管理、信息系统、数据仓库、数据挖掘和统计分析等众多门类的知识，因此用户除了要选择合适的商业智能软件工具外，还必须遵循正确的实施方法才能保证项目得以成功。通常，实施商业智能（BI）的步骤依次是：需求分析→数据仓库建模→数据抽取→建立BI分析报表→用户培训和数据模拟测试→系统改时和完善。

（4）C。**要点解析**：综合业内近几年的经验，ERP 项目不仅仅是一个软件工程项目，也不仅仅是技术革新项目。从根本意义上说，ERP 项目的实施是一个管理变革项目，ERP 项目不是客户现行手工业务流程的简单模拟。

（5）D。**要点解析**：电子政务根据其服务的对象不同，基本上可以分为 4 种模式，即政府对政府（Government to Government，G2G）、政府对企业（Government to Business，G2B）、政府对公众（Government to Citizen，G2C）、政府对公务员（Government to Employee，G2E）模式，见表5-1。

**表5-1 电子政务应用模式说明表**

| 应用模式 | 说 明 | 举 例 |
|---|---|---|
| G2G | 首脑机关与中央和地方政府组成部门之间、中央政府与各级地方政府之间，以及国际范围内国家之间、国家与国际组织之间的互动 | 政府间电子公文流转、电子司法档案、电子财政管理、电子统计等 |
| G2B | 政府通过网络进行采购与招标，快捷迅速地为企业提供各种信息服务；企业通过网络进行税务申报、办理证照等事务 | 电子采购与招标、网上税务申报、电子证照办理、信息咨询服务等 |
| G2C | 政府通过网络向公众提供各种信息服务、各种证件的管理和防伪、公共部门服务等事务 | 教育培训服务、公众就业服务、电子医疗服务、社会保险服务、交通管理服务（如网上“机动车违章查询”服务）、公众电子税务、电子证件服务等 |
| G2E | 政府部门内部办公自动化、政府与公务员之间的互动 | 电子政策法规、电子公文流转、电子办公、电子培训、电子财政管理、公务员业绩评价等 |

某市政府在因特网上提供的“机动车违章查询”服务，这是政府针对车主或驾驶员提供的服务，属于G2C模式。

（6）D。**要点解析**：根据我国《计算机软件保护条例》第二章“软件著作权”第八条规定，软件著作权人享有下列各项权利：（一）发表权，即决定软件是否公之于众的权利；（二）署名权，即表明开发者身份，在软件上署名的权利；（三）修改权，即对软件进行增补、删节，或者改变指令、语句顺序的权利；（四）复制权，即将软件制作一份或者多份的权利；（五）发行权，即以出售或者赠与方式向公众提供软件的原件或者复制件的权利；（六）出租权，即有偿许可他人临时使用软件的权利，但是软件不是出租的主要标的的除外；（七）信息网络传播权，即以有线或者无线的方式向公众提供软件，使公众可以在其个人选定的时间和地点获得软件的权利；（八）翻译权，即将原软件从一种自然语言文字转换成另一种自然语言文字的权利；（九）应当由软件著作权人享有的其他权利。软件著作权人可以许可他人行使其软件著作权，并有权获得报酬。软件著作权人可以全部或者部分转让其软件著作权，并有权获得报酬。

第二章“软件著作权”第九条规定，软件著作权属于软件开发者，本条例另有规定的除外。

由此可见，项目经理小郭购买了一张有注册商标的应用软件光盘，但小郭不享有该应用软件的修改权和复制权，即该应用软件的修改权和复制权属该应用软件的开发者所有。

对于选项C“注册商标专用权”，是指企业、事业单位和个体工商业者，对其生产、制造、加工、拣选或者经销的商品，向商标局申请商品商标注册，经商标局核准注册的商标为注册商标，所取得的专用权，受法律保护。并且，促使生产者、制造者、加工者或经销者保证商品质量和维护商标信誉，对其使用注册商标的商品质量负责，便于各级工商行政管理部门通过商标管理，监督商品质量，制止欺骗消费者的行为。

（7）C。**要点解析**：我国《计算机软件保护条例》第十四条规定，软件著作权自软件开发完成之日起产生。换言之，计算机软件（即计算机程序及其有关文档）著作权取得的时间是自软件开发完成之日。

（8）D。**要点解析**：结构化方法由结构化分析、结构化设计和结构化程序设计构成。它是一种面向数据流的开发方法。结构化方法总的指导思想是自顶向下、逐步求精。它的基本原则是功能的分解与抽象，它是软件工程中最早出现的开发方法，特别适合于数据处理领域。

（9）D。**要点解析**：需求分析阶段的主要任务是为一个新系统定义业务需求，该阶段的关键是描述一个系统必须做什么（或者一个系统是什么），而不是系统应该如何实现。它通常被划分为5个工作阶段：问题分析、问题评估和方案综合、建模、规约和复审。

具体而言，需求分析阶段需要完成的任务有：①确定软件系统的功能需求和非功能需求；②分析软件系统的数据要求；③导出系统的逻辑模型；④修正项目开发计划；⑤如有必要，可以开发一个原型系统。

对于本题的选项D，确定软件系统的运行平台是系统设计阶段的工作任务之一。

（10）B。**要点解析**：根据《计算机软件质量保证计划规范》GB/T 12504—1990规定，验证（verification）是指确定在软件开发周期中的一个给定阶段的产品是否达到在上一阶段确立的需求的过程。

确认（validation）是指在软件开发过程结束时对软件进行评价以确定它是否和软件需求相一致的过程。

测试（testing）是指通过执行程序来有意识地发现程序中的设计错误和编码错误的过程。测试是验证和确认的手段之一。

审计的目的是提供软件产品和过程对于可应用的规则、标准、指南、计划和流程的遵从性的独立评价。审计是正式组织的活动，识别违例情况，并产生一个报告，采取更正性行动。

（11）A。**要点解析**：面向对象分析主要解决的问题是系统要“做什么”，即描述系统的逻辑模型。通常它不考虑具体的技术和实现层面的细节。面向对象分析的结果是面向对象设计的输入。

面向对象设计主要解决的问题是系统要“怎么做”，即描述系统的物理模型。

（12）D。**要点解析**：类图、用例图、构件图和部署图反映了设计视图的静态特征，顺序图、协作图、状态图和活动图反映了系统的动态特征。

（13）B。**要点解析**：一种体系结构风格就是一种加在整个系统设计上面的变换。其目的是为系统的所有构件建立一个结构。常见的几种体系结构风格见表5-2。

表 5-2 各种体系结构风格说明表

| 风 格 | 说 明 | 例 子 |
|---|---|---|
| 以数据为中心的体系结构 | 以数据存储为中心，其他构件经常访问该数据存储，并对其中的数据进行更新、增加、删除或修改 | 黑板型知识库模式 |
| 数据流体系结构 | 输入的数据经过一系列的计算和操作构件的变换，形成输出的数据 | 管道和过滤器模式 |
| 调用和返回体系结构 | 包括主程序/子程序体系结构、远程过程调用体系结构，该体系结构风格使得软件设计师能够达成一种相对容易修改和扩张的程序结构 | 事件驱动模式 |
| 面向对象体系结构 | 系统的构件封装了数据和必须应用到该数据上的操作，构件间通过信息传递进行通信与合作 | 面向对象模式 |
| 层次式体系结构 | 通过定义一系列不同的层次，每个层次各自完成操作，这些操作不断接近机器的指令集。在最外层，构件完成用户界面操作；在最内层，构件完成操作系统级接口；中间的层次提供实用程序服务和应用软件功能 | 分层模式 |

（14）C。**要点解析**：数据仓库是一个面向主题的、集成的、相对稳定的、反映历史变化的数据集合，用于支持决策分析；数据挖掘用于从数据库中发现知识；数据仓库和数据挖掘的结合为决策支持系统（DSS）开辟了新方向，它们也是商业智能的主要组成部分。

（15）A。**要点解析**：统一软件开发过程（RUP）中定义了角色、活动和工件等核心概念。角色，描述某个人或者一个小组的行为与职责；活动，是一个有明确目的的独立工作单元；工件，是活动生成、创建或修改的一段信息。

（16）C。**要点解析**：微软的.NET 是基于一组开放的因特网协议而推出的一系列的产品、技术和服务。.NET 开发框架在通用语言运行环境的基础上，给开发人员提供了完善的基础类库、数据库访问（ADO.NET）技术及网络开发技术（Windows 应用或 ASP.NET），开发者可以使用 VB、C++、C#和 JScript 等语言快速构建网络应用。

EJB 是 SUN 公司的服务器端组件模型，是 J2EE 的一部分，定义了一个用于开发基于组件的企业多重应用程序的标准。其最大的用处是部署分布式应用程序。

（17）C。**要点解析**：监理工作所使用的依据包括：①国家有关的政策、法律、法规和行业规范；②软件行业的开发规范；③信息系统需求单位和监理单位签订的信息系统工程监理合同；④信息系统需求单位和承包开发单位的信息系统工程开发合同等。其中，监理合同也是解决监理活动中产生的争议的依据。

（18）D。要点解析：1000 Base-Sx 使用波长为 850nm 的多模光纤，光纤长度可达 300～550m。

1000 Base-Lx 使用波长为 1300nm 的单模光纤，光纤长度可达 3km。

1000 Base-T 使用 5 类非屏蔽双绞线（UTP），双绞线长度可达 100m。

1000 Base-Cx 使用屏蔽双绞线（STP），双绞线长度可达 25m。

（19）C。**要点解析**：Private Address 是指私网地址，其主要的几种地址类型及其相关功能见表 5-3。

表 5-3 私网地址类型及其功能表

| 类 型 | 功 能 | 备 注 |
|---|---|---|
| 0.0.0.0 | 表示所有在本机的路由表里没有特定条目指明如何到达的主机 IP 和目的网络地址的集合 | 如果用户在网络设置中配置了默认网关，那么 Windows 系统会自动产生一个目的地址为 0.0.0.0 的默认路由 |
| 255.255.255.255 | 限制广播地址，是一个不能被路由器转发的地址 | 用于指向同一广播域内的所有 IP 设备 |
| 127.0.0.1 | 本机环回测试地址，主要用于测试 | 在 Windows 系统中，这个地址有一个别名 Localhost |
| 224.0.0.1 | 组播地址 224.0.0.1 特指所有主机；组播地址 224.0.0.2 特指所有路由器 | 如果用户的主机开启了 IRDP（Internet 路由发现协议）功能，那么用户的主机路由表中将出现这类 IP 地址 |
| 169.254.x.x | DHCP 网段地址 | 如果用户的主机启用了 DHCP 功能以自动获得一个 IP 地址，那么当用户的DHCP服务器发生故障或响应时间超出了一个系统规定的时间时，Windows 系统会为用户分配这个网段中的某个 IP 地址 |
| 10.x.x.x、172.16.x.x～172.31.x.x、192.168.x.x | 这些私有地址被用于内部局域网的 IP 地址分配 | 这类地址将不会出现在因特网中。另外，一些宽带路由器常使用 192.168.1.1 作为其默认 IP 地址 |

本试题中，选项 A 的地址“172.15.22.5”是一个 B 类的公网 IP 地址；选项 B 的地址“118.168.22.5”是一个 A 类的公网 IP 地址。

选项 D 的地址“192.158.22.5”是一个 C 类的公网 IP 地址。而选项 C 的地址“172.31.22.5”恰好是“172.31.0.0/24”网段的一个 IP 地址，因此它是一个 B 类的私网 IP 地址。

（20）A。**要点解析**：小型计算机系统接口（Small Computer System Interface ，SCSI）是由美国国家标准协会（ANSI）公布的接口标准。SCSI 总线自己并不直接和硬盘之类的设备通信，而是通过控制器来和设备建立联系。一个独立的 SCSI 总线最多可以支持 16 个设备，通过 SCSI ID 来进行控制。

高技术配置接口标准（Advanced Technology Attachment，ATA），即 IDE 接口曾经是硬盘驱动器采用的主流接口。

串行高级技术配件（Serial Advanced Technology Attachment，SATA）是一项新兴的串行接口标准。SATA 的性能有望超过并行 ATA 技术，因为它可以提供更高的性能，而成本却只是 SCSI 或光纤通道等传统存储技术的一小部分。

外设部件互连标准（Peripheral Component Interconnect，PCI）是由 Intel 公司于 1991 年推出的一种局部总线。它是目前个人台式计算机中使用最为广泛的接口，几乎所有的主板产品上都带有这种插槽。

（21）D。**要点解析**：虚拟局域网（VLAN）技术能够把网络上用户的终端设备划分为若干个逻辑工作组。该逻辑组是一个独立的逻辑网络、单一的广播域。对于这个逻辑组的设定不受实际交换机区段的限制，也不受用户所在的物理位置和物理网段的限制。VLAN 技术提供了动态组织工作环境的功能，简化了网络的物理结构，提高了网络的安全性和易管理性，提高了网络的性能。

有两台交换机分别安装在某幢办公楼的第 4 层和第 5 层，同属于财务部门的 6 台 PC 分别连接在这两台交换机的端口上。为了提高网络安全性和易管理性，可以先在每台交换机上建立一个相同的 VLAN，然后将连接 6 台 PC 的交换机端口都分配到这个 VLAN 中。

（22）C。**要点解析**：信息安全要实现的目标中，不可抵赖性是通过建立有效的责任机制，防止用户否认其行为。

（23）C。**要点解析**：目前，VPN 技术主要采用隧道技术（Tunneling）、加/解密技术（Encryption & Decryption）、密钥管理技术（Key Management）和使用者与设备身份认证技术（Authentication）来保证内部数据通过 Internet 的安全传输。其中，隧道技术是一种将分组封装化的技术，它要求发送方和接收方的 VPN 设备的认证方式、加密和封装化规程必须相同；加密功能完成使第三方不能在 Internet 上窃取、篡改封装化分组；认证功能是指在 VPN 设备间确认通信对象的功能，防止第三方伪装。

通常，利用 L2F、PPTP 及 L2TP 在数据链路层实现 VPN 应用；利用 IPSec 协议在网络层实现 VPN 应用；利用安全套接层（TLS）协议在传输层与应用层之间实现 VPN 应用。解题关键信息是“……传输层的安全协议……”。

传输层安全协议（TLS）是安全套接字层（SSL）的后继协议，由 TLS 记录协议和 TLS 握手协议构成。TLS 记录协议是否使用加密技术是可选的。如果使用加密技术（如数据加密标准 DES），则可以保证连接安全。TLS 握手协议使服务器和客户机在数据交换之前进行相互鉴定，并协商加密算法和密钥。

（24）C。**要点解析**：防火墙中的 DMZ 区也称为非军事区，它是为了解决安装防火墙后，外部网络不能访问内部网络服务器的问题而设立的一个非安全系统与安全系统之间的缓冲区。这个缓冲区位于企业内部网络和外部网络之间的小网络区域内。在这个小网络区域内可以放置一些必须公开的服务器设施，如企业 Web 服务器、FTP 服务器和论坛等。

DMZ 防火墙方案为所要保护的内部网络增加了一道安全防线，通常认为是比较安全的。同时它提供了一个区域放置公共服务器，从而又能有效地避免一些互联应用需要公开，而与内部安全策略相矛盾的情况发生。

(25) B。**要点解析**：CA是一个受信任的机构，为了当前和以后的事务处理，CA给个人、计算机设备和组织机构颁发证书，以证实其身份，并为其使用证书的一切行为提供信誉的担保。而CA本身并不涉及商务数据加密、订单认证过程以及线路安全。

(26) B。**要点解析**：在强矩阵型组织结构中，权力向项目经理倾斜，并由项目经理向一位能给项目提供支持的高级副总裁汇报工作。

(27) D。**要点解析**：项目管理办公室（PMO）是在管辖范围内集中、协调地管理项目或多个项目的组织单元。PMO关注与上级组织或客户的整体业务目标相联系的项目或子项目之间的协调计划、优先级和执行情况。以下是PMO的一些关键特征（包含但不限于此）：

①在所有PMO管理的项目之间共享和协调资源。

②明确和制定项目管理方法、最佳实践和标准。

③项目方针、规程、模板和其他共享资料的交换场所和管理。

④为所有项目进行集中的配置管理。

⑤所有项目的集中的共同风险和独特风险存储库，并对其加以管理。

⑥项目工具（如企业级项目软件）的实施和管理中心办公室。

⑦项目之间的沟通管理协调中心。

⑧对项目经理进行指导的平台。

⑨通常在企业级对所有PMO管理的项目的时间线和预算进行中央监控。

⑩在项目经理和任何内部或外部的质量人员或标准化组织之间协调整体项目质量标准。

项目经理和PMO在组织中处于不同的层次，其工作的关注重点不同，工作目标和需求也有所不同。

(28) A。**要点解析**：项目的管理过程和以产品为导向的技术过程密切相关，在任何成功的项目的整个生命期中，它们必须整合在一起相互重叠和相互作用以期完成项目的目标。

项目的管理过程和以产品为导向的技术过程不是两个平行的流程。

仅项目的管理过程与描述和组织项目工作有关。

以产品为导向的技术过程与每个应用领域相关，各个应用领域的技术过程并不相似。项目的管理过程对每个应用领域都是相似的。

(29) B。**要点解析**：根据《中华人民共和国招标投标法》（以下简称为《招标投标法》）第三十一条规定："由同一专业的单位组成的联合体，按照资质等级较低的单位确定资质等级"。由PH承建单位组成的联合体的资质应该按照丙公司的资质认定，故投标无效，应当取消PH承建单位组成的联合体的投标资格。因此选项B为正确答案。

《招标投标法》第三十四条规定："开标应当在招标文件确定的提交投标文件截止时间的同一时间公开进行；开标地点应当为招标文件中预先确定的地点"。据此，选项A的文件规定有误。

《招标投标法》第三十七条规定："依法必须进行招标的项目，其评标委员会由招标人的代表和有关技术、经济等方面的专家组成，成员人数为五人以上单数，其中技术、经济等方面的专家不得少于成员总数的三分之二……一般招标项目可以采取随机抽取方式，特殊招标项目可以由招标人直接确定"。通常，校园网信息系统项目属于一般招标项目，评标委员会委员不能由招标人直接指定。

《招标投标法》第四十三条规定："在确定中标人前，招标人不得与投标人就投标价格、投标方案等实质性内容进行谈判"；第四十六条规定："招标人和中标人应当自中标通知书发出之日起三十日内，按照招标文件和中标人的投标文件订立书面合同。招标人和中标人不得再行订立背离合同实质性内容的其他协议"。在确定中标人之前和中标通知书发出之后，招标人不应与中标人就价格进行谈判。按规定，招标人和中标人应按照招标文件和投标文件订立书面合同，不得再行订立背离合同实质性内容的其他协议。

(30) C。**要点解析**：成本效益分析法是指将一定时期内的支出与效益进行对比分析，以评价绩效目标实现程度。适用于成本、效益都能准确计量的项目绩效评价。使用成本效益分析法对项目进行分析时，需要遵循的原则有最经济原则、最有效原则和费用效益比原则等，但不包括费用效益比值固定原则。

（31）D。**要点解析**：制定项目管理计划的工具和技术有项目管理方法论、项目管理信息系统和专家判断。

在制定项目管理计划的过程中，要从许多具有不同完整性和可信度的信息源收集信息。项目管理计划要涉及关于范围、技术、风险和成本的所有方面。在项目执行阶段出现并被批准的变更，其导致的更新可能会对项目管理计划产生重大的影响。项目管理计划的更新，为满足整体项目已定义的范围提供了大体上准确的进度、成本和资源要求。项目管理计划的这种渐进明细经常被称做“滚动波计划”，这意味着计划的编制是一个反复和持续的过程。

（32）C。**要点解析**：“制订项目管理计划”过程的输入有项目章程、项目范围说明书（初步）、项目管理过程、预测、环境和组织因素、组织过程资产及工作绩效信息。

“制订项目管理计划”过程的工具和技术为：项目管理方法论、项目管理信息系统和专家判断。

“制订项目管理计划”过程的输出为项目管理计划。

“工作指南和模板”属于组织过程资产。使用“工作指南和模板”可大大加快项目管理计划的编制进程。

（33）C。**要点解析**：工作分解结构（WBS）是面向可交付物的项目元素的层次分解，它组织并定义了整个项目范围。当一个项目的WBS分解完成后，项目相关人员对完成的WBS应该给予确认，并对此达成共识。

一个项目的WBS分解完成后，只有先经过项目相关人员的确认并对此达成共识以后，才能据此进行时间估算和成本估算，因此排除了选项A。

WBS是用来界定为完成一个项目所需的所有工作，因此排除了选项B。

绩效报告属于项目的监督和控制过程组，而创建WBS属于计划过程组，因此排除了选项D。

（34）D。**要点解析**：项目范围说明书是对项目的定义。制定的项目范围说明书（初步）列出了项目及其相关的产品和服务的特性和边界，以及范围控制和接受的方法。项目范围说明书包括的内容有：项目和范围的目标、产品或服务的需求和特性、项目的边界、产品接受标准、项目约束条件、项目假设、最初的项目组织、最初定义的风险、进度里程碑、费用估算的量级要求、项目配置管理的需求和已批准的需要等。

（35）C。**要点解析**：选项C体现了项目的渐进明细特点。在项目的推进过程中，不能随意“添加”更详细的特征，也不必一定要变更，同时渐进明细与范围蔓延是不同的。因此，本题的正确答案是选项C。

（36）C。**要点解析**：工作分解结构对为一个项目识别个别的任务、建立成本估算等情况最有用。

（37）C。**要点解析**：工作分解结构（WBS）是面向可交付物的项目元素的层次分解，它组织并定义了整个项目范围。范围变更是对达成一致的、WBS定义的项目范围的修改。项目管理者必须对变更进行控制管理。通常，造成项目范围变更的主要原因有：①项目外部环境发生变化；②项目范围的计划编制得不周密、详细，有一定的错误或遗漏；③市场上出现了或是设计人员提出了新技术、新手段或新方案；④项目实施组织本身发生变化；⑤客户对项目、项目产品或服务的要求发生变化。

选项C是项目范围变更的正确做法。

（38）A。**要点解析**：项目进度控制过程是依据项目进度计划对项目的实际进展情况进行控制的，使项目能够按时完成。

进度控制的一个重要部分是决定是否对进度的偏差采取纠正措施。并非所有的进度偏差都会影响项目进度。例如，一个非关键活动的一个较大时间延误也许只对项目产生较小的影响，而在关键活动的较小延误也许就需要马上采取纠正措施。因此选项A是正确选项。

选项B“定义为产生项目可交付成果所需的活动”是活动定义过程的任务。

选项C“评估范围定义是否足以支持进度计划”是制订进度计划过程的任务。

选项D“确保项目团队士气高昂，使团队成员能发挥他们的潜力”是人力资源管理的项目团队建设过程的任务。

（39）D。**要点解析**：除虚活动外，所有的活动都是依赖于时间或资源的，故选项 A 不是正确的选项。

通常，工作量指完成一项活动所需的人工单位的数量，通常以人天、人月或人年来表示，可以连续也可间断。历时表示完成某项活动所需的时间，通常以天、月或年来表示。如果不考虑投入的人力资源的额外管理，当活动的工作量不变时，则活动的历时随投入的人力资源多寡而变化，故选项 B 不是正确的选项。

项目是为创建某一独特产品、服务或成果而临时进行的一次性努力。对项目更具体的解释是用有限的资源、有限的时间为特定客户完成特定目标的一次性工作。故选项 C 也不是正确的选项。

如考虑到投入的人力资源的额外管理，那么增加资源有可能导致产生额外的问题并且降低效率。活动的历时有时受具体项目的约束，即使增加资源也不能缩短工期。因此选项 D 是正确的。

（40）B。**要点解析**：活动历时估算的依据有：活动清单、活动清单属性、活动资源需求、事业环境因素、组织的过程资产、项目范围说明书、资源日历（或资源可用性）和项目管理计划（包含项目成本估算和风险记录）等。项目进度计划是活动历时估算过程之后的制定进度计划过程的交付物，不是活动历时估算过程的依据。

（41）D。**要点解析**：工作量是指完成一项活动或其他项目单元所需的人工单位的数量。通常用人小时、人天或人周表示。公式：工作量=项目规模/单个资源的工作效率，能最准确地计算项目活动的工作量。

（42）D。**要点解析**：该工程的关键路径是 A→B→E→G（所需天数最多的路径），所以该工程共需 70 天。

将关键路径上的作业按时间进度标记在坐标轴下面第 1 行内，同时标出各作业所需的人数。

由于要求各作业尽早开始，因此作业 D（需 4 人）与作业 C（需 2 人）都应在第 21～40 天进行，将作业 D 与作业 C 及其所需人数填入表 5-4 中。

作业 F（需 2 人）应紧随作业 C 进行，所以应安排在第 41～50 天进行，将其填入表 5-4 中。

所有的作业填完后，现在可以将逐段时间合计所需的人数填入末行。

**表 5-4　某工程计划分析表**

| 0 | 10 | 20 | 30 | 40 | 50 | 60 | 7 |
|---|---|---|---|---|---|---|---|
| | A，5 人 | | B，3 人 | | E，2 人 | | G，3 人 |
| | | | D，4 人 | | | | |
| | | | C，2 人 | | F，2 人 | | |
| | 共需 5 人 | | 共需 9 人 | | 共需 4 人 | 共需 2 人 | 共需 3 人 |

从算出的各段时间所需人数来看，题中的选项 D 是正确的。

（43）C。**要点解析**：成本管理计划的主要作用是描述怎样管理成本偏差。

（44）A。**要点解析**：EV 与 PV 之间的比率定义为进度绩效指数（SPI），即 SPI = EV/PV。依题意，该项目的 SPI = EV/PV=3000/3200<1.0，表示进度效率较低，项目进度滞后。

（45）D。**要点解析**：成本基准计划即成本基线，是用来量度与监测项目成本绩效的，按时间分段预算。将按时段估算的成本加在一起，即可得出成本基准，通常以 S 曲线形式显示。S 曲线也表明了项目的预期资金。成本基准计划是项目管理计划的一个组成部分。

项目经理在开销之前如能提供必要的信息去支持资金要求，以确保资金流可用，其意义将非常重大。许多项目，特别是大项目，可能有多个成本基准，以便度量项目成本绩效的各个方面。例如，开支计划或现金流预测就是度量支出的成本基准。

成本基准计划是成本预算阶段的产物，而非成本估算阶段的产物。

（46）B。**要点解析**：范围变更控制系统是定义项目范围变更的有关流程。它包括必要的书面文件（如变更申请单）、跟踪系统和授权变更的批准等级。项目范围的变更常常引起项目成本和进度的变更，无论如何变更，一定要通过变更控制系统来控制。

题干中提到“成本基线也将发生变更”，应使用“成本变更控制系统”对成本基线的变更进行控制。成本变更控制系统是一种项目成本控制的程序性方法，主要通过建立项目成本变更控制体系，对项目成本进行控制。该系统主要包括 3 个部分：成本变更申请、批准成本变更申请和变更项目成本预算。因此选项 B 是正确选项。

“某项目的范围已经发生变更”，意味着范围变更请求已被接受。据此选项 A 不是正确选项。

选项 C 主要是总结项目取得的经验教训，包括如何提高以后项目绩效的建议。该选项不是项目经理要尽快处理的事项。

选项 D 应该在范围变更及由其引起的相关变更得到批准之后才能执行。

（47）B。**要点解析**：质量计划编制过程包括识别与该项目相关的质量标准，以及确定如何满足这些标准。

质量计划编制过程是项目计划编制的关键过程之一，应当定期进行并与其他项目计划编制的过程同步。例如，满足已经识别的质量标准的产品的变更可能需要对成本或者进度计划进行调整，或者期望的项目产品质量可能需要对一个识别的问题进行风险分析。

质量计划编制，重要的是识别每一个独特项目的相关质量标准，把满足项目相关质量标准的活动或者过程规划到项目的产品和管理项目所涉及的过程中去；质量计划编制还包括以一种能理解的、完整的形式表达为确保质量而采取的纠正措施。在项目的质量计划编制中，描述出能够直接促成满足顾客需求的关键因素是重要的。

现代质量管理中的一项基本原则是：质量出自计划和设计，而非仅仅出自检查。

编制范围说明书要早于质量计划编制过程。

（48）A。**要点解析**：根据《GB/T19000—ISO 9000（2000）》的定义，质量管理是指确立质量方针及实施质量方针的全部职能及工作内容，并对其工作效果进行评价和改进的一系列工作。项目质量管理主要包括质量规划、质量保证和质量控制等过程。

（49）C。**要点解析**：质量控制图也称为管理图、趋势图，是一种带控制界限的质量管理图表。通过观察控制图上产品质量特性值的分布状况，分析和判断生产过程是否发生了异常，一旦发现异常就要及时采取必要的措施加以消除，使生产过程恢复稳定状态；也可以应用控制图来使生产过程达到统计控制的状态。控制图是对生产过程质量的一种记录图形，图上有中心线和上下控制限，并有反映按时间顺序抽取的各样本统计量的数值点。中心线是所控制的统计量的平均值，上下控制界限与中心线相距数倍标准差。

散点图显示两个变量之间的关系和规律。将独立变量和非独立变量以圆点绘制成图形。两个点越接近对角线，两者的关系越紧密。通过该工具，质量团队可以研究并确定两个变量的变更之间可能存在的潜在关系。

排列图也被称为帕累托图，是按照发生频率大小的顺序绘制的直方图，表示有多少结果是由已确认类型（或范畴）的原因所造成的。按等级排序的目的是指导如何采取主要纠正措施。项目团队应首先采取措施纠正造成最多数量缺陷的问题。

因果图也称为石川图或鱼骨图，用于说明各种要素是如何与潜在的问题或结果相关联。它是利用“头脑风暴法”，集思广益，寻找影响质量、时间和成本等问题的潜在因素，然后用图形的形式来表示的一种方法，它能帮助我们集中注意搜寻产生问题的根源，并为收集数据指出方向。

（50）C。**要点解析**：质量方针是一个组织针对质量做出的高度概括并指明了质量管理的方向，通常由组织的高层正式宣布。项目实施组织的质量方针经常会作为该项目的质量方针，如果该组织没有相关的质量方针或者该项目包括多个实施组织，则项目管理团队（由总承包商和承担该项目的其他公司组成）应该针对项目编制一个项目质量计划。

（51）C。**要点解析**：项目人力资源管理就是有效地发挥每一个参与项目人员作用的过程，包括人力资源计划编制、组建项目团队、项目团队建设和管理项目团队 4 个过程。

虽然项目的人力资源包括所有和项目有关的干系人，但项目的人力资源和项目干系人两者的概念是有区别的。项目的人力资源是由参与到项目中的人组成的；而项目干系人是项目的结果会影响到的，或者他们的活动会影响到项目的人群。

人力资源行政管理工作一般不是项目管理小组的直接责任。但是为了提高项目团队的绩效，项目经理和项目管理小组也应该适当参与到人力资源的行政管理工作中去。

要很好地管理项目团队，对项目经理来说，需要使用必要的工具和技巧（例如，观察和对话、项目绩效评估、冲突管理和问题日志等）。在项目生命期中，项目相关的人员的数量和特点会随着项目从一个阶段进入到另一个阶段而有所变化，导致在一个阶段中非常有效的管理技巧到了另一个阶段不能达到预期的效果。项目经理或者项目管理团队应该注意，必须选择适合当前项目的管理技巧。

（52）A。**要点解析**：项目团队管理的输出主要有：已更新的项目管理计划、变更请求和已更新的组织过程资产等。项目的组织结构图是人力资源计划编制的输出之一。

（53）B。**要点解析**：领导行为理论的基本观点认为：领导者应该知道要做什么和怎样做才能使工作更有效。该观点集中在以下两个方面：①领导者关注的重点（即是工作的任务绩效，还是搞好人际关系）；②领导者的决策方式（即下属的参与程度）。典型的领导方式有专断型、民主型和放任型 3 种。

领导权变理论的基本观点认为：不存在一种普遍适用、唯一正确的领导方式，只有结合具体情景，因时、因地、因事、因人制宜的领导方式，才是有效的领导方式。其基本观点可用下式表达：

有效领导 = F(领导者,被领导者,环境)，即有效地领导取决于领导者自身、被领导者与领导过程所处的环境。例如，在项目早期团队组建的过程中，或对于新员工，领导方式可以是专断型（或者说独裁式、指导式）；当团队成员熟悉情况后，可以采用民主型甚至可以部分授权。

项目经理带领团队管理项目的过程中，具有领导者和管理者的双重身份。越是基层的项目经理，需要的管理能力越强，需要的领导力相对管理能力而言不高。越是高层的项目经理，需要的领导力越高，需要的管理能力相对领导力而言不高。

项目经理的合法权力、奖励权力和强制力是来自公司的授权，而其他的权力则是来自项目经理本人。

（54）D。**要点解析**：便利的沟通会议是项目管理方法中的一种“软工具”。

（55）B。**要点解析**：正式沟通是沟通效果较好、比较严肃、约束力强和易于保密的沟通方式。

（56）D。**要点解析**：沟通是人们分享信息、思想和情感的过程，其主旨在于互动双方建立彼此相互了解的关系，相互回应，并且期待能经由沟通的行为与过程相互接纳及达成共识。

沟通使用一套项目干系人认可的语言系统来加工、发送、接收、理解和反馈，沟通为项目团队提供了相互联系的精神纽带。在项目经理管理项目时，沟通不总是一帆风顺的，经常存在着障碍。沟通的障碍产生于个人的认知、语义的表述、个性、态度、情感和偏见、组织结构的影响，以及过大的信息量等方面。

例如，同一条系统项目信息、来自于同一个信息源的信息，不同的人有不同的理解，这属于沟通中的认知障碍。认知障碍最常出现在图 5-2 的①、④过程中。

（57）A。**要点解析**：合同管理的工具和技术有：合同变更控制系统、买方主持的绩效评审、检查和审计、绩效报告、支付系统、索赔管理和自动的工具系统等。

合同谈判是项目采购管理中供方选择的工具和技术之一。

（58）D。**要点解析**：类比估算法、自下而上估算法、资源单价法、利用计算机工具、意外事件的估算、质量成本和蒙特卡罗分析等是成本估算的工具与技术。其中，类比估算法又称为“自上而下估算法”。这种方法的基本操作步骤是：首先，项目的上层管理人员收集以往类似项目的有关历史资料；其次，会同有关成本专家对当前项目的总成本进行估算；再次，将估算结果按照项目工作分解结构图的层次传递给相邻的下一层管理人员，在此基础上，他们对自己所负责的工作和活动的成本进行估计；最后，继续向下一层管理人员传递他们的估算信息，直至项目基层人员。“类比估算”顾名思义是通过同以往类似项目相类比而得出的估算，为了使这种方法更为可靠和实用，进行类比的以往项目不仅在形式上要与新项目类似，而且在实质上也要非常趋同。这种方法的优点是简单易行、花费少，尤其是当项目的详细资料难以得到时，此方法是估算项目总成本的一种行之有效的办法。

自下而上法也叫工料清单法。这种成本估算方法是利用项目工作分解结构图，先由基层管理人员计算出每个工作单元的生产成本，再将各个工作单元的生产成本自下而上逐级累加，汇报给项目的高层管理者，最后由高层管理者汇总得出项目的总成本。采用这种方法进行成本估算，基层管理者是项目资源的直接使用者，因此由他们进行项目成本估算，得到的结果应该十分详细，而且比其他方式也更为准确。但是这种方法需要详细的 WBS。

资源单价法是指估算单价的个人和准备资源的小组必须清楚了解资源的单价，然后对项目活动进行估计。如果不知道确切的单价，也要对单价进行估计，以完成成本的估算。

蒙特卡罗分析是一种分析技术，主要用在定量风险分析中，是将不确定性的影响因素细化为对项目产生影响的具体因子的模型。

综上所述，由于项目经理尚未掌握该网络工程建设项目的全部细节，因此选用类比估算法较好。

（59）B。**要点解析：**在采购管理流程中，采购管理计划和工作说明书（SOW）是采购计划编制过程的输出之一，采购合同是合同编制过程的输出之一，招标文件和评标标准是招标过程的输出之一。

（60）B。**要点解析：**在成本加浮动酬金合同中声明预算成本和固定费用的金额，并约定当实际成本超过预算成本时，可以实报实销；实际成本如有节约，则按合同规定的比例由项目组织和供应商双方共同分享。这种合同方式可以激励供应商想方设法降低成本。

若合同预期成本为 800 万元，固定酬金为 10 万元，酬金增减为 15 万元，如果实际发生成本为 820 万元，按成本加浮动酬金计算，合同总价为 815 万元。

（61）D。**要点解析：**《中华人民共和国招标投标法》第三十三条明确规定：投标人不得以低于成本的报价竞标，也不得以他人的名誉投标或者以其他的方式弄虚作假，骗取中标。因此选项 D 中“报价数额不受限制”的说法有误。

（62）D。**要点解析：**根据《软件文档管理指南》（GB/T16680—1996），软件文档归入如下 3 种类别：①开发文档，描述开发过程本身；②产品文档，描述开发过程的产物；③管理文档，记录项目管理的信息。

开发文档是描述软件开发过程，包括软件需求、软件设计、软件测试和保证软件质量的一类文档，开发文档也包括软件的详细技术描述（程序逻辑、程序间相互关系、数据格式和存储等）。基本的开发文档包括可行性研究和项目任务书、需求规格说明、功能规格说明、设计规格说明（包括程序和数据规格说明）、开发计划、软件集成和测试计划、质量保证计划、标准、进度、安全和测试信息。

产品文档规定关于软件产品的使用、维护、增强、转换和传输的信息。基本的产品文档包括培训手册、参考手册和用户指南、软件支持手册、产品手册和信息广告。

（63）C。**要点解析：**通常，配置管理系统的配置库可以分为动态库、受控库（主库）、静态库和备份库 4 种类型。其中，受控库也称为主库或系统库，是用于管理当前基线和控制对基线的变更。在信息系统开发的某个阶段工作结束时，将工作产品（如采购合同等）存入受控库，或将有关的信息存入受控库。存入的信息包括计算机可读的及人工可读的文档资料。应该对库内信息的读写和修改加以控制。

动态库也称为开发库、程序员库或工作库，用于保存开发人员当前正在开发的配置实体。库中的信息可能有较为频繁的修改，只要开发库的使用者认为有必要，无须对其进行任何限制。因为这通常不会影响到项目的其他部分。

静态库也称为软件仓库或软件产品库，用于存档各种广泛使用的已发布的基线。在开发的信息系统产品完成系统测试之后，作为最终产品存入库内，等待交付用户或现场安装。库内的信息也应加以控制。

备份库包括制作软件和相关构架、数据和文档的不同版本的复制品。在各点的及时备份，可以每天、每周或每月执行备份。

（64）D。**要点解析：**项目基线指的是经批准按时间安排的计划，加上经批准的项目范围、成本、进度和技术的变更。一般指当前的基准，也可以指最初的或某些其他基准。通常与修饰语连用（例如，成本基准、进度基准和绩效测量基准)。变更控制是对项目基线的变更进行标识、记载、批准或拒绝，并对此变更加以控制。

项目预算是指将总的成本估算分配到各项活动和工作包上，来建立一个成本的基线。项目预算仅仅是项目基线的一个组成部分。

项目范围管理的“创建工作分解结构”过程的输出成果中有工作分解结构和工作分解结构词汇表，但没有“详细的 WBS 计划”这一交付物。

明确的项目组织结构是项目人力资源管理中“人力资源计划编制”过程的输出。

(65) B。**要点解析**：在项目进展过程中，冲突是不可避免的。解决冲突的常用方法有面对问题（或解决问题，或合作)、协商、妥协、撤退和强制等。诉讼不是解决冲突的主要方式。

(66) D。**要点解析**：在项目的实施阶段，项目经理收集实际的进度与实际的成本，并将其与计划数值进行比较。面对实际数据与计划数据的差距，首先要分析产生差距的原因，然后再根据原因制定相应的对策。

针对本题的情况，差距产生的原因可能是项目的计划脱离实际、过于主观，也可能是项目实施的内外环境产生了对项目极为有利的变化，也有可能是项目团队的超常发挥，也有可能是其他原因。总之，首先应分析差距产生的原因。

(67) D。**要点解析**：有效的项目风险管理首先要求为决策提供明晰的信息。

(68) D。**要点解析**：风险定性分析包括对已识别风险进行优先级排序，以便采取进一步措施，如进行风险量化分析或风险应对。组织可以重点关注高优先级的风险从而可以有效地提高项目的绩效。风险定性分析是通过对风险的发生概率及影响程度的综合评估来确定其优先级的。在进行风险定性分析时，经常会使用到的技术与工具包括风险概率及影响评估、概率及影响矩阵、风险数据质量评估、风险种类和风险紧急度评估。

定量风险分析过程定量地分析风险对项目目标的影响。它也使用户在面对很多不确定因素时提供了一种量化的方法，以做出尽可能恰当的决策。在进行风险定量分析时，经常会使用到的技术与工具包括数据收集和表示技术（包括风险信息访谈、概率分布和专家判断)，定量风险分析和建模技术（包括灵敏度分析、期望货币值分析、决策树分析和建模仿真)。

(69) B。**要点解析**：人力资源风险、进度计划风险和成本风险出现在项目的生命期内，对项目的顺利完成构成威胁，可能导致项目团队绩效低下、进度滞后和费用超支。

质量风险指未达到技术和质量标准的风险，可能出现在项目的生命期内，也可能出现在项目的生命期外。此时项目的产品已经验收交付客户/用户使用，此时将给客户/用户的工作造成最长久的不利影响。

(70) C。**要点解析**：项目沟通管理是确保及时、正确地产生、收集、分发、存储和最终处理项目信息所需的过程。项目沟通管理过程揭示了实现成功沟通所需的人员、观点和信息这 3 项要素之间的一种联络过程。项目沟通管理过程如下。

①沟通计划编制。确定项目干系人的信息和沟通需求：哪些人是项目干系人，他们对于该项目的收益水平和影响程度如何，谁需要什么样的信息，何时需要，以及应怎样分发给他们。

②信息分发。以合适的方式及时向项目干系人提供所需信息。

③绩效报告。收集并分发有关项目绩效的信息，包括状态报告、进展报告和预测。

④项目干系人管理。对项目沟通进行管理，以满足信息需求者的需要，并解决项目干系人之间的问题。

每当项目有了新的进展情况时，都需要及时将信息分发给项目干系人。依题意，客户正式验收通过了项目，项目经理首先就需要将有关验收的信息通知给项目干系人，然后再进行项目审计、将项目总结向项目档案库归档、记录其与团队成员所获得的经验与教训等。

(71) D。**参考译文**：在某些项目，特别是在范围较小的项目中，活动排序、活动资源估算、活动历时估算和进度计划编制（schedule development）连接得如此紧密，以至于它们被视为是可以由一个人在相对较短的时间内执行的单独过程。

（72）A。**参考译文**：定量风险分析（Quantitative Risk Analysis）过程分析风险事件的影响并对这些风险赋予一个数值化的评价。

（73）B。**参考译文**：项目章程（project charter）为项目经理使用组织资源进行项目活动提供了授权。

（74）C。**参考译文**：参数估算（parametric estimating）涉及在一个数学模型中利用项目特性来预测整体项目成本。模型可以是简单的也可以是复杂的。

（75）D。**参考译文**：项目范围说明书（project scope statement）详细描述了项目的可交付物，以及为创建这些可交付物所需的工作。

### 5.1.3 参考答案

表 5-5 给出了本份上午试卷问题 1～问题 75 的参考答案，供读者练习时参考，以便查缺补漏。读者可按每空 1 分的评分标准得出测试分数，从而大致评估自己对这些知识点的掌握程度。

**表 5-5 参考答案表**

| 题 号 | 参考答案 | 题 号 | 参考答案 |
|---|---|---|---|
| （1）～（5） | D、B、D、C、D | （41）～（45） | D、D、C、A、D |
| （6）～（10） | D、C、D、D、B | （46）～（50） | B、B、A、C、C |
| （11）～（15） | A、D、B、C、A | （51）～（55） | C、A、B、D、B |
| （16）～（20） | C、C、D、C、A | （56）～（60） | D、A、D、B、B |
| （21）～（25） | D、C、C、C、B | （61）～（65） | D、D、C、D、B |
| （26）～（30） | B、D、A、B、C | （66）～（70） | D、D、D、B、C |
| （31）～（35） | D、C、C、D、C | （71）～（75） | D、A、B、C、D |
| （36）～（40） | C、C、A、D、B | | |

## 5.2 下午试卷

**（考试时间 14:00—16:30，共 150 分钟）**

**请按下述要求正确填写答题纸**

1. 本试卷共 5 道题，全部是必答题，满分 75 分。
2. 在答题纸的指定位置填写你所在的省、自治区、直辖市和计划单列市的名称。
3. 在答题纸的指定位置填写准考证号、出生年月日和姓名。
4. 答题纸上除填写上述内容外，只能填写解答。
5. 解答时字迹务必清楚，字迹不清，将不评分。
6. 仿照下面例题，将解答写在答题纸的对应栏内。

**【例题】**

2010 年下半年全国计算机技术与软件专业技术资格（水平）考试日期是___（1）___月___（2）___日。因为正确的解答是“11 月 13 日”，故在答题纸的对应栏内写上“11”和“13”（参看下表）。

| 例 题 | 解 答 栏 |
|---|---|
| （1） | 11 |
| （2） | 13 |

### 5.2.1 试题描述

**试题 1**

阅读以下关于项目进度管理的说明，根据要求回答问题 1～问题 3。(15 分)

**【说明】**

系统集成商 Y 公司承担了某信息系统项目的建设工作，Y 公司任命老李为项目经理。经过工作分解后，此项目的范围已经明确，但是为了更好地对项目的开发过程进行有效监控，保证项目按期、保质地完成，老李需要采用网络计划技术对项目进度进行管理。经过分析，老李得到了一张表明作业先后关系、每项作业的初步时间估计及其成本估计的作业列表，详见表 5-6。

表 5-6　某项目基本情况表

| 作业序号 | 紧前作业 | 正常历时（天） | 赶工历时（天） | 正常成本（元） | 赶工成本（元） |
|---|---|---|---|---|---|
| A | — | 4 | 3 | 1400 | 1800 |
| B | A | 6 | 4 | 900 | 1200 |
| C | A | 8 | 6 | 1600 | 1900 |
| D | A | 7 | 5 | 1100 | 1300 |
| E | B、C、D | 6 | 4 | 1800 | 2200 |
| F | D | 5 | 3 | 1500 | 1700 |
| G | E、F | 6 | 4 | 2200 | 2800 |

**【问题 1】**(10 分)

请根据表 5-6 中的数据，完成该项目的单代号网络图，以表明各活动之间的逻辑关系。各工作节点用如图 5-3 所示的样图标识。

| ES | DU | EF |
|---|---|---|
| | ID | |
| LS | FT | LF |

图 5-3　工作节点标识样图

图例说明：

ES：最早开始时间　　EF：最早结束时间　　DU：作业历时　　ID：作业代号

LS：最迟开始时间　　LF：最迟完成时间　　FT：自由浮动时间

**【问题 2】**(2 分)

请指出该项目的关键路径和项目工期。

**【问题 3】**(3 分)

如果项目经理老李希望能将总工期压缩 3 天，则最少需要增加多少费用？应缩短哪些作业多少天？

## 试题 2

阅读以下关于项目沟通管理的案例说明，根据要求回答问题1～问题 3。(15 分)

【说明】

老刘是某家中小型系统集成公司的项目经理。他身边的员工始终在抱怨公司的工作氛围不好，沟通不足。老刘非常希望能够通过自己的努力来改善这一状况，因此他要求项目组成员无论如何每周都必须按时参加例会并发言，但对例会具体应如何进行，老刘却不知如何规定。很快项目组成员就开始抱怨例会目的不明，时间太长，效率太低，缺乏效果等，而且由于在例会上意见相左，很多组员开始相互争吵，甚至影响到了人际关系的融洽。为此，老刘感觉到非常无助与苦恼。

【问题 1】(6 分)

针对上述情况，结合你的项目管理经验，请分析问题产生的可能原因。

【问题 2】(5 分)

针对上述情况，你认为除了项目例会之外，老刘还可以采取哪些措施来促进有效沟通。

【问题 3】(4 分)

结合你的项目管理经验，请简要说明项目例会通常开展哪些主要议题。

## 试题 3

阅读以下关于项目整体管理方面问题的说明，根据要求回答问题 1～问题 3。(15 分)

【说明】

系统集成商 Y 公司承担了某个电子政务公文流转系统的研发建设工作，Y 公司任命张工为该软件项目的项目经理。张工原是 Y 公司一名技术扎实而又细心的老工程师，从事了多年的 Java 开发工作。

在项目的初期，张工制订了非常详细的项目管理计划，项目组人员的工作都被排得满满的，为加快项目的进度，张工制订项目管理计划后即分发到项目组成员手中开始实施。然而，随着项目的进展，由于项目需求不断变更，项目组人员也有所更换，项目组已经没有再按照计划来进行工作，团队成员都是在当天早上才安排当天的工作事项。张工每天都要被工作安排搞得疲惫不堪，项目开始出现混乱的局面。项目组中的一名技术人员甚至在拿到项目管理计划的第一天就说："计划没有变化快，要计划有什么用"，然后只顾埋头编写自己手头的程序。

一边是客户在催着快点将项目完工，要求尽快将系统投入生产；另一边是公司分管电子政务项目的张总在批评张工开发任务没落实好。这一切都让张工感觉到无助与苦恼。

【问题 1】(6 分)

结合你的项目管理经验，围绕项目管理计划，简要分析产生以上现象的主要原因。

【问题 2】(6 分)

针对目前项目开始出现混乱局面的情况，请简要说明张工可采取哪些补救措施？

【问题3】(3分)

请简要叙述张工制订项目管理计划的主要方法、工具和技术。

## 试题4

阅读以下关于项目采购管理的说明，根据要求回答问题1～问题3。(15分)

【说明】

飞达物流服务有限公司（以下简称飞达公司）是一家专业从事物流包装、流通加工、仓储和运输等业务的第三方物流公司。该公司自主研发了一套物流管理信息系统，以支持日常经营业务处理。系统主要包括货物出入库、点仓、运输调度等承载基本的仓储、运输两大块业务运转的功能模块，采用Visual Basic 6.0编程语言、SQL Server数据库和C/S技术架构。随着业务的拓展，公司迫切需要将该系统改造成B/S技术架构，并新增财务管理、成本核算、物流计费和客户关系管理等功能模块。

为了适应应用需求，飞达公司信息网络中心采用Java编程语言对原有系统功能做了技术转型性的改造，花费了半年的时间，完成了成本核算和物流计费模块的开发。飞达公司主管信息化工作的兰总和信息网络中心老汪主任经过再三审视，发现单凭自身的力量很难完成系统的开发，主要理由如下:

（1）因为公司有庞大的计算机网络系统和办公应用设备需要维护，公司信息网络中心的人手不够。

（2）开发力量明显不足，已有的系统升级改造由公司引进的一名系统分析师和一名程序员加班加点编制而成，虽经努力，但开发出的软件产品质量不高，还不如原有运行了多年的系统稳定，业务部门应用人员怨声载道，信息网络中心的维护人员也疲惫不堪。

（3）新开发出来的系统功能达不到上线的要求，因为业务部门总有提不完的需求，而系统中似乎有改不完的错。

接下来还有许多的子模块要开发，老系统已经不堪重负，新系统又上不了线，兰总和老汪都为下一步该怎么办感到头痛。

【问题1】(6分)

结合你的项目管理经验，请分析本案例中主要存在哪些问题?

【问题2】(6分)

结合你的项目管理经验，针对飞达公司目前所面对的问题，帮助兰总和老汪提出一个切实可行的项目采购解决方案。

【问题3】(3分)

请简要叙述用于编制采购计划过程的技术、方法。

## 试题5

阅读以下关于软件配置管理的叙述，根据要求回答问题1～问题3。(15分)

【说明】

在软件的开发过程中，随着工作的进展将会产生许多信息，如规格说明、设计说明、源程序、各种数据等，以及合同、计划书、会议录、报告等需要管理的文档。在一些中小型软件项目中，也经常会出现一些混乱和差错现象（如版本错误、数据不一致等）。

软件配置管理为软件开发提供了一套管理办法和原则，以防止混乱和差错的产生，并且适应软件的各类变更。典型的配置问题有：多重维护、共享数据、同时修改、丢失版本号或者没有版本号。

【问题 1】（5 分）

软件配置管理的一个重要内容就是对变更加以控制，使变更对成本、工期和质量的影响降到最小。为了有效地进行变更控制，通常会借助“配置数据库”。请简述配置数据库的主要作用及其建库模式。

【问题 2】（4 分）

配置状态报告对于软件开发项目的成功起着至关重要的作用。请简述配置状态报告的主要作用及其所包含的主要信息。

【问题 3】（6 分）

请简述配置管理中完整的变更处置流程。

## 5.2.2 要点解析

### 试题 1 要点解析

【问题 1】（10 分）

根据表 5-6 中“作业序号”、“紧前作业”和“正常历时”3 列的内容，按照图 5-3 的格式，可得到如图 5-4 所示的单代号网络图。

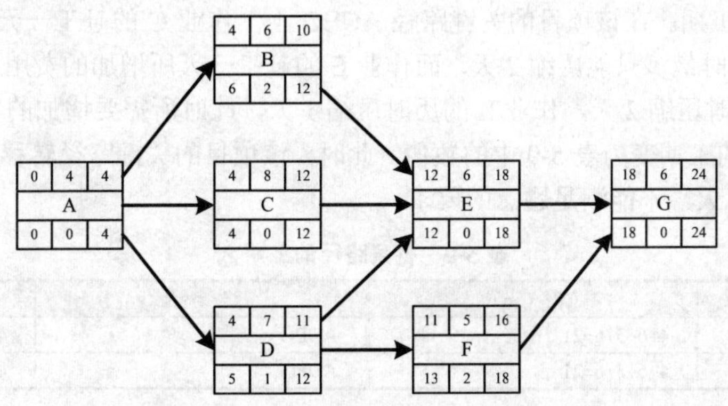


图 5-4　某项目活动网络图

列出图 5-4 中所有路径，并计算各条路径的工期（即时间跨度），见表 5-7。

表 5-7　各条路径的工期 1

| 路　径 | 工期（天） | 路　径 | 工期（天） |
|---|---|---|---|
| ABEG | 4+6+6+6=22 | ADEG | 4+7+6+6=23 |
| ACEG | 4+8+6+6=24 | ADFG | 4+7+6+5=22 |

由于表 5-7 中，路径工期最长为 24 天，其所对应的路径 ACEG 即为关键路径，该时间跨度即为项目最短工期（24 天）。

在图 5-4 中，自由浮动时间的计算公式如下。

某活动的自由浮动时间=活动的最迟结束时间-活动的最早结束时间

=活动的最迟开始时间-活动的最早开始时间

例如，对于节点 B，其最迟结束时间取决于关键路径上节点 E 的最早开始时间（即第 12 天），而节点 B 的最早结束时间为该节点最早开始时间加上其历时时间，即第 4+6=10 天。因此节点 B 的自由浮动时间为 12-10=2 天。由此可推知，节点 B 的最迟开始时间为该节点最早开始时间加上其自由浮动时间，即第 4+2=6 天。可见，关键路径上各节点的自由浮动时间为 0。

**【问题 2】（2 分）**

由问题 1 的要点解析知，该项目的关键路径为 ACEG，项目的工期为 24 天。

**【问题 3】（3 分）**

如果项目经理老李希望能将总工期（即 24 天）压缩 3 天，则该项目期望的工期为 21 天。根据表 5-6 中“正常历时”、“赶工历时”、“正常成本”和“赶工成本”4 列的内容，可计算出各作业赶工一天所需要增加的费用，见表 5-8。

**表 5-8　某项目基本情况分析表**

| 作业序号 | 紧前作业 | 正常历时（天） | 赶工历时（天） | 可压缩历时（天） | 正常成本（元） | 赶工成本（元） | 赶工一天增加费用（元/日） |
|---|---|---|---|---|---|---|---|
| A | — | 4 | 3 | 1 | 1400 | 1800 | 400 |
| B | A | 6 | 4 | 2 | 900 | 1200 | 150 |
| C | A | 8 | 6 | 2 | 1600 | 1900 | 150 |
| D | A | 7 | 5 | 2 | 1100 | 1300 | 100 |
| E | B、C、D | 6 | 4 | 2 | 1800 | 2200 | 200 |
| F | D | 5 | 3 | 2 | 1500 | 1700 | 100 |
| G | E、F | 6 | 4 | 2 | 2200 | 2800 | 300 |

通过压缩该项目关键路径上相关作业的历时，才能达到压缩整个项目工期的目的。在计算过程中，还需注意压缩某作业历时后，可能会引起项目关键路径的转移。例如，虽然在表 5-8“赶工一天增加费用”列中，100<150<200<300<400，但作业 B、D、F 不在该项目关键路径上，因此暂不能考虑通过压缩这 3 个作业来压缩整个项目工期。在该项目的关键路径 ACEG 上，作业 C 的赶工一天所增加的费用最小（即 150 元），但作业 C 的历时最多只能压缩 2 天，而作业 E 的赶工一天所增加的费用次小（即 200 元），因此可先考虑将作业 C 的历时压缩 2 天，作业 E 的历时压缩 1 天，此时所需要增加的费用为 2×100+200=400 元，图 5-4 中各条路径的工期变为表 5-9 中的数值。此时，该项目的关键路径转移为 ADEG 和 ADFG，完成项目所需的工期为 22 天，不能满足题意的要求。

**表 5-9　各条路径的工期 2**

| 路　径 | 工期（天） | 路　径 | 工期（天） |
|---|---|---|---|
| ABEG | 4+6+5+6=21 | ADEG | 4+7+5+6=22 |
| ACEG | 4+6+5+6=21 | ADFG | 4+7+5+6=22 |

若将作业 C 的历时压缩 1 天，作业 E 的历时压缩 2 天，此时所需要增加的费用为 100+2×200=500 元，图 5-4 中各条路径的工期变为表 5-10 中的数值。此时，该项目的关键路径转移为 ADFG，完成项目所需的工期为 22 天，不能满足题意的要求。

**表 5-10　各条路径的工期 3**

| 路　径 | 工期（天） | 路　径 | 工期（天） |
|---|---|---|---|
| ABEG | 4+6+4+6=20 | ADEG | 4+7+4+6=21 |
| ACEG | 4+7+4+6=21 | ADFG | 4+7+5+6=22 |

若将作业 C、E、G 的历时分别压缩 1 天，此时所需要增加的费用为 100+200+300=600 元，图 5-4 中各条路径的工期变为表 5-11 中的数值。此时，该项目的关键路径共有 3 条，即路径 ACEG、ADEG、ADFG，完成项目所需的工期为 21 天，能满足题意的要求。

表 5-11　各条路径的工期 4

| 路　径 | 工期（天） | 路　径 | 工期（天） |
|---|---|---|---|
| ABEG | 4+6+5+5=20 | ADEG | 4+7+5+5=21 |
| ACEG | 4+7+6+6=21 | ADFG | 4+7+5+5=21 |

## 试题 2 要点解析

**【问题 1】（6 分）**

本问题考查对现实情况中沟通问题的分析能力，即如何建立沟通管理。题干中给出了“抱怨公司的工作氛围不好，沟通不足”、“但对例会具体应如何进行，老刘却不知如何规定”、“项目组成员就开始抱怨例会目的不明，时间太长，效率太低，缺乏效果等”、“很多组员开始相互争吵，甚至影响到了人际关系的融洽”等关键信息，可以看出导致该案例所列举问题的可能原因如下。

（1）以往项目沟通管理不足，缺乏对项目组成员的沟通需求和沟通风格的分析。

（2）会议缺乏控制，缺乏完整的会议规程，会议目的、议程、职责不清，缺乏控制，导致会议效率低下，缺乏效果。

（3）会议没有产生记录。

（4）会议与实际工作联系不紧密，会议没有引发相应的行动。

（5）沟通方式单一。

（6）没有进行冲突管理，即忽视冲突管理等。

**【问题 2】（5 分）**

本问题考查对于沟通方式的认识，即如何拓展沟通渠道。除了项目例会之外，老刘还可以采取以下措施来促进项目团队的有效沟通。

（1）首先应对项目组成员进行沟通需求和沟通风格的分析。

（2）对于具有不同沟通需求和沟通风格的人员组合设置不同的沟通方式。

（3）可以通过电话、电子邮件、项目管理软件、OA 软件等工具进行沟通。

（4）正式沟通的结果应形成记录，对于其中的决定应有人负责落实。

（5）可以引入一些标准的沟通模板。

（6）在项目组内培养团结的氛围并注意冲突管理。

**【问题 3】（4 分）**

在中小型系统集成公司中，项目的例会是项目团队内部沟通的主要平台，通常以周为单位召开。它是项目中最重要的会议之一。项目例会一般由项目经理主持召开，主要议题包括：①项目进展程度调查和汇报；②项目问题的解决；③项目潜在风险的评估；④项目团队人力资源协调等。

## 试题 3 要点解析

**【问题 1】（6 分）**

项目管理计划是项目管理的基础。项目管理计划明确了如何执行、监督和控制，以及如何收尾项目。项目管理计划的编制过程是一个渐进明细、逐步细化的过程。在本案例中，张工制订了详细的项目管理计划，将项目组人员的工作排得满满的，在没有和项目组人员商量的情况下就下发项目管理计划并实施，这种做法欠妥。制订项目管理计划时，需要取得项目组人员的支持、理解，并且需要注意在项目的开始阶段往往需要的是粗粒度的，并且是切合实际情况的项目管理计划。而张工编制的初期项目管理计划粒度过细，没有把握好项目管理计划的层次性。

项目管理计划对于项目的实施非常重要，在制订时也需要和客户、公司领导及时沟通，以取得他们的支持。而张工对于项目运作的紧张局面既没有向公司领导汇报，也没有向客户解释，只是一个人默默地将问题埋在心里，而采取了每天早上安排工作的临时性解决办法，治标不治本。

【问题 2】(6 分)

项目的不确定性因素导致了项目的进展未必像想象中或计划中的那样顺利，而当这种不确定性变得明确且和当初的预测不一致时，就会导致项目出现变更。一般来说，项目的目标是项目所有活动的最终判断准则。也就是说，必须关注那些可能会引起项目目标变化的信息。针对本案例所描述的情况，当项目开始出现混乱局面时，作为一名项目经理应当清醒地意识到问题的根源可能在于：①所制订的项目管理计划欠妥；②项目的变更没有控制好。因此，建议张工采取以下一些有针对性的措施。

①重新制订一份较粗粒度的、切实可行的整体项目管理计划，而由项目组人员根据整体项目管理计划来制订个人的项目工作计划。

②将项目管理计划与项目组人员、公司领导、客户进行沟通，并及时修正，必要时还可以开会议讨论。

③在项目组中建立起变更控制系统。变更控制系统就是一套事先确定的修改项目文件或改变项目活动时应遵循的程序，其中包括必要的表格或其他书面文件，责任追踪和变更审批制度、人员和权限。变更控制系统应当明确规定变更控制委员会的责任和权力，并由所有的项目干系人认可。

变更控制系统可细分为整体、范围、进度、费用和合同变更控制系统。变更控制系统应当同项目管理信息系统一起通盘考虑，形成整体。

【问题 3】(3 分)

项目管理方法论、项目管理信息系统和专家判断等是制订项目管理计划的主要方法、工具和技术，详见表 5-12。

表 5-12　制订项目管理计划的主要方法、工具和技术

| 方法、工具和技术 | 说　明 |
|---|---|
| 项目管理方法论 | 用于帮助项目管理团队依据客户的要求、项目的具体情况制订具有针对性的项目管理计划和变更控制策略，如管理项目时是进度优先，还是质量优先，还是成本优先等 |
| 项目管理信息系统 | 用于帮助项目管理团队制订项目管理计划，支持文档制定后的反馈，控制项目管理计划的变更，发布已批准的文件 |
| 专家判断 | ①剪裁标准过程中的过程以满足项目需要；②制定包含在项目管理计划中的技术和管理细节；③确定为了完成项目工作所需的资源和技能水平；④定义在项目上应用配置管理的程度；⑤确定哪些项目文件将纳入正式的变更控制过程 |

## 试题 4 要点解析

【问题 1】(6 分)

项目采购是指从执行组织外部购买或获得完成工作所需的产品、服务或成果。项目外包通常是指将项目中的工作内容转移给别的项目团队或个人来完成。若企业有些一次性的大型项目需要立马启动，但缺乏足够的资源，或者企业本身没有相应的人员来执行，外包不失为一个可行的解决方案。

企业信息化的实施经常会遇到本案例中的这种情况，企业老总想要提高自主研发能力，但在实际的软件项目实施过程中却又总觉得没有足够的技术支撑和人力资源。老系统觉得不好用，而开发的系统小毛病源源不断，迟迟上不了线。通过仔细分析本案例，可以找出目前项目所面临的几个主要问题。

(1) 飞达公司是专业从事第三方物流的企业，并非软件开发企业，软件开发不是强项，因此自己开发软件系统尚不成熟，特别是他们无法像专业的软件企业那样有规范的软件开发模式，更没有足够可供调配的软件开发队伍。

(2) 作为企业的信息管理部门，与 IT 相关的事情都自己来做是不现实的，企业信息管理部门不可能有这么多精力和人手来满足企业信息化的全部需求。

（3）企业信息网络中心的开发人员对业务人员参与系统升级的重要性认识不足，应当明确业务部门的任务，并与他们一起来完成系统的升级工作。

【问题 2】（6 分）

采购在 IT 项目的实施中占有特殊的位置，并不是项目中所有事情都必须由项目团队来完成，只要能达成项目预定的目标，需要时可以全部采购或部分采购。采购方要进行 IT 项目的采购总是有原因的，要么基于自身业务扩充的需要，要么基于 IT 技术发展的需求，要么是国家政策的规定等。

通过分析业务需求，在总结前段工作的基础上，结合飞达公司的实际情况，建议公司决策层可以做出如下的决策。

（1）公司成立项目领导小组，兰总任组长，业务部经理和信息部的老汪任副组长，以协调紧急事项并做重大决策。从业务部门抽调业务精英和信息网络中心的原有技术人员组成联合项目组，业务部经理担任项目组负责人，并负责组织和协调业务需求分析工作。

（2）项目组负责对原有系统的运行情况进行系统的检查，对业务部门提出的问题逐一进行鉴别，结合新增的业务需求，编写需求分析报告和系统升级建议书。

（3）项目进行公开招标采购，采用外包的开发模式，明确公司项目组由原来的专注于系统开发转为专注于系统需求的提炼，负责项目协调、监督、测试、验收和上线等工作，并适度参与软件开发，以利于今后的二次开发和维护。

对于外包的项目，采购方应该设立一位项目负责人或项目经理，来负责项目的采购与外包管理。采购方项目经理的一项首要任务是编制一个详细、完整的采购项目计划，在计划中应该列出每一项工作，以及需要哪方面的哪些人来共同执行。

【问题 3】（3 分）

在编制采购计划的过程中，首先要确定项目的哪些产品、成果或服务自己提供更合算，还是外购更合算，即进行“自制/外购”分析，在这个分析过程中可能要用到专家判断，最后也要确定合同的类型，以便进行风险转移安排。这些用于编制采购计划过程的技术、方法详见表 5-13。

表 5-13 用于编制采购计划过程的技术、方法

| 技术、方法 | 说明 |
|---|---|
| “自制/外购”分析 | 任何预算限制都可能是影响“自制/外购”决定的因素。如果决定购买，还要进一步决定是购买还是租借。“自制/外购”分析应该考虑所有相关的成本，无论是直接成本还是间接成本。例如，在考虑外购时，分析应包括购买该项产品的实际支付的直接成本，也应包括购买过程的间接成本 |
| 专家判断 | 专家可由具有专门知识、来自于多种渠道的团体和个人提供，包括项目执行组织中的其他单位、顾问、专业技术团体和行业集团等。经常用专家的技术判断来评估本过程的输入和输出。专家判断也被用来制定或者修改评价卖方建议书的标准。专家法律判断可能要求律师协助处理相关的采购问题、条款和付款条件。这种专家具有行业和技术的专长，其判断可以运用于采购的产品、服务或者成果的技术细节，以及采购管理过程的各个方面 |
| 确定合同类型 | 使用的合同类型和具体的合同条款与条件，将界定买方和卖方各自承担的风险程度。合同按费用支付方式分为固定总价合同、成本补偿合同、工时和材料合同（也称单价合同）3 类。买方的要求（如产品的标准版本或客户化版本、绩效报告、提交成本数据等），以及其他的考虑因素（如市场竞争状况等）都会影响采购会采用何种合同类型；卖方也可以考虑将那些特殊的需求作为需要另外收费的科目，以及考虑项目团队所采购的产品或服务未来的潜在销售机会 |

## 试题 5 要点解析

【问题 1】（5 分）

软件配置管理（Software Configuration Management，SCM）为软件开发提供了一套管理办法和活动原则，成为贯穿软件开发始终的重要质量保证活动。配置管理的过程实际是软件开发过程中质量管理的精髓所在，版本管理提高了开发者的工作效率，而变更控制则提高了整个开发团队的工作效率。两者的紧密结合，将为软件开发项目提供一道坚实的质量防火墙，使软件开发项目的质量管理过程规范而有效。

在题干中已给出了软件配置管理的基本功能——“为软件开发提供了一套管理办法和原则，以防止混

乱和差错的产生，并且适应软件的各类变更”。软件配置管理是软件质量保证的重要一环，其主要责任是控制变化，同时，也负责配置项和软件的版本标识、软件配置的设计，以及配置中所有变化的报告。可以认为，软件配置管理的工作主要解决的问题有：

（1）采用什么方式去表示和管理数量不少的程序、文档等的各种版本。

（2）在软件产品交付用户之前和交付之后如何控制变更。实现有效的变更。

（3）谁有权批准变更及安排变更的优先级。

（4）什么方法估计变更可能引起的其他问题。

这些问题的解决正是软件配置管理应完成的任务：配置标识、版本管理、变更管理、配置审核及配置报告。

变更管理是软件配置管理的一个重要组成部分，涉及到在给配置项建立了正式的配置标识后变更的评价、协调、审批与实现等方面的活动。为了有效地实现变更控制，需要借助于配置数据库。

配置数据库的主要作用表现在以下几个方面：

（1）记录与配置相关的所有信息，其中存放受控的软件配置项是很重要的内容。

（2）利用库中的信息可评价变更的后果，这对变更控制有着重要的意义。

（3）从库中可提取各种配置管理过程的管理信息，可利用库中的信息查询回答许多配置管理问题。例如，哪些客户已经提取了某个特定的系统版本；运行一个给定的系统版本需要什么硬件和系统软件；一个系统到目前为止已生成了多少个版本，何时生成的；如果某个特定的构件变更了，会影响到系统的哪些版本；一个特定的版本曾提出过哪几个变更要求；一个特定的版本有多少已报告的错误。

配置数据库可以分为动态库（开发库、程序员库、工作库）、受控库（主库）、静态库（软件仓库）和备份库 4 种类型。而决定配置库的结构是配置管理活动的重要基础。常用的有两种组织形式：按配置项类型分类建库和按任务建库。

按配置项的类型分类建库的方式经常被一些咨询服务公司所推荐，它适用于通用的应用软件开发组织。因为这样的组织往往产品的继承性较强，工具比较统一，对并行开发有一定的需求。使用这样的库结构有利于对配置项的统一管理和控制，同时也能提高编译和发布的效率。但由于该库结构并不是面向各个开发团队的开发任务的，因此可能会造成开发人员的工作目录结构过于复杂，从而带来一些不必要的麻烦。

按任务建立相应的配置库，其适用于专业软件的研发组织。在这样的组织内，由于使用的开发工具种类繁多，开发模式以线性发展为主，因此就没有必要把配置项严格地分类存储，人为增加目录的复杂性。对于研发性的软件组织单位来说，采用这种设置策略比较灵活。

**【问题 2】（4 分）**

配置状态报告也称配置状态说明与报告，它是配置管理的一个组成部分。其任务是有效地记录和报告管理配置所需要的信息；目的是及时、准确地给出软件配置项的当前状况，供相关人员了解，以加强配置管理工作。它可以提高了开发人员之间的通信能力，避免了可能出现的不一致和冲突。

在软件工程过程中，必须注意到它的动态特性。配置状态报告就是要在某个特定的时刻观察当时的配置状态，也就是要对动态演化着的配置项取个瞬时的“照片”，以利于在状态报告信息分析的基础上，更好地进行控制。

配置状态报告包含的信息主要有配置状态所涉及到的实体间的关系和状态说明数据词典。

表 15-14 列出了一个定期提交的配置状态报告的内容。

**表 15-14　配置状态报告表**

| 项　目 | 内　容 |
|---|---|
| 各份变更请示概要 | 变更请求号、日期、申请人、状态、估计工作量、实际工作量、发行版本、变更结束日期 |
| 基线库状态 | 库标识、至某日预计库内配置项数、实际配置项数 |
| 发行信息 | 发行版本、计划发行时间、实际发行日期、说明 |
| 备份信息 | 备份日期、介质、备份存放位置 |

续表

| 项　目 | 内　容 |
|---|---|
| 配置管理工具状态 | |
| 配置管理培训状态 | |

【问题 3】（6 分）

变更控制是项目管理的重要内容。近年来，项目规模不断扩大、复杂性越来越高，项目中出现变更的次数也越来越多。如何对变更进行有效的控制成为每个项目经理必须重视的问题。

如果把项目整体的交付物视作项目的配置项，配置管理可视为对项目完整性管理的一套系统，当用于项目基准调整时，变更管理可视为其中的一部分。亦可视变更管理与配置管理为相关联的两套机制，变更管理由项目交付或基准配置调整时，由配置管理系统调用；变更管理最终应将对项目的调整结果反馈给配置管理系统，以确保项目执行与对项目的账目相一致。

在配置管理中完整的变更处置的基本流程如下。

（1）变更申请。相关人员如项目经理填写变更申请表，说明要变更的内容、变更的原因、受变更影响的关联配置项、工作量和变更实施人等，并提交给变更控制委员会（CCB）。由于变更的真实原因和提出背景复杂，如不经评估而快速实施则可能涉及的项目影响难以预料，而变更申请是变更管理流程的起点，故应严格控制变更申请的提交。变更控制的前提是项目基准健全，对变更处理的流程事先达成共识。

（2）变更评估。CCB 负责组织对变更申请进行评估并确定以下内容：①变更的内容是否合理；②变更的范围是否正确、考虑周全；③受影响的配置项是否已被充分考虑，是否需要同时进行变更；④工作量估计是否合理；⑤如有变更实施方案，评估基线变更的实施方案是否合理。根据变更影响大小，可以由 CCB 组长确定由哪些人参加此评估。CCB 决定是否接受变更，并将决定通知相关人员。

（3）变更决策。由具有相应权限的人员或机构决定是否实施变更。

（4）变更实施。配置管理工程师在测试库或开发库中开辟工作空间，从受控库中取出相关的配置项放于工作空间，分配权限给变更实施人；项目经理组织修改相关的配置项，并在相应的文档或程序代码中记录变更信息，同时填写报告；变更实施人完成变更并提交后，项目经理指派其他的人员完成单元测试，代码走查。

（5）变更验证与确认。项目经理指定人员对变更后的配置项进行测试或验证，如由配置管理人员或受到变更影响的人对变更结果进行评价，确定变更结果和预期是否相符、相关内容是否进行了更新、工作产物是否符合版本管理的要求，并填写相应的报告。项目经理应将变更与验证的结果提交 CCB 组长审批，由其确认变更是否已经按要求完成。如果是基线变更，必要时 CCB 组长应召集 CCB 会议确认基线变更的结果。

（6）沟通存档（或变更的发布）。将变更后的内容通知可能会受到影响的人员，并将变更记录汇总归档。如提出的变更在决策时被否决，其初始记录也应予以保存。

## 5.2.3 参考答案

表 5-15 给出了本份下午试卷试题 1～试题 5 的参考答案，供读者练习时参考，以便查缺补漏。读者也可依照所给出的评分标准得出测试分数，从而大致评估自己对这些知识点的掌握程度。

表 5-15　参考答案及评分标准表

| 试　题 | 问题与分值 | 参考答案及评分标准 | 自 评 分 |
|---|---|---|---|
| 1 | 【问题 1】（10 分） | 该项目活动网络图见图 5-4（每个节点的时间参数合计 1 分，错一个参数则该节点不得分；全部连线正确得 3 分，连线有错误则视具体情况酌情给 1 分或 2 分；总分为 10 分） | |
| | 【问题 2】（2 分） | 该项目的关键路径为 ACEG （1 分）<br>该项目工期为 24 天 （1 分） | |
| | 【问题 3】（3 分） | 作业 C、E、G 的历时分别压缩 1 天 （2 分），所需增加的费用为 650 元 （1 分） | |

续表

| 试　题 | 问题与分值 | 参考答案及评分标准 | 自　评　分 |
|---|---|---|---|
| 2 | 【问题1】<br>(6分) | ①缺乏对项目组成员的沟通需求和沟通风格的分析；<br>②缺乏完整的会议规程，会议目的、议程、职责不清，缺乏控制，导致会议效率低下，缺乏效果；<br>③会议没有产生记录；　　④会议没有引发相应的行动；<br>⑤沟通方式单一；<br>⑥没有进行冲突管理等（每小点1分，答案类似即可） | |
| | 【问题2】<br>(5分) | ①首先应对项目组成员进行沟通需求和沟通风格的分析；<br>②对于具有不同沟通需求和沟通风格的人员组合设置不同的沟通方式；<br>③可以通过电话、电子邮件、项目管理软件和OA软件等工具进行沟通；<br>④正式沟通的结果应形成记录，对于其中的决定应有人负责落实；<br>⑤可以引入一些标准的沟通模板；<br>⑥在项目组内培养团结的氛围并注意冲突管理<br>（列举出其中5个小点即可，每小点1分，最多得5分，答案类似即可） | |
| | 【问题3】<br>(4分) | ①项目进展程度调查和汇报　　②项目问题的解决<br>③项目潜在风险的评估　　④项目团队人力资源协调（每小点1分） | |
| 3 | 【问题1】<br>(6分) | ①初期的项目管理计划粒度过小，没有把握好项目管理计划的层次性；<br>②制订项目管理计划时没有和客户、公司领导及项目组人员进行及时沟通；<br>③制订的项目管理计划不切实际（每小点2分，答案类似即可） | |
| | 【问题2】<br>(6分) | ①重新制订一份较粗粒度的、切实可行的整体项目管理计划，而由项目组人员根据整体项目管理计划来制订个人的项目工作计划；<br>②将项目管理计划与项目组人员、公司领导、客户进行沟通，并及时修正，必要时还可以开会议讨论；<br>③在项目组中建立起变更控制系统（每小点2分，答案类似即可） | |
| | 【问题3】<br>(3分) | ①项目管理方法论　　②项目管理信息系统<br>③专家判断（每小点1分） | |
| 4 | 【问题1】<br>(6分) | ①飞达公司本身并非软件开发企业，软件开发不是其强项；<br>②作为企业的信息管理部门，与IT相关的事情都自己来做是不现实的，企业信息管理部门不可能有这么多精力和人手来满足企业信息化的全部需求；<br>③企业信息网络中心的开发人员对业务人员参与系统升级的重要性认识不足，应当明确业务部门的任务，并与他们一起来完成系统的升级工作（每小点2分，答案类似即可） | |
| | 【问题2】<br>(6分) | ①公司成立项目领导小组，兰总任组长，业务部经理和信息网络中心的老汪任副组长，以协调紧急事项并作重大决策；从业务部门抽调业务精英和信息网络中心的原有技术人员组成联合项目组，业务部经理担任项目组负责人，并负责组织和协调业务需求分析工作；<br>②项目组负责对原有系统的运行情况进行系统的检查，对业务部门提出的问题逐一进行鉴别，结合新增的业务需求，编写需求分析报告和系统升级建议书；<br>③项目进行公开招标采购，采用外包的开发模式，明确公司项目组由原来的专注于系统开发转为专注于系统需求的提炼，负责项目协调、监督、测试、验收和上线等工作，并适度参与软件开发，以利于今后的二次开发和维护（每小点2分，答案类似即可） | |
| | 【问题3】<br>(3分) | ①“自制/外购”分析　　②专家判断<br>③确定合同的类型（每小点1分） | |
| 5 | 【问题1】<br>(5分) | 配置数据库的主要作用：<br>①用于收集与配置有关的所有信息；<br>②评价系统变更的效果；<br>③提供配置管理过程的管理信息（每小点1分）<br>建库模式：按配置项类型分类建库（1分）、按任务建库（1分） | |
| | 【问题2】<br>(4分) | 主要作用：①有效地记录和报告管理配置所需要的信息，目的是及时、准确地给出软件配置项的当前状况，供相关人员了解，以加强配置管理工作（1分）；②配置状态报告提高了开发人员之间的通信能力，避免了可能出现的不一致和冲突（1分）<br>主要信息：配置状态所涉及到的实体间的关系（1分）、状态说明数据词典（1分） | |
| | 【问题3】<br>(6分) | ①变更申请　　②变更评估　　③变更决策<br>④变更实施　　⑤变更验证与确认<br>⑥沟通存档（或变更的发布）（答案类似即可，每小点1分） | |

# 第 6 章 考前冲刺预测卷 6

## 6.1 上午试卷

**（考试时间 9：00—11：30，共 150 分钟）**

**请按下述要求正确填写答题卡**

1. 在答题卡的指定位置上正确写入你的姓名和准考证号，并用正规 2B 铅笔在你写入的准考证号下填涂准考证号。

2. 本试卷的试题中共有 75 个空格，需要全部解答，每个空格 1 分，满分 75 分。

3. 每个空格对应一个序号，有 A、B、C、D 4 个选项，请选择一个最恰当的选项作为解答，在答题卡相应序号下填涂该选项。

4. 解答前务必阅读例题和答题卡上的例题填涂样式及填涂注意事项。解答时用正规 2B 铅笔正确填涂选项，如需修改，请用橡皮擦干净，否则会导致不能正确评分。

**【例题】**

2010 年下半年全国计算机技术与软件专业技术资格（水平）考试日期是 （88） 月 （89） 日。

（88） A. 9 B. 10 C. 11 D. 12

（89） A. 11 B. 12 C. 13 D. 14

因为考试日期是“11 月 13 日”，故（88）选 C，（89）选 C，应在答题卡序号 88 下对 C 选项进行填涂，在序号 89 下对 C 选项进行填涂（参见答题卡）。

### 6.1.1 试题描述

**试题 1**

以下关于计算机信息系统集成资质的说法中，错误的是 （1） 。

（1） A. 资质管理包括资质评审和审批、年度监督、升级、降级和取消等内容

B. 三、四级资质申请，由省市信息产建设单位管部门审批，报工业和信息化部备案

C. 工业和信息化部授权的资质评审机构可以受理申请一、二、三、四级资质的评审

D. 在同一授权机构可完成计算机信息系统集成资质的认证、审批程序

**试题 2**

在系统集成项目中，采取相应的措施保护计算机网络设备免受环境事故的影响，属于 ISO/IEC27000 系列标准中信息安全管理的 （2） 范畴。

（2） A．组织信息安全　　B．通信和操作安全
C．物理和环境安全　　D．访问控制

## 试题 3

下列关于恶意代码的描述中，错误的是＿（3）＿。

（3） A．蠕虫病毒是一个独立程序，它不需要把自身附加在宿主程序上
B．电子图片中也可以携带恶意代码
C．特洛伊木马能够通过网络完成自我复制
D．网络蠕虫病毒利用网络中软件系统的缺陷，进行自我复制和主动传播

## 试题 4

信息系统安全包含了信息的保密性、数据完整性、可用性、不可抵赖性和真实性等。防范 DDoS 攻击是提高＿（4）＿的措施。

（4） A．不可抵赖性　B．保密性　C．数据完整性　D．可用性

## 试题 5

比较先进的电子政务网站提供基于＿（5）＿的用户认证机制用于保障网上办公的信息安全和不可抵赖性。

（5） A．匿名 FTP　B．SSL　C．数字证书　D．用户名和密码

## 试题 6

建立企业信息系统应该遵循一定的原则，以下原则不适当的是＿（6）＿。

（6） A．必须支持企业的战略目标　　B．应该支持企业各个管理层的需求
C．应该自上而下地规划和实现　　D．应该向整个企业提供一致的信息

## 试题 7

GB/T19000—2000（idt ISO 9000—2000）表示＿（7）＿国际标准。

（7） A．修改采用　B．等同采用　C．等效采用　D．非等效采用

## 试题 8

＿（8）＿不需要登记或标注版权标记就能得到保护。

（8） A．财产权　B．商标权　C．专利权　D．著作权

## 试题 9

在选择开发方法时，不适合使用原型法的情况是＿（9）＿。

（9） A．用户需求模糊不清　　B．系统设计方案难以确定
C．系统使用范围变化很大　　D．用户的数据资源缺乏组织和管理

## 试题 10

某软件产品在应用初期运行在 Windows 2000 环境中。现因某种原因，该软件需要在 Linux 环境中运行，而且必须完成相同的功能。为适应该需求，软件本身需要进行修改，而所需修改的工作量取决于该软件的＿（10）＿。

（10） A．可复用性　B．可维护性　C．可移植性　D．可扩充性

**试题 11**

实施新旧信息系统转换，采用＿（11）＿方式风险最小。

（11）　A．直接转换　B．并行转换　C．分段转换　D．分块转换

**试题 12**

以下关于面向对象技术的叙述中，说法错误的是＿（12）＿。

（12）　A．尽量使用已有的类库　B．尽量针对接口编程，而不要针对实现编程
C．尽量使用继承而不是聚合　D．面向对象设计最根本的意图是适应需求变化

**试题 13**

UML 提供了 4 种结构图用于对系统的静态方面进行可视化、详述、构造和文档化。当需要说明体系结构的静态实施视图时，应该选择＿（13）＿。

（13）　A．构件图　B．协作图　C．顺序图　D．部署图

**试题 14**

以下不属于面向对象中间件技术的是＿（14）＿。

（14）　A．CORBA　B．Java Applet　C．EJB/J2EE　D．COM+/DNA

**试题 15**

RUP（Rational Unified Process）分为 4 个阶段，每个阶段结束时都有重要的里程碑，其中生命周期架构是在＿（15）＿结束时的里程碑。

（15）　A．初启阶段　B．细化阶段　C．构建阶段　D．交付阶段

**试题 16**

在 Web Service 中，通过＿（16）＿来执行服务调用。

（16）　A．SOAP　B．UDDI　C．XML Schema　D．HTTPS

**试题 17**

旁站是信息工程监理控制工程质量、保证项目目标必不可少的重要手段之一，适合于＿（17）＿方面的质量控制。

（17）　A．总体设计、产品设计和实施设计等
B．首道工序、上下道工序交接环节和验收环节等
C．网络综合布线、设备开箱检验和机房建设等
D．网络系统、应用系统和主机系统等

**试题 18**

网络安全体系设计可从物理线路安全、网络安全、系统安全和应用安全等方面来进行，其中，数据库容灾属于＿（18）＿。

（18）　A．系统安全和应用安全　B．应用安全和网络安全
C．系统安全和网络安全　D．物理线路安全和网络安全

**试题 19**

iSCSI 和 SAN 适用的协议分别为＿（19）＿。

（19）　A．TCP/IP，SNMP　B．TCP，FC　C．UDP，SMTP　D．TCP/IP，FC

**试题 20**

数据仓库解决方案常用于实现＿（20）＿。

（20） A．两个或者多个信息系统之间相互访问数据资源
B．不同地域的企业信息系统之间进行实时的信息共享和数据通信
C．企业海量数据的存储和访问
D．企业决策信息的挖掘和提取

**试题 21**

在 OSI 参考模型中，实现端用户之间可靠通信的协议层是＿（21）＿。

（21） A．数据链路层 B．传输层 C．网络层 D．会话层

**试题 22**

IEEE 802.11 采用了类似于 IEEE 802.3 CSMA/CD 协议的 CSMA/CA 协议，之所以不采用 CSMA/CD 协议的原因是＿（22）＿。

（22） A．CSMA/CA 协议的效率更高 B．CSMA/CD 协议的开销更大
C．为了解决隐蔽终端问题 D．为了引进其他增值业务

**试题 23**

以下不属于网络接入技术范畴的是＿（23）＿。

（23） A．FTTH B．3G C．WSDL D．Cable Modem

**试题 24**

根据《电子计算机机房设计规范》(GB50174—1993)，计算机网络机房应选择采用 4 种接地方式。＿（24）＿接地系统是将电源的输出零电位端与地网连接在一起，使其成为稳定的零电位。要求该接地的地线与大地直接相通，其接地电阻要求小于 1 Ω。

（24） A．交流工作 B．直流工作 C．安全工作 D．防雷

**试题 25**

以下关于网络系统设计原则的描述中，正确的是＿（25）＿。

（25） A．应尽量采用先进的网络设备，获得最高的网络性能
B．网络总体设计过程中，只需要考虑近期目标即可，无须考虑扩展性
C．网络系统应采用开放的标准和技术
D．网络需求分析独立于应用系统的需求分析

**试题 26**

＿（26）＿不是矩阵型组织结构的优点。

（26） A．每个团队成员都有自己明确的上司 B．技术专家可同时被不同项目使用
C．充分发挥资源集中的优势 D．对客户的要求响应速度较快

**试题 27**

进行项目进度基准计划修改时必须慎重，这主要是因为＿（27）＿。

（27） A．修订必须要得到管理层的批准 B．修改后会使风险发生的概率大幅提高
C．必须分析造成修改的原因 D．会对费用和质量目标产生影响

## 试题 28

某网络工程项目的时标网络图如图 6-1 所示（时间单位：周）。在项目实施过程中，因负责某个子项目实施的网络工程师失误操作发生了质量事故，需整顿返工，造成②～④之间的作业拖后 3 周，受此影响，工程的总工期将会拖延＿（28）＿周。

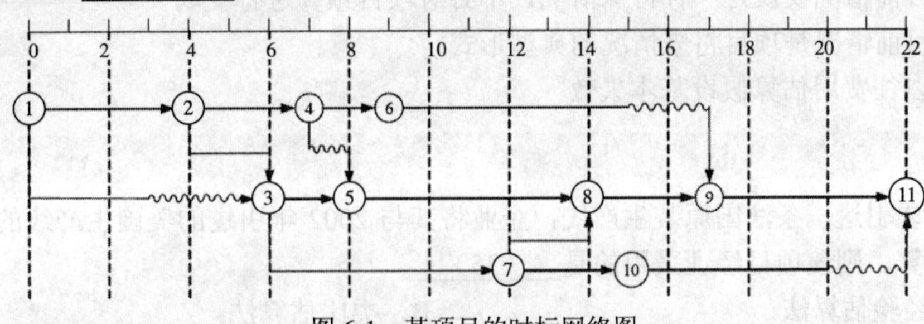

图 6-1　某项目的时标网络图

（28）　A．0　　B．1　　C．2　　D．3

## 试题 29

以下关于项目整体变更控制的描述中，正确的是＿（29）＿。

（29）　A．项目管理计划、项目管理信息系统等是整体变更控制的输入

B．整体变更控制的结果可能引起项目范围、项目管理计划和项目交付成果的调整

C．变更控制过程依次为受理变更申请、接收或拒绝变更、变更的整体影响分析、执行变更、变更结果追踪与审核

D．整体变更控制过程主要体现在确定项目交付成果阶段

## 试题 30

＿（30）＿是用来唯一确定项目工作分解结构的每一个单元的。

（30）　A．编码　　B．分解　　C．工作包　　D．结构设计

## 试题 31

＿（31）＿不属于项目章程的组成内容。

（31）　A．项目干系人的需求和期望　　B．组织的、环境的和外部的约束

C．指定项目经理并授权　　D．企业环境因素

## 试题 32

以下关于滚动波浪式计划的描述中，正确的是＿（32）＿。

（32）　A．为了保证项目里程碑，在战略计划阶段做好一系列详细的活动计划

B．关注长期目标，允许短期目标作为持续活动的一部分进行滚动

C．项目管理团队无须等待交付物或子项目足够清晰才制订详细的 WBS

D．近期要完成的工作在 WBS 最下层详细规划

## 试题 33

编制项目计划的依据之一是假设，假设通常导致风险，其原因是＿（33）＿。

（33）　A．假设基于约束条件

B．假设基于经验教训

C．假设包括被认为正确、实际或确定的事项

D．历史经验不可获取

### 试题 34

公式：EAC=实际支出+对未来剩余工作的重新估算，适用于 （34） 情况。

（34） A．项目将来的情况不会与目前情况有很大出入
B．目前情况仅仅是一种特殊情况，不必对项目预算进行变动
C．目前情况是项目将来情况的典型形式
D．以往费用估算假设基本失效

### 试题 35

某企业现在希望引进一条法国原装生产线，企业将其与 2002 年引进的美国生产线的性能相比较后，做出了项目费用估算，则该项目经理采用的是 （35） 。

（35） A．经验估算法　　B．类比估算法
C．参数模型估计法　　D．自下而上估算法

### 试题 36

项目经理老郭对自己正在做的一个网络工程项目进行成本挣值分析后，画出了如图 6-2 所示的一张挣值分析图，当前时间为图中的检查日期。根据该图，老郭分析：该项目 （36） 。

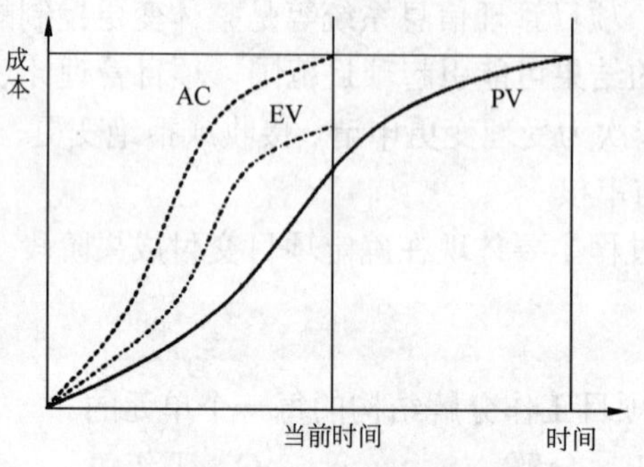


图 6-2 某网络工程项目挣值分析图

（36） A．进度滞后，成本超支　　B．进度超前，成本超支
C．进度超前，成本节支　　D．进度滞后，成本节支

### 试题 37

在质量管理的 PDCA 循环中，A 阶段的职能包括 （37） 等。

（37） A．确定质量改进目标，制订改进措施
B．明确质量要求和目标，提出质量管理方案
C．采取措施，以持续改进过程业绩
D．规范质量行为，组织质量计划的部署和交底

### 试题 38

软件配置管理（SCM）是一组用于在计算机软件 （38） 管理变化的活动。

（38） A．交付使用后　　B．开发过程中
C．整个生命周期内　　D．测试过程中

### 试题 39

现代质量管理的一个基本原则认为，要达到质量要求必须 （39） 。

（39） A．开展质量圈活动　　B．做好最终的质量检查
C．使用最好的工具与技术进行检查　　D．在项目中进行质量规划

**试题 40**

某省直事业单位要对一个网络集成项目进行采购招标，相关负责人在制定价格因素评分细则时规定：采用综合评分法，价格分采用低价优先法计算。这一规定反映了制定招标评分标准时的 （40） 原则。

（40） A．细则横向比较　　B．以客观事实为依据
C．得分应能明显分出高低　　D．执行国家规定、体现国家政策

**试题 41**

人力资源计划编制的输入不包括 （41） 。

（41） A．活动资源估计　　B．环境和组织因素
C．项目管理计划　　D．人员配备管理计划

**试题 42**

以下关于项目质量保证和项目质量控制的描述中，正确的是 （42） 。

（42） A．质量保证的核心目标是确保产品的质量能满足顾客、法律法规等方面所提出的质量要求
B．帕累托（Pareto）图是一种散点图，按事件发生的频率排序而成
C．因果图通常被作为质量保证的工具或方法，而一般不应用于质量控制方面
D．成本效益分析、作业成本分析是项目质量保证的技术和方法之一

**试题 43**

某财务管理信息系统项目没有超出预算并在规定的时间内完成。然而，项目经理老李却十分烦恼，因为项目团队成员有一大半在项目进行期间辞职，辞职的理由是工作时间太长和缺乏职能经理的支持。以下描述中，错误的是 （43） 。

（43） A．项目在预算和规定时间内达到了它的目标，上级管理层没有负责提供足够的资源
B．沟通安排不充分，没有向有关项目干系人提供需要的信息
C．职能经理没对他的工作人员负责，并且没有负责获得足够的资源以满足该项目进度计划
D．项目经理没有获得足够的资源，并且没有根据可用的资源制订一个现实的最终期限

**试题 44**

以下关于质量管理计划与质量体系的描述中，错误的是 （44） 。

（44） A．质量管理计划贯穿于项目的整个生命周期，是合同履行质量的保障
B．质量体系是为一个组织而建立的，不针对其中的某个项目
C．质量体系就是涵盖质量保证部门所有业务流程的管理体系
D．质量管理计划是为具体产品、项目、服务和合同准备的

**试题 45**

当各项目小组成员对职能经理和项目经理双重负责的时候，项目团队建设经常会显得比较复杂。对这种双重负责关系的有效管理通常是 （45） 的职责。

（45） A．有关项目团队成员　　B．职能经理
C．项目经理　　D．高层领导

**试题 46**

以下关于项目团队激励的描述中，错误的是___(46)___。

（46） A．马斯洛需求层次从高到低依次是自我实现、尊重、社会、安全和生理

B．Y 理论认为员工是积极的，在适当的情况下员工会努力工作

C．项目经理的正式权力、奖励权力和强制权力来自于公司的授权

D．海兹伯格理论认为增强保健卫生因素一定能够激励员工

**试题 47**

沟通管理计划的一个目的是，提供___(47)___方面的信息。

（47） A．每个团队成员的经验和技能

B．当团队成员不为项目需要时，解散队伍的方法

C．收集和分发信息的方法

D．项目中将会使用的电子邮件和视频会议技术

**试题 48**

德尔菲法是一种非常有效的风险定量分析技术，它主要用来___(48)___。

（48） A．明确与将来事件相关的概率估计

B．确定特殊变量的发生概率

C．帮助决策者决定应对风险的态度

D．为决策者准备一套选择图表

**试题 49、试题 50**

系统集成商 Y 公司承担了某企业的业务管理系统的开发建设工作，Y 公司任命陈工为项目经理。陈工估计该项目 20 天即可完成，如果出现问题耽搁了也不会超过 28 天完成，最快 18 天即可完成。根据项目历时估计中的三点估算法，该项目的历时为___(49)___，该项目历时的估算方差约为___(50)___。

（49） A．20 天 B．21 天 C．22 天 D．23 天

（50） A．1.33 天 B．1.67 天 C．2.33 天 D．2.67 天

**试题 51**

风险应对是指通过开发备用的方法，制订某些措施以提高项目成功的机会，同时降低失败的威胁。以下不属于负面风险（威胁）应对策略的是___(51)___。

（51） A．与卖方签订一份固定价格的契约

B．分配更多好的资源给该项目，使之完成比原计划更好的成果

C．选择一个信誉度更好、更稳定的供应商

D．在项目早期澄清需求、改良沟通方式，并请专家指导

**试题 52**

某项目经理刚刚完成了项目的风险应对计划，___(52)___应该是风险管理的下一步措施。

（52） A．进行风险审核 B．开始分析在产品文档中发现的风险

C．确定项目整体风险的等级 D．在 WBS 上增加任务

**试题 53**

合同收尾就是按合同要求对项目进行___(53)___。

（53） A．合同结算　　B．合同遗留问题的处理
C．验收、付款、移交　　D．收集合同资料、整理合同资料

## 试题 54

在软件项目管理中可以使用各种图形工具来辅助决策。如图 6-3 所示的是一张＿（54）＿。

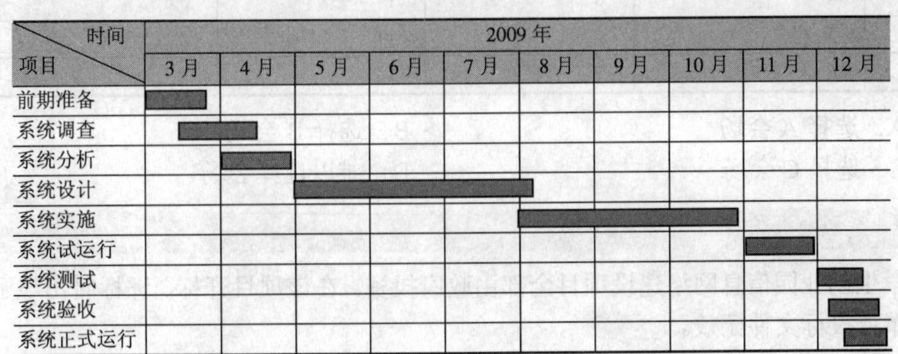


图 6-3　某项目管理图

（54） A．活动图　　B．PERT 图　　C．Gantt 图　　D．因果分析图

## 试题 55

系统集成 PH 公司承担了某企业的业务管理系统的开发建设工作，PH 公司任命张工为项目经理。张工对该项目进行细致的成本估算后，得出估算值为 100 万元（–10%～+15%）。该参数表明＿（55）＿。

（55） A．此项工作的成本预期在 85～110 万元之间
B．此项工作的成本预期在 75～125 万元之间
C．此项工作的成本预期在 90～115 万元之间
D．此项工作的成本预期在 95～105 万元之间

## 试题 56

以下关于活动资源估算的描述中，错误的是＿（56）＿。

（56） A．活动资源估算要确定实施项目活动所需资源的使用时间
B．活动资源估算过程必须和成本估算过程相结合
C．进行活动排序时需要考虑活动资源估算问题
D．企业基础设施资源信息可以用于活动资源估算

## 试题 57

合同预期成本为 800 万元，固定酬金为 10 万元，酬金增减为 15 万元，如果实际发生成本为 780 万元，按成本加浮动酬金计算，合同总价为＿（57）＿。

（57） A．785 万元　　B．795 万元　　C．805 万元　　D．815 万元

## 试题 58

需求变更提出来之后，接下来应该进行的是＿（58）＿。

（58） A．验证变更　　B．实施变更　　C．变更决策　　D．评估变更

## 试题 59

某系统集成公司为了扩大华北市场，希望在北京举行一个展销会，会址打算选择在北京市内的 A、B、

C 三个会场之一。获利情况与天气有关。通过天气预报了解到展销会当日天气为晴、多云和雨的概率，收益和会场租赁费用情况见表 6-1，那么该公司的决策是＿（59）＿。

表 6-1　展销会各种收益和会场租赁费用表

| 选址方案 | 晴（P1=0.25） | 多云（P2=0.5） | 雨（P3=0.25） | 租赁费用（万元） |
|---|---|---|---|---|
| A | 4 | 6 | 1 | 3.6 |
| B | 5 | 4 | 1.6 | 3.2 |
| C | 6 | 2 | 1.2 | 3 |

（59）　A．选择 A 会场　　B．选择 B 会场
C．选择 C 会场　　D．难以选择会场

## 试题 60

某省城大学生创业园信息网络建设项目全部由政府投资。在该项目开标、评标时出现了以下情况，其中＿（60）＿单位投标文件无效。

（60）　A．A 投标单位某分项工程的报价中有个别漏项
B．B 投标单位虽按招标文件的要求编制了投标文件，但文档中漏打了 3 页页码
C．C 投标单位投标保证金超过了招标文件中规定的金额
D．D 投标单位投标文件记载的招标项目完成期限超过招标文件规定的完成期限

## 试题 61

以下关于承诺的描述中，错误的是＿（61）＿。

（61）　A．承诺必须由要约人做出　　B．必须在还约之前进行
C．必须采用书面形式　　D．必须无条件同意要约的全部内容

## 试题 62

图 6-4 所示为某系统集成项目的网络工程计划图。从图 6-4 可知，至少需要投入＿（62）＿人才能完成该项目（假设每个技术人员均能胜任每项工作）。

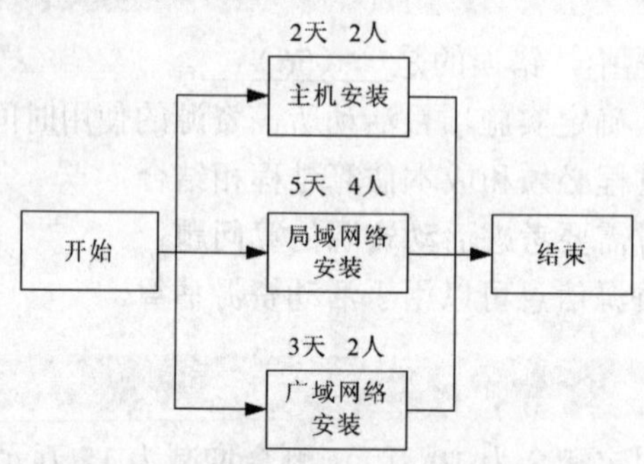


图 6-4　某系统集成项目的网络工程计划图

（62）　A．4　　B．6　　C．7　　D．8

## 试题 63

项目干系人管理的主要目的是＿（63）＿。

（63）　A．识别项目的所有潜在用户来确保完成需求分析
B．通过制定对已知的项目干系人反应列表来关注对项目的批评
C．避免项目干系人在项目管理中的严重分歧
D．在进度和成本超越限度的情况下建立良好的客户关系

**试题 64**

项目经理可以控制 (64) 。

（64） A．审计成本 B．沉没成本 C．直接成本 D．间接成本

**试题 65**

通常，变更控制流程的作用不包括 (65) 。

（65） A．列出要求变更的手续 B．记录要求变更的事项
C．描述管理层对变更的影响 D．确定要批准还是否决变更请求

**试题 66**

(66) 是指对拟实施项目技术上的先进性、适用性，经济上的合理性、盈利性，以及实施上的可能性和风险可控性进行全面科学的综合分析，为项目决策提供客观依据的一种技术经济研究活动。

（66） A．项目论证 B．项目评估
C．项目识别 D．项目可行性分析

**试题 67**

通常，用于编制采购计划过程的技术、方法不包括 (67) 。

（67） A．自制或外购决策 B．合同类型的选择
C．专家判断 D．制订方案邀请书（RFP）

**试题 68**

以下关于项目最终验收的描述中，错误的是 (68) 。

（68） A．在系统经过试运行以后的约定时间，双方可以进行项目的最终验收工作
B．对于中小型项目，可以将系统测试和最终验收合并进行，并对验收过程加以确认
C．对于信息系统而言，最终验收标志着项目的结束和售后服务的开始
D．项目最终验收合格后，应由承建方项目组撰写验收报告并提请建设方工作主管认可

**试题 69**

在对某项目采购供应商的评价中，评价项有：对需求的理解、技术能力、管理水平、企业资质和类似项目经验等。假定每个评价项满分为 10 分，其中“类似项目经验”权重为 10%。若 4 个评定人在“类似项目经验”项的打分分别为 7 分、8 分、7 分、6 分，那么该供应商的“类似项目经验”的单项综合分为 (69) 。

（69） A．0.7 B．1.4 C．7 D．28

**试题 70**

以下不属于全面质量管理（TQM）核心特征的是 (70) 。

（70） A．全面计划的质量管理 B．全面结果的质量管理
C．全过程的质量管理 D．全员参加的质量管理

**试题 71**

The (71) defines the phases that connect the beginning of a project to its end.

（71） A．milestone B．schedule C．temporary D．project life cycle

**试题 72**

(72) is ameasurable, verifiable work poduct such as specification.Feasibility study report, detail

document, or working prototype.

（72） A．Deliverable　　B．Project charter
C．Earned value　　D．Milestone

**试题 73**

The project___(73)___is a key input to quality planning since it documents major project deliverables, the project objectives that serve to define important stakeholder requirements, thresholds, and acceptance criteria.

（73） A．work performance information　　B．change requests
C．scope statement　　D．process analysis

**试题 74**

Estimating schedule activity costs involves developing an___(74)___of the cost of the resources needed to complete each schedule activity.

（74） A．accuracy　　B．approximation
C．specification　　D．summary

**试题 75**

___(75)___are individuals and organizations that are actively involved in the project, or whose interests may be affected as a result of project execution or project completion.

（75） A．Project manager　　B．Project stakeholders
C．Sponsor　　D．Project team member

## 6.1.2 要点解析

（1）D。**要点解析：**计算机信息系统集成资质认证工作根据认证和审批分离的原则，按照先由认证机构认证，再由信息产业主管部门审批的工作程序进行。

资质评定按照评审和审批分离的原则进行。工业和信息化部授权的资质评审机构可以受理申请一、二、三、四级资质的评审；省市信息产建设单位管部门授权的资质评审机构可以受理申请三、四级资质的评审；未设置评审机构的可委托工业和信息化部授权的或其他省市授权的评审机构评审。一、二级资质申请，由省市信息产建设单位管部门初审，报工业和信息化部审批。三、四级资质申请，由省市信息产建设单位管部门审批，报工业和信息化部备案。

（2）C。**要点解析：**信息安全中的物理安全是指在物理媒介层上对存储和传输的信息的安全保护，它保护计算机网络设备、设施及其他媒体免遭地震、水灾和火灾等环境事故，以及人为操作失误或错误及各种计算机犯罪行为导致的破坏过程。

（3）C。**要点解析：**木马是特洛伊木马的简称。木马通常寄生在用户的计算机系统中，盗用用户信息，并通过网络发送给黑客。与计算机病毒的不同之处在于，木马是没有自我复制功能的恶意程序。其传播途径主要有电子邮件、软件下载和会话软件等。由此可知，选项 C 的说法有误。

在网络环境中，可执行程序、脚本文件、网页、电子邮件、网络电子贺卡及电子卡通图片等都有可能携带计算机病毒。

（4）D。**要点解析：**分布式拒绝服务（DDoS）通过不断对网络服务系统进行干扰，改变其正常的作业流程，执行无关程序使系统响应减慢甚至瘫痪，影响正常用户的使用，甚至使合法用户被排斥而不能进入计算机网络系统或不能得到相应的服务。其目的是使计算机或网络无法提供正常的服务。在信息网络安全中，DDoS 攻击破坏了信息的可用性。

（5）C。**要点解析**：公钥基础设施 PKI 是一个利用非对称密码算法（即公开密钥算法）实现并提供网络安全服务的具有通用性的安全基础设施。PKI 是依据标准利用公钥加密技术为电子商务、电子政务、网上银行和网上证券业的开展，提供一整套安全保证的基础平台。用户利用 PIG 基础平台所提供的安全服务，能在网上实现安全地通信。PKI 这种遵循标准的密钥管理平台，能够为所有网上应用，透明地提供加解密和数字签名等密码服务所需要的密钥和证书管理。因此，PKI 也可定义为：它是创建、颁发、管理和撤销公钥证书所涉及到的所有软件、硬件系统，以及所涉及到的整个过程安全的策略规范、法律法规及人员的集合。其中证书是 PKI 的核心元素，CA 是 PKI 的核心执行者。

PKI 具备以下主要内容：认证机构 CA（Certificate Authority）、数字证书和证书库、密钥备份及恢复、密钥和证书的更新、证书历史档案、客户端软件、交叉认证、证书运作声明。其中，证机构 CA 是一种信任机构，CA 的主要职责是确认证书持有人的身份。数字证书是网上实体身份的证明，证明某一实体的身份及其公钥的合法性，证明该实体与公钥的匹配关系。

PKI 作为安全基础设施，能为不同的用户按不同安全需求提供多种安全服务，这些服务主要有：认证、数据完整性、数据保密性、不可否认性、公正及时间戳服务。

电子政务就是指将计算机网络技术应用于政务领域，其主要内容有：网上信息发布、办公自动化、网上办公和信息资源共享等。按应用模式也可分为 G2C、G2B、G2G。PKI 在电子政务中的应用，主要解决身份认证、数据完整性、数据保密性和不可抵赖性等问题。例如，一个保密文件发给谁，某个保密文件哪一级的公务员有权查阅等，这就需要进行身份认证，与身份认证相关的就是访问控制，即权限控制。认证是通过证书进行的，访问控制是通过属性证书或访问控制列表（ACL）完成的。有些文件在网上传输中要加密，保证数据的保密性；有些文件在网上传输要求不能丢失和被篡改；特别是一些保密文件的收发必须要有数字签名，抵抗否认性。电子政务中的这些安全需求，只有 PKI 提供的安全服务才能得到保证。

而安全套接层协议（Secure Socket Layer，SSL）是由网景（Netscape）公司推出的一种安全通信协议，它能够对信用卡和个人信息提供较强的保护。SSL 只是一种对计算机之间整个会话进行加密的协议。

（6）C。**要点解析**：通常支持整个企业需求的信息系统规模都比较大，其系统开发应遵循“自上而下规划、自底向上分步实现”的原则，使得信息系统可以按部就班地以模块化的方式进行建设，并照顾到企业的重点部门和资金投入的能力。

（7）B。**要点解析**：我国国家技术监督局制定了“采用国际标准和国外先进标准管理办法”，其第十一条规定“我国标准采用国际标准或国外先进标准的程度，分为等同采用（identical，idt）、等效采用（equivalent，eqv）、修改采用（modified，简记为 mod）和非等效采用（not equivalent，简记为 neq）。”

GB/T 19000—2000 是中华人民共和国国家标准质量管理体系，它是一种国家推荐标准。它等同采用（identical，简记为 idt）ISO 9000—2000 Fundamentals and vocabulary，并代替 GB/T 6583—1994、GB/T 19000.1—1994 标准。

（8）D。**要点解析**：我国《著作权法》第二条规定：“中国公民、法人或者其他组织的作品，不论是否发表，依照本法享有著作权”，即著作权不需要登记或标注版权标记就能得到保护。

对于选项 B 的“商标权”的获得，我国和大多数国家实行注册制，只有向国家商标局提出注册申请，经审查核准注册后，才能获得商标权。

对于选项 C 的“专利权”，专利作品的完成人必须依照专利法的有关规定，向国家专利局提出专利申请。专利局依照法定程序进行审查，申请符合专利法规定条件的，由专利局做出授予专利权的决定，颁发专利证书。只有当专利局发布授权公告后，其完成人才享有该项作品的专利权。

由于无形的智力创作性成果不像有形财产那样直观，因此，智力创作性成果的财产权需要依法审查确认，以得到法律保护。

（9）D。**要点解析**：原型法的主要目的是获取用户需求。当用户需求含糊不清、不完整或系统设计方案难以确定时，可以快速地构造一个系统原型，并通过运行和评价系统原型，使得用户明确自己的需求。

由于使用原型法开发需要适当的快速开发工具，需要用户密切地配合。因此，以下的情况不适合使用原型法：

①用户的数据资源缺乏组织和管理。

②用户的软件资源缺乏组织和管理。

③缺乏适用的原型开发工具。

④用户不参与、不积极配合开发过程。

（10）C。**要点解析**：软件的可复用性指软件或软件的部件能被再次用于其他应用中的程度。软件复用性取决于其模块独立性、通用性和数据共享性等。

软件的可维护性是指一个软件模块是否容易修改、更新和扩展，即在不影响系统其他部分的情况下修改现有系统功能中的问题或缺陷的能力。

软件的可移植性指将软件系统从一种计算机系统或操作系统移植到另一种计算机系统或操作系统中运行时所需工作量的大小。可移植性取决于系统中硬件设备的特征、软件系统的特点和开发环境，以及系统分析与设计中关于通用性、软件独立性和可扩充性等方面的考虑。

软件的可扩充性指软件的体系结构、数据设计和过程设计的可扩充程度。可扩充性影响着软件的灵活性和可移植性。

由以上分析可知，该软件产品从 Windows 2000 环境中迁移到 Linux 环境中运行，为完成相同的功能，软件本身需要进行修改，而所需修改的工作量取决于该软件产品的可移植性。

（11）B。**要点解析**：新旧信息系统之间的转换有直接转换、并行转换和分段转换，见表 6-2。

**表 6-2　系统之间的转换方式对比表**

| 转换方式 | 描　述 | 备　注 |
|---|---|---|
| 直接转换 | 是指在确定新系统运行无误时，立刻启用新系统，终止旧系统运行 | 这种转换方式对人员、设备费用很节省。这种方式一般适用于一些处理过程不太复杂，数据不太重要的场合 |
| 并行转换 | 是指新旧系统并行工作一段时间，经过一段时间的考验以后，新系统正式替代旧系统。对于较复杂的大型系统，它提供了一个与旧系统运行结果进行比较的机会，可以对新旧两个系统的时间要求、出错次数和工作效率给予公正的评价 | 是一种经常使用的转换方式。由于与旧系统并行工作，消除了尚未认识新系统之前的紧张和不安；其特点是安全、可靠、风险小，但费用和工作量都很大，因为在相当长时间内两套系统要并行工作 |
| 分段转换 | 又称逐步转换、向导转换、试点过渡法等。这种转换方式实际上是直接转换与并行转换方式的结合。在新系统全部正式运行前，一部分一部分地代替旧系统。那些在转换过程中还没有正式运行的部分，可以在一个模拟环境中继续试运行 | 这种转换方式既保证了可靠性，又不至于费用太大。但是这种分段转换要求子系统之间有一定的独立性，即对系统的设计和实现都有一定的要求，否则就无法实现这种分段转换的设想 |

（12）C。**要点解析**：面向对象设计最根本的意图是适应需求变化，其设计原则之一是针对接口编程而不是针对实现编程。

由于继承会使得类间的耦合性变大，因此使用类间聚合比使用类间继承好。

（13）D。**要点解析**：在 UML 中，结构描述了系统中的结构成员及其相互关系。其中，类图用于说明系统的静态设计视图；构件图用于说明系统的静态实现视图；用例图用于说明系统的用例视图；部署图用于说明系统的静态实施视图（即部署视图）。

（14）B。**要点解析**：随着因特网的发展，企业的信息系统和以往相比已经发生了很大的变化。企业级的应用已不再满足于单机系统和简单的客户/服务器系统，而是向着三层和多层体系结构的分布式环境不断迈进。所谓三层结构，就是在原有的“两层结构”（客户端和服务器端）之间增加了一层组件，这层组件包括事务处理逻辑应用服务、数据库查询代理/数据库等。随着这层组件的增加，两层结构向三层结构转变后，客户端和服务器端的负载就相应减轻了，跨平台、传输不可靠等问题也得到了解决。增加的这层组件就是我们所说的“中间件”。中间件在三层结构中主要充当中间层，实现数据安全和完整传输，通过负载均衡来调节系统的工作效率，从而弥补两层结构的不足。在 20 世纪 90 年代，中间件习惯上被分为 5 大类，分别是消息中间件、数据访问中间件、远程过程调用中间件、对象请求代理中间件和事务处理中间件。从 90 年代末期开始，随着电子商务的兴起和企业信息化建设的深入，中间件受不同类型需求的刺激而更加丰富起来，中间件的内涵和外延进一步拓展。面向对象的中间件技术成为中间件平台的主流技术，出现了以 Sun 公司的 EJB/J2EE、Microsoft 的 COM+/DNA 和 OMG 的 CORBA/OMA 为代表的 3 个技术分支。

Java 远程方法调用（RMI）提供了 Java 程序语言的远程通信功能，这种特性使客户机上运行的程序可以调用远程服务器上的对象，使 Java 编程人员能够在网络环境中分布操作。

（15）B。**要点解析：** 基于构件的开发模型是利用预先包装好的软件构件来构造应用的。统一软件开发（Rational Unified Process，RUP）过程是在产业界提出的一系列基于构件的开发模型的代表。RUP 中的软件生命周期在时间上被分解为 4 个顺序的阶段，即初始阶段（Inception）、细化阶段（Elaboration）、构造阶段（Construction）和交付阶段（Transition），详见表 6-3。每个阶段结束于一个主要的里程碑（Major Milestones）。每个阶段本质上是两个里程碑之间的时间跨度。在每个阶段的结尾执行一次评估以确定这个阶段的目标是否已经满足。如果评估结果令人满意的话，可以允许项目进入下一个阶段。

表 6-3 RUP 各阶段说明

| 阶段 | 目 标 | 目标说明 | 里程碑 | 里程碑说明 |
| --- | --- | --- | --- | --- |
| 初始阶段 | 为系统建立商业案例并确定项目的边界 | 为了达到该目的必须识别所有与系统交互的外部实体，在较高层次上定义交互的特性。在这个阶段中所关注的是整个项目进行中的业务和需求方面的主要风险。对于建立在原有系统基础上的开发项目来讲，初始阶段可能很短 | 生命周期目标（Lifecycle Objective） | 评价项目基本的生存能力 |
| 细化阶段 | 分析问题领域，建立健全的体系结构基础，编制项目计划，淘汰项目中最高风险的元素 | 为了达到该目的，必须在理解整个系统的基础上，对体系结构做出决策，包括其范围、主要功能和性能等非功能需求。同时为项目建立支持环境，包括创建开发案例，创建模板、准则并准备工具 | 生命周期架构（Lifecycle Architecture） | 为系统的结构建立了管理基准并使项目小组能够在构建阶段中进行衡量。此刻，要检验详细的系统目标和范围、结构的选择，以及主要风险的解决方案 |
| 构建阶段 | 重点放在管理资源及控制运作以优化成本、进度和质量 | 所有剩余的构件和应用程序功能被开发并集成为产品，所有的功能被详细测试。从某种意义上说，构建阶段是一个制造过程 | 初始功能（或最初运作能力）（Initial Operational） | 决定了产品是否可以在测试环境中进行部署。此刻，要确定软件、环境、用户是否可以开始系统的运作。此时的产品版本也常被称为 beta 版 |
| 交付阶段 | 重点是确保软件对最终用户是可用的 | 可以跨越几次迭代，包括为发布做准备的产品测试，基于用户反馈的少量的调整。在生命周期的这一点上，用户反馈应主要集中在产品调整，设置、安装和可用性问题，所有主要的结构问题应该已经在项目生命周期的早期阶段解决了 | 产品发布（Product Release） | 此时要确定目标是否实现，是否应该开始另一个开发周期。在一些情况下这个里程碑可能与下一个周期的初始阶段的结束重合 |

（16）A。**要点解析：** Web Service 是一种可以接收从 Internet 或 Intranet 上传送的请求、轻量级的独立的通信技术，它将应用程序的不同功能单元通过一些良好定义的接口联系起来。并且接口采用中立的方式进行定义，它独立于实现服务的硬件平台、操作系统和编程语言。这样可以使得构建的服务以一种统一和通用的方式进行交互。

Web Service 的 3 个基本技术是 UDDI（Universal Description Discovery Integration）、WSDL（Web Services Description Language）和 SOAP（Simple Object Access Protocol），它们都是以 XML 为基础定义的。在 Web 服务体系中，使用 WSDL 来描述服务实现定义和服务接口定义，UDDI 用来发布、查找服务，而 SOAP 用来执行服务调用。SOAP、UDDI 和 WSDL 协议各自的作用见表 6-4。

表 6-4 SOAP、UDDI 和 WSDL 协议说明表

| 名　称 | 作　用 | 备　注 |
|---|---|---|
| UDDI | 是一种用于描述、发现、集成 Web Service 的技术，它根据描述文档来引导系统查找相应服务的机制 | 它利用 SOAP 消息机制来发布、编辑、浏览及查找相关注册信息；采用 XML 格式来封装各种不同类型的数据，且发送到注册中心或者由注册中心来返回所需的数据 |
| WSDL | 是一个对 Web Service 进行描述的语言，它包含服务实现定义和服务接口定义。是 Web Service 为了响应请求需要经常处理的工作的 XML 文档 | 因为 UDDI 是一个通用的，用来注册 WSDL 规范的地方，UDDI 的规范并不限制任何类型或格式描述文档，所以 WSDL 在 UDDI 中总是作为一个接口描述文档 |
| SOAP | 是与平台无关的基于 XML 的分布式对象访问协议，提供了分布式环境下信息交换的机制 | 它是以 XML 文档形式调用商业方法的规范，可以支持不同的底层接口（如 HTTP、SMTP 等），也同时支持消息传送和远程过程调用 |

（17）C。**要点解析：**旁站监理是指监理人员在施工现场对某些关键部位或关键工序的实施全过程现场跟班的监督活动。旁站是监理人员控制工程质量、保证项目目标实现必不可少的重要手段。旁站往往是在那些出现问题后难以处理的关键过程或关键工序。现场旁站比较适合于网络综合布线、设备开箱检验和机房建设等方面的质量控制，也适合其他与现场地域有直接关系的项目质量控制的工作。

（18）A。**要点解析：**网络安全体系设计可从机房与物理线路安全、网络安全、系统安全和应用安全等方面来进行。对于应用系统中的数据库应考虑定期定时备份的方式进行容灾保护，这属于应用安全和系统安全方面的设计内容。

（19）D。**要点解析：**iSCSI（internet SCSI）是 IETF 制定的一项标准，用于将 SCSl 数据块映射成以太网数据包。iSCSl 使用以太网技术来构建 IP 存储局域网。它克服了直接连接存储的局限性，可以共享不同服务器的存储资源，并可在不停机状态下扩充存储容量。iSCSl 使用 TCP/IP 协议。

SAN（Storage Area Network）存储区域网络是一个由存储设备和系统部件构成的网络，所有的通信都在一个与应用网络相对独立的网络上完成，可以被用来集中和共享存储资源，目前主要使用于以太网和光纤通道两类环境中。SAN 主要包含 FC SAN 和 IP SAN 两种，FC SAN 使用数据传输协议中的 Fiber Channel（FC），IP SAN 使用 TCP/IP 协议。

（20）D。**要点解析：**数据仓库（Data Warehouse，DW）是一个面向主题的、集成的、相对稳定的、反映历史变化的数据集合，用于支持管理决策。构建数据仓库是为企业决策者做出战略决策提供信息，用户访问数据仓库的工具有报表和查询工具、应用程序开发工具、执行信息系统（EIS）工具、联机分析处理（OLAP）工具和数据挖掘工具。数据仓库解决方案常常用来实现企业决策信息的挖掘和提取。

（21）B。**要点解析：**OSI 参考模型在每一层都定义了实现的功能、处理的数据单元和服务访问点（SAP），见表 6-5。

表 6-5 OSI 参考模型各层功能、处理的数据单元、SAP 表

| 层　次 | 主　要　功　能 | 处理的数据单元 | 服务访问点（SAP） |
|---|---|---|---|
| 应用层 | 语义转换，实现在多个进程相互通信的同时，完成一系列业务处理所需的服务功能 | 报文 | 用户界面 |
| 表示层 | 语法转换、给用户提供一种执行会话服务的方式、管理当前的请求数据结构组 | | |
| 会话层 | 数据交换、对话管理、会话同步 | | |
| 传输层 | 实现端对端系统无差错的和有序的报文收发 | | 端口号 |
| 网络层 | 提供路由选择，并具有拥塞控制、信息包顺序控制及网络记账等功能 | 分组 | IP 地址 |
| 数据链路层 | 实现系统实体间透明的帧传输，并为网络层提供可靠无误的数据信息 | 帧 | MAC 地址 |
| 物理层 | 通过机械、电气、功能和规程等特性实现实体之间正确的透明的位流传输 | 比特 | 网卡接口 |

（22）C。**要点解析：**避免冲突的载波侦听多路访问（CSMA/CA）是 IEEE 802.11 无线局域网（WLAN）的 MAC 子层协议，主要用于解决无线局域网的信道共享访问问题。而在采用 IEEE 802.3 标准的以太网中，MAC 子层采用 CSMA/CD（带有冲突检测的载波侦听多路访问）协议。这两种协议都针对网络中共享信

道如何分配的问题，但它们的工作原理却有所不同。最明显的区别是，CSMA/CA 是在冲突发生前进行冲突处理，而 CSMA/CD 是在冲突发生后进行冲突处理。导致这种不同的根本原因在于，WLAN 所采用的传输媒介和传统局域网所采用的传输媒介有着本质的区别。也正是这种区别，导致无线局域网存在新的问题：隐藏站问题和暴露站问题。这些问题都属于隐蔽终端问题。

对于采用 CSMA/CA 协议的无线局域网络（WLAN），使用了预约信道、ACK 帧回避机制、RTS/CTS 回避机制来实现冲突避免。无论是 ACK 帧回避机制还是 RTS/CTS 回避机制，都因为增加了额外的网络流量，所以在网络利用率方面，IEEE 802.11 无线网络与类似的以太网相比，性能总是差一点。

（23）C。**要点解析**：现有的网络接入技术有 LAN 方式、拨号接入方式、DSL 接入（如 ADSL、VDSL 等）、光纤接入（如光纤到住户 FTTH、光纤到大楼 FTTB 等）、Cable Modem 接入、专线接入方式（如 DDN 专线）、IEEE802.11 无线局域网接入、GPRS 和 3G 技术等。

在 Web Service 体系中，使用 WSDL 来描述服务，UDDI 来发布、查找服务，而 SOAP 用来执行服务调用。据此，WSDL 不属于网络接入技术的范畴。

（24）B。**要点解析**：机房主要采用下列 4 种接地方式。

（1）交流工作接地。该接地系统把交流电源的地线与电动机、发电机等交流电动设备的接地点连接在一起，然后再将它们与大地相连接。交流电接地电阻要求小于 4Ω。

（2）安全工作接地。为了屏蔽外界的干扰、漏电及电火花等，所有计算机网络设备的机箱、机柜、机壳和面板等都需接地，该接地系统称为安全地。安全地接地电阻要求小于 4Ω。

（3）直流工作接地。这种接地系统是将电源的输出零电位端与地网连接在一起，使其成为稳定的零电位。要求地线与大地直接相通，并具有很小的接地电阻。直流电接地电阻要求小于 1Ω。

上述 3 种接地都必须单独与大地连接，互相的间距不能小于 15m。地线也不要与其他电力系统的传输线绕在一起并行走线，以防电力线上的电磁信号干扰地线。

（4）防雷接地。执行国家标准《建筑防雷设计规范》。

（25）C。**要点解析**：在网络系统方案设计过程中，网络设备选型是指从多种可以满足相同需要的不同型号、规格的设备中，经过技术、经济等方面的分析评价，从中选择较好方案以供购买决策。合理选择设备，可使有限的资金发挥最大的经济效益。所有网络设备尽可能选取同一厂家的产品，这样在设备可连性、协议操作性。技术支持、价格等各方面都更有优势。从这个角度来看，产品齐全、技术认证队伍力量雄厚、产品市场占有率高的厂商是网络设备品牌的首选。其产品经过更多用户的检验，产品成熟度高，而且这些厂商出货频繁，生产量大，质保体系完备。作为系统集成商，不应依赖于任何一家的产品，应能够根据需求和费用公正地评价各种产品，选择最优的。在制订网络方案之前，应根据用户承受能力来确定网络设备的品牌。显然，选项 A 不符合网络系统设计的实用性原则。

在网络的层次结构中，主干设备的选择应预留一定的能力，以便于将来扩展。由于低端设备更新较快，且易于扩展，因此低端设备选型时则够用即可。同时，应根据方案实际需求对网络设备进行选型，即在参照整体网络设计要求的基础上，根据网络实际带宽性能需求、端口类型和端口密度等进行选型。对于早期网络工程的改造项目，应尽可能保留并延长用户对原有网络设备的投资，减少在资金投入方面的浪费。选项 B 不符合网络系统设计的可扩展性原则。

网络总体设计过程中，不仅要考虑到近期目标，而且也要为网络的进一步发展留有余地。网络系统应在规模和性能两方面具有良好的可扩展性。由于网络往往是一个具有多种厂商设备的环境，因此所设计的网络系统必须能够支持业界通用的开放标准和协议，以便能够和其他厂商的网络设备有效地互通，也有利于未来网络系统的扩充。选项 C 符合网络系统设计的开放性原则。

选项 D 的说法有误，网络需求分析必须依赖于应用系统的需求分析。

（26）A。**要点解析**：矩阵型组织结构的优点主要表现在：①具有灵活性的特点，能够对客户和公司的要求做出较快的响应；②项目经理负责整个项目，可以从职能部门抽调所需的人员，充分调动项目的资源；③当有多个项目同时进行时，公司可以对各个项目所需的资源、进度和成本等方面进行总体协调和平衡，保证每个项目都能完成预定的目标；④项目团队中有来自于公司行政管理部门的人员，他们能保证项目的规章制度与公司保持一致，从而增加公司高层管理者对项目的信任；⑤当项目结束后，项目团队成员各自回到原来的职能部门，因而不必担心日后的生计。

矩阵型组织结构的缺点表现在：①项目团队成员可能会接受多重领导，即职能经理与项目经理，当他们的命令发生冲突时，就会使项目团队成员无所适从；②如果项目经理与职能经理之间的力量不均衡，或者他们对各自成员的影响力不同，都会影响项目进度或职能部门的日常工作；③对项目经理的能力要求较高，不仅要处理好资源分配、技术支持和进度安排等方面的问题，还要懂得如何与各职能部门进行协调和配合；④项目经理只关心所负责项目的成败，而不是以公司的整体目标为努力方向。

（27）D。**要点解析**：进行项目进度基准计划修改会对费用和质量目标产生影响，因此必须慎重对待。

（28）C。**要点解析**：对于如图 6-1 所示的时标网络图，其关键路径是①→②→③→⑤→⑧→⑨→⑪，工程的总工期为 22 周。其中，时标网络图中的波浪线表示相关作业的自由浮动时间。例如，①～③之间的作业有 3 周的自由浮动时间。④～⑤之间的作业是一个虚任务，即不占时间、不消耗资源的任务，该作业需要 0 天完成。虚任务主要用于体现作业之间的某种衔接关系，即图 6-1 中⑤～⑧之间的作业必须在③～⑤和②～④之间的两个作业完成后才能开始。

当②～④之间的作业拖后 3 周时，由于④～⑤之间的虚任务有 1 周的自由浮动时间，因此将导致作业⑤～⑧之间的作业及其后作业都拖后两周。由于原来⑥～⑨之间的作业有两周的自由浮动时间，当②～④之间的作业拖后 3 周后，新的⑥～⑨之间的作业只剩余 1 周的自由浮动时间，因此图 6-1 的关键路径仍然为①→②→③→⑤→⑧→⑨→⑪，但工程的总工期变为 24 周，即被拖延了两周。

（29）B。**要点解析**：整体变更控制过程在整个项目过程中贯彻始终，并且应用于项目的各个阶段。

提出的变更可能需要重新进行成本估算、活动排序、进度安排、资源需求、风险应对分析，或对项目管理计划、项目范围说明书、项目可交付物进行调整，或对这些内容进行修订。

带有变更控制系统的配置管理系统为在项目中集中管理变更提供了一个标准、有效和高效的过程。配置识别、配置状况统计、配置验证和审核是包括整体变更控制过程的配置管理活动。

通常，变更控制过程依次为：①受理变更申请；②变更的整体影响分析；③接收或拒绝变更；④执行变更；⑤变更结果追踪与审核。

（30）A。**要点解析**：编码是用来唯一确定项目工作分解结构（WBS）的每一个单元的。

（31）D。**要点解析**：项目章程是正式批准一个项目的文档。它可以直接描述（或引用其他文档来描述）以下的信息：①项目需求，它反映了客户、项目发起人或其他项目干系人的要求和期望；②项目必须实现的商业需求、项目概述或产品需求；③项目的目的或论证结果；④项目干系人的需求和期望；⑤指定项目经理及授权级别；⑥概要的里程碑计划；⑦项目干系人的影响；⑧职能组织；⑨组织的、环境的和外部的假设；⑩组织的、环境的和外部的约束；⑪论证项目的业务方案，包括投资回报率；⑫概要预算。

企业环境因素、工作说明书、组织过程资产和合同（当有合同时）是制定项目章程的输入。

（32）D。**要点解析**：通常，工作分解结构与工作分解词汇表反映了随着项目范围从初步的范围说明书一直明细具体到工作包，而变得越来越详细的演变过程。滚动波浪式计划是项目渐进明细的一种表现形式，其实质是近期的工作计划应细一些，远期的工作计划应相对粗略一些。换而言之，近期要完成的工作在工作分解结构（WBS）的最下层详细计划，而计划在远期完成的工作在工作分解结构的较高层计划。最近一两个报告期要进行的工作应在本期接近完成前更为详细地计划。所以，项目计划在项目生命期内可以处于不同的详细水平。在信息不够确定的早期战略计划期间，活动的详细程度可能粗到里程碑的层次。项目管理团队应该等待交付物或子项目足够清晰时才制订详细的 WBS。

（33）C。**要点解析**：在制订项目管理计划时，假设是被考虑为真实、真正、确定的因素。在项目的生命周期内，项目团队要定期地识别、记录和验证假设。假设通常会导致风险。

（34）D。**要点解析**：EAC=实际支出+对未来剩余工作的重新估算，适用于以往费用估算假设基本失效的情况；当目前情况是项目将来的情况的典型形式时，EAC=截止目前的实际支出+经实际成本绩效指数（CPI）修改的剩余项目预算；当目前情况仅仅是一种特殊情况，不必对项目预算进行变动时，EAC=截止目前的实际支出+剩余的项目预算。

（35）B。**要点解析**：类比估算法也称为“自上而下估算法”，是最简单的成本估算技术，实质上是一种专家判断法。“类比估算”顾名思义是通过同以往类似项目相类比得出的估算。为了使这种方法更为可靠和实用，进行类比的以往项目不仅在形式上要和新项目相似，而且在实质上也要非常趋同。例如，某企业现在希望引进一条法国原装生产线，企业将其与 2002 年引进的美国生产线的性能相比较后，做出了项目费用估算，则该项目经理采用的是类比估算法。

（36）B。**要点解析**：挣值管理（Earned Value Management）是一种综合了范围、时间和成本的绩效测量方法，通过与计划完成的工作量、实际挣得的收益、实际的成本进行比较，可以确定成本、进度是否按计划执行。

挣值管理可以在项目某一特定时间点上，从达到范围、时间和成本做项目标上，评价项目所处的状态。例如，状态报告中将项目计划作为基准衡量已经完成多少工作？花费了多少时间，是否延迟？花费了多少成本，是否超出？

PV 表示计划值（The Planned Value），是计划在规定时间点之前在活动上花费的获得成本估算部分的总价值，即根据批准认可的进度计划和预算到某一时点应当完成的工作所需投入的资金。这个值对衡量项目进度和费用都是一个基准。一般来说，PV 在项目实施过程中应保持不变，除非预算、计划或合同有变更。如果这些变更影响了工作的进度和费用，经过批准认可，相应的 PV 基准也应进行相应的更改。

AC 表示实际成本（Actual Cost），是在规定时间内，完成活动内工作发生的成本总额。这项实际成本必须符合为计划值和挣值所做的预算。AC 即到某一时点已完成的工作所实际花费或消耗的成本。

EV 表示挣值（Earned Value），是实际完成工作的预算价值。该值描述的是根据批准认可的预算，到某一时点已经完成的工作应当投入的资金。

该题衡量了两个指标：成本偏差和进度偏差。

① 成本偏差（Cost Variance，CV），CV=EV–AC。CV>0，表明项目实施处于成本节省状态；CV<0，表明项目处于成本超支状态。

② 进度偏差（Schedule Variance，SV），SV=EV–PV。SV>0，表明项目实施超过计划进度；SV<0，表明项目实施落后于计划进度。

由该题可以看出，在当前时间，AC>EV，CV<0，表示进展到当前的时间时，实际支出的成本大于预算支出的成本，因此成本超支；EV>PV，SV>0，表示项目的实际进度超过预算进度，因此说明进度超前。

（37）C。**要点解析**：戴明环（PDCA）是实施项目或其他任何工作的普遍方法。也就是在做任何事情之前，要做周密计划（Plan），依据此计划去做（Do），在这个做的过程中要适时检查（Check），并在必要时采取纠正行动或改进行动（Action）。然后进入下一轮的 PDCA，持续地改进，不断地提高。

PDCA 模式可简述如下。

P（策划）：根据顾客的要求和组织的方针，为提供结果建立必要的目标和过程。

D（实施）：实施过程。

C（检查）：根据方针、目标和产品要求，对过程和产品进行监视和测量，并报告结果。

A（处置）：采取措施，以持续改进过程业绩。

综上所述，本题的正确选项是 C。

（38）C。**要点解析**：软件配置管理（SCM 或 CM）也称为变更管理，是贯穿于整个软件生命周期的普适性活动。换言之，软件配置管理是一组跟踪和控制活动，它开始于软件工程项目开始之时，并且终止于该软件被淘汰之时。

由于变更可能随时发生，因此SCM活动的目标就是为了标识变更、控制变更、保证正确地实现变更，以及向利害相关的人员报告变更。

需要注意的是，软件维护和软件配置管理之间的区别。软件维护是一组软件工程活动，它发生在软件已经交付给客户并投入运行之后，而软件配置管理是一组跟踪和控制活动，它开始于软件工程项目开始之时，并且终止于该软件被淘汰之时。

（39）D。**要点解析**：项目质量管理的基本宗旨是“质量出自计划，而非出自检查”，即要达到质量要求必须在项目中进行质量规划。

（40）D。**要点解析**：制定招标评分标准，通常应遵循的原则有：①以客观事实为依据；②严格控制自由裁量权；③得分应能明显分出高低；④执行国家规定，体现国家政策；⑤评分标准应便于评审；⑥细则横向比较等。

对于对政府采购服务项目招标时，关于价格分的评分细则，应遵循财政部专门下发的《关于加强政府采购货物和服务项目价格评审管理的通知》（财库[200712 号]）文件精神，即采用综合评分法的，价格分统一采用低价优先法计算。招标采购单位制定价格因素评分细则时，应严格执行这一规定。

（41）D。**要点解析**：人力资源计划编制的输入、工具与技术和输出（ITO）见表6-6。

表 6-6　人力资源计划编制的 ITO

| 输　　入 | 工具与技术 | 输　　出 |
|---|---|---|
| 活动资源估计<br>环境和组织因素<br>项目管理计划 | 组织结构图和职位描述<br>人力资源模板<br>人际网络<br>组织理论 | 角色和职责<br>项目的组织结构图<br>人员配备管理计划 |

人员配备管理计划是人力资源计划编制的输出，不是它的输入。

（42）D。**要点解析**：质量保证是一项管理职能，包括所有有计划的系统为保证项目能够满足相关的质量标准而建立的活动。其目的是对产品体系和过程固有特性已经达到规定要求提供信任，即其核心是向人们提供足够的信任。

项目经理和相关质量部门做好质量保证工作，可以对项目质量产生非常重要的影响。项目管理班子和组织的管理层应关注项目质量保证的结果。执行质量保证的工具和技术包括质量计划工具和技术、质量审计、过程分析、基准分析、质量控制工具和技术等。

项目质量控制（QC）是指项目管理组人员采取有效措施，监督项目的具体实施结果，判断它们是否符合有关的项目质量标准，并确定消除产生不良结果原因的途径。其目标是确保产品的质量能满足顾客、法律法规等方面所提出的质量要求（如适用性、可靠性和安全性等）。

通常，在质量管理中广泛应用的直方图、控制图、因果图、帕累托图、排列图、散点图、流程图、核对表和趋势分析等都可以用于项目的质量控制。此外，还可能用到检查、统计分析（如统计抽样）、缺陷修复审查等方法。其中，检查包括诸如测量、检查和测试等活动，进行这些活动的目的是确定结果与要求是否一致。

帕累托（Pareto）图也称为排列图，是一种柱状图，按事件发生的频率排序而成，是找出影响项目产品或服务质量的主要因素的方法。

（43）C。**要点解析**：如果上级管理层负责提供了足够的资源，则项目团队成员就不会因太长的工作时间和缺乏职能经理的支持而辞职。项目经理负责获得上级管理层对提供够用资源的认可，制订现实的进度计划并做好团队建设。项目经理与其他项目干系人的沟通不充分，将造成项目没有获得（或者是少量获得）足够的资源。对项目负责的是项目经理，而不是职能经理，因此选项C的说法有误。

（44）C。**要点解析**：质量体系是为一个组织而建立的，针对一个组织而不是其中的一个部门、某个项目或某个产品。质量体系涵盖一个组织的所有业务流程、所有的产品和所有的服务质量管理体系。

质量计划是为具体产品、项目、服务或合同制订的，是管理具体产品、项目或服务质量的，也是合同履行质量的保障。

（45）C。**要点解析**：当各项目小组成员对职能经理和项目经理双重负责的时候，项目团队建设经常会显得比较复杂。对这种双重负责关系的有效管理通常是项目经理的职责。

（46）D。**要点解析**：马斯洛需求层次理论包括从低到高的生理、安全、社会、尊重和自我实现 5 个层次。

X 理论认为，员工是懒散的、消极的、不愿意为公司付出劳动，即只要员工有机会在工作时间内不工作，那么他们就不想工作，只要有可能他们就会逃避为公司付出努力去工作。

Y 理论认为，员工是积极的，在适当的环境下，员工会努力工作，为完成公司的任务就像自己在娱乐一样努力，会从工作中得到满足感和成就感。

海兹伯格指出，人的激励因素有两种：一种是保健卫生，不好的保健卫生因素会消极地影响员工的积极性，而增强保健卫生因素却不一定能够激励员工。二是激励需求，积极的激励行为会使员工积极努力地工作，以达到公司的目标和员工自我实现的满足感和责任感。

权力（Power）是指一个人影响他人、使他们去做你想让他们做的事的能力。权力一般分为专家权力、奖励权力、正式权力、潜示权力和惩罚/强制权力等。项目经理的正式权力、奖励权力和强制权力来自于公司的授权，专家权力和潜示权力来自于项目经理本人。

（47）C。**要点解析**：项目沟通管理过程包括沟通计划编制、信息分发、绩效报告和项目干系人管理等。

沟通管理计划包括辨识项目干系人，确定他们的信息和沟通需求。制订沟通管理计划时要做的工作有：确定哪些人是项目干系人，他们对于该项目的收益水平和影响程度，谁需要什么样的信息，何时需要，以及应怎样分发给他们。

信息分发是向项目干系人及时地提供所需的信息，包括实施沟通管理计划及对不可预计信息需求的应对。沟通管理计划和工作绩效信息是信息分发的输入。

（48）A。**要点解析**：德尔菲法是一种有效的风险定量分析技术，它主要用来明确与将来事件相关的概率估计。

（49）B；（50）B。**要点解析**：考虑原有估算中风险的大小，可以提高活动历时估算的准确性。三点估算就是在确定 3 种估算的基础上做出的，它来自于计划评审技术（PERT）。

活动历时（AD）的均值=（最乐观时间+4×最可能时间+最悲观时间）/6

例如，某项目初步估计 20 天即可完成，即最可能时间为 20 天；如果出现问题耽搁了也不会超过 28 天完成，即最悲观时间为 28 天；最快 18 天即可完成，即最乐观时间为 18 天；。那么，这个估计的 PERT 值为：（18+4×20+28）/6 = 126/6 ≈ 21 天，即该项目的历时为 21 天。

因为估算，所以难免有误差。三点估算法估算出的历时符合正态分布曲线，其方差为 $\sigma$ =（最悲观时间–最乐观时间）/6 =（28–18）/6 ≈ 1.67 天。

（51）B。**要点解析**：风险应对是指通过开发备用的方法、制订某些措施以提高项目成功的机会，同时降低失败的威胁。风险应对计划的内容要明确出风险一般的应对方法。避免、转移和减轻是负面风险（威胁）的常用应对策略，开拓、分享和强大(或提高)是正向风险（机会）的常用应对策略，详见表 6-7。

**表 6-7 各类风险的常用应对策略**

| 风险类型 | 应对策略 | 说 明 |
|---|---|---|
| 负面风险 | 避免 | 例如，通过澄清需求、获得相关信息、改良沟通、获得专家指导等方式来避免项目早期的一些风险，或者是修改项目计划以消除相应的威胁等 |
| | 转移 | 将威胁的不利影响及风险的应对责任转移到第三方，转移方法包括保险、性能约束、授权和保证。例如，一份固定价格类的契约可以转移成本风险给卖方 |
| | 减轻 | 通过降低风险的概率和影响程度，使之达到一个可接受的范围。例如，采用更简单的流程，或进行更多的测试，或选择一个更稳定的供应商，或在一个子系统中增加冗余设计等 |

续表

| 风险类型 | 应对策略 | 说　明 |
| --- | --- | --- |
| 正向风险 | 开拓 | 创造条件使机会确实发生，减小不确定性。例如，分配更多好的资源给该项目，使之可以完成比原计划更好的成果 |
| | 分享 | 将相关重要信息提供给一个能够更加有效利用该机会的第三方，使项目得到更高的效益。例如，形成风险、分享伙伴关系、团队合作和合作经营等 |
| | 强大 | 通过增加可能性和积极的影响来改变机会的大小，发现和强化带来机会的关键因素，寻求促进或加强机会的因素，积极地加强其发生的可能性 |

（52）D。**要点解析**：风险记录是在风险识别阶段产生的，并在定性风险分析和定量风险分析期间被更新。编制完风险应对计划后，还有可能要更新风险记录。风险应对计划一经认可，则一定会反馈到其他相关的知识领域，如范围管理、进度管理和成本管理过程中。风险记录的更新也要落实到项目的工作分解结构（WBS）中（如把风险的监控与应对作为新任务增加到 WBS 中），也要对项目管理计划进行更新，用更新的计划来指导和管理项目的执行。

（53）C。**要点解析**：合同收尾就是按合同要求对项目进行验收、付款、移交。

（54）C。**要点解析**：甘特（Gantt）图也称为横道图，是信息工程项目进度管理中最常用的方法之一。应用这种方法进行项目进度控制的思路是：首先编制项目进度计划，再按进度计划监督、检查工程实际进度，并在甘特图上做好记录，据此判断项目进度的实施情况，提出控制措施的完整过程。

甘特图以横坐标表示每项活动的起止时间，用纵坐标表示各分项作业，按一定先后作业顺序，用带时间比例的水平横道线来表示对应项目或工序的持续时间，以此作为进度管理的图示。信息工程项目中已经广泛采用了甘特图法制订进度计划。

图 6-3 所示的甘特图表现了一个系统开发过程中各个活动（子任务）的时间安排，也反映了各个活动的持续时间和软件开发的进度，但是不能反映各个活动之间的依赖关系。活动之间依赖关系要用工程网络图（又称活动图）来表现。

（55）C。**要点解析**：若对某项目进行细致的成本估算后，得出估算值为 100 万元（–10%～+15%），则该参数表明此项工作的成本预期在 90～115 万元之间。

（56）C。**要点解析**：活动资源估算包括决定需要什么资源（人力、设备、原料）和每一样资源应该用多少，以及何时使用资源来有效地执行项目活动。它必须和成本估算相结合。进行活动资源估算时需要考虑活动排序问题。活动排序也称为工作排序，该工作主要是确定各个活动任务之间的依赖关系，并形成文档。活动排序的输入包括活动清单、活动清单属性、里程碑清单、项目范围说明书和批准的变更请求。活动排序的下一步流程是活动资源估算。

（57）C。**要点解析**：在成本加浮动酬金合同中声明预算成本和固定费用的金额，并约定当实际成本超过预算成本时，可以实报实销；实际成本如有节约，则按合同规定的比例由项目组织和供应商双方共同分享。这种合同方式可以促使供应商想方设法降低成本。

若合同预期成本为 800 万元，固定酬金为 10 万元，酬金增减为 15 万元，如果实际发生成本为 78[illegible]万元，按成本加浮动酬金计算，合同总价为 805 万元。

（58）D。**要点解析**：变更控制的基本过程是：提出变更、评估变更、变更决策、实施变更、验证变更、沟通存档。当一项变更被提出后，首先应进行的是组织相关人员对其进行评估，判断其影响范围、工作量、成本及严重程度等内容。然后交给具有相应权限的人员或机构进行决策，确定是否实施变更。

（59）A。**要点解析**：选择 A 会场的货币期望值为 4×0.25+6×0.5+1×0.25−3.6=0.65 万元

选择 B 会场的货币期望值为 5×0.25+4×0.5+1.6×0.25−3.2=0.45 万元

选择 C 会场的货币期望值为 6×0.25+2×0.5+1.2×0.25−3=−0.20 万元

由于 0.65>0.45>−0.20，因此从货币期望值最大决策考虑，建议把会场设在 A 处。

（60）D。**要点解析**：《中华人民共和国招标投标法》第二十七条规定：投标人应当按照招标文件的

要求编制投标文件。投标文件应当对招标文件提出的实质性要求和条件做出响应。

本题需要判断 4 个选项所介绍的情况中，谁对招标要求有重大偏离。

A 单位投标文件有效。个别漏项属于细微偏差，投标单位可根据要求进行补正。

B 单位投标文件有效。漏打了 3 页页码属于细微偏差。

C 单位投标文件有效。投标保证金只要符合招标文件规定的最低投标保证金即可。

D 单位投标文件无效。项目完成期限超过招标文件规定的完成期限属于重大偏差。

（61）B。**要点解析**：根据《中华人民共和国合同法》第二十一条规定，承诺是受要约人同意要约的意思表示。

第二十三条 承诺应当在要约确定的期限内到达要约人。

第二十四条 要约以信件或者电报做出的，承诺期限自信件载明的日期或者电报交发之日开始计算。信件未载明日期的，自投寄该信件的邮戳日期开始计算。要约以电话、传真等快速通信方式做出的，承诺期限自要约到达受要约人时开始计算。

第三十条 承诺的内容应当与要约的内容一致。受要约人对要约的内容做出实质性变更的，为新要约。有关合同标注的数量、质量、价款或者报酬、履行期限、履行地点和方式、违约责任和解决争议方法等的变更，是对要约内容的实质性变更。

（62）B。**要点解析**：项目的进度管理需要兼顾时间和资源这两个因素，在分析项目进度计划的时候，要考虑资源使用的有效性，而人力资源是最主要的资源（并且一般会受到约束），一旦项目成员被分配到项目中，项目经理可以应用资源负荷和资源平衡两种方法最有效地调度团队成员。

资源负荷是指在特定的时间内现有的进度计划所需要的各种资源的数量，如在特定的时间内分配给某项工作的资源超过了项目的可用资源，称为资源超负荷。为了消除超负荷，可以修改进度表，充分利用项目活动的浮动时间，通过延迟项目任务来解决资源冲突，此举称为资源平衡。此时资源的利用达到了最佳的状态。

该系统集成项目的网络工程计划图（见图 6-4）表示主机安装任务、局域网络安装任务和广域网络安装任务可以同时开始，而最长的路径（关键路径）是局域网络安装任务，整个项目的周期也就是总工期是 5 天。采用资源平衡方法，3 个任务不同时进行，将主机安装任务和局域网络安装任务同时开始，广域网络安装任务延迟两天（即主机安装任务完成后才开始），这样项目的进度仍是 5 天，但只需投入 6 个人就可以完成全部工作。

（63）C。**要点解析**：项目干系人管理的主要目的是避免项目干系人在项目管理中的严重分歧。

（64）C。**要点解析**：审计成本：用于审计工作所花的成本。

沉没成本：在过去已经花的钱。

直接成本：直接可以归属于项目工作的成本。

间接成本：一般管理费用科目或几个项目共同分担的成本。

在以上成本中，项目经理可以控制的只有直接成本。

（65）D。**要点解析**：变更控制流程的作用包括指出怎样提交变更的手续、记录变更的状况、列出管理层对变更的影响、记录变更的批准情况、说明能够批准变更的权限级别。

“确定要批准还是否决变更请求”是变更控制委员会（CCB）的责任。

（66）A。**要点解析**：项目论证是指对拟实施项目技术上的先进性、适用性，经济上的合理性、盈利性、实施上的可能性、风险可控性进行全面科学的综合分析，为项目决策提供客观依据的一种技术经济研究活动。

项目评估指在项目可行性研究的基础上，由第三方（国家、银行或有关机构）根据国家颁布的政策、法规、方法、参数和条例等，从项目（或企业）、国民经济、社会角度出发，对拟建项目建设的必要性、建设条件、生产条件、产品市场需求、工程技术、经济效益和社会效益等进行评价、分析和论证，进而判断其是否可行的一个评估过程。项目评估是项目投资前期进行决策管理的重要环节，其目的是审查项目可行性研究的可靠性、真实性和客观性，为银行的贷款决策或行政主管部门的审批决策提供科学依据。

项目识别是承建方项目立项的第一步，其目的在于选择投资机会、鉴别投资方向。通常，可从政策导向、市场需求、技术发展等方面寻找项目机会。

（67）D。**要点解析**：自制或外购决策、专家判断、合同类型的选择等是常用的编制采购计划过程的技术、方法。方案邀请书（RFP）是常见的询价文件。

（68）D。**要点解析**：在系统经过试运行以后的约定时间，双方可以进行项目的最终验收工作。对于一般项目而言，可以将系统测试和最终验收合并进行，但需要对最终验收的过程加以确认。

最终验收报告就是业主方认可承建方的项目工作的最主要文件之一，这是确认项目工作结束的重要标志性工作。对于信息系统而言，最终验收标志着项目的结束和售后服务的开始。

最终验收的工作包括双方对系统测试文件的认可和接受、双方对系统试运行期间的工作状况的认可和接受、双方对系统文档的认可和接受、双方对结束项目工作的认可和接受。

项目最终验收合格后，应该由双方的项目组撰写验收报告提请双方工作主管认可。这标志着项目组具体工作的结束和项目管理收尾的开始。

（69）A。**要点解析**：在对某项目采购供应商的评价中，评价项有：对需求的理解、技术能力、管理水平、企业资质和类似项目经验等。假定每个评价项满分为 10 分，其中“类似项目经验”权重为 10%。若 4 个评定人在“类似项目经验”项的打分分别为 7 分、8 分、7 分、6 分，则平均分为 7 分。该平均分乘以相应的权重比例即为该供应商的“类似项目经验”的单项综合分：7×0.1=0.7。

（70）A。**要点解析**：全面质量管理（TQM）是一种全员、全过程、全企业的品质管理。它是一个组织以质量为中心，以全员参与为基础，通过让顾客满意和本组织所有成员及社会受益而达到永续经营的目的。TQM 注重顾客需要，强调参与团队工作，并力争形成一种文化，以促进所有的员工设法并持续改进组织所提供产品/服务的质量、工作过程和顾客反应时间等，它由结构、技术、人员和变革推动者 4 个要素组成，只有这 4 个方面全部齐备，才会有全面质量管理这场变革。

TQM 有 4 个核心的特征——全员参加的质量管理、全过程的质量管理、全面方法的质量管理和全面结果的质量管理，详见表 6-8。

**表 6-8　TQM 的 4 个核心特征说明**

| 核心特征 | 说　明 |
| --- | --- |
| 全员参加的质量管理 | 要求全部员工，无论高层管理者还是普通办公职员或一线工人，都要参与质量改进活动。参与“改进工作质量管理的核心机制”，是全面质量管理的主要原则之一 |
| 全过程的质量管理 | 必须在市场调研、产品的选型、研究试验、设计、原料采购、制造、检验、储运、销售、安装、使用和维修等各个环节中都把好质量关。其中，产品的设计过程是全面质量管理的起点，原料采购、生产、检验过程是实现产品质量的重要过程；而产品的质量最终是在市场销售、售后服务的过程中得到评判与认可 |
| 全面方法的质量管理 | 采用科学的管理方法、数理统计的方法、现代电子技术和通信技术等方法进行全面质量管理 |
| 全面结果的质量管理 | 是指对产品质量、工作质量、工程质量和服务质量等进行全面质量管理 |

（71）D。**参考译文**：项目生命周期（project life cycle）定义了从项目开始直至结束的项目阶段。

（72）A。**参考译文**：可交付物（Deliverable）是指像规格说明书、可行性研究报告、详细设计文档或可运转的原型之类的可测量、可验证的工作产品。

（73）C。**参考译文**：项目范围说明书（scope statement）是制订质量计划的一项关键输入，这是因为它记载了项目的主要可交付成果，以及用于确定重要项目干系人需求的项目目标、限值和验收标准。

（74）B。**参考译文**：估算计划活动的成本涉及估算完成每项计划活动所需资源的近似（approximation）成本。

（75）B。**参考译文**：项目干系人（Project stakeholders）是指那些积极参与项目或是其利益会受到项目执行或完成的结果影响的个人和组织。

### 6.1.3 参考答案

表 6-9 给出了本份上午试卷问题 1～问题 75 的参考答案，供读者练习时参考，以便查缺补漏。读者可按每空 1 分的评分标准得出测试分数，从而大致评估自己对这些知识点的掌握程度。

表 6-9 参考答案表

| 题 号 | 参考答案 | 题 号 | 参考答案 |
|---|---|---|---|
| (1)～(5) | D、C、C、D、C | (41)～(45) | D、D、C、C、C |
| (6)～(10) | C、B、D、D、C | (46)～(50) | D、C、A、B、B |
| (11)～(15) | B、C、D、B、B | (51)～(55) | B、D、C、C、C |
| (16)～(20) | A、C、A、D、D | (56)～(60) | C、C、D、A、D |
| (21)～(25) | B、C、C、B、C | (61)～(65) | B、B、C、C、D |
| (26)～(30) | A、D、C、B、A | (66)～(70) | A、D、D、A、A |
| (31)～(35) | D、D、C、D、B | (71)～(75) | D、A、C、B、B |
| (36)～(40) | B、C、C、D、D | | |

## 6.2 下午试卷

**（考试时间 14：00—16：30，共 150 分钟）**

**请按下述要求正确填写答题纸**

1. 本试卷共 5 道题，全部是必答题，满分 75 分。
2. 在答题纸的指定位置填写你所在的省、自治区、直辖市和计划单列市的名称。
3. 在答题纸的指定位置填写准考证号、出生年月日和姓名。
4. 答题纸上除填写上述内容外，只能填写解答。
5. 解答时字迹务必清楚，字迹不清，将不评分。
6. 仿照下面例题，将解答写在答题纸的对应栏内。

**【例题】**

2010 年下半年全国计算机技术与软件专业技术资格（水平）考试日期是__(1)__月__(2)__日。因为正确的解答是“11 月 13 日”，故在答题纸的对应栏内写上“11”和“13”（参看下表）。

| 例 题 | 解 答 栏 |
|---|---|
| (1) | 11 |
| (2) | 13 |

### 6.2.1 试题描述

**试题 1**

阅读以下关于项目进度管理的说明，根据要求回答问题 1～问题 3。（15 分）

**【说明】**

新思路公司是一家系统集成商，王某是该公司的一名项目经理，现正在负责一个财务管理系统的开发项目。他认真分析了项目的技术特点，并很快组建了自己的项目团队。王经理对自己的团队很满意，因为这些成员对该项目所采用的技术都很熟悉，且他们都有一定的开发经验。在项目开始的第一个月，项目团队给出了一个粗略的进度计划，估计项目的开发周期为 11～16 个月。2 个星期后，产品需求已经确定并得到了批准，王经理制订了一个 11 个月期限的初步进度表，项目团队成员对这 11 个月的进度计划也相当乐观，因为项目的目标已经确定，并且开始书写需求规格说明书，概要设计也已经开始。

王经理认为，项目的详细进度表在半个月之内就可以提交，因为他以前曾做过一个类似的项目，不用花费太多的时间去制订这个进度表。在接下来的 8 天里，他努力地制订详细的进度计划。为了让他的项目成员去做一些他们“应该做的”设计、开发等工作，王经理在做计划时没有让技术人员参与详细进度表的制订。王经理依据每个人员的最高生产效率和最佳的开发状态来编制计划。经过几天的努力，王经理给出了详细进度表的草稿，并交付审核。相关评审人员经过评审，给出了如下的意见。

（1）该计划进度安排很紧张，没有任何多余时间，应引起高度重视。

（2）这对于用户来说是一个“最合适的”进度计划。

该进度计划还是被通过并形成了该项目的正式的进度计划。当项目团队成员认真分析完这份进度计划后，认为进度太紧张，任务可能无法完成。他们认为目前的项目团队人员太少；没有充分考虑休假、节日和其他机动时间。除了以上的主要问题外，项目团队成员还提出了一些其他的问题，但基本上没有得到相应的重视。只是为了缓解项目团队成员的抱怨，在报请上级主管批准后，王经理将进度表中的计划工期延长了 5 个星期。

【问题 1】（6 分）

请用 400 字以内的文字，结合你的项目管理经验，分析王经理在进度管理方面主要存在的问题。

【问题 2】（3 分）

结合你的项目管理经验，从管理层面分析，影响王经理项目进度的主要因素。

【问题 3】（6 分）

请简要叙述王经理制定进度计划所采用的主要技术和工具。

## 试题 2

阅读下列说明，根据要求回答问题 1～问题 3。（15 分）

【说明】

某系统集成商 RT 公司组织结构属于弱矩阵型结构，该公司的项目经理小夏正在接手公司售后部门转来的一个项目，要为某客户的企业管理软件实施重大升级。小夏的项目组由 5 个人组成，项目组中只有资深技术工程师 W 参加过该软件的开发，主要负责研发该软件最难的核心模块。根据公司与客户达成的协议，需要在一个月之内升级完成 W 原来开发过的核心模块。

工程师 W 隶属于研发部，由于他在日常工作中经常迟到早退，经研发部经理口头批评后仍没有改正，研发部经理萌生了解雇此人的想法。但是 W 的离职会严重影响项目的工期，因此小夏提醒 W 要遵守公司的有关规定，并与研发部经理协商，希望给 W 一个机会，但 W 仍然我行我素。项目开始不久，研发部经理口头告诉小夏要解雇员工 W。为此，小夏感到很为难。

【问题 1】（6 分）

结合你的项目管理经验，从项目管理的角度，请简要分析造成项目经理小夏为难的主要原因。

【问题 2】（4 分）

结合你的项目管理经验，请简要叙述面对上述困境应如何妥善处理。

【问题 3】（5 分）

请简要说明该公司和项目经理应采取哪些措施，以避免类似情况的发生。

## 试题 3

阅读以下说明，从合同管理、过程控制、项目沟通管理的角度，回答问题 1～问题 3。（15 分）

【说明】

系统集成商 Y 公司承担了某企业的信息系统项目的开发建设工作，Y 公司任命老魏为项目经理。该信息系统项目的主要工作已经基本完成，经核对项目的"未完成任务清单"后，终于可以提交客户方代表老王验收了。在验收过程中，老王提出了一些小问题。项目经理老魏带领团队很快妥善解决了这些问题。但是随着时间的推移，客户的问题似乎不断。时间已经超过了系统试用期，但是客户仍然提出一些小问题，而有些问题都是客户方曾经提出过，并实际上已经解决了地问题。时间一天一天地过去，老魏不知道什么时候项目才能验收，才能结项，才能得到最后一批款项。如果不能尽快改变这种现状，项目结项看起来是遥遥无期。

【问题 1】（8 分）

结合你的项目管理经验，简要分析造成该项目的上面所述问题的可能原因。

【问题 2】（4 分）

结合你的项目管理经验，请简要叙述面对上述困境，项目经理老魏应如何妥善处理。

【问题 3】（3 分）

请简要说明从本案例中，你应当吸取的经验和教训。

## 试题 4

阅读以下说明，根据要求回答问题 1～问题 3。（15 分）

【说明】

PH 科技有限公司（以下简称为“PH 公司”）是一家系统集成商。最近公司与一家制造企业签订了一项企业信息化建设项目合同。PH 公司急需确定一名项目经理，组建项目团队。由于该公司正在同步实施多个 IT 项目，一时难以找到适合该项目的项目经理，而客户和市场部经理要求项目必须马上开始，于是公司领导决定任命具有较强网络工程规划与设计能力，并参加过公司多个开发项目的网络工程师老陈作为项目经理。

老陈欣然接受了 PH 公司的任命，并立即开始着手组建项目团队，热火朝天地开始了人员的招聘、面试等工作。团队组建以后，马上进入了项目开发阶段。工作进行一段时间后，老陈发现，原来的工作经验和网络工程规划与设计技巧在协调人力资源中很难发挥作用，该信息化建设项目的管理远不如原来的网络工程实施工作来得简单。从项目一开始，工作就不断暴出露问题，如招聘的人员中有两个人与招聘时提交的材料和面试时的感觉差距很大，不适合当前项目的需要；项目组大部分成员尽管富有才干，但是却很少或者根本没有彼此合作的经验，相互间矛盾接连不断；项目的任务不明确、职责不清楚，导致项目进度计划不断修改，客户反应强烈；项目组的气氛紧张，项目组成员士气低落，对项目的成功持怀疑态度，有的项目组成员甚至提出退出项目组；项目周例会人员从来没有到齐过，甚至老陈因忙于自己负责的模块开会时都迟到过。老陈更是急得像热锅上的蚂蚁，每天加班加点、到处奔忙，就像一个救火队长，出现在各个起火现场。

【问题 1】（6 分）

结合你的项目管理经验，请简要分析项目中出现这些问题的可能原因。

【问题 2】（5 分）

结合你的项目管理经验，针对 PH 公司在该项目人力资源管理方面存在的问题，提出相应的补救措施。

【问题 3】（4 分）

请简要叙述组建项目团队的工具、方法和技术。

## 试题 5

阅读下列说明，根据要求回答问题 1～问题 3。（15 分）

【说明】

2009 年底，某大中型企业集团的财务处经过分析发现，员工手机通话量的 78%是在企业内部员工之间进行的，而 86%的企业内部通话者之间的距离不到 900m。如果能引入一项新技术降低（或者免除）内部员工通话费，则能为集团节省很大一笔通信费用，对集团的发展意义相当大。财务处将这个分析报告提交给集团总经理，总经理又把这个报告转给了集团信息中心主任阮某，责成他拿出一个方案来实现财务处的建议。

阮某找到了集团局域网的原系统集成商 FT 公司，反映了集团的需求。FT 公司管理层开会研究后命令项目经理许某积极跟进，与阮某密切联系。许某经过调研，选中了一种基于无线局域网 IEEE 802.11n 改进的新技术"无线通"手机通信系统，也了解到有一家山寨机厂家正在生产这种新技术手机。这种手机能自动识别"无线通"、移动和联通，其中"无线通"为优先接入。经过初步试验，发现通话效果很好。因为是构建在集团现有的局域网之上，除去购买专用无线路由器和这种廉价的手机之外，内部通话不用缴费。而附近其他单位听说后，也纷纷要求接入"无线通"，于是许某准备放号并准备适当收取这些单位的话费。

但等到"无线通"在集团内部推广时，发现信号覆盖有空白、噪声太大，且在高峰时段很难打进打出。更麻烦的是，当地政府主管部门要他们暂停使用并要对他们罚款。此时许某骑虎难下，欲罢不能。

【问题 1】（7 分）

结合你的项目管理经验，简要分析项目中出现这种局面的可能原因。项目经理许某在实施"无线通"时可能遇到的风险有哪些？

______

______

______

【问题 2】（4 分）

针对本案例，项目经理许某应该在前期进行可行性分析，请问可行性分析的基本内容有哪些？

______

______

______

【问题 3】（4 分）

结合你的项目管理经验，请简要叙述许某为走出这样的困境，可能采取的措施。

______

______

______

## 6.2.2 要点解析

### 试题 1 要点解析

【问题 1】（6 分）

依题意，对王经理的工作进行细致分析后，可以发现王经理在进度管理方面主要存在的问题有以下几点。

（1）进度计划的编制人几乎是王经理一个依据原来的类似项目来完成的，他没有对实际项目进行活动的定义和排序，也没有有效地进行历时估算。

（2）没有对项目可用资源进行科学的评估。他依据每个人员的最高生产效率和最佳开发状态来编制计划，而且没有充分考虑节假日和其他影响时间的因素。也没有注意项目成员工作的绩效和实时对项目进行动态监控。

（3）没有按照项目开发流程进行。在项目目标确定后，需求规格说明书还没有经过评审、批准，而概要设计就开始了。虽然王经理这样做是希望利用并行处理来缩短项目时间，但最终的结果是适得其反。

【问题 2】（3 分）

要有效地进行进度控制，必须对影响进度的因素进行分析，事先或及时采取必要的措施，尽量缩小计划进度与实际进度的偏差，实现对项目的主动控制。影响项目进度的主要因素有很多，如技术因素、人为因素、资金因素等。在项目的规划、开发、实施中，人的因素是最重要的因素，技术的因素归根到底也是人的因素。在管理层面上，常见的影响因素有以下几种情况。

（1）低估了项目实现的条件。主要表现在低估技术难度、低估协调复杂度、低估环境因素等方面。

①低估技术难度。低估技术难度实际上也就是高估人的能力，认为或希望项目会按照已经制定的乐观项目计划顺利地实施，而实际则不然。IT 项目的高技术特点本身说明其实施中会有很多技术的难度，除了需要高水平的技术人员来实施外，还要考虑为解决某些性能问题而进行科研攻关和项目实验。

②低估协调复杂度，即低估了多个项目团队参加项目时工作协调上的困难。由于我国的特殊人文背景和企业间业务关系处理的特殊性，IT 项目在实施过程中要对多方面的关系进行协调和处理。而 IT 项目团队内部，特别是软件项目团队内部，由于各成员均为某一领域或技术方向上的专家，比较强调个人的智慧和个性，这给项目工作协调带来更大的复杂度。当一个大项目由很多子项目组成时，不仅会增加相互之间充分沟通交流的困难，更会增加项目协调和进度控制上的困难。

③企业高级项目主管和项目经理也经常低估环境因素，这些环境因素包括用户环境、行业环境、组织环境、社会环境和经济环境。低估这些条件，既有主观的原因，也会有客观的原因。对项目环境的了解程度不够，造成没有做好充分的准备。

（2）项目参与者错误。主要表现在项目进度编制的错误、项目执行上的错误和管理上的缺漏等方面。

①项目进度编制的错误，即所制订的项目计划本身有问题，执行错误的计划肯定会产生错误。例如，对于软件项目，在需求分析、系统设计和系统实施等过程的进度计划上有问题，那么按照此计划执行肯定会有问题源源不断涌现出来。

②项目执行上的错误。例如，项目主管领导或客户方对于项目的问题不关心，对于项目中一些问题的决策迟迟不下达，或敷衍了事，做出一个不切实际的决策，那肯定会严重影响项目的进度。

③管理上的缺漏。例如，对于一个软件项目，某些功能模块通过外包形式进行，如果没有认真对外包方进行相应的考虑，也没有对外包模块进行相应的质量、进度等管理，也会造成进度上的延误。

④团队成员中途离职等。IT 项目执行过程中，项目团队人员的中途离职会对项目控制产生很大的影响。

（3）未考虑不可预见事件发生造成的影响。假设、约束、风险等考虑“不周”造成项目进度计划中未考虑一些不可预见的事件发生。例如 IT 项目可能会因为项目资源特别是人力资源缺乏、天灾人祸、项目团队成员临时有其他更紧急的任务造成人员流动等不可预见的事件对项目的进度控制造成影响。

【问题 3】（6 分）

制订项目进度计划是一个反复多次的过程，这一过程确定项目活动计划的开始与完成日期。制订进度计划可能要求对历时估算与资源估算进行审查与修改，以便进度表在批准之后能够当做跟踪项目绩效的基准使用。该制定过程随着工作的绩效、项目管理计划的改变，以及预期的风险果然发生或消失，或识别出新风险而贯穿于项目的始终。王经理制订进度计划所采用的主要技术和工具见表 6-10。

表 6-10　制订进度计划所采用的主要技术和工具

| 主要技术和工具 | 说　明 |
|---|---|
| 进度网络分析 | 是提出及确定项目进度表的一种技术。它使用一种进度模型和多种分析技术（如采用关键路线法、局面应对分析资源平衡）来计算最早、最迟开始和完成日期以及项目计划活动未完成部分的计划开始与计划完成日期。如果模型中使用的进度网络图含有任何网络回路或网络开口，则需要对其加以调整，然后再选用上述分析技术。某些网络路线可能含有路径会聚或分支点，在进行进度压缩分析或其他分析时可以识别出来并可加以利用 |
| 关键路线法 | 是利用进度模型时，使用的一种进度网络分析技术。它沿着项目进度网络路线进行正向与反向分析，从而计算出所有计划活动理论上的最早开始与完成日期、最迟开始与完成日期，不考虑任何资源限制。在任何网络路线上，进度余地的大小由最早与最迟日期两者之间的差值决定，该差值称为“总时差”。关键路线有零或负值总时差，在关键路线上的计划活动称为“关键活动”。为了使路线总时差为零或正值，有必要调整活动持续时间、逻辑关系、时间提前与滞后量或其他进度制约因素。一旦路线总时差为零或正值，则还能确定自由时差。自由时差就是在不延误同一网络路线上任何直接后继活动最早开始时间的条件下，计划活动可以推迟的时间长短 |

续表

| 主要技术和工具 | 说　明 |
| --- | --- |
| 进度压缩 | 是指在不改变项目范围、进度制约条件、强加日期或其他进度目标的前提下缩短项目的进度时间。赶工、快速跟进是进度压缩的两种常见技术 |
| 假设情景分析 | 是对“情景 x 出现时应当如何处理”这样的问题进行分析。其分析结果可用于估计项目进度计划在不利条件下的可行性，用于编制克服或减轻由于出乎意料的局面造成的后果的应急和应对计划。最常用的技术是蒙特卡洛分析，这种分析为每个计划活动确定一种活动持续时间概率分布，然后利用这些分布计算出整个项目持续时间可能结果的概率分布 |
| 资源平衡 | 是一种进度网络分析技术，用于已经利用关键路线法分析过的进度模型之中。其用途是调整时间安排需要满足规定交工日期的计划活动，处理只有在某些时间才能动用或只能动用有限数量的必要的共用或关键资源的局面，或者用于在项目工作具体时间段按照某种水平均匀地使用选定资源。这种均匀使用资源的办法可能会改变原来的关键路线 |
| 关键链法 | 是一种进度网络分析技术，可以根据有限的资源对项目进度表进行调整。它结合了确定性与随机性办法。开始时，利用进度模型中活动持续时间的非保守估算，根据给定的依赖关系与制约条件来绘制项目进度网络图，然后计算关键路线。在确定关键路线之后，将资源的有无与多寡情况考虑进去，确定资源制约进度表。而这种资源制约进度表经常改变了关键路线 |
| 项目管理软件 | 已成为普遍应用的进度表制定手段。这些软件能够直接（或间接）地同项目管理软件配合起来，体现其他知识领域的要求，如根据时间段进行费用估算，定量风险分析中的进度模拟。这些软件能自动进行正向与反向关键路线分析和资源平衡的数学计算，从而迅速地考虑许多种进度安排方案。它们还广泛地用于打印或显示制订完备的进度表成果 |
| 应用日历 | 项目日历和资源日历标明了可以工作的时间段。项目日历影响到所有的活动。例如，因为天气原因，一年当中某些时间段现场工作是不可能进行的。资源日历影响到某种具体资源或资源种类。资源日历反映了某些资源是如何只能在正常营业时间工作的，而另外一些资源分三班整天工作，或者项目团队成员正在休假或参加培训而无法调用，或者某一劳动合同限制某些工人一个星期工作的天数 |
| 调整时间提前与滞后量 | 提前与滞后时间量使用不当会造成项目进度表不合理，在进度网络分析过程中调整提前与滞后时间量，以便提出合理、可行的项目进度表 |
| 进度模型 | 进度数据和信息经过整理，用于项目进度模型之中。在进行进度网络分析和制订项目进度表时，将进度模型工具与相应的进度模型数据同手工方法或项目管理软件结合在一起使用 |

## 试题 2 要点解析

**【问题 1】（6 分）**

本题主要考察项目管理环境中组织结构的影响、项目干系人管理、人力资源管理等，即分析项目经理小厦在使用资深技术工程师 W 时遇到挑战的主要原因，是一个比较综合的问题。职能型组织、矩阵型组织、项目型组织是与项目有关的主要组织结构类型，其关键特征见表 6-11。

**表 6-11　组织结构类型及其关键特征**

| 组织类型 / 项目特征 | 职能型组织 | 矩阵型组织 | | | 项目型组织 |
| --- | --- | --- | --- | --- | --- |
| | | 弱矩阵型 | 平衡矩阵型 | 强矩阵型 | |
| 项目经理权限 | 很少或没有 | 有限 | 少到中等 | 中等到大 | 很高到全权 |
| 可利用的资源 | 很少或没有 | 有限 | 少到中等 | 中等到大 | 很高到全权 |
| 控制项目预算者 | 职能经理 | 职能经理 | 职能经理与项目经理 | 项目经理 | 项目经理 |
| 项目经理的角色 | 半职 | 半职 | 全职 | 全职 | 全职 |
| 项目经理的一般头衔 | 项目协调员/项目主管 | 项目协调员/项目主管 | 项目经理/项目主任 | 项目经理/计划经理 | 项目经理/计划经理 |
| 项目管理行政人员 | 半职 | 半职 | 半职 | 全职 | 全职 |
| 全职参与的职员比例 | 没有 | 0%～25% | 15%～60% | 50%～95% | 85%～100% |

RT 公司组织结构属于弱矩阵结构，该类型组织结构的缺点表现在以下几点：①项目团队成员可能会接受多重领导，即职能经理与项目经理等的领导，当他们的命令发生冲突时，就会使项目团队成员无所适从；②如果项目经理与职能经理之间的力量不均衡（或者他们对各自成员的影响力不同），都会影响项目进度（或职能部门）的日常工作，且项目经理对成员的影响弱于部门经理；③项目经理权力受限，对项目团队成员的管理、考核和监控等有一定局限性；④对项目经理的能力要求较高，不仅要处理好资源分配、

技术支持、进度安排等方面的问题，还要懂得如何与各职能部门进行协调和配合等。

由于项目经理小夏所接手的项目也只是售后部门转来的升级某企业管理软件的项目，因此该项目的投资额可能不大、时间跨度较短（一个月之内升级完成）。由题干关键信息“RT 公司组织结构属于弱矩阵结构”可知，项目经理小夏对项目团队成员的影响力要弱于部门经理，资源的决定权在职能经理手上。因此职能经理对于项目人员的决定对于项目是否能够顺利结项影响很大，职能经理也就成了重要的项目干系人，需要给予重点关注和管理。换而言之，项目的弱矩阵组织结构导致项目组要实现项目目标，但对人力资源没有直接管理权，因而很难使项目达到目标要求，权责不对称是导致项目经理小夏为难的主要原因。

由题干关键信息“只有资深技术工程师 W 参加过该软件的开发”可知，工程师 W 是一个完成项目的关键干系人，本项目的顺利开展还要倚重于 W。

由题干关键信息“W 隶属于研发部，由于他在日常工作中经常迟到早退”、“小夏提醒 W 要遵守公司的有关规定……，但 W 仍然我行我素”、“研发部经理口头告诉小厦要解雇 W”可知，W 本身的问题（迟到早退且我行我素），以及项目重要干系人的研发部经理对员工 W 的要求与项目的目标工期之间形成冲突，也是项目经理小夏为难的主要原因之一。

【问题 2】（4 分）

权力（Power）是指一个人影响他人、使他们去做你想让他们做的事的能力。权力一般分为专家权力、奖励权力、正式权力、潜示权力和惩罚/强制权力等，见表 6-12。其中，正式权力（Formal Power）也称为合法权力（Legitimate Power），指在高级管理层对项目经理的正式授权的基础上，项目经理让员工进行工作的权力。专家权力（Expert Power）是指作为技术或项目管理方面的专家而产生的权力。别人愿意服从你，是因为你在某个领域有专业知识与专业技能。潜示权力（Referent Power）也称为参照性权力，是建立在个人潜示权的基础上的。例如，项目经理个人的性格魅力。

表 6-12 项目经理的权力类型

| | 权力来源 | 好坏顺序 | 对谁有效 |
|---|---|---|---|
| 专家权力 | 项目经理个人 | 最好 | 任何人 |
| 奖励权力 | 项目经理职位 | 最好 | 下属 |
| 正式权力 | 项目经理职位 | 一般 | 下属 |
| 潜示权力 | 项目经理个人 | 一般 | 任何人 |
| 惩罚/强制权力 | 项目经理职位 | 最坏 | 下属 |

在项目管理中，项目经理往往需要在正式权力不足的情况下，组织其他人来完成工作任务，因此他必须知道应该如何取得其他人的合作。对于问题 1 中所出现的困境，需要项目经理发挥专家权，做好和相关人员的沟通，化解冲突情绪和行为，包括与 W 和研发部经理沟通，考虑激励措施。具体的处理要点如下：

（1）与员工 W 沟通，了解其行为的真正原因，劝诫其遵守公司规定，改善 W 的劳动纪律。

（2）搞好项目团队建设活动，使 W 融入到项目团队之中。

（3）与研发部经理协商，争取其对本项目工作的支持。

（4）建立项目团队工作激励制度。

（5）制订应对此人流失的风险应对措施，如争取外部资源以避免 M 的对实现项目目标的不可替代性、引进与 W 技术相当的人员与 W 协同工作、加强文档和过程管理、改进技术方案、外包、与客户协商等。

【问题 3】（5 分）

从本题的说明和问题 1 的要点解析中可以看出，RT 公司不注重组织过程资产的积累，软件过程成熟度低，不能重复与成功旧项目相类似的新项目的成功；RT 公司沟通不畅，没有搞清 W 的问题真正出在哪里；RT 公司没有充分发挥激励机制，没有做好人才培养、传帮带等工作，以至于项目的成功与否依赖于某个人，而非一个组织。

从公司层面以及项目经理的立场分析，该公司和项目经理可以采取以下相应的措施，以避免类似情况的发生。

（1）应注意资源和知识的积累，保障资源的可用性，如通过培训、设置 A 角色和 B 角色等办法，解决关键技术工程师的后备问题，以应对关键人员流失的风险。

（2）针对组织现状制定有效的项目考核和奖惩制度。

（3）与职能部门明确关键资源的保障机制，或在公司层面制订资源使用策略和过程。

（4）项目经理应能及早发现问题的苗头，并及时与公司管理层沟通和协商。

（5）加强项目团队建设，创建一个分工协作且能互相补位的团队。

## 试题 3 要点解析

【问题 1】（8 分）

本题主要考查合同管理、项目管理控制和项目沟通的基本内容。

（1）由题干关键信息“主要工作已经基本完成”、“有‘未完成任务清单’”、“客户的问题似乎不断”、“有些问题都是客户方曾经提出过，并实际上已经解决了的问题”等说明，该案例存在验收标准不清晰、项目沟通有问题、客户不签字、客户有情绪因素等问题，同时深层次地分析可能是合同中关于验收标准、流程等问题规定不清，项目没有进行阶段性验收，缺乏过程记录或客户的签字确认等问题。

（2）从问题的表象和深层次问题结合起来分析，导致项目不能验收的一个关键因素是双方没有一个验收的依据，这主要是签合同的时候双方没有约定验收标准、验收时间、验收步骤和流程，以及售后服务的有关承诺，导致验收时没有依据，当然也可能是合同里规定得很清楚，但双方都没有按合同来执行。

① 验收标准是规定哪些工作必须完成、完成到什么程度、交付哪些产品（项目的交付物）时可以提供验收。

② 验收流程是验收时具体按何流程进行操作，包括何时提供验收、验收表格、验收人员、验收步骤、验收有关问题的处理。

③ 还应该规定一些甲乙方义务，索赔要求等。

（3）老王提出相同的问题有两种可能，其一是项目的变更管理做得不好，其二是老王对项目质量如何心里没底，故意拖延。

项目变更管理属于项目整体管理的范畴，变更需要按变更控制系统严格执行，综合变更控制过程基于项目执行的完成情况在不同层次上包含以下变更管理活动：①识别需要发生的变更；②管理每个已识别的变更；③维持所有基线的完整性；④控制并基于已批准的变更更新范围、成本、预算、进度和质量需求；⑤在整体项目内协调变更；⑥基于质量报告，控制项目质量使其符合标准；⑦维护一个及时、精确的关于项目产品及其相关文档的信息库，直至项目完成。

而老王心里没底的主要原因是：①因为合同里没有售后服务的承诺，老王担心签字付款后，系统的问题就没有人管；②对于未完成问题，老魏没有承诺完成时间；③可能是老魏和老王沟通不好，关系欠融洽，老王对老魏没有信心，所以不能放心签字。

（4）沟通的问题。题目中体现出双方的沟通不畅，客户不断提出相同的问题，说明项目经理老魏对于干系人所需信息的传递不够，客户获得的信息不全或不及时。对于验收的标准等事宜由于沟通不够，也没能达成一致。

【问题 2】（4 分）

本题主要查合同管理、项目管理控制和项目沟通的实施方法。

项目经理老魏的核心目的是促成客户验收，因此他需要采取一些措施来消除导致问题产生的原因，最终达成验收。他要采取的行动主要有以下几个方面：

（1）将验收的事项规定清楚。通过签订补充合同或跟客户签订一个详细的验收计划等方式，将验收标准、流程规定清楚，双方需要签字确认。

（2）完善项目实施过程中的文档。将阶段性验收的结果、变更的结果、试运行的报告等进行详细记录，逐一让客户签字确认。有了项目进展的过程报告和客户的确认签字，就有了依据，可以对照上步确定的有关验收事项进行验收。

（3）对于售后服务问题向客户做出承诺，对于未完成的工作进行评估，需要完成的要承诺完成时间。

（4）跟客户进行融洽关系的沟通。除了项目文档发送给有关干系人，老魏需要跟老王多进行非正式的沟通，让老王了解项目的进展，了解主要工作已经完成，并理解项目结项对老魏的重要性，达成理解和融洽的关系。

【问题 3】（3 分）

本题主要考查在项目管理中合同管理、项目管理控制和项目沟通的基本内容和实施方法。

从本案例中应当吸取的经验和教训如下：

（1）合同管理方面。合同是项目启动阶段签订的，因此在合同或其附件中就要规定有关的验收事宜，包括验收标准、验收时间、验收步骤和流程，以及售后服务的有关承诺。如果在合同签订时没有想清楚，就需要在后期跟客户商量就以上问题达成一致，并形成书面记录。

（2）项目管理过程的监督和控制主要有以下几个方面。

①综合变更控制。对于系统集成项目，变更是十分频繁和正常的，尤其是需求的变更，因此就需要在项目计划编制阶段制订变更控制流程，规定如何进行变更。

②项目沟通。在项目计划编制阶段制订一份详尽的项目沟通计划，并按其执行。定期出绩效报告，让项目干系人了解项目的进展情况，变更等信息要及时提供给项目干系人。项目文档要齐全，使项目进展有据可查。

③设置项目里程碑，进行阶段性验收，并要求客户签字确认。这样项目中的问题才能及时的得到解决，且便于追溯，还可以避免在项目收尾时，因为一些小问题而影响整个项目进程。

④营造良好的客户关系。目前客户满意度也成为项目成功的重要指标。项目经理需要营造良好的客户关系，让客户产生信任感，这样对未来合同的延续也有好处。

（3）项目经理还应注重跟客户相处的技巧，努力促成双方的良好合作氛围。

## 试题 4 要点解析

【问题 1】（6 分）

“管理的本质是协调”，能否成功地实施 IT 项目管理很大程度上取决于能否协调好项目的人力资源。建立 IT 项目组织，获取需要的人员；明确项目团队的任务与职责，落实项目人员的权力和责任；提高项目团队的合作精神，鼓舞项目人员的士气是项目人力资源管理的主要内容。项目的组织实施工作不是某一个人就能完成的，需要的是整个项目团队的共同协作，即项目经理与团队成员之间的配合、协作。

在本案例中，项目中出现种种问题的可能原因及补救措施如下：

（1）PH 公司对项目经理的培养不重视、对项目经理的选拔任命不规范，即对项目经理的选择出现了问题。项目经理不仅需要具备扎实的专业知识、技能与项目工作经验，更要有良好的沟通、组织、协调、控制和领导等能力。老陈具备良好的专业基础技能，但是在管理技能上存在较大差距，他从一开始就没有给自己准确地定位，以为项目经理的工作与之前他从事的网络工程实施工作差不多，因此出现问题时便显得手忙脚乱。

（2）老陈缺乏担任项目经理所需的足够的能力和经验。老陈组建项目团队后，没有明确团队的工作目标，使得成员的工作一片茫然，大家有劲也没使到一处来。目标是促进团队工作的重要力量，它指引着团队工作的方向。

（3）项目工作中的沟通没有建立有效的机制和方式、方法。在团队出现问题时，老陈没有能够及时解决这些问题，使项目工作几乎瘫痪。团队由不同性格、不同背景的人员组成，发生摩擦在所难免，关键是如何避免或解决这些冲突。

（4）在项目成员提出退出项目团队时，老陈未能及时了解其离开的原因，没有使用适当的激励方法尽量挽留团队的成员，可能会造成不必要的损失。在整个项目的过程中，对成员的激励也是项目经理的重要工作之一，进行人员的激励不仅能提高工作效率，更能激发员工个人的潜能，使个人的能力得到发展。

（5）老陈没有及时与领导进行交流，公司对项目经理的工作也缺乏指导和监督，因而导致项目工做出现重大问题。优秀项目经理工作的重点在于他是否能使全体成员尽其所能把项目做到最好，项目能成功地完成，项目团队才能说是合格的。因此，项目经理在项目启动时就应该主动、积极地了解、组织项目并且控制整个项目过程。在项目工作开展的同时，与公司领导层保持良好的沟通也是相当重要的。

（6）缺乏有效的项目绩效管理机制。

**【问题 2】（5 分）**

在本案例中，项目中出现种种问题的可能补救措施如下：

（1）PH 公司应该在老陈开始工作之前，对其进行管理技能的培训，让他具备从容面对新工作挑战的能力，或者公司可以直接招聘一位合格的项目经理来担任该项目的管理工作。

（2）项目团队组建完成之后，老陈应该明确项目的目标与任务，并给每位成员分配合理的任务，使大家都能明确自身所要承担的工作与责任。

（3）在项目组建后，老陈可以采用召开会议、自由交流和团队活动等方式来增进大家的了解，建立成员之间的信任，使得团队在组建之初便有一个比较宽松和谐的气氛，为之后的工作打下良好的基础。在出现问题时，应该及时解决，不要让问题堆积，导致一系列不良后果的出现。

（4）在项目成员提出退出项目团队时，老陈应当及时了解其离开的原因，使用适当的激励方法，尽量挽留团队的成员，避免造成不必要的损失。

（5）老陈及时与领导进行沟通交流，公司也要加强对项目经理的工作的指导和监督。

（6）建设有效的项目绩效管理机制。

**【问题 3】（4 分）**

典型的系统集成项目团队的角色包括：管理类，如项目经理；工程类，如系统架构师、系统分析师、网络规划与设计师、网络工程师、软件工程师、测试工程师和实施人员等；支持类，如文档管理人员。组建项目团队需要的前提活动有：制订组织结构图和职位描述，或借助经验模板等。而组建项目团队的工具、方法和技术有：事先分派、谈判、采购(招募)或组建虚拟团队等，详见表 6-13。

**表 6-13　组建项目团队的工具、方法和技术**

| 工具、方法和技术 | 说　明 |
| --- | --- |
| 事先分派 | 通常在以下情况下，可以预先将人员分派到项目中：由于竞标过程中承诺分派特定人员进行项目工作，或者该项目取决于特定人员的专业技能 |
| 谈判 | 人员分派在多数项目中必须通过谈判协商进行。例如，项目管理团队可能需要与以下人员协商：①负有相应职责的部门经理，目的是确保所需的员工可以在需要的时间到岗并且一直工作到他们的任务完成；②执行组织中的其他项目管理团队，目的是适当分配稀缺或特殊的人力资源 |
| 采购（或招募） | 当执行组织缺少内部工作人员去完成这个项目时，就需要从外部获得必要的服务，包括聘用或分包 |
| 组建虚拟团队 | 虚拟团队可以被定义为有共同目标、在完成各自任务过程中很少有时间或者没有时间能面对面工作的一组人员。它为团队成员的招募提供了新的途径。通过虚拟团队的形式，可以：①在公司内部建立一个由不同地区的员工组成的团队；②为项目团队增加特殊技能的专家，即使这个专家不在本地；③把在家办公的员工纳入虚拟团队，以协同工作；④由不同班组（早班、中班和夜班）员工组成一个虚拟团队；⑤把行动不便的员工纳入团队；⑥可以实施那些原本因为差旅费用过高而被忽略的项目。在建立一个虚拟团队时，制订一个可行的沟通计划就显得更加重要。可能需要额外的时间以设定明确的目标，制订方案以处理冲突，召集人员参与决策过程，并与虚拟团队一起通力合作，以使项目成功 |

## 试题 5 要点解析

【问题 1】(7 分)

在管理规范的企业或单位里，由于资源有限，而企业希望项目有最优的投入回报率，因此在实施项目之前要做大量的工作。如项目萌芽期的项目选择和科研，以及立项通过后为每个项目设立优先级，并对优先级进行动态管理。

在本案例中，项目机会只有一个，但是方案有多个，如：①发布新的通信费报销规定，降低报销标准；②为员工固话配备无绳电话；③为员工配备对讲机；④为员工配备小灵通；⑤为员工配备网络电话，即本案例中的"无线通"等。对每一个方案应进行可行性分析和比较，从而得出科学的选择。造成本案例局面的原因如下。

（1）没有进行系统的可行性分析（或风险分析，或没有进行多方案比较）。

（2）调研不充分，不了解该技术是否成熟（或没有调研大规模应用的案例）。

（3）没有调研国家政策（或法规）是否允许。

项目经理许某在实施"无线通"时可能遇到的风险有：①技术风险，阮某采用的这种新技术目前还没有成为行业标准；②政策风险，阮某涉嫌无照运营，这是目前的政策所不允许的；③市场风险（采购风险）系统运行也有风险，因设备供应商可能倒闭而产生。

【问题 2】(4 分)

可行性分析是度量可行性的过程，它是一种在生命周期的各个检查点上进行的可行性评估。在任何一个检查点，项目都可以被取消、修改或者继续。信息系统项目的可行性分析就是从技术、经济、社会和人员等方面的条件和情况进行调查研究的，对可能的技术方案进行论证，以最终确定整个项目是否可行，以避免盲目投资，减少不必要的损失。

信息系统项目可行性分析包括：①技术可行性分析，主要考虑技术是否实际和合理，通过调研确定项目的总体和详细目标、范围，总体的结构和组成，确定技术方案、核心技术和关键问题，确定产品的功能与性能；②经济可行性分析（或称投资可行性分析），即对一个项目或方案的成本效益的度量；③运行环境可行性分析，如企业领导意见是否一致，人员、资金和场地是否到位等；④其他方面的可行性分析，如法律可行性、社会可行性等方面的可行性分析。

【问题 3】(4 分)

项目经理许某可以采取以下措施走出目前"骑虎难下"的困境。

（1）停止放号，系统的运行只局限在本公司办公场所内。

（2）同时咨询是否有政策（法规）限制。

（3）改进技术方案（或增加无线发射点、扩大接入能力及无线带宽；扩大覆盖范围、降低噪声）。

（4）寻找替代方案（重新选择方案）。

## 6.2.3 参考答案

表 6-14 给出了本份下午试卷试题 1～试题 5 的参考答案，供读者练习时参考，以便查缺补漏。读者也可依照所给出的评分标准得出测试分数，从而大致评估自己对这些知识点的掌握程度。

表 6-14 参考答案及评分标准表

| 试 题 | 问题与分值 | 参考答案及评分标准 | 自 评 分 |
|---|---|---|---|
| 1 | 【问题 1】<br>(6 分) | ①王经理凭借历史经验，没有对实际项目进行活动的定义和排序，也没有有效地进行历时估算；<br>②没有对项目可用资源进行科学的评估，也没有注意项目成员工作的绩效和实时对项目进行动态监控；<br>③没有按照项目开发流程进行。例如需求规格说明书还没有经过评审、批准，概要设计就开始了<br>（每小点 2 分，答案类似即可） | |

续表

| 试题 | 问题与分值 | 参考答案及评分标准 | 自评分 |
| --- | --- | --- | --- |
| 1 | 【问题 2】（3 分） | ①低估了项目实现的条件，如低估技术难度、低估协调复杂度、低估环境因素等；<br>②项目参与者本身的错误，如在项目进度编制的错误、项目执行上的错误、管理上的缺漏和团队成员中途离职等；<br>③未考虑不可预见事件发生造成的影响，如人力资源缺乏、天灾人祸等不可预见的事件影响<br>（每小点 1 分，答案类似即可） | |
| | 【问题 3】（6 分） | ①进度网络分析 ②关键路线法<br>③进度压缩 ④假设情景分析<br>⑤资源平衡 ⑥关键链法<br>⑦项目管理软件 ⑧应用日历<br>⑨调整时间提前与滞后量 ⑩进度模型<br>（列举出其中 6 个小点即可，每小点 1 分，最多得 6 分） | |
| 2 | 【问题 1】（6 分） | ①弱矩阵型组织内项目经理对资源的影响力弱于部门经理，多方领导，项目经理对员工难以监测、管理、考核；<br>②W 本身的问题，迟到早退且我行我素；<br>③研发部经理是重要的项目干系人，其解雇 W 的要求与该项目客户工期要求存在冲突<br>（答案类似即可，每小点 2 分） | |
| | 【问题 2】（4 分） | ①与 W 沟通以改善 W 的劳动纪律；（1 分）<br>②与研发部部门经理协商如何保障项目顺利进行；（1 分）<br>③制定应对此人流失的风险应对措施，如引进与 W 技术相当的人员与 W 协同工作、加强文档和过程管理、改进技术方案、外包、与客户协商等（2 分） | |
| | 【问题 3】（5 分） | ①应注意资源和知识的积累，保障资源的可用性，如通过培训、设置 A 角色和 B 角色等办法，解决关键技术工程师的后备问题，以应对关键人员流失的风险；<br>②针对组织现状制定有效的项目考核和奖惩制度；<br>③与职能部门明确关键资源的保障机制；<br>④及早发现问题的苗头，并及时与公司管理层沟通和协商；<br>⑤加强团队建设，创建一个分工协作且能互相补位的团队（答案类似即可，每小点 1 分） | |
| 3 | 【问题 1】（8 分） | （1）合同中缺乏以下内容：①项目目标中关于产品功能和交付物组成的清晰描述；②项目验收标准、验收步骤和方法（或流程）；③对客户的售后服务承诺；<br>（2）项目实施过程控制中出现的问题：①在项目实施过程中没有及时将项目绩效报告递交给客户，因此客户对项目进展和质量状况不了解；②没有让客户及时对阶段成果签字确认；<br>（3）由于没有售货服务的承诺，客户担心没有后续服务保证；<br>（4）合作氛围不良，客户存在某种程度的抵触情绪，双方缺乏信任感，客户对项目质量信心不足，怕承担责任，因此不愿签字（答案类似即可，每小点 2 分） | |
| | 【问题 2】（4 分） | （1）就项目验收标准和客户达成共识，确定哪些主要工作完成即可通过验收；<br>（2）就项目验收步骤和方法与客户达成共识；<br>（3）就项目已经完成的程度让用户确认，如出具系统试用报告，请客户签字确认；<br>（4）向客户提出明确的服务承诺，使客户没有后顾之忧 （答案类似即可，每小点 1 分） | |
| | 【问题 3】（3 分） | （1）项目合同中要规定项目成果的正式验收标准、验收步骤、验收流程和运营维护服务承诺等内容；<br>（2）加强项目执行过程中的控制，如加强变更控制、加强项目沟通管理、加强计划执行的控制等；<br>（3）项目经理还应注重跟客户相处的技巧，努力促成双方的良好合作氛围<br>（每小点 1 分，答案类似即可） | |
| 4 | 【问题 1】（6 分） | ①PH 公司对项目经理的培养不重视、对项目经理的选拔任命不规范；<br>②老陈缺乏担任项目经理所需的足够的能力和经验；<br>③项目工作中的沟通没有建立有效的机制和方式、方法，在团队出现问题时，老陈没有能够及时避免这些冲突（或解决这些问题），使项目工作几乎瘫痪；<br>④老陈未能及时了解团队成员离开的原因，没有使用适当的激励方法尽量挽留团队的成员；<br>⑤老陈没有及时与领导进行交流，公司对项目经理的工作也缺乏指导和监督；<br>⑥缺乏有效的项目绩效管理机制（答案类似即可，每小点 1 分） | |

续表

<table>
<tr><th>试　题</th><th>问题与分值</th><th>参考答案及评分标准</th><th>自 评 分</th></tr>
<tr><td rowspan="2">4</td><td>【问题 2】<br>（5 分）</td><td>①PH 公司应该在项目经理老陈开始工作之前，对其进行管理技能的培训，使他具备从容面对新工作挑战的能力，或者公司可以直接招聘一位合格的项目经理来担任该项目的管理工作；<br>②项目团队组建完成之后，老陈应该明确项目的目标与任务，并给每位成员分配合理的任务，使大家都能明确自身所要承担的工作与责任；<br>③在项目组建后，老陈可以采用召开会议、自由交流和团队活动等方式来增进大家的了解，建立成员之间的信任，使问题得到及时解决；<br>④在项目成员提出退出项目团队时，老陈应当及时了解其离开的原因，使用适当的激励方法，尽量挽留团队的成员，避免造成不必要的损失；<br>⑤老陈及时与领导进行沟通交流，公司也要加强对项目经理的工作的指导和监督；<br>⑥建设有效的项目绩效管理机制（列举出其中 5 个小点，每小点 1 分，答案类似即可）</td><td></td></tr>
<tr><td>【问题 3】<br>（4 分）</td><td>①事先分派　　②谈判<br>③采购(招募)　　④组建虚拟团队（每空 1 分）</td><td></td></tr>
<tr><td rowspan="3">5</td><td>【问题 1】<br>（7 分）</td><td>造成这样局面的原因可能是什么？<br>①没有进行系统的可行性分析（或风险分析，或没有进行多方案比较）；（1 分）<br>②调研不充分，不了解该技术是否成熟（或没有调研大规模应用的案例）；（2 分）<br>③没有了解国家政策（或法规）是否允许（1 分，答案类似即可）<br>许某在实施“无线通”时可能遇到的风险有哪些？<br>①技术风险，阮某采用的这种新技术目前还没有成为行业标准；（1 分）<br>②政策风险，阮某涉嫌无照运营，这是目前的政策所不允许的；（1 分）<br>③市场风险（采购风险），系统运行也有风险，因设备供应商可能倒闭而产生（1 分）</td><td></td></tr>
<tr><td>【问题 2】<br>（4 分）</td><td>①技术可行性分析即通过调研确定项目的总体和详细目标、范围，总体的结构和组成，确定技术方案、核心技术和关键问题，确定产品的功能与性能；<br>②经济可行性分析（或称投资可行性分析）；<br>③运行环境可行性分析；<br>④其他方面的可行性分析，如法律可行性、社会可行性等方面的可行性分析 （每小点 1 分，答案类似即可）</td><td></td></tr>
<tr><td>【问题 3】<br>（4 分）</td><td>①停止放号，系统的运行只局限在本公司办公场所内；<br>②同时咨询是否有政策（法规）限制；<br>③改进技术方案，例如，增加无线发射点、扩大接入能力及无线带宽；扩大覆盖范围、降低噪声；<br>④寻找替代方案（重新选择方案）（每小点 1 分，答案类似即可）</td><td></td></tr>
</table>

# 第7章 2009年上半年考试试卷及考点解析

## 7.1 上午试卷

**（考试时间 9：00—11：30，共 150 分钟）**

**请按下述要求正确填写答题卡**

1．在答题卡的指定位置上正确写入你的姓名和准考证号，并用正规 2B 铅笔在你写入的准考证号下填涂准考证号。

2．本试卷的试题中共有 75 个空格，需要全部解答，每个空格 1 分，满分 75 分。

3．每个空格对应一个序号，有 A、B、C、D 4 个选项，请选择一个最恰当的选项作为解答，在答题卡相应序号下填涂该选项。

4．解答前务必阅读例题和答题卡上的例题填涂样式及填涂注意事项。解答时用正规 2B 铅笔正确填涂选项，如需修改，请用橡皮擦干净，否则会导致不能正确评分。

**【例题】**

2009 年上半年全国计算机技术与软件专业技术资格（水平）考试日期是＿（88）＿月＿（89）＿日。

（88）　A．3　　B．4　　C．5　　D．6

（89）　A．22　　B．23　　C．24　　D．25

因为考试日期是“5 月 23 日”，故（88）选 C，（89）选 B，应该在答题卡序号 88 下对 C 填涂，在序号 89 下对 B 填涂。

### 7.1.1 试题描述

**试题 1**

所谓信息系统集成是指＿（1）＿。

（1）　A．计算机网络系统的安装调试

B．计算机应用系统的部署和实施

C．计算机信息系统的设计、研发、实施和服务

D．计算机应用系统工程和网络系统工程的总体策划、设计、开发、实施、服务及保障

**试题 2**

＿（2）＿是国家信息化体系的六大要素。

（2）　A．数据库、国家信息网络、信息技术应用、信息技术教育和培训、信息化人才、信息化政

策、法规和标准

B. 信息资源、国家信息网络、信息技术应用、信息技术和产业、信息化人才、信息化政策、法规和标准

C. 地理信息系统、国家信息网络、工业与信息化、软件技术与服务、信息化人才、信息化政策、法规和标准

D. 信息资源、国家信息网络、工业与信息化、信息产业与服务业、信息化人才、信息化政策、法规和标准

## 试题 3

以下关于计算机信息系统集成企业资质的说法正确的是___(3)___。

（3） A. 计算机信息系统集成企业资质共分 4 个级别，其中第四级为最高级

B. 该资质由授权的认证机构进行评审和批准

C. 目前，计算机信息系统集成企业资质证书有效期为 3 年

D. 申报二级资质的企业，其具有项目经理资质的人员数目应不少于 20 名

## 试题 4

信息系统工程监理活动的主要内容被概括为“四控、三管、一协调”，其中“三管”是指___(4)___。

（4） A. 整体管理、范围管理和安全管理　　B. 范围管理、进度管理和合同管理

C. 进度管理、合同管理和信息管理　　D. 合同管理、信息管理和安全管理

## 试题 5

与客户机/服务器（Client/Server，C/S）架构相比，浏览器/服务器（Browser/Server，B/S）架构的最大优点是___(5)___。

（5） A. 具有强大的数据操作和事务处理能力

B. 部署和维护方便、易于扩展

C. 适用于分布式系统，支持多层应用架构

D. 将应用一分为二，允许网络分布操作

## 试题 6

___(6)___的目的是评价项目产品，以确定其对使用意图的适合性，表明产品是否满足规范说明并遵从标准。

（6） A. IT 审计　　B. 技术评审

C. 管理评审　　D. 走查

## 试题 7

按照规范的文档管理机制，程序流程图必须在___(7)___两个阶段内完成。

（7） A. 需求分析、概要设计　　B. 概要设计、详细设计

C. 详细设计、实现阶段　　D. 实现阶段、测试阶段

## 试题 8

信息系统的软件需求说明书是需求分析阶段最后的成果之一，而___(8)___不是软件需求说明书应包含的内容。

（8） A. 数据描述　　B. 功能描述

C. 系统结构描述　　D. 性能描述

**试题 9**

在 GB/T14393 计算机软件可靠性和可维护性管理标准中，__(9)__不是详细设计评审的内容。

(9) A．各单元可靠性和可维护性目标　　B．可靠性和可维护性设计
C．测试文件、软件开发工具　　D．测试原理、要求、文件和工具

**试题 10**

__(10)__不是虚拟局域网(VLAN)的优点。

(10) A．有效地共享网络资源　　B．简化网络管理
C．链路聚合　　D．简化网络结构、保护网络投资、提高网络安全性

**试题 11**

UML 2.0 支持 13 种图，它们可以分成两大类：结构图和行为图。以下__(11)__说法不正确。

(11) A．部署图是行为图　　B．顺序图是行为图
C．用例图是行为图　　D．构件图是结构图

**试题 12**

以太网 100 Base-TX 标准规定的传输介质是__(12)__。

(12) A．3 类 UTP　　B．5 类 UTP
C．单模光纤　　D．多模光纤

**试题 13~试题 15**

根据布线标准 ANSI/TIA/EIA-568A，综合布线系统分为如图 7-1 所示的 6 个子系统。其中的①为__(13)__、②为__(14)__、③为__(15)__。

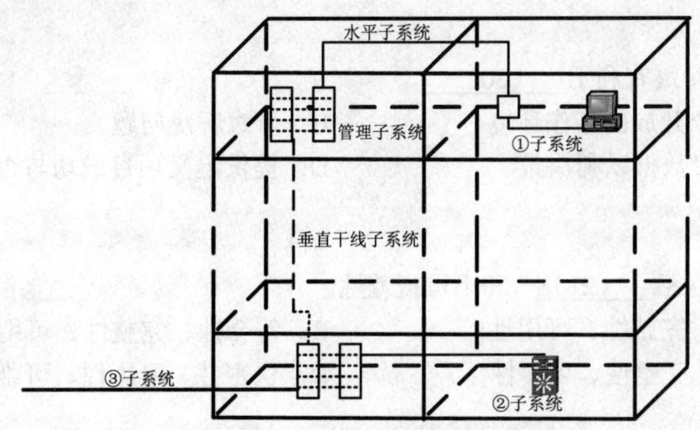


图 7-1 综合布线系统模型图

(13) A．水平子系统　　B．建筑群子系统
C．工作区子系统　　D．设备间子系统

(14) A．水平子系统　　B．建筑群子系统
C．工作区子系统　　D．设备间子系统

(15) A．水平子系统　　B．建筑群子系统
C．工作区子系统　　D．设备间子系统

**试题 16**

通过局域网接入因特网，图 7-2 中箭头所指的两个设备是__(16)__。

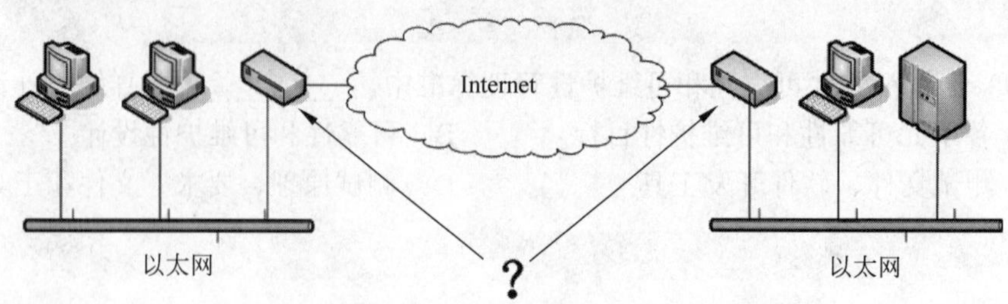


图 7-2 局域网接入 Internet 示意图

(16) A. 二层交换机 B. 路由器 C. 网桥 D. 集线器

## 试题 17

在铺设活动地板的设备间内，应对活动地板进行专门检查，地板板块铺设严密坚固，符合安装要求，每平方米水平误差应不大于__(17)__。

(17) A. 1mm B. 2mm C. 3mm D. 4mm

## 试题 18

在__(18)__中，项目经理的权力最小。

(18) A. 强矩阵型组织 B. 平衡矩阵组织 C. 弱矩阵型组织 D. 项目型组织

## 试题 19

矩阵型组织的缺点不包括__(19)__。

(19) A. 管理成本增加 B. 员工缺乏事业上的连续性和保障
C. 多头领导 D. 资源分配与项目优先的问题产生冲突

## 试题 20

定义清晰的项目目标将最有利于__(20)__。

(20) A. 提供一个开放的工作环境 B. 及时解决问题
C. 提供项目数据以利决策 D. 提供定义项目成功与否的标准

## 试题 21

信息系统的安全属性包括__(21)__和不可抵赖性。

(21) A. 保密性、完整性、可用性 B. 符合性、完整性、可用性
C. 保密性、完整性、可靠性 D. 保密性、可用性、可维护性

## 试题 22

__(22)__反映了信息系统集成项目的技术过程和管理过程的正确顺序。

(22) A. 制定业务发展计划、实施项目、项目需求分析
B. 制定业务发展计划、项目需求分析、制定项目管理计划
C. 制定业务发展计划、制定项目管理计划、项目需求分析
D. 制定项目管理计划、项目需求分析、制定业务发展计划

## 试题 23

制定项目计划时，首先应关注的是项目__(23)__。

(23) A. 范围说明书 B. 工作分解结构 C. 风险管理计划 D. 质量计划

## 试题 24

在项目某阶段的实施过程中，A 活动需要 2 天 2 人完成，B 活动需要 2 天 2 人完成，C 活动需要 5 天 4 人完成，D 活动需要 3 天 2 人完成，E 活动需要 1 天 1 人完成，该阶段的时标网络图如图 7-3 所示。该项目组共有 8 人，且负责 A、E 活动的人因另有安排，无法帮助其他人完成相应工作，且项目整个工期刻不容缓。以下____（24）____安排是恰当的，能够使实施任务顺利完成。

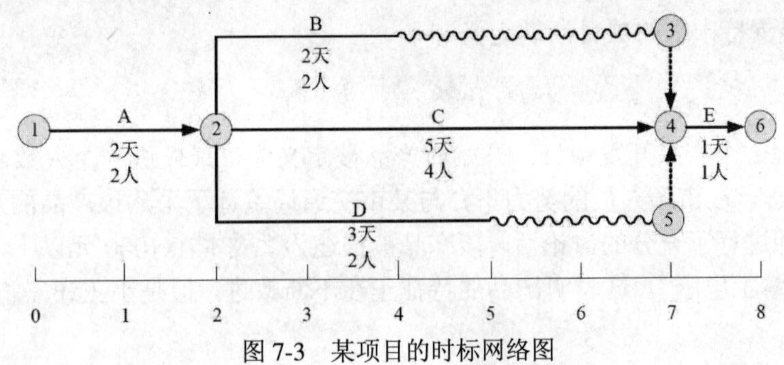


图 7-3　某项目的时标网络图

（24）　A．B 活动提前两天开始　　B．B 活动推迟两天开始
　　　　C．D 活动提前两天开始　　D．D 活动推迟两天开始

## 试题 25

德尔菲法区别于其他专家预测法的明显特点是____（25）____。

（25）　A．引入了权重参数　　B．多次有控制的反馈
　　　　C．专家之间互相取长补短　　D．至少经过 4 轮预测

## 试题 26

某项目计划 2008 年 12 月 5 日开始进入首批交付的产品测试工作，估算工作量为 8（人）×10（天），误差为 2 天，则以下____（26）____理解正确（天指工作日）。

（26）　A．表示活动至少需要 8 人天，最多不超过 10 人天
　　　　B．表示活动至少需要 8 天，最多不超过 12 天
　　　　C．表示活动至少需要 64 人天，最多不超过 112 人天
　　　　D．表示活动至少需要 64 天，最多不超过 112 天

## 试题 27

某项目完成估计需要 12 个月。在进一步分析后认为最少将花 8 个月，最糟糕的情况下将花 28 个月。那么，这个估计的 PERT 值是____（27）____个月。

（27）　A．9　　B．11　　C．13　　D．14

## 试题 28

在项目进度控制中，____（28）____不适合用于缩短活动工期。

（28）　A．准确确定项目进度的当前状态　　B．投入更多的资源
　　　　C．改进技术　　D．缩减活动范围

## 试题 29

范围管理计划中一般不会描述____（29）____。

（29）　A．如何定义项目范围　　B．制定详细的范围说明书
　　　　C．需求说明书的编制方法和要求　　D．确认和控制范围

**试题 30**

以下关于工作包的描述，正确的是＿（30）＿。

（30） A．可以在此层面上对其成本和进度进行可靠的估算
B．工作包是项目范围管理计划关注的内容之一
C．工作包是 WBS 的中间层
D．不能支持未来的项目活动定义

**试题 31**

小王正在负责管理一个产品开发项目。开始时产品被定义为“最先进的个人数码产品”，后来被描述为“先进个人通信工具”。在市场人员的努力下，与某市交通局签订了采购该产品的意向书，随后与用户、市场人员和研发工程师进行了充分的讨论后，该产品被描述为“成本在 1000 元以下，能通话、播放 MP3、能运行 WinCE 的个人掌上电脑”。这表明产品的特征正在不断改进，但是小王还需将＿（31）＿与其相协调。

（31） A．项目范围定义 B．项目干系人利益
C．范围变更控制系统 D．用户的战略计划

**试题 32**

项目绩效评审的主要目标是＿（32）＿。

（32） A．根据项目的基准计划来决定完成该项目需要多少资源
B．根据过去的绩效调整进度和成本基准
C．得到客户对项目绩效认同
D．决定项目是否应该进入下一个阶段

**试题 33**

＿（33）＿不是组建项目团队的工具和技术。

（33） A．事先分派 B．资源日历 C．采购 D．虚拟团队

**试题 34**

团队建设一般要经历几个阶段，这几个阶段的大致顺序是＿（34）＿。

（34） A．振荡期、形成期、正规期、表现期
B．形成期、振荡期、表现期、正规期
C．表现期、振荡期、形成期、正规期
D．形成期、振荡期、正规期、表现期

**试题 35**

既可能带来机会、获得利益，又隐含威胁、造成损失的风险，称为＿（35）＿。

（35） A．可预测风险 B．人为风险
C．投机风险 D．可管理风险

**试题 36**

如果项目受资源限制，往往需要项目经理进行资源平衡。但当＿（36）＿时，不宜进行资源平衡。

（36） A．项目在时间上有一定的灵活性 B．项目团队成员一专多能
C．项目在成本上有一定的灵活性 D．项目团队处理应急风险

**试题 37**

定性风险分析工具和技术不包括 (37) 。

(37) A. 概率及影响矩阵　B. 建模技术
C. 风险紧急度评估　D. 风险数据质量评估

**试题 38**

合同法律关系是指由合同法律规范调整的、在民事流转过程中形成的 (38) 。

(38) A. 买卖关系　B. 监督关系　C. 权利义务关系　D. 管控关系

**试题 39**

(39) 属于要约。

(39) A. 商场的有奖销售活动　B. 商业广告
C. 寄送的价目表　D. 招标公告

**试题 40**

(40) 属于《合同法》规定的合同内容。

(40) A. 风险责任的承担　B. 争议解决方法
C. 验收标准　D. 测试流程

**试题 41**

《合同法》规定，价款或酬金约定不明的，按 (41) 的市场价格履行。

(41) A. 订立合同时订立地　B. 履行合同时订立地
C. 订立合同时履行地　D. 履行合同时履行地

**试题 42**

诉讼失效期间从权利人知道或者应当知道权利被侵害起计算。但是，从权利被侵害之日起超过 (42) 年的，人民法院不予保护。

(42) A. 10　B. 15　C. 20　D. 30

**试题 43**

在项目管理的下列 4 类风险类型中，对用户来说如果没有管理好， (43) 将会造成最长久的影响。

(43) A. 范围风险　B. 进度计划风险　C. 费用风险　D. 质量风险

**试题 44**

对于一个新分配来的项目团队成员， (44) 应该负责确保他得到适当的培训。

(44) A. 项目发起人　B. 职能经理　C. 项目经理　D. 培训协调员

**试题 45**

进行配置管理的第一步是 (45) 。

(45) A. 制定识别配置项的准则　B. 建立并维护配置管理的组织方针
C. 制定配置项管理表　D. 建立 CCB

**试题 46**

在当今高科技环境下，为了成功激励一个 IT 项目团队， (46) 可以被项目经理用来激励项目团队保持气氛活跃、高效率的士气。

（46） A．期望理论和 X 理论
B．Y 理论和马斯洛理论
C．Y 理论、期望理论和赫兹伯格的卫生理论
D．赫兹伯格的卫生理论和期望理论

## 试题 47

___（47）___不是创建基线或发行基线的主要步骤。

（47） A．获得 CCB 的授权　B．确定基线配置项
C．形成文件　D．建立配置管理系统

## 试题 48

项目绩效审计不包括___（48）___。

（48） A．决算审计　B．经济审计　C．效率审计　D．效果审计

## 试题 49

在项目结束阶段，大量的行政管理问题必须得到解决。一个重要问题是评估项目有效性完成这项评估的方法之一是___（49）___。

（49） A．制作绩效报告　B．进行考察
C．举行绩效评估会议　D．进行采购审计

## 试题 50

项目将要完成时，客户要求对工作范围进行较大的变更，项目经理应___（50）___。

（50） A．执行变更　B．将变更可能造成的影响通知客户
C．拒绝变更　D．将变更作为新项目来执行

## 试题 51

在项目实施中间的某次周例会上，项目经理小王用表 7-1 向大家通报了目前的进度。根据这个表格，目前项目的进度___（51）___。

**表 7-1　某项目进度情况**

| 活动 | 计划值 | 完成百分比 | 实际成本 |
|---|---|---|---|
| 基础设计 | 20 000 元 | 90% | 10 000 元 |
| 详细设计 | 50 000 元 | 90% | 60 000 元 |
| 测试 | 30 000 元 | 100% | 40 000 元 |

（51） A．提前于计划 7%　B．落后于计划 18%
C．落后于计划 7%　D．落后于计划 7.5%

## 试题 52

某公司正在为某省公安部门开发一套边防出入境管理系统，该系统包括 15 个业务模块，计划开发周期为 9 个月，即在今年 10 月底之前交付。开发团队一共有 15 名工程师。今年 7 月份，中央政府决定开放某省个人到香港旅游，并在 8 月 15 日开始实施。为此客户要求公司在新系统中实现新的业务功能，该功能实现预计有 5 个模块，并要求在 8 月 15 日前交付实施。但公司无法立刻为项目组提供新的人力资源。面对客户的变更需求，以下___（52）___处理方法最合适。

（52） A．拒绝客户的变更需求，要求签订一个新合同，通过一个新项目来完成
B．接受客户的变更需求，并争取如期交付，建立公司的声誉
C．采用多次发布的策略，将 20 个模块重新排定优先次序，并在 8 月 15 日之前发布一个包含到香港旅游业务功能的版本，其余延后交付
D．在客户同意增加项目预算的条件下，接受客户的变更需求，并如期交付项目成果

## 试题 53

范围变更控制系统＿＿（53）＿＿。

（53） A．是用以确定正式修改项目文件所必须遵循步骤的正式存档程序
B．是用于在技术与管理方面监督指导有关报告内容，以及控制变更的确定与记录工作并确保其符合要求的存档程序
C．是一套用于对项目范围做出变更的程序，包括文书工作，跟踪系统及授权变更所需的认可
D．可强制用于各项目工作以确保项目范围管理计划在未经事先审查与签字的情况下不得做出变更

## 试题 54

某系统集成商现正致力于过程改进，打算为过去的项目建立历史档案，现阶段完成该工作的最好方法是＿＿（54）＿＿。

（54） A．建立项目计划 B．总结经验教训
C．绘制网络图 D．制定项目状态报告

## 试题 55

监理机构应要求承建单位在事故发生后立即采取措施，尽可能控制其影响范围，并及时签发停工令，报＿＿（55）＿＿。

（55） A．监理单位技术负责人 B．项目总监理工程师
C．承建单位负责人 D．业主单位

## 试题 56

对于＿＿（56）＿＿应实行旁站监理。

（56） A．工程薄弱环节 B．首道工序
C．隐蔽工程 D．上、下道工序交接环节

## 试题 57

＿＿（57）＿＿活动应在编制采购计划过程中进行。

（57） A．自制或外购决策 B．回答卖方的问题
C．制订合同 D．制订 RFP 文件

## 试题 58

采购审计的主要目的是＿＿（58）＿＿。

（58） A．确认合同项下收取的成本有效、正确
B．简要地审核项目
C．确定可供其他采购任务借鉴的成功之处
D．确认基本竣工

**试题 59**

建设方在进行项目评估的时候，根据项目类型的不同，所采用的评估方法也不同。如果使用总量评估法，其难点是 (59) 。

(59) A．如何准确确定新增投入资金的经济效果
B．确定原有固定资产重估值
C．评价追加投资的经济效果
D．确定原有固定资产对项目的影响

**试题 60**

项目论证是指对拟实施项目技术上的先进性、适用性，经济上的合理性、盈利性，实施上的可能性、风险可控性进行全面科学的综合分析，为项目决策提供客观依据的一种技术经济研究活动。以下关于项目论证的叙述，错误的是 (60) 。

(60) A．项目论证的作用之一是作为筹措资金，向银行贷款的依据
B．项目论证的内容之一是国民经济评价，通常运用影子价格、影子汇率、影子工资等工具或参数
C．数据资料是项目论证的支柱
D．项目财务评价是从项目的宏观角度判断项目或不同方案在财务上的可行性的技术经济活动

**试题 61**

(61) 是承建方项目立项的第一步，其目的在于选择投资机会、鉴别投资方向。

(61) A．项目论证　　B．项目评估
C．项目识别　　D．项目可行性分析

**试题 62**

在项目计划阶段，项目计划方法论是用来指导项目团队制定项目计划的一种结构化方法。其中，(62) 属于方法论的一部分。

(62) A．标准格式和模板　　B．上层管理者的介入
C．职能工作的授权　　D．项目干系人的技能

**试题 63**

电子商务系统所涉及的 4 种“流”中， (63) 是最基本的、必不可少的。

(63) A．资金流　　B．信息流
C．商流　　D．物流

**试题 64**

使用网上银行卡支付系统付款与使用传统信用卡支付系统付款，两者的付款授权方式是不同的，下列论述正确的是 (64) 。

(64) A．前者使用数字签名进行远程授权，后者在购物现场使用手写签名的方式授权商家扣款
B．前者在购物现场使用手写签名的方式授权商家扣款，后者使用数字签名进行远程授权
C．两者都在使用数字签名进行远程授权
D．两者都在购物现场使用手写签名的方式授权商家扣款

**试题 65**

目前，企业信息化系统所使用的数据库管理系统的结构大多数为 (65) 。

（65） A．层次结构 B．关系结构
C．网状结构 D．链表结构

## 试题 66

管理信息系统建设的结构化方法中，用户参与的原则是用户必须参与__（66）__。

（66） A．系统建设中各阶段工作 B．系统分析工作
C．系统设计工作 D．系统实施工作

## 试题 67

依据《中华人民共和国招标投标法》，公开招标是指招标人以招标公告的方式邀请__（67）__投标。

（67） A．特定的法人或者其他组织 B．不特定的法人或者其他组织
C．通过竞争性谈判的法人或者其他组织 D．单一来源的法人或者其他组织

## 试题 68

根据《软件文档管理指南 GB/T16680—1996》，__（68）__不属于基本的产品文档。

（68） A．参考手册和用户指南 B．支持手册
C．需求规格说明 D．产品手册

## 试题 69

Web Service 的各种核心技术包括 XML、Namespace、XML Schema、SOAP、WSDL、UDDI、WS-Inspection、WS-Security 和 WS-Routing 等，下列关于 Web Service 技术的叙述，错误的是__（69）__。

（69） A．XML Schema 是用于对 XML 中的数据进行定义和约束
B．在一般情况下，Web Service 的本质就是用 HTTP 发送一组 Web 上的 HTML 数据包
C．SOAP（简单对象访问协议），提供了标准的 RPC 方法来调用 Web Service，是传输数据的方式
D．SOAP 是一种轻量的、简单的、基于 XML 的协议，它被设计成在 Web 上交换结构化的和固化的信息

## 试题 70

工作流技术在流程管理应用中的 3 个阶段分别是__（70）__。

（70） A．流程的设计、流程的实现、流程的改进和维护
B．流程建模、流程仿真、流程改进或优化
C．流程的计划、流程的实施、流程的维护
D．流程的分析、流程的设计、流程的实施和改进

## 试题 71

Which of the following statement related to PMO is not correct ?__（71）__

（71） A．The specific form, function, and structure of a PMO is dependent upon the needs of the organization that it supports
B．One of the key features of a PMO is managing shared resources across all projects administered by the PMO
C．The PMO focuses on the specified project objectives
D．The PMO optimizes the use of shared organizational resources across all projects

**试题 72**

The inputs of developing project management plan do not include ___(72)___.

（72） A. project charter B. stakeholder management strategy

C. project scope statement D. outputs from planning processes

**试题 73。试题 74**

A project life cycle is a collection of generally sequential project ___(73)___ whose name and number are determined by the control needs of the organization or organizations involved in the project. The life cycle provides the basic ___(74)___ for managing the project, regardless of the specific work involved.

（73） A. phases B. processes C. segments D. pieces

（74） A. plan B. fraction C. main D. framework

**试题 75**

___(75)___ is one of the quality planning outputs.

（75） A. Scope base line B. Cost of quality

C. Product specification D. Quality checklist

## 7.1.2 要点解析

（1）D。**要点解析**：信息系统集成是指将计算机软件、硬件、网络通信等技术和产品集成为能够满足用户特定需求的信息系统，包括总体策划、设计、开发、实施、服务及保障。信息系统集成的几个显著特点表现在：①信息系统集成要以满足用户需求为根本出发点；②信息系统集成不只是设备的选择和供应，更重要的，它是具有高技术含量的工程过程，要面向用户需求提供全面解决方案，其核心是软件；③系统集成的最终交付物是一个完整的系统，而不是一个分立的产品；④系统集成包括技术、管理和商务等各项工作，是一项综合性的系统工程，其中技术是系统集成工作的核心，管理和商务活动是系统集成项目成功实施的保障。

（2）B。**要点解析**：国家信息化体系包括信息资源、国家信息网络、信息技术应用、信息技术和产业、信息化人才、信息化政策法规和标准规范等 6 个要素。

信息技术应用是 6 要素中的关键，是国家信息化建设的主阵地，集中体现了国家信息化建设的需求和效益。信息技术应用向其他 5 个要素提出需求，而其他 5 个要素又反过来支持信息技术应用。

（3）C。**要点解析**：计算机信息系统集成企业资质共分 4 个级别，其中第四级为最低级，第一级为最高级。因此选项 A 的说法有误。

计算机信息系统集成资质认证工作根据认证和审批分离的原则，按照先由认证机构认证，再由信息产业主管部门审批的工作程序进行。据此选项 B 的说法有误。

工业和信息化部（原信息产业部）于 1999 年 11 月发布了《计算机信息系统集成资质管理办法（试行）》（信部规［1999］1047 号文）。该文件中规定，计算机信息系统集成企业资质证书有效期为 3 年，届满 3 年应及时更换新证，换证时需由评审机构对申请单位进行评审，评审结果达到原有等级条件时，其资质等级保持不变。

工业和信息化部（原信息产业部）于 2003 年 10 月颁发了《关于发布计算机信息系统集成资质等级评定条件（修订版）的通知》（信部规［2003］440 号文）。该文件中规定，申报二级资质的企业，其具有计算机信息系统集成项目经理人数不少于 15 名，其中高级项目经理人数不少于 3 名。而申报一级资质的企业，其具有计算机信息系统集成项目经理人数不少于 25 名，其中高级项目经理人数不少于 8 名。

（4）D。**要点解析**：信息系统工程监理活动的主要内容被概括为“四控、三管、一协调”。其中，“三管”是指合同管理、信息管理和安全管理；“四控”是指质量控制、进度控制、投资控制和变更控制；“一协调”是指在信息系统工程实施过程中协调有关单位及人员间的工作关系。

（5）B。**要点解析**：客户端/服务器（Client/Server，C/S）架构是基于资源不对等，为实现共享而提出的。C/S 模式将应用一分为二，服务器（后台）负责数据管理，客户端（前台）完成与用户的交互任务。C/S 模式具有强大的数据操作和事务处理能力，且模型思想简单，易于人们理解和接受。

C/S 模式的优点表现在：①客户端与服务器分离，允许网络分布操作，且二者的开发既可以分开进行也可以同时进行；②一个服务器可以服务于多个客户机。

C/S 模式的缺点表现在：①客户端与服务器的通信依赖于网络，可能成为整个系统动作的瓶颈；②客户机的负荷过重，容易使系统的性能受到很大的影响；③部署和维护成本较高；④采用单一服务器且以局域网为中心，难以将应用扩展至广域网或 Internet 环境中；⑤客户端程序直接访问数据库服务器，容易使数据库的安全性受到威胁。

C/S 模式适用于分布式系统。为了解决 C/S 模式中服务器端的问题，发展形成了三层(多层)C/S 模式，即多层应用架构，而为了解决 C/S 模式中客户端的问题，发展形成了浏览器 / 服务器（Browser/Server，B/S）模式。B/S 架构的最大优点是部署和维护方便、易于扩展。

（6）B。**要点解析**：技术评审的目的是评价项目产品，以确定其对使用意图的适合性，目标是识别规范说明和标准的差异，并向管理提供证据，以表明产品是否满足规范说明并遵从标准，同时可以控制变更。

管理评审的目的是监控进展，决定计划和进度的状态，确认需求及其系统分配，或评价用于达到目标适应性的管理方法的有效性。它们支持有关软件项目期间需求的变更和其他变更活动。

走查的目的是评价软件产品，同时走查也可以用于培训软件产品的听众，其主要目标是发现异常、改进软件产品、考虑其他实现及评价是否遵从标准和规范说明。走查类似于检查，但通常不那么正式。走查通常主要由同事评审其工作，以作为一种保障技术。

IT 审计的目的是提供 IT 项目产品和过程对于可应用的规则、标准、指南、计划和流程的遵从性的独立评价。审计是正式组织的活动，用于识别违例情况，并产生一个报告，采取更正性行动。

（7）B。**要点解析**：程序流程图也称为程序框图，是人们对解决问题的方法、思路或算法的一种描述。在软件工程中，它是详细设计说明书中用于表达程序操作顺序的图形，同时也是一种常用的算法表达工具，具有严格的时间顺序，即规定先做什么事，然后做什么事，最后做什么事。程序流程图有起始点和终止点，同时也能反映循环和条件判断过程。它独立于任何一种程序设计语言，其特点是直观、清晰。

按照《计算机软件产品开发文件编制指南》（GB 8567—1988）规定，详细设计说明书应在设计阶段（包括概要设计、详细设计两个子阶段）完成。

综上所述，按照规范的文档管理机制，程序流程图必须在概要设计、详细设计两个阶段内完成。

（8）C。**要点解析**：软件需求说明书（SRS）是需求分析阶段最终的交付成果。一份软件需求说明书应包括：功能描述（系统应提供的功能和服务）、非功能描述（包括系统的特征、特点、性能等）、限制系统开发或者系统运行必须遵守的约束条件、数据描述等。而对系统结构描述属于系统设计阶段的任务。

（9）D。**要点解析**：计算机软件详细设计评审的目的是对软件详细设计有关内容（重点是软件的算法、数据结构、数据类型、异常处理和计算效率等）、详细设计过程、详细设计活动及文档格式进行审查，确定承建单位提出的软件详细设计内容是否实现了软件概要设计的要求，以确认是否满足要求，并给出是否符合要求的结论，同时确定其可否作为软件编码的前提和依据。

在 GB/T 14393 计算机软件可靠性和可维护性管理标准中，详细设计评审的内容包括：①各单元可靠性和可维护性目标；②可靠性和可维护性设计（如冗余容错技术等）；③测试文件；④软件开发工具。

测试原理、要求、文件和工具不是计算机软件可靠性和可维护性管理标准中详细设计评审的内容。

（10）C。**要点解析**：虚拟局域网（VLAN）技术是以交换式网络为基础，把网络上用户的终端设备划分为若干个逻辑工作组，以有效地共享网络资源。对于这个逻辑组的设定不受实际交换机区段的限制，也不受用户所在的物理位置和物理网段的限制，是一个独立的逻辑网络，具有单一的广播域。VLAN 技术提供了动态组织工作环境的功能，从而能够有效地共享网络资源，并简化了网络的物理结构，控制广播风暴，提高了网络的性能，同时还能保护网络现有的投资，提高网络的安全性和易管理性。

链路聚合是将两个或更多数据信道结合成一个单个的信道，使该信道以一个单个的更高带宽的逻辑链路出现。链路聚合通常用于连接一个或多个带宽需求较大的设备，如连接骨干网络的服务器群。同时，它还是解决交换机之间带宽瓶颈问题的技术之一。

（11）A。**要点解析**：UML 2.0 定义了结构类、行为类、模型管理类 3 个大类，共 13 种模型图，详见表 7-2 所归纳的内容。

表 7-2　UML 模型图及其功能表

| 类　型 | 功　能 | 子类型 | 子类型的功能 |
|---|---|---|---|
| 结构类模型图 | 描述系统应用的静态结构 | 类图 | 描述系统中类的静态结构，展示了一组类、接口和协作及它们间的关系。其描述的静态关系，在系统整个生命周期都是有效的。系统可有多个类图，在高层给出类的主要职责，在低层给出类的属性和操作。对逻辑数据库模式建模、对系统词汇建模、对简单协作建模时可使用它 |
| | | 对象图 | 展示了一组对象及它们间的关系。用对象图说明类图中所反应事物实例的数据结构和静态快照，是类图的一个实例。显示类的多个对象实例，而不是实际的类，且只能在系统某一时间段存在 |
| | | 构件图 | 描述代码构件的物理结构及各构件之间的依赖关系。用于对源代码、可执行的发布、物理数据库和可调整的系统建模 |
| | | 部署图 | 展现了运行时处理节点及其构件的部署。它描述系统硬件的物理拓扑结构（包括网络布局和构件在网络上的位置）以及在此结构上执行的软件（即运行时软构件在节点中的分布情况）。它说明系统结构的静态部署视图，即说明分布、交付和安装的物理系统 |
| 行为类模型图 | 描述系统动态行为的各个方面 | 用例图 | 展现了一组用例、用户以及它们间的关系，即从用户角度描述系统功能，并指出各功能的操作者。用于收集用户实际需求所采用的一些方法 |
| | | 顺序图 | 展现了一组对象和由这组对象收发的消息。用于按时间顺序对控制流建模，说明系统的动态视图。强调的是时间和顺序 |
| | | 协作图 | 展现了一组对象及其相互间的连接及这组对象收发的消息。强调收发消息对象的结构组织，按组织结构对控制流建模。它强调上下层次关系 |
| | | 状态图 | 展示了一个特定对象的所有可能状态及由于各种事件的发生而引起的状态间的转移，常用它说明系统的动态视图。它对于接口、类或协作的行为建模尤为重要。一个状态图描述了一个状态机。它强调一个对象按事件次序发生的行为 |
| | | 活动图 | 是一种特殊的状态图，描述需要做的活动、执行这些活动的顺序（多为并行的）以及工作流（完成工作所需要的步骤）。它用于系统的功能建模，并强调对象间的控制流 |
| 模型管理类模型图 | | 软件包 | 组织和管理各种应用模型 |
| | | 子系统 | |
| | | 模型 | |

由表 7-2 可知，部署图和构件图均属于结构类模型图，用例图和顺序图均属于行为类模型图。

（12）B。**要点解析**：以太网 100 Base-TX 标准规定的传输介质是 2 对 5 类非屏蔽双绞线（UTP）或 2 对 1 类屏蔽双绞线。100 Base-T4 支持 4 对 3 类 UTP，其中 3 对用于数据传输，1 对用于冲突检测。100 Base-Fx 支持 2 芯的多模光纤或单模光纤，主要用于高速主干网。

（13）C；（14）D；（15）B。**要点解析**：根据国际电子工业协会（EIA）和国际电信工业协会（TIA）于 2002 年制定的结构化布线系统标准（EIA/TIA 568B），以及中国工程建设标准化协会制定的标准《建筑与建筑群综合布线系统工程设计规范》，结构化综合布线系统分为建筑群子系统、设备间子系统、垂直干线子系统、管理子系统、水平布线子系统和工作区子系统 6 个部分，如图 7-4 所示。各子系统的组成部分及其说明见表 7-3。

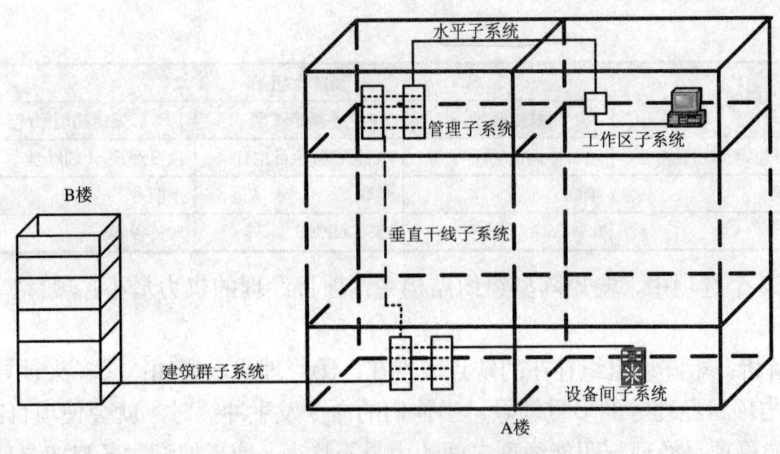


图 7-4　综合布线系统模型图

表 7-3　各子系统所包含的范围及其说明

| 子　系　统 | 组成部分 |
|---|---|
| ① 建筑群子系统 | 由两个及两个以上建筑物的电话、数据、电视系统组成一个建筑群子系统，它是室外设备与室内网络设备的接口，其终结进入建筑物的铜缆和/或光缆，并提供避雷及电源超荷保护等 |
| ② 设备间子系统 | 由综合布线系统的建筑物进线设备，电话、数据、计算机等各种主机设备及其保安配线设备等组成，每个工作区根据用户要求，设置 1 个电话机接口和 1～2 个计算机终端接口 |
| ③ 垂直干线子系统 | 由设备间的配线设备和跳线，以及设备间至各楼层配线间的连接电缆组成 |
| ④ 管理子系统 | 设置在每层配线设备的房间内，是由交接间的配线设备、输入/输出设备等组成 |
| ⑤ 水平布线子系统 | 由工作区用的信息插座，每层配线设备至信息插座的配线电缆、楼层配线设备和跳线等组成 |
| ⑥ 工作区子系统 | 由配线（水平）布线系统的信息插座延伸到工作站终端设备处的连接电缆及适配器组成 |

（16）B。**要点解析：**集线器是工作在物理层的网络互连设备。通常认为，集线器只对传输介质上信号波形的接收、放大、整形与转发起作用，不涉及帧的结构，不对帧的内容做任何处理。

网桥和二层交换机是工作在数据链路层的网络互连设备，用于完成数据帧接收、转发与地址过滤功能，以实现多个同类型局域网之间的互连和数据交换。

路由器是工作在网络层的网络互连设备，负责将数据分组从源主机经最佳路径传送到目的主机，具有较强的异构网互连、广域网互连和隔离广播信息等能力。通常，单位局域网（或以太网）通过路由器接入Internet，以完成分组的路由选择和路由的边界计算等功能。

（17）B。**要点解析：**根据《通信设备工程验收规范》中第一部分“程控电话交换设备安装工程验收规范”和第四部分“接入网设备工程验收规范”的规定，在铺设活动地板的设备间（如机房）内，应对活动地板进行专门检查，地板板块铺设严密坚固，符合安装要求，每平方米水平误差应不大于 2mm，地板支柱应接地良好，活动地板的接地电阻应符合 $1.0\times10^5$～$1.0\times10^{10}\,\Omega$ 的指标要求。

（18）C。**要点解析：**职能型组织、矩阵型组织、项目型组织是与项目有关的主要组织结构类型，其关键特征见表 7-4。

表 7-4　组织结构类型及其关键特征

| 组织类型 / 项目特征 | 职能型组织 | 矩阵型组织 | | | 项目型组织 |
|---|---|---|---|---|---|
| | | 弱矩阵型 | 平衡矩阵型 | 强矩阵型 | |
| 项目经理权限 | 很少或没有 | 有限 | 少到中等 | 中等到大 | 很高到全权 |
| 可利用的资源 | 很少或没有 | 有限 | 少到中等 | 中等到大 | 很高到全权 |
| 控制项目预算者 | 职能经理 | 职能经理 | 职能经理与项目经理 | 项目经理 | 项目经理 |
| 项目经理的角色 | 半职 | 半职 | 全职 | 全职 | 全职 |

续表

| 项目特征 \ 组织类型 | 职能型组织 | 矩阵型组织 | | | 项目型组织 |
|---|---|---|---|---|---|
| | | 弱矩阵型 | 平衡矩阵型 | 强矩阵型 | |
| 项目经理的一般头衔 | 项目协调员/项目主管 | 项目协调员/项目主管 | 项目经理/项目主任 | 项目经理/计划经理 | 项目经理/计划经理 |
| 项目管理行政人员 | 半职 | 半职 | 半职 | 全职 | 全职 |
| 全职参与的职员比例 | 没有 | 0%~25% | 15%~60% | 50%~95% | 85%~100% |

在本试题所给的 4 个选项中，弱矩阵型组织结构中，项目经理的权力最小；项目型组织结构中，项目经理的权力最大。

（19）B。**要点解析：**矩阵型组织存在的缺点表现在：①管理成本增加；②多头领导，即项目团队成员可能会接受职能经理与项目经理等的多重领导，当他们的命令发生冲突时，就会使项目团队成员无所适从；③难以监测和控制，如果项目经理与职能经理之间的力量不均衡，或者他们对各自成员的影响力不同，都会影响项目进度或职能部门的日常工作；④资源分配与项目优先的问题产生冲突；⑤权利难以保持平衡等。

员工缺乏事业上的连续性和保障是项目型组织结构存在的缺点之一。

（20）D。**要点解析：**项目目标包括成果性目标和约束性目标。项目的约束性目标也称为管理性目标；项目的成果性目标是指通过项目开发出满足客户要求的产品、系统、服务或成果。项目目标具有优先级和层次性等特性。对于一个定义清晰的项目目标，将有利于提供定义项目成功与否的标准，也有助于降低项目风险。例如，往往清晰界定的某一层次目标，就有可能直接作为初步的项目范围基准，为进一步范围划分提供最直接有效的依据。

（21）A。**要点解析：**信息系统安全是信息系统及其所存储、传输和处理的信息的保密性、完整性和可用性的表征。信息系统的安全属性包括保密性、完整性、可用性和不可抵赖性。

保密性是指应用系统的信息不被泄露给非授权的用户、实体或过程或供其利用的特性，即保证机密信息不被窃听，或窃听者不能了解信息的真实含义。

完整性是信息未经授权不能进行改变的特性，即保证数据的一致性，防止数据被非法用户篡改。

可用性是指保证合法用户对信息和资源的使用不会被不正当地拒绝，即应用系统信息可被授权实体访问并按需求使用的特性。

不可抵赖性是指建立有效的责任机制，防止用户否认其行为。在应用系统的信息交互过程中，确信参与者的真实同一性，即所有参与者都不可能否认或抵赖曾经完成的操作和承诺。

（22）B。**要点解析：**通常，要管好一个信息系统集成项目至少需要技术类过程、管理类过程、支持类过程和改进类过程。其中，技术类过程要解决“研制特定产品、完成特定成果或提交特定服务的具体技术过程”。例如，制定业务发展计划。

按出现的时间先后划分，管理过程可分为启动、计划、执行、监控和收尾等过程组。其中，启动过程组包括制定项目章程和制定初步的项目范围说明书。制定项目章程是认证客户的业务要求，以及预期满足这些要求的新产品或服务时所必需的过程。在制定初步的项目范围说明书时，需要进行项目需求分析，确定项目的边界、接收的方法和高层次范围控制的方式。

制定项目管理计划是计划过程组的工作内容之一。一个组织在制定战略规划并根据该战略发展自己的业务时，首先应根据所制定的战略规划制订具体的业务发展计划、构思支持业务发展的产品，并通过需求分析明确定义未来信息系统（即信息系统项目的产品）的目标，即为了满足用户需求的待建系统必须做什么，应具备什么功能和性能，然后才能制定详细的项目管理计划。

综上所述，在试题所给出的 4 个选项中，选项 B 的“制定业务发展计划、项目需求分析、制定项目管理计划”反映了信息系统集成项目的技术过程和管理过程的正确顺序。

（23）A。**要点解析：**制定项目管理计划包含了项目章程、项目范围说明书(初步)、项目管理过程、预测、环境和组织因素、组织过程资产、工作绩效信息等内容。可见，制定项目计划时，首先应关注的是项目的范围说明书。项目范围说明书是整个项目管理工作的基础，它在所有项目干系人之间建立了一个对项目范围的共同理解，描述了项目的主要目标，使项目团队能进行更详细的计划安排。

（24）D。**要点解析**：时标网络图指网络图中各工序的箭线在横坐标上的投影长度要等于该工序的持续时间。按活动最早开始时间绘制带时标的网络图步骤如下：①确定坐标线所代表的时间，绘于图的上方；②确定各活动最早开始时间的节点位置；③将各工序的持续时间用实线沿起始节点后的水平方向绘出，其水平投影长度等于该工序的作业持续时间；④用水平波形线把实线部分与该工序的完工节点连接起来，波线水平投影长度是该工序的自由时差；⑤虚工作不占用时间，因此用虚箭线连接各相关节点以表示逻辑关系；⑥把时差为零的箭线从开始节点到结束节点连接起来得到关键线路。

在如图 7-3 所示的某项目时标网络图中，关键路径是①-②-④-⑥，整个工期时长为 8 天。其中，B 活动的自由时差（即松弛时间）为 3 天，D 活动的自由时差为 2 天。该项目组共有 8 人，且负责 A、E 活动的人因另有安排，无法帮助其他人完成相应工作，这就意味着在关键路径上 C 活动的进行过程中，项目一天内最多可投入的人数为 6 人。由于关键路径上 C 活动需要分配 4 人，而 B、D 活动每天需要 2 人才能完成相应的任务，因此利用 B、D 活动的自由时差及其之间的关系，将 D 活动推迟两天开始（即等 B 活动完成后才开始）或者将 B 活动推迟 3 天开始（即等 D 活动完成后才开始），仍可保证在人力资源有限的条件下整个项目工期按时完成。

（25）B。**要点解析**：德尔菲法是众多专家就某一主题（如项目风险）达成一致意见的一种方法。项目风险管理专家以匿名方式参与此项活动，同时主持人用问卷征询有关重要项目风险的见解，将问卷的答案交加并汇总后，随即在专家之中传阅，请他们进一步发表意见。此项过程进行若干轮之后，就不难得出关于主要项目风险的一致看法。可见，德尔菲法区别于其他专家预测法（如头脑风暴法等）的明显特点是多次有控制的反馈。德尔菲法有助于减少数据中的偏倚，并防止任何个人对结果不适当地产生过大的影响。

（26）B。**要点解析**：活动历时是对完成计划活动所需时间的可能长短所做的定量估计。活动历时估算的结果中应当指明变化范围。若某项目的估算工作量为 8（人）×10（天），即 80 人天，误差为 2 天，表示产品测试工作历时为 10±2 天，即至少需要 8 天，最多不超过 12 天，且每天需要投入的人数为 8 人。

（27）D。**要点解析**：考虑原有估算中风险的大小，可以提高活动历时估算的准确性。三点估算就是在确定三种估算的基础上做出的，它来自于计划评审技术（PERT）。

活动历时（AD）的均值=（最乐观时间+4×最可能时间+最悲观时间）/ 6

例如，某项目完成估计需要 12 个月。在进一步分析后认为最少将花 8 个月，最糟糕的情况下将花 28 个月。那么，这个估计的 PERT 值为：（8+4×12+28）/ 6 = 84 / 6 = 14 个月。

因为估算，所以难免有误差。三点估算法估算出的历时符合正态分布曲线，该平均估算值是比单一点的、最可能的估算值更为准确的活动历时估算值。

（28）A。**要点解析**：当项目的实际进度滞后于计划进度时，首先发现问题，分析问题根源，并找出妥善的解决办法。通常，可采用以下一些方法缩短活动工期：①投入更多的资源以加速活动进程；②指派经验更丰富的人去完成或帮助完成项目工作；③缩减活动范围或降低活动要求；④通过改进技术或方法提高生产效率等。

准确确定项目进度的当前状态是进度控制关注的内容之一，不适合用于缩短活动工期。

（29）C。**要点解析**：范围管理计划是项目管理团队确定、记录、核实或确认、管理和控制项目范围的指南，是编制项目范围管理计划过程的交付物。通常，范围管理计划包括以下内容：①说明如何管理项目范围，以及如何将变更纳入到项目的范围之内；②根据初步的项目范围说明书编制一个详细的范围说明书的方法；③从详细的项目范围说明书创建 WBS 的方法；④关于正式确认和认可已完成可交付物方法的详细说明；⑤关于控制需求变更如何落实到详细的项目范围说明书中的方法。

需求说明书的编制方法和要求属于技术过程。在范围管理计划中，通常不会描述需求说明书的编制方法和要求。

（30）A。**要点解析**：通常，将工作结构分解（WBS）的最底层的工作单元称为工作包。它是定义工作范围、定义项目组织、设定项目产品的质量和规格、估算和控制费用、估算时间周期和安排进度的基础。工作包的详细程度取决于项目的规模和复杂程度，依据分解得到的工作包能够可靠地估计出成本和进度。工作包是创建 WBS 所关注的内容之一，而项目范围管理计划是在创建 WBS 之前完成的。

（31）A。**要点解析**：项目范围是为了完成具有所规定特征和功能的产品、服务或结果，而必须完成的工作。产品范围描述了项目承诺交付的产品、服务或结果的特征。这种描述随着项目的开展，其产品特征会逐渐细化。但是，产品特征的细化必须在适当的范围定义下进行，特别是对于有合同约束的项目，项目范围一旦定义，且得到项目相关干系人确认之后，就应该保持稳定，不能随意改变。换而言之，即使产品的特征在不断地细化，也要在相关干系人定义、确认后的项目范围内进行。

（32）D。**要点解析**：在项目每个阶段结束时进行项目绩效评审是很重要的。在一个阶段末的评审通常被称为阶段出口、阶段验收或终止点。这一评审的目的是决定当前阶段是否继续到下一阶段，是发现和纠正错误并保证项目聚焦于它所支持的业务发展的需要。

（33）B。**要点解析**：组建项目团队过程包括获得所需的人力资源（个人或团队），并将其分配到项目中工作。组建项目团队的工具和技术有：事先分派、谈判、采购和虚拟团队等。

资源日历是组建项目团队的输出之一。

（34）D。**要点解析**：优秀团队的建设并非一蹴而就，要经历几个阶段。第 1 个阶段称为形成期（Forming），团队中的个体成员转变为团队成员，开始形成共同目标，并对未来团队往往有美好的期待。第 2 个阶段称为振荡期（Storming），团队成员开始执行分配的任务，一般会遇到超出预想的困难，希望被现实打破，个体之间开始争执、互相指责，并且开始怀疑项目经理的能力。第 3 个阶段称为正规期（Norming），经过一定时间的磨合，团队成员之间相互熟悉和了解，矛盾基本解决，项目经理能够得到团队的认可。第 4 个阶段称为表现期（Performing），随着相互之间的配合默契和对项目经理信任，成员积极工作，努力实现目标。第 5 个阶段称为结束期（Adjourning），随着项目的结束，团队也被遣散了。

（35）C。**要点解析**：既可能带来机会、获得利益，又隐含威胁、造成损失的风险，称为投机风险。投机风险有 3 种可能的后果：造成损失、不造成损失和获得利益。投机风险如果使活动主体蒙受了损失，但全社会不一定也跟着受损失；相反，其他人有可能因此而获得利益。

按照风险的可预测性，可将风险分为已知风险、可预测风险和不可预测风险。其中，可预测风险就是根据经验，可以预见其发生，但不可预见其后果的风险。例如，业主不能及时审查批准，分包商不能及时交工等。

按照风险来源或损失产生的原因，可将风险划分为自然风险和人为风险。其中，人为风险是指由于人的活动而带来的风险，可细分为行为、经济、技术、政治和组织风险等。

按风险是否可管理，可将风险划分为可管理风险和不可管理风险。其中，可管理风险是指可以预测并可采取相应措施加以控制的风险。

（36）D。**要点解析**：资源平衡是合理利用资源的一种方法，指的是在一个时间段内，使项目保持有大致相同的资源。如果项目受资源限制，往往需要项目经理进行资源平衡。若项目在时间上有一定的灵活性，则可以利用活动的浮动时间等进行科学的进度安排，以尽量使用一个稳定的团队来完成所有的项目任务，同时使人力资源的工作负载安排在合理的、均衡的范围内。如果项目在成本上有一定的灵活性，或者项目团队成员一专多能，则都会有助于资源平衡。

对于未预计到的风险，首先使用权变措施来应急，此时首要的任务是处理应急风险而不是资源平衡。

（37）B。**要点解析**：风险定性分析包括对已识别风险进行优先级排序，以便采取进一步措施，如进行风险量化分析或风险应对，组织可以重点关注高优先级的风险，从而可以有效地提高项目的绩效。风险定性分析是通过对风险的发生概率，以及影响程度的综合评估来确定其优先级的。在进行风险定性分析时经常会使用到的技术与工具包括概率及影响矩阵、风险紧急度评估、风险数据质量评估和风险分类等。

建模技术用于定量风险分析，不是定性风险分析工具和技术。

（38）C。**要点解析**：法律关系是一定的社会关系在相应的法律规范的调整下形成的权利义务关系。法律关系的实质是法律关系主体之间存在的特定权利义务关系。其中，合同法律关系是一种重要的法律关系，它是指由合同法律规范所调整的、在民事流转过程中所产生的权利义务关系。

（39）A。**要点解析**：《合同法》第十四条规定，要约是希望和他人订立合同的意思表示，该意思表示应当符合下列规定：（一）内容具体确定；（二）表明经受要约人承诺，要约人即受该意思表示约束。

依据《合同法》第十五条规定：要约邀请是希望他人向自己发出要约的意思表示。寄送的价目表、拍卖公告、招标公告、招股说明书、商业广告等为要约邀请。商业广告的内容符合要约规定的，可视为要约。

（40）B。**要点解析**：依据《合同法》第十二条规定，合同的内容由当事人约定，一般包括以下条款：（一）当事人的名称或者姓名和住所；（二）标的；（三）数量；（四）质量；（五）价款或者报酬；（六）履行期限、地点和方式；（七）违约责任；（八）解决争议的方法。当事人可以参照各类合同的示范文本订立合同。

因此，选项B的"争议解决方法"属于《合同法》规定的合同内容。

（41）C。**要点解析**：《合同法》第六十一条 合同生效后，当事人就质量、价款或者报酬、履行地点等内容没有约定或者约定不明确的，可以协议补充；不能达成补充协议的，按照合同有关条款或者交易习惯确定。

第六十二条 当事人就有关合同内容约定不明确，依照本法第六十一条的规定仍不能确定的，适用下列规定：

（一）质量要求不明确的，按照国家标准、行业标准履行；没有国家标准、行业标准的，按照通常标准或者符合合同目的的特定标准履行。

（二）价款或者报酬不明确的，按照订立合同时履行地的市场价格履行；依法应当执行政府定价或者政府指导价的，按照规定履行。

（三）履行地点不明确，给付货币的，在接受货币一方所在地履行；交付不动产的，在不动产所在地履行；其他标的，在履行义务一方所在履行。

（四）履行期限不明确的，债务人可以随时行，债权人也可以随时要求履行，但应当给对方必要的准备时间。

（五）履行方式不明确的，按照有利于实现合同目的的方式履行。

（六）履行费用的负担不明确的，由履行义务一方负担。

（42）C。**要点解析**：《中华人民共和国民法通则》第一百三十七条规定，诉讼时效期间从知道或者应当知道权利被侵害时起计算。但是，从权利被侵害之日起超过二十年的，人民法院不予保护。有特殊情况的，人民法院可以延长诉讼时效期间。

这是法律关于最长诉讼时效的规定，主要是考虑法律的目的是保持社会秩序的稳定。当某一侵权发生后20年了，侵权人与被侵权人之间的关系已经"经时间的洗涤"，可以说关系已经"稳定"了，因此20年后再提起诉讼，要么说没有必要，要么说会造成司法资源、社会资源的浪费。20年的旧案，即使受理，也难以进行相关的举证质证活动。但该条款规定的是"人民法院不予保护"，若侵权人自己主动愿意承担，则被侵权人可以直接接受侵权人的责任履行。

（43）D。**要点解析**：范围风险、进度计划风险和费用风险出现在项目的生命期内，对项目的顺利完成构成威胁，可能导致项目团队绩效低下、进度拖后和费用超支。

质量风险指未达到技术和质量标准的风险，可能出现在项目的生命期内，也可能出现在项目的生命期外。若项目的产品已经验收交付用户使用，则其潜在的质量风险将给用户的工作造成最长久的不利影响。

（44）C。**要点解析**：人员配备管理计划是项目管理计划的一个子计划，其基本内容包括组建项目团队、时间表、人力资源释放安排、培训需求、表彰和奖励、遵守的规定和安全性等。对于一个新分配来的项目团队成员，可能不具备完成该项目必需的技能，因此项目经理应该负责确保他得到适当的培训，从而促进项目的执行。

（45）B。**要点解析**：配置管理是为了系统的控制配置变更，在系统的整个生命周期中维持配置的完整性和可跟踪性，而标识系统在不同时间点上配置的学科。进行配置管理的第一步是建立并维护配置管理的组织方针（即组织的总体方针）。

（46）C。**要点解析**：马斯洛需求层次包括从低到高的生理、安全、社会、尊重和自我实现 5 个层次。

X 理论认为，员工是懒散的、消极的、不愿意为公司付出劳动，即只要员工有机会在工作时间内不工作，那么他们就不想工作，只要有可能他们就会逃避为公司付出努力去工作。

Y 理论认为，员工是积极的，在适当的环境上，员工会努力工作，尽力完成公司的任务就像自己在娱乐和玩一样努力，并从工作中得到满足感和成就感。

维克多·弗罗姆的期望理论认为，一个目标对人的激励程度受目标效价和期望值两个因素影响。如果实现该目标对个人来说很有价值，则个人的积极性就高；反之，积极性则低。只有个人认为实现该目标的可能性很大，才会去努力争取实现，从而在较高程度上发挥目标的激励作用；反之，目标的激励作用则较小，以至完全没有。

赫兹伯格指出人的激励因素有两种：①保健卫生，不好的保健卫生因素会消极地影响员工的积极性，而增强保健卫生因素却不一定能够激励员工；②激励需求，积极的激励行为会使员工努力积极地工作，以达到公司的目标和员工自我实现的满足感和责任感。

Y 理论、期望理论和赫兹伯格的卫生理论是对追求较高层次需求的人们可以产生激励作用的理论，与高科技环境下项目团队成员的高学历、高素质相对应。

（47）D。**要点解析**：创建基线或发行基线的主要步骤如下：①配置管理员识别配置项；②为配置项分配标识；③为项目创建配置库，并给每个项目成员分配权限；④各项目团队成员根据自己的权限操作配置库；⑤创建基线或发行基线，并获得变更管理委员会（CCB）的授权；⑥形成文件；⑦使基线可用等。

（48）A。**要点解析**：项目绩效审计是经济审计、效率审计和效果审计的合称，也称为 3E 审计。它是指由独立的审计机构或人员，依据有关法规和标准，运用审计程序和方法，对被审单位或项目经济活动的合理性、经济性、有效性进行监督、评价和鉴证，提出改进建议，促进其提高管理效益的一种独立性的监督活动。

（49）C。**要点解析**：项目绩效评估是指运用数理统计、运筹学原理和特定指标体系，对照统一的标准，按照一定的程序，通过定量定性对比分析，对项目一定经营期间内的经营效益和经营者业绩做出客观、公正、准确和综合评判。举行绩效评估会议是完成项目评估的最常用方法之一。

绩效报告是指搜集所有基准数据并向项目干系人提供项目绩效信息。通常，绩效信息包括为实现项目目标而输入的资源的使用情况，应包括范围、进度、成本和质量方面的信息。许多项目也要求在绩效报告中加入风险和采购信息。报告可草拟为综合报告，或者报导特殊情况的专题报告。制作绩效报告是绩效报告过程的任务。

单纯的“进行考察”不属于项目评估的方法；进行采购审计是合同收尾时使用的方法。

（50）B。**要点解析**：项目变更是指在信息系统项目的实施过程中，由于项目环境或者其他原因而对项目产品的功能、性能、架构、技术指标、集成方法、项目的范围基准、进度基准和成本基准等方面做出的改变。变更管理就是为使项目基准与项目实际执行情况相一致，对项目变更进行管理的一套方法。其可能的两个结果是拒绝变更或是调整基准。

通常，项目将要完成时，客户要求对工作范围进行较大的变更，项目经理不应首先执行变更（或拒绝变更，或将变更作为新项目来执行），而是依据范围变更的有关流程先“将变更可能造成的影响通知客户”。

（51）C。**要点解析**：目前，该项目的计划值 PV=20 000+50 000+30 000=100 000 元；

挣值 EV=20 000×90%+50 000×90%+30 000×100%=93 000 元；

进度偏差 SV=EV−PV=93 000－100 000 元=－7000 元；

进度执行指数 SPI=EV/PV=93 000 / 100 000=0.93，说明目前该项目的进度落后于进度计划的 1−93%=7%。

（52）C。**要点解析**：变更管理的实质是根据项目推进过程中越来越丰富的项目认知，不断调整项目努力方向和资源配置，最大程度地满足客户等相关干系人的需求，提升项目价值。变更管理是项目整体管理的一部分，属于项目整体变更控制的范畴，其涉及范围、进度、成本、质量、人力资源和合同管理等多个方面。由于该客户变更是依据国家政策需求而发生的变更，因此不能拒绝。而原计划是在当年 10 月底之前交付，且公司无法立刻为项目组提供新的人力资源，当前时间为 7 月份，因此意味着在 8 月 15 日之前无法完全交付项目成果。面对此类变更，合适的处理方法之一是，积极与客户协商，争取采用多次发布的策略，将 20 个模块重新排定优先次序，并在 8 月 15 日之前发布一个包含到香港旅游业务功能的版本，其余延后交付。

（53）C。**要点解析**：范围变更控制系统是一套用于对项目范围做出变更的程序，包括文书工作（如变更申请单）、纠正行动、跟踪系统，以及授权变更所需的认可。通常，范围变更控制系统与其他系统（如配置管理系统）相结合来控制项目范围。当项目受合同约束时，变更控制系统应当符合所有相关合同条款，并由变更控制委员会负责批准或者拒绝变更申请。

（54）B。**要点解析**：总结经验教训可以避免未来的错误，积极借鉴历史项目的好经验，将进一步促进未来项目的改进和进步。建立项目计划过程是为当前项目的未来实施阶段提供指南；绘制网络图是制定项目计划的进度子计划的前提条件；制定项目状态报告是报告项目绩效的方法之一。

（55）D。**要点解析**：监理方可参照以下程序处理工程中出现的质量事故。

①监理方应要求承建单位在事故发生后立即采取措施，尽可能控制其影响范围，并及时签发停工令，报业主单位；

②监理方应在接到事故申报后立即组织有关人员检查事故状况、分析原因，与业主单位、承建单位共同确认初步处理意见；

③监理方应监督承建单位采取措施，查清事故原因，审核承建单位提出的事故解决方案及预防措施，提出监理意见，提交业主单位签认；

④监理方应审查承建单位报送的事故报告及复工申请，条件具备时，经总监理工程师签发复工令；

⑤监理方若发现工程实施过程存在重大质量隐患，应及时向承建单位签发停工令，并报业主单位，监督承建单位进行整改。整改完毕后，及时处理承建单位的复工申请。

（56）C。**要点解析**：旁站监理是指监理人员在施工现场对某些关键部位或关键工序的实施全过程现场跟班的监督活动。旁站是监理人员控制工程质量、保证项目目标实现必不可少的重要手段。旁站往往是在那些出现问题后难以处理的关键过程或关键工序（如隐蔽工程等）。对于信息系统工程，旁站监理主要在网络综合布线、设备开箱检验和机房建设等过程中实施，以加强对项目实施过程的监督。旁站监理可以把问题消灭在过程之中，以避免后期返工造成的重大经济损失和时间延误。

（57）A。**要点解析**：在编制采购计划的过程中，首先要确定项目的哪些产品、成果或服务自己提供更合算，还是外购更合算，即进行“自制/外购”分析。在这个过程中可能要用到专家判断，最后也要确定合同的类型，以转移风险。

（58）C。**要点解析**：从编制采购管理计划过程一直到合同收尾过程的整个采购过程中，采购审计都对采购的完整过程进行系统的审查。采购审计的主要目的是，找出本次采购的成功和失败之处，以供项目执行组织内的其他项目借鉴。

（59）B。**要点解析**：总量评估法的费用、效益测算采用总量数据和指标，确定原有固定资产重估值是估算总投资的难点。该方法简单，易被人们接受，且侧重经济效果的整体评估，但无法准确回答新增投入资金的经济效果。例如，针对一个小炼钢厂，需要做出是进一步技术改造还是关、停、并、转的决策。该项目需要从整体上把握经济效益的变化和能够达到的经济效益指标，因此应该采用总量评估法。

（60）D。**要点解析：**项目论证通过对实施方案的工艺技术、产品、原料、未来的市场需求与供应情况，以及项目的投资与收益情况的分析，从而得出各种方案的优劣；以及在实施技术上是否可行，经济上是否合算等信息供决策参考。项目论证的作用主要体现在：①是确定项目是否实施的依据；②是筹措资金、向银行贷款的依据；③是编制计划、设计、采购、施工，以及机构设置、资源配置的依据；④是防范风险、提高项目效率的重要保证。

数据资料是项目论证的支柱。项目论证中常依赖假设，但假设的条件多，尤其对基本问题的假设越多，风险就越大，也就失去了项目论证的本来含意和价值。因此，必须从组织机构上加强统计数据和情报资料的工作。

项目论证的内容包括项目运行环境评价、项目技术评价、项目财务评价、项目国民经济评价、项目不确定性和风险评价和项目综合评价等。其中，项目财务评价是项目经济评价的主要内容之一，它是从项目的微观角度，在国家现行财税制度和价格体系的条件下，从财务角度分析、计算项目的财务盈利能力和清偿能力，以及外汇平衡等财务指标，据以判断项目或不同方案在财务上的可行性的技术经济活动。

项目国民经济评价又称为项目的社会经济评价，它通常运用影子价格、影子汇率、社会贴现率、影子工资等工具或通用参数，计算和分析项目为国民经济带来的净效益，以使有限的社会资源得到合理的配置，实现国民经济的可持续发展。

（61）C。**要点解析：**项目识别是承建方项目立项的第一步，其目的在于选择投资机会、鉴别投资方向。通常，可从国家有关政策和产业导向、市场需求、技术发展等方面寻找项目机会。

项目认证是指对拟实施项目技术上的先进性、适用性、经济上的合理性、盈利性、实施上的可能性、风险可控性进行全面科学的综合分析，为项目决策提供客观依据的一种技术、经济研究活动。

项目评估是指在项目可行性研究的基础上，由第三方根据国家颁布的政策、法规、方法、参数和条例等，从项目（或企业）、国民经济、社会角度出发，对拟建项目建设的必要性、建设条件、生产条件、产品市场要求、工程技术、经济效益和社会效益等进行评估、分析、认证，进而判断其是否可行的一个评估过程。

（62）A。**要点解析：**在项目计划阶段，项目计划方法论是用来指导项目团队制定项目计划的一种结构化方法。标准格式和模板属于方法论的重要组成部分。例如，依据标准格式和模板，编写初步的、概要的项目计划等。

（63）B。**要点解析：**电子商务的核心问题是“数据信息”。在电子商务系统所涉及的4种“流”（信息流、资金流、商流和物流）中，信息流是最基本的、必不可少的。

（64）A。**要点解析：**网上银行卡支付系统与传统信用卡支付系统之间的区别见表7-5。

**表7-5 网上银行卡支付系统与传统信用卡支付系统区别表**

| 区别点 | 网上银行卡支付系统 | 传统信用卡支付系统 |
|---|---|---|
| 身份认证方式 | 使用CA中心提供的数字证书验证持卡人身份、商家、支付网关以及银行的身份 | 在购物现场使用身份证或其他身份证明方式验证持卡人身份 |
| 付款地点 | 可在家庭或办公室使用自己的个人计算机付款 | 必须在商场使用商场的POS机进行付款 |
| 付款授权方式 | 使用数字签名进行远程授权 | 使用手写签名的方式授权商家扣款 |
| 商品和信用卡信息采集方式 | 直接使用自己的计算机，通过鼠标、键盘输入 | 使用商家的POS机、条形码扫描仪和读卡设备采集 |

（65）B。**要点解析：**目前，企业信息化系统所使用的数据库管理系统的结构大多数为关系结构。关系型数据库管理系统（RDBMS）是通过数据、关系和对数据的约束三者组成的数据的模型来存放和管理数据。目前，业界普遍使用的RDBMS产品有Oracle、SQL Server和IBM DB2通用数据库等。

（66）A。**要点解析**：按照信息系统生命周期，应用结构化系统开发方法，把整个系统的开发过程分为总体规划、系统分析、系统设计、系统实施和系统验收等若干阶段。其指导思想是用户需求在系统建立之前就能被充分了解和理解。用户参与的原则是指用户必须参与系统建设中各阶段工作，即用户必须作为管理信息系统的主要建设者之一，在系统建设的各个阶段直接参与工作。这是由管理信息系统本身和系统建设工作的复杂性决定的，用户需求的表达和系统建设的专业人员对用户需求的理解需要逐步明确、深化和细化。通常，管理信息系统是一个人机交互系统，在实现各种功能时，人与计算机的合理分工和相互密切配合至关重要。这就需要用户对系统的功能、结构和运行规律有较深入的了解，专业人员也必须充分考虑用户的特点和使用方面的习惯与要求。可以说，造成管理信息系统建设工作失败的重要原因之一，就是用户与系统建设工作脱节。

（67）B。**要点解析**：《中华人民共和国招标投标法》第十条规定：招标分为公开招标和邀请招标。公开招标是指招标人以招标公告的方式邀请不特定的法人或者其他组织投标邀请招标，是指招标人以投标邀请书的方式邀请特定的法人或者其他组织投标。

（68）C。**要点解析**：《软件文档管理指南 GB/T16680—1996》软件文档归入如下 3 种类别：①开发文档，描述开发过程本身；②产品文档，描述开发过程的产物；③管理文档，记录项目管理的信息。

开发文档是描述软件开发过程，包括软件需求、软件设计、软件测试、保证软件质量的一类文档，开发文档也包括软件的详细技术描述（程序逻辑、程序间相互关系、数据格式和存储等）。基本的开发文档包括可行性研究和项目任务书、需求规格说明、功能规格说明、设计规格说明（包括程序和数据规格说明）、开发计划、软件集成和测试计划、质量保证计划、标准、进度、安全和测试信息。

产品文档规定关于软件产品的使用、维护、增强、转换和传输的信息。基本的产品文档包括培训手册、参考手册和用户指南、软件支持手册、产品手册和信息广告。

（69）B。**要点解析**：Web 服务（Web Service）定义了一种松散的、粗粒度的分布计算模式，使用标准的 HTTP/HTTPS 协议传送 XML 表示及封装的内容。在题干所给出的 Web Service 各种核心技术中，XML 定义 Web Service 平台中的数据格式；SOAP 提供了标准的 RPC 方法来调用 Web Service，是传输数据的方式。

（70）B。**要点解析**：工作流（Workflow）就是工作流程的计算模型，即将工作流程中的工作如何前后组织在一起的逻辑和规则，在计算机中以恰当的模型进行表示，并对其实施计算。

工作流在流程管理中的应用分为 3 个阶段：流程建模、流程仿真和流程改进或优化。流程建模是用清晰和形式化的方法表示流程的不同抽象层次，可靠的模型是流程分析的基础。流程仿真是为了发现流程存在的问题，以便为流程的改进提供指导。流程改进或优化是使用静态的或动态的模型分析方法和手段，来分析已经建立的工作流模型的性能，发现模型中可能存在的瓶颈、死锁等问题，并在此基础上改进或优化工作流模型。

（71）C。**参考译文**：以下关于 PMO 的描述中，说法错误的是 C。

A．PMO 的具体形式、职能和结构取决于它支持的组织需求

B．PMO 的关键特征之一是，在所有 PMO 管理的项目之间共享和协调资源

C．PMO 关注于特定的项目目标（The PMO focuses on the specified project objectives）

D．PMO 对所管理的所有项目共享资源的使用进行优化

（72）B。**参考译文**：制定项目管理计划的输入不包括干系人管理策略（stakeholder management strategy）。

（73）A；（74）D。**参考译文**：一个项目的生命周期由若干个顺序相连的阶段（phases）组成，阶段的名字和个数由组织的控制需要决定。项目涉及到的其他组织，其控制需要也可决定项目阶段的名字和个数。无论涉及的具体工作有哪些，项目的生命周期都为管理项目提供了基本的框架（framework）。

（75）D。**参考译文**：质量检查表（Quality Checklist）是制定项目质量管理计划过程的成果之一。

### 7.1.3 参考答案

表 7-6 给出了本份上午试卷问题 1～问题 75 的参考答案，供读者练习时参考，以便查缺补漏。读者可按每空 1 分的评分标准得出测试分数，从而大致评估自己对这些知识点的掌握程度。

表 7-6 参考答案表

| 题 号 | 参考答案 | 题 号 | 参考答案 |
|---|---|---|---|
| (1) ~ (5) | D、B、C、D、B | (41) ~ (45) | C、C、D、C、B |
| (6) ~ (10) | B、B、C、D、C | (46) ~ (50) | C、D、A、C、B |
| (11) ~ (15) | A、B、C、D、B | (51) ~ (55) | C、C、C、B、D |
| (16) ~ (20) | B、B、C、B、D | (56) ~ (60) | C、A、C、B、D |
| (21) ~ (25) | A、B、A、D、B | (61) ~ (65) | C、A、B、A、B |
| (26) ~ (30) | B、D、A、C、A | (66) ~ (70) | A、B、C、B、B |
| (31) ~ (35) | A、D、B、D、C | (71) ~ (75) | C、B、A、D、D |
| (36) ~ (40) | D、B、C、A、B | | |

## 7.2 下午试卷

**（考试时间 14:00 ~ 16:30，共 150 分钟）**

**请按下述要求正确填写答题纸**

1. 本试卷共 5 道题，全部是必答题，满分 75 分。
2. 在答题纸的指定位置填写你所在的省、自治区、直辖市和计划单列市的名称。
3. 在答题纸的指定位置填写准考证号、出生年月日和姓名。
4. 答题纸上除填写上述内容外，只能填写解答。
5. 解答时字迹务必清楚，字迹不清，将不评分。
6. 仿照下面例题，将解答写在答题纸的对应栏内。

**【例题】**

2009 年上半年全国计算机技术与软件专业技术资格（水平）考试日期是＿＿(1)＿＿月＿＿(2)＿＿日。因为正确的解答是“5 月 23 日”，故在答题纸的对应栏内写上“5”和“23”（参看下表）。

| 例 题 | 解答栏 |
|---|---|
| (1) | 5 |
| (2) | 23 |

### 7.2.1 试题描述

**试题 1**

阅读下列说明，针对项目的进度管理，回答问题 1～问题 3。(15 分)

**【说明】**

B 市是北方的一个超大型城市，最近市政府有关部门提出需要加强对全市交通的管理与控制。

2008 年 9 月 19 日 B 市政府决定实施智能交通管理系统项目，对路面人流和车流实现实时的、量化的监控和管理。项目要求于 2009 年 2 月 1 日完成。

该项目由 C 公司承建，小李作为 C 公司项目经理，在 2008 年 10 月 20 日接到项目任务后，立即以曾经管理过的道路监控项目为参考，估算出项目历时大致为 100 天，并把该项目分成五大模块分别分配给各项目小组，同时要求：项目小组在 2009 年 1 月 20 日前完成任务，1 月 21 日至 28 日各模块联调，1 月 29 日至 31 日机动。小李随后在原道路监控项目解决方案的基础上组织制定了智能交通管理系统项目的技术方案。

可是到了 2009 年 1 月 20 日，小李发现有两个模块的进度落后于计划，而且即使这 5 个模块全部按时完成，在预定的 1 月 21 日至 28 日期间因春节假期也无法组织人员安排模块联调，项目进度拖后已成定局。

【问题 1】（8 分）

请简要分析项目进度拖后的可能原因。

【问题 2】（4 分）

请简要叙述进度计划包括的种类和用途。

【问题 3】（3 分）

请简要叙述“滚动波浪式计划”方法的特点和确定滚动周期的依据。针对本试题说明中所述项目，说明采用多长的滚动周期比较恰当。

## 试题 2

阅读下列说明，根据要求回答问题 1～问题 3。（15 分）

【说明】

图 7-5 为某项目主要工作的部分单代号网络图。工期以工作日为单位。

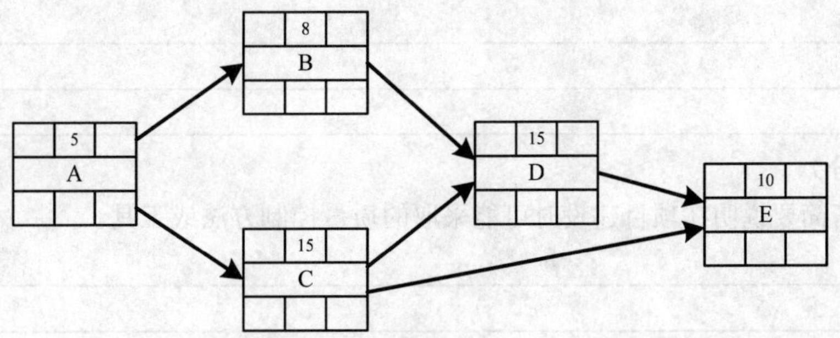


图 7-5 某项目主要工作的单代号网络图

工作节点图例如下：

| ES | 工期 | EF |
|---|---|---|
| | 工作编号 | |
| LS | 总时差 | LF |

【问题 1】(5 分)

请在图 7-5 中填写各活动的最早开始时间(ES)、最早结束时间(EF)、最晚开始时间(LS)、最晚结束时间(LF),从第 0 天开始计算。

【问题 2】(6 分)

请找出该网络图的关键路径,分别计算工作 B、工作 C 的总时差和自由时差,说明此网络工程的关键部分能否在 40 个工作日内完成,并说明具体原因。

【问题 3】(4 分)

请说明通常情况下,若想缩短工期可采取哪些措施?

## 试题 3

阅读下列说明,针对项目的质量管理,回答问题 1～问题 3。(15 分)

【说明】

某系统集成公司在 2007 年 6 月通过招投标得到了某市滨海新区电子政务一期工程项目,该项目由小李负责,一期工程的任务包括政府网站以及政务网网络系统的建设,工期为 6 个月。

因滨海新区政务网的网络系统架构复杂,为了赶工期项目组省略了一些环节和工作,虽然最后通过验收,但却给后续的售后服务带来很大的麻烦:为了解决项目网络出现的问题,售后服务部的技术人员要到现场逐个环节查遍网络,绘出网络的实际连接图才能找到问题的所在。售后服务部感到对系统进行支持有帮助的资料就只有政府网站的网页 HTML 文档及其内嵌代码。

【问题 1】(5 分)

请简要分析造成该项目售后存在问题的主要原因。

【问题 2】(6 分)

针对该项目,请简要说明在项目建设时可能采取的质量控制方法或工具。

【问题 3】(4 分)

请指出,为了保障小李顺利实施项目质量管理,公司管理层应提供哪些方面的支持。

## 试题 4

阅读下面叙述，根据要求回答问题 1～问题 3。(15 分)

【说明】

H 公司是一家专门从事 ERP 系统研发和实施的 IT 企业，目前该公司正在进行的一个项目是为某大型生产单位（甲方）研发 ERP 系统。

H 公司同甲方关系比较密切，但也正因为如此，合同签的较为简单，项目执行较为随意。同时甲方组织架构较为复杂，项目需求来源多样而且经常发生变化，项目范围和进度经常要进行临时调整。

经过项目组的艰苦努力，系统总算能够进入试运行阶段，但是由于各种因素，甲方并不太愿意进行正式验收，至今项目也未能结项。

【问题 1】(6 分)

请从项目管理角度，简要分析该项目“未能结项”的可能原因。

【问题 2】(5 分)

针对该项目现状，请简要说明为了促使该项目进行验收，可采取哪些措施。

【问题 3】(4 分)

为了避免以后出现类似情况，请简要叙述公司应采取哪些有效的管理手段。

## 试题 5

阅读下列说明，根据要求回答问题 1 至问题 3。(15 分)

【说明】

小赵是一位优秀的软件设计师，负责过多项系统集成项目的应用开发，现在公司因人手紧张，让他作为项目经理独自管理一个类似的项目，他使用瀑布模型来管理该项目的全生命周期，如图 7-6 所示。

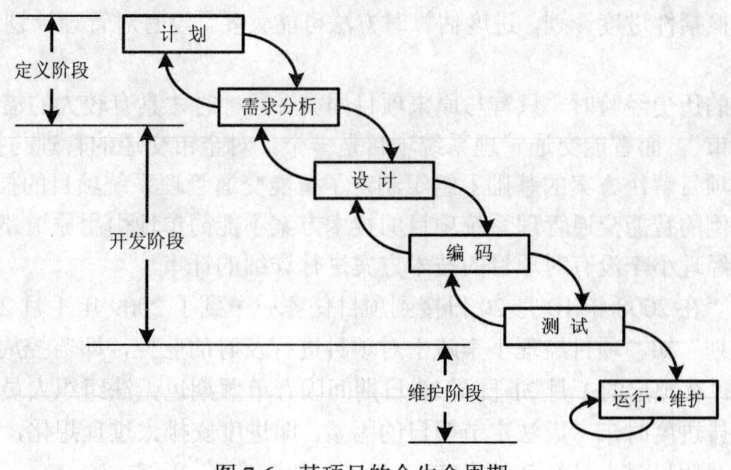


图 7-6 某项目的全生命周期

项目进行到实施阶段，小赵发现在系统定义阶段所制订的项目计划估计不准，实施阶段有许多原先没有估计到的任务现在都冒了出来。项目工期因而一再延期，成本也一直超支。

【问题 1】(6 分)

根据项目存在的问题，请简要分析小赵在项目整体管理方面可能存在的问题。

【问题 2】(6 分)

(1) 请简要叙述瀑布模型的优缺点。

(2) 请简要叙述其他模型如何弥补瀑布模型的不足。

【问题 3】(3 分)

针对本案例，请简要说明项目进入实施阶段时，项目经理小赵应该完成的项目文档工作。

## 7.2.2 要点解析

### 试题 1 要点解析

【问题 1】(8 分)

这是一道要求考生依据所给的材料，结合 IT 项目进度管理方面的专业知识，分析项目进度拖后的可能原因的综合题。本题的解答思路如下：

项目进度计划实施过程中，由于受到人为因素、资金因素、技术因素、外部环境等影响，项目的实际进度经常会与计划进度发生偏差，若不及时纠正这些偏差，就可能导致项目延期，影响项目目标的实现。

由题干关键信息“……立即以曾经管理过的道路监控项目为参考，估算出项目历时大致为 100 天，并把该项目分成五大模块分别分配给各项目小组……”，说明项目经理小李提出的只是一个初步的、粗糙的仅反映他个人意见的概括性进度计划。进度估算时方法可能欠妥，没有对管理计划进行详细的评审，导致进度估算不准。

当借鉴原来项目的历史经验时，只有与原来项目同类、同种时才具有较大的借鉴价值。由于“B 市是北方的一个超大型城市”，而智能交通管理系统项目是一个“对全市交通的管理与控制”的项目，而“小李随后在原道路监控项目解决方案的基础上组织制定了智能交通管理系统项目的技术方案”。从这些题干关键信息可知，本案例的智能交通管理系统项目的技术方案不能简单地引用原道路监控项目的技术方案这也间接说明，项目经理小李没有对项目的技术方案进行详细的评审。

由题干关键信息“在 2008 年 10 月 20 日接到项目任务……到了 2009 年 1 月 20 日，小李发现有两个模块的进度落后于计划”知，项目经理小李疏于对项目进行及时的监控，即监控周期过长。

由题干关键信息“在预定的 1 月 21 日至 28 日期间因春节假期也无法组织人员安排模块联调”知，项目经理小李在原先安排进度时未考虑法定节假日的因素，即进度安排太过理想化，缺乏严格的评审，没有考虑到法定假日，以及假日对人员绩效的影响。

从以上分析中还可以间接得知，小李对整个项目进度的风险控制考虑不周。

【问题2】(4分)

这是一道要求考生掌握项目进度计划的种类和用途的理论题。本题所涉及的知识点如下：

对于项目经理而言，控制项目的进度并不意味着一味追求进度，还必须要满足与质量和成本的平衡。对项目需要有一个总体的协调工作的进度计划；否则，不可能对整个项目的实施进度进行有效控制。

项目进度计划至少包括每项计划活动的计划开始日期与计划完成日期。项目进度计划的表现形式可以简要概括（此时，称之为总进度表或里程碑进度表），亦可用详细形式表示。常用的表示形式为：概括性进度表、详细横道图（或甘特图）和里程碑图（或里程碑计划）等。

（1）概括性进度表也称为阶段计划，该计划标明了各阶段的起止日期和交付物，用于相关部门的协调(或协同)。

（2）详细甘特图计划（或详细横道图计划，或时标进度网络图），该计划标明了每个活动的起止日期，用于项目组成员的日常工作安排和项目经理的跟踪。横道图用横道表示活动，注明了活动的开始与结束日期，以及活动的预期持续时间。横道图容易看懂，经常用于向管理层介绍情况。为了控制与管理沟通的方便，里程碑或多个互相依赖的工作细目之间加入内容更多、更综合的概括性活动，并在报告中以横道图的形式表现出来。这种概括性活动偶尔称为汇总活动。

（3）里程碑计划，由项目的各个里程碑组成。里程碑是项目生命周期中的一个时刻，在这一时刻，通常有重大交付物完成。里程碑图与横道图类似，但仅标示出主要可交付成果，以及关键的外部接口的规定开始与完成日期。此计划用于甲乙丙等相关各方高层对项目的监控。

【问题3】(3分)

这是一道要求考生理解“滚动波浪式计划”基本概念、特点和确定滚动周期的依据，并能对其灵活运用的综合题。本题的解答思路如下：

在制定项目管理计划过程中，要从许多具有不同完整性和可信度的信息源收集信息。项目管理计划要涉及关于范围、技术、风险和成本的所有方面。在项目执行阶段出现并被批准的变更，其导致的更新可能会对项目管理计划产生重大的影响。项目管理计划的更新，为满足整体项目已定义的范围提供了大体上准确的进度、成本和资源要求。项目管理计划的这种渐进明细经常被称做“滚动波浪式计划”，这意味着计划的编制是一个反复和持续的过程。

滚动波浪式计划是项目渐进明细的一种表现形式，其特点是近期的工作计划得细一些，远期的工作计划得相对粗略一些。换而言之，近期要完成的工作在工作分解结构（WBS）的最下层详细计划，而计划在远期完成的工作在工作分解结构的较高层计划。最近一两个报告期要进行的工作应在本期接近完成前更为详细地规划。

滚动波浪式计划中的滚动周期应根据项目的规模、复杂度，以及项目生命周期的长短来确定。项目生命周期中有3个与时间相关的重要概念，即检查点（Checkpoint）、里程碑（Milestone）和基线（Baseline）。它们一起描述了在什么时候对项目进行什么样的控制。其中，检查点是指在规定的时间间隔内对项目进行检查，比较实际与计划之间的差异，并根据差异进行调整。可将检查点看做是一个固定间隔的“采样”时间点，而时间间隔根据项目周期长短不同而不同。若频度太小会失去意义，频度过大会增加管理成本。常见的间隔是每周一次，项目经理需要召开周例会并上交周报告。

在本案例中，智能交通管理系统项目是一个对超大型城市（B市）交通的管理与控制的较大型及复杂的项目，滚动波浪式计划中的滚动周期可确定为1周（或2周，或1～2周之间的时间周期）。

## 试题2要点解析

【问题1】(5分)

这是一道要求考生掌握制定项目进度计划的综合应用题。本题的解答思路如下：

单代号网络图所涉及的知识点，以及基本计算要点见表7-7。

表 7-7 单代号网络图的基本计算要点

| 序 号 | 参数名称 | 知识要点 |
| --- | --- | --- |
| 1 | 持续时间（DU） | 指一项工作（或活动）从开始到完成的时间 |
| 2 | 计算工期 | 根据网络计划时间参数计算而得到的工期 |
| 3 | 要求工期 | 是任务委托人所提出的指令性工期 |
| 4 | 计划工期 | 指根据要求工期和计算工期所确定的作为实施目标的工期 |
| 5 | 最早开始时间（ES） | 指在其所有紧前工作全部完成后，本工作有可能开始的最早时刻 |
| 6 | 最早结束时间（EF） | 指在其所有紧前工作全部完成后，本工作有可能完成的最早时刻 |
| 7 | 最晚开始时间（LS） | 在不影响整个任务按期完成的前提下，本工作必须开始的最迟时刻 |
| 8 | 最晚结束时间（LF） | 在不影响整个任务按期完成的前提下，本工作必须完成的最迟时刻 |
| 9 | 总时差（TF） | 在不影响总工期的前提下，本工作可以利用的机动时间 |
| 10 | 自由时差（FF） | 在不影响其紧后工作最早开始时间的前提下，本工作可以利用的机动时间 |
| 11 | 时间间隔 | 指本工作的最早完成时间与其紧后工作最早开始时间之间可能存在的差值 |

其中，每个任务的各个计算参数之间的关系为：ES+DU=EF，LS+DU=LF，TF=LF−EF=LF−ES−DU。

本试题规定，从第 0 天开始计算项目的最早开始时间（ES）、最早结束时间（EF）、最晚开始时间（LS）、最晚结束时间（LF），其目的是简化这些参数的计算，省去了从第 1 天开始计算这些参数时需加 1、减 1 的运算量。由图 7-5 中已知的各活动工期，采用正推法从第一个任务 A 向着最后一个任务 E，按相应公式计算出每个任务的最早开始时间（ES）、最早结束时间（EF），接着采用逆推法从最后一个任务 E 逆着向第一个任务 A，按相应公式计算出所有任务的最晚结束时间(LF)、最晚开始时间（LS）。计算结果见表 7-8。

表 7-8 单代号网络图各活动相关参数计算结果

| 活动 | 工期 | 最早开始时间（ES） | 最早结束时间（EF） | 最晚开始时间（LS） | 最晚结束时间（LF） | 总时差 | 自由时差 |
| --- | --- | --- | --- | --- | --- | --- | --- |
| A | 5 | 0 | 5 | 0 | 5 | 0 | 0 |
| B | 8 | 5 | 13 | 12 | 20 | 7 | 7 |
| C | 15 | 5 | 20 | 5 | 20 | 0 | 0 |
| D | 15 | 20 | 35 | 20 | 35 | 0 | 0 |
| E | 10 | 35 | 45 | 35 | 45 | 0 | 0 |

需要提醒注意的是，从第 0 天开始计算情况下，任务最早结束时间（EF）、最晚结束时间（LF）均不应计算在任务的历时之内。例如，任务 A 的任务最早开始时间（ES）是 0、最早结束时间（EF）是 5，但第 5 天并不在任务 A 的历时之内。

根据题干中给出的工作节点图例，结合表 7-8 的计算结果，可得到如图 7-7 所示的完整的单代号网络图。

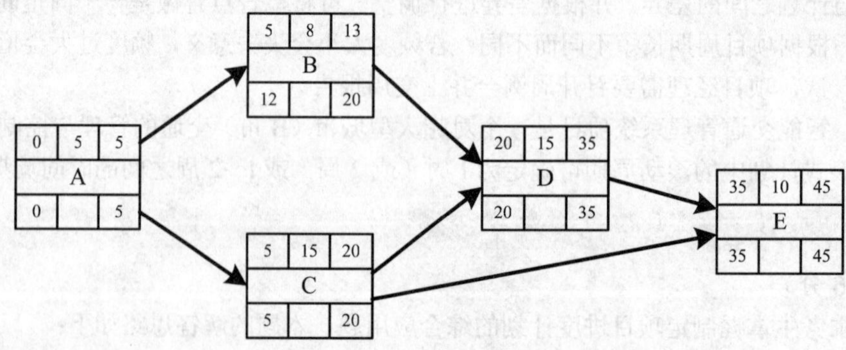


图 7-7 某项目主要工作完整的单代号网络图

【问题2】（6分）

这是一道要求考生掌握关键路径基本概念及其应用、总时差和自由时差基本概念及其计算的综合分析题。本题的解答思路如下：

关键路径是指为使项目按时完成而必须按时完成的系列任务，它是拥有最长的工期时间的路径。在图7-5中，从活动A到活动E之间共有3条路径。其中，路径A→B→D→E的总工期为5+8+15+10=38个工作日；路径A→C→D→E的总工期为5+15+15+10=45个工作日；路径A→C→E的总工期为5+15+10=30个工作日。由于45>38>30，因此路径A→C→D→E为图7-5的关键路径。

关键路径上的每项任务都是关键任务（或工作）。由于关键路径是由一系列（或者仅仅是一个）确定项目完成日期计算值的任务。其中，完成日期是指任务的计划完成日期，该日期基于任务的开始日期、工期、日历、前置任务日期、任务相关性和限制等因素。可见，当关键路径上的最后一个任务完成时，整个项目也就随之完成了。由于本项目总工期=5+15+15+10=45个工作日，而45>40，因此此网络工程的关键部分不能在40个工作日内完成。

自由时差（或自由浮动时间）是指一项活动在不耽误直接后继活动最早开始日期的情况下，可以拖延的时间长度。其计算公式如下：

$FF_j$（自由时差）=后续工作的最早ES－本工作的EF

总时差（或总浮动时间）是指在不耽误项目计划完成日期的条件下，一项活动从最早开始时间算起，可以拖延的时间长度。其计算公式如下。

$TF_j$(总浮动时间)=$LS_j - ES_j = LF_j - EF_j$

由表7-8的计算结果可知，工作B的总时差和自由时差均为7个工作日，而处于关键路径上的工作C的总时差和自由时差均为0个工作日。

【问题3】（4分）

这是一道要求考生掌握缩短工期常见措施的应用题。本题的解答思路如下：

通常可采用以下缩短项目工期的办法来保证项目的整体进度：①临时加班（或赶工），缩短关键路径上的工作历时；②部分工作并行跟进（或快速跟进）；③追加优质资源（如使用高质量的资源或经验更丰富人员）；④加强沟通和监控；⑤改进方法（或技术，或流程）；⑥部分项目外包或缩减项目范围；⑦提高资源利用率；⑧加强对阶段工作的检查和控制等。具体分析如下：

（1）临时加班或赶工，即通过安排临时加班、安排（聘请）有经验的开发人员、内部经验交流、内部培训等办法赶工，尽可能补救耽搁的时间或提升资源利用率，缩短关键路径上的工作历时。其中加班的时间不宜过长。

（2）部分工作并行跟进以压缩工期，即完成某一部分活动后就对其进行评审，评审通过后就开始下一个活动，不必等到全部活动都完成才开始。

（3）增加优质资源，即根据项目的责任分配矩阵，向人力资源部经理申请增加经验更丰富人员；或者向其他部门申请增加高质量的项目资源。

（4）加强沟通和监控，即争取客户能够对项目范围及其需求、设计、验收标准进行确认，避免后期频繁出现变更；加强项目团队成员之间的协调，保持工作的顺利衔接，尽可能使项目的步调和内容一致，避免产生失误现象。

（5）改进方法（或技术，或流程），即根据前一阶段的工作绩效，对后续工作的工期重新进行估算，对原来的进度计划进行变更，并充分考虑法定节假日、节假日对工作人员绩效的影响等因素。对进度计划的变更，应征得相关人员的一致同意。

（6）缩减项目范围，即与客户进行沟通，梳理业务需求中的关键需求，与客户进行协商能否在期限前先完成关键需求，其他部分分期交付；或者是制定出合理、可靠的技术方案，对其中不熟悉的部分，可以采用外包的方法。

（7）明确目标、责任和奖惩机制，提高项目团队成员的工作绩效，以及提高资源利用率。

（8）加强对交付物、阶段工作的及时检查和控制，避免后期出现返工现象。

## 试题 3 要点解析

【问题 1】（5 分）

这是一道要求考生分析掌握项目售后出现问题的主要原因的应用题。本题的解答思路如下：

由题干关键信息“滨海新区政务网的网络系统架构复杂，为了赶工期项目组省略了一些环节和工作”说明，该电子政务一期工程项目没有遵循项目管理的标准和流程，存在以牺牲质量换取进度的行为，即可能牺牲了一些必要的质量管理的环节和手段。在该项目组“省略了一些环节和工作”的情况下，还能“最后通过验收”，这也间接说明，该项目没有严格把关项目质量，没有为项目的日后维护留下充足的文档资料。虽然满足了项目进度要求，但忽略了因项目质量而导致后期维护成本的增加，对公司效益和形象造成了双重不利的影响。

由题干关键信息“为了解决项目网络出现的问题，售后服务部的技术人员要到现场逐个环节查遍网络，绘出网络的实际连接图才能找到问题的所在”知，该项目缺乏“网络拓扑图”、“结构化布线施工图”、“竣工图”、“连线表”等配套文档；或者该项目设计环节不完善，缺少施工图和连线图（或竣工图与施工图不符）且没有提交存档(或文档管理不善)。

由题干关键信息“……对系统进行支持有帮助的资料就只有政府网站的网页 HTML 文档及其内嵌代码”进一步说明，该项目没有按照要求生成项目中间交付物，文档不齐、太简单(或文档管理不善)。这也间接说明，该项目中间的控制环节缺失，没有进行必要的测试或评审。

客户对项目质量的信心来自于集成商以往管理项目时良好的质量表现，以及当前项目具体的可实施的质量管理计划和到位的质量保证，这是因为“质量出自计划，而非仅仅来自检查”。在实际项目过程中，很多时候处于时间紧、任务重、工作量大的局面。在项目质量管理过程中，只要能够合理调配人员，制定合理的计划来控制项目质量和进度，同时使用一些基本项目管理工具与技术来管理项目资产，就能够保证项目高质量地完成，同时还可给项目后期维护提供保证。

【问题 2】（6 分）

这是一道要求考生掌握项目建设过程中可采取的质量控制方法（或工具）的理论题。本题所涉及的知识点如下：

项目质量控制（QC）就是项目团队的管理人员采取有效措施，监督项目的具体实施结果，判断它们是否符合项目有关的质量标准，并确定消除产生不良结果原因的途径。也就是说进行项目质量控制是确保项目质量计划和目标得以圆满实现的过程。

项目质量控制活动一般包括保证由内部或外部机构进行检测管理的一致性，发现与质量标准的差异，消除产品或服务过程中性能不能被满足的原因，审查质量标准以决定可以达到的目标及成本、效率问题，并且需要确定是否可以修订项目的质量标准或项目的具体目标。

在开展全面质量管理的过程中可能采取的质量控制方法或工具有：因果图（或鱼骨图、石川图、NASHIKAWA 图）、流程图、直方图（或柱形图）、检查表、散点图、排列图（或帕累托图、PARETO 图）、控制图、相互关系图、亲和图、树状图、矩阵图、优先矩阵图、过程决策方法图（PDPC）、活动网络图等工具，以及检查、测试、评审、统计抽样和 $6\sigma$ 等方法，见表 7-9。

表 7-9　质量控制方法或工具

| 方法或工具 | 说　明 |
| --- | --- |
| 因果图（或鱼骨图） | 也称为石川图或鱼骨图，用于说明各种要素是如何与潜在的问题或结果相关联。它可以将各种事件和因素之间的关系用图解表示。它是利用“头脑风暴法”，集思广益，寻找影响质量、时间、成本等问题的潜在因素，然后用图形的形式来表示的一种可行的方法，它能帮助我们集中注意搜寻产生问题的根源，并为收集数据指出方向 |

续表

| 方法或工具 | 说　明 |
|---|---|
| 流程图 | 用于帮助分析问题发生的缘由。所有过程流程图都具有几项基本要素，即活动、决策点和过程顺序。它表明一个系统的各种要素之间的交互关系。设计审查过程的流程图可协助项目团队预期将在何时、何地发生质量问题，因此有助于应对方法的制定 |
| 直方图（或柱形图） | 是指一种横道图，可反映各变量的分布。每一栏代表一个问题或情况的一个特征或属性。每个栏的高度代表该种特征或属性出现的相对频率。这种工具通过各栏的形状和宽度来确定问题的根源 |
| 检查表 | 是一种简单的工具，通常用于收集反应事实的数据，便于改进。检查表最令人满意的特点是容易记录数据，并能自动地分析这些数据。检查表经常是用水平的列和垂直的行来收集数据，有些检查表还可能包括说明、图解 |
| 散点图 | 显示两个变量之间的关系和规律。通过该工具，质量团队可以研究并确定两个变量的变更之间可能存在的潜在关系。将独立变量和非独立变量以圆点绘制成图形。两个点越接近对角线，两者的关系越紧密 |
| 排列图（或帕累托图） | 是按照发生频率大小顺序绘制的直方图，表示有多少结果是由已确认类型或范畴的原因所造成的。按等级排序的目的是指导如何采取主要纠正措施。项目团队应首先采取措施纠正造成最多数量缺陷的问题 |
| 控制图 | 也称为管理图、趋势图，是一种带控制界限的质量管理图表。运用控制图的目的之一就是，通过观察控制图上产品质量特性值的分布状况，分析和判断生产过程是否发生了异常，一旦发现异常就要及时采取必要的措施加以消除，使生产过程恢复稳定状态；也可以应用控制图来使生产过程达到统计控制的状态 |
| 相互关系图 | 也称为关系图法，是指用连线图来表示事物相互关系的一种方法。专家们将此绘制成一个表格。图表中各种因素 A，B，C，D，E，F，G 之间有一定的因果关系。其中，因素 B 受到因素 A，C，E 的影响，它本身又影响到因素 F，而因素 F 又影响着因素 C 和 G……这样，找出因素之间的因果关系，便于统观全局、分析研究，以及拟定出解决问题的措施和计划 |
| 亲和图 | 也称为“KJ 法”，是从错综复杂的现象中，用一定的方式来整理思路、抓住思想实质、找出解决问题新途径的方法。KJ 法主要用事实说话，靠“灵感”发现新思想、解决新问题 |
| 树状图 | 又称为系统图、家谱图、组织图等，由方块和箭头构成，形状似树枝的图形，是系统地分析、探求实现目标的最好手段的方法。在质量管理中，为了达到某种目的，就需要选择和考虑某一种手段；而为了采取这一手段，又需考虑它下一级的相应的手段。这样，上一级手段就成为下一级手段的行动目的。如此地把要达到的目的和所需要的手段按照系统来展开，按照顺序来分解，绘制出图形，就能对问题有一个全面的认识。然后，从图形中找出问题的重点，提出实现预定目的最理想途径 |
| 矩阵图 | 是指借助数学上矩阵的形式，把与问题有对应关系的各个因素列成一个矩阵图；然后，根据矩阵图的特点进行分析，从中确定关键点(或着眼点)的方法。这种方法用于多因素分析时，可做到条理清楚、重点突出。它在质量管理中，可用于寻找新产品研制和老产品改进的着眼点，寻找产品质量问题产生的原因等方面 |
| 优先矩阵图 | 被认为是矩阵数据分析法，与矩阵图法类似，它能清楚地列出关键数据的格子，将大量数据排列成阵列，便于看到和了解。与达到目的最优先考虑的选择或二者挑一的抉择有关系的数据，用一个简略的、双轴的相互关系图表示出来，相互关系的程度可以用符号或数值来代表。它区别于矩阵图法的是，不是在矩阵图上填符号，而是填数据，形成一个分析数据的矩阵 |
| 过程决策方法图（PDPC） | 是在制定达到研制目标的计划阶段，对计划执行过程中可能出现的各种障碍及结果做出预测，并相应地提出多种应变计划的一种方法。在计划执行过程中，遇到不利情况时，仍能有条不紊地按第二、第三或其他计划方案进行，以便达到预定的计划目标 |
| 活动网络图 | 也称为箭条图法、矢线图法，是网络图在质量管理中的应用。用箭线表示活动，活动之间用节点（称做“事件”）连接，表示“结束-开始”关系，可以用虚工作线表示活动间逻辑关系。每个活动必须用唯一的紧前事件和唯一的紧后事件描述；紧前事件编号要小于紧后事件编号；每一个事件必须有唯一的事件号 |
| 测试 | 测试是项目质量控制过程的重要组成部分，是用来确认一个项目的品质或性能是否符合需求说明书中所提出的一些要求 |
| 检查 | 检查也称为评审、同行评审、审计或者走查，是指通过对工作产品进行检视来判断是否符合预期标准。通常，检查的结果包含有度量值。检查可在任意工作层次上进行，可以检查单个活动，也可以检查项目的最终产品。检查也常用于验证缺陷修复的效果 |
| 统计抽样 | 统计抽样指从感兴趣的群体中选取一部分进行检查，以降低质量控制费用 |
| $6\sigma$ | 采用以顾客为中心的评测方法，驱动组织内部各个层次开展持续改进，包括：①单位产品缺陷（DPU）及在运作过程中，每百万次运作所存在的缺陷（DPMO），将 DPU 和 DPMO 作为适用于任何行业的绩效度量标准；②组建项目团队，提供积极培训，以使组织增加利润、减少无附加值活动、缩短周期循环时间；③注重支持团队活动的倡导者，他们能帮助团队实施变革，获取充分的资源，使团队工作与组织的战略目标保持一致；④培训具有高素质的经营过程改进专家（有时称为“黑带”选手），他们运用定性和定量的改进工具来实现组织的战略目标；⑤确保在持续改进过程初期确定合理的测评标准；⑥委派有资历的过程改进专家，指导项目团队工作 |

【问题 3】（4 分）

这是一道要求考生掌握公司管理层面保障项目质量实施应采取的措施的综合分析题。本题的解答思路如下：

保障实施项目的质量，不仅仅是项目经理和项目团队的事，也是公司和公司管理层的事，一个建立了质量管理体系的组织有助于项目经理管理项目的质量。为了保障小李顺利实施项目质量管理，在公司管理层面应提供以下几个方面的支持：①制定公司质量管理方针；②选择质量标准或制定质量要求；③制定质量控制流程；④提出质量保证所采取的方法和技术（或工具），如编制质量计划时所采用的工具和技术、质量审计、质量控制、过程分析与基准分析等；⑤提供相应的资源等。

## 试题 4 要点解析

【问题 1】（6 分）

这是一道要求考生分析项目不能顺利结项可能原因的综合应用题。本题应从项目合同管理、过程控制和沟通管理等角度综合考虑，具体的解答思路如下：

由题干关键信息“H 公司同甲方关系比较密切”、“合同签得较为简单”说明，合同签订得不详细，合同中可能未对项目目标、质量、工期和验收标准等关键问题进行约束，从而为项目实施带来冲突和风险埋下根源。这同时也说明，该项目组对项目的风险认识不足。

由题干关键信息“项目执行较为随意”说明，该项目的执行不规范。

由题干关键信息“项目需求来源多样而且经常发生变化”说明，该项目未能进行有效的需求调研，需求分析存在问题，因此可能导致需求管理可能不规范。

由题干关键信息“项目范围和进度经常要进行临时调整”说明，该项目未能进行有效的项目（整体）变更控制，即项目范围和进度管理可能存在问题；或者是在该项目执行过程中未能与用户进行及时、有效的沟通，用户缺乏对项目阶段性成果的认可。从项目立项到项目收尾都没有一个清晰的流程和标准来管理项目的开发过程，缺乏严格的项目管理与控制，从而导致“甲方并不太愿意进行正式验收，至今项目也未能结项”。

【问题 2】（5 分）

这是一道要求考生掌握促进项目收尾可采取措施的应用题。本题的解答思路如下：

项目的正式验收包括验收项目产品、文档及已经完成的交付成果。验收需要正式的验收报告。对于系统集成项目，一般来讲，需要正式的验收测试工作。验收测试工作可以由业主和承建单位共同进行，也可以由第三方公司进行，但无论哪种方式都需要以双方认可的正式文档为依据进行验收测试。如果验收测试未获通过，则应立即查找原因，一般会转向变更环节进行修改和补救。如果项目验收测试正式通过，则标志着项目验收的完成。

在本案例中，项目组可采取以下一些措施来促使该项目进行验收。

（1）请求公司的管理层出面去与甲方协调；

（2）重新确认需求并获得各方认可；

（3）和甲方明确合同以及双方确认的补充协议等，包括修改后的范围、进度和质量方面的文件等，作为验收标准；

（4）准备好相应的项目结项文档，向甲方提交。

【问题 3】（4 分）

这是一道要求考生回答在公司层面上应采取哪些有效的管理手段以促使该该项目顺利结项的应用题。

结合【问题 1】的分析，为了避免今后出现类似情况，建议 H 公司对本公司在项目合同管理、过程控制和项目沟通管理等方面存在的问题，总结归纳经验教训，并采取以下一些有效的管理手段。

（1）在合同评审阶段参与评审，并在合同中明确相应的项目目标和进度；

（2）需求调查和需求变更要有清楚的文档和会议纪要；

（3）及时与甲方进行沟通，必要时请求公司管理层的支援；

（4）阶段验收前，文档要齐全，阶段目标要保证实现，后期目标调整要有承诺；

（5）做好有效的变更控制；

（6）引入监理机制。

## 试题5要点解析

【问题1】（6分）

这是一道要求掌握的分析题。本题的解答思路如下：

对项目进行整体管理，并采取统一和集成的措施，这些措施对完成项目、成功地满足项目干系人的要求和管理他们的期望最为关键。整体管理就是要决定在什么时间由哪些人做哪些工作，这些内容都要在项目管理计划中体现。制定好项目管理计划后，项目管理人员要指导计划的执行，并在执行过程中监控项目，同时还要监控潜在的问题，实施应对措施。在项目的整个生命期内，协调各项工作使项目整体上取得一个好的结果。整体管理的工作也包括在一些相互冲突的目标和可选方案间进行权衡。

整体管理主要关心为达成项目目标所需的管理过程的互相配合，这些过程是为了完成一个项目的目标所要求的。项目整体管理的过程包括如下内容。

（1）项目启动。制定项目章程，正式授权项目或项目阶段的开始。

（2）制定初步的项目范围说明书。编制一个初步的项目范围说明书，概要地描述项目的范围。

（3）制定项目管理计划。确定、编写、集成，以及协调所有分计划，以形成整体项目管理计划。

（4）指导和管理项目的执行。执行在项目管理计划中所定义的工作以达到项目的目标。

（5）监督和控制项目。监督和控制项目的启动、计划、执行和收尾过程，以达到项目管理计划所定义的项目目标。

（6）整体变更控制。评审所有的变更请求，批准变更，控制可交付成果和组织的过程资产。

（7）项目收尾。完成项目过程中的所有活动，以正式结束一个项目或项目阶段。

因为项目管理是一个渐进明细的过程，在前后过程之间，在整体和部分之间是反复迭代、逐步求精的。因此，项目的范围、进度、成本和质量等方面知识域中的计划过程也有可能触发项目整体变更控制过程。例如，当使用滚动波浪式方法来管理项目的整体和全局时，在系统设计阶段除了完成系统设计的技术工作之外，也应该对项目的初始计划进行优化和细化。在本案例中，小赵是一名优秀的软件设计师，拥有较多的应用开发经验。当小赵第一次担任项目经理角色时，缺乏项目管理方面的知识和经验，也缺乏相关培训，造成项目工期一再延期，成本也一直超支。而造成这一局面的可能原因之一是，小赵可能过于关注各阶段内的具体工作及技术工作，而忽视了管理活动甚至项目的整体监控和协调，即没有把“管理好项目”作为自己工作的首要任务。

由题干关键信息“项目进行到实施阶段，小赵发现在系统定义阶段所制订的项目计划估计不准，实施阶段有许多原先没有估计到的任务现在都冒了出来”可知，该项目的系统定义不够充分，即需求分析和项目计划的结果不足以指导后续工作；同时项目技术工作的生命周期未按时间顺序与管理工作的生命周期统一协调起来。这也间接说明，小赵过于关注技术工作，而忽视了管理活动。

【问题2】（6分）

这是一道要求掌握的分析题。本题的解答思路如下：

瀑布模型是一种理想的线性开发模式，其通常将软件开发分为可行性分析、需求分析、软件设计（含概要设计、详细设计)、编码(含单元测试)、测试、运行维护等几个阶段。瀑布模型中每项开发活动具有以下特点。

（1）从上一项开发活动接受该项活动的工作对象作为输入。

（2）利用这一输入，实施该项活动应完成的工作内容。

（3）给出该项活动的工作成果，作为输出传给下一项开发活动。

（4）对该项活动的实施工作成果进行评审。若其工作成果得到确认，则继续进行下一项开发活动；否则返回前一项，甚至更前一项的活动。尽量减少多个阶段间的反复。

由以上特点可知，瀑布模型的优点表现在：阶段划分次序清晰，各阶段人员的职责规范、明确，便于前后活动的衔接，有利于活动重用和管理。瀑布模型适用于需求明确或很少变更的项目，也可用在已有类似项目开发经验的项目上。但是，瀑布模型不灵活（或缺乏风险分析），特别是无法解决软件需求不明确问题，因此由于需求不明确导致的问题有可能在项目后期才能发现，但损失已经造成。

为了解决瀑布模型的上述缺点，可引入演化模型。演化模型（或原型化模型）允许在获取了一组基本需求之后，通过快速分析构造待建系统的可运行版本(即原型)，然后再根据用户在使用原型的过程中提出的意见对原型进行修改，从而得到原型更新的版本。这一过程重复进行，直到得到用户满意的系统。原型化模型减少了瀑布模型中因为软件需求不明确而给开发工作带来的风险，因为在原型基础上的沟通更为直观，同时也为需求分析和定义，提供了新的方法。

对于复杂的大型软件，开发一个原型往往达不到要求，为减少开发风险，在瀑布模型和原型化模型的基础上，出现了螺旋模型。螺旋模型是一个软件过程演化模型，将原型实现的迭代特征与线性顺序（瀑布）模型中控制的和系统化的方面结合起来，使得软件增量版本的快速开发成为可能。在螺旋模型中，软件开发是一系列的增量发布。在早期的迭代中，发布的增量可能是一个纸上的模型或原型；在以后的迭代中，待建系统的更加完善的版本逐步产生。螺旋模型强调了风险分析，特别适用于庞大而复杂的、高风险的系统。

**【问题 3】（3 分）**

这是一道要求掌握的分析题。本题的解答思路如下。

《计算机软件产品开发文件编制指南》给出了软件项目文档的具体分类。从重要性和质量要求角度，文档可以分为非正式文档和正式文档；从项目周期角度，文档可分为开发文档、产品文档、管理文档。更细致一些还可以分为以下 14 类文档文件：可行性研究报告、项目开发计划、软件需求说明书、数据要求说明书、概要设计说明书、详细设计说明书、数据库设计说明书、用户手册、操作手册、模块开发卷宗、测试计划、测试分析报告、开发进度月报和项目开发总结报告。

项目进入实施阶段时，项目经理应该完成的项目文档有：需求分析与需求分析说明书、验收测试计划(或需求确认计划)、系统设计说明书、系统设计工作报告、系统测试计划（或设计验证计划）、详细的项目计划、单元测试用例及测试计划、编码后经过测试的代码、测试工作报告、项目监控文档（如周例会纪要）等。

## 7.2.3 参考答案

表 7-10 给出了本份下午试卷试题 1～试题 5 的参考答案，供读者练习时参考，以便查缺补漏。读者也可依照所给出的评分标准得出测试分数，从而大致评估自己对这些知识点的掌握程度。

表 7-10 参考答案及评分标准表

| 试 题 | 问题与分值 | 参考答案及评分标准 | 自 评 分 |
|---|---|---|---|
| 1 | 【问题 1】（8 分） | ①没有对项目的管理计划、技术方案进行详细的评审；（1 分）<br>②仅依靠一个道路监控项目来估算项目历时，依据不充分；（2 分）<br>③疏于对项目进行及时的监控，或监控粒度过粗，或监控周期过长；（2 分）<br>④进度安排太过理想化，缺乏严格的评审，没有考虑到法定节假日，以及节假日对人员绩效的影响；（1 分）<br>⑤对项目进度风险控制考虑不周 （2 分） | |
| | 【问题 2】（4 分） | ①概括性进度表（或阶段计划），该计划标明了各阶段的起止日期和交付物，用于相关部门的协调（或协同）；（1 分）<br>②详细甘特图计划（或 详细横道图计划，或 时标进度网络图），该计划标明了每个活动的起止日期，用于项目组成员的日常工作安排和项目经理的跟踪；（1 分）<br>③里程碑计划，由项目的各个里程碑组成。里程碑是项目生命周期中的一个时刻，在这一时刻，通常有重大交付物完成。此计划用于甲乙丙等相关各方高层对项目的监控（2 分） | |
| | 【问题 3】（3 分） | ①特点：近期的工作计划得较细，远期的工作计划得较粗；（1 分）<br>②依据：根据项目的规模、复杂度以及项目生命周期的长短来确定；（1 分）<br>③滚动周期：1 周（或 2 周 或1～2 周）之间的时间周（1 分） | |
| 2 | 【问题 1】（5 分） | 见图 7-7（每个活动 1 分） | |
| | 【问题 2】（6 分） | 关键路径：A→C→D→E （2 分）<br>工作 B 的总时差和自由时差均为 7 个工作日（1 分）<br>工作 C 的总时差和自由时差均为 0 个工作日（1 分）<br>该项目总工期为 45 个工作日，该项目的关键部分不能在 40 个工作日内完成 （2 分） | |
| | 【问题 3】（4 分） | ①临时加班（或赶工），缩短关键路径上的工作历时；<br>②部分工作并行跟进（或快速跟进）；<br>③追加优质资源（如使用高质量的资源或经验更丰富人员）；<br>④加强沟通和监控；<br>⑤改进方法（或技术，或流程）；<br>⑥部分项目外包或缩减项目范围；<br>⑦提高资源利用率；<br>⑧加强对阶段工作的检查和控制等<br>（回答出其中 4 个要点即可，每小点 1 分，答案类似即可，且不限于这些要点） | |
| 3 | 【问题 1】（5 分） | ①没有遵循项目管理的标准和流程；<br>②没有按照要求生成项目中间交付物，文档不齐、太简单（或文档管理不善）；<br>③项目中间的控制环节缺失，没有进行必要的测试或评审；<br>④设计环节不完善，缺少施工图和连线图，或竣工图与施工图不符且没有提交存档；<br>⑤对项目售后的需求考虑不周 （每小点 1 分） | |
| | 【问题 2】（6 分） | 方法：检查、测试、评审、统计抽样和 6$\sigma$ 等（回答出其中 3 个即可，每个 1 分）<br>工具：因果图（或鱼骨图、石川图、NASHIKAWA 图）、流程图、直方图（或柱形图）、检查表、散点图、排列图（或帕累托图、PARETO 图）、控制图、相互关系图、亲和图、树状图、矩阵图、优先矩阵图、过程决策方法图（PDPC）、活动网络图等（回答出其中 3 个即可，每个 1 分） | |
| | 【问题 3】（4 分） | ①制定公司质量管理方针；<br>②选择质量标准或制定质量要求；<br>③制定质量控制流程；<br>④提出质量保证所采取的方法和技术（或工具）；<br>⑤提供相应的资源等（回答出其中 4 个要点即可，每小点 1 分，答案类似即可，且不限于这些要点） | |
| 4 | 【问题 1】（6 分） | ①对项目的风险认识不足；（1 分）<br>②合同中可能未对项目目标、质量、工期和验收标准等关键问题进行约束；（2 分）<br>③未能进行有效的需求调研（或需求分析不全面），需求管理不规范；（1 分） | |

续表

| 试　题 | 问题与分值 | 参考答案及评分标准 | 自 评 分 |
|---|---|---|---|
| | | ④未能进行有效的项目（整体）变更控制；（1分）<br>⑤项目执行过程中未能与用户进行及时、有效的沟通（或未建立有效的沟通机制）（1分） | |
| | 【问题2】（5分） | ①请求公司的管理层出面去与甲方协调；（1分）<br>②重新确认需求并获得各方认可；（1分）<br>③和甲方明确合同及双方确认的补充协议等，包括修改后的范围、进度和质量方面的文件等，作为验收标准；（2分）<br>④准备好相应的项目结项文档，向甲方提交（1分） | |
| | 【问题3】（4分） | ①在合同评审阶段参与评审，在合同中明确相应的项目目标和进度；<br>②需求调查和需求变更要有清楚的文档和会议纪要；<br>③及时与甲方进行沟通，必要时请求公司管理层的支援；<br>④阶段验收前，文档要齐全，阶段目标要保证实现，后期目标调整要有承诺；<br>⑤做好有效的变更控制；<br>⑥引入监理机制 （回答出其中4个要点即可，每小点1分） | |
| 5 | 【问题1】（6分） | ①过于关注各阶段内的具体技术工作，忽视了项目的整体监控和协调；（2分）<br>②系统定义不够充分（或需求分析和项目计划的结果不足以指导后续工作）；（2分）<br>③项目技术工作的生命周期未按时间顺序与管理工作的生命周期统一协调起来；（1分）<br>④过于关注技术工作，而忽视了管理活动 （1分） | |
| | 【问题2】（6分） | （1）瀑布模型的优点：阶段划分次序清晰，各阶段人员的职责规范、明确，便于前后活动的衔接，有利于活动重用和管理（2分）<br>瀑布模型的缺点：是一种理想的线性开发模式，缺乏灵活性（或风险分析），无法解决需求不明确或不准确的问题（2分）<br>（2）原型化模型（演化模型），用于解决需求不明确的情况；（1分）<br>螺旋模型，强调风险分析，特别适合庞大而复杂的、高风险的系统（1分） | |
| | 【问题3】（3分） | 需求分析与需求分析说明书、验收测试计划（或需求确认计划）；（1分）<br>系统设计说明书、系统设计工作报告、系统测试计划（或设计验证计划）；（1分）<br>详细的项目计划、单元测试用例及测试计划、编码后经过测试的代码、测试工作报告和项目监控文档（如周例会纪要）等（1分） | |

# 第8章 2009年下半年考试试卷及考点解析

## 8.1 上午试卷

**（考试时间 9：00—11：30，共 150 分钟）**

**请按下述要求正确填写答题卡**

1. 在答题卡的指定位置上正确写入你的姓名和准考证号，并用正规 2B 铅笔在你写入的准考证号下填涂准考证号。

2. 本试卷的试题中共有 75 个空格，需要全部解答，每个空格 1 分，满分 75 分。

3. 每个空格对应一个序号，有 A、B、C、D 4 个选项，请选择一个最恰当的选项作为解答，在答题卡相应序号下填涂该选项。

4. 解答前务必阅读例题和答题卡上的例题填涂样式及填涂注意事项。解答时用正规 2B 铅笔正确填涂选项，如需修改，请用橡皮擦干净，否则会导致不能正确评分。

**【例题】**

2009 年下半年全国计算机技术与软件专业技术资格（水平）考试日期是<u>（88）</u>月<u>（89）</u>日。

（88） A. 9　　B. 10　　C. 11　　D. 12

（89） A. 11　　B. 12　　C. 13　　D. 14

因为考试日期是“11 月 14 日”，故（88）选 C，（89）选 D，应在答题卡序号 88 下对 C 选项进行填涂，在序号 89 下对 D 选项进行填涂（参见答题卡）。

### 8.1.1 试题描述

**试题 1**

国家信息化体系包括 6 个要素，这 6 个要素的关系如图 8-1 所示，其中①的位置应该是___（1）___。

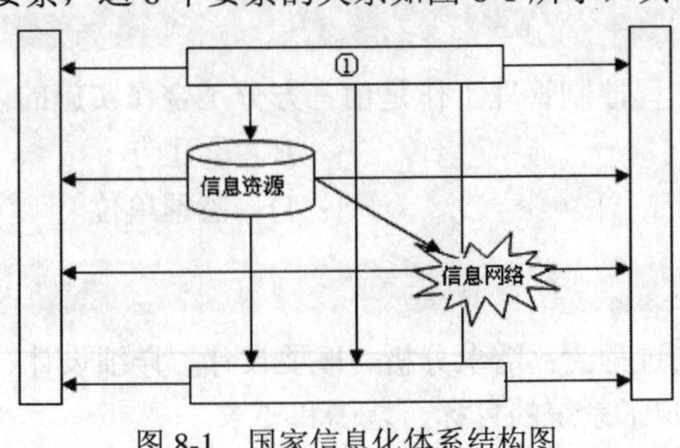


图 8-1 国家信息化体系结构图

（1） A．信息化人才 B．信息技术应用
C．信息技术和产业 D．信息化政策法规和标准规范

**试题 2**

___（2）___不属于供应链系统设计的原则。

（2） A．分析市场需求和竞争环境 B．自顶向下和自底向上相结合
C．简洁 D．取长补短

**试题 3**

在 ERP 系统中，不属于物流管理模块功能的是___（3）___。

（3） A．库存控制 B．销售管理
C．物料需求计划管理 D．采购管理

**试题 4**

CRM 系统是基于方法学、软件和因特网的，以有组织的方式帮助企业管理客户关系的信息系统。其中，___（4）___准确地说明了 CRM 的定位。

（4） A．CRM 在注重提高客户的满意度的同时，一定要把帮助企业提高获取利润的能力作为重要指标
B．CRM 有一个统一的以客户为中心的数据库，以方便对客户信息进行全方位的统一管理
C．CRM 能够提供销售、客户服务和营销三个业务的自动化工具，具有整合各种客户联系渠道的能力
D．CRM 系统应该具有良好的可扩展性和可复用性，并可以把客户数据分为描述性、促销性和交易性数据三大类

**试题 5**

___（5）___是通过对商业信息的搜集、管理和分析，使企业的各级决策者获得知识或洞察力，促使他们做出有利决策的一种技术。

（5） A．客户关系管理（CRM） B．办公自动化（OA）
C．企业资源计划（ERP） D．商业智能（BI）

**试题 6**

某一 MIS 系统项目的实施过程如下：需求分析、概要设计、详细设计、编码、单元测试、集成测试、系统测试、验收测试。那么该项目最有可能采用的是___（6）___。

（6） A．瀑布模型 B．迭代模型
C．V 模型 D．螺旋模型

**试题 7**

以质量为中心的信息系统工程控制管理工作是由三方分工合作实施的，这三方不包括___（7）___。

（7） A．主建方 B．承建方
C．评测单位 D．监理单位

**试题 8**

典型的信息系统项目开发的过程为：需求分析、概要设计、详细设计、程序设计、调试与测试、系统安装与部署。___（8）___阶段拟定了系统的目标、范围和要求。

（8） A．概要设计 B．需求分析
C．详细设计 D．程序设计

## 试题 9

常用的信息系统开发方法中，不包括＿（9）＿。

（9） A．结构化方法 B．关系方法
C．原型法 D．面向对象方法

## 试题 10

应用已有软件的各种资产构造新的软件，以缩减软件开发和维护的费用，称为＿（10）＿。

（10） A．软件继承 B．软件利用
C．软件复用 D．软件复制

## 试题 11

在软件生命周期中，能准确地确定软件系统必须做什么和必须具备哪些功能的阶段是＿（11）＿。

（11） A．概要设计 B．详细设计
C．可行性分析 D．需求分析

## 试题 12

在我国的标准化代号中，属于推荐性国家标准代号的是＿（12）＿。

（12） A．GB B．GB/T C．GB/Z D．GJB

## 试题 13

下列关于《软件文档管理指南 GB/T 16680—1996》的描述，正确的是＿（13）＿。

（13） A．该标准规定了软件文档分为开发文档、产品文档和管理文档
B．该标准给出了软件项目开发过程中编制软件需求说明书的详细指导
C．该标准规定了在制定软件质量保证计划时，应遵循的统一的基本要求
D．该标准给出了软件完整生存周期中所涉及的各个过程的一个完整集合

## 试题 14

以下有关信息系统集成的描述中，错误的是＿（14）＿。

（14） A．信息系统集成项目要以满足客户和用户的需求为根本出发点
B．信息系统集成包括设备系统集成和管理系统集成
C．信息系统集成包括技术、管理和商务等各项工作，是一项综合性的系统工程
D．系统集成是指将计算机软件、硬件、网络通信等技术和产品集成为能够满足用户特定需求的信息系统

## 试题 15

关于 UML，错误的说法是＿（15）＿。

（15） A．UML 是一种可视化的程序设计语言
B．UML 不是过程，也不是方法，但允许任何一种过程和方法使用
C．UML 简单且可扩展
D．UML 是面向对象分析与设计的一种标准表示

**试题 16**

在 UML 中，动态行为描述了系统随时间变化的行为。下面不属于动态行为视图的是___（16）___。

（16） A．状态机视图 B．实现视图 C．交互视图 D．活动视图

**试题 17、试题 18**

面向对象中的___（17）___机制是对现实世界中遗传现象的模拟。通过该机制，基类的属性和方法被遗传给派生类；而___（18）___是指把数据以及操作数据的相关方法组合在同一单元中，使我们可以把类作为软件复用中的基本单元，提高内聚度，降低耦合度。

（17） A．复用 B．消息 C．继承 D．变异

（18） A．多态 B．封装 C．抽象 D．接口

**试题 19**

在进行网络规划时，要遵循统一的通信协议标准。网络架构和通信协议应该选择广泛使用的国际标准和事实上的工业标准，这属于网络规划的___（19）___。

（19） A．实用性原则 B．开放性原则
C．先进性原则 D．可扩展性原则

**试题 20**

DNS 服务器的功能是将域名转换为___（20）___。

（20） A．IP 地址 B．传输地址
C．子网地址 D．MAC 地址

**试题 21**

目前，综合布线领域广泛遵循的标准是___（21）___。

（21） A．GB/T 50311—2000 B．TIA/EIA 568 D
C．TIA/EIA 568 A D．TIA/EIA 570

**试题 22**

以下关于接入 Internet 的叙述，___（22）___是不正确的。

（22） A．以终端的方式入网，需要一个动态的 IP 地址
B．通过 PPP 拨号方式接入，可以有一个动态的 IP 地址
C．通过 LAN 接入，可以用固定的 IP 地址，也可以用动态分配的 IP 地址
D．通过代理服务器接入，多个主机可以共享一个 IP 地址

**试题 23**

___（23）___是将存储设备与服务器直接连接的存储模式。

（23） A．DAS B．NAS C．SAN D．SCSI

**试题 24**

电子商务安全要求的 4 个方面是___（24）___。

（24） A．传输的高效性、数据的完整性、交易各方的身份认证和交易的不可抵赖性
B．存储的安全性、传输的高效性、数据的完整性和交易各方的身份认证
C．传输的安全性、数据的完整性、交易各方的身份认证和交易的不可抵赖性
D．存储的安全性、传输的高效性、数据的完整性和交易的不可抵赖性

**试题 25**

应用数据完整性机制可以防止＿（25）＿。

（25） A．假冒源地址或用户地址的欺骗攻击　B．抵赖做过信息的递交行为
C．数据中途被攻击者窃听获取　D．数据在途中被攻击者篡改或破坏

**试题 26**

应用系统运行中涉及的安全和保密层次包括4层，这4个层次按粒度从粗到细的排列顺序是＿（26）＿。

（26） A．数据域安全、功能性安全、资源访问安全、系统级安全
B．数据域安全、资源访问安全、功能性安全、系统级安全
C．系统级安全、资源访问安全、功能性安全、数据域安全
D．系统级安全、功能性安全、资源访问安全、数据域安全

**试题 27**

为了确保系统运行的安全，针对用户管理，下列做法不妥当的是＿（27）＿。

（27） A．建立用户身份识别与验证机制，防止非法用户进入应用系统
B．用户权限的分配应遵循“最小特权”原则
C．用户密码应严格保密，并定时更新
D．为了防止重要密码丢失，把密码记录在纸质介质上

**试题 28**

下面关于数据仓库的叙述，错误的是＿（28）＿。

（28） A．在数据仓库的结构中，数据源是数据仓库系统的基础
B．数据的存储与管理是整个数据仓库系统的核心
C．数据仓库前端分析工具中包括报表工具
D．数据仓库中间层OLAP服务器只能采用关系型OLAP

**试题 29**

以下＿（29）＿是SOA概念的一种实现。

（29） A．DCOM　B．J2EE　C．Web Service　D．WWW

**试题 30**

在.NET架构中，＿（30）＿给开发人员提供了一个统一的、面向对象的、层次化的、可扩展的编程接口。

（30） A．通用语言规范　B．基础类库
C．通用语言运行环境　D．ADO.NET

**试题 31**

在＿（31）＿中，项目经理权限最大。

（31） A．职能型组织　B．弱矩阵型组织　C．强矩阵型组织　D．项目型组织

**试题 32**

下列选项中，不属于项目建议书核心内容的是＿（32）＿。

（32） A．项目的必要性　B．项目的市场预测
C．产品方案或服务的市场预测　D．风险因素及对策

## 试题 33

以下关于投标文件送达的叙述，＿（33）＿是错误的。

（33） A．投标人必须按照招标文件规定的地点、在规定的时间内送达投标文件
B．投递投标书的方式最好是直接送达或委托代理人送达，以便获得招标机构已收到投标书的回执
C．如果以邮寄方式送达的，投标人应保证投标文件能够在截止日期之前投递即可
D．招标人收到标书以后应当签收，在开标前不得开启

## 试题 34

某单位要对一个网络集成项目进行招标，由于现场答辩环节没有一个定量的标准，相关负责人在制定该项评分细则时规定本项满分为 10 分，但是评委的打分不得低于 5 分。这一规定反映了制定招标评分标准时＿（34）＿。

（34） A．以客观事实为依据　　B．得分应能明显分出高低
C．严格控制自由裁量权　　D．评分标准应便于评审

## 试题 35

不属于活动资源估算输出的是＿（35）＿。

（35） A．活动属性　　B．资源分解结构　　C．请求的变更　　D．活动清单

## 试题 36

某项目中有两个活动单元：活动一和活动二，其中活动一开始后活动二才能开始。能正确表示这两个活动之间依赖关系的前导图是＿（36）＿。

（36） A.　C.

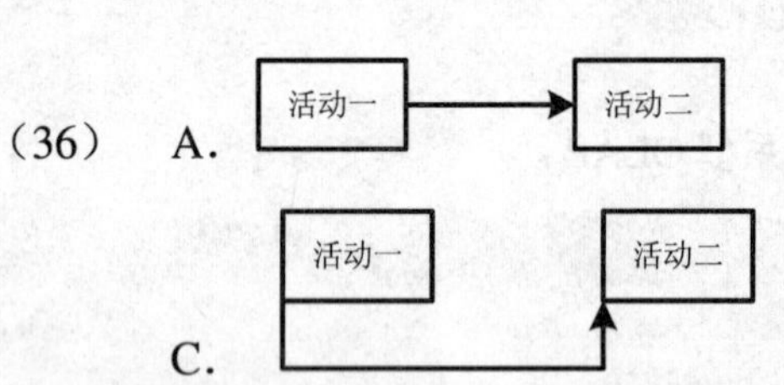


B.　D.

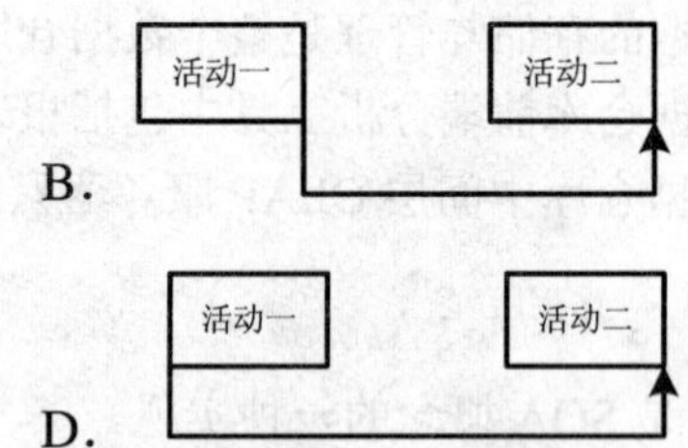


## 试题 37、试题 38

A 公司的某项目即将开始，项目经理估计该项目 10 天即可完成，如果出现问题耽搁了也不会超过 20 天完成，最快 6 天即可完成。根据项目历时估计中的三点估算法，你认为该项目的历时为＿（37）＿，该项目历时的估算方差为＿（38）＿。

（37） A．10 天　　B．11 天　　C．12 天　　D．13 天
（38） A．2.1 天　　B．2.2 天　　C．2.3 天　　D．2.4 天

## 试题 39

项目人力资源计划编制完成以后，不能得到的是＿（39）＿。

（39） A．角色和职责的分配　　B．项目的组织结构图
C．人员配置管理计划　　D．项目团队成员的人际关系

## 试题 40

公司要求项目团队中的成员能够清晰地看到与自己相关的所有活动，以及和某个活动相关的所有成员。项目经理在编制该项目人力资源计划时应该选用的组织结构图类型是＿（40）＿。

（40） A．层次结构图　B．矩阵图　C．树形图　D．文本格式描述

## 试题 41

一些公司为了满足公司员工社会交往的需要会经常组织一些聚会和社会活动，还为没有住房的员工提供住处。这种激励员工的理论属于___（41）___。

（41） A．赫茨伯格的双因素理论　B．马斯洛需要层次理论
C．期望理论　D．X 理论和 Y 理论

## 试题 42

下面关于 WBS 的描述，错误的是___（42）___。

（42） A．WBS 是管理项目范围的基础，详细描述了项目所要完成的工作
B．WBS 最底层的工作单元称为功能模块
C．树型结构图的 WBS 层次清晰、直观、结构性强
D．比较大的、复杂的项目一般采用列表形式的 WBS 表示

## 试题 43

___（43）___是客户等项目干系人正式验收并接受已完成的项目可交付物的过程。

（43） A．范围确认　B．范围控制
C．范围基准　D．里程碑清单

## 试题 44

某项目经理正在负责某政府的一个大项目，采用自下而上的估算方法进行成本估算，一般而言，项目经理首先应该___（44）___。

（44） A．确定一种计算机化的工具，帮助其实现这个过程
B．利用以前的项目成本估算来帮助其实现
C．识别并估算每一个工作包或细节最详细的活动成本
D．向这个方向的专家咨询，并将他们的建议作为估算基础

## 试题 45

企业的保安费用对于项目而言属于___（45）___。

（45） A．可变成本　B．固定成本　C．间接成本　D．直接成本

## 试题 46

在某项目进行的第 3 个月，累计计划费用是 25 万元人民币，而实际支出为 28 万元。以下关于这个项目进展的叙述，正确的是___（46）___。

（46） A．提供的信息不全，无法评估　B．由于成本超支，项目面临困难
C．项目将在原预算内完成　D．项目计划提前

## 试题 47

德尔菲技术作为风险识别的一种方法，主要用途是___（47）___。

（47） A．为决策者提供图表式的决策选择次序
B．确定具体偏差出现的概率
C．有助于将决策者对风险的态度考虑进去
D．减少分析过程中的偏见，防止任何人对事件结果施加不正确的影响

**试题 48**

___（48）___指通过考虑风险发生的概率及风险发生后，对项目目标及其他因素的影响，对已识别风险的优先级进行评估。

（48） A．风险管理　　B．定性风险分析
C．风险控制　　D．风险应对计划编制

**试题 49**

风险定量分析是在不确定情况下进行决策的一种量化方法，该过程经常采用的技术有___（49）___。

（49） A．蒙特卡罗分析法　　B．SWOT 分析法
C．检查表分析法　　D．预测技术

**试题 50**

合同一旦签署了就具有法律约束力，除非___（50）___。

（50） A．一方不愿意履行义务　　B．损害社会公共利益
C．一方宣布合同无效　　D．一方由于某种原因破产

**试题 51**

项目合同管理不包括___（51）___。

（51） A．合同签订　　B．合同履行
C．合同纠纷仲裁　　D．合同档案管理

**试题 52**

合同的内容就是当事人订立合同时的各项合同条款。下列不属于项目合同主要内容的是___（52）___。

（52） A．项目费用及支付方式　　B．项目干系人管理
C．违约责任　　D．当事人各自权力、义务

**试题 53**

承建单位有时为了获得项目可能将信息系统的作用过分夸大，使得建设单位对信息系统的预期过高。除此之外，建设单位对信息系统的期望可能会随着自己对系统的熟悉而提高。为避免此类情况的发生，在合同中清晰地规定___（53）___对双方都是有益的。

（53） A．保密约定　　B．售后服务　　C．验收标准　　D．验收时间

**试题 54**

为出售公司软件产品，张工为公司草拟了一份合同，其中写明“软件交付以后，买方应尽快安排付款”。经理看完后让张工重新修改，原因是___（54）___。

（54） A．没有使用国家或行业标准的合同形式　　B．用语含混不清，容易引起歧义
C．名词术语使用错误　　D．措辞不够书面化

**试题 55**

下列关于索赔的描述中，错误的是___（55）___。

（55） A．索赔必须以合同为依据
B．索赔的性质属于经济惩罚行为
C．项目发生索赔事件后，合同双方可以通过协商方式解决
D．合同索赔是规范合同行为的一种约束力和保障措施

## 试题 56

对于如图 8-2 所示的某项目箭线图，理解正确的是＿（56）＿。

图 8-2 某项目的箭线图

（56） A．活动 A 和 B 可以同时进行；只有活动 A 和 B 都完成后，活动 C 才开始

B．活动 A 先于活动 B 进行；只有活动 A 和 B 都完成后，活动 C 才开始

C．活动 A 和 B 可以同时进行；A 完成后 C 即可开始

D．活动 A 先于活动 B 进行；A 完成后 C 即可开始

## 试题 57

＿（57）＿是正式批准一个项目的文档，或者是批准现行项目是否进入下一阶段的文档。

（57） A．项目章程 B．项目合同

C．项目启动文档 D．项目工作说明书

## 试题 58

经项目各有关干系人同意的＿（58）＿就是项目的基准，为项目的执行、监控和变更提供了基础。

（58） A．项目合同书 B．项目管理计划

C．项目章程 D．项目范围说明书

## 试题 59

某软件项目已经到了测试阶段，但是由于用户订购的硬件设备没有到货而不能实施测试。这种测试活动与硬件之间的依赖关系属于＿（59）＿。

（59） A．强制性依赖关系 B．直接依赖关系

C．内部依赖关系 D．外部依赖关系

## 试题 60

项目经理小王事后得知项目团队的一个成员已做了一个纠正措施，但是没有记录，小王接下来应该＿（60）＿。

（60） A．就该情况通知该成员的部门经理 B．撤销纠正措施

C．将该纠正行为记入文档 D．询问实施该纠正措施的理由

## 试题 61

在采购中，潜在卖方的报价建议书是根据买方的＿（61）＿制定的。

（61） A．采购文件 B．评估标准 C．工作说明书 D．招标通知

## 试题 62

在对某项目采购供应商的评价中，评价项有：技术能力、管理水平、企业资质等，假定满分为 10 分，技术能力权重为 20%，3 个评定人的技术能力打分分别为 7 分、8 分、9 分，那么该供应商的"技术能力"的单项综合分为＿（62）＿。

（62） A．24 B．8 C．4.8 D．1.6

**试题 63**

变更是项目干系人常常由于项目环境或者是其他各种原因要求对项目的范围基准等进行修改。如某项目由于行业标准变化导致变更，这属于___(63)___。

（63） A．项目实施组织本身发生变化 B．客户对项目、项目产品或服务的要求发生变化
C．项目外部环境发生变化 D．项目范围的计划编制不周密详细

**试题 64**

整体变更控制过程实际上是对___(64)___的变更进行标识、文档化、批准或拒绝，并控制的过程。

（64） A．详细的 WBS 计划 B．项目基准
C．项目预算 D．明确的项目组织结构

**试题 65**

项目变更贯穿于整个项目过程的始终，项目经理应让项目干系人（特别是业主）认识到___(65)___。

（65） A．在项目策划阶段，变更成本较高 B．在项目执行阶段，变更成本较低
C．在项目编码开始前，变更成本较低 D．在项目策划阶段，变更成本较低

**试题 66**

项目规模小并且与其他项目的关联度小时，变更的提出与处理过程可在操作上力求简便和高效。关于小项目变更，不正确的说法是___(66)___。

（66） A．对变更产生的因素施加影响，以防止不必要的变更并减少无谓的评估
B．应明确变更的组织与分工合作
C．变更流程也要规范化
D．对变更的申请和确认，既可以是书面的也可以是口头的，以简化程序

**试题 67**

为保证项目的质量，要对项目进行质量管理，项目质量管理过程的第一步是___(67)___。

（67） A．制定项目质量计划 B．确立质量标准体系
C．对项目实施质量监控 D．将实际与标准对照

**试题 68**

在制订项目质量计划时对实现既定目标的过程加以全面分析，估计到各种可能出现的障碍及结果，设想并制订相应的应变措施和应变计划，保持计划的灵活性。这种方法属于___(68)___。

（68） A．流程图法 B．实验设计法
C．质量功能展开 D．过程决策程序图法

**试题 69**

质量管理六西格玛标准的优越之处不包括___(69)___。

（69） A．从结果中检验控制质量 B．减少了检控质量的步骤
C．培养了员工的质量意识 D．减少了由于质量问题带来的返工成本

**试题 70**

在项目质量监控过程中，在完成每个模块编码工作之后就要做的必要测试，称为___(70)___。

（70） A．单元测试 B．综合测试 C．集成测试 D．系统测试

**试题 71**

Risk management allows the project manager and the project team not to___(71)___.

（71） A．eliminate most risks during the planning phase of the project

B．identify project risks

C．identify impacts of various risks

D．plan suitable responses

**试题 72**

The project life-cycle can be described as___(72)___.

（72） A．project concept, project planning, project execution, and project close-out

B．project planning, work authorization, and project reporting

C．project planning, project control, project definition, WBS development, and project termination

D．project concept, project execution, and project reporting

**试题 73**

___(73)___is a method used in Critical Path Methodology for constructing a project schedule network diagram that uses boxes or rectangles, referred to as nodes, to represent activities and connects them with arrows that show the logical relationships that exist between them.

（73） A．PERT B．AOA C．WBS D．PDM

**试题 74**

Schedule development can require the review and revision of duration estimates and resource estimates to create an approved___(74)___that can serve as a baseline to track progress.

（74） A．scope statement B．activity list

C．project charter D．project schedule

**试题 75**

The Develop Project Management Plan Process includes the actions necessary to define, prepare, integrate, and coordinate all constituent plans into a___(75)___.

（75） A．Project Scope Statement B．Project Management Plan

C．Forecasts D．Project Charter

## 8.1.2 要点解析

（1）B。**要点解析**：国家信息化体系包括信息资源、国家信息网络、信息技术应用、信息技术和产业、信息化人才、信息化政策法规和标准规范等 6 个要素。图 8-1 中①空缺处是“信息技术应用”。

信息技术应用是 6 要素中的关键，是国家信息化建设的主阵地，集中体现了国家信息化建设的需求和效益。信息技术应用向其他 5 个要素提出需求，而其他 5 个要素又反过来支持信息技术应用。

（2）A。**要点解析**：供应链系统设计的原则包括自顶向下和自底向上相结合原则、简洁性原则、取长补短原则、动态性原则、合作性原则、创新性原则和战略性原则等。其中，自顶向下的方法是从全局走向局部的方法，是系统分解的过程；自底向上的方法是从局部走向全局的方法，是一种集成的过程。设计一个供应链系统时，应先由高层主管根据市场需求和企业发展规划做出战略规划与决策，然后由下层部门实施。

简洁性原则是指，为了使供应链能够灵活快速地适应市场，供应链的每个节点都应是精简而具有活力的，能实现业务流程的快速组合。

供应链的各个节点的选择应遵循强强联合、优势互补、取长补短的原则，达到实现资源有效利用的目的。

（3）C。**要点解析**：企业资源计划（ERP）是一个以财务会计为核心的信息系统，用于识别和规划企业资源，并对采购、生产、成本、库存、销售、运输、财务和人力资源等进行规划和优化，从而达到最佳资源组合，使企业利润最大化。

在 ERP 系统中，物流管理模块的主要功能包括销售管理、库存控制和采购管理等。而物料需求计划管理属于生产控制管理模块的主要功能之一。

（4）A。**要点解析**：客户关系管理（CRM）系统是基于方法学、软件和因特网的，以有组织的方式帮助企业管理客户关系的信息系统。CRM 是一个集成化的信息管理系统，它存储了企业现有和潜在客户的信息，并且对这些信息进行自动的处理从而产生更人性化的市场管理策略。CRM 所涵盖的要素主要有：①以信息技术为手段，以客户为中心的商业策略，注重的是与客户的交流；②在注重提高客户满意度的同时，必须把帮助企业提高获取利润的能力作为重要指标；③要求企业对其业务功能进行重新设计，并对工作流程进行重组（BPR），将业务的中心转移到客户，同时要针对不同的客户群体有重点地采取不同的策略。

CRM 系统具备的主要功能如下：

①有一个统一的以客户为中心的数据库，以方便对客户信息进行全方位的统一管理；

②具有整合各种客户联系渠道的能力；

③能够提供销售、客户服务和营销三个业务的自动化工具，并且在这三者之间实现通信接口，使得其中一项业务模块的事件可以触发另外一个业务模块中的响应。

④具备从大量数据中提取有用信息的能力，即系统必须实现基本的数据挖掘模块，从而使其具有一定的商业智能；

⑤系统应该具有良好的可扩展性和可复用性，即可以实现与其他相应的企业应用系统之间的无缝整合。

（5）D。**要点解析**：商业智能（BI）是通过对商业信息的搜集、管理和分析，使企业的各级决策者获得知识或洞察力，促使他们做出有利决策的一种技术。商业智能的实现涉及软件、硬件、咨询服务及应用，通常由数据仓库、联机分析处理、数据挖掘、数据备份和恢复等部分组成。

（6）C。**要点解析**：若某一管理信息系统（MIS）项目采用 V 模型进行开发，则其实施过程依次是需求分析、概要设计、详细设计、编码、单元测试、集成测试、系统测试、验收测试。

在 V 模型的开发阶段一侧，先从定义业务需求、需求确认或测试计划开始；然后把这些需求转换到概要设计、概要设计的验证及测试计划，从概要设计进一步分解到详细设计、详细设计的验证及测试计划，最后进行开发，得到程序代码和代码测试计划。而在测试执行阶段一侧，执行先从单元测试开始，然后是集成测试、系统测试和验收测试。

V 模型的价值在于它非常明确地标明了测试过程中存在的不同级别，并且清楚地描述了这些测试阶段和开发各阶段的对应关系。

瀑布模型将信息系统生命周期划分为制订计划、需求分析、系统设计、程序编写、软件测试和运行维护等 6 个基本活动，并且规定了它们自上而下、相互衔接的固定次序，如同瀑布流水，逐级下落。瀑布模型强调文档的作用，并要求每个阶段都要仔细验证。结构化开发方法的生存周期划分与瀑布模型相对应。

迭代模型是 RUP（统一软件开发过程）推荐的周期模型。在 RUP 中，迭代被定义为：迭代包括产生产品发布（稳定、可执行的产品版本）的全部开发活动和要使用该发布必需的所有其他外围元素。因此在某种程度上，开发迭代是一次完整地经过所有工作流程的过程，至少包括需求工作流程、分析设计工作流程、实施工作流程和测试工作流程。

螺旋模型基本做法是在“瀑布模型”的每一个开发阶段前引入一个非常严格的风险识别、风险分析和风险控制。它将软件项目分解成一个个小项目，每个小项目都标识一个或多个主要风险，直到所有的主要风险因素都被确定。

（7）C。**要点解析**：以质量为中心的信息系统工程控制管理工作是由三方分工合作实施的。这三方分别是建设单位（主建方）、集成单位（承建方）和监理单位。这三方的能力和水平都会直接影响到信息系统工程的质量、进度、成本等方面。

（8）B。**要点解析**：典型的信息系统项目开发的过程为：需求分析、概要设计、详细设计、程序设计、调试与测试、系统安装与部署。其中，需求分析阶段的主要任务是为一个新系统定义业务需求，该阶段的关键是描述一个系统必须做什么（或者一个系统是什么），而不是系统应该如何实现，即需求分析阶段拟定了系统的目标、范围和要求。

（9）B。**要点解析**：常用的信息系统开发方法有：结构化方法、原型法和面向对象方法。

结构化系统开发方法按照信息系统生命周期，将整个系统的开发过程分为若干阶段，然后一步一步地依次进行，前一阶段是后一阶段的工作依据，同时每个阶段又划分详细的工作步骤，顺序作业。每个阶段和主要步骤都有明确详尽的文档编制要求，各个阶段和各个步骤的向下转移都是通过建立各自的软件文档和对关键阶段、步骤进行审核和控制实现的。

原型法的第一步是建造一个系统原型，让客户（或未来的用户）与系统进行交互，用户（或客户）对原型进行评价，进一步细化待开发软件的需求。通过逐步调整原型使其满足客户的要求，开发人员可以确定客户的真正需求是什么；第二步则在第一步的基础上开发客户满意的软件产品。原型法的主要目的是获取用户需求。当用户需求含糊不清、不完整或系统设计方案难以确定时，可以快速地构造一个系统原型，并通过运行和评价系统原型，使得用户明确自己的需求。

对象是指由数据及其容许的操作所组成的封装体。所谓面向对象就是基于对象概念，以对象为中心，以类和继承为构造机制，来认识、理解、刻画客观世界和设计、构建相应的软件系统。而面向对象方法是一种把面向对象的思想应用于软件开发过程中，指导开发活动的系统方法，简称 OO（Object-Oriented）方法。

（10）C。**要点解析**：软件复用是指应用已有软件的各种资产构造新的软件，以缩减软件开发和维护的费用。其主要思想是，将软件看成是由不同功能的“组件”所组成的有机体，每一个组件在设计编写时可以被设计成完成同类工作的通用工具；在完成各种工作的组件被建立起来之后，编写某一特定软件的工作就变成了将各种不同组件组织连接起来的简单问题，这对于软件产品的最终质量和维护工作都有本质性的改变。

（11）D。**要点解析**：在软件生命周期中，需求分析阶段是整个软件系统建设中最重要的一个阶段。该阶段的关键是通过对现有系统的描述、分析来回答未来的软件系统必须“做什么”（或者一个系统是什么）和必须具备哪些功能的问题，即回答“系统应干些什么？”的问题。

（12）B。**要点解析**：在我国国家标准中，强制性国家标准代号为“GB”；推荐性国家标准代号为“GB/T”；国家标准化指导性技术文件的代号为“GB/Z”。国家实物标准代号为“GSB”。GJB 是我国国防科学技术工业委员会批准的标准，例如，适合于国防部门和军队使用的 GJB473—88（军用软件开发规范）。GA/T 是公共安全推荐性标准，它是我国公安部制定的行业标准。

（13）A。**要点解析**：《软件文档管理指南 GB/T 16680—1996》标准为那些对软件或基于软件产品的开发负有职责的管理者提供软件文档的管理指南。该标准的目的在于协助管理者在他们的机构中产生有效的文档。该标准规定了软件文档归入如下 3 种类别：①开发文档，描述开发过程本身；②产品文档，描述开发过程的产物；③管理文档，记录项目管理的信息。

该标准是针对文档编制管理而提出的，不涉及软件文档的内容和编排。换而言之，该标准并没有给出软件项目开发过程中编制软件需求说明书的详细指导。

该标准并没有规定，在制定软件质量保证计划时应遵循的统一的基本要求。

该标准期望应用于各种类型的软件，从简单的程序到复杂的软件系统。并期望覆盖各种类型的软件文档，作用于软件生存期的各个阶段。对于小项目，可以不采用该标准中规定的有关细节。管理者可剪裁这些内容以满足他们的特殊需要。换而言之，该标准并没有给出软件完整生存周期中所涉及的各个过程的一个完整集合。

（14）B。**要点解析**：信息系统集成是指将计算机软件、硬件、网络通信等技术和产品集成为能够满足用户特定需求的信息系统，包括技术、管理和商务等各项工作，是一项综合性的系统工程。信息系统集成项目要以满足客户和用户的需求为根本出发点，其最终交付物是一个完整的系统，而不是一个分立的产品。

信息系统集成包括设备系统集成和应用系统集成。其中，设备系统集成也可分为智能建筑系统集成、计算机网络系统集成、安防系统集成等；应用系统集成从系统的高度提供符合客户需求的应用系统模式，并实现该系统模式的具体技术解决方案和运维方案，即为用户提供一个全面的系统解决方案。

（15）A。**要点解析**：统一建模语言（UML）具有如下的语言特征。

①不是一种可视化的程序设计语言，而是一种通常的、可视化建模语言；

②是一种建模语言规范说明，是面向对象分析与设计的一种标准表示；

③不是过程，也不是方法，但允许任何一种过程和方法使用它；

④简单并且可扩展，具有扩展和专有化机制，便于扩展，无须对核心概念进行修改；

⑤为面向对象的设计与开发中涌现出的高级概念（如协作、框架、模式和组件）提供支持，强调在软件开发中，对架构、框架、模式和组件的重用；

⑥与最好的软件工程实践经验集成。

（16）B。**要点解析**：UML 中的各种组件和概念之间没有明显的划分界限，但为方便起见，用视图来划分这些概念和组件。视图只是表达系统某一方面特征的 UML 建模组件的子集。在每一类视图中使用一种或多种特定的图来可视化地表示视图中的各种概念。在最上一层，视图被划分成 3 个视图域：结构、动态行为和模型管理，详见表 8-1。

表 8-1 UML 模型图及其功能表

| 视图域 | 说　明 | 视　图 | 图 |
|---|---|---|---|
| 结构 | 描述了系统中的结构成员及其相互关系。模型元素包括类、用例、构件和节点，为研究系统动态行为奠定了基础 | 静态视图 | 类图 |
| | | 用例视图 | 用例图 |
| | | 实现视图 | 构件图 |
| | | 部署视图 | 部署图 |
| 动态行为 | 描述了系统随时间变化的行为。行为用从静态视图中抽取的瞬间值的变化来描述 | 状态机视图 | 状态机图 |
| | | 活动视图 | 活动图 |
| | | 交互视图 | 协作图、顺序图 |
| 模型管理 | 说明了模型的分层组织结构，跨越了其他视图并根据系统开发和配置组织这些视图 | 模型管理视图 | 类图 |

由表 8-1 可知，状态机视图、活动视图和交互视图属于动态行为视图域，实现视图属于结构视图域。

（17）C；（18）B。**要点解析**：面向对象的基本概念有对象、类、抽象、封装、继承、多态、接口、消息、组件、模式和复用等。其中，对已有实例的特征稍作改变就可生成其他实例的方式称为继承。继承的基本功能是将一些功能相关的对象进行归类表示，使得子对象具有其父对象属性的能力。在继承关系中存在着基类和派生类两种类型，访问控制方式主要有 Public（公有派生）、Protected（保护派生）和 Private（私有派生）。

封装是将数据和基于数据的操作封装成一个整体对象，对数据的访问或修改只能通过对象对外提供的接口进行。它使得类能作为软件复用中的基本单元，提高内聚度，降低耦合度。

多态是指作用于不同的对象的同一个操作可以有不同的解释，从而产生不同的执行结果。多态性使得一个属性或变量在不同的时期可以表示不同类的对象。

抽象是通过特定的实例抽取共同特征以后形成概念的过程。它强调主要特征，忽略次要特征。换而言之，抽象是一种单一化的描述，它强调给出与应用相关的特性，抛弃不相关的特性。

接口就是对操作规范的说明。接口可以理解成为类的一个特例，它只规定实现此接口的类的操作方法，而把真正的实现细节交由实现该接口的类去完成。

消息（Message）是对象间的交互手段，其语法形式为：Message:[dest,op,para]。其中，dest 指目标对象（Destination Object），op 指操作（Operation），para 指操作需要的参数（Parameters）。

软件复用是指将已有的软件及其有效成分用于构造新的软件系统。组件技术是软件复用实现的关键。

（19）B。**要点解析**：网络规划应率先考虑的 3 个原则是，实用性原则、开放性原则和先进性原则。其中，开放性原则是指，在进行网络规划时，要遵循统一的通信协议标准，即网络架构和通信协议应该选择广泛使用的国际标准和事实上的工业标准。例如，采用开放的 IEEE 802.3 系列标准、TCP/IP 协议簇等技术，从而有利于未来网络系统扩充，同时也利于与外部网络（如 Internet 等）互连互通。

实用性原则是指，在网络规则方案中要体现所设计的网络能满足现有及未来几年信息系统的应用需求，把握“够用”和“实用”原则，网络系统应采用成熟、可靠的技术和设备，达到实用、经济和有效的结果。换而言之，计算机设备、服务器设备和网络设备在技术性能逐步提升的同时，其价格却在逐年下降，因此在网络建设中不可能也没必要实现所谓“一步到位”。

先进性原则是指，建设一个现代化的网络系统，应尽可能采用先进而成熟的技术，应在一段时间内保证其主流地位。开放性原则包括采用开放标准、开放技术、开放结构、开放系统组件、开放用户接口。

可扩展性原则是指，在网络规划设计中不仅要考虑到近期目标，也要为网络的进一步发展留有扩展的余地，即要求在规模和性能两方面具有良好的扩充余地。

（20）A。**要点解析**：DNS（Domain Name Server）服务器的功能是，查询域名与 IP 地址之间的相互映射关系，即能够将域名转换为 IP 地址，或者能够通过 IP 地址查找到相应主机的域名。

（21）C。**要点解析**：目前，综合布线领域广泛遵循的标准是 TIA/EIA 568 A 或 EIA/TIA 568B。在这两个标准中，将结构化综合布线系统分为建筑群子系统、设备间子系统、垂直干线子系统、管理子系统、水平布线子系统和工作区子系统等 6 个子系统。

GB/T 50311—2000《建筑与建筑群综合布线系统工程设计规范》是一个自 2000 年 8 月 1 日起施行的推荐性国家标准。

TIA/EIA TR—41 委员会与美国国内标准委员会(ANSI)于 1991 年 5 月制订了首个 ANSI/TIA/EIA 570 家居布线标准，1998 年 9 月，TIA/EIA 协会正式修订及更新家居布线标准，并重新订为 ANSI/TIA/EIA 570A 家居电信布线标准。

至 2009 年 12 月 1 日止，在综合布线领域还未出台名称为“TIA/EIA 568 D”的相关标准。

（22）A。**要点解析**：若以终端方式接入因特网，不需要 IP 地址，此时只能访问登录的远程主机。

若通过 PPP 拨号方式接入 Internet，则需要拨号用户的账号和密码，无须固定的 IP 地址。客户端的 IP 地址由因特网服务提供商（ISP）动态分配。

通过局域网接入 Internet，可以使用静态分配的 IP 地址，也可以使用 DHCP 服务器动态分配的 IP 地址。通常，后一种 IP 地址分配方式用于大型网络中，以简化网络管理，减少网络配置的差错。

通过代理服务器接入 Internet，基于代理服务器的网络地址转换（NAT）功能，多台主机可以共享一个 IP 地址。

（23）A。**要点解析**：直接连接存储（DAS）将磁盘阵列、磁带库等数据存储设备通过扩展接口（通常是 SCSI 接口）直接连接到服务器或客户端。

网络连接存储（NAS）与 DAS 不同，它的存储设备不是直接连接到服务器，而是直接连接到网络，通过标准的网络拓扑结构连接到服务器。

存储区域网络（SAN）是一种特殊的高速专用网络，它用于连接网络服务器和大型存储设备（如磁盘阵列或备份磁带库等）。

小型计算机系统专用接口（SCSI）是一种智能的通用接口标准。它可以让计算机加装其他外设设备（如硬盘、光驱和扫描仪等）以提高系统性能或增加新的功能。

（24）C。**要点解析：**电子商务安全要求包括以下 4 个方面。

①数据传输的安全性，即保证在公网上传送的数据不被第三方窃取。对数据的安全性保护是通过采用数据加密（包括对称密钥加密和非对称密钥加密）来实现的，数字信封技术是结合对称密钥加密和非对称密钥加密技术实现的保证数据安全性的技术。

②数据的完整性，即数据在传输过程中不被篡改。数据的完整性可以通过采用安全的 Hash 函数和数字签名技术来实现。双重数字签名可以用于保证多方通信时数据的完整性。

③交易各方的身份认证。参与安全通信的双方在进行安全通信前，必须互相鉴别对方的身份。身份认证是采用口令技术、公开密钥技术或数字签名技术和数字证书技术来实现的。

④交易的不可抵赖。网上交易的各方在进行数据传输时，必须带有自身特有的、无法被别人复制的信息，以保证交易发生纠纷时有所对证。这是通过数字签名技术和数字证书技术来实现的。

（25）D。**要点解析：**数据完整性是指信息未经授权不能进行改变的特性。即应用系统的信息在存储或传输过程中保持不被偶然（或蓄意地）删除、篡改、伪造、乱序、重放和插入等破坏和丢失的特性。

影响信息完整性的主要因素有设备故障、误码（传输、处理和存储过程中产生的误码，定时的稳定度和精度降低造成的误码，各种干扰源造成的误码）、人为攻击和计算机病毒等。而数字签名、公证、密码校验和方法、纠错编码方法、各种安全协议等是保障应用系统完整性的主要方法。

（26）C。**要点解析：**应用系统运行中涉及的安全和保密层次包括 4 层，这 4 个层次按粒度从粗到细的排列顺序是系统级安全、资源访问安全、功能性安全、数据域安全，详见表 8-2。

**表 8-2　应用系统运行中涉及的安全和保密层次**

| 层　次 | 说　明 |
| --- | --- |
| 系统级安全 | 是应用系统的第一道防护大门，通过对现行系统安全技术的分析，制定系统级安全策略。策略包括敏感系统的隔离、访问 IP 地址段的限制、登录时间段的限制、会话时间的限制、连接数的限制、特定时间段内登录次数的限制以及远程访问控制等 |
| 资源访问安全 | 对程序资源的访问进行安全控制，在客户端上，为用户提供和其权限相关的用户界面，仅出现和其权限相符的菜单和操作按钮；在服务端则对 URL 程序资源和业务服务类方法的调用进行访问控制 |
| 功能性安全 | 对程序流程产生影响，如用户在操作业务记录时，是否需要审核，上传附件不能超过指定大小等。这些安全限制已经不是入口级的限制，而是程序流程内的限制，在一定程度上影响程序流程的运行 |
| 数据域安全 | 包括两个层次，①行级数据域安全，即用户可以访问哪些业务记录，通常以用户所在单位为条件进行过滤；②字段级数据域安全，即用户可以访问业务记录的哪些字段。不同的应用系统数据域安全的需求存在很大的差别，业务相关性比较高 |

（27）D。**要点解析：**系统运行安全管理制度是系统管理的一个重要内容。它是确保系统按照预定目标运行并充分发挥其效益的必要条件、运行机制和保障措施。其中，在用户管理制度方面，应建立用户身份识别与验证机制，防止非授权用户进入应用系统；对用户及其权限的设定应进行严格管理，用户权限的分配必须遵循“最小特权”原则；用户密码应严格保密，并及时更新；重要用户密码应密封交安全管理员保管，相关人员调离时应及时修改有相关密码和口令等。

（28）D。**要点解析：**数据仓库系统的结构通常包含数据源、数据的存储与管理、OLAP 服务器、前端分析工具等 4 个层次。数据源是数据仓库系统的基础，通常包括企事业单位的内部信息和外部信息。数据的存储与管理是整个数据仓库系统的核心。数据仓库的组织管理方式决定了其对外数据的表现形式。需要根据数据仓库的特点决定所采用的产品和技术，并针对现有各业务系统的数据进行抽取、清理及有效集成，按主题进行组织。

OLAP 服务器对分析需要的数据进行有效集成，按多维模型组织，以便进行多角度、多层次的分析，并发现趋势。其具体实现可以分为 ROLAP、MOLAP 和 HOLAP。其中，ROLAP 的基本数据和聚合数据均存放在关系数据库中；MOLAP 的基本数据和聚合数据均存放在多维数据库中；HOLAP 的基本数据存放在关系数据库中，聚合数据存放在多维数据库中。

前端分析工具主要包括各种报表工具、查询工具、数据分析工具、数据挖掘工具，以及各种基于数据仓库或数据集市的应用开发工具。其中，数据分析工具主要针对 OLAP 服务器；报表工具数据挖掘工具主要针对数据仓库。

（29）C。**要点解析**：面向服务的体系结构（Service-Oriented Architecture，SOA）是一个组件模型，它将应用程序的不同功能单元（称为服务）通过这些服务之间定义良好的接口和契约联系起来。接口是采用中立的方式进行定义的，它应该独立于实现服务的硬件平台、操作系统和编程语言。这使得构建在各种这样的系统中的服务可以一种统一和通用的方式进行交互。

Web 服务（Web Service）定义了一种松散的、粗粒度的分布计算模式，使用标准的 HTTP/HTTPS 协议传送 XML 表示及封装的内容。从本质上来说，SOA 是一种架构模式，而 Web Service 是利用一组标准实现的服务。Web Service 是实现 SOA 的方式之一。用 Web Service 来实现 SOA 的好处在于，可以实现一个中立平台来获得更好的服务。

DCOM（分布式组件对象模型）是一系列微软的概念和程序接口。利用该接口，客户端程序对象能够请求来自网络中另一台计算机上的服务器程序对象。DCOM 基于组件对象模型（COM），该模型提供了一套允许同一台计算机上的客户端和服务器之间进行通信的接口。

Java 2 平台企业版（Java 2 Platform Enterprise Edition，J2EE）是一种利用 Java 2 平台来简化企业解决方案的开发、部署和管理相关的复杂问题的体系结构。其核心是一组技术规范与指南，其中所包含的各类组件、服务架构及技术层次，均有共通的标准及规格，让各种依循 J2EE 架构的不同平台之间，存在良好的兼容性，以解决企业后端使用的信息产品彼此之间无法兼容，导致企业内部或外部难以互通的窘境。

（30）B。**要点解析**：微软的. NET 是基于一组开放的因特网协议而推出的一系列的产品、技术和服务。. NET 开发框架在通用语言运行环境基础上，给开发人员提供了完善的基础类库、数据库访问技术及网络开发技术，开发者可以使用多种语言快速构建网络应用。其中，通用语言运行环境处于. NET 开发框架的最低层，是该框架的基础，它为多种语言提供了统一的运行环境、统一的编程模型，大大简化了应用程序的发布和升级、多种语言之间的交互、内存和资源的自动管理等。

基础类库为开发人员提供了一个统一的、面向对象的、层次化的、可扩展的编程接口，使开发人员能够高效、快速地构建基于下一代因特网的网络应用。

ADO.NET 技术用于访问数据库，提供了一组用来连接到数据库、运行命令、返回记录集的类库。

通用语言规范（CLS）是指用于促进不同编程语言之间互操作性的一套规范。它是. NET 中一项很重要的、架构方面的特性。它使得已有的代码库更容易被作为托管代码库使用。它还允许程序员使用各种编程语言，而不仅仅局限于很少的几种。

（31）D。**要点解析**：职能型组织、矩阵型组织、项目型组织是与项目有关的主要组织结构类型，其关键特征如表 8-3 所示。

**表 8-3 组织结构类型及其关键特征**

| 组织类型 / 项目特征 | 职能型组织 | 矩阵型组织 | | | 项目型组织 |
|---|---|---|---|---|---|
| | | 弱矩阵型 | 平衡矩阵型 | 强矩阵型 | |
| 项目经理权限 | 很少或没有 | 有限 | 少到中等 | 中等到大 | 很高到全权 |
| 可利用的资源 | 很少或没有 | 有限 | 少到中等 | 中等到大 | 很高到全权 |
| 控制项目预算者 | 职能经理 | 职能经理 | 职能经理与项目经理 | 项目经理 | 项目经理 |
| 项目经理的角色 | 半职 | 半职 | 全职 | 全职 | 全职 |
| 项目经理的一般头衔 | 项目协调员/项目主管 | 项目协调员/项目主管 | 项目经理/项目主任 | 项目经理/计划经理 | 项目经理/计划经理 |
| 项目管理行政人员 | 半职 | 半职 | 半职 | 全职 | 全职 |
| 全职参与的职员比例 | 没有 | 0%~25% | 15%~60% | 50%~95% | 85%~100% |

在本试题所给的4个选项中，职能型组织结构中，项目经理的权力最小；项目型组织结构中，项目经理的权力最大。

（32）D。**要点解析**：项目建议书（又称立项申请）是项目建设单位向上级主管部门提交项目申请时所必须的文件，是项目发展周期的初始阶段，是国家或上级主管部门选择项目的依据，也是可行性研究的依据。项目建议书应该包括的核心内容有：①项目的必要性；②项目的市场预测；③产品方案或服务；④项目建设必需的条件。风险因素及对策不属于项目建议书的核心内容。

（33）C。**要点解析**：《招标投标法》第二十八条规定，投标人应当在招标文件要求提交投标文件的截止时间前，将投标文件送达投标地点。招标人收到投标文件后，应当签收保存，不得开启。投标人少于3个的，招标人应当依照本法重新招标。在招标文件要求提交投标文件的截止时间后送达的投标文件，招标人应当拒收。

投标人必须按照招标文件规定的地点、在规定的时间内送达投标文件。投递投标书的方式最好是直接送达或委托代理人送达，以便获得招标机构已收到投标书的回执。

如果以邮寄方式送达的，投标人必须留出邮寄时间，以保证投标文件能够在截止日期之前送达招标人指定的地点。而不是以“邮戳为准”。在截止时间之后送达的投标文件，即已经过了招标有效期的，招标人应当原封退回，不得进入开标阶段。

（34）C。**要点解析**：制定招标评分标准，通常应遵循的原则有：①以客观事实为依据；②严格控制自由裁量权；③得分应能明显分出高低；④执行国家规定，体现国家政策；⑤评分标准应便于评审；⑥细则横向比较等。其中，严格控制自由裁量权原则是指，在评分细则中应尽可能少出现“由评委根据某某情况酌情打分”的字样，对那些确实不好用客观依据量化、细化的评分因素，也应将评委的自由裁量权控制在最小范围内。例如技术方案、现场答辩、现场测试效果等确实无法描述的评分因素，评分细则应设定该因素的最低得分值，且最低得分不得少于该因素满分值的50%。

（35）D。**要点解析**：每一个项目都有一个进度要求，项目进度管理就是保证项目的所有工作都在一个指定的时间内完成。活动资源估算要求估算每一活动所需要的材料、人员、设备，以及其他物品的种类与数量。活动资源估算的输出主要包括活动资源要求、活动属性、资源分解结构、资源日历、请求的变更等。

活动清单是活动定义的输出之一。

（36）C。**要点解析**：前导图法（PDM）用于关键路径法，是编制项目进度网络图的一种方法，它使用方框或者长方形(被称做节点)代表活动，且用箭头连接，显示它们彼此之间存在的逻辑关系。前导图法包括活动之间存在的4种类型的依赖关系。本试题选项A图示了结束-开始的关系（F-S型），即前序活动结束后，后续活动才能开始；选项B图示了结束-结束的关系（F-F型），即前序活动结束后，后续活动才能结束；选项C图示了开始-开始的关系（S-S型），即前序活动开始后，后续活动才能开始；选项D图示了开始－结束的关系（S-F型），即前序活动开始后，后续活动才能结束。

某项目中有两个活动单元：活动一和活动二。其中，活动一开始后活动二才能开始，这说明这两个活动存在S-S型的关系，应使用选项C的前导图来表示这两个活动之间的依赖关系。

（37）B；（38）C。**要点解析**：考虑原有估算中风险的大小，可以提高活动历时估算的准确性。三点估算就是在确定三种估算的基础上做出的，它来自于计划评审技术（PERT）。

活动历时（AD）的均值=（最乐观时间+4×最可能时间+最悲观时间）/ 6

例如，某项目初步估计10天即可完成，如果出现问题耽搁了也不会超过20天完成，最快6天即可完成。那么，这个估计的PERT值为：（6+4×10+20）/6 = 66/6 =11天，该项目的历时为11天。

因为是估算，所以难免有误差，而三点估算法估算出的历时符合正态分布曲线，其方差为$\sigma$ =（最悲观时间－最乐观时间）/ 6 =（20－6）/ 6 ≈ 2.3天。

（39）D。**要点解析**：项目人力资源计划编制是确定与识别项目中的角色、分配项目职责和汇报关系，并记录下来形成书面文件，其中包括项目人员配备管理计划。项目人力资源计划编制的输出主要有：角色与职责的分配、项目的组织结构图、人员配备管理计划。

妥当处理项目团队成员的人际关系是一种项目管理的软技能。

（40）B。**要点解析：**任务分配矩阵或称责任分配矩阵（RAM）用于表示需要完成的工作由哪个团队成员负责的矩阵，或需要完成的工作与哪个团队成员有关的矩阵。矩阵图可以使每个项目团队成员看到与自己相关的所有活动，以及和某个活动相关的所有成员。

（41）B。**要点解析：**马斯洛需求层次包括从低到高的生理、安全、社会、尊重和自我实现 5 个层次。在项目团队的建设过程中，项目经理需要理解项目团队的每一个成员的需要等级，并据此制订相关的激励措施。例如，在生理和安全需要得到满足的情况下，公司的新员工或者新到一个城市工作的员工可能有社会交往的需要。为了满足他们这种归属感的需要，有些公司就会专门为这些懂得信息技术的新员工组织一些聚会和社会活动，或者为没有住房的员工提供住处。

赫兹伯格指出人的激励因素有两种：一种是保健卫生，不好的保健卫生因素会消极地影响员工的积极性，而增强保健卫生因素却不一定能够激励员工。二是激励需求，积极的激励行为会使员工努力积极地工作，以达到公司的目标和员工自我实现的满足感和责任感。

维克多·弗罗姆的期望理论认为，一个目标对人的激励程度受目标效价和期望值两个因素影响。如果实现该目标对个人来说很有价值，则个人的积极性就高；反之，积极性则低。只有个人认为实现该目标的可能性很大，才会去努力争取实现，从而在较高程度上发挥目标的激励作用；反之，目标的激励作用则小，以至完全没有。

X 理论认为，员工是懒散的、消极的、不愿意为公司付出劳动，即只要员工有机会在工作时间内不工作，那么他们就不想工作，只要有可能他们就会逃避为公司付出努力去工作。

Y 理论认为，员工是积极的，在适当的环境上，员工会努力工作，尽力完成公司的任务就像自己在娱乐和玩一样努力，并从工作中获得满足感和成就感。

Y 理论、期望理论、马斯洛理论和赫兹伯格的卫生理论是对追求较高层次需求的人们可以产生激励作用的理论，与高科技环境下项目团队成员的高学历、高素质相对应。

（42）B。**要点解析：**项目的工作分解结构（WBS）是管理项目范围的基础，详细描述了项目所要完成的工作。WBS 的组成元素有助于项目干系人检查项目的最终产品。

通常，将 WBS 的最底层的工作单元称为工作包。它是定义工作范围、定义项目组织、设定项目产品的质量和规格、估算和控制费用、估算时间周期和安排进度的基础。

目前，常用的 WBS 表示形式主要有分级的树形结构和列表形式两种。其中，树形结构图类似于组织结构图，其优点表现在层次清晰，非常直观，结构性很强，适用于中小型的应用项目中。但树形结构图不易于修改，对于大的、复杂的项目也难以展示出项目的全景。

列表形式类似于书籍的分级目录，能够反映出项目所有的工作要素，但其直观性较差。常用在一些大的、复杂的项目中，这是因为大型项目分解后，内容分类较多，容量较大，用缩进图表的形式表示比较方便，也可以装订成册。在项目管理工具软件中，也会采用列表形式的 WBS。

（43）A。**要点解析：**范围确认是客户等项目干系人正式验收并接受已完成的项目可交付物的过程，属于有关工作结果的接受问题。范围确认过程也称为范围核实过程。项目范围确认包括审查项目可交付物以保证每一交付物都能够令人满意地完成。如果项目在早期被终止，项目范围确认过程将记录其完成的情况。

范围控制是监控项目状态如项目的工作范围状态和产品范围状态的过程，也是控制变更的过程。范围控制涉及以下内容：影响导致范围变更的因素，确保所有被请求的变更按照项目整体变更控制过程处理，范围变更发生时管理实际的变更。范围控制还要与其他控制过程相结合。

（44）C。**要点解析：**自下而上的估算方法是指估算单个工作包或细节最详细的活动的成本，然后将这些详细成本汇总到更高层级，以便用于报告和跟踪目的。自下而上估算方法的成本，其准确性取决于单个活动或工作包的规模和复杂程度。通常，需要投入量较小的活动，其活动成本估算的准确性较高。

（45）C。**要点解析**：对于项目而言，主要有固定成本、可变成本、直接成本和间接成本等成本类型，详见表8-4。

表8-4　项目成本说明表

| 类　型 | 定　义 | 举　例 |
|---|---|---|
| 固定成本 | 不随生产量、工作量或时间的变化而变化的非重复成本 | 员工的基本工资、设备的折旧、保险费和不动产税等 |
| 可变成本 | 也称变动成本，随着生产量、工作量或时间而变的成本 | 外购半成品、与销售量呈正比例变动的销售费用等 |
| 直接成本 | 直接可以归属于项目工作的成本 | 项目团队差旅费、工资、项目使用的物料及设备使用费等 |
| 间接成本 | 来自一般管理费用科目或几个项目共同担负的项目成本所分摊给本项目的费用 | 税金、额外福利和保卫费用等 |

（46）A。**要点解析**：依题意，在某项目进行的第3个月，PV=25万元，AC=28万元。由于缺少在既定的时间段内实际完工工作的预算成本EV值，因此无法评估该项目的成本偏差和进度偏差等情况。

（47）D。**要点解析**：德尔菲法是众多专家就某一主题（如项目风险）达成一致意见的一种方法。项目风险管理专家以匿名方式参与此项活动。主持人用问卷征询有关重要项目风险的见解，问卷的答案交加并汇总后，随即在专家之中传阅，请他们进一步发表意见。此项过程进行若干轮之后，就不难得出关于主要项目风险的一致看法。应用德尔菲法技术，可以减少分析过程中的偏见，防止任何人对事件结果施加不正确的影响。

（48）B。**要点解析**：项目风险管理就是对项目寿命周期中可能遇到的风险进行预测、识别、评估、分析，并在此基础上有效地处置风险，以最低成本实现最大的安全保障。

定性风险分析指通过考虑风险发生的概率，以及风险发生后对项目目标及其他因素(即费用、进度、范围和质量风险承受能力等)的影响，对已识别风险的优先级进行评估。

风险监控就是要跟踪风险，识别剩余风险和新出现的风险，修改风险管理计划，保证风险计划的实施，并评估消减风险的效果，从而保证风险管理能达到预期的目标。

（49）A。**要点解析**：定量风险分析是指对定性风险分析过程中识别出的对项目需求存在潜在重大影响而排序在先的风险进行的量化分析，并给风险分配一个数值。风险定量分析是在不确定情况下进行决策的一种量化的方法。该项过程经常采用蒙特卡洛模拟与决策树分析等技术。

蒙特卡罗分析法也称为随机模拟法，其基本思想是先建立一个概率模型或随机过程，使它的参数等于问题的解，再通过对模型或过程的观察计算所求参数的统计特征，最后给出所求问题的近似值，解的精度可以用估计值的标准误差表示。

SWOT分析法、检查表分析法属于风险识别的方法。

（50）B。**要点解析**：我国《合同法》第八条规定：依法成立的合同，对当事人具有法律约束力。当事人应当按照约定履行自己的义务，不得私自变更或者解除合同。依法成立的合同，受法律保护。

有效的合同是当事人遵守的行为准则和合法性根据。有效合同应具备的特点有：①签订合同的当事人应当具有相应的民事权利能力和民事行为能力；②意思表示真实；③不违反法律或社会公共利益。

与有效合同相对应，需要避免无效合同。无效合同通常需具备下列任一情形。

①一方以欺诈、胁迫的手段订立合同；

②恶意串通，损害国家、集体或者第三人利益；

③以合法形式掩盖非法目的；

④损害社会公共利益；

⑤违反法律、行政法规的强制性规定。

（51）C。**要点解析**：合同管理是管理建设方与承建方(委托方与被委托方，买方与卖方)的关系，保

证承建方的实际工作满足合同要求的过程。它主要包括合同签订管理、合同履行管理、合同变更管理，以及合同档案管理。

（52）B。**要点解析：**合同的内容就是当事人订立合同时的各项合同条款。其主要内容包括当事人各自权利和义务、项目费用及工程款的支付方式、项目变更约定和违约责任等。

（53）C。**要点解析：**质量验收标准是一个关键指标。如果双方的验收标准不一致，就会在系统验收时产生纠纷。在某种情况下，承建单位为了获得项目也可能将信息系统的功能过分夸大，使得建设单位对信息系统功能的预期过高。除此之外，建设单位对信息系统功能的预测可能会随着自己对系统的熟悉而提高标准。为避免此类情况的发生，在合同中清晰地规定质量验收标准对双方都是有益的。

（54）B。**要点解析：**对合同内容(或条款)的描述务必要达到“准确、简练、清晰”的标准要求，切忌用语含混不清。例如，为出售公司软件产品，如果只在合同中写明“软件交付以后，买方应尽快安排付款”，则那么“尽快”、“安排付款”等用语都是十分含混的规定，容易引起歧义，对此应改进，即应该在付款期限方面加以明确规定。

（55）B。**要点解析：**索赔是在工程承包合同履行中，当事人一方由于另一方未履行合同所规定的义务而遭受损失时，向另一方提出赔偿要求的行为。索赔的性质属于经济补偿行为，而不是惩罚行为。在一般情况下，索赔都可以通过协商方式友好解决，若双方无法达成妥协时，可通过仲裁解决。

索赔必须以合同为依据，即遇到索赔事件时，以合同为依据来公平处理合同双方的利益纠纷。

合同索赔是工程建设项目中常见的一项合同管理的内容，同时也是规范合同行为的一种约束力和保障措施。

（56）A。**要点解析：**箭线图法（ADM）是用箭线表示活动、节点表示事件的一种网络图绘制方法，也称为双代号网络图法。在箭线图表示法中，给每个事件而不是每项活动指定一个唯一的代号。活动的开始（箭尾）事件称为该活动的紧前事件，活动的结束（箭头）事件称为该活动的紧随事件。为了绘图的方便，引入了一种额外的、特殊的活动，称之为虚活动。虚活动不消耗时间，在网络图中用一个虚箭线表示。

在图 8-2 所示的箭线图中，共有 A、B、C 3 个活动。活动 A 和 B 可以同时进行。由于节点②、③之间存在一个虚活动，因此只有活动 A 和 B 都完成后，活动 C 才开始。

（57）A。**要点解析：**项目章程是正式批准一个项目的文档，或者是批准现行项目是否进入下一阶段的文档。项目章程应当由项目组织以外的项目发起人发布，若项目为本组织开发也可由投资人发布。项目章程为项目经理使用组织资源进行项目活动提供了授权。

对于信息系统工程项目，项目合同是指对信息系统工程策划、咨询、设计、开发、实施、服务及保障有关的各类合同，从合同条件的拟定、协商、签署，到执行情况的检查和分析等环节进行组织管理的工作，以达到通过双方签署的合同实现信息系统工程的目标和任务，同时维护建设单位和承建单位及其他关联方的正当权益。

项目工作说明书（SOW）是对项目所要提供的产品、成果或服务的描述。对内部项目而言，项目发起者或投资人基于业务需要（或产品、或服务的需求）提出工作说明书（也称为任务书）。对外部项目而言，工作说明书作为投标文档的一部分从客户那里得到，如邀标书、投标邀请书或者合同中的一部分。

（58）D。**要点解析：**项目范围说明书详细描述了项目的可交付物，以及产生这些可交付物所必须做的项目工作。项目范围说明书在所有项目干系人之间建立了一个对项目范围的共同理解，描述了项目的主要目标，使项目团队能进行更详细的计划，指导项目团队在项目实施期间的工作，并为评估是否为客户需求进行变更或附加的工作是否在项目范围之内提供基准。

（59）D。**要点解析：**强制性依赖关系、可斟酌处理的依赖关系、外部依赖关系是在确定活动之间的先后顺序时的 3 种依赖关系，详见表 8-5。

表 8-5 活动排序各种依赖关系

| 类别 | 定义 | 说明 |
|---|---|---|
| 强制性依赖关系 | 也称为硬逻辑关系，是指工作性质所固有的依赖关系 | 往往涉及一些实际的限制。例如，在施工项目中，只有在基础完成之后，才能开始上部结构的施工 |
| 可斟酌处理的依赖关系 | 也称为优先选用逻辑关系、优先逻辑关系或者软逻辑关系，通常根据对具体应用领域内部最好做法，或者项目某些非寻常方面的了解而确定 | 要有完整的文字记载，因为它们会造成总时差不确定、失去控制并限制今后进度安排方案的选择。根据某些可斟酌处理的依赖关系，包括根据以前完成同类型工作的成功项目所取得的经验，选定计划活动顺序 |
| 外部依赖关系 | 是指涉及项目活动和非项目活动之间关系的依赖关系 | 可能要依靠以前性质类似的项目历史信息，或者合同和建议来确定 |

某软件项目已经到了测试阶段，但是由于用户订购的硬件设备没有到货而不能实施测试。这种测试活动与硬件之间的依赖关系属于外部依赖关系。

（60）D。**要点解析：**项目经理小王事后得知项目团队的一个成员已做了一个纠正措施，但是没有记录。根据沟通的升级原则：与对方沟通→与对方的领导沟通→与自己的领导沟通→自己的领导与对方的领导沟通。小王应先找这个成员沟通，而不能直接将该情况通知该成员的部门经理。因此可排除选项 A。

按照变更控制流程：变更申请→评估变更→变更决策→实施变更→验证变更→沟通存档。选项 D 相当于事后补办的“变更申请”，然后再进行评估，如果纠正措施不合理，则应撤销纠正措施（即选项 B），最后要将该纠正行为记入文档（即选项 C）。

（61）A。**要点解析：**买方的采购文件用来得到潜在卖方的报价建议书。当技术能力或技术方法等其他的考虑极为重要时，则通常使用建议书这个术语。当选择卖方的决定基于价格（例如当购买商业产品或标准产品）时，通常使用标价或报价而不是报价建议书这个术语。

买方采购文档的结构应便于潜在卖方提供精确的和完整的答复，也方便对标书的评价。采购文件的详细程度与复杂程度应该与采购事项的价值和风险相关。采购文档应当足够严谨以确保卖方反馈的一致性和可比性，但也要具有一定的灵活性，以允许任何卖方为满足相同的需求而提出的更好建议。

（62）D。**要点解析：**在对某项目采购供应商的评价中，评价项有：技术能力、管理水平、企业资质等。假定每个评价项满分均为 10 分，其中技术能力权重为 20%。若 3 个评定人关于技术能力的打分分别为 7 分、8 分、9 分，则平均分为 8 分。该平均分乘以权重比例即为该供应商的“技术能力”的单项综合分：8×0.2=1.6。

（63）C。**要点解析：**项目变更是指在信息系统项目的实施过程中，由于项目环境或者其他原因而对项目产品的功能、性能、架构、技术指标、集成方法、项目的范围基准、进度基准和成本基准等方面做出的改变。

按变更所发生的空间，可分为内部环境变更和外部环境变更等。例如，某项目由于行业标准变化而导致变更，这属于外部环境变更。

（64）B。**要点解析：**整体变更控制过程贯穿于整个项目过程的始终。对项目范围说明书、项目管理计划和其他项目可交付物必须进行变更管理(或是拒绝变更，或是批准变更)，被批准的变更将被并入一个修订后的项目基准(例如，被批准的项目管理计划)。整体变更控制过程实际上是对项目基准的变更进行标识、文档化、批准或拒绝，并控制的过程。

（65）D。**要点解析：**大多数项目生命周期都具有许多共同的特征。例如，①在初始阶段，费用和人员水平较低，在中间阶段达到最高，当项目接近结束时则快速下降；②在项目的初始阶段不确定性水平最高，因此不能达成项目目标的风险是最高的，随着项目的继续，完成项目的确定性通常也会逐渐变好；③在项目的初始阶段，项目干系人影响项目的最终产品特征和项目最终费用的能力最高，随着项目的继续而逐渐变低。造成这种现象的一个主要原因是随着项目继续，变更和缺陷修改的费用通常会增加。项目策划阶段属于项目的早期，变更成本较低，一般来说变更带来的附加价值较高，而在项目执行阶段，变更成本较高。

（66）D。**要点解析：**对于规模小、与其他项目的关联度小的项目，变更的提出与处理过程可在操作上力求简便、高效，但仍应注意的要点有：①对变更产生的因素施加影响，以防止不必要的变更并减少无的评估，提高必要变更的通过效率；②对变更的确认应当正式化；③变更的操作过程应当规范化，如应确变更的组织与分工合作，对变更的申请和确认应当文档化。

（67）B。**要点解析**：从管理流程来看，项目质量管理是为了保证项目最终能够达到预期的质量目标进行的一系列的管理过程。整个项目质量管理过程可以分解为确立质量标准体系、对项目实施进行质量控、将实际与标准对照、纠偏纠错等 4 个环节。

建立适当的质量衡量标准是进行项目质量管理的前提性和关键性工作。根据企事业单位在实施项目方的整体战略规划与项目实施计划，实施项目的主体单位首先要确立衡量项目质量的标准体系。

（68）D。**要点解析**：流程图法、实验设计法、质量功能展开（QFD）、过程决策程序图法（PDPC）属于制定项目质量计划所采用的主要方法、技术和工具。其中，PDPC 的主要思想是，在制定计划时对现既定目标的过程加以全面分析，估计到种种可能出现的障碍及结果，设想并制定相应的应变措施和应计划，保持计划的灵活性；在计划执行过程中，当出现不利情况时，就立即采取原先设计的措施，随时正方案，从而使计划仍能有条不紊地进行，以达到预定的目标；当出现了没有预计到的情况时随机应变，取灵活的对策予以解决。

流程图是指任何显示与某系统相关的各要素之间相互关系的示意图。流程图是流经一个系统的信息、观点流或部件流的图形代表。在企业中，流程图主要用来说明某一过程（如生产线上的工艺流程，或成一项任务必需的管理过程等）。

实验设计是一种统计方法，它帮助确定影响特定变量的因素。例如，用于解决成本与进度权衡的项目理问题。高级程序员的成本要比初级程序员高，但可以预期他们在较短时间内能完成指派的工作。恰当设计“实验”（高级程序员与初级程序员的不同组合计算项目成本与历时）往往可以从为数有限的方案中定最优的解决方案。

QFD 是将项目的质量要求、客户意见转化成项目技术要求的专业方法。该方法从客户对项目交付结的质量要求出发，先识别出客户在功能方面的要求，然后把功能要求与产品或服务的特性对应起来，根功能要求与产品特性的关系矩阵，以及产品特性之间的相关关系矩阵，进一步确定出项目产品或服务的术参数，技术参数一经确定，项目小组就很容易有针对性地提供满足客户需求的产品或服务。

（69）A。**要点解析**：六西格玛管理法的核心是将所有的工作作为一种流程，采用量化的方法分析流中影响质量的因素，找出最关键的因素加以改进，从而达到更高的客户满意度，即采用 DMAIC（确定、量、分析、改进、控制）改进方法对组织的关键流程进行改进。

六西格玛的优越之处在于：①从项目实施过程中改进和保证质量，而不是从结果中检验控制质量；②少了检控质量的步骤；③减少了由于质量问题带来的返工成本；④培养了员工的质量意识，并把这种质意识融入企业文化中。

（70）A。**要点解析**：测试是项目质量控制过程的重要组成部分，用来确认一个项目的品质或性能是符合需求说明书中所提出的一些要求。软件测试是为了发现错误而执行程序的过程，是在软件投入运行，对软件需求分析、设计规格说明和编码的最终复审，是软件质量控制的关键步骤。在完成每个模块编工作之后就要做的必要测试，称为单元测试。编码和单元测试属于软件生存期中的同一个阶段。在结束元测试之后还要对软件系统进行各种综合测试（如集成测试、系统测试、验收测试等）。

（71）A。**参考译文**：风险管理并不能使得项目经理及其团队在项目的规划过程中避免大多数的风险。

（72）A。**参考译文**：项目的生命周期可以被描述为项目启动、项目计划，项目实施和项目收尾。

（73）D。**参考译文**：前导图法（PDM）用于关键路径法，是用于编制项目进度网络图的一种方法，使用方框或者长方形（被称做节点）代表活动，它们之间用箭头连接，显示它们彼此之间存在的逻辑关系。

（74）D。**参考译文**：制定进度表可能要求对历时估算与资源估算进行审查与修改，以便进度表在批之后能够当做跟踪项目绩效的基准使用。

（75）B。**参考译文**：制定项目管理计划过程定义、准备、集成和协调所有的分计划，以形成项目管计划。

## 8.1.3 参考答案

表 8-6 给出了本份上午试卷问题 1～问题 75 的参考答案，供读者练习时参考，以便查缺补漏。读者可按每空 1 分的评分标准得出测试分数，从而大致评估自己对这些知识点的掌握程度。

表 8-6 参考答案表

| 题号 | 参考答案 | 题号 | 参考答案 |
|---|---|---|---|
| (1)～(5) | B、A、C、A、D | (41)～(45) | B、B、A、C、C |
| (6)～(10) | C、C、B、B、C | (46)～(50) | A、D、B、A、B |
| (11)～(15) | D、B、A、B、A | (51)～(55) | C、B、C、B、B |
| (16)～(20) | B、C、B、B、A | (56)～(60) | A、A、D、D、D |
| (21)～(25) | C、A、A、C、D | (61)～(65) | A、D、C、B、D |
| (26)～(30) | C、D、D、C、B | (66)～(70) | D、B、D、A、A |
| (31)～(35) | D、D、C、C、D | (71)～(75) | A、A、D、D、B |
| (36)～(40) | C、B、C、D、B | | |

# 8.2 下午试卷

**（考试时间 14：00—16：30，共 150 分钟）**

**请按下述要求正确填写答题纸**

1．本试卷共 5 道题，全部是必答题，满分 75 分。
2．在答题纸的指定位置填写你所在的省、自治区、直辖市和计划单列市的名称。
3．在答题纸的指定位置填写准考证号、出生年月日和姓名。
4．答题纸上除填写上述内容外，只能填写解答。
5．解答时字迹务必清楚，字迹不清，将不评分。
6．仿照下面例题，将解答写在答题纸的对应栏内。

**【例题】**

2009 年下半年全国计算机技术与软件专业技术资格（水平）考试日期是＿＿（1）＿＿月＿＿（2）＿＿日。因为正确的解答是“11 月 14 日”，故在答题纸的对应栏内写上“11”和“14”（参看下表）。

| 例题 | 解答栏 |
|---|---|
| (1) | 11 |
| (2) | 14 |

## 8.2.1 试题描述

**试题 1**

阅读下列说明，针对项目的合同管理，根据要求回答问题 1～问题 3。（15 分）

**【说明】**

系统集成公司 A 于 2009 年 1 月中标某市政府 B 部门的信息系统集成项目。经过合同谈判，双方订了建设合同，合同总金额 1150 万元，建设内容包括搭建政府办公网络平台，改造中心机房，并采购所需的软硬件设备。

A 公司为了把项目做好，将中心机房的电力改造工程分包给专业施工单位 C 公司，并与其签订分包合同。

在项目实施了两个星期后，由于政府 B 部门为了更好满足业务需求，决定将一个机房分拆为两个，因此需要增加部分网络交换设备。B 参照原合同，委托 A 公司采购相同型号的网络交换设备，金额为 127 万元，双方签订了补充协议。

在机房电力改造施工过程中，由于 C 公司工作人员的失误，造成部分电力设备损毁，导致政府 B 部门两天无法正常办公，严重损害了政府 B 部门的社会形象，因此 B 部门就此施工事故向 A 公司提出索赔。

**【问题 1】（4 分）**

请指出 A 公司与政府 B 部门签订的补充协议有何不妥之处，并说明理由。

---

---

**【问题 2】（5 分）**

请简要叙述合同的索赔流程。

---

---

**【问题 3】（6 分）**

请简要说明针对政府 B 部门向 A 公司提出的索赔，A 公司应如何处理。

---

---

## 试题 2

阅读下列说明，针对项目的范围管理，根据要求回答问题 1～问题 3。（15 分）

**【说明】**

C 公司是一家从事电子商务的外国公司，为了在中国开展业务，派出 S 主管和 W 翻译来中国寻找合适的系统集成商，试图在中国建设一套业务系统。S 主管精通软件开发，但是不懂汉语，而 W 翻译对计算机相关技术知之甚少。

W 翻译通过中国朋友介绍，找到了从事系统集成的 H 公司。H 公司指派杨工为该业务系统建设项目经理，与 C 公司进行交流。经过需求调研，杨工认为，C 公司想要建设一个视频聊天网站，并据此完成了系统方案。在 W 的翻译下，S 审阅并认可了 H 公司的系统方案。经过进一步的谈判，C 公司和 H 公司签订了合同，并把该系统方案作为合同附件，作为将来项目验收的标准。

合同签订后，杨工迅速组织人力投入系统开发。由于杨工系统集成经验丰富，开发过程进展顺利，对项目如期完工很有把握。系统开发期间，S 主管和 W 翻译忙于在全国各地开拓市场，与 H 公司没有再进行接触。

就在系统开发行将结束之际，S 主管和 W 翻译来到 H 公司查看开发进度。当看到杨工演示的即将完工的业务系统时，S 主管却表示，视频聊天只是系统的一个基本功能，系统的核心功能则是通过视频聊天实现网上交易的电子商务活动，要求 H 公司完善系统功能并如期交付。杨工拿出系统方案作为证据，据理力争。

W 翻译承认此前他的工作有误，导致双方对项目范围的认识产生了偏差，并说服 S 主管将交付日期推后两个月。为了完成合同，杨工同意对系统功能进行扩充完善，并重新修订了系统方案。但是，此后 C 公司又多次提出范围变更要求。杨工发现，不断修订的系统方案已经严重偏离了原始方案，系统如期交付已经是不可能的任务了。

【问题1】(6分)

请结合案例简要说明，详细的项目范围说明书应包含哪些内容，并指出C公司和H公司对哪些方面的理解出现了重大偏差。

【问题2】(6分)

请指出S主管的要求是否恰当？为什么？并请结合本案例简要分析导致C公司多次提出范围变更的可能原因。

【问题3】(3分)

作为项目管理者，杨工此时应关注的范围变更控制的要点有哪些？

## 试题3

阅读下列说明，根据要求回答问题1～问题3。(15分)

【说明】

F公司成功中标S市的电子政务工程。F公司的项目经理李工组织相关人员对该项目的工作进行了分解，并参考以前曾经成功实施的W市电子政务工程项目，估算该项目的工作量为120人月，计划工期为6个月。项目开始不久，为便于应对突发事件，经业主与F公司协商，同意该电子政务工程必须在当年年底之前完成，而且还要保质保量。这意味着，项目工期要缩短为4个月，而项目工作量不变。

李工按照4个月的工期重新制定了项目计划，向公司申请尽量多增派开发人员，并要求所有的开发人员加班加点工作以便向前赶进度。由于公司有多个项目并行实施，给李工增派的开发人员都是刚招进公司的新人。为节省时间，李工还决定项目组取消每日例会，改为每周例会。同时，李工还允许需求调研和方案设计部分重叠进行，允许需求未经确认即可进行方案设计。

最后，该项目不但没能4个月完成，反而一再延期，迟迟不能交付。最终导致S市政府严重不满，项目组人员也多有抱怨。

【问题1】(6分)

请简要分析该项目一再拖期的主要原因。

【问题2】(6分)

请简要说明项目进度控制可以采用的技术和工具。

【问题3】(3分)

请简要说明李工可以提出哪些措施以有效缩短项目工期。

## 试题 4

阅读下列说明，针对项目的成本管理，根据要求回答问题 1 和问题 2。（15 分）

【说明】

某信息系统开发项目由系统集成商 A 公司承建，工期 1 年，项目总预算 20 万元。目前项目实施已进行到第 8 个月末。在项目例会上，项目经理就当前的项目进展情况进行了分析和汇报。截止第 8 个月末项目执行情况分析见表 8-7。

表 8-7　某项目执行情况分析表

| 序　号 | 活　　动 | 计划成本值（元） | 实际成本值（元） | 完成百分比 |
|---|---|---|---|---|
| 1 | 项目启动 | 2 000 | 2 100 | 100% |
| 2 | 可行性研究 | 5 000 | 4 500 | 100% |
| 3 | 需求调研与分析 | 10 000 | 12 000 | 100% |
| 4 | 设计选型 | 75 000 | 86 000 | 90% |
| 5 | 集成实施 | 65 000 | 60 000 | 70% |
| 6 | 测试 | 20 000 | 15 000 | 35% |

【问题 1】（8 分）

请计算截止到第 8 个月末该项目的成本偏差（CV）、进度偏差（SV）、成本执行指数（CPI）和进度执行指数（SPI）；判断项目当前在成本和进度方面的执行情况。

【问题 2】（7 分）

请简要叙述成本控制的主要工作内容。

## 试题 5

阅读下列说明，针对项目的质量管理，根据要求回答问题 1～问题 3。（15 分）

【说明】

系统集成 A 公司承担了某企业的业务管理系统的开发建设工作，并任命张工为项目经理。

张工在担任此新项目项目经理的同时，所负责的原项目尚处在收尾阶段。张工在进行了认真分析后，认为新项目刚刚开始，处于需求分析阶段，而原来的项目尚有某些重要工作需要完成，因此张工将新项目需求分析阶段的质量控制工作全权委托给了软件质量保证（SQA）人员李工。李工制定了本项目的质量计划，包括收集资料、编制分质量计划、并通过相应的工具和技术，形成了项目质量计划书，并按照质量计划书开展相关需求调研和分析阶段的质量控制工作。

在需求评审时，由于需求规格说明书不能完全覆盖该企业的业务需求，且部分需求理解与实际存在较大偏差，导致需求评审没有通过。

【问题 1】（4 分）

请指出 A 公司在项目管理过程中的不妥之处。

【问题 2】（6 分）

请简述项目质量控制过程的基本步骤。

---

【问题 3】（5 分）

请简述制定项目质量计划可采用的方法、技术和工具。

---

## 8.2.2 要点解析

### 试题 1 要点解析

【问题 1】（4 分）

《中华人民共和国政府采购法》第三十一条规定：符合下列情形之一的货物或者服务，可以依照本
采用单一来源方式采购：①只能从唯一供应商处采购的；②发生了不可预见的紧急情况不能从其他供应
处采购的；③必须保证原有采购项目一致性或者服务配套的要求，需要继续从原供应商处添购，且添购
金总额不超过原合同采购金额百分之十的。

而本试题中，某市政府 B 部门的信息系统集成项目的合同总金额为 1150 万元，而在项目实施
程中，B 部门为了更好满足业务需求，决定将一个机房分拆为两个，其委托 A 公司采购的相同型号的网络交换设备的金额达 127 万元。由于 127＞1150×10%=115，因此 B 部门需要对增补的网络交换设备重新招标。

【问题 2】（5 分）

项目发生索赔事件后，通常先由监理工程师调解。若调解不成，再由政府建设主管机构进行调解。若仍调解不成，由经济合同仲裁委员会进行调解或仲裁。在整个索赔过程中，遵循的原则是索赔的有理性、索赔依据的有效性、索赔计算的正确性，其遵循的流程如图 8-3 所示，各步骤的解释见表 8-8。

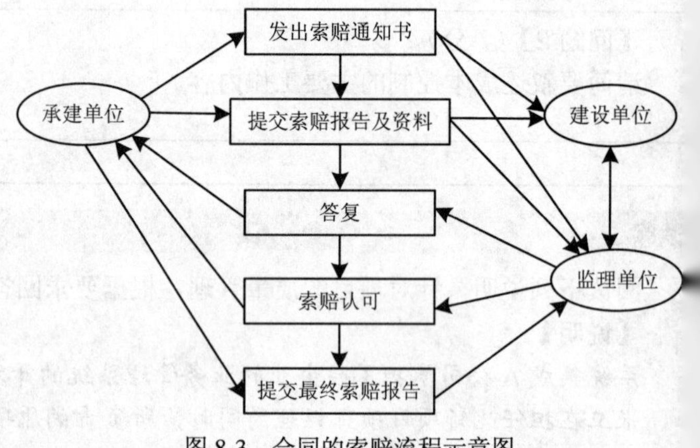


图 8-3 合同的索赔流程示意图

表 8-8 合同的索赔流程

| 步 骤 | 说 明 |
|---|---|
| ①提出索赔要求 | 当出现索赔事项时，索赔方以书面的索赔通知书形式，在索赔事项发生后的 28 天以内，向监理工程师正式提<br>索赔意向通知 |
| ②报送索赔资料 | 在索赔通知书发出后的 28 天内，向监理工程师提出延长工期和（或）补偿经济损失的索赔报告及有关资料。<br>赔报告的内容主要有总论部分、根据部分、计算部分和证据部分 |
| ③监理工程师答复 | 监理工程师在收到送交的索赔报告相关资料后，于 28 天内给予答复，或要求索赔方进一步补充索赔理由和证 |
| ④监理工程师逾期答复后果 | 监理工程师在收到承包人送交的索赔报告的有关资料后 28 天未予答复或未对承包人提出进一步要求，视为该<br>索赔已经认可 |

续表

| 步　骤 | 说　明 |
| --- | --- |
| ⑤持续索赔 | 当索赔事件持续进行时，索赔方应当阶段性的向工程师发出索赔意向，在索赔事件终了后 28 天内，向工程师送交索赔的有关资料和最终索赔报告，工程师应在 28 天内给予答复或要求索赔方进一步补充索赔理由和证据。逾期末答复，视为该项索赔成立 |
| ⑥仲裁与诉讼 | 监理工程师对索赔的答复，索赔方或发包人不能接受，即进入仲裁或诉讼程序 |

【问题 3】(6 分)

合同索赔的重要前提条件是合同一方或双方存在违约行为和事实，并且由此造成了损失，责任应由对方承担。索赔是合同管理的重要环节，按照我国相关部门下达的通用条款，规定按以下原则进行索赔。

①索赔必须以合同为依据。遇到索赔事件时，以合同为依据来公平处理合同双方的利益纠纷。

②必须注意资料的积累。积累一切可能涉及索赔论证的资料，做到处理索赔时以事实和数据为依据。

③及时、合理地处理索赔。索赔发生后，必须依据合同的相应条款及时地对索赔进行处理，尽量将单项索赔在执行过程中陆续加以解决。

④加强索赔的前瞻性。在工程的实施过程中，应对可能引起的索赔进行预测，及时采取补救措施，避免过多索赔事件的发生。

对于本试题，A 公司为了把项目做好，将中心机房的电力改造工程分包给专业施工单位 C 公司，并与其签订分包合同。在机房电力改造施工过程中，由于 C 公司工作人员的失误，造成部分电力设备损毁，导致政府 B 部门两天无法正常办公，严重损害了政府 B 部门的社会形象。A 公司在接收到 B 部门发出的索赔通知书之后，建议采取以下处理措施。

①受理政府 B 部门的索赔申请，双方友好协商确定具体索赔事宜，向社会公告该事故的原因并道歉和给予相应的经济赔付；

②依据与 C 公司签订的分包合同，以及自己的损失情况，向 C 公司申请索赔。

## 试题 2 要点解析

【问题 1】(6 分)

项目范围说明书是范围定义的主要交付物。它详细描述了项目的可交付物，以及产生这些可交付物所必须做的项目工作。项目范围说明书在所有项目干系人之间建立了一个对项目范围的共同理解，描述了项目的主要目标，使项目团队能进行更详细的计划，指导项目团队在项目实施期间的工作，并为评估是否为客户需求进行变更或附加的工作是否在项目范围之内提供基准。

通常，详细的范围说明书包括的直接内容或引用内容如下：

①项目的目标，包括成果性目标和约束性目标。项目成果性目标指通过项目开发出的满足客户要求的产品、服务或成果；项目约束性目标是指完成项目成果性目标需要的时间、成本，以及要求满足的质量。

②产品范围描述，即描述项目承诺交付的产品、服务或结果的特征。这种描述随着项目的开展，其产品特征会逐渐细化。

③项目的可交付物，包括项目的产品、成果或服务，以及附属产出物，如项目管理报告和文档。根据需要，可交付物可以被描述得比较概要，也可以很详细。

④项目边界。边界严格定义了哪些事项属于项目，同时也应明确地说明什么事项不属于项目的范围。

⑤产品验收标准。该标准明确界定了验收可交付物的过程和原则。

⑥项目的约束条件。描述和列出具体的与项目范围相关的约束条件，约束条件对项目团队的选择会造成限制。当一个项目按合同执行时，合同条款通常是约束条件。约束信息应该列入项目范围说明书或单独

的文档。

⑦项目的假定。描述并且列出了特定的与项目范围相关的假设，以及当这些假设不成立时对项目潜在的影响。

对于本案例，C 公司和 H 公司在项目的目标、产品范围、可交付物、验收标准等方面出现了严重偏差，即①H 公司以为是实现视频聊天网站，而 C 公司期望是通过视频聊天实现网上交易的电子商务系统；②H 公司把未经确认的存在严重偏差的“系统方案”作为验收标准。

【问题 2】(6 分)

范围确认是客户等项目干系人正式验收并接受已完成的项目可交付物的过程。范围确认过程也称为范围核实过程。项目范围确认包括审查项目可交付物以保证每一交付物令人满意地完成。对于本案例，当主管看到杨工演示的即将完工的视频聊天网站时，“要求 H 公司完善系统功能并如期交付”是恰当的。因为双方在项目范围（需求）理解上存在重大偏差，而 H 公司未把详细的项目范围说明书（需求分析说明书）提交给 S 主管确认签字。

范围控制是监控项目状态如项目的工作范围状态和产品范围状态的过程，也是控制变更的过程。控制项目范围以确保所有请求的变更和推荐的纠正行动，都要通过整体变更控制过程处理。当变更发生并且集成到其他控制过程时，项目范围控制也被用来管理实际的变更。通常将不受控制的变更称为项目“范围蔓延”。项目管理者必须对变更进行控制。导致 C 公司多次提出范围变更的可能原因有：

①W 翻译对计算机相关技术知之甚少，未能准确转达 S 主管的需求；

②杨工收集用户需求时，理解出现偏差，未能准确把握用户需求；

③杨工编制的项目范围计划不周密详细，存在有一定的遗漏；

④杨工编制的项目范围说明书，未进行内部评审，且未提交给 S 主管确认签字。

【问题 3】(3 分)

作为项目管理者，杨工此时应关注的范围变更控制的要点如下：

①确定范围变更是否已经产生；

②对造成范围变更的因素施加影响，以确保这些变更得到一致的认可；

③当范围变更发生时，对实际的变更进行管理。例如，重新编制项目范围说明书，与 C 公司达成一致，并让 S 主管确认签字；建立整体变更控制流程，做好范围控制。

## 试题 3 要点解析

【问题 1】(6 分)

项目进度计划实施过程中，由于受到人为因素、资金因素、技术因素、外部环境等影响，项目的实际进度经常会与计划进度发生偏差，若不及时纠正这些偏差，就可能导致项目延期，影响项目目标的实现。对于本案例，该项目一再延期的主要原因可能是：

①李工及其项目团队进度估算时方法可能欠妥，编制的项目计划可能存在问题，没有对管理计划进行详细的评审，从而导致对项目工作量估算不准；

②李工要求“所有的开发人员加班加点工作”，容易导致所有的开发人员过度疲劳，生产率降低，质量下降；

③新增派的开发人员是新人，可能在电子政务工程项目没有经验（或经验不足），生产率低，开发质量有问题；

④李工决定“项目组取消每日例会，改为每周例会”，可能导致不能及时对项目进行监控，监控周期过长而不能及时纠正项目偏差；

⑤李工允许“需求调研和方案设计部分重叠进行”，容易导致设计缺陷和需求变更的发生；

⑥李工允许“允许需求未经确认即可进行方案设计”，也容易导致需求变更现象频繁发生；

⑦李工对项目进度风险控制考虑不周。

【问题 2】（6 分）

进度控制是监控项目的状态以便采取相应措施，以及管理进度变更的过程。它依据项目进度基准计划对项目的实际进度进行监控，使项目能够按时完成。有效项目进度控制的关键是，监控项目的实际进度，及时、定期地将它与计划进度进行比较，并立即采取必要的纠正措施。项目进度控制必须与其他变化控制过程紧密结合，并且贯穿于项目的始终。当项目的实际进度滞后于计划进度时，应及时发现问题、分析问题根源并找出妥善的解决办法。对进度的控制，还应当重点关注项目进展报告和执行状况报告，它们反映了项目当前在进度、费用、质量等方面的执行情况和实施情况，是进行进度控制的重要依据。

项目进度控制可以采用的技术和工具见表 8-9。

表 8-9 项目进度控制采用的技术和工具

| 技　术 | 说　明 |
|---|---|
| ①进度报告 | 制订统一模板的项目进度报告，检查当前的完成情况。项目进展报告及当前进度状态需包含实际开始与完成日期，以及未完计划活动的剩余持续时间。如果采用挣值分析，则需要包含有正在进行的计划活动的完成百分比 |
| ②进度变更控制系统 | 该系统规定项目进度变更所应遵循的规则，包括书面申请、追踪系统，以及核准变更的审批级别。将进度变更控制纳入综合变更控制系统，综合控制相关变更 |
| ③绩效衡量 | 计算进度偏差（SV）与进度效果指数（SPI），数量化偏差情况。SV 和 SPI 用于估计实际发生任何项目进度偏差的大小，以判断已发生的进度偏差是否需要采取纠正措施 |
| ④项目管理软件 | 用于制订进度表的项目管理软件能够追踪、比较计划日期与实际日期，预测实际或潜在的项目进度变更所带来的后果 |
| ⑤偏差分析 | 将目标进度日期同实际或预测的开始与完成日期进行比较；可以获得发现偏差，以及在出现延误时采取纠正措施所需的信息 |
| ⑥进度比较横道图 | 图中每一计划活动都画两条横道，一条表示当前实际状态，另一条表示经过批准的项目进度基准状态。能直观地显示出何处绩效符合计划，何处已经延误，从而节省分析时间进度的时间 |
| ⑦资源平衡 | 在资源之间均匀地分配工作 |
| ⑧假设条件情景分析 | 用于评审各种可能的情景，以使实际进度跟上项目计划 |
| ⑨进度压缩 | 用于找出后继项目活动能跟上项目计划的各种方法 |
| ⑩制订进度的工具 | 可以更新进度数据，并把进度数据汇总到进度计划中，从而反映项目的实际进展，以及待完成的剩余工作 |

【问题 3】（3 分）

通常可采用以下缩短项目工期的办法来保证项目的整体进度：①临时加班（或赶工），缩短关键路径上的工作历时；②部分工作并行跟进（或快速跟进）；③追加优质资源（如使用高质量的资源或经验更丰富人员）；④加强沟通和监控；⑤改进方法（或技术，或流程）；⑥部分项目外包或缩减项目范围；⑦提高资源利用率；⑧加强对阶段工作的检查和控制等。

对于本案例，李工可以提出以下措施来有效缩短项目工期。

①增加优质资源，即根据项目的责任分配矩阵，向人力资源部经理申请增加经验更丰富的开发人员，或者投入更优质的项目资源以加速项目进程。

②在关键路径上适当加班（赶工），尽可能补救耽搁的时间或提升资源利用率，缩短关键路径上的工作历时。

③重新估算项目工作量，修订项目进度计划。如果可能，调整优化部分工作的逻辑关系；部分工作并行跟进以压缩工期，即完成某一部分活动后就对其进行评审，评审通过后就开始下一个活动，不必等到全部活动都完成才开始。

④加强沟通和监控，即争取客户能够对项目范围及其需求、设计、验收标准进行确认，避免后期频繁出现变更；加强项目团队成员之间的协调，保持工作的顺利衔接，尽可能使项目的步调和内容一致，避免产生失误现象。

⑤改进方法（或技术，或流程），即根据前一阶段的工作绩效，对后续工作的工期重新进行估算，对原来的进度计划进行变更，并充分考虑法定节假日、节假日对工作人员绩效的影响等因素。对进度计划的变更，应征得相关人员的一致同意。

⑥缩减项目范围，即与客户进行沟通，梳理业务需求中的关键需求，与客户进行协商能否在期限前先完成关键需求，其他部分分期交付；或者是制定出合理、可靠的技术方案，对其中不熟悉的部分，可以采用外包的方法。

⑦明确目标、责任和奖惩机制，提高项目团队成员的工作绩效，以及提高资源利用率。

⑧加强对交付物、阶段工作的及时检查和控制，避免后期出现返工现象。

## 试题 4 要点解析

【问题 1】（8 分）

挣值管理（Earned Value Management，EVM）是一种综合项目范围、时间、进度计划、成本绩效测量的方法。它通过与计划工作量、实际挣得收益、实际花费成本进行比较，从而确定成本和进度绩效是否符合原定计划。要进行与本试题相关的挣值管理分析，必须熟悉与挣值管理密切相关的计划成本（PV）、实际成本（AC）和挣值（EV）之间的相互关系。

计划成本（PV）是指截止到成本挣值分析图中当前时间（当前日期），计划应该完成的工作对应的预算成本，即根据批准认可的进度计划和预算到某一日期应当完成的工作所需的投入资金。PV 值是项目进度是否滞后、费用是否超支的一个衡量基准。通常，PV 值在项目实施过程中应保持不变。如发生预算、计划或合同等变更时，则相应的 PV 基准也应进行相应更改。

实际成本（AC）是指截止到当前日期，实际已完成工作的成本总额，即在某一日期所完成工作的实际成本。该值必须符合 PV 值与 EV 值所做的预算。

挣值（EV）是指截止到当前日期，实际完成工作对应的预算成本。该值是批准认可的预算，即到某一日期已完成工作应当投入的资金。例如，对于如表 8-7 中所示的“设计选型”活动，其挣值：EV=75 000×90%= 67 500 元。

根据以上定义，可得出该项目前 8 个月每项活动的 EV，以及第 8 个月末 PV、AC 和 EV 的合计值，见表 8-10。

表 8-10　某项目挣值分析表

| 序号 | 活动 | 计划成本 PV（元） | 实际成本 AC（元） | 完成百分比 | 挣值 EV（元） |
|---|---|---|---|---|---|
| 1 | 项目启动 | 2 000 | 2 100 | 100% | 2 000 |
| 2 | 可行性研究 | 5 000 | 4 500 | 100% | 5 000 |
| 3 | 需求调研与分析 | 10 000 | 12 000 | 100% | 10 000 |
| 4 | 设计选型 | 75 000 | 86 000 | 90% | 67 500 |
| 5 | 集成实施 | 65 000 | 60 000 | 70% | 45 500 |
| 6 | 测试 | 20 000 | 15 000 | 35% | 7 000 |
| 7 | 合计 | 177 000 | 179 600 | —— | 137 000 |

将挣值（EV）减去实际成本（AC）定义为成本偏差（CV），即 CV = EV−AC。当 CV>0（即 EV>AC）时，表明项目的实施成本处于节约状态；反之，当 CV<0（即 EV<AC）时，则表明项目实施成本超支；当 CV=0 时，表明项目的实施成本与预算相符。在表 8-10 中，CV = EV−AC = 137 000−179 600 = － 42 600

元，表示当前项目所花费用比预算超支。

将挣值（EV）减去计划成本（PV）定义为进度偏差（SV），即 SV = EV-PV。当 SV>0（即 EV>PV）时，表明项目的实施进度处于超前状态；反之，当 SV<0（即 EV<PV）时，表明项目实施进度滞后；当 SV=0，表明项目的实施进度与计划相符。在表8-10中，SV = EV－PV = 137 000-177 000 = -40 000元，表示当前项目进度滞后。

一个项目的成本绩效可使用成本绩效指数（CPI）来衡量。成本绩效指数（CPI）是指每开支一个货币单位所带来的价值，即 CPI = EV / AC。当 CPI=1.0 时，表明资金使用效率一般；当 CPI>1.0 时，表明资金使用效率较高，成本节余；当 CPI<1.0 时，表明资金使用效率较低，成本超支。在表8-10中，CPI = EV/AC = 137 000 / 179 600 ≈ 0.763，表示当前项目所花费用比预算超支，资金使用效率较低。

EV 与 PV 之间的比率定义为进度绩效指数（SPI），即 SPI = EV / PV。当 SPI=1.0 时，表明进度效率与计划相符；当 SPI>1.0 时，表明进度效率较高，进度超前；当 SPI<1.0 时，表明进度效率较低，进度滞后。在表8-10中，SPI = EV / PV = 137 000 / 177 000 ≈ 0.774，表示当前项目进度滞后，进度效率较低。

综上计算结果可知，第8个月末项目的费用比预算超支，资金使用效率较低，并且进度滞后，进度效率较低。

【问题2】（7分）

项目成本控制是指项目组织为保证在变化的条件下实现其预算成本，按照事先拟订的计划和标准，通过采用各种方法，对项目实施过程中发生的各种实际成本与计划成本进行对比、检查、监督、引导和纠正，尽量使项目的实际成本控制在计划和预算范围内的管理过程。其主要工作内容如下：

①对造成成本基准变更的因素施加影响；

②确保变更请求获得同意；

③当变更发生时，管理这些实际的变更；

④保证潜在的成本超支不超过授权的项目阶段资金和总体资金；

⑤监督成本执行（绩效），找出与成本基准的偏差；

⑥准确记录所有的与成本基准的偏差；

⑦防止错误的、不恰当的或未经批准的变更被纳入成本或资源使用报告中；

⑧就审定的变更，通知项目干系人；

⑨采取措施，将预期的成本超支控制在可接受的范围内。

## 试题5要点解析

【问题1】（4分）

成功的项目管理是在约定的时间和范围、预算的成本及要求的质量下，达到项目干系人的期望。项目质量管理包括为确保项目能够满足所要执行的需求的过程，包括质量管理职能的所有活动，这些活动确定质量策略、目标和责任，并在质量体系中凭借质量计划编制、质量控制和质量保证等措施，决定了对质量政策的执行、对质量目标的完成，以及对质量责任的履行。项目质量管理过程包括执行组织关于确定质量方针、目标和职责的所有活动，使得项目可以满足其需求。它通过质量计划编制、质量保证、质量控制程序和过程及连续的过程改进活动实施来实现质量管理系统。

对于本案例，A公司在项目管理过程中的不妥之处表现在：

①整个公司的项目管理过程不完善或缺乏，各项目之间资源平衡机制不完善。

②单个项目管理制度不规范。例如，作为项目经理对质量负有全责，而张工随意下放权限，全权委托新项目需求分析阶段的质量控制工作的做法不对；项目经理张工的多项目管理能力有限。

③团队成员身兼数职，张工兼任多个项目，质量保证人员李工兼任质量保证、质量控制、编制项目质量计划等工作。

④所编制的项目质量计划书存在缺陷，且未经过评审，在具体实施中没有发挥应有的效用。

⑤该项目的质量控制形同虚设（或未落到实处）。

【问题 2】（6 分）

质量控制（QC）就是项目管理组的人员采取有效措施，监督项目的具体实施结果，判断他们是否符合有关的项目质量标准，并确定消除产生不良结果原因的途径。也就是说，进行质量控制是确保项目质量得以完满实现的过程。质量控制应贯穿于项目执行的全过程。项目质量控制过程通常要经历以下基本步骤。

①选择控制对象。项目进展的不同时期、不同阶段，质量控制的对象和重点也不相同，需要在项目实施过程中加以识别和选择。质量控制的对象，可以是某个因素、某个环节、某项工作或工序，以及项目的某个里程碑或某项阶段成果等一切与项目质量有关的要素。

②为控制对象确定标准或目标。

③制定实施计划，确定保证措施。

④按计划执行。

⑤对项目实施情况进行跟踪监测、检查，并将监测的结果与计划或标准相比较。

⑥发现并分析偏差。

⑦根据偏差采取相应对策，如果监测的实际情况与标准或计划相比有明显差异，则应采取相应的对策。

【问题 3】（5 分）

质量计划编制包括识别与该项目相关的质量标准，以及确定如何满足这些标准。首先由识别相关的质量标准开始，通过参照或者依据实施项目组织的质量策略、项目的范围说明书、产品说明书等作为质量计划编制的依据，识别出与项目相关的所有质量标准，从而达到或者超过项目的客户及其他项目干系人的期望和要求。制定项目质量计划通常采用效益/成本分析、基准比较、流程图、实验设计、质量成本分析等方法和技术，以及采用质量功能展开（QFD）、过程决策程序图法（PDPC）等工具，详见表 8-11。

表 8-11 制定项目质量计划可采用的方法、技术和工具

| 技　术 | 说　明 |
|---|---|
| 效益/成本分析 | 为满足质量要求所付出的主要成本是指用于开展项目质量管理活动的开支。质量管理的原则就是收益胜过成本。满足质量要求最主要的好处就是减少返工，这就意味着要提高生产率、降低成本和增加项目干系人的满意度 |
| 基准比较 | 是指将项目的实际做法或计划做法与其他项目的实践相比较，从而产生改进的思路并提出度量绩效的标准。其他项目既可以是实施组织内部的也可以是外部的，也可以来自同一应用领域也可以来自其他领域 |
| 流程图 | 是指任何显示与某系统相关的各要素之间相互关系的示意图，是揭示和掌握封闭系统运动状况的有效方式。作为诊断工具，它能够辅助决策制定，让管理者清楚地知道，问题可能出在什么地方，从而确定出可供选择的行动方案 |
| 实验设计 | 是一种统计方法，它帮助确定影响特定变量的因素，常用于项目产品的分析，以及解决成本与进度权衡的项目管理问题 |
| 质量成本分析 | 是指为了达到产品/服务的质量要求所付出的全部努力的总成本，既包括为确保符合质量要求所做的全部工作(如质量培训、研究和调查等)，也包括因不符合质量要求所引起的全部工作(如返工、废物、过度库存、担保费用等)。质量成本分为预防成本、评估成本和缺陷成本等类型 |
| 质量功能展开 | 将项目的质量要求、客户意见转化成项目技术要求的专业方法。该方法从客户对项目交付结果的质量要求出发，先识别出客户在功能方面的要求，然后把功能要求与产品或服务的特性对应起来，根据功能要求与产品特性的关系矩阵，以及产品特性之间的相关关系矩阵，进一步确定出项目产品或服务的技术参数，技术参数一经确定，项目小组就很容易有针对性地提供满足客户需求的产品或服务。该方法主要是用于确定项目质量要求 |
| 过程决策程序图法 | 其主要思想是，在制定计划时对实现既定目标的过程加以全面分析，估计到种种可能出现的障碍及结果，设想并制定相应的应变措施和应变计划，保持计划的灵活性；在计划执行过程中，当出现不利情况时，就立即采取原先设计的措施，随时修正方案，从而使计划仍能有条不紊地进行，以达到预定的目标；当出现了没有预计到的情况时随机应变，采取灵活的对策予以解决。该方法简单易行，使用起来特别有效 |

## 8.2.3 参考答案

表 8-12 给出了本份下午试卷试题 1～试题 5 的参考答案，供读者练习时参考，以便查缺补漏。读者也可依照所给出的评分标准得出测试分数，从而大致评估自己对这些知识点的掌握程度。

表 8-12 参考答案及评分标准表

| 试　题 | 问题与分值 | 参考答案及评分标准 | 自　评　分 |
|---|---|---|---|
| 1 | 【问题 1】（4 分） | B 部门新增的网络交换设备采购金额超过了我国《采购法》相关条文规定（2 分）。<br>因为《采购法》第三十一条规定，为保证原有采购项目一致性或者服务配套的要求，需要继续从原供应商处添购，且添购资金总额不超过原合同采购金额百分之十的可以依照本法采用单一来源方式采购。而 127 > 1150×10%=115，据此 B 部门需要对增补的网络交换设备重新招标（答案类似即可，2 分） | |
| | 【问题 2】（5 分） | ①提出索赔要求　②报送索赔资料<br>③监理工程师答复　④监理工程师逾期答复后果<br>⑤持续索赔　⑥仲裁与诉讼　（每小点 1 分，最多得 5 分） | |
| | 【问题 3】（6 分） | ①受理政府 B 部门的索赔申请，双方友好协商确定具体索赔事宜，向社会公告该事故的原因并道歉和给予相应的经济赔付；（3 分）<br>②依据与 C 公司签订的分包合同，以及自己的损失情况，向 C 公司申请索赔　（3 分） | |
| 2 | 【问题 1】（6 分） | ①项目的目标　②产品范围描述<br>③项目的可交付物　④项目边界<br>⑤产品验收标准　⑥项目的约束条件<br>⑦项目的假定　（每小点 0.5 分）<br>C 公司和 H 公司在项目的目标、产品范围、可交付物、验收标准等方面出现了严重偏差（2.5 分） | |
| | 【问题 2】（6 分） | 恰当（1 分）。因为 H 公司未把详细的项目范围说明书提交给 S 主管确认签字（1 分）<br>导致 C 公司多次提出范围变更的可能原因：（每小点 1 分）<br>①W 翻译对计算机相关技术知之甚少，未能准确转达 S 主管的需求；<br>②杨工收集用户需求时，理解出现偏差，未能准确把握用户需求；<br>③杨工编制的项目范围计划不周密详细，存在一定的遗漏；<br>④杨工编制的项目范围说明书，未进行内部评审，且未提交给 S 主管确认签字 | |
| | 【问题 3】（3 分） | ①确定范围变更是否已经产生；<br>②对造成范围变更的因素施加影响，以确保这些变更得到一致的认可；<br>③当范围变更发生时，对实际的变更进行管理　（每小点 1 分） | |
| 3 | 【问题 1】（6 分） | ①李工及其项目团队进度估算时方法可能欠妥，编制的项目计划可能存在问题，没有对管理计划进行详细的评审，从而导致对项目工作量估算不准；<br>②要求所有的开发人员加班加点工作，容易导致人员过度疲劳，生产率降低，质量下降；<br>③新增派的开发人员是新人，可能在电子政务工程项目没有经验（或经验不足），生产率低，开发质量有问题；<br>④项目组取消每日例会，改为每周例会，可能导致不能及时对项目进行监控，监控周期过长（或监控粒度过粗）而不能及时纠正项目偏差；<br>⑤允许“需求调研和方案设计部分重叠进行”和“需求未经确认即可进行方案设计”，容易导致设计缺陷和需求变更的频繁发生；<br>⑥李工对项目进度风险控制考虑不周　（答案类似即可，每小点 1 分） | |
| | 【问题 2】（6 分） | ①进度报告　②进度变更控制系统<br>③绩效衡量　④项目管理软件<br>⑤偏差分析　⑥进度比较横道图 | |

续表

| 试　题 | 问题与分值 | 参考答案及评分标准 | 自　评　分 |
|---|---|---|---|
|  | 【问题2】(6分) | ⑦资源平衡　　⑧假设条件情景分析<br>⑨进度压缩　　⑩制订进度的工具　（每小点0.5分，全答对得6分） |  |
| 3 | 【问题3】(3分) | ①增加优质资源，即根据项目的责任分配矩阵，向人力资源部经理申请增加经验更丰富的开发人员，或者投入更优质的项目资源以加速项目进程；<br>②在关键路径上适当加班（赶工）以缩短其工作历时；<br>③重新估算项目工作量，修订项目进度计划。如果可能，调整优化部分工作的逻辑关系；部分工作并行跟进以压缩工期，即完成某一部分活动后就对其进行评审，评审通过后就开始下一个活动，不必等到全部活动都完成才开始；<br>④加强项目团队成员之间的沟通和监控，并争取客户能够对项目范围及其需求、设计、验收标准进行确认，避免后期频繁出现变更；<br>⑤改进方法（或技术，或流程）以提高生产效率；<br>⑥梳理业务需求中的关键需求，与客户进行协商能否先完成关键需求，其他部分分期交付；<br>⑦明确目标、责任和奖惩机制，提高项目团队成员的工作绩效以及资源利用率；<br>⑧加强对交付物、阶段工作的及时检查和控制，避免后期出现返工现象<br>（回答出其中3个要点即可，每小点1分，答案类似即可，且不限于这些要点） |  |
| 4 | 【问题1】(8分) | CV=-42 600元　(2分)　　SV=-40 000元　(2分)<br>CPI≈ 0.763　(1分)　　SPI≈ 0.774　(1分)<br>当前项目所花费用比预算超支，资金使用效率较低（1分）；并且进度滞后，进度效率较低（1分） |  |
|  | 【问题2】(7分) | ①对造成成本基准变更的因素施加影响；<br>②确保变更请求获得同意；<br>③当变更发生时，管理这些实际的变更；<br>④保证潜在的成本超支不超过授权的项目阶段资金和总体资金；<br>⑤监督成本执行（绩效），找出与成本基准的偏差；<br>⑥准确记录所有的与成本基准的偏差；<br>⑦防止错误的、不恰当的或未经批准的变更被纳入成本或资源使用报告中；<br>⑧就审定的变更，通知项目关系人；<br>⑨采取措施，将预期的成本超支控制在可接受的范围内　（每小点1分，最多得7分） |  |
| 5 | 【问题1】(4分) | ①整个公司的项目管理过程不完善或缺乏，各项目之间资源平衡机制不完善；<br>②单个项目管理制度不规范。例如，张工随意下放权限，全权委托新项目需求分析阶段的质量控制工作的做法不对；<br>③团队成员身兼数职，张工兼任多个项目，质量保证人员李工兼任质量保证、质量控制、编制项目质量计划等工作；<br>④所编制的项目质量计划书存在缺陷，且未经过评审，在具体实施中没有发挥应有的效用；<br>⑤该项目的质量控制形同虚设（或未落到实处）<br>（回答出其中4个要点即可，每小点4分，答案类似即可，且不限于这些要点） |  |
|  | 【问题2】(6分) | ①选择控制对象；　　②为控制对象确定标准或目标；<br>③制定实施计划，确定保证措施；　　④按计划执行；<br>⑤对项目实施情况进行跟踪监测、检查，并将监测的结果与计划或标准相比较；<br>⑥发现并分析偏差；　　⑦根据偏差采取相应对策（每小点1分，最多得6分） |  |
|  | 【问题3】(5分) | ①效益/成本分析　　②基准比较<br>③流程图　　④实验设计<br>⑤质量成本分析　　⑥质量功能展开<br>⑦过程决策程序图法　（每小点1分，最多得5分） |  |

# 附录A 系统集成项目管理工程师考试大纲

## 一、考试说明

### 1. 考试目标

通过本考试的合格人员能够掌握系统集成项目管理的知识体系；具备管理系统集成项目的能力；能根据需求组织制订可行的项目管理计划；能够组织项目实施，对项目进行监控并能根据实际情况及时做出调整，系统地监督项目实施过程的绩效，保证项目在一定的约束条件下达到既定的项目目标；能分析和评估项目管理计划和成果；能对项目进行风险管理，制定并适时执行风险应对措施；能协调系统集成项目所涉及的相关单位和人员；具有工程师的实际工作能力和业务水平。

### 2. 考试要求

（1）掌握计算机软件、网络和信息系统集成知识；

（2）掌握系统集成项目管理知识、方法和工具；

（3）熟悉信息化知识；

（4）熟悉系统集成有关的法律法规、标准、规范；

（5）熟悉系统集成项目管理工程师职业道德要求；

（6）了解信息安全知识与安全管理体系；

（7）了解信息系统工程监理知识；

（8）了解信息系统服务管理、软件过程改进等相关体系；

（9）熟练阅读和正确理解相关领域的英文资料。

### 3. 考试科目设置

本考试所设置的科目及相关考试信息，如表 A-1 所示。

表 A-1　考试科目分析表

| 考试科目 | 系统集成项目管理基础知识 | 系统集成项目管理应用技术（案例分析） |
|---|---|---|
| 考试时间 | 上午 9:00—11:30 | 下午 14:00—16:30 |
| 考试时长 | 150 分钟 | 150 分钟 |
| 考试形式 | 笔试 | 笔试 |
| 题型与题量 | 单项选择题，75 道 | 简答题，5 道 |
| 总分 | 75 | 75 |

# 二、考试范围

## 1．考试科目 1：系统集成项目管理基础知识

系统集成项目管理基础知识的考核要求、各知识点的题量及可能占据的分值如表 A-2 所示。

表 A-2 考试科目 1：系统集成项目管理基础知识

| 知识模块 | 知识点 | 题量及分值（分） |
|---|---|---|
| 1．信息化知识 | 1.1 信息化概念<br>• 信息与信息化<br>• 国家信息化体系要素<br>• 国家信息化发展战略 | 1 |
| | 1.2 电子政务<br>• 电子政务的概念和内容<br>• 电子政务建设的指导思想和原则<br>• 电子政务建设的目标和主要任务 | 1 |
| | 1.3 企业信息化与电子商务<br>• 企业信息化<br>• 企业资源规划（ERP）<br>• 客户关系管理（CRM）<br>• 供应链管理（SCM）<br>• 企业应用集成<br>• 电子商务 | 2～4 |
| | 1.4 商业智能（BI） | 1 |
| 2．信息系统服务管理 | 2.1 信息系统服务业<br>• 信息系统服务业的内容<br>• 信息系统集成（概念、类型和发展）<br>• 信息系统工程监理（必要性、概念、内容和发展） | 0～1 |
| | 2.2 信息系统服务管理体系 | 0～1 |
| | 2.3 信息系统集成资质管理<br>• 信息系统集成资质管理的必要性和意义<br>• 信息系统集成资质管理办法（原则、管理办法和工作流程）<br>• 信息系统集成资质等级条件<br>• 信息系统项目管理专业技术人员资质管理 | 1 |
| | 2.4 信息系统工程监理资质管理<br>• 信息系统工程监理资质管理的必要性、意义和主要内容<br>• 信息系统工程监理资质管理办法<br>• 信息系统工程监理资质等级条件<br>• 信息系统工程监理人员资质管理 | 1～3 |
| 3．信息系统集成专业技术知识 | 3.1 信息系统建设<br>• 信息系统的生命周期、各阶段目标及其主要工作内容<br>• 信息系统开发方法 | 1～2 |
| | 3.2 信息系统设计<br>• 方案设计<br>• 系统架构<br>• 设备、DBMS 和技术选型 | 1～2 |

续表

| 知识模块 | 知识点 | 题量及分值（分） |
| --- | --- | --- |
| 3．信息系统集成专业技术知识 | 3.3 软件工程<br>• 软件需求分析与定义<br>• 软件设计、测试与维护<br>• 软件质量保证及质量评价<br>• 软件配置管理<br>• 软件过程管理<br>• 软件开发工具<br>• 软件复用 | 2～4 |
| | 3.4 面向对象系统分析与设计<br>• 面向对象的基本概念<br>• 统一建模语言 UML 与可视化建模<br>• 面向对象系统分析<br>• 面向对象系统设计 | 2～3 |
| | 3.5 软件体系结构（软件架构）<br>• 软件体系结构定义<br>• 典型体系结构<br>• 软件体系结构设计方法<br>• 软件体系结构分析与评估<br>• 软件中间件 | 2～3 |
| | 3.6 典型应用集成技术<br>• 数据库与数据仓库技术<br>• Web Service 技术<br>• J2EE 架构<br>• .NET 架构<br>• 软件引擎技术（流程引擎、Ajax 引擎）<br>• 构件及其在系统集成项目中的重要性<br>• 常用构件标准（COM/DCOM/COM+、CORBA 和 EJB） | 2～3 |
| | 3.7 计算机网络知识<br>• 网络技术标准与协议<br>• Internet 技术及应用<br>• 网络分类<br>• 网络管理<br>• 网络服务器<br>• 网络交换技术、网络存储技术<br>• 无线网络技术、光网络技术、网络接入技术<br>• 综合布线、机房工程<br>• 网络规划、设计与实施 | 4～7 |
| 4．项目管理一般知识 | 4.1 项目管理的理论基础与体系<br>• 项目与项目管理的概念<br>• 系统集成项目的特点<br>• 项目干系人<br>• 项目管理知识体系的构成<br>• 项目管理专业领域关注点 | 1 |
| | 4.2 项目的组织<br>• 组织的体系、文化与风格<br>• 组织结构 | 1 |

续表

| 知识模块 | 知识点 | 题量及分值（分） |
| --- | --- | --- |
| 4. 项目管理一般知识 | 4.3 项目的生命周期<br>• 项目生命周期的特征<br>• 项目阶段的特征<br>• 项目生命周期与产品生命周期的关系 | 0～1 |
| | 4.4 典型的信息系统项目的生命周期模型<br>• 瀑布模型<br>• V模型<br>• 原型化模型<br>• 螺旋模型<br>• 迭代模型 | 1 |
| | 4.5 单个项目的管理过程<br>• 项目过程<br>• 项目管理过程组<br>• 过程的交互 | 0～1 |
| 5. 立项管理 | 5.1 立项管理内容<br>5.1.1 需求分析<br>• 需求分析的概念<br>• 需求分析的方法<br>5.1.2 项目建议书<br>• 项目建议书的内容<br>• 项目建议书的编制方法<br>5.1.3 项目可行性研究报告<br>• 项目可行性研究报告的内容<br>• 项目可行性研究报告的编制方法<br>5.1.4 招投标<br>• 招投标的主要过程<br>• 招投标的关键产物 | 1～2 |
| | 5.2 建设方的立项管理<br>5.2.1 立项申请书（项目建议书）的编写、提交和获得批准<br>5.2.2 项目的可行性研究<br>• 初步可行性研究、详细可行性研究的方法<br>• 项目论证评估的过程和方法<br>• 项目可行性研究报告的编写、提交和获得批准<br>5.2.3 项目招标<br>• 招标文件的内容和编制方法<br>• 招标评分标准的制定<br>• 评标的过程<br>• 选定项目承建方的过程和方法 | 1 |
| | 5.3 承建方的立项管理<br>5.3.1 项目识别<br>5.3.2 项目论证<br>• 承建方技术能力可行性分析的方法<br>• 承建方人力及其他资源配置能力可行性分析的方法<br>• 项目财务可行性分析的过程和方法<br>• 项目风险分析的方法<br>• 对可能的其他投标者的相关情况分析<br>5.3.3 投标 | 0～1 |

续表

| 知识模块 | 知识点 | 题量及分值（分） |
|---|---|---|
| 5. 立项管理 | • 组建投标小组<br>• 投标文件的内容和编制方法<br>• 投标活动的过程<br>• 投标关注要点 | 0～1 |
| | 5.4 签订合同<br>5.4.1 招标方与候选供应方谈判的要点<br>5.4.2 建设方与承建方签订合同的过程和要点 | |
| 6. 项目整体管理 | 6.1 项目整体管理的含义、作用和过程 | 0～1 |
| | 6.2 项目启动<br>6.2.1 项目启动所包括的内容<br>6.2.2 制定项目章程<br>• 项目章程的作用和内容<br>• 项目章程制定的依据<br>• 项目章程制定所采用的技术和工具<br>• 项目章程制定的成果<br>6.2.3 选择项目经理 | 1～2 |
| | 6.3 编制初步范围说明书 | 0～1 |
| | 6.4 项目计划管理<br>6.4.1 项目计划的含义和作用<br>6.4.2 项目计划的内容<br>• 项目计划的主体内容<br>• 项目计划的辅助内容<br>6.4.3 项目计划编制<br>• 项目计划编制过程所遵循的基本原则<br>• 项目计划编制过程<br>• 项目计划编制过程所采用的技术和工具<br>• 项目计划编制过程的输入、输出<br>6.4.4 项目计划实施<br>• 实施项目计划所要求的必备素质<br>• 项目计划实施所采用的主要技术和工具<br>• 可交付物的定义和可能的表现形式<br>• 项目计划实施过程的输入、输出<br>6.4.5 项目计划实施的监控<br>• 项目计划实施监控的含义<br>• 项目计划实施监控的主要内容<br>• 项目计划实施监控所采用的技术和工具<br>• 项目计划实施监控的输入、输出 | 1～2 |
| | 6.5 项目整体变更管理<br>6.5.1 项目变更基本概念<br>• 项目变更的含义<br>• 项目变更的分类<br>• 项目变更产生的原因<br>6.5.2 变更管理的基本原则<br>6.5.3 变更管理的组织机构<br>• 项目管理委员会（变更控制委员会）<br>• 项目三方各有专人负责变更管理<br>6.5.4 变更管理的工作程序 | |

续表

| 知识模块 | 知识点 | 题量及分值（分） |
|---|---|---|
| 6. 项目整体管理 | • 提出与接受变更申请<br>• 对变更的初审<br>• 变更方案论证<br>• 项目管理委员会（变更控制委员会）审查<br>• 发出变更通知并开始实施<br>• 变更实施的监控<br>• 变更效果的评估<br>• 判断发生变更后的项目是否已纳入正常轨道<br>6.5.5 变更管理的工作内容<br>• 严格控制项目变更申请的提交<br>• 对进度、成本、质量和合同变更的控制与协调<br>6.5.6 变更管理所采用的技术和工具<br>6.5.7 变更管理的输入和输出<br>6.5.8 变更管理与配置管理之间的关系 | 0～1 |
| | 6.6 项目收尾管理<br>6.6.1 项目收尾的内容<br>• 项目验收<br>• 项目总结<br>• 项目审计<br>6.6.2 项目收尾所采用的技术和工具<br>6.6.3 项目收尾的输入、输出<br>6.6.4 对信息系统后续工作的支持<br>6.6.5 项目组人员转移 | 0～1 |
| 7. 项目范围管理 | 7.1 项目范围和项目范围管理<br>7.1.1 项目范围的定义<br>7.1.2 项目范围管理的作用<br>7.1.3 项目范围管理的主要过程 | 1～2 |
| | 7.2 范围计划编制和范围说明书<br>7.2.1 范围计划过程所用的技术和工具<br>7.2.2 范围计划过程的输入、输出 | 0～1 |
| | 7.3 范围定义和工作分解结构<br>7.3.1 范围定义<br>• 项目范围定义的内容和作用<br>• 项目范围定义的输入、输出<br>7.3.2 范围说明书<br>• 项目论证<br>• 系统描述<br>• 项目可交付物的描述<br>• 项目成功要素的描述<br>7.3.3 工作分解结构<br>• WBS 的作用和意义<br>• WBS 包含的内容<br>7.3.4 创建 WBS 所采用的方法<br>• 使用指导方针<br>• 类比法<br>• 自顶向下法、自底向上法<br>7.3.5 WBS 创建工作的输入、输出 | 1～2 |

续表

| 知识模块 | 知识点 | 题量及分值（分） |
|---|---|---|
| 7. 项目范围管理 | 7.4 项目范围确认<br>7.4.1 项目范围确认的工作要点<br>• 制定并执行确认程序<br>• 项目干系人对项目范围的正式承认<br>• 让系统的使用者有效参与<br>• 项目各阶段的确认与项目最终验收的确认<br>7.4.2 项目范围确认所采用的方法<br>7.4.3 项目范围确认的输入、输出 | 0～1 |
| | 7.5 项目范围控制<br>7.5.1 项目范围控制涉及的主要内容<br>7.5.2 项目范围控制与项目整体变更管理的联系<br>7.5.3 项目范围控制与用户需求变更的联系<br>7.5.4 项目范围控制涉及所用的技术和工具<br>7.5.5 项目范围控制的输入、输出 | 1～2 |
| 8.项目进度管理 | 8.1 项目进度管理相关概念<br>8.1.1 项目进度管理的含义和作用<br>8.1.2 项目进度管理的主要活动和过程 | 0～1 |
| | 8.2 活动定义<br>• 活动定义与工作分解结构的关系<br>• 里程碑<br>• 活动定义所采用的技术和工具<br>• 活动定义的输入、输出 | 0～1 |
| | 8.3 活动排序<br>8.3.1 活动排序采用的技术和工具<br>8.3.2 活动排序的输入、输出 | 1～2 |
| | 8.4 活动资源估算<br>.4.1 活动资源估算所遵循的基本原则<br>8.4.2 活动资源估算所采用的主要方法和技术<br>• 专家判断<br>• 按活动自底向上的估算<br>8.4.3 活动资源估算所采用的工具<br>8.4.4 活动资源估算的输入、输出 | 0～1 |
| | 8.5 活动历时估算<br>8.5.1 活动历时估算内涵<br>8.5.2 活动历时估算所采用的主要技术和工具<br>• 专家判断、类比估算、基于定量的历时、历时的三点估算、最大活动历时<br>8.5.3 活动历时估算的输入、输出 | 1～2 |
| | 8.6 制定进度计划<br>8.6.1 进度计划编制工作所包括的主要内容<br>8.6.2 进度计划编制的主要约束条件<br>8.6.3 计划编制所采用的主要技术和工具<br>• 关键路法（CPM）、计划评审技术（PERT）、历时压缩技术<br>8.6.4 进度编制计划的输入、输出 | 1～2 |
| | 8.7 项目进度控制<br>8.7.1 项目进度控制概念、主要活动和步骤<br>8.7.2 项目进度控制的技术和工具<br>8.7.3 项目进度控制的输入、输出 | 0～1 |

续表

<table>
<tr><th>知识模块</th><th>知识点</th><th>题量及分值（分）</th></tr>
<tr><td rowspan="4">9．项目成本管理</td><td>9.1 项目成本管理概念及相关术语<br>9.1.1 成本与成本管理要概念<br>• 项目成本概念及其构成<br>• 项目成本管理概念、作用和意义<br>• 项目成本失控原因<br>• 项目成本管理的过程<br>9.1.2 相关术语<br>• 全生命周期成本<br>• 可变成本、固定成本、直接成本、间接成本<br>• 管理储备<br>• 成本基准<br>9.1.3 制定项目成本管理计划</td><td>1～2</td></tr>
<tr><td>9.2 项目成本估算<br>9.2.1 项目成本估算的主要相关因素<br>9.2.2 项目成本估算的主要步骤<br>• 识别并分析项目成本的构成科目<br>• 估算每一成本科目的成本大小<br>• 分析成本估算结果，协调各种成本之间的比例关系<br>9.2.3 项目成本估算所采用的技术和工具<br>• 类比估算法（自顶向下估算法）、自底向上估算法<br>• 参数模型法<br>9.2.4 项目成本估算的输入、输出</td><td>1～2</td></tr>
<tr><td>9.3 项目成本预算<br>9.3.1 项目成本预算及作用<br>9.3.2 制定项目成本预算的步骤<br>• 将项目总成本分摊到项目工作分解结构的各个工作包<br>• 将各个工作包成本再分配到该工作包所包含的各项活动上<br>• 确定各项成本预算支出的时间计划及项目成本预算计划<br>9.3.3 项目成本预算的技术和工具<br>• 类比估算法（自上向下估算法）、自底向上估算法<br>• 参数模型法<br>9.3.4 项目成本预算的输入、输出</td><td>0～1</td></tr>
<tr><td>9.4 项目成本控制<br>9.4.1 项目成本控制主要内容<br>9.4.2 项目成本控制所用的技术的工具<br>9.4.3 挣值分析<br>• 挣值管理概念<br>• 挣值管理的计算方法<br>• 利用挣值计算结果进行整体控制<br>9.4.4 项目成本控制的输入、输出</td><td>1～2</td></tr>
<tr><td>10．项目质量管理</td><td>10.1 质量管理基础<br>10.1.1 质量、质量管理、质量保证、质量控制<br>10.1.2 项目质量管理基本原则和目标<br>10.1.3 项目质量管理主要活动和流程<br>10.1.4 国际质量标准<br>• ISO9000 系列、全面质量管理（TQM）、六西格玛（6σ）<br>10.1.5 软件过程改进与能力成熟度模型</td><td>0～1</td></tr>
</table>

续表

| 知识模块 | 知识点 | 题量及分值（分） |
|---|---|---|
| | • CMM/CMMI<br>• SJT11234/SJT11235 | 1～2 |
| 10. 项目质量管理 | 10.2 制定项目质量计划<br>10.2.1 制定项目质量计划包含的主要活动<br>10.2.2 制定项目质量计划所采用的主要技术、工具和方法<br>• 效益/成本分析<br>• 基准比较<br>• 流程图<br>• 实验设计<br>• 质量成本分析<br>10.2.3 制定项目质量计划工作的输入、输出 | |
| | 10.3 项目质量保证<br>10.3.1 项目质量保证活动<br>• 产品、系统、服务的质量保证<br>• 管理过程的质量保证<br>10.3.2 项目质量保证的技术、方法<br>• 项目质量管理通用方法<br>• 过程分析<br>• 项目质量审计<br>10.3.3 项目质量保证工作的输入、输出 | 0～1 |
| | 10.4 项目质量控制<br>10.4.1 项目质量控制的意义、具体的实施过程与组织<br>10.4.2 项目质量控制的技术、工具和方法<br>• 测试、检查、统计抽样<br>• 因果图、帕累托图、控制图、流程图<br>• 六西格玛<br>10.4.3 项目质量控制的输入、输出 | 1～2 |
| 11. 项目人力资源管理 | 11.1 项目人力资源管理有关概念<br>• 动机、权力、责任、绩效 | 0～1 |
| | 11.2 项目人力资源计划规定<br>11.2.1 制定人力资源管理计划的技术和工具<br>• 组织结构图<br>• 组织分解结构（OBS）<br>• 责任分配矩阵（RAM）<br>• 人力资源模板<br>• 人际网络<br>11.2.2 人员配备管理计划的作用和内容<br>11.2.3 制定人力资源计划工作的输入、输出 | 1～2 |
| | 11.3 项目团队组织建设<br>11.3.1 组建项目团队<br>• 人力资源获取<br>• 人力资源分配<br>11.3.2 现代激励理论体系和基本概念<br>11.3.3 项目团队建设<br>• 项目团队建设的主要目标<br>• 成功的项目团队的特点<br>• 项目团队建设的五个阶段 | 1～2 |

续表

| 知识模块 | 知识点 | 题量及分值（分） |
|---|---|---|
| 11. 项目人力资源管理 | • 项目团队建设活动的可能形式和应用<br>• 项目团队绩效评估的主要内容和作用 | 0~1 |
| | 11.4 项目团队管理<br>11.4.1 项目团队管理的含义和内容<br>11.4.2 项目团队管理的方法<br>11.4.3 冲突管理<br>11.4.4 项目团队管理的输入、输出 | |
| 12.项目沟通管理 | 12.1 项目沟通管理的基本概念<br>12.1.1 沟通和沟通管理和含义及特点<br>12.1.2 沟通模型及有效沟通原则 | 0~1 |
| | 12.2 沟通管理计划编辑<br>12.2.1 沟通管理计划的主要内容<br>• 描述信息收集和文件归档的结构<br>• 描述信息发送的对象、时间、方式<br>• 项目进展状态报告的格式<br>• 用于创建和获得信息的日程表<br>• 项目干系人沟通分析<br>• 更新沟通管理计划的方法<br>12.2.2 沟通管理计划编制的技术、方法<br>12.2.3 沟通管理计划编制的输入、输出 | 1~2 |
| | 12.3 信息分发<br>12.3.1 常用的沟通方式及其优缺点<br>12.3.2 用于信息分发技术、方法<br>12.3.3 信息分发的输入、输出<br>12.3.4 组织过程资产的含义和表现形式 | 0~1 |
| | 12.4 绩效报告<br>12.4.1 绩效报告的内容<br>12.4.2 绩效报告的主要步骤<br>12.4.3 状态评审会议<br>12.4.4 绩效报告的主要步骤技术和工具<br>12.4.5 绩效报告过程的输入、输出 | 1~2 |
| | 12.5 项目干系人管理<br>12.5.1 项目干系人管理的含义<br>12.5.2 项目干系人管理的技术的工具<br>12.5.3 项目干系人管理的输入、输出 | 1~2 |
| 13.项目合同管理 | 13.1 项目合同<br>13.1.1 合同的概念<br>• 广义合同概念和狭义合同概念<br>• 信息系统工程合同<br>13.1.2 合同的法律特征<br>• 合同当事人自愿达成<br>• 合同当事人法律地位平等<br>• 合同的设立、变更和终止<br>13.1.3 项目管理中的合同模型及有效合同原则<br>13.2 项目合同的分类<br>13.2.1 按信息系统范围划分<br>• 总承包合同、单项任务承包合同、分包合同 | 1~2 |

续表

| 知识模块 | 知识点 | 题量及分值（分） |
|---|---|---|
| 13.项目合同管理 | 13.2.2 按项目付款方式划分<br>• 总价合同、单价合同、成本加酬金合同 | 0～1 |
| | 13.3 项目合同签订<br>13.3.1 项目合同的内容<br>• 当事人各自权利、义务<br>• 信息系统项目质量的要求<br>• 建设单位提交有关基础资料的期限<br>• 承建单位提交阶段性及最终成果的期限<br>• 项目费用及工程款的支付方式<br>• 项目变更约定<br>• 当事人之间的其他协作条件<br>• 违约责任<br>13.3.2 项目合同签订的注意事项<br>• 当事人的法律资格<br>• 验收时间<br>• 验收标准<br>• 技术支持服务<br>• 损害赔偿<br>• 保密约定<br>• 知识产权约定<br>• 合同附件 | 1～2 |
| | 13.4 项目合同管理<br>13.4.1 合同管理及作用<br>13.4.2 合同管理的主要内容<br>• 合同的签订管理、合同的履行管理、合同变更管理、合同档案的管理<br>• 合同管理的依据、合同管理的工具和技术、合同管理的交付物 | 1～2 |
| | 13.5 项目合同索赔处理<br>13.5.1 索赔概念和类型<br>13.5.2 索赔构成条件和依据<br>• 合同索赔构成条件<br>• 常见合同索赔事由<br>• 合同索赔依据<br>13.5.3 索赔的处理<br>• 索赔程序<br>• 索赔事件处理的原则<br>• 索赔意向通知与索赔报告<br>• 索赔审核<br>• 赔偿协商、裁决和仲裁<br>13.5.4 合同违约的管理<br>• 对建设单位违约的管理、对承建单位违约的管理、对其他类型违约的管理 | 0～1 |
| 14．项目采购管理 | 14.1 采购管理的相关概念和主要过程<br>14.1.1 采购的含义和作用<br>14.1.2 采购管理的主要过程 | 0～1 |
| | 14.2 编制采购计划<br>14.2.1 用于采购计划编制工作的技术、方法<br>• 自制、外购决策分析<br>• 向专家进行咨询 | 1～2 |

续表

| 知识模块 | 知识点 | 题量及分值（分） |
|---|---|---|
| 14．项目采购管理 | 14.2.2　采购计划编制工作的输入、输出<br>14.2.3　工作说明书（SOW）<br>• 工作说明书概念<br>• 工作说明书编写要求<br>• 工作说明书内容要点 | |
| | 14.3　编制询价计划<br>14.3.1　常见的询价文件<br>• 方案邀请书（RFP）<br>• 报价邀请书（RFQ）<br>• 询价计划编制过程常用到的其他文件<br>14.3.2　确定对投标的评判标准 | 0～1 |
| | 14.4　询价 | 0～1 |
| | 14.5　招标<br>14.5.1　招标人及权利和义务<br>14.5.2　招标代理机构<br>• 招标代理机构的法律地位<br>• 招标代理机构的权利和义务<br>14.5.3　招标方式<br>• 公开招标、邀请招标<br>14.5.4　招标程序<br>14.5.5　投标<br>14.5.6　开标、评标和中标<br>14.5.7　相关法律责任<br>• 法律责任概念<br>• 招标人的责任<br>• 投标人的责任<br>• 其他相关人的责任 | 1～2 |
| | 14.6　合同及合同收尾<br>14.6.1　采购合同管理要点<br>14.6.2　合同收尾<br>• 合同收尾的主要内容<br>• 采购审计<br>• 合同收尾的输入、输出 | 0～1 |
| 15．信息（文档）与配置管理 | 15.1　信息系统项目相关信息（文档）及其管理<br>15.1.1　信息系统项目相关信息（文档）<br>• 信息系统项目相关信息（文档）含义<br>• 信息系统项目相关信息（文档）种类<br>15.1.2　信息系统项目相关信息（文档）管理的规则和方法 | 1～2 |
| | 15.2　配置管理<br>15.2.1　配置管理有关概念<br>• 配置项<br>• 配置库<br>• 配置管理活动和流程<br>• 配置管理系统<br>• 基线<br>15.2.2　制定配置管理计划<br>• 配置管理计划编制工作的基本步骤 | |

续表

| 知 识 模 块 | 知 识 点 | 题量及分值（分） |
|---|---|---|
| 15. 信息（文档）与配置管理 | • 配置管理计划的主要内容<br>15.2.3 配置识别与建立基线<br>• 配置识别的基本步骤<br>• 配置识别的常用方法和原则<br>• 建立基线的目的及其在项目实施中的应用<br>15.2.4 建立配置管理系统<br>• 建立配置管理系统的基本步骤<br>• 配置库管理系统的基本结构<br>15.2.5 版本管理<br>• 配置项状态变迁规则<br>• 配置项版本号控制<br>• 配置项版本控制流程<br>15.2.6 配置状态报告<br>• 配置状态报告的内容<br>• 状态说明<br>15.2.7 配置审核<br>• 实施配置审核的作用<br>• 实施配置审核的方法 | 1～2 |
| 16. 项目变更管理 | 16.1 项目变更基本概念<br>16.1.1 项目变更的含义<br>16.1.2 项目变更的分类<br>16.1.3 项目变更产生的原因 | 0～1 |
| | 16.2 变更管理的基本原则 | 0～1 |
| | 16.3 变更管理组织机构与工作程序<br>16.3.1 组织机构<br>• 项目管理委员会（变更控制委员会）<br>• 变更管理设计的项目三方<br>16.3.2 工作程序<br>• 提出与接受变更申请<br>• 对变更的初审<br>• 变更方案论证<br>• 项目管理委员会审查<br>• 发出变更通知并开始实施<br>• 变更实施的监控<br>• 变更效果的评估<br>• 判断发生变更后的项目是否已经纳入正常轨道 | 0～1 |
| | 16.4 项目变更管理的工作内容<br>16.4.1 严格控制项目变更申请的提交<br>16.4.2 变更控制<br>• 对进度变更的控制、对成本变更的控制、对合同变更的控制<br>16.4.3 变更管理与其他项目管理要素之间的关系<br>• 变更管理与整体管理<br>• 变更管理与配置管理 | 1～2 |
| 17. 信息系统安全管理 | 17.1 信息安全管理<br>17.1.1 信息安全含义及目标<br>17.1.2 信息安全管理的内容 | 1～2 |

续表

| 知识模块 | 知识点 | 题量及分值（分） |
|---|---|---|
| 17．信息系统安全管理 | 17.2 信息系统安全<br>17.2.1 信息系统安全概念<br>17.2.2 信息系统安全属性<br>17.2.3 信息系统安全管理体系<br>• 组织机构体系、管理体系、技术体系 | 0～1 |
| | 17.3 物理安全管理<br>17.3.1 计算机机房与设施安全<br>• 计算机机房<br>• 电源<br>• 计算机设备<br>• 通信线路<br>17.3.2 技术控制<br>• 检查监视系统<br>• 人员入/出机房和操作权限范围控制<br>17.3.3 环境与人身安全<br>17.3.4 电磁泄漏<br>• 计算机设备防电磁泄露<br>• 计算机设备的电磁辐射标准和电磁兼容标准 | 1～2 |
| | 17.4 人员安全管理<br>17.4.1 安全组织<br>17.4.2 岗位安全考核与培训<br>17.4.3 离岗人员安全管理<br>17.4.4 软件安全检测与验收 | 0～1 |
| | 17.5 应用系统安全管理<br>17.5.1 应用系统安全概念<br>• 应用系统的可靠性<br>• 应用系统的安全问题<br>• 应用系统安全管理的实施<br>17.5.2 应用软件开发的质量保证<br>17.5.3 应用系统运行中的安全管理<br>• 系统运行安全审核目标<br>• 系统运行安全与保密的层次构成<br>• 系统运行安全检查与记录<br>• 系统运行管理制度<br>17.5.4 应用软件维护安全管理<br>• 应用软件维护活动的类别<br>• 应用软件维护的安全管理目标<br>• 应用软件维护的工作项<br>• 应用软件维护执行步骤 | 1～2 |
| 18．项目风险管理 | 18.1 风险和风险管理<br>18.1.1 风险含义和属性<br>18.1.2 风险管理含义<br>18.1.3 风险管理的主要活动和流程 | 0～1 |
| | 18.2 制定风险管理计划<br>18.2.1 风险管理计划的内容<br>• 风险应对计划<br>• 风险应急措施 | 0～1 |

续表

| 知识模块 | 知识点 | 题量及分值（分） |
|---|---|---|
| 18．项目风险管理 | • 应急储备<br>18.2.2 制定风险管理计划的方法与技术<br>18.2.3 制定风险管理计划的输入、输出 | |
| | 18.3 风险识别<br>18.3.1 风险事件和风险识别含义<br>18.3.2 风险识别方法<br>18.3.3 风险识别的输入、输出 | 1～2 |
| | 18.4 定性风险分析<br>18.4.1 定性风险分析的方法<br>• 风险概率和影响的评估<br>• 风险（识别检查）登记表<br>18.4.2 定性风险分析的输入、输出 | 0～1 |
| | 18.5 定量风险分析<br>18.5.1 数据收集和表示的方法及应用<br>• 期望货币值（EMV）<br>• 计算分析因子（DSMC）<br>• 计划评审技术（PERT）<br>• 蒙特卡罗（Monte Carlo）分析<br>• 风险（识别检查）登记表 | 1～2 |
| | 18.6 应对风险的基本措施（规避、接受、减轻、转移） | 0～1 |
| | 18.7 风险监控<br>18.7.1 风险监控的目的和主要工作内容<br>• 分析监控的目的<br>• 执行风险管理计划和风险管理流程<br>• 采取应急措施<br>• 采取权变措施<br>18.7.2 用于风险监控的技术、方法<br>18.7.3 风险监控过程的输入、输出 | 1～2 |
| 19．项目收尾管理 | 19.1 项目收尾的内容<br>• 项目验收<br>• 项目总结<br>• 项目评估审计 | 0～1 |
| | 19.2 对信息系统后续工作的支持 | 0～1 |
| | 19.3 项目组人员转移 | 0～1 |
| 20．知识产权管理 | 20.1 知识产权管理概念<br>20.2 知识产权管理相关法律法规<br>20.3 知识产权管理工作的范围和内容<br>20.4 知识产权管理要项 | 1～2 |
| 21．法律法规和标准规范 | 21.1 法律<br>• 合同法、招投标法、著作权法、政府采购法 | 3～5 |
| | 21.2 软件工程的国家标准<br>21.2.1 基础标准<br>• 软件工程术语 GB/T 11457—1995<br>• 信息处理数据流程图、程序流程图、系统流程图、程序网络和系统资源图的文件编辑符号及约定 GB 1526—1989<br>• 信息处理系统 计算机系统配置图符号及约定 GB/T 14085—1993 | |

续表

| 知识模块 | 知识点 | 题量及分值（分） |
|---|---|---|
| 21. 法律法规和标准规范 | 21.2.2 开发标准<br>• 信息技术软件生存周期过程 GB/T 8566—2001<br>• 软件支持环境 GB/T 15853—1995<br>• 软件维护指南 GB/T 14079—1993<br>21.2.3 文档标准<br>• 软件文档管理指南 GB/T 16680—1996<br>• 计算机软件产品开发文件编制指南 GB/T 8567—1988<br>• 计算机软件需求说明编制指南 GB/T9385-1988<br>21.2.4 管理标准<br>• 计算机软件配置管理计划规范 GB/T 12505—1990<br>• 信息技术 软件产品评价 质量特性及其使用指南 GB/T 16260—2002<br>• 计算机软件质量保证计划规范 GB/T 12504—1990<br>• 计算机软件可靠性和可维护性管理 GB/T 14394—1993 | 1～2 |
| 22. 专业英语 | 22.1 具有工程师所要求的英语阅读水平<br>22.2 掌握本领域的英语词汇 | 5 |
| 23. 系统集成项目管理工程师职业道德规范 | | 0～1 |

## 2. 考试科目 2：系统集成项目管理应用技术

系统集成项目管理应用技术的考核要求、各知识点的题量及可能占据的分值见表 A-3。

表 A-3 考试科目 2：系统集成项目管理应用技术

| 知识模块 | 知识点 | 题量及分值(分) |
|---|---|---|
| 1. 可行性研究 | 项目的机会选择<br>初步可行性研究<br>详细可行性研究 | 0～10 |
| 2. 项目立项 | 立项管理过程<br>建设方的立项管理<br>承建方的立项管理 | 0～15 |
| 3. 合同管理 | 合同及合同的要件<br>合同谈判<br>合同签订<br>合同履行<br>合同变更<br>合同终止<br>合同收尾 | 0～15 |
| 4. 项目启动 | 项目启动的过程和技术<br>项目章程的制订<br>项目的约束条件<br>对项目的假定 | 0～10 |
| 5. 项目管理计划 | 项目管理计划的内容<br>项目管理计划的制订 | 0～10 |
| 6. 项目实施 | 项目管理对项目管理工程师领导力和管理水平的要求<br>项目实施阶段项目管理工程师任务和作用<br>项目实施 | 0～6 |

续表

| 知识模块 | 知识点 | 题量及分值(分) |
|---|---|---|
| 7．项目监督与控制 | 项目监督与控制过程<br>整体变更控制<br>范围变化控制<br>进度控制<br>成本控制<br>质量控制<br>技术评审与管理评审<br>绩效和状态报告 | 15～45 |
| 8．项目收尾 | 项目收尾的内容<br>项目验收<br>项目总结与后评估 | 0～10 |
| 9．信息系统的运营 | 信息系统运行维护的意义<br>信息系统运行维护管理计划的制定<br>信息系统运行维护管理计划的执行<br>信息系统运行维护过程的监控<br>信息系统运行维护过程的程序改进<br>变更管理 | 0～15 |
| 10．信息（文档）与配置管理 | 信息（文档）管理过程<br>制定配置管理计划<br>配置识别与建立基线<br>建立配置管理系统<br>版本管理<br>配置状态报告<br>配置审核 | 0～15 |
| 11．信息系统安全管理 | 信息安全管理的组织<br>信息安全管理计划的制订<br>信息安全管理计划的执行<br>信心安全管理过程的监控与改进 | 0～15 |

## 三、题型举例

### （一）选择题

通常，变更控制流程的作用不包括 ___(1)___。

（1） A．列出要求变更的手续　　B．记录要求变更的事项

C．描述管理层对变更的影响　　D．确定要批准还是否决变更请求

（1）D。**要点解析：**变更控制流程的作用包括指出怎样提交变更的手续、记录变更的状况、列出管理层对变更的影响、记录变更的批准情况、说明能够批准变更的权限级别。

“确定要批准还是否决变更请求”是变更控制委员会（CCB）的责任。

### （二）问答题

阅读以下说明，根据要求回答问题 1～问题 4。（15 分）

**【说明】**

某信息系统集成公司最近承接了一项工程，其中包括了 8 个基本活动。这些活动的名称、完成每个活动所需的时间，以及其他活动之间的关系如表 A-4 所示。

表 A-4 某项工程活动基本情况

| 活动名称 | 所需的时间（天） | 前置活动 | 活动名称 | 所需的时间（天） | 前置活动 |
|---|---|---|---|---|---|
| A | 2 | — | E | 4 | A |
| B | 6 | — | F | 2 | D，E |
| C | 3 | A | G | 4 | D |
| D | 5 | B，C | H | 2 | F |

【问题 1】

为了便于对该工程的进度分析，请画出进度计划箭线图。

【问题 2】

请写出该工程计划图中所有的关键路径。

【问题 3】

请写出活动 E 的最早开始时间、最早结束时间、最迟开始时间和最迟结束时间。

【问题 4】

如果活动 C 的实际执行时间比原计划多用了 1 天，是否会影响整个工程的工期？为什么？

## （三）问答题参考答案

【问题 1】

该工程进度计划箭线图如图 A-1 所示。

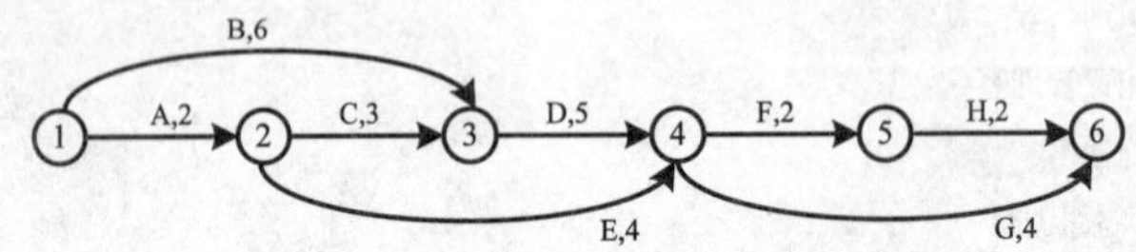


图 A-1 某工程进度计划箭线图

【问题 2】

该工程的关键路径：BDFH 和 BDG。

【问题 3】

若该工程从第 0 天开始计算，则活动 E 的最早开始时间为第 3 天上午，最早结束时间为第 6 天傍晚，最迟开始时间为第 8 天上午，最迟结束时间为第 11 天傍晚。

【问题 4】

由于活动 C 不是该工程关键路径上的活动，其自由浮动时间为 1 天，因此活动 C 的实际执行时间比原计划多用了 1 天时，不会影响整个工程的工期（即仍保持为 15 天）。此时，该工程的关键路径共有 4 条，即变更为：BDFH、BDG、ACDFH 和 ACDG。

附录 B

# 《中华人民共和国合同法》（节选）

系统集成项目管理工程师考试涉及的《中华人民共和国合同法》内容节选及典型试题见表 B-1。

表 B-1 《中华人民共和国合同法》（节选）

| 章 | 条 文 | 历年真题 |
|---|---|---|
| 第一章<br>一般规定 | 第一条 为了保护合同当事人的合法权益，维护社会经济秩序，促进社会主义现代化建设，制定本法。<br>第二条 本法所称合同是平等主体的自然人、法人、其他组织之间设立、变更、终止民事权利义务关系的协议。<br>婚姻、收养、监护等有关身份关系的协议，适用其他法律的规定。<br>第三条 合同当事人的法律地位平等，一方不得将自己的意志强加给另一方。<br>第四条 当事人依法享有自愿订立合同的权利，任何单位和个人不得非法干预。<br>第五条 当事人应当遵循公平原则确定各方的权利和义务。<br>第六条 当事人行使权利、履行义务应当遵循诚实信用原则。<br>第七条 当事人订立、履行合同，应当遵守法律、行政法规，尊重社会公德，不得扰乱社会经济秩序，损害社会公共利益。<br>第八条 依法成立的合同，对当事人具有法律约束力。当事人应当按照约定履行自己的义务，不得擅自变更或者解除合同。<br>依法成立的合同，受法律保护。 | ★ 合同一旦签署了就具有法律约束力，除非 （1） 。（2009 年下半年试题 50）<br>（1） A．一方不愿意履行义务<br>B．损害社会公共利益<br>C．一方宣布合同无效<br>D．一方由于某种原因破产<br>（1）B。法律依据：第七条、第八条、第五十二条。 |
| 第二章<br>合同的<br>订立 | 第九条 当事人订立合同，应当具有相应的民事权利能力和民事行为能力。<br>当事人依法可以委托代理人订立合同。<br>第十条 当事人订立合同，有书面形式、口头形式和其他形式。<br>法律、行政法规规定采用书面形式的，应当采用书面形式。当事人约定采用书面形式的，应当采用书面形式。<br>第十一条 书面形式是指合同书、信件和数据电文（包括电报、电传、传真、电子数据交换和电子邮件）等可以有形地表现所载内容的形式。<br>第十二条 合同的内容由当事人约定，一般包括以下条款：<br>（一）当事人的名称或者姓名和住所；<br>（二）标的；<br>（三）数量；<br>（四）质量；<br>（五）价款或者报酬；<br>（六）履行期限、地点和方式；<br>（七）违约责任；<br>（八）解决争议的方法。<br>当事人可以参照各类合同的示范文本订立合同。<br>第十三条 当事人订立合同，采取要约、承诺方式。<br>第十四条 要约是希望和他人订立合同的意思表示，该意思表示应当符合下列规定： | ★ （1） 属于要约。（2009 年上半年试题 39）<br>（1） A．商场的有奖销售活动<br>B．商业广告<br>C．寄送的价目表<br>D．招标公告<br>（1）A。法律依据：第十四条、第十五条<br>★ （2） 属于《合同法》规定的合同内容。（2009 年上半年试题 40）<br>（2） A．风险责任的承担<br>B．争议解决方法<br>C．验收标准<br>D．测试流程<br>（2）B。法律依据：第十二条 |

续表

| 章 | 条　文 | 历年真题 |
| --- | --- | --- |
|  | （一）内容具体确定；<br>（二）表明经受要约人承诺，要约人即受该意思表示约束。<br>第十五条 要约邀请是希望他人向自己发出要约的意思表示。寄送的价目表、拍卖公告、招标公告、招股说明书、商业广告等为要约邀请。<br>商业广告的内容符合要约规定的，视为要约。<br>第十六条 要约到达受要约人时生效。<br>采用数据电文形式订立合同，收件人指定特定系统接收数据电文的，该数据电文进入该特定系统的时间，视为到达时间；未指定特定系统的，该数据电文进入收件人的任何系统的首次时间，视为到达时间。<br>第十七条 要约可以撤回。撤回要约的通知应当在要约到达受要约人之前或者与要约同时到达受要约人。<br>第十八条 要约可以撤销。撤销要约的通知应当在受要约人发出承诺通知之前到达受要约人。<br>第十九条 有下列情形之一的，要约不得撤销：<br>（一）要约人确定了承诺期限或者以其他形式明示要约不可撤销；<br>（二）受要约人有理由认为要约是不可撤销的，并已经为履行合同作了准备工作。<br>第二十条 有下列情形之一的，要约失效：<br>（一）拒绝要约的通知到达要约人；<br>（二）要约人依法撤销要约；<br>（三）承诺期限届满，受要约人未做出承诺；<br>（四）受要约人对要约的内容做出实质性变更。<br>第二十一条 承诺是受要约人同意要约的意思表示。<br>第二十二条 承诺应当以通知的方式做出，但根据交易习惯或者要约表明可以通过行为做出承诺的除外。<br>第二十三条 承诺应当在要约确定的期限内到达要约人。<br>要约没有确定承诺期限的，承诺应当依照下列规定到达：<br>（一）要约以对话方式做出的，应当即时做出承诺，但当事人另有约定的除外；<br>（二）要约以非对话方式做出的，承诺应当在合理期限内到达。<br>第二十四条 要约以信件或者电报做出的，承诺期限自信件载明的日期或者电报交发之日开始计算。信件未载明日期的，自投寄该信件的邮戳日期开始计算。要约以电话、传真等快速通信方式做出的，承诺期限自要约到达受要约人时开始计算。<br>第二十五条 承诺生效时合同成立。<br>第二十六条 承诺通知到达要约人时生效。承诺不需要通知的，根据交易习惯或者要约的要求做出承诺的行为时生效。<br>采用数据电文形式订立合同的，承诺到达的时间适用本法第十六条第二款的规定。<br>第二十七条 承诺可以撤回。撤回承诺的通知应当在承诺通知到达要约人之前或者与承诺通知同时到达要约人。<br>第二十八条 受要约人超过承诺期限发出承诺的，除要约人及时通知受要约人该承诺有效的以外，为新要约。<br>第二十九条 受要约人在承诺期限内发出承诺，按照通常情形能够及时到达要约人，但因其他原因承诺到达要约人时超过承诺期限的，除要约人及时通知受要约人因承诺超过期限不接受该承诺的以外，该承诺有效。<br>第三十条 承诺的内容应当与要约的内容一致。受要约人对要约的内容做出实质性变更的，为新要约。有关合同标的、数量、质量、价款或者报酬、履行期限、履行地点和方式、违约责任和解决争议方法等的变更，是对要约内容的实质性变更。<br>第三十一条 承诺对要约的内容做出非实质性变更的，除要约人及时表示反对或者要约表明承诺不得对要约的内容做出任何变更的以外，该承诺有效，合同的内容以承诺的 | ★ 在建设工程合同的订立过程中，投标人根据招标内容在约定期限内向招标人提交的投标文件，称为 （3） 。<br>（3） A．要约邀请<br>B．要约<br>C．承诺<br>D．承诺生效<br>（3）B。法律依据：第十四条、第十五条。 |

续表

<table>
<tr><th>章</th><th>条文</th><th>历年真题</th></tr>
<tr><td></td><td>内容为准。<br>第三十二条 当事人采用合同书形式订立合同的，自双方当事人签字或者盖章时合同成立。<br>第三十三条 当事人采用信件、数据电文等形式订立合同的，可以在合同成立之前要求签订确认书。签订确认书时合同成立。<br>第三十四条 承诺生效的地点为合同成立的地点。<br>采用数据电文形式订立合同的，收件人的主营业地为合同成立的地点；没有主营业地的，其经常居住地为合同成立的地点。当事人另有约定的，按照其约定。<br>第三十五条 当事人采用合同书形式订立合同的，双方当事人签字或者盖章的地点为合同成立的地点。<br>第三十六条 法律、行政法规规定或者当事人约定采用书面形式订立合同，当事人未采用书面形式但一方已经履行主要义务，对方接受的，该合同成立。<br>第三十七条 采用合同书形式订立合同，在签字或者盖章之前，当事人一方已经履行主要义务，对方接受的，该合同成立。<br>……<br>第四十二条 当事人订立合同过程中有下列情形之一，给对方造成损失的，应当承担损害赔偿责任：<br>（一）假借订立合同，恶意进行磋商；<br>（二）故意隐瞒与订立合同有关的重要事实或者提供虚假情况；<br>（三）有其他违背诚实信用原则的行为。<br>第四十三条 当事人在订立合同过程中知悉的商业秘密，无论合同是否成立，不得泄露或者不正当地使用。泄露或者不正当地使用该商业秘密给对方造成损失的，应当承担损害赔偿责任。</td><td></td></tr>
<tr><td>第三章 合同的效力</td><td>第四十四条 依法成立的合同，自成立时生效。<br>法律、行政法规规定应当办理批准、登记等手续生效的，依照其规定。<br>第四十五条 当事人对合同的效力可以约定附条件。附生效条件的合同，自条件成就时生效。附解除条件的合同，自条件成就时失效。<br>当事人为自己的利益不正当地阻止条件成就的，视为条件已成就；不正当地促成条件成就的，视为条件不成就。<br>第四十六条 当事人对合同的效力以约定附期限。附生效期限的合同，自期限届至时生效。附终止期限的合同，自期限届满时失效。<br>……<br>第五十二条 有下列情形之一的，合同无效：<br>（一）一方以欺诈、胁迫的手段订立合同，损害国家利益；<br>（二）恶意串通，损害国家、集体或者第三人利益；<br>（三）以合法形式掩盖非法目的；<br>（四）损害社会公共利益；<br>（五）违反法律、行政法规的强制性规定。<br>第五十三条 合同中的下列免责条款无效：<br>（一）造成对方人身伤害的；<br>（二）因故意或者重大过失造成对方财产损失的。<br>第五十四条 下列合同，当事人一方有权请求人民法院或者仲裁机构变更或者撤销：<br>（一）因重大误解订立的；<br>（二）在订立合同时显失公平的。<br>一方以欺诈、胁迫的手段或者乘人之危，使对方在违背真实意思的情况下订立的合同，受损害方有权请求人民法院或者仲裁机构变更或者撤销。<br>当事人请求变更的，人民法院或者仲裁机构不得撤销。</td><td></td></tr>
</table>

续表

| 章 | 条 文 | 历年真题 |
| --- | --- | --- |
| | 第五十五条 有下列情形之一的，撤销权消灭：<br>（一）具有撤销权的当事人自知道或者应当知道撤销事由之日起一年内没有行使撤销权；<br>（二）具有撤销权的当事人知道撤销事由后明确表示或者以自己的行为放弃撤销权。<br>第五十六条 无效的合同或者被撤销的合同自始没有法律约束力。合同部分无效，不影响其他部分效力的，其他部分仍然有效。<br>第五十七条 合同无效、被撤销或者终止的，不影响合同中独立存在的有关解决争议方法的条款的效力。<br>第五十八条 合同无效或者被撤销后，该合同取得的财产，应当予以返还；不能返还或者没有必要返还的，应当折价补偿。有过错的一方应当赔偿对方因此所受到的损失，双方都有过错的，应当各自承担相应的责任。<br>第五十九条 当事人恶意串通，损害国家、集体或者第三人利益的，因此取得的财产收归国家所有或者返还集体、第三人。 | |
| 第四章<br>合同的<br>履行 | 第六十条 当事人应当按照约定全面履行自己的义务。当事人应当遵循诚实信用原则，根据合同的性质、目的和交易习惯履行通知、协助、保密等义务。<br>第六十一条 合同生效后，当事人就质量、价款或者报酬、履行地点等内容没有约定或者约定不明确的，可以协议补充；不能达成补充协议的，按照合同有关条款或者交易习惯确定。<br>第六十二条 当事人就有关合同内容约定不明确依照本法第六十一条的规定仍不能确定的，适用下列规定：<br>（一）质量要求不明确的，按照国家标准、行业标准履行；没有国家标准、行业标准的，按照通常标准或者符合合同目的的特定标准履行。<br>（二）价款或者报酬不明确的，按照订立合同时履行地的市场价格履行；依法应当执行政府定价或者政府指导价的，按照规定履行。<br>（三）履行地点不明确，给付货币的，在接受货币一方所在地履行；交付不动产的，在不动产所在地履行；其他标的，在履行义务一方所在履行。<br>（四）履行期限不明确的，债务人可以随时履行，债权人也可以随时要求履行，但应当给对方必要的准备时间。<br>（五）履行方式不明确的，按照有利于实现合同目的的方式履行。<br>（六）履行费用的负担不明确的，由履行义务一方负担。<br>第六十三条 执行政府定价或者政府指导价的，在合同约定的交付期限内政府价格调整时，按照交付时的价格计价。逾期交付标的物的，遇价格上涨时，按照原价格执行；价格下降时，按照新价格执行。逾期提取标的物或者逾期付款的，遇价格上涨时，按照新价格执行；价格下降时，按照原价格执行。<br>第六十四条 当事人约定由债务人向第三人履行债务的，债务人未向第三人履行债务或者履行债务不符合约定，应当向债权人承担违约责任。<br>第六十五条 当事人约定由第三人向债权人履行债务的，第三人不履行债务或者履行债务不符合约定，债务人应当向债权人承担违约责任。<br>第六十六条 当事人互负债务，没有先后履行顺序的，应当同时履行。一方在对方履行之前有权拒绝其履行要求。一方在对方履行债务不符合约定时，有权拒绝其相应的履行要求。<br>第六十七条 当事人互负债务，有先后履行顺序，先履行一方未履行的，后履行一方有权拒绝其履行要求。先履行一方履行债务不符合约定的，后履行一方有权拒绝其相应的履行要求。<br>第六十八条 应当先履行债务的当事人，有确切证据证明对方有下列情形之一的，可以中止履行：<br>（一）经营状况严重恶化； | ★《合同法》规定，价款或酬金约定不明的，按___（1）___的市场价格履行。（2009 年上半年试题 41）<br>（1） A．订立合同时订立地<br>B．履行合同时订立地<br>C．订立合同时履行地<br>D．履行合同时履行地<br>（1）C。法律依据：第六十一条、第六十二条<br><br>★ 合同生效后，当事人就质量、价款或者报酬、履行地点等内容没有约定或者约定不明确的，可以以协议补充；不能达成补充协议的，按照___（2）___或者交易习惯确定。<br>（2） A．公平原则<br>B．项目变更流程<br>C．第三方调解的结果<br>D．合同有关条款<br>（2）D。法律依据：第六十一条。 |

续表

<table>
<tr><th>章</th><th>条 文</th><th>历年真题</th></tr>
<tr><td></td><td>（二）转移财产、抽逃资金，以逃避债务；<br>（三）丧失商业信誉；<br>（四）有丧失或者可能丧失履行债务能力的其他情形。<br>当事人没有确切证据中止履行的，应当承担违约责任。<br>第六十九条 当事人依照本法第六十八条的规定中止履行的，应当及时通知对方。对方提供适当担保时，应当恢复履行。中止履行后，对方在合理期限内未恢复履行能力并且未提供适当担保的，中止履行的一方可以解除合同。<br>第七十条 债权人分立、合并或者变更住所没有通知债务人，致使履行债务发生困难的，债务人可以中止履行或者将标的物提存。<br>第七十一条 债权人可以拒绝债务人提前履行债务，但提前履行不损害债权人利益的除外。<br>债务人提前履行债务给债权人增加的费用，由债务人负担。<br>第七十二条 债权人可以拒绝债务人部分履行债务，但部分履行不损害债权人利益的除外。<br>债务人部分履行债务给债权人增加的费用，由债务人负担。<br>第七十三条 因债务人怠于行使其到期债权，对债权人造成损害的，债权人可以向人民法院请求以自己的名义代位行使债务人的债权，但该债权专属于债务人自身的除外。<br>代位权的行使范围以债权人的债权为限。债权人行使代位权的必要费用由债务人负担。<br>第七十四条 因债务人放弃其到期债权或者无偿转让财产，对债权人造成损害的，债权人可以请求人民法院撤销债务人的行为。债务人以明显不合理的低价转让财产，对债权人造成损害，并且受让人知道该情形的，债权人也可以请求人民法院撤销债务人的行为。<br>撤销权的行使范围以债权人的债权为限。债权人行使撤销权的必要费用，由债务人负担。<br>第七十五条 撤销权自债权人知道或者应当知道撤销事由之日起一年内行使。自债务人的行为发生之日起五年内没有行使撤销权的，该撤销权消灭。<br>第七十六条 合同生效后，当事人不得因姓名、名称的变更或者法定代表人、负责人、承办人的变动而不履行合同义务。</td><td></td></tr>
<tr><td>第五章<br>合同的变更和转让</td><td>第七十七条 当事人协商一致，可以变更合同。法律、行政法规规定变更合同应当办理批准、登记等手续的，依照其规定。<br>第七十八条 当事人对合同变更的内容约定不明确的，推定为未变更。<br>第七十九条 债权人可以将合同的权利全部或者部分转让给第三人，但有下列情形之一的除外：<br>（一）根据合同性质不得转让；<br>（二）按照当事人约定不得转让；<br>（三）依照法律规定不得转让。<br>第八十条 债权人转让权利的，应当通知债务人。未经通知，该转让对债务人不发生效力。<br>债权人转让权利的通知不得撤销，但经受让人同意的除外。<br>第八十一条 债权人转让权利的，受让人取得与债权有关的从权利，但该从权利专属于债权人自身的除外。<br>第八十二条 债务人接到债权转让通知后，债务人对让与人的抗辩，可以向受让人主张。<br>第八十三条 债务人接到债权转让通知时，债务人对让与人享有债权，并且债务人的债权先于转让的债权到期或者同时到期的，债务人可以向受让人主张抵消。<br>第八十四条 债务人将合同的义务全部或者部分转移给第三人的，应当经债权人同意。<br>第八十五条 债务人转移义务的，新债务人可以主张原债务人对债权人的抗辩。<br>第八十六条 债务人转移义务的，新债务人应当承担与主债务有关的从债务，但该从债务专属于原债务人自身的除外。<br>第八十七条 法律、行政法规规定转让权利或者转移义务应当办理批准、登记等手续的，</td><td>★ 合同可以变更，但是当事人对合同变更的内容约定不明确的，推定为__(1)__。<br>（1） A．变更为可撤销<br>B．部分变更<br>C．已经变更<br>D．未变更<br>（1）D。法律依据：第七十八条。</td></tr>
</table>

续表

| 章 | 条 文 | 历年真题 |
|---|---|---|
| | 依照其规定。<br>第八十八条 当事人一方经对方同意，可以将自己在合同中的权利和义务一并转让给第三人。<br>第八十九条 权利和义务一并转让的，适用本法第七十九条、第八十一条至第八十三条、第八十五条至第八十七条的规定。<br>第九十条 当事人订立合同后合并的，由合并后的法人或者其他组织行使合同权利，履行合同义务。当事人订立合同后分立的，除债权人和债务人另有约定的以外，由分立的法人或者其他组织对合同的权利和义务享有连带债权，承担连带债务。 | |
| 第六章合同的权利义务终止 | 第九十一条 有下列情形之一的，合同的权利义务终止：<br>（一）债务已经按照约定履行；<br>（二）合同解除；<br>（三）债务相互抵消；<br>（四）债务人依法将标的物提存；<br>（五）债权人免除债务；<br>（六）债权债务同归于一人；<br>（七）法律规定或者当事人约定终止的其他情形。<br>第九十二条 合同的权利义务终止后，当事人应当遵循诚实信用原则，根据交易习惯履行通知、协助、保密等义务。<br>第九十三条 当事人协商一致，可以解除合同。<br>当事人可以约定一方解除合同的条件。解除合同的条件成就时，解除权人可以解除合同。<br>第九十四条 有下列情形之一的，当事人可以解除合同：<br>（一）因不可抗力致使不能实现合同目的；<br>（二）在履行期限届满之前，当事人一方明确表示或者以自己的行为表明不履行主要债务；<br>（三）当事人一方迟延履行主要债务经催告后在合理期限内仍未履行；<br>（四）当事人一方迟延履行债务或者有其他违约行为致使不能实现合同目的；<br>（五）法律规定的其他情形。<br>第九十五条 法律规定或者当事人约定解除权行使期限，期限届满当事人不行使的，该权利消灭。<br>法律没有规定或者当事人没有约定解除权行使期限，经对方催告后在合理期限内不行使的，该权利消灭。<br>第九十六条 当事人一方依照本法第九十三条第二款、第九十四条的规定主张解除合同的，应当通知对方。合同自通知到达对方时解除。对方有异议的，可以请求人民法院或者仲裁机构确认解除合同的效力。<br>法律、行政法规规定解除合同应当办理批准、登记等手续的，依照其规定。<br>第九十七条 合同解除后，尚未履行的，终止履行；已经履行的，根据履行情况和合同性质，当事人可以要求恢复原状、采取其他补救措施，并有权要求赔偿损失。<br>第九十八条 合同的权利义务终止，不影响合同中结算和清理条款的效力。<br>第九十九条 当事人互负到期债务，该债务的标的物种类、品质相同的，任何一方可以将自己的债务与对方的债务抵消，但依照法律规定或者按照合同性质不得抵消的除外。<br>当事人主张抵消的，应当通知对方。通知自到达对方时生效。抵消不得附条件或者附期限。<br>第一百条 当事人互负债务，标的物种类、品质不相同的，经双方协商一致，也可以抵消。<br>…… | |
| 第七章违约责任 | 第一百零七条 当事人一方不履行合同义务或者履行合同义务不符合约定的，应当承担继续履行、采取补救措施或者赔偿损失等违约责任。 | |

续表

| 章 | 条 文 | 历年真题 |
| --- | --- | --- |
| | 第一百零八条 当事人一方明确表示或者以自己的行为表明不履行合同义务的，对方可以在履行期限届满之前要求其承担违约责任。<br>第一百零九条 当事人一方未支付价款或者报酬的，对方可以要求其支付价款或者报酬。<br>第一百一十条 当事人一方不履行非金钱债务或者履行非金钱债务不符合约定的，对方可以要求履行，但有下列情形之一的除外：<br>（一）法律上或者事实上不能履行；<br>（二）债务的标的不适于强制履行或者履行费用过高；<br>（三）债权人在合理期限内未要求履行。<br>第一百一十一条 质量不符合约定的，应当按照当事人的约定承担违约责任。对违约责任没有约定或者约定不明确，依照本法第六十一条的规定仍不能确定的，受损害方根据标的的性质以及损失的大小，可以合理选择要求对方承担修理、更换、重作、退货、减少价款或者报酬等违约责任。<br>……<br>第一百一十六条 当事人既约定违约金，又约定定金的，一方违约时，对方可以选择适用违约金或者定金条款。<br>第一百一十七条 因不可抗力不能履行合同的，根据不可抗力的影响，部分或者全部免除责任，但法律另有规定的除外。当事人迟延履行后发生不可抗力的，不能免除责任。<br>本法所称不可抗力，是指不能预见、不能避免并不能克服的客观情况。<br>第一百一十八条 当事人一方因不可抗力不能履行合同的，应当及时通知对方，以减轻可能给对方造成的损失，并应当在合理期限内提供证明。<br>第一百一十九条 当事人一方违约后，对方应当采取适当措施防止损失的扩大；没有采取适当措施致使损失扩大的，不得就扩大的损失要求赔偿。<br>当事人因防止损失扩大而支出的合理费用，由违约方承担。<br>第一百二十条 当事人双方都违反合同的，应当各自承担相应的责任。 | |
| 第十五章<br>承揽合同 | 第二百五十一条 承揽合同是承揽人按照定做人的要求完成工作，交付工作成果，定做人给付报酬的合同。<br>承揽包括加工、定做、修理、复制、测试、检验等工作。<br>第二百五十二条 承揽合同的内容包括承揽的标的、数量、质量、报酬、承揽方式、材料的提供、履行期限、验收标准和方法等条款。<br>第二百五十三条 承揽人应当以自己的设备、技术和劳力，完成主要工作，但当事人另有约定的除外。<br>承揽人将其承揽的主要工作交由第三人完成的，应当就该第三人完成的工作成果向定做人负责；未经定做人同意的，定做人也可以解除合同。<br>第二百五十四条 承揽人可以将其承揽的辅助工作交由第三人完成。承揽人将其承揽的辅助工作交由第三人完成的，应当就该第三人完成的工作成果向定做人负责。<br>第二百五十五条 承揽人提供材料的，承揽人应当按照约定选用材料，并接受定做人检验。<br>第二百五十六条 定做人提供材料的，定做人应当按照约定提供材料。承揽人对定做人提供的材料，应当及时检验，发现不符合约定时，应当及时通知定做人更换、补齐或者采取其他补救措施。<br>承揽人不得擅自更换定做人提供的材料，不得更换不需要修理的零部件。<br>第二百五十七条 承揽人发现定做人提供的图纸或者技术要求不合理的，应当及时通知定做人。因定做人怠于答复等原因造成承揽人损失的，应当赔偿损失。<br>第二百五十八条 定做人中途变更承揽工作的要求，造成承揽人损失的，应当赔偿损失。<br>第二百五十九条 承揽工作需要定做人协助的，定做人有协助的义务。<br>定做人不履行协助义务致使承揽工作不能完成的，承揽人可以催告定做人在合理期限内履行义务，并可以顺延履行期限；定做人逾期不履行的，承揽人可以解除合同。 | |

续表

<table>
<tr><th>章</th><th>条 文</th><th>历年真题</th></tr>
<tr><td></td><td>第二百六十条 承揽人在工作期间，应当接受定做人必要的监督检验。定做人不得因监督检验妨碍承揽人的正常工作。<br>第二百六十一条 承揽人完成工作的，应当向定做人交付工作成果，并提交必要的技术资料和有关质量证明。定做人应当验收该工作成果。<br>第二百六十二条 承揽人交付的工作成果不符合质量要求的，定做人可以要求承揽人承担修理、重作、减少报酬、赔偿损失等违约责任。<br>第二百六十三条 定做人应当按照约定的期限支付报酬。对支付报酬的期限没有约定或者约定不明确，依照本法第六十一条的规定仍不能确定的，定做人应当在承揽人交付工作成果时支付；工作成果部分交付的，定做人应当相应支付。<br>第二百六十四条 定做人未向承揽人支付报酬或者材料费等价款的，承揽人对完成的工作成果享有留置权，但当事人另有约定的除外。<br>第二百六十五条 承揽人应当妥善保管定做人提供的材料以及完成的工作成果，因保管不善造成毁损、灭失的，应当承担损害赔偿责任。<br>第二百六十六条 承揽人应当按照定做人的要求保守秘密，未经定做人许可，不得留存复制品或者技术资料。<br>第二百六十七条 共同承揽人对定做人承担连带责任，但当事人另有约定的除外。<br>第二百六十八条 定做人可以随时解除承揽合同，造成承揽人损失的，应当赔偿损失。</td><td></td></tr>
<tr><td>第十六章<br>建设工程<br>合同</td><td>第二百六十九条 建设工程合同是承包人进行工程建设，发包人支付价款的合同。建设工程合同包括工程勘察、设计、施工合同。<br>第二百七十条 建设工程合同应当采用书面形式。<br>第二百七十一条 建设工程的招标投标活动，应当依照有关法律的规定公开、公平、公正进行。<br>第二百七十二条 发包人可以与总承包人订立建设工程合同，也可以分别与勘察人、设计人、施工人订立勘察、设计、施工承包合同。发包人不得将应当由一个承包人完成的建设工程肢解成若干部分发包给几个承包人。<br>总承包人或者勘察、设计、施工承包人经发包人同意，可以将自己承包的部分工作交由第三人完成。第三人就其完成的工作成果与总承包人或者勘察、设计、施工承包人向发包人承担连带责任。承包人不得将其承包的全部建设工程转包给第三人或者将其承包的全部建设工程肢解以后以分包的名义分别转包给第三人。<br>禁止承包人将工程分包给不具备相应资质条件的单位。禁止分包单位将其承包的工程再分包。建设工程主体结构的施工必须由承包人自行完成。<br>第二百七十三条 国家重大建设工程合同，应当按照国家规定的程序和国家批准的投资计划、可行性研究报告等文件订立。<br>第二百七十四条 勘察、设计合同的内容包括提交有关基础资料和文件（包括概预算）的期限、质量要求、费用，以及其他协作条件等条款。<br>第二百七十五条 施工合同的内容包括工程范围、建设工期、中间交工工程的开工和竣工时间、工程质量、工程造价、技术资料交付时间、材料和设备供应责任、拨款和结算、竣工验收、质量保修范围和质量保证期、双方相互协作等条款。<br>第二百七十六条 建设工程实行监理的，发包人应当与监理人采用书面形式订立委托监理合同。发包人与监理人的权利和义务，以及法律责任，应当依照本法委托合同以及其他有关法律、行政法规的规定。<br>第二百七十七条 发包人在不妨碍承包人正常作业的情况下，可以随时对作业进度、质量进行检查。<br>第二百七十八条 隐蔽工程在隐蔽以前，承包人应当通知发包人检查。发包人没有及时检查的，承包人可以顺延工程日期，并有权要求赔偿停工、窝工等损失。<br>第二百七十九条 建设工程竣工后，发包人应当根据施工图纸及说明书、国家颁发的施工验收规范和质量检验标准及时进行验收。验收合格的，发包人应当按照约定支付价款，</td><td>★ 根据《中华人民共和国合同法》，隐蔽工程在隐蔽以前，承包人应当通知__（1）__来检查。若其没有及时来检查，承包人可以顺延工程日期，并有权要求赔偿停工等造成的损失。<br>（1）A. 承建人<br>B. 发包人<br>C. 分包人<br>D. 设计方<br>（1）B。法律依据：第二百七十八条。</td></tr>
</table>

续表

| 章 | 条 文 | 历年真题 |
| --- | --- | --- |
| | 并接收该建设工程。<br>建设工程竣工经验收合格后，方可交付使用；未经验收或者验收不合格的，不得交付使用。<br>第二百八十条 勘察、设计的质量不符合要求或者未按照期限提交勘察、设计文件拖延工期，造成发包人损失的，勘察人、设计人应当继续完善勘察、设计，减收或者免收勘察、设计费并赔偿损失。<br>第二百八十一条 因施工人的原因致使建设工程质量不符合约定的，发包人有权要求施工人在合理期限内无偿修理或者返工、改建。经过修理或者返工、改建后，造成逾期交付的，施工人应当承担违约责任。<br>第二百八十二条 因承包人的原因致使建设工程在合理使用期限内造成人身和财产损害的，承包人应当承担损害赔偿责任。<br>第二百八十三条 发包人未按照约定的时间和要求提供原材料、设备、场地、资金、技术资料的，承包人可以顺延工程日期，并有权要求赔偿停工、窝工等损失。<br>第二百八十四条 因发包人的原因致使工程中途停建、缓建的，发包人应当采取措施弥补或者减少损失，赔偿承包人因此造成的停工、窝工、倒运、机械设备调迁、材料和构件积压等损失和实际费用。<br>第二百八十五条 因发包人变更计划，提供的资料不准确，或者未按照期限提供必需的勘察、设计工作条件而造成勘察、设计的返工、停工或者修改设计，发包人应当按照勘察人、设计人实际消耗的工作量增付费用。<br>第二百八十六条 发包人未按照约定支付价款的，承包人可以催告发包人在合理期限内支付价款。发包人逾期不支付的，除按照建设工程的性质不宜折价、拍卖的以外，承包人可以与发包人协议将该工程折价，也可以申请人民法院将该工程依法拍卖。建设工程的价款就该工程折价或者拍卖的价款优先受偿。<br>第二百八十七条 本章没有规定的，适用承揽合同的有关规定。 | |

# 附录 C 《中华人民共和国招标投标法》（节选）

系统集成项目管理工程师考试涉及的《中华人民共和国招标投标法》内容节选及典型试题见表C-1。

表C-1 《中华人民共和国招标投标法》（节选）

| 章 | 条 文 | 历年真题 |
|---|---|---|
| 第一章<br>总则 | 第一条 为了规范招标投标活动，保护国家利益、社会公共利益和招标投标活动当事人的合法权益，提高经济效益，保证项目质量，制定本法。<br>第二条 在中华人民共和国境内进行招标投标活动，适用本法。<br>第三条 在中华人民共和国境内进行下列工程建设项目包括项目的勘察、设计、施工、监理以及与工程建设有关的重要设备、材料等的采购，必须进行招标：<br>（一）大型基础设施、公用事业等关系社会公共利益、公众安全的项目；<br>（二）全部或者部分使用国有资金投资或者国家融资的项目；<br>（三）使用国际组织或者外国政府贷款、援助资金的项目。<br>前款所列项目的具体范围和规模标准，由国务院发展计划部门会同国务院有关部门制订，报国务院批准。<br>法律或者国务院对必须进行招标的其他项目的范围有规定的，依照其规定。<br>第四条 任何单位和个人不得将依法必须进行招标的项目化整为零或者以其他任何方式规避招标。<br>第五条 招标投标活动应当遵循公开、公平、公正和诚实信用的原则。<br>第六条 依法必须进行招标的项目，其招标投标活动不受地区或者部门的限制。任何单位和个人不得违法限制或者排斥本地区、本系统以外的法人或者其他组织参加投标，不得以任何方式非法干涉招标投标活动。<br>第七条 招标投标活动及其当事人应当接受依法实施的监督。<br>有关行政监督部门依法对招标投标活动实施监督，依法查处招标投标活动中的违法行为。<br>对招标投标活动的行政监督及有关部门的具体职权划分，由国务院规定。 | ★ 在我国境内进行的工程建设项目，可以不进行招标的环节是<u>（1）</u>。<br>（1）A. 监理 B. 可研<br>C. 勘察设计 D. 施工<br>（1）B。法律依据：第三条。 |
| 第二章<br>招标 | 第八条 招标人是依照本法规定提出招标项目、进行招标的法人或者其他组织。<br>第九条 招标项目按照国家有关规定需要履行项目审批手续的，应当先履行审批手续，取得批准。<br>招标人应当有进行招标项目的相应资金或者资金来源已经落实，并应当在招标文件中如实载明。<br>第十条 招标分为公开招标和邀请招标。<br>公开招标，是指招标人以招标公告的方式邀请不特定的法人或者其他组织投标。<br>邀请招标，是指招标人以投标邀请书的方式邀请特定的法人或者其他组织投标。<br>第十一条 国务院发展计划部门确定的国家重点项目和省、自治区、直辖市人民政府确定的地方重点项目不适宜公开招标的，经国务院发展计划部门或者省、自治区、直辖市人民政府批准，可以进行邀请招标。<br>第十二条 招标人有权自行选择招标代理机构，委托其办理招标事宜。任何单位和个 | ★ 依据《中华人民共和国招标投标法》，公开招标是指招标人以招标公告的方式邀请<u>（1）</u>投标。（2009年上半年试题67）<br>（1）A. 特定的法人或者其他组织<br>B. 不特定的法人或者其他组织<br>C. 通过竞争性谈判的法人或者其他组织<br>D. 单一来源的法人或者其他组织<br>（1）B。法律依据：第十条。<br>★ 在招标过程中，下列中的<u>（2）</u>应在开标之前完成。 |

续表

| 章 | 条　文 | 历年真题 |
|---|---|---|
|  | 人不得以任何方式为招标人指定招标代理机构。<br>招标人具有编制招标文件和组织评标能力的，可以自行办理招标事宜。任何单位和个人不得强制其委托招标代理机构办理招标事宜。<br>依法必须进行招标的项目，招标人自行办理招标事宜的，应当向有关行政监督部门备案。<br>第十三条　招标代理机构是依法设立、从事招标代理业务并提供相关服务的社会中介组织。<br>招标代理机构应当具备下列条件：<br>（一）有从事招标代理业务的营业场所和相应资金；<br>（二）有能够编制招标文件和组织评标的相应专业力量；<br>（三）有符合本法第三十七条第三款规定条件、可以作为评标委员会成员人选的技术、经济等方面的专家库。<br>第十四条　从事工程建设项目招标代理业务的招标代理机构，其资格由国务院或者省、自治区、直辖市人民政府的建设行政主管部门认定。具体办法由国务院建设行政主管部门会同国务院有关部门制定。从事其他招标代理业务的招标代理机构，其资格认定的主管部门由国务院规定。<br>招标代理机构与行政机关和其他国家机关不得存在隶属关系或者其他利益关系。<br>第十五条　招标代公理机构应当在招标人委托的范围内办理招标事宜，并遵守本法关于招标人的规定。<br>第十六条　招标人采用公开招标方式的，应当发布招标公告。依法必须进行招标的项目的招标公告，应当通过国家指定的报刊、信息网络或者其他媒介发布。<br>招标公告应当载明招标人的名称和地址、招标项目的性质、数量、实施地点和时间，以及获取招标文件的办法等事项。<br>第十七条　招标人采用邀请招标方式的，应当向三个以上具备承担招标项目的能力、资信良好的特定的法人或者其他组织发出投标邀请书。<br>投标邀请书应当载明本法第十六条第二款规定的事项。<br>第十八条　招标人可以根据招标项目本身的要求，在招标公告或者投标邀请书中，要求潜在投标人提供有关资质证明文件和业绩情况，并对潜在投标人进行资格审查；国家对投标人的资格条件有规定的，依照其规定。<br>招标人不得以不合理的条件限制或者排斥潜在投标人，不得对潜在投标人实行歧视待遇。<br>第十九条　招标人应当根据招标项目的特点和需要编制招标文件。招标文件应当包括招标项目的技术要求、对投标人资格审查的标准、投标报价要求和评标标准等所有实质性要求和条件，以及拟签订合同的主要条款。<br>国家对招标项目的技术、标准有规定的，招标人应当按照其规定在招标文件中提出相应要求。<br>招标项目需要划分标段、确定工期的，招标人应当合理划分标段、确定工期，并在招标文件中载明。<br>第二十条　招标文件不得要求或者标明特定的生产供应者，以及含有倾向或者排斥潜在投标人的其他内容。<br>第二十一条　招标人根据招标项目的具体情况，可以组织潜在投标人踏勘项目现场。<br>第二十二条　招标人不得向他人透露已获取招标文件的潜在投标人的名称、数量，以及可能影响公平竞争的有关招标投标的其他情况。<br>招标人设有标底的，标底必须保密。<br>第二十三条　招标人对已发出的招标文件进行必要的澄清或者修改的，应当在招标文件要求提交投标文件截止时间至少十五日前，以书面形式通知所有招标文件收受人。该澄清或者修改的内容为招标文件的组成部分。<br>第二十四条　招标人应当确定投标人编制投标文件所需要的合理时间；但是，依法必 | （2）　A．确认投标人资格<br>B．制定评标原则<br>C．答标<br>D．发放中标通知书<br>（2）A。法律依据：在《中华人民共和国招标投标法》中规定的招投标主要活动有招标、投标、开标、评标和中标。答案中只有确认投标人资格是必须在开标之前完成的活动。<br><br>★ 按照《中华人民共和国招标投标法》的规定，下列说法中错误的是＿（3）＿。<br>（3）A．招标人根据招标项目的具体情况，可以组织潜在投标人踏勘项目现场<br>B．招标人不得向他人透露已获取招标文件的潜在投标人的名称、数量，以及可能影响公平竞争的有关招标投标的其他情况。招标人设有标底的，标底必须在招标文件中载明<br>C．投标人应当按照招标文件的要求编制投标文件。投标文件应当对招标文件提出的实质性要求和条件做出响应<br>D．招标人应当确定投标人编制投标文件所需要的合理时间；但是，依法必须进行招标的项目，自招标文件开始发出之日起至投标人提交投标文件截止之日止，最短不得少于二十日<br>（3）B。法律依据：第二十一条、第二十二条、第二十四条、第二十七条。 |

续表

| 章 | 条　文 | 历年真题 |
| --- | --- | --- |
|  | 须进行招标的项目，自招标文件开始发出之日起至投标提交投标文件截止之日止，最短不得少于二十日。 |  |
| 第三章<br>投标 | 第二十五条　投标人是响应招标、参加投标竞争的法人或者其他组织。<br>依法招标的科研项目允许个人参加投标的，投标的个人适用本法有关投标人的规定。<br>第二十六条　投标人应当具备承担招标项目的能力；国家有关规定对投标人资格条件或者招标文件对投标人资格条件有规定的，投标人应当具备规定的资格条件。<br>第二十七条　投标人应当按照招标文件的要求编制投标文件。投标文件应当对招标文件提出的实质性要求和条件做出响应。<br>招标项目属于建设施工的，投标文件的内容应当包括拟派出的项目负责人与主要技术人员的简历、业绩和拟用于完成招标项目的机械设备等。<br>第二十八条　投标人应当在招标文件要求提交投标文件的截止时间前，将投标文件送达投标地点。招标人收到投标文件后，应当签收保存，不得开启。投标人少于三个的，招标人应当依照本法重新招标。<br>在招标文件要求提交投标文件的截止时间后送达的投标文件，招标人应当拒收。<br>第二十九条　投标人在招标文件要求提交投标文件的截止时间前，可以补充、修改或者撤回已提交的投标文件，并书面通知招标人。补充、修改的内容为投标文件的组成部分。<br>第三十条　投标人根据招标文件载明的项目实际情况，拟在中标后将中标项目的部分非主体、非关键性工作进行分包的，应当在投标文件中载明。<br>第三十一条　两个以上法人或者其他组织可以组成一个联合体，以一个投标人的身份共同投标。<br>联合体各方均应当具备承担招标项目的相应能力；国家有关规定或者招标文件对投标人资格条件有规定的，联合体各方均应当具备规定的相应资格条件。由同一专业的单位组成的联合体，按照资质等级较低的单位确定资质等级。<br>联合体各方应当签订共同投标协议，明确约定各方拟承担的工作和责任，并将共同投标协议连同投标文件一并提交招标人。联合体中标的，联合体各方应当共同与招标人签订合同，就中标项目向招标人承担连带责任。<br>招标人不得强制投标人组成联合体共同投标，不得限制投标人之间的竞争。<br>第三十二条　投标人不得相互串通投标报价，不得排挤其他投标人的公平竞争，损害招标人或者其他投标人的合法权益。<br>投标人不得与招标人串通投标，损害国家利益、社会公共利益或者他人的合法权益。<br>禁止投标人以向招标人或者评标委员会成员行贿的手段谋取中标。<br>第三十三条　投标人不得以低于成本的报价竞标，也不得以他人名义投标或者以其他方式弄虚作假，骗取中标。 | ★ 以下关于投标文件送达的叙述，错误的是＿（1）＿。（2009 年下半年试题 33）<br>（1）A．投标人必须按照招标文件规定的地点、在规定的时间内送达投标文件<br>B．投递投标书的方式最好是直接送达或委托代理人送达，以便获得招标机构已收到投标书的回执<br>C．如果以邮寄方式送达的，投标人应保证投标文件能够在截止日期之前投递即可<br>D．招标人收到标书以后应当签收，在开标前不得开启<br>（1）C。法律依据：第二十八条。<br>★ 按照《中华人民共和国招标投标法》的规定，下列说法中正确的是＿（2）＿。<br>（2）A．投标人在向招标方递交投标文件后，就无权对投标文件进行补充、修改或者撤回了<br>B．两个以上法人或者其他组织可以组成一个联合体，以一个投标人的身份共同投标。由同一专业的单位组成的联合体，按照资质等级较高的单位确定资质等级<br>C．中标通知书发出后，中标人放弃中标项目的，不用承担法律责任<br>D．中标人按照合同约定或者经招标人同意，可以将中标项目的部分非主体、非关键性工作分包给他人完成<br>（2）D，法律依据：第二十九条、第三十一条、第四十五条、第四十八条。<br>★ 两个以上法人或者其他组织组成联合体投标时，若招标文件对投标人资格条件有规定的，则联合体＿（3）＿。<br>（3）A．各方的加总条件应符合规定的资格条件<br>B．有一方应具备规定的相应资格条件即可<br>C．各方均应具备规定的资格条件<br>D．主要一方应具备相应的资格条件<br>（3）C。法律依据：第三十一条。<br>★ 下列关于投标的叙述中，错误的是＿（4）＿。<br>（4）A．两个以上法人可以组成一个联合体，以一个投标人的身份共同投标<br>B．在招标文件要求提交投标文件的截止时间后送达的投标文件，招标人应当拒收 |

续表

<table>
<tr><th>章</th><th>条 文</th><th>历年真题</th></tr>
<tr><td></td><td></td><td>C. 招标人不得相互串通投标报价<br>D. 竞标时，投标人可以自行决定报价，报价数额不受限制<br>(4) D。法律依据：第三十三条。</td></tr>
<tr><td>第四章<br>开标、评标<br>和中标</td><td>第三十四条 开标应当在招标文件确定的提交投标文件截止时间的同一时间公开进行；开标地点应当为招标文件中预先确定的地点。<br>第三十五条 开标由招标人主持，邀请所有投标人参加。<br>第三十六条 开标时，由投标人或者其推选的代表检查投标文件的密封情况，也可以由招标人委托的公证机构检查并公证；经确认无误后，由工作人员当众拆封，宣读投标人名称、投标价格和投标文件的其他主要内容。<br>招标人在招标文件要求提交投标文件的截止时间前收到的所有投标文件，开标时都应当当众予以拆封、宣读。<br>开标过程应当记录，并存档备查。<br>第三十七条 评标由招标人依法组建的评标委员会负责。<br>依法必须进行招标的项目，其评标委员会由招标人的代表和有关技术、经济等方面的专家组成，成员人数为五人以上单数，其中技术、经济等方面的专家不得少于成员总数的三分之二。<br>前款专家应当从事相关领域工作满八年并具有高级职称或者具有同等专业水平，由招标人从国务院有关部门或者省、自治区、直辖市人民政府有关部门提供的专家名册或者招标代理机构的专家库内的相关专业的专家名单中确定；一般招标项目可以采取随机抽取方式，特殊招标项目可以由招标人直接确定。<br>与投标人有利害关系的人不得进入相关项目的评标委员会；已经进入的应当更换。<br>评标委员会成员的名单在中标结果确定前应当保密。<br>第三十八条 招标人应当采取必要的措施，保证评标在严格保密的情况下进行。<br>任何单位和个人不得非法干预、影响评标的过程和结果。<br>第三十九条 评标委员会可以要求投标人对投标文件中含义不明确的内容做必要的澄清或者说明，但是澄清或者说明不得超出投标文件的范围或者改变投标文件的实质性内容。<br>第四十条 评标委员会应当按照招标文件确定的评标标准和方法，对投标文件进行评审和比较；设有标底的，应当参考标底。评标委员会完成评标后，应当向招标人提出书面评标报告，并推荐合格的中标候选人。<br>招标人根据评标委员会提出的书面评标报告和推荐的中标候选人确定中标人。招标人也可以授权评标委员会直接确定中标人。<br>国务院对特定招标项目的评标有特别规定的，从其规定。<br>第四十一条 中标人的投标应当符合下列条件：<br>（一）能够最大限度地满足招标文件中规定的各项综合评价标准；<br>（二）能够满足招标文件的实质性要求，并且经评审的投标价格最低；但是投标价格低于成本的除外。<br>第四十二条 评标委员会经评审，认为所有投标都不符合招标文件要求的，可以否决所有投标。<br>依法必须进行招标的项目的所有投标被否决的，招标人应当依照本法重新招标。<br>第四十三条 在确定中标人前，招标人不得与投标人就投标价格、投标方案等实质性内容进行谈判。<br>第四十四条 评标委员会成员应当客观、公正地履行职务，遵守职业道德，对所提出的评审意见承担个人责任。<br>评标委员会成员不得私下接触投标人，不得收受投标人的财物或者其他好处。<br>评标委员会成员和参与评标的有关工作人员不得透露对投标文件的评审和比较、中标候选人的推荐情况，以及与评标有关的其他情况。</td><td>★ 根据有关法律，招标人与中标人应当自中标通知发出之日___(1)___天内，按招标文件和中标人的投标文件订立书面合同。<br>(1) A. 15 B. 20<br>C. 30 D. 45<br>(1) C。法律依据：第四十六条。</td></tr>
</table>

续表

| 章 | 条文 | 历年真题 |
|---|---|---|
| | 第四十五条　中标人确定后，招标人应当向中标人发出中标通知书，并同时将中标结果通知所有未中标的投标人。<br>中标通知书对招标人和中标人具有法律效力。中标通知书发出后，招标人改变中标结果的，或者中标人放弃中标项目的，应当依法承担法律责任。<br>第四十六条　招标人和中标人应当自中标通知书发出之日起三十日内，按照招标文件和中标人的投标文件订立书面合同。招标人和中标人不得再行订立背离合同实质性内容的其他协议。<br>招标文件要求中标人提交履约保证金的，中标人应当提交。<br>第四十七条　依法必须进行招标的项目，招标人应当自确定中标人之日起十五日内，向有关行政监督部门提交招标投标情况的书面报告。<br>第四十八条　中标人应当按照合同约定履行义务，完成中标项目。中标人不得向他人转让中标项目，也不得将中标项目肢解后分别向他人转让。<br>中标人按照合同约定或者经招标人同意，可以将中标项目的部分非主体、非关键性工作分包给他人完成。接受分包的人应当具备相应的资格条件，并不得再次分包。<br>中标人应当就分包项目向招标人负责，接受分包的人就分包项目承担连带责任。 | |
| 第五章<br>法律责任 | 第四十九条　违反本法规定，必须进行招标的项目而不招标的，将必须进行招标的项目化整为零或者以其他任何方式规避招标的，责令限期改正，可以处项目合同金额千分之五以上千分之十以下的罚款；对全部或者部分使用国有资金的项目，可以暂停项目执行或者暂停资金拨付；对单位直接负责的主管人员和其他直接责任人员依法给予处分。<br>第五十条　招标代理机构违反本法规定，泄露应当保密的与招标投标活动有关的情况和资料的，或者与招标人、投标人串通损害国家利益、社会公共利益或者他人合法权益的，处五万元以上二十五万元以下的罚款，对单位直接负责的主管人员和其他直接责任人员处单位罚款数额百分之五以上百分之十以下的罚款；有违法所得的，并处没收违法所得；情节严重的，暂停直至取消招标代理资格；构成犯罪的，依法追究刑事责任。给他人造成损失的，依法承担赔偿责任。<br>前款所列行为影响中标结果的，中标无效。<br>第五十一条　招标人以不合理的条件限制或者排斥潜在投标人的，对潜在投标人实行歧视待遇的，强制要求投标人组成联合体共同投标的，或者限制投标人之间竞争的，责令改正，可以处一万元以上五万元以下的罚款。<br>第五十二条　依法必须进行招标的项目的招标人向他人透露已获取招标文件的潜在投标人的名称、数量或者可能影响公平竞争的有关招标投标的其他情况的，或者泄露标底的，给予警告，可以并处一万元以上十万元以下的罚款；对单位直接负责的主管人员和其他直接责任人员依法给予处分；构成犯罪的，依法追究刑事责任。<br>前款所列行为影响中标结果的，中标无效。<br>第五十三条　投标人相互串通投标或者与招标人串通投标的，投标人以向招标人或者评标委员会成员行贿的手段谋取中标的，中标无效，处中标项目金额千分之五以上千分之十以下的罚款，对单位直接负责的主管人员和其他直接责任人员处单位罚款数额百分之五以上百分之十以下的罚款；有违法所得的，并处没收违法所得；情节严重的，取消其一年至二年内参加依法必须进行招标的项目的投标资格并予以公告，直至由工商行政管理机关吊销营业执照；构成犯罪的，依法追究刑事责任。给他人造成损失的，依法承担赔偿责任。<br>第五十四条　投标人以他人名义投标或者以其他方式弄虚作假，骗取中标的，中标无效，给招标人造成损失的，依法承担赔偿责任；构成犯罪的，依法追究刑事责任。<br>依法必须进行招标的项目的投标人有前款所列行为尚未构成犯罪的，处中标项目金额千分之五以上千分之十以下的罚款，对单位直接负责的主管人员和其他直接责任人员处单位罚款数额百分之五以上百分之十以下的罚款；有违法所得的，并处没收违法所得；情节严重的，取消其一年至三年内参加依法必须进行招标的项目的投标资格并予以公告，直至由工商行政管理机关吊销营业执照。 | |

续表

| 章 | 条文 | 历年真题 |
| --- | --- | --- |
| | 第五十五条　依法必须进行招标的项目，招标人违反本法规定，与投标人就投标价格、投标方案等实质性内容进行谈判的，给予警告，对单位直接负责的主管人员和其他直接责任人员依法给予处分。<br>前款所列行为影响中标结果的，中标无效。<br>第五十六条　评标委员会成员收受投标人的财物或者其他好处的，评标委员会成员或者参加评标的有关工作人员向他人透露对投标文件的评审和比较、中标候选人的推荐，以及与评标有关的其他情况的，给予警告，没收收受的财物，可以并处三千元以上五万元以下的罚款，对有所列违法行为的评标委员会成员取消担任评标委员会成员的资格，不得再参加任何依法必须进行招标的项目的评标；构成犯罪的，依法追究刑事责任。<br>第五十七条　招标人在评标委员会依法推荐的中标候选人以外确定中标人的，依法必须进行招标的项目在所有投标被评标委员会否决后自行确定中标人的，中标无效。责令改正，可以处中标项目金额千分之五以上千分之十以下的罚款；对单位直接负责的主管人员和其他直接责任人员依法给予处分。<br>第五十八条　中标人将中标项目转让给他人的，将中标项目肢解后分别转让给他人的，违反本法规定将中标项目的部分主体、关键性工作分包给他人的，或者分包人再次分包的，转让、分包无效，处转让、分包项目金额千分之五以上千分之十以下的罚款；有违法所得的，并处没收违法所得；可以责令停业整顿；情节严重的，由工商行政管理机关吊销营业执照。<br>第五十九条　招标人与中标人不按照招标文件和中标人的投标文件订立合同的，或者招标人、中标人订立背离合同实质性内容的协议的，责令改正；可以处中标项目金额千分之五以上千分之十以下的罚款。<br>第六十条　中标人不履行与招标人订立的合同的，履约保证金不予退还，给招标人造成的损失超过履约保证金数额的，还应当对超过部分予以赔偿；没有提交履约保证金的，应当对招标人的损失承担赔偿责任。<br>中标人不按照与招标人订立的合同履行义务，情节严重的，取消其二年至五年内参加依法必须进行招标的项目的投标资格并予以公告，直至由工商行政管理机关吊销营业执照。<br>因不可抗力不能履行合同的，不适用前两款规定。<br>第六十一条　本章规定的行政处罚，由国务院规定的有关行政监督部门决定。本法已对实施行政处罚的机关做出规定的除外。<br>第六十二条　任何单位违反本法规定，限制或者排斥本地区、本系统以外的法人或者其他组织参加投标的，为招标人指定招标代理机构的，强制招标人委托招标代理机构办理招标事宜的，或者以其他方式干涉招标投标活动的，责令改正；对单位直接负责的主管人员和其他直接责任人员依法给予警告、记过、记大过的处分，情节较重的，依法给予降级、撤职、开除的处分。<br>个人利用职权进行前款违法行为的，依照前款规定追究责任。<br>第六十三条　对招标投标活动依法负有行政监督职责的国家机关工作人员徇私舞弊、滥用职权或者玩忽职守，构成犯罪的，依法追究刑事责任；不构成犯罪的，依法给予行政处分。<br>第六十四条　依法必须进行招标的项目违反本法规定，中标无效的，应当依照本法规定的中标条件从其余投标人中重新确定中标人或者依照本法重新进行招标。 | |
| 第六章<br>附则 | 第六十五条　投标人和其他利害关系人认为招标投标活动不符合本法有关规定的，有权向招标人提出异议或者依法向有关行政监督部门投诉。<br>第六十六条　涉及国家安全、国家秘密、抢险救灾或者属于利用扶贫资金实行以工代赈、需要使用农民工等特殊情况，不适宜进行招标的项目，按照国家有关规定可以不进行招标。<br>第六十七条　使用国际组织或者外国政府贷款、援助资金的项目进行招标，贷款方、资金提供方对招标投标的具体条件和程序有不同规定的，可以适用其规定。但违背中华人民共和国的社会公共利益的除外。<br>第六十八条　本法自2000年1月1日起施行。 | |

附录D

# 《中华人民共和国政府采购法》（节选）

系统集成项目管理工程师考试涉及的《中华人民共和国政府采购法》内容节选及典型试题见表D-1。

表D-1　《中华人民共和国政府采购法》（节选）

| 章 | 条　文 | 历年真题 |
|---|---|---|
| 第一章 总则 | 第一条 为了规范政府采购行为，提高政府采购资金的使用效益，维护国家利益和社会公共利益，保护政府采购当事人的合法权益，促进廉政建设，制定本法。<br>第二条 在中华人民共和国境内进行的政府采购适用本法。<br>本法所称政府采购，是指各级国家机关、事业单位和团体组织，使用财政性资金采购依法制定的集中采购目录以内的或者采购限额标准以上的货物、工程和服务的行为。<br>政府集中采购目录和采购限额标准依照本法规定的权限制定。<br>本法所称采购，是指以合同方式有偿取得货物、工程和服务的行为，包括购买、租赁、委托、雇用等。<br>本法所称货物，是指各种形态和种类的物品，包括原材料、燃料、设备、产品等。<br>本法所称工程，是指建设工程，包括建筑物和构筑物的新建、改建、扩建、装修、拆除、修缮等。<br>本法所称服务，是指除货物和工程以外的其他政府采购对象。<br>第三条 政府采购应当遵循公开透明原则、公平竞争原则、公正原则和诚实信用原则。<br>第四条 政府采购工程进行招标投标的，适用招标投标法。<br>第五条 任何单位和个人不得采用任何方式，阻挠和限制供应商自由进入本地区和本行业的政府采购市场。<br>第六条 政府采购应当严格按照批准的预算执行。<br>第七条 政府采购实行集中采购和分散采购相结合。集中采购的范围由省级以上人民政府公布的集中采购目录确定。<br>属于中央预算的政府采购项目，其集中采购目录由国务院确定并公布；属于地方预算的政府采购项目，其集中采购目录由省、自治区、直辖市人民政府或者其授权的机构确定并公布。<br>纳入集中采购目录的政府采购项目，应当实行集中采购。<br>第八条 政府采购限额标准，属于中央预算的政府采购项目，由国务院确定并公布；属于地方预算的政府采购项目，由省、自治区、直辖市人民政府或者其授权的机构确定并公布。<br>第九条 政府采购应当有助于实现国家的经济和社会发展政策目标，包括保护环境，扶持不发达地区和少数民族地区，促进中小企业发展等。<br>第十条 政府采购应当采购本国货物、工程和服务。但有下列情形之一的除外：<br>（一）需要采购的货物、工程或者服务在中国境内无法获取或者无法以合理的商业条件获取的；<br>（二）为在中国境外使用而进行采购的；<br>（三）其他法律、行政法规另有规定的。<br>前款所称本国货物、工程和服务的界定，依照国务院有关规定执行。 | ★ 下列有关《中华人民共和国政府采购法》的陈述中，错误的是__（1）__。<br>（1）A．任何单位和个人不得采用任何方式，阻挠和限制供应商自由进入本地区和本行业的政府采购市场<br>B．政府采购应当采购本国货物、工程和服务。需要采购的货物、工程或者服务在中国境内无法获取或者无法以合理的商业条件获取的则除外<br>C．政府采购应当采购本国货物、工程和服务。为在中国境外使用而进行采购的则除外<br>D．政府采购实行集中采购和分散采购相结合。其中集中采购由国务院统一确定并公布；分散采购由各省级人民政府公布的采购目录确定并公布<br>（1）D。法律依据：第五条、第七条、第十条。<br><br>★ __（2）__与《中华人民共和国政府采购法》的有关内容一致。<br>（2）A．政府采购是指各级国家机关、事业单位和团体组织，使用贷款、财政性资金或自筹资金采购依法制定的集中采购目录以内的或者采购限额标准以上的货物、工程和服务的行为<br>B．货物是指各种形态和种类的物品，包括原材料、燃料、设备、产品等。工程是指建设工程，包括建筑物和构筑物的新建、改建、扩建、装修、拆除、修缮等<br>C．在技术咨询合同、技术服务合同履行过程中，受托人利用委托人提供的技术资料和工作条件完成的新的技术成果，属 |

续表

| 章 | 条 文 | 历年真题 |
|---|---|---|
| | 第十一条 政府采购的信息应当在政府采购监督管理部门指定的媒体上及时向社会公开发布，但涉及商业秘密的除外。<br>第十二条 在政府采购活动中，采购人员及相关人员与供应商有利害关系的，必须回避。供应商认为采购人员及相关人员与其他供应商有利害关系的，可以申请其回避。<br>前款所称相关人员，包括招标采购中评标委员会的组成人员，竞争性谈判采购中谈判小组的组成人员，询价采购中询价小组的组成人员等。<br>第十三条 各级人民政府财政部门是负责政府采购监督管理的部门，依法履行对政府采购活动的监督管理职责。<br>各级人民政府其他有关部门依法履行与政府采购活动有关的监督管理职责。 | 于受托人。委托人利用受托人的工作成果完成的新的技术成果，属于委托人。当事人另有约定的，按照其约定<br>D. 中标人按照合同约定或者经招标人同意，可以将中标项目的部分非主体、非关键性工作分包给他人完成<br>（2）B，法律依据：第二条。 |
| 第二章<br>政府采购<br>当事人 | 第十四条 政府采购当事人是指在政府采购活动中享有权利和承担义务的各类主体，包括采购人、供应商和采购代理机构等。<br>第十五条 采购人是指依法进行政府采购的国家机关、事业单位、团体组织。<br>第十六条 集中采购机构为采购代理机构。设区的市、自治州以上人民政府根据本级政府采购项目组织集中采购的需要设立集中采购机构。<br>集中采购机构是非营利事业法人，根据采购人的委托办理采购事宜。<br>第十七条 集中采购机构进行政府采购活动，应当符合采购价格低于市场平均价格、采购效率更高、采购质量优良和服务良好的要求。<br>第十八条 采购人采购纳入集中采购目录的政府采购项目，必须委托集中采购机构代理采购；采购未纳入集中采购目录的政府采购项目，可以自行采购，也可以委托集中采购机构在委托的范围内代理采购。<br>纳入集中采购目录属于通用的政府采购项目的，应当委托集中采购机构代理采购；属于本部门、本系统有特殊要求的项目，应当实行部门集中采购；属于本单位有特殊要求的项目，经省级以上人民政府批准，可以自行采购。<br>第十九条 采购人可以委托经国务院有关部门或者省级人民政府有关部门认定资格的采购代理机构，在委托的范围内办理政府采购事宜。<br>采购人有权自行选择采购代理机构，任何单位和个人不得以任何方式为采购人指定采购代理机构。<br>第二十条 采购人依法委托采购代理机构办理采购事宜的，应当由采购人与采购代理机构签订委托代理协议，依法确定委托代理的事项，约定双方的权利义务。<br>第二十一条 供应商是指向采购人提供货物、工程或者服务的法人、其他组织或者自然人。<br>第二十二条 供应商参加政府采购活动应当具备下列条件：<br>（一）具有独立承担民事责任的能力；<br>（二）具有良好的商业信誉和健全的财务会计制度；<br>（三）具有履行合同所必需的设备和专业技术能力；<br>（四）有依法缴纳税收和社会保障资金的良好记录；<br>（五）参加政府采购活动前三年内，在经营活动中没有重大违法记录；<br>（六）法律、行政法规规定的其他条件。<br>采购人可以根据采购项目的特殊要求，规定供应商的特定条件，但不得以不合理的条件对供应商实行差别待遇或者歧视待遇。<br>第二十三条 采购人可以要求参加政府采购的供应商提供有关资质证明文件和业绩情况，并根据本法规定的供应商条件和采购项目对供应商的特定要求，对供应商的资格进行审查。<br>第二十四条 两个以上的自然人、法人或者其他组织可以组成一个联合体，以一个供应商的身份共同参加政府采购。<br>以联合体形式进行政府采购的，参加联合体的供应商均应当具备本法第二十二条规定的条件，并应当向采购人提交联合协议，载明联合体各方承担的工作和义务。联合体各方应当共同与采购人签订采购合同，就采购合同约定的事项对采购人承担连带责任。<br>第二十五条 政府采购当事人不得相互串通损害国家利益、社会公共利益和其他当事人的 | ★ 依据《中华人民共和国政府采购法》中有关供应商参加政府采购活动应当具备的条件，下列陈述中错误的是___（1）___。<br>（1）A. 供应商参加政府采购活动应当具有独立承担民事责任的能力<br>B. 采购人可以要求参加政府采购的供应商提供有关资质证明文件和业绩情况，对有资质的供应商免于资格审查<br>C. 供应商参加政府采购活动应具有良好的商业信誉和健全的财务会计制度<br>D. 供应商参加政府采购活动应当具有依法缴纳税收和社会保障资金的良好记录，并且参加政府采购活动前三年内，在经营活动中没有重大违法记录<br>（1）B。法律依据：第二十二条、第二十三条。<br>★ 关于《中华人民共和国政府采购法》的描述，正确的是___（2）___。<br>（2）A. 各级人民政府财政部门是负责政府采购监督管理的部门，依法履行对政府采购活动的监督管理职责<br>B. 集中采购机构是非营利事业法人，也可以是营利性事业法人，根据采购人的委托办理采购事宜<br>C. 自然人、法人或者其他组织不能组成一个联合体，以一个供应商的身份共同参加政府采购<br>D. 竞争性谈判应作为政府采购的主要采购方式<br>（2）A。法律依据：第十三条、第十六条、第二十四条、第二十六条。 |

续表

| 章 | 条　文 | 历年真题 |
| --- | --- | --- |
| | 合法权益；不得以任何手段排斥其他供应商参与竞争。<br>供应商不得以向采购人、采购代理机构、评标委员会的组成人员、竞争性谈判小组的组成人员、询价小组的组成人员行贿或者采取其他不正当手段谋取中标或者成交。<br>采购代理机构不得以向采购人行贿或者采取其他不正当手段谋取非法利益。 | |
| 第三章<br>政府采购<br>方式 | 第二十六条 政府采购采用以下方式：<br>（一）公开招标；<br>（二）邀请招标；<br>（三）竞争性谈判；<br>（四）单一来源采购；<br>（五）询价；<br>（六）国务院政府采购监督管理部门认定的其他采购方式。<br>公开招标应作为政府采购的主要采购方式。<br>第二十七条 采购人采购货物或者服务应当采用公开招标方式的，其具体数额标准，属于中央预算的政府采购项目，由国务院规定；属于地方预算的政府采购项目，由省、自治区、直辖市人民政府规定；因特殊情况需要采用公开招标以外的采购方式的，应当在采购活动开始前获得设区的市、自治州以上人民政府采购监督管理部门的批准。<br>第二十八条 采购人不得将应当以公开招标方式采购的货物或者服务化整为零或者以其他任何方式规避公开招标采购。<br>第二十九条 符合下列情形之一的货物或者服务，可以依照本法采用邀请招标方式采购：<br>（一）具有特殊性，只能从有限范围的供应商处采购的；<br>（二）采用公开招标方式的费用占政府采购项目总价值的比例过大的。<br>第三十条 符合下列情形之一的货物或者服务，可以依照本法采用竞争性谈判方式采购：<br>（一）招标后没有供应商投标或者没有合格标的或者重新招标未能成立的；<br>（二）技术复杂或者性质特殊，不能确定详细规格或者具体要求的；<br>（三）采用招标所需时间不能满足用户紧急需要的；<br>（四）不能事先计算出价格总额的。<br>第三十一条 符合下列情形之一的货物或者服务，可以依照本法采用单一来源方式采购：<br>（一）只能从唯一供应商处采购的；<br>（二）发生了不可预见的紧急情况不能从其他供应商处采购的；<br>（三）必须保证原有采购项目一致性或者服务配套的要求，需要继续从原供应商处添购，且添购资金总额不超过原合同采购金额百分之十的。<br>第三十二条 采购的货物规格、标准统一、现货货源充足且价格变化幅度小的政府采购项目，可以依照本法采用询价方式采购。 | ★ 下列有关《中华人民共和国政府采购法》的陈述中，错误的是__（1）__。<br>（1）A. 政府采购可以采用公开招标方式<br>B. 政府采购可以采用邀请招标方式<br>C. 政府采购可以采用竞争性谈判方式<br>D. 公开招标应作为政府的主要采购方式，政府采购不可从单一来源采购<br>（1）D。法律依据：第二十六条、第三十一条。<br><br>★ 根据《中华人民共和国政府采购法》的规定，当__（2）__时不采用竞争性谈判方式采购。<br>（2）A. 技术复杂或性质特殊，不能确定详细规格或具体要求<br>B. 采用招标所需时间不能满足用户紧急需要<br>C. 发生了不可预见的紧急情况不能从其他供应商处采购<br>D. 不能事先计算出价格总额<br>（2）C，法律依据：第三十条和第三十一条。 |
| 第四章<br>政府采购<br>程序 | 第三十三条 负有编制部门预算职责的部门在编制下一财政年度部门预算时，应当将该财政年度政府采购的项目及资金预算列出，报本级财政部门汇总。部门预算的审批，按预算管理权限和程序进行。<br>第三十四条 货物或者服务项目采取邀请招标方式采购的，采购人应当从符合相应资格条件的供应商中，通过随机方式选择三家以上的供应商，并向其发出投标邀请书。<br>第三十五条 货物和服务项目实行招标方式采购的，自招标文件开始发出之日起至投标人提交投标文件截止之日止，不得少于二十日。<br>第三十六条 在招标采购中，出现下列情形之一的，应予废标：<br>（一）符合专业条件的供应商或者对招标文件作实质响应的供应商不足三家的；<br>（二）出现影响采购公正的违法、违规行为的；<br>（三）投标人的报价均超过了采购预算，采购人不能支付的；<br>（四）因重大变故，采购任务取消的。<br>废标后，采购人应当将废标理由通知所有投标人。<br>第三十七条 废标后，除采购任务取消情形外，应当重新组织招标；需要采取其他方式采购 | ★ 依据《中华人民共和国政府采购法》，在招标采购中，关于应予废标的规定，__（1）__是不成立的。<br>（1）A. 符合专业条件的供应商或者对招标文件作实质响应的供应商不足三家的应予废标<br>B. 出现影响采购公正的违法、违规行为的应予废标<br>C. 投标人的报价均超过了采购预算，采购人不能支付的应予废标<br>D. 废标后，采购人将废标理由仅通知该投标人<br>（1）D。法律依据：第三十六条。 |

续表

| 章 | 条 文 | 历年真题 |
|---|---|---|
| | 的，应当在采购活动开始前获得设区的市、自治州以上人民政府采购监督管理部门或者政府有关部门批准。<br>第三十八条 采用竞争性谈判方式采购的，应当遵循下列程序：<br>（一）成立谈判小组。谈判小组由采购人的代表和有关专家共三人以上的单数组成，其中专家的人数不得少于成员总数的三分之二。<br>（二）制定谈判文件。谈判文件应当明确谈判程序、谈判内容、合同草案的条款，以及评定成交的标准等事项。<br>（三）确定邀请参加谈判的供应商名单。谈判小组从符合相应资格条件的供应商名单中确定不少于三家的供应商参加谈判，并向其提供谈判文件。<br>（四）谈判。谈判小组所有成员集中与单一供应商分别进行谈判。在谈判中，谈判的任何一方不得透露与谈判有关的其他供应商的技术资料、价格和其他信息。谈判文件有实质性变动的，谈判小组应当以书面形式通知所有参加谈判的供应商。<br>（五）确定成交供应商。谈判结束后，谈判小组应当要求所有参加谈判的供应商在规定时间内进行最后报价，采购人从谈判小组提出的成交候选人中根据符合采购需求、质量和服务相等且报价最低的原则确定成交供应商，并将结果通知所有参加谈判的未成交的供应商。<br>第三十九条 采取单一来源方式采购的，采购人与供应商应当遵循本法规定的原则，在保证采购项目质量和双方商定合理价格的基础上进行采购。<br>第四十条 采取询价方式采购的，应当遵循下列程序：<br>（一）成立询价小组。询价小组由采购人的代表和有关专家共三人以上的单数组成，其中专家的人数不得少于成员总数的三分之二。询价小组应当对采购项目的价格构成和评定成交的标准等事项做出规定。<br>（二）确定被询价的供应商名单。询价小组根据采购需求，从符合相应资格条件的供应商名单中确定不少于三家的供应商，并向其发出询价通知书让其报价。<br>（三）询价。询价小组要求被询价的供应商一次报出不得更改的价格。<br>（四）确定成交供应商。采购人根据符合采购需求、质量和服务相等且报价最低的原则确定成交供应商，并将结果通知所有被询价的未成交的供应商。<br>第四十一条 采购人或者其委托的采购代理机构应当组织对供应商履约的验收。大型或者复杂的政府采购项目，应当邀请国家认可的质量检测机构参加验收工作。验收方成员应当在验收书上签字，并承担相应的法律责任。<br>第四十二条 采购人、采购代理机构对政府采购项目每项采购活动的采购文件应当妥善保存，不得伪造、变造、隐匿或者销毁。采购文件的保存期限为从采购结束之日起至少保存十五年。<br>采购文件包括采购活动记录、采购预算、招标文件、投标文件、评标标准、评估报告、定标文件、合同文本、验收证明、质疑答复、投诉处理决定及其他有关文件、资料。<br>采购活动记录至少应当包括下列内容：<br>（一）采购项目类别、名称；<br>（二）采购项目预算、资金构成和合同价格；<br>（三）采购方式，采用公开招标以外的采购方式的，应当载明原因；<br>（四）邀请和选择供应商的条件及原因；<br>（五）评标标准及确定中标人的原因；<br>（六）废标的原因；<br>（七）采用招标以外采购方式的相应记载。 | |
| 第五章<br>政府采购合同 | 第四十三条 政府采购合同适用合同法。采购人和供应商之间的权利和义务，应当按照平等、自愿的原则以合同方式约定。<br>采购人可以委托采购代理机构代表其与供应商签订政府采购合同。由采购代理机构以采购人名义签订合同的，应当提交采购人的授权委托书，作为合同附件。<br>第四十四条 政府采购合同应当采用书面形式。<br>第四十五条 国务院政府采购监督管理部门应当会同国务院有关部门，规定政府采购合同必 | |

续表

| 章 | 条 文 | 历年真题 |
| --- | --- | --- |
| | 须具备的条款。<br>第四十六条 采购人与中标、成交供应商应当在中标、成交通知书发出之日起三十日内，按照采购文件确定的事项签订政府采购合同。<br>中标、成交通知书对采购人和中标、成交供应商均具有法律效力。中标、成交通知书发出后，采购人改变中标、成交结果的，或者中标、成交供应商放弃中标、成交项目的，应当依法承担法律责任。<br>第四十七条 政府采购项目的采购合同自签订之日起七个工作日内，采购人应当将合同副本报同级政府采购监督管理部门和有关部门备案。<br>第四十八条 经采购人同意，中标、成交供应商可以依法采取分包方式履行合同。<br>政府采购合同分包履行的，中标、成交供应商就采购项目和分包项目向采购人负责，分包供应商就分包项目承担责任。<br>第四十九条 政府采购合同履行中，采购人需追加与合同标的相同的货物、工程或者服务的，在不改变合同其他条款的前提下，可以与供应商协商签订补充合同，但所有补充合同的采购金额不得超过原合同采购金额的百分之十。<br>第五十条 政府采购合同的双方当事人不得擅自变更、中止或者终止合同。<br>政府采购合同继续履行将损害国家利益和社会公共利益的，双方当事人应当变更、中止或者终止合同。有过错的一方应当承担赔偿责任，双方都有过错的，各自承担相应的责任。 | |
| 第六章 质疑与投诉 | 第五十一条 供应商对政府采购活动事项有疑问的，可以向采购人提出询问，采购人应当及时做出答复，但答复的内容不得涉及商业秘密。<br>第五十二条 供应商认为采购文件、采购过程和中标、成交结果使自己的权益受到损害的，可以在知道或者应知其权益受到损害之日起七个工作日内，以书面形式向采购人提出质疑。<br>第五十三条 采购人应当在收到供应商的书面质疑后七个工作日内做出答复，并以书面形式通知质疑供应商和其他有关供应商，但答复的内容不得涉及商业秘密。<br>第五十四条 采购人委托采购代理机构采购的，供应商可以向采购代理机构提出询问或者质疑，采购代理机构应当依照本法第五十一条、第五十三条的规定就采购人委托授权范围内的事项做出答复。<br>第五十五条 质疑供应商对采购人、采购代理机构的答复不满意或者采购人、采购代理机构未在规定的时间内做出答复的，可以在答复期满后十五个工作日内向同级政府采购监督管理部门投诉。<br>第五十六条 政府采购监督管理部门应当在收到投诉后三十个工作日内，对投诉事项做出处理决定，并以书面形式通知投诉人和与投诉事项有关的当事人。<br>第五十七条 政府采购监督管理部门在处理投诉事项期间，可以视具体情况书面通知采购人暂停采购活动，但暂停时间最长不得超过三十日。<br>第五十八条 投诉人对政府采购监督管理部门的投诉处理决定不服或者政府采购监督管理部门逾期未作处理的，可以依法申请行政复议或者向人民法院提起行政诉讼。 | ★ 按照《中华人民共和国政府采购法》的规定，供应商可以在知道或者应知其权益受到损害之日起 7 个工作日内，以书面形式向采购人提出质疑。下列___(1)___不属于质疑的范围。<br>(1) A. 采购过程<br>B. 采购文件<br>C. 合同效力<br>D. 中标、成交结果<br>(1) C。法律依据：第五十二条。 |
| 第七章 监督检查 | 第五十九条 政府采购监督管理部门应当加强对政府采购活动及集中采购机构的监督检查。监督检查的主要内容是：<br>（一）有关政府采购的法律、行政法规和规章的执行情况；<br>（二）采购范围、采购方式和采购程序的执行情况；<br>（三）政府采购人员的职业素质和专业技能。<br>第六十条 政府采购监督管理部门不得设置集中采购机构，不得参与政府采购项目的采购活动。<br>采购代理机构与行政机关不得存在隶属关系或者其他利益关系。<br>第六十一条 集中采购机构应当建立健全内部监督管理制度。采购活动的决策和执行程序应当明确，并相互监督、相互制约。经办采购的人员与负责采购合同审核、验收人员的职责权限应当明确，并相互分离。<br>第六十二条 集中采购机构的采购人员应当具有相关职业素质和专业技能，符合政府采购监 | |

续表

| 章 | 条　文 | 历年真题 |
| --- | --- | --- |
| | 督管理部门规定的专业岗位任职要求。<br>集中采购机构对其工作人员应当加强教育和培训；对采购人员的专业水平、工作实绩和职业道德状况定期进行考核。采购人员经考核不合格的，不得继续任职。<br>第六十三条 政府采购项目的采购标准应当公开。<br>采用本法规定的采购方式的，采购人在采购活动完成后，应当将采购结果予以公布。<br>第六十四条 采购人必须按照本法规定的采购方式和采购程序进行采购。<br>任何单位和个人不得违反本法规定，要求采购人或者采购工作人员向其指定的供应商进行采购。<br>第六十五条 政府采购监督管理部门应当对政府采购项目的采购活动进行检查，政府采购当事人应当如实反映情况，提供有关材料。<br>第六十六条 政府采购监督管理部门应当对集中采购机构的采购价格、节约资金效果、服务质量、信誉状况、有无违法行为等事项进行考核，并定期如实公布考核结果。<br>第六十七条 依照法律、行政法规的规定对政府采购负有行政监督职责的政府有关部门，应当按照其职责分工，加强对政府采购活动的监督。<br>第六十八条 审计机关应当对政府采购进行审计监督。政府采购监督管理部门、政府采购各当事人有关政府采购活动，应当接受审计机关的审计监督。<br>第六十九条 监察机关应当加强对参与政府采购活动的国家机关、国家公务员和国家行政机关任命的其他人员实施监察。<br>第七十条 任何单位和个人对政府采购活动中的违法行为，有权控告和检举，有关部门、机关应当依照各自职责及时处理。 | |
| 第八章<br>法律责任 | 第七十一条 采购人、采购代理机构有下列情形之一的，责令限期改正，给予警告，可以并处罚款，对直接负责的主管人员和其他直接责任人员，由其行政主管部门或者有关机关给予处分，并予通报：<br>（一）应当采用公开招标方式而擅自采用其他方式采购的；<br>（二）擅自提高采购标准的；<br>（三）委托不具备政府采购业务代理资格的机构办理采购事务的；<br>（四）以不合理的条件对供应商实行差别待遇或者歧视待遇的；<br>（五）在招标采购过程中与投标人进行协商谈判的；<br>（六）中标、成交通知书发出后不与中标、成交供应商签订采购合同的；<br>（七）拒绝有关部门依法实施监督检查的。<br>第七十二条 采购人、采购代理机构及其工作人员有下列情形之一，构成犯罪的，依法追究刑事责任；尚不构成犯罪的，处以罚款，有违法所得的，并处没收违法所得，属于国家机关工作人员的，依法给予行政处分：<br>（一）与供应商或者采购代理机构恶意串通的；<br>（二）在采购过程中接受贿赂或者获取其他不正当利益的；<br>（三）在有关部门依法实施的监督检查中提供虚假情况的；<br>（四）开标前泄露标底的。<br>第七十三条 有前两条违法行为之一影响中标、成交结果或者可能影响中标、成交结果的，按下列情况分别处理：<br>（一）未确定中标、成交供应商的，终止采购活动；<br>（二）中标、成交供应商已经确定但采购合同尚未履行的，撤销合同，从合格的中标、成交候选人中另行确定中标、成交供应商；<br>（三）采购合同已经履行的，给采购人、供应商造成损失的，由责任人承担赔偿责任。<br>第七十四条 采购人对应当实行集中采购的政府采购项目，不委托集中采购机构实行集中采购的，由政府采购监督管理部门责令改正；拒不改正的，停止按预算向其支付资金，由其上级行政主管部门或者有关机关依法给予其直接负责的主管人员和其他直接责任人员处分。<br>第七十五条 采购人未依法公布政府采购项目的采购标准和采购结果的，责令改正，对直接 | |

续表

<table>
<tr><th>章</th><th>条文</th><th>历年真题</th></tr>
<tr><td></td><td>负责的主管人员依法给予处分。<br>第七十六条 采购人、采购代理机构违反本法规定隐匿、销毁应当保存的采购文件或者伪造、变造采购文件的，由政府采购监督管理部门处以二万元以上十万元以下的罚款，对其直接负责的主管人员和其他直接责任人员依法给予处分；构成犯罪的，依法追究刑事责任。<br>第七十七条 供应商有下列情形之一的，处以采购金额千分之五以上千分之十以下的罚款，列入不良行为记录名单，在一至三年内禁止参加政府采购活动，有违法所得的，并处没收违法所得，情节严重的，由工商行政管理机关吊销营业执照；构成犯罪的，依法追究刑事责任：<br>（一）提供虚假材料谋取中标、成交的；<br>（二）采取不正当手段诋毁、排挤其他供应商的；<br>（三）与采购人、其他供应商或者采购代理机构恶意串通的；<br>（四）向采购人、采购代理机构行贿或者提供其他不正当利益的；<br>（五）在招标采购过程中与采购人进行协商谈判的；<br>（六）拒绝有关部门监督检查或者提供虚假情况的。供应商有前款第（一）至（五）项情形之一的，中标、成交无效。<br>第七十八条 采购代理机构在代理政府采购业务中有违法行为的，按照有关法律规定处以罚款，可以依法取消其进行相关业务的资格，构成犯罪的，依法追究刑事责任。<br>第七十九条 政府采购当事人有本法第七十一条、第七十二条、第七十七条违法行为之一，给他人造成损失的，并应依照有关民事法律规定承担民事责任。<br>第八十条 政府采购监督管理部门的工作人员在实施监督检查中违反本法规定滥用职权，玩忽职守，徇私舞弊的，依法给予行政处分；构成犯罪的，依法追究刑事责任。<br>第八十一条 政府采购监督管理部门对供应商的投诉逾期未作处理的，给予直接负责的主管人员和其他直接责任人员行政处分。<br>第八十二条 政府采购监督管理部门对集中采购机构业绩的考核，有虚假陈述，隐瞒真实情况的，或者不作定期考核和公布考核结果的，应当及时纠正，由其上级机关或者监察机关对其负责人进行通报，并对直接负责的人员依法给予行政处分。集中采购机构在政府采购监督管理部门考核中，虚报业绩，隐瞒真实情况的，处以二万元以上二十万元以下的罚款，并予以通报；情节严重的，取消其代理采购的资格。<br>第八十三条 任何单位或者个人阻挠和限制供应商进入本地区或者本行业政府采购市场的，责令限期改正；拒不改正的，由该单位、个人的上级行政主管部门或者有关机关给予单位责任人或者个人处分。</td><td></td></tr>
<tr><td>第九章<br>附则</td><td>第八十四条 使用国际组织和外国政府贷款进行的政府采购，贷款方、资金提供方与中方达成的协议对采购的具体条件另有规定的，可以适用其规定，但不得损害国家利益和社会公共利益。<br>第八十五条 对因严重自然灾害和其他不可抗力事件所实施的紧急采购和涉及国家安全和秘密的采购，不适用本法。<br>第八十六条 军事采购法规由中央军事委员会另行制定。<br>第八十七条 本法实施的具体步骤和办法由国务院规定。<br>第八十八条 本法自 2003 年 1 月 1 日起施行。</td><td></td></tr>
</table>

# 附录E 答题卡及答题纸示例

## E.1 上午试题答题卡示例

**全国计算机技术与软件专业技术资格(水平)考试**

**上午试题答题卡**

| 考生姓名 |
|---|
| |

| 准考证号 | | | | | | | | | | | |
|---|---|---|---|---|---|---|---|---|---|---|---|
| | | | | | | | | | | | |
| [0] | [0] | [0] | [0] | [0] | [0] | [0] | [0] | [0] | [0] | [0] | [0] |
| [1] | [1] | [1] | [1] | [1] | [1] | [1] | [1] | [1] | [1] | [1] | [1] |
| [2] | [2] | [2] | [2] | [2] | [2] | [2] | [2] | [2] | [2] | [2] | [2] |
| [3] | [3] | [3] | [3] | [3] | [3] | [3] | [3] | [3] | [3] | [3] | [3] |
| [4] | [4] | [4] | [4] | [4] | [4] | [4] | [4] | [4] | [4] | [4] | [4] |
| [5] | [5] | [5] | [5] | [5] | [5] | [5] | [5] | [5] | [5] | [5] | [5] |
| [6] | [6] | [6] | [6] | [6] | [6] | [6] | [6] | [6] | [6] | [6] | [6] |
| [7] | [7] | [7] | [7] | [7] | [7] | [7] | [7] | [7] | [7] | [7] | [7] |
| [8] | [8] | [8] | [8] | [8] | [8] | [8] | [8] | [8] | [8] | [8] | [8] |
| [9] | [9] | [9] | [9] | [9] | [9] | [9] | [9] | [9] | [9] | [9] | [9] |

缺　考 ▭

作　弊 ▭

| 1 | 2 | 3 | 4 | 5 | 6 | 7 | 8 | 9 | 10 | 11 | 12 | 13 | 14 | 15 | 16 | 17 | 18 | 19 | 20 |
|---|---|---|---|---|---|---|---|---|---|---|---|---|---|---|---|---|---|---|---|
| [A] | [A] | [A] | [A] | [A] | [A] | [A] | [A] | [A] | [A] | [A] | [A] | [A] | [A] | [A] | [A] | [A] | [A] | [A] | [A] |
| [B] | [B] | [B] | [B] | [B] | [B] | [B] | [B] | [B] | [B] | [B] | [B] | [B] | [B] | [B] | [B] | [B] | [B] | [B] | [B] |
| [C] | [C] | [C] | [C] | [C] | [C] | [C] | [C] | [C] | [C] | [C] | [C] | [C] | [C] | [C] | [C] | [C] | [C] | [C] | [C] |
| [D] | [D] | [D] | [D] | [D] | [D] | [D] | [D] | [D] | [D] | [D] | [D] | [D] | [D] | [D] | [D] | [D] | [D] | [D] | [D] |

| 21 | 22 | 23 | 24 | 25 | 26 | 27 | 28 | 29 | 30 | 31 | 32 | 33 | 34 | 35 | 36 | 37 | 38 | 39 | 40 |
|---|---|---|---|---|---|---|---|---|---|---|---|---|---|---|---|---|---|---|---|
| [A] | [A] | [A] | [A] | [A] | [A] | [A] | [A] | [A] | [A] | [A] | [A] | [A] | [A] | [A] | [A] | [A] | [A] | [A] | [A] |
| [B] | [B] | [B] | [B] | [B] | [B] | [B] | [B] | [B] | [B] | [B] | [B] | [B] | [B] | [B] | [B] | [B] | [B] | [B] | [B] |
| [C] | [C] | [C] | [C] | [C] | [C] | [C] | [C] | [C] | [C] | [C] | [C] | [C] | [C] | [C] | [C] | [C] | [C] | [C] | [C] |
| [D] | [D] | [D] | [D] | [D] | [D] | [D] | [D] | [D] | [D] | [D] | [D] | [D] | [D] | [D] | [D] | [D] | [D] | [D] | [D] |

| 41 | 42 | 43 | 44 | 45 | 46 | 47 | 48 | 49 | 50 | 51 | 52 | 53 | 54 | 55 | 56 | 57 | 58 | 59 | 60 |
|---|---|---|---|---|---|---|---|---|---|---|---|---|---|---|---|---|---|---|---|
| [A] | [A] | [A] | [A] | [A] | [A] | [A] | [A] | [A] | [A] | [A] | [A] | [A] | [A] | [A] | [A] | [A] | [A] | [A] | [A] |
| [B] | [B] | [B] | [B] | [B] | [B] | [B] | [B] | [B] | [B] | [B] | [B] | [B] | [B] | [B] | [B] | [B] | [B] | [B] | [B] |
| [C] | [C] | [C] | [C] | [C] | [C] | [C] | [C] | [C] | [C] | [C] | [C] | [C] | [C] | [C] | [C] | [C] | [C] | [C] | [C] |
| [D] | [D] | [D] | [D] | [D] | [D] | [D] | [D] | [D] | [D] | [D] | [D] | [D] | [D] | [D] | [D] | [D] | [D] | [D] | [D] |

| 61 | 62 | 63 | 64 | 65 | 66 | 67 | 68 | 69 | 70 | 71 | 72 | 73 | 74 | 75 | 76 | 77 | 78 | 79 | 80 |
|---|---|---|---|---|---|---|---|---|---|---|---|---|---|---|---|---|---|---|---|
| [A] | [A] | [A] | [A] | [A] | [A] | [A] | [A] | [A] | [A] | [A] | [A] | [A] | [A] | [A] | [A] | [A] | [A] | [A] | [A] |
| [B] | [B] | [B] | [B] | [B] | [B] | [B] | [B] | [B] | [B] | [B] | [B] | [B] | [B] | [B] | [B] | [B] | [B] | [B] | [B] |
| [C] | [C] | [C] | [C] | [C] | [C] | [C] | [C] | [C] | [C] | [C] | [C] | [C] | [C] | [C] | [C] | [C] | [C] | [C] | [C] |
| [D] | [D] | [D] | [D] | [D] | [D] | [D] | [D] | [D] | [D] | [D] | [D] | [D] | [D] | [D] | [D] | [D] | [D] | [D] | [D] |

**填涂注意事项**

用2B铅笔按右边样式填涂 ▬

不允许这样填涂

修改要用橡皮擦干净

例题解答的填涂样式 ⟶

| 86 | 87 | 88 | 89 | 90 |
|---|---|---|---|---|
| [A] | [A] | [A] | [A] | [A] |
| [B] | [B] | ▬ | [B] | [B] |
| [C] | [C] | [C] | [C] | [C] |
| [D] | [D] | [D] | ▬ | [D] |

## E.2 下午试题答题纸示例

| 试 题 一 | 解 答 栏 | | | | 得 分 |
|---|---|---|---|---|---|
| 问题 1 | | | | | |
| 问题 2 | | | | | |
| 问题 3 | | | | | |
| 评阅人 | | 校阅人 | | 小 计 | |

| 试 题 二 | 解 答 栏 | | | | 得 分 |
|---|---|---|---|---|---|
| 问题 1 | | | | | |
| 问题 2 | | | | | |
| 问题 3 | | | | | |
| 评阅人 | | 校阅人 | | 小 计 | |

| 试 题 三 | 解 答 栏 | | | | 得 分 |
|---|---|---|---|---|---|
| 问题 1 | | | | | |
| 问题 2 | | | | | |
| 问题 3 | | | | | |
| 评阅人 | | 校阅人 | | 小 计 | |

# 参 考 文 献


## 1．主要参考书籍

[1] 全国计算机专业技术资格考试办公室. 系统集成项目管理工程师考试大纲. 北京：清华大学出版社，2009

[2] 柳纯录. 系统集成项目管理工程师教程. 北京：清华大学出版社，2009

[3] 全国计算机技术与软件专业技术资格（水平）考试办公室. 2009 年上半年和下半年系统集成项目管理工程师考试试题

[4] 柳纯录. 信息系统项目管理师教程.2 版. 北京：清华大学出版社，2009

[5] 全国计算机技术与软件专业技术资格（水平）考试办公室. 2005 年上半年～2009 年下半年信息系统项目管理师考试试题

[6] 全国计算机技术与软件专业技术资格（水平）考试办公室. 信息系统项目管理师历年试题分析与解答. 北京：清华大学出版社，2009

[7] 王如龙，等. IT 项目管理——从理论到实践. 北京：清华大学出版社，2008

[8] 郭春柱. 网络规划设计师考试考前冲刺预测试卷及考点解析. 北京：电子工业出版社，2009

[9] 郭春柱. 应试捷径——典型考题解析与考点贯通（系统分析师考试）. 北京：电子工业出版社，2007

[10] 郭春柱. 信息系统项目管理师考试考前冲刺预测试卷及考点解析. 北京：电子工业出版社，2009

## 2．主要参考网站

[1] http://www.ceiaec.org

[2] http://www.rkb.gov.cn

[3] http://www.51cto.com

[4] http://dret.net/glossary

[5] http://296525818.blog.51cto.com/

# 反侵权盗版声明